她们

命运　有时就取决于一瞬间的决定

张作民　著

天津出版传媒集团
百花文艺出版社

图书在版编目（CIP）数据

她们 / 张作民著. -- 天津 : 百花文艺出版社,
2019.9
ISBN 978-7-5306-7529-8

Ⅰ. ①她… Ⅱ. ①张… Ⅲ. ①长篇小说-中国-当代
Ⅳ. ①I247.5

中国版本图书馆 CIP 数据核字(2019)第 147118 号

她们

TAMEN

张作民 著

选题策划：唐 嵩 刘 勇 **版式设计：**郭亚红
责任编辑：唐 嵩 王梵琳 **封面设计：**蔡露滋
唐冠群 **封面书法：**全勇轩
出版发行：百花文艺出版社
地址：天津市和平区西康路 35 号 **邮编：**300051
电话传真：+86-22-23332651（发行部）
+86-22-23332656（总编室）
+86-22-23332478（邮购部）
主页：http://www.baihuawenyi.com
印刷：北京印匠彩色印刷有限公司
开本：880×1230 毫米 1/32
字数：472 千字
印张：18.25
版次：2019 年 9 月第 1 版
印次：2019 年 9 月第 1 次印刷
定价：49.80元

如有印装质量问题，请与北京印匠彩色印刷有限公司联系调换
地址：北京市顺义区高丽营镇
电话：(010)69491689
邮编：101399

第01章

人一生的命运,有时候就取决于一瞬间的决定。

葵花就是如此。

一九四五年八月二十三日清晨,公鸡一打鸣葵花就从还在呼呼熟睡的大根身边跑出来。此时月亮高悬,保庄沉浸在浓浓的雾霭之中,她决定从村西路口出去,绕到南边的小树林里捡些柴火再从村东进来。这样,即使遇到早起下地的熟人,也不会怀疑她没有在家过夜了。可她刚到树林旁就愣住了。眼前的情景,让她想起老人说的地狱。先是男人们把女人们杀了,然后男人排成一排,嘴里叽里呱啦叫着什么,就把那明晃晃的指挥刀往自己肚子上捅。有的血激出来有一丈多高。还有自己戳不死的,就由一个挺着大肚子的军官上前再戳。在不远的地方站着好几排士兵,他们都像河虾一样弯着身体站着，一动也不动。

他们都是日本人。

葵花听大根说过，不少日本军人不肯投降都会这么自杀。想不到场面竟会这样可怕。她上气不接下气跑进村子，直奔区小队长李真的住房。只听到满月尖叫了一声，雪白的屁股一下从床上滚落下来，同样光着下身的李真立刻坐起，瞪着怒目正要发火，葵花急忙说："鬼子……鬼子来了！"

区小队和民兵紧急集合，不到一顿饭的工夫，已经把树林围得水泄不通。林子里还有二百来个活着的鬼子，他们都端着枪，警惕地注视着面前的中国人。李真已经接到命令，无论何时何地看到日本军人，立刻就地接受投降，所有武器装备清点上缴。

李真让大根喊话，大根就往前站了，扯开粗大的嗓门叫："日本鬼子你们听好了，我们是中国军队新四军区小队，现在接受你们投降。你们必须把武器装备集中起来，人员都站在一边。"

可鬼子一动也不动。

大根又喊了两遍，鬼子还是不动。大根便急了，抽出前几天刚缴获的驳壳枪往前走了两步，点着鬼子道："你们天皇老子都下令投降了。如果再顽抗，就别怪我们不客气！"

这时，那个大肚子日本军官才用生硬的中国话说："我们接到命令，不能向游击队和土匪投降。"

"日你娘！"刚当上副队长的大根一听"土匪"两字就气炸了肺，"当当当"一梭子弹打在地上，把李真也吓了一跳。然而更意外的是一个鬼子只把枪头一抬，大根就直挺挺地栽倒在地，脸上已炸成一个大洞，救都没法救了。

双方都慌乱起来，有人立刻把开枪的鬼子打死。葵花只觉得站在身边的二丫举起了枪，对准了大肚子的日本军官。她顺着枪口的方向看去，先是看到那个军官惊恐的眼睛，然后是他突出来的胸部和一只小手。那只小手显然是受到枪声的骚乱才从一个日本式的包袱里伸了出来。就在这时，葵花胳膊一抬，手一伸，碰到了二丫的那支枪。几乎同时，二丫扣动了扳机。

葵花已经记不清是怎样把那个断了一根指头的婴儿抱到怀里的。她把那血淋淋的小手整个儿放进自己嘴里，吸吮了一会儿，吐出一大口血来，然后扯下了贴身的小衣，把孩子的手扎紧。那个日本军官瞪着猪一样的眼睛怔怔地看着，忽然一个翻身趴在地上倒栽葱似的磕起头来，嘴里又是一阵叽里呱啦。葵花抱紧了孩子冷冷地看着，根本听不清对方在说什么，但心里明白，他是在表示感激。她摇摇头转过身，不愿意接受这样的礼节。可就在这时，听到了一句地道的中国官话："孩子就拜托您了。"葵花一惊，再看时，那个日本军官已经把指挥刀深深戳进了自己的身体，刀尖从后背露出了一截。这一切发生得如此之快，就连已经接受过好几次日军投降的李真也有些束手无策了。

虽然中国人无权阻止日本军人的自杀行为，但在那种情况下，照理还是应该避免血腥事件的发生。可这时，大家都围在大根身边，二丫已经哭肿了双眼，糊了一脸的鼻涕，头发散乱着像个疯子。大根是她唯一的亲人。怎么也想不通，一个活生生的人，就在大胜利之日死在日本人的枪下？凶手处决，军官自杀。二丫无从发泄，就用三八大盖上的刺刀对着那两个尸体一阵猛戳，顿时人就成了肉团，自己溅了一身血。李真也不劝阻，只是看到二丫端着刺刀向那些活着的日本人冲过去时，才给了满月一个眼色。早有准备的满月带着几个有力气的女人把二丫硬架着送回村去。到了小队部，李真问有什么要求，二丫只提出一条，要把狗日的尸首吊在村口示众喂野狗，不准任何人收尸。大家都知道，大根的爹娘都是被鬼子枪杀后吊在村前的大树上整整暴晒了一个月，一直到雷电打断了树丫。这回算是一报还一报。二丫虽然只比大根小两岁，但都是在哥哥的照应下长大的，兄妹之情不是一般的深厚。所以李真听了立刻点头应允，并支派村长镇大卢负责操办大根的丧事，钱由区小队全额支出。

受降后李真最忙。他得把所有投降人员的名单和部队番号登记入册，不只是缴获的武器装备，还包括所有人身上的日币或伪币，手表挂件等私人物品都得统一管理。为了防止有人贪污，不仅要派信得过的人，还要亲自在场监督。那个自杀的军官是个大佐，但除了军衔标志外，却没有任何证件，士兵只知道他姓松尾。李真考虑到松尾的尸体还在村头吊着，就没有报高级军官。按规定，这是不允许的。等大体上弄得差不多了，已经到了天黑。他召集区小队骨干、村干部和民兵负责人开会，研究三件事。一是大根的事要办得隆重，要化悲痛为力量，但要防止过分的报复行为。二是树林里那些鬼子尸体怎么处理，是就地埋了还是按他们日本人的规矩一个个火化后带走骨灰。三是那个孩子怎么办？前两件都好解决，胜利后人的心态平和多了，也宽容多了，当然二丫是例外，日本人杀了她全家，估计一辈子都平和不了。鬼子尸体只能集中火化，但不能举办仪式，再优待也是沾满了鲜血的刽子手。那个孩子，十个人有十个说法。有的说交给日本人，到时候让他们自己带走；有的说送区大队，至少听听上级的意见；也有的说送到县城育婴堂，毕竟是个男孩，将来不要告诉他身份，让他为新中国卖力气做贡献；还有的说附近古刹在收战争孤儿，美国人给了不少资助。不料会开到一半满月就来报告，树林死人堆里又发现一个女孩，两岁模样，昏昏沉沉地发着高烧，已经送到葵花家里去了。

葵花、满月和二丫都是保庄人，从小一块长大，又都是抗属，所以自然成了好友。葵花和二丫都是属龙的，这一年十七岁，满月虽然只比她们大一岁，但显得要更成熟，主要是革命道理懂得多，这都是因为她经常得到李真的帮助，据说两年前他们就睡到了一起。李真是山东人，在老家娶过亲，但真正有感情的还是满月。满月对他过去的事一点儿也不计较，只是不能公开谈婚论嫁。相比之下，二丫要比实际年龄显得小，到处都没有发育，瘦骨嶙峋，可能与长期营养不良有关。不过一样吃饭，她哥哥却长得五大三粗。因此满月说这是遗传，传的是她小脚娘的胎，没有办法。葵花是三个人里长得最俊俏的一个，乌黑的头发扎成一条大辫子一直挂到圆滚滚的屁股上，胸部不大，却很坚挺，特别是在夏天只穿一层洋布褂子的时候，那一阵阵的波涛起伏常引得小伙子们看得傻眼。日本天皇宣布投降那天，她和大根正式定了亲，是李真主持的仪式。葵花是独生女儿，父母都是老实巴交的人，看到大根长得这么结实，又新当了副队长，自然十分高兴。只是葵花内心并不是十分愿意。照村里的规矩，定了亲的未婚夫妻是只能看不能碰的。可大根在当晚就动手动脚，而且直接把手伸到了最下面，疼得葵花一阵阵地发抖。幸好被满月看到，把大根叫出来狠狠骂了一顿。不过一转身大根便故技重演，只是动作温柔了许多，地方又换了他家的柴房，葵花不好再反抗。但临到真枪实战大根又找不到门路，忙得满头大汗最后还是扫兴收场。不过到了最后一天，大根似乎达到了目的。

这会儿，李真夹了个包，急匆匆地跟着满月往葵花家走，一路问孩子发现的经过。

“简直是畜生。连畜生都不如。”满月愤愤地说。“一共十六个孩子，全部是被刀砍的，有的还不止一刀。这个女孩被压在最下面，可能是天黑没被看出来。”

“狗日的！”李真也骂了一句。

刚进葵花家的小院，就听到孩子的哭声。葵花家的院子特别小，正房只有一间，住着父母。朝西间一半是灶屋，一半是葵花的卧室。这时，那个女孩全身烧得通红，在收拾得整整齐齐的铺上左右打着滚，葵花不断用井水挤了毛巾给孩子擦着小身体降温。葵花娘则抱着那个断了指头的男孩在“噢噢噢”地哼唱，男孩的手已经肿得像个馒头，哭的声音也和中国孩子不同，“吱呀吱呀”地不知道在叫唤什么。

“怎么不叫卫生员？”李真一进来就问葵花。

葵花看了满月一眼，没有吭声。

满月才说：“是二丫放了话，谁要给日本孩子看病，杀他全家。”

“真是瞎胡闹。”李真嘀咕了一声，把带来的包放在角落里，吩咐满月去拿药，又安慰葵花道，“明天一早就把孩子送区大队，你辛苦一夜，不要有什么闪失。”停了一会儿又说，“大根的事也不要太难过了，人各有天命，挡也挡不住。不过……既然定了亲，你就是他老婆，人死是大事，有些迷信节目就免了，但大的礼数，地方风俗还是要遵守。”

葵花点了点头。

李真又对葵花娘说：“大娘，葵花也没真的做成大根媳妇，这事过一阵就淡了，我再给她找个好的，新四军里我认识不少连排长呢。”

葵花娘苦笑：“我知道，我知道。我不为葵花担心。”

“大伯呢？”

“在大根家帮忙呢。”

李真又对葵花说：“按老规矩，你要去守灵，不过……这样吧，今天你就不用出去了，明天出殡，你千万要让二丫舒心才好。”

葵花又点点头。

李真想想又说：“大根是个好同志，就是脾气急躁了一些。我们也该接受教训。你也别老闷着，说句话呀。”

葵花这才说：“这孩子病得这么厉害，真的要送区大队？”

李真听了没有吭声。其实他心里明白，把孩子送区大队只是一个托词。别说区大队根本没有收养战争孤儿的机构，就说这一百多里地，用马车也得两天，孩子现在烧得这么厉害，能到得了吗？可他已经不能想这么多了。那个日本军官还在村口吊着，虽然披了身军装，但血肉模糊得实在让人惨不忍睹。上面再三要求对投降的日军给予优待，自杀人员要妥善安葬。你这么曝尸示众，要是给上级知道了，还不知道会受怎样的批评。可如果不照二丫说的办，那她又怎么能咽下这口气？她父母就是因为大根参加了区小队才被杀的，现在大根又死在鬼子的枪口下，这可是一家人的血债，吊个鬼子尸体又算什么呢？

就在李真沉默不语的当儿，满月拿了药回来，当即就让女孩吃了，男孩的手也换上新的消毒纱布。临走前，李真又嘱咐了一句：“明天吃了中饭就出殡，你要早些过去，孩子让满月来照看。啊？”

葵花依旧是点点头，没有吭声。

李真和满月刚出葵花家小院，就见二丫风风火火地跑了过来，打了照面，也不哼一声，就直接冲进了葵花家。李真一看不好，立刻反身跟上。

二丫此刻心里的气可大着呢。一是埋怨葵花推了她一把，这才没打死那个狗日的军官。如果不是那狗日的说什么不向游击队和土匪投降的话，大根就不会发脾气开枪，也就不会死。二是葵花把狗日的龟儿龟女带回家，看上去心疼得就像自己的骨肉，哪里还有半点对日本人的深仇大恨？三是这么半天了，人也不来，她到底是不是大根的媳妇？要不就是想赖了这门亲事，要另找男人？

“葵花你出来！”二丫叉着腰站在小院里大叫。

葵花从房里走出，二丫当胸抓了就往外走，这时李真和满月走了进来。

“这是做什么？放手！”李真喝道。

二丫松了手，大哭起来：“他们订婚，是你做的主持。现在男人死了，她连个照面都不打，我哥哥能闭眼吗？”

“大根是副队长，由区小队安排守灵。葵花在家带孩子，是区小队布置的任务。”李真故意把“区小队”三个字重复了两遍。

“她是我哥的老婆！”二丫不服。

“大根是公家人，就必须先公后私。这点道理怎么不懂？”李真放下脸来教训。

“对对对，李队长说得在理。”不知什么时候，村长镇大卢带着民兵刘脚子和几个女人走进小院，对二丫说，“出了这种事，我们只有依靠组织和领导。你要闹，明天就别再当民兵，做你的老百姓去。”

刘脚子凑到二丫跟前和声道：“听村长的没错。”

二丫忍住眼泪，咬紧了嘴唇，一歪头跑了出去。

镇大卢这才说：“李队长，孩子放在葵花这儿可能有些不合适，我安排了几个带过孩子的，也好让葵花腾出手来把大根的事办了再说。”

李真点点头，问葵花：“你说呢？”

葵花却说：“都这么晚了，好不容易哄着孩子睡着。要再折腾，病又重了。”

李真又点头，冲着镇大卢手一摆：“算了，反正明天一早就送走，让葵花辛苦一夜吧。”

镇大卢立刻跟来的人说：“就按李队长说的做。你们都回去吧。”

跟来的人都散了去，镇大卢忸怩了一会儿说：“有件事，我要向您汇报。”

“什么事？”

镇大卢看了葵花一眼没有说话。

李真便对葵花道：“你先弄孩子，守灵的事我来安排。”

镇大卢见葵花回屋，这才放低了声音说：“李队长可能还不知道，今天的那一枪是我打的。”

李真不明白：“什么那一枪？”

镇大卢说：“就是，就是把凶手打死的那一枪，那鬼子杀了大根同志。”

李真“噢”了一声，不无疑惑地看着镇大卢：“你的意思是……”

镇大卢：“我没什么意思。只是觉得应该让上级知道，是我打死了那个杀害我们革命同志的鬼子凶手。”

按规矩，打死一个鬼子是要记功的。但这种情况毕竟有些特殊，所以李真说：“这事我们研究一下。你放心吧。”

镇大卢：“谢谢李队长。你们忙了一天，也早些休息吧。我走啦。”又转身冲着葵花的房说：“葵花，有什么困难尽管找我啊。”

“等一下。”李真又把镇大卢叫住。“大根没有上人，他妹子对葵花有些情绪，今晚你多派些人到大根家里帮忙，再叫两个民兵守在灵前，一定要持枪。”

镇大卢道：“这个您放心，上次副大队长的葬礼就是在这里办的，一切规格我都熟悉。守灵分三班，我打头阵。”

李真等镇大卢走开，才对满月说：“镇大卢要不要记功，你帮我好好想一下。”

满月想也不想：“照这么说，执法枪毙人的也能算功臣？”

女孩在后半夜就开始说胡话，葵花伸手一摸吓了一跳，立刻让娘找来满月。

满月看了情形也很着急，问：“有铜钱没有？我来刮刮痧。”

于是葵花娘便找了一个方孔的小钱。

满月在女孩背上刮出几道粗粗的血印，可体温却丝毫不降。

“到了这会儿找卫生员也是白搭。”满月想了想，“要不，还是送县城吧。到县城只有三十几里，而且路还好走。村里有架板车，只是没有马，如果牛拉，起码要到中午，还不如跑着去呢。”

葵花想了想说：“你借些钱来，别的不用管了。”

满月说：“钱我这儿就有，但你走了，出殡怎么办？”

葵花犹豫了一会儿：“要不，你跑一趟？其他人我不放心。”

满月半天没说话。

“算了，还是我去吧。”葵花一边说，一边找了块布把男孩背在背上，又抱起了女孩。

满月皱着眉：“两个都要去？”

“反正是跑一趟，顺便看看手。”葵花接过钱，走到门口又说，“我争取饭前赶回来，或许还来得及。”

说完，葵花从她娘手里接过两个煮熟的番芋，揣在兜里就匆忙走了。

满月回到队部，把事情和李真说了，李真直咂嘴。

满月以为他在想出殡的事，就说：“我可不想碰这两个孩子，怎么说也是鬼子的根，肯定要做噩梦。”

李真点点头：“你说的也有道理。但我们是共产主义者，不能见死不救。”

“也不知道葵花是怎么想的。其实去县城，我也只是顺便一说，她就当了真。”

“可这么一来，就赶不上回区大队的汽车了。”李真有点发愁。

“汽车？”

“刚才接到通知，区大队要派汽车来取缴获的武器，马上就到。我原来是想把孩子送到区大队请他们处理。”

“要不我把他们追回来？”

“算了。照这种情况，送大队还不是一个死，那样又是事。”

“怎么办？死不了，又不能送走，难道要区小队养着不成？”满月忽然觉得事情的严重。

“到时候再说。”李真背上枪，“我到大根家看看。天快亮了，你赶紧睡一会儿。对了，把门关好，我可不想再让别人看到你的屁股。”

“我要关了门，你就进不来了。”满月一笑，脱了衣服上床。“还是你在外面上锁吧。”

大根家的堂屋挂了不少白布，大根穿了一身新四军的军装躺在中央，脚头是晃晃悠悠的长明灯。两个民兵抱着枪，背靠背地打着瞌睡，听到李真的脚步声立刻跳了起来。

“睡吧睡吧。”李真挥挥手，又问，“二丫呢？”

一个民兵道：“在厢房躺着呢。”

李真便站在厢房门口望了望，二丫和衣倒在床边上，鼻孔朝天打着响亮的呼噜。旁边是两个来帮忙的中年女人。这时，村头的公鸡开始打鸣，从屋檐下望出去，天边开始发白了。

当县医院对面的点心店落了第一笼，四处散发着馒头的喷香时，葵花就已经到了。她请上灶的把番芋热了热，又讨了碗准备下馄饨的老鸡汤，就开始喂那一直醒着的两个孩子。女孩的热度似乎退了不少，一下就把个番芋吃得不剩。小的喝了汤，还嘿嘿地笑了两声。等到医生护士上班，葵花排了头一个。医生说幸好你来得快，不然小家伙的手就没有了，说是感染了细菌，立刻划刀放脓，又打了针。女孩却已经大好，说是好在刮了痧，不然也很危险。这是一家外国传教士开的医院，医生护士听说是日本孩子，就很好奇，围过来看。葵花把大体情况说了一遍，大家叹息了一番，就让葵花给小的办理住院手续。

葵花没想到要住院，就急了。因为孩子小，住院得由大人陪着，不然开了药粉也没有人灌。葵花就和医生商量，说村里也有区小队的卫生员，能不能开些药带回去服用。医生说，就是要走也得再等两个钟头。原来感染的细菌正在做化验，要等结果出来才能配药。这样，等葵花带着孩子出来时，日头已经到了正中。

再说大根的灵堂一早就热闹起来。虽说不讲迷信，二丫还是叫人扎了纸库，人、马、箱子柜一样不少。又请了几个和尚念经。吹鼓手已经把所有的曲目轮了七八趟。镇大卢看看时辰不早，就吩咐入殓封棺，二丫却死活不让钉盖，趴在棺材上号哭，句句都是在说葵花的不是。

“我的可怜的亲哥哥呀，总以为你成了家能有个人在身边照应，不想出了这么大的事，那个没情没义没心肝的人到现在也不来打个照面，就是一条狗也要过来叫几声啊我的亲哥哥，你怎么娶了这种老婆，连个畜生都不如啊……”

李真在旁边听了脸色铁黑，就下令放枪。一时间，院子里的四个战士都朝天开了三枪。

二丫等枪放完了继续哭：“说是到县城为孩子看病，难不成是和狗日的日本人通奸生的孽种，不然怎么连自己的亲夫都不顾……”

满月在边上实在忍不住了：“二丫，你不要太过分，大根又不是葵花打死的，你胡说八道要烂嘴的！”

镇大卢也说：“钉了盖人才能上路，按规矩昨天夜里就要出发，你这么拦着，最后还是大根在阴间受苦。”

李真给满月使眼色：“让二丫到厢房休息。叫鼓手出发。”

满月就去拉二丫，二丫却一个翻身跪在地上，死命抱住李真的脚哀求：“李队长，你看在我哥出生入死跟你多日的分儿上，再等一个时辰。我这就到村头迎迎葵花。她毕竟是我哥的女人，她不来，我哥死不瞑目啊！”说完，就拼命磕头。

李真道：“你先起来，有话好好说，这算什么！”

二丫抬起头，眼泪鼻涕又糊了一脸，额头上已有不少血迹，却瞪大了眼睛发狠地说：“要是不让等到葵花，我现在就死给你们看！”

葵花爹在一旁也说：“就听二丫一回吧，这孩子也太可怜了。”

李真这才点了点头。

二丫弓起身就向门外蹿了出去。李真又让满月跟着，吩咐一定要注意安全。

其实这时葵花已经到了村西，一袋烟的工夫就可以到大根家，不料两个孩子却突然大哭起来。

葵花觉得身上一阵阵发冷，心闷得透不出气来。离她丈把远的一棵枯树上，吊着那个日本大佐的尸体。另一个肉团已经掉了下来，好几条野狗正在争食，看到人来也不害怕。葵花急忙低下头，把孩子紧紧抱在怀里，可满脑子却是大佐的声音：“孩子就拜托您了！孩子就拜托您了！”

这两个日本人的尸体，昨天就已经吊在这里。葵花带孩子去医院时，因为天黑没看见，现在被明晃晃的太阳暴晒，已在发着恶臭。可那个女孩，却举着小手拼命向尸体伸了过去，嘴里“多沙多沙”地叫着什么。葵花愣了愣，接下来便做了件后来让她百思不解的事情。而这一切，已被匆匆赶来的二丫全部看在眼里。

当葵花费了好大力气搬动一块石头，在埋日本人的地方做上一个记号，再回到孩子身边的时候，她看到的是二丫冰冷的眼光。

“你……你这是……”葵花有些心虚。

二丫却狂笑了起来，全身发抖。

葵花抱起孩子就走，却被二丫追上。

“你给我听着。”二丫狠狠地盯着葵花。“你说，我哥是不是你的男人？”

葵花犹豫了一会儿才回答：“是。”

“好。既然是你的男人，你现在就去哭几声。孩子我给你看着。”

这时，满月也走了过来说："去吧，孩子有我呢。"

葵花这才把两孩子交到满月手上，一溜烟跑了。

二丫见葵花走远了，这才对满月道："日本人的尸首不见了。"

"嗯？"满月装傻。

二丫冷笑一声："知道你和葵花好。但她做的事，把我们全中国的人都得罪了。"

"到底什么事啊？"

"她把日本人埋了。"

"真的？"

"就在那边。她还用石头做了记号。你说，这不是汉奸是什么？"

"你可别瞎说。上级也说要优待俘虏，况且是死人。"

"死了也是敌人，是日本侵略者！是畜生！"

"那你想怎么着？"

"说好喂野狗的。领导说话也得算数。"

"你想再把尸体扒出来？"

"我恶心。去叫人来。"二丫往村里走。

"等等！"满月叫住二丫。"既然已经埋了，那就是扒坟。你知道后果是什么？你扒了人家，你家人的坟也得让别人扒。这可不是闹着玩儿的。"

二丫显然被唬住："我怎没听说？"

"你没听说的事多着呢。"满月说。"我看这样，暴尸解解恨是可以的，但老这么吊着吓唬的是咱们自己。你说恶心，谁不恶心？这事我来向李队长汇报，怎么处理，听领导的。你说呢？"

"你们欺负我没文化，就说这说那的。"二丫又哭起来。

"得，幸亏文化还不是太高，不然你那张嘴，能把我们都吃了。"

二丫这才不再哼哼，但还是一脸不服气的样子。

"还有，这件事千万不能对任何人说。"

"为什么？"

"你要知道。如果葵花真的做成汉奸，那你就是汉奸家属。不只是为你哥脸上抹黑，你这个小姑子将来参军当干部都要泡汤。组织上的政审是很严的，你自己看着办吧。”

说完，满月便抱着小的，拉着大的往村里走，把二丫一个人留在路口发愣。

“走哇，你哥还在等着上路呢！”

葵花总算在钉盖前赶到灵堂，早有人准备好了麻布白衣，磕头摔盆子都按照镇大卢说的一一照办，只是眼里没有一滴泪水。倒是二丫哭得死去活来，开始还能说些拉扯自己长大的话，后来只是“哥呀哥呀”地干号。李真和镇大卢商量了一下，就不让二丫再到墓地，吩咐几个年纪大的女人轮流说些宽慰的话。又派民兵到路口去拦看热闹的群众，尽量减少墓地的人员。棺材入土时，又少不得朝天放枪集体敬礼，最后垒成好高一座大坟，碑上就九个大字：“史大根同志永垂不朽”，是镇大卢用蘸了猪血的黑漆亲自写的，并说等几天请人来刻字。等所有的事都办完了，李真问葵花还有什么要求，葵花只说想一个人待会儿。于是大家立刻撤退，只留了满月在远处看着等。

太阳西斜，大地渐渐灰暗下来。葵花盘了一条腿，靠着墓碑坐着，这才开始抽泣。她和大根虽然同村，但并不很熟。儿时掏鸟蛋，捉螃蟹的记忆早已淡忘，到了懂事的年龄，大根已经参加了区小队。所以当李真要为他们做媒时，葵花并不十分情愿。大根个头虽然不小也有文化，但脾气十分暴躁，器量也小。第一次相亲走错了门，又让一个卖梨膏糖的担子碰疼了脚，大根就把跟来的民兵骂了个狗血喷头，一直到吃饭还在发躁。定亲那天动手动脚，被满月叫出去训了一顿，之后就一个婊子一个淫妇的把满月说得一无是处。就说昨天的事，为什么有话不好好说，偏偏要开枪？你以为鬼子手上拿的是烧火棒啊……葵花明明知道不该对一个死者数落他的不是，但也实在找不出可以让她印象更深刻的事来。更让她伤心的，就是还没做成媳妇就成了寡妇。以后的路怎么走，她才十七岁啊！

天边卷起一片黑云，满月看看差不多了，便过去拉了葵花回家，走到半路就遇到一阵大雨。正好附近有座破庙，便躲了进去。

“孩子呢？”葵花问。

“你娘看着呢。”满月见葵花心态平静，也就放了心。想想又说，“这俩孩子还真的讨人喜欢。”

葵花眼里闪出一道亮光：“你也觉得？”

“不管他们父母做了什么，孩子总是无辜的。”

“李队长怎么安排？”

满月摇摇头：“区大队是送不成了，让日本人带回去也不实际，送育婴堂还不如直接送乱坟仓，听说日本人用婴儿做试验，到处都是细菌。实在不行只好送到庙里，将来培养他们当和尚和尼姑也不错。”

满月说到这里就笑了，葵花却笑不出，苦着脸不吭声。

过了一会儿满月才问：“你不是想收他们做儿女吧？”

“今天我就一直在想这件事。要不，你和李队长说说？”

满月吃惊道：“我也只是随便说一句，你就当了真？这可不是小事。”

“我知道。”葵花叹了口气。“不管怎么说，我现在已经做了寡妇。”

“这事你可别瞎想。这年头牺牲的人多，寡妇不稀奇，还个个不再嫁人了？”

“按规矩三五年还是要守的，还不如有件事做。你看那些孩子的眼睛，眼巴巴地看着你，要吃要抱，怪可怜的。”过了会儿葵花又说，“再说，他们也真的可爱。”

“不行不行，再可爱也是日本人的孩子。”

“如果我不带，他们就只有死路一条。”

满月一想，现实也确实如此，心也沉重下来。不多时雨不下了，她把葵花送回家，又帮着喂了孩子的药粉，说了好几遍再想想的话，这才离开。到了小队部，就把葵花的意思和李真说了。李真想了好一会儿才说：“看来，也只好如此。”

“那我去告诉葵花。”满月说着就往外走。

李真却拦住说:“不急。后半夜我们一块去。”

“后半夜?”

李真便附在满月的耳边小声说了几句,满月瞪大了眼睛道:“你胆子也忒大了!”

李真只是笑笑:“你紧张什么,我又没去偷人。”

到了后半夜,李真叫人撤了岗哨,就到小队部的牲口棚里摸出两捆枪和四箱子弹,又顺手拿了把铁锹,和满月一前一后抬了,来到葵花家的小院。

葵花听到响声出来,正想打招呼,却见李真挥挥手小声说:“不要出声。你娘他们睡了?”

“忙了一天,他们困极了。”

“那样就好。你去把上次我带来的包拿出来。”

葵花转身拿了包出来,原来是几块油布。李真当即把那些枪和子弹包得严严实实,一边挖坑一边对葵花说:“这些东西暂时放在你这里,任何人都不能说。”

葵花点点头:“我不说。”

满月又补充:“爹娘也不能告诉。”

“他们不问我的事。”

“那最好。”李真动作神速,只一袋烟的工夫就埋了枪弹,又吩咐道,“随便在上面种点什么,可以浇水,但不能直接倒尿。”

葵花点点头,看着满月:“我那事……”

李真便说:“你那事我看目前也只能这么办。但是有一条,将来万一有什么国际公约,日本人要来接孩子,你得放手。”

“可他们的爹娘都已经死了。”

“日本地方不大人口少,打了这么多年仗,肯定会重视战争遗孤问题。你要没有这种准备,我就另做安排。”

“那好吧。我听你的。”

“还有一条,不管日本人来接不来接,你都要瞒着他们的身世。

得编个好故事。日本人很聪明,如果说不圆,他们再大几岁就能识破。到时候影响你的感情。”

满月对李真的深谋远虑佩服得五体投地,转而就变成火热的欲望。接下来,他们整整折腾了一个时辰,等到双方都汗流浃背、精疲力竭之时,李真已经呼呼入睡,满月的头脑却异常的清醒。

“喂, 你藏着那些枪干吗? 要是被上级知道了, 可不是个小事啊。”

可回答她的,是李真香甜的鼾声。

几乎是与此同时,二丫进了葵花的房间。

葵花被二丫推醒,警惕地缩成一团,挡在二丫与孩子中间。

“你别害怕。我来只是想问件事。”

“什么事?”葵花听二丫语气平和,这才起来点了灯,又坐在床沿上。“你坐吧。”

二丫便在床边的椅子上坐下:“我们姐妹一场, 过去打鬼子,都是互相照应。”

“是。”

“我们也常常议论男人。所以,我知道大根不是你中意的对象。”

“都已经过去了,还说什么呀。”

“你打算收养这两个孩子? ”二丫往床上看了一眼,继续说,“可我恨他们。日本人杀了我全家,还……”二丫说到这里停住,过了会儿才盯着葵花威胁道,“如果你收养了他们,你就是我的敌人。我一辈子都要和你作对,你知道吗? ”

“你来……就是说这件事? ”

“不。我是想知道,你和我哥到底有没那事? ”

“什么事啊? ”

“你们去了柴房,我都看见了。”

“那是你哥逼的。”

“这个我不管。我只想知道,你到底让他进去了没有? ”

葵花脸开始发烫:“人都不在了,问这些干吗?”

二丫却口气坚决:“不。你得告诉我,他有没有进你那个地方?我知道,这两天,你可能会生孩子。”

葵花这才明白了二丫的意思。

“你是说,如果我有了他的孩子……”

“对。如果你有了我哥的孩子,我会把你当成嫂子,其他的事一概再说。”

“如果没有呢?”

“我不知道。”

“那就等几天,不就知道了。”

“不行。听说区小队过两天就得走,有些事我得赶紧办。”

葵花警觉起来:“你要办什么事?”

“这你别管。我问过卫生员,她说如果是这种日子,男人连续干几次,肯定会怀上。”

葵花过了会儿才说:“你哥性急,不得法。但最后一次好像是进去了。”

“见红了?”

“红是头一天就有了,你哥用的是手指头。”

“真的就一次?”

“二丫。”葵花坐直了身子道,“如果我真的有了你哥的孩子,我会把他抚养成人,做一个好母亲,对得起你哥。”

“如果没有呢?”

“如果没有……如果没有……”葵花不知道该怎么回答。

“算你运气。”二丫说完就走了。

葵花却认真想起那天晚上的事来。她只记得当时下身一阵生疼,大根倒是痛痛快快地大叫了一声。是不是这就是人们常说的房事呢?

第二天,葵花把满月叫到一个没人的地方,说了二丫来找她的事。满月大吃一惊,忙问二丫进屋的具体时候。她是担心埋枪的事被二丫撞见。

“不会吧。她来的时候,你们已经走了有好一阵呢。”

满月这才放下心,又问二丫问过的问题。葵花红着脸只说到现在那儿还在疼。满月想想说再凶也应该不会这么长时间,便把葵花拉到一个没人的房间,关好门,拉下葵花的裤子仔细看了看,然后便大笑起来。

“这死鬼……哈哈大根这个死鬼啊……”

满月乐得捂紧了肚子恨不得在地上打滚,葵花正要问个究竟,就听到外面传来刘脚子破锣似的叫声:“出汉奸了!出汉奸了!有人把日本大佐的尸首埋了!”

第 02 章

李真召集大伙在打麦场上开会,谈日本大佐的尸体问题。刘脚子先做汇报。

“我是带着对日本鬼子的深仇大恨，每天都要拿树枝抽他几下子。刚才跑过去一看,大佐的尸首没有了。再一找,草窝里是那件披在他身上的鬼子装,叠得整整齐齐。我就想,肯定不是被野狗吃了。如果是狗吃的一定要有骨头,衣服会咬得零零碎碎,就像另外那个畜生。”

有人问:“另外那个呢？”

“另外那个也找不到了,骨头也没有。咦,真是奇怪了,昨天早上明明看到不少野狗围在那里，怎么现在连一点儿血迹都没有了呢?所以一定是汉奸埋了。”

李真问："你怎么断定是汉奸呢？"

很少有机会在区小队长面前说话的刘脚子卖关子干笑两声，往手心吐了口痰，用另一只手的指头蘸了蘸，就要在桌上写字。满月见了忙喝道："讲究卫生！"

刘脚子马上把手缩回去，把痰在裤子上抹了，接着说："第一，吊人的枯树下有不少脚印。虽然下过雨，还是看得很分清。第二一个，近旁土地庙菩萨身上的那块黄布不见了。那块布是听广播那天我到镇上买了亲自系上的，我想，一定是裹了狗日的尸首。要偷着埋人，不可能用棺材。如果是我，也觉得那块布正好合适。第三一个，日本人投了降，不可能是鬼子自己做的事，不是汉奸是谁？"

二丫一边听，一边看着葵花。

葵花闷着头，就像是没听见。

李真又问："你说埋了，有没有坟？地方找到没有？"

刘脚子说："我转了半天，没有。"

李真看看身边的镇大卢："你看怎么办？"

镇大卢却道："你是区小队的领导，你说怎么办就怎么办。"

李真便说："上级早有指示，不准虐待俘虏，不准侮辱尸体。当然，群众的情绪要照顾，有些过激的行为也可以理解。但任何事都要注意分寸。昨天大队的汽车来，幸好没有经过吊人的地方。不然，不仅我要吃批评，具体参与的人员也要受处分。我原来准备今天就把他们弄下来埋了，现在既然有人抢了先，和上级的指示没有冲突，我看就算了。还有，以后不要开口闭口就是汉奸。汉奸的定性，上级有严格的规定。如果说，埋个日本人就是汉奸，那我们这儿汉奸多了去了。镇大卢同志，上次会战，你不是专门负责埋鬼子吗。刘脚子，好像是你挖的坑。"

刘脚子忙说："那是，那是。"

"还有什么意见和想法，现在就提出来，等到散会，谁也不准再提这件事。"

镇大卢连忙道："李队长的话，已经说得很明确。这件事，是如何对待上级指示的问题,是原则问题。尤其是民兵,要以身作则。李队长,您继续。”

李真站了起来:“我没什么再说的了。散会。”

等大家都走了,李真把镇大卢叫到屋里说:“还有件事,想和你商量。”

“商量什么,你说什么,我肯定照办。”

“你上次提的那件事,我向大队请示了一下,答复是不宜记功。”李真开门见山。接着又说:“区小队决定对你口头表扬,年终评比时一并宣布。”

镇大卢忙说:“感激领导。”

李真又说:“二丫全家都死在日本人的枪下,她的心情我们要理解。你找她吃顿饭,好好劝劝。另外就是抚恤金的事,你看怎么处理?”

镇大卢瞪大了眼睛:“还有抚恤金?”

葵花散会出来,悬在心上的石头终于落了地。原来最担心二丫会把埋日本大佐的事当众说出。虽然李队长也说了不准侮辱尸体,但这些年鬼子杀了这么多的中国人,做下那么多的坏事,你倒好,不仅收养了他们的孤儿,还用菩萨身上的布裹了尸体给找了安息地,总有些说不过去吧。但又想,鬼子也是人,他把孩子这么紧地抱在胸前,猛一看还真以为是个大肚子,如果婴儿被二丫一枪打死,不也是作孽?

葵花这么想着,转身回到家中,就听到娘在笑,并喊道:“葵花你快来,孩子会说中国话了!”

葵花一进房,就见那个女孩手里拿着一个小摇鼓儿,冲着她叫着:“娘!娘!鼓咚咚……鼓咚咚……”那个断了指头的男孩也在嘻嘻笑着。

葵花在两个孩子脸上都亲了一口,才对娘说:“你教的?”

“我只说了一遍。这丫头聪明着呢。”

葵花忙翻出识字本，指着上面的字说："天。"

女孩就念："天。"

"地。"

"地。"

"人……大。"

"人……大。"

女孩念得一点儿口音都没有，不等葵花重复，自己又念了起来："天……地……人……大。"

葵花高兴得又亲了一口，女孩就又叫："娘！娘！"

葵花感到一种从来没有过的喜悦，让她直想掉眼泪。等孩子们吃了饭，葵花就来找满月，把孩子识字的事说了。满月听了却很担心。

"以后怎么办？"

"什么怎么办？"

"你才十七岁，就带着两个孩子。不嫁人了？"

葵花笑笑说："可不想再嫁了。这么疼。"

满月叹口气："那是大根傻得可以，进错了地方。"于是附在葵花耳边把男女间的事简单说了，说得葵花的脸像一朵大红花。

"要这样，我一辈子也不嫁人。"

"有本事你就不要嫁，当尼姑。"满月做个鬼脸，又说，"现在想想，幸好老天把我生成女人，那种滋味比当神仙还快活。"接着就把李真如何体贴如何温存如何有手段的事一股脑儿倒了出来，就像在品一道好菜。

"那……"葵花受到感染，胆子也大了起来，"李队长每次都不动？"

"谁说不动？他可坏着呢！"满月笑着说，"每次，都是先用一些话来撩拨。什么爱呀情呀，海枯石烂不变心什么的，说得你的心儿要从肉里跳出来，只想把一切都给了他，任他怎么弄都心甘情愿。"

"你们每次都真的进？"

“不进还睡什么觉？真是个傻丫头。”满月哈哈笑着。

葵花也跟着笑：“你也真敢说，少有。”

“做都做了，还怕说？”满月停了停，“其实女人都一样，只要思想解放。不过，必须是真正喜欢的男人啊。”

葵花想到大根那些粗鲁的动作，叹了口气。

“反正你也是迟早的事，记住这些话就行了。”

“你会和李队长结婚吗？”葵花问。

满月脸上顿时转了阴，过了会儿才叹了口气说：“那要看他老家的女人肯不肯离。”

“要是人家不肯，怎么办？”

“还能怎么办？好一天算一天。现在世界不太平，李真说，接下来肯定还会再打仗。子弹不长眼，就像大根，说没有就没有了。”

“那你会生孩子吗？”

满月又笑了起来：“废话。你还没怎么着，就有了两孩子。我还不要他十个八个？”

“又不是猪。”

“你看我这屁股。”满月拍拍腰身道，“骨头宽，肉厚，我娘说，这就是专门来生孩子的。你的也不赖啊。”

正笑着，李真走了进来，扑扑身上的灰，对葵花说：“你来得正好。”又对满月说：“你泡壶茶放在院子里。”满月便走了出去。

李真说：“我知道，是你埋了日本大佐。”

葵花一愣：“二丫说的？”

李真说：“不管是谁说的。不过现在尸体已经移了地方，不远，正北大约三丈，旁边是棵刺槐。你记在心里就行了。”

“为什么要……转移？”

“不转移肯定要被扒出来，到时候二丫真的要喂狗，我也拦不住。不过现在二丫也好，其他人也好，已经找不到了。这事只有你知我知。万一将来有用，也好找。”

“将来有什么用？”

"将来的事很难说的。"李真加重了语气,"有件事你一定要记牢。现在、将来,也许永远都不要承认是你埋了那个大佐。"

"我知道。可二丫看到了。"

"她就一个人,再说看到也没用。事实上,她找不到证据。没证据,就不能证明是你。"

葵花点点头。

"这件事就到此结束。我们到外面喝茶。"

葵花便跟着李真走出来,在一张小桌旁坐下,满月已经把茶泡好,三人都坐了下来。

李真喝了口烫茶才说:"抚养孤儿的事, 我也和上级做了汇报,上级没有同意,也没有反对。反正这种事现在也不少。不过,你现在后悔还来得及。"

葵花马上说:"我不后悔。"

"那好,女人总会当母亲。你是早了点,但早也有早的好处,我就是在我娘十六岁时生的,现在我也能养活她了。"

葵花说:"我想问个事。"

"问吧。"

"孩子总得有个名字, 我爹就我一个女儿, 能不能跟着我爹姓赵?"

"当然可以。其实,你也可以把他们当作弟弟妹妹,差个十来岁也是常事。这样你将来找对象也方便一些。"

满月也说:"我怎没有想到。"

"我不是这个意思。"葵花马上声明,"孩子我会一直带在身边。李队长,你文化高,能不能给他们取个名字,这两天都不知道叫什么才好。"

李真想了想:"这样,名字还是俗些好。既然来得这么突然,无影无踪,生命力又这么强,不如就叫他们大水和二水。"

葵花高兴地点点头:"叫水好。水可是宝贝,以后政府造册就写赵大水和赵二水了。"

李真:“那算你的弟妹,还是儿女?”

葵花脸一红:“当然是儿女了。行吗?”

“这有什么不行的。”李真接着又叹了口气道,“这事也许是命中注定,你这么坚决,我也不知道说什么才好。以后有什么困难,就来找我,我如果不在就找满月。反正你记好,我和满月就是孩子的干爹干妈,你不是一个人。”

“不过将来有了出息,也别把我们忘了。”满月说完大家都笑了。

镇大卢约了二丫去吃晚饭。二丫不等天黑就到了村公所。这里原来是一个富户的私宅,日本投降后,主人因为曾经帮鬼子做过事,担心打成汉奸,全家都跑了。现在前面大部分做了村公所、妇救会、民兵和儿童团的办公室。后面一排正房就住了镇大卢和他的老婆。二丫到时,堂前间已经摆了一桌菜,一壶酒也是刚刚温好。

“大根是条好汉,就是到了那边也不会吃亏。”镇大卢和二丫碰了碰杯,“说不定日子比我们过得还好,你就放心吧。”

“可李队长说,根本就没有阴曹地府。”二丫也喝了一口。

“李队长是区小队,要破除迷信。我们是老百姓。你说,要是没有阴曹地府要垒坟做什么?坟就是死人的家,碑就是门牌,新四军的人牺了牲,同样要做坟立碑。你说对不对?”

二丫点点头。这时,镇大卢的老婆又端了一盆油光的长鱼丝进来,二丫便说:“婶婶,你不要再忙了,也坐下来吃。”

镇大卢却说:“不要管她。还有几个素菜,一会儿装好盒子让你带回家供给大根。我们说的事她也听不懂。”

镇大卢的老婆便又到灶间忙了起来。

“大卢叔,你说有什么事?”

镇大卢抿了一口酒才说:“李队长让我来问问,大根的抚恤金给哪个合适?”

二丫有些意外:“什么金?”

“抚恤金就是牺牲了公家给的钱。”镇大卢夹了一筷子长鱼丝到嘴里，认真地品着味，过了一会儿说，“钱不多，区小队四十块，村里拿十块，一共五十块。”

“这么多？”对二丫来说，这可不是个小数字。

“这次是破例。一是日本人投了降，要体现大胜利。二是大根算队级干部，待遇要比普通战士高一些。另外乡亲也凑了些钱表示心意。这是名单和拿的钱数。不过都用得差不多了，不够的还是我垫的。”

“那还问我拿钱的事？”

“两回事，抚恤金只用了一部分。”镇大卢含糊道。

二丫也不细问，只是说：“那就谢谢大卢叔了。”

“不要客气。虽然算辈分我是你叔，其实也只大你十岁。大根走了，你要不见外，就把我当哥吧。”

二丫眼眶湿了起来，点点头“嗯”了一声，认真叫了声：“大卢哥。”

“哎。”镇大卢也正经应了一声，又端起杯来，“今儿算我们认了兄妹，更是一家人了。碰！”

二丫一口干了杯，又主动给镇大卢加酒。

“以后有什么事尽管来找我，我给你做主撑腰。”

“嗯。”

“那你想好没有？这钱是你拿着，还是分给葵花一部分？”

“你说是给葵花？”

“我是这么想的。”镇大卢放下筷子认真说了起来，“葵花和大根虽然是正式定亲，毕竟是没有过门。她年纪这么轻，又没有孩子，多说三年，少说几个月就要再嫁也是说不定的。到时候，政府也会支持她。你不看见李队长让人在路口拦人，实际上是不想扩大影响，让大家知道葵花是你哥的女人，也是考虑得十分周到。”

“这个我也想到了。”

“所以说，葵花这个嫂子也是假的。你心里要有数。”

“可是，”二丫犹豫了一下。“她毕竟是有过仪式的。”

“所以说我要和你商量。”镇大卢自己喝了一口，“抚恤金的事也是最近才有规定，过去是没有的，一般大家都不知道。如果你决定自己拿下来，我就不再和任何人说，实在有人问，就说是对你个人的补助。如果你想分一部分给葵花，就得做好账目公开的打算。照理说，她肯定也是要问的。”

“你的意思说，我全部拿下来？”

镇大卢点点头：“我是完全为你着想。”

“李队长会同意？”

“实际上这也是李队长的主意。我们领导不商量好了，会来找你？”

二丫想了想：“要是这样，那就照李队长说的做，我没意见。”

“你可以适当给葵花一些，五块十块都可以，但是要以你个人的名义。”

“她没有资格！”二丫又有了气上来。

“也行。那我们就说好了，不提上级发钱的事。”

“如果她知道了怎么办？”二丫忽然想起来，“满月会不会对她说？”

“满月不会知道。”

“她和李队长这么好，怎么能不知道？”

镇大卢笑了笑：“他们好是好在床上。你以为李队长是什么人，什么机密都往外说？”

二丫却认真道：“可他们绝对不是一般的好。真的，不只是睡觉。最机密的事满月也会知道的。”

镇大卢小心起来：“你说的这个最机密的事，到底指什么？”

“我不能说。真的，这事要是说出来，我可能命都没有了。”

镇大卢盯着二丫看了一会儿，才又吃起菜来。过了会儿说：“你做得对，不该说的就是不能说，特别是对区小队的领导。从这方面来看，你还有当干部的条件。”

“瞧你说的，我还能当干部？”

“这可说不定。”

接下来，镇大卢又夸二丫有个性、坚强、爱憎分明，反正把好事都提了一遍。说得二丫脸涨得通红，但心里却像灌了蜜一样受用。

镇大卢老婆在其间又上了几道菜，出去打了一回酒，等到话说得开始重复，再找不到新词儿的时候，已经到了深夜。这时，二丫一会儿笑笑，说认了大卢哥真好。一会儿眼泪又出来，说大根入土的时候穿得太多，可能会热出病来。镇大卢知道二丫醉了，便说送她回家。

开始二丫还能自己走几步，后来就有些东倒西歪。镇大卢要上前搀扶，却被二丫推开，又唱起了新四军的军歌。二丫爱唱歌是出了名的，原来老唱地方小调，后来就唱区大队文工团表演的那些节目。一度还传说要被收去当演员呢。镇大卢怕有闪失，一直跟着不离左右。到了打麦场，被风一吹，二丫一手揪着胸襟，一手扶着库房的墙壁就吐了起来。镇大卢拍了拍二丫的背，闻到了一股酸臭，知道已经吐到自己身上，正要擦拭，臂弯却触到一个软绵绵的身躯，要不是赶紧接住，两个人都会倒了下来。镇大卢心里想，都说干瘦的女人喝多少都不会有事，可见二丫并不胜酒力，早知道就不该留这么晚。但一想，如果不多喝几盅，怎么能听到这么多的话，要让二丫成为自己的人，还得这么接触才行。镇大卢一边这么想着，一边把二丫抱到场边上的草垛跟前，拉了一捆麦秆散在地上就要将二丫放下。不料二丫紧紧勾住了镇大卢的脖子不放，嘴里不停地叫着大根的名字，说我们兄妹死活要待在一起，阴间再好也不如在阳间赖活。镇大卢拼命掰开二丫的手，二丫却一个劲地扭动着身体。

镇大卢早就对二丫想入非非。村子不远有个大塘，一到夏天常有人游水洗澡，男人都在水深处，女人则躲到大杨树后的塘弯里，那里有高大的芦苇遮挡谁也看不见。虽然下水时女人们上下都穿着衣裤，但上了岸换衣服却相互不再避嫌。镇大卢老婆去过几次，晚上缠绵时少不得说些男人不知道的事。如今这个想了上千遍的女人就在自己怀里，一只手就不由自主地顺着腰间往下摸去，不料那根裤带却深深地陷在肉中，打的似乎又是死结，解了半天反倒越来越紧。于是换了一个方向要从裤脚管里往上伸，可小腿肚却和裤脚管差不多一样粗，一时急得镇大卢恨不得把那条老布裤子撕成两片。就在这时，二丫的酒醒了。

“你在干吗？”二丫像看陌生人似的看着镇大卢，一脸的敌意。

“你喝醉了，吐了一身，我替你清理清理。”

二丫四下看看，一骨碌翻身站了起来说：“我哪里会醉，只是刚才头有些发晕。大卢叔，谢谢你送我，明天再见。”说完便一溜烟小跑着消失在黑暗之中。

镇大卢站了一会儿才往回走，对刚才的事不免有些后悔。又不是没见过年纪轻的女人，你碰二丫做什么？刚刚拉近了关系，现在又让人见了外，白费了半天工夫。不过又一想，过去因为大根在区小队，所以才把二丫当个人物。现在大根不在了，李真对她的印象又不好，她一个女孩家还能怎么样？我认她做兄妹是看得起她。如果聪明，应该主动往我身上靠才是。这么一想，镇大卢又舒坦起来。走到拴牛的棚子前，就解了裤子撒尿，正抖着，却见一个黑影蹿到身边，叫了声：“村长。”

镇大卢吓了一跳，定睛一看是刘脚子，便骂：“狗日的你半夜三更不睡觉，出来游什么魂？”

刘脚子也不生气，又往前凑了凑：“区小队派的岗，看着场呢。”

镇大卢偏过头，这才发现刘脚子背着步枪，听说是看场，立刻问：“你看到什么啦？”

“没有，什么也没有看见啊！”刘脚子瞪大了眼睛摇头。

“我是问有什么情况。”镇大卢又抖了抖，刹好裤子问。

“这情况嘛……”刘脚子又往手心上吐痰，卖关子说，“刚才看到两个人在草堆里，好像是一男一女。”

“嗯，还有呢？”

“后来，那女的走了，男的也走了。”

“没看清是谁？”

“没，没看清。”刘脚子立了正，“真的没看清。”

“胜利了，年轻人出来搞个对象，可以理解。”

“那是。不过，好像那女的喝醉了，男的在解她的裤子。”

“这个你也能看到？”镇大卢紧张起来。

“嘿嘿。”刘脚子干笑了两声，“不瞒村长你说，我今天有点乏，就躺在那个草堆里睡觉，你们，不，他们就坐在我的脚跟下。不过，我醒的时候，他们已经走了。”

“那你怎么看到在解裤子？”

“这是我想的。”刘脚子嬉皮笑脸，“都这么夜了，又没旁人，一男一女不解裤子还会做什么？”

“你狗日的到底看清是谁没有？”镇大卢正色道。

“没有！绝对没有！”刘脚子看到镇大卢生气，这才害怕起来。

“还不快去巡逻！”

“我的岗完了，不然，怎么会在这里等着你呢。”

“你等我做什么？”

“其实是我有事要和你说。”

“你还能有什么事。说。”

“这事可不能在这里说。”刘脚子四下瞧瞧，“要是我表姐不急着等你，就到我那边坐坐，我在灶上还闷着一个猪头，估计这个时辰已经粉烂。”

“猪头有什么吃头？”镇大卢嘴上这么说，却向刘脚子家的方向走去。晚上只顾和二丫说话，酒喝了不少，却没有吃主食，刚才又折腾了半天，也确实有些饿了。没走几步，就到了刘脚子住的地方。

刘脚子的父亲原来是村里的阴阳先生，日本人来之前，因为置地起房子的人多，所以到处都请，收入不少，没几年就盖起一座大瓦房。后来鬼子盖炮楼，汉奸要他看风水，结果炮楼起好第二天，就被新四军给炸了，单鬼子就死了七八个。当晚刘脚子的父亲就被日本人杀了头，刘脚子当时正好在朋友那里叉麻将，听到噩耗往玉米田里躲的时候跌断了脚，因为骨头接得不好，所以走路有些跛，这才有了刘脚子的绰号。

刘脚子谈过几个对象,都没成。说是女的没看上他,其实是他心里早就有了人。现在和瞎子娘一起过。这时瞎子娘早已睡了,刘脚子先倒了茶,把镇大卢让到堂前间坐下,又拿了个脸盆把猪头整个端出,烫了酒就吃将起来。这猪头是放了大料用小火慢慢煨的,一天下来五香全部入骨,入口即化。刘脚子又用勺子从盆里拨出一块长条的肉,放在镇大卢的碗里,说是五年的猪鞭,壮阳大补。

镇大卢说:“只听说牛鞭补肾,这么细的猪鞭能补个屁。”

“这你就不懂。牛一枪只生一头,猪一枪生一窝,你说哪个有神力?”

“就你狗日的会说。”镇大卢便把那块肉一口吞下肚,又喝了一口酒,脸上顿时放出光来。

两人填饱了肚子才说正事。

“李队长肯定知道是谁埋了鬼子大佐,为了包庇,所以才这么草草了事。而这个人就是葵花。”刘脚子打了个嗝儿又说。“她因为带着鬼子的孩子,所以不忍心。要换了别人,谁也不可能。”

镇大卢暗暗佩服刘脚子的精明,不愧是阴阳先生的儿子。于是就问:“你觉得李队长这个人怎么样?”

“你是想听假话还是真话?”刘脚子不等回答又说,“如果说假话,我就说他如何英明伟大,是我们老百姓的大救星。如果说真话,我就说他打仗是有一套,但缺点也不少。”

“他有什么缺点?”

“第一个,违背《三大纪律八项注意》。”

“这话怎么说?要有证据。”

“证据就是和满月睡觉,谁都知道。这可是区小队的人自己说的。”

“这个我知道,大根那天喝多了,其实他懂个屁。再说了,满月可是自觉自愿。”

“再自觉自愿也是破坏了纪律。没结婚就上床,再说李队长在老家有老婆。”

“不是说没感情吗？”

“没感情也是嘴上说的，谁知道啊。再一个，就是没感情也是老婆啊。领导上一直在说要一夫一妻，他占了两个女人，如果大家都跟他学，还不都乱套了？”

“这是生活问题，不是大节。李队长执行上级指示坚决，作战英勇，负过伤，是个战功赫赫的英雄，这是我亲耳听军区司令表彰的。”

“这个你就不知道了。过去打仗要用将才，就是有点生活问题也不会计较。现在胜利了，上级强调思想觉悟，不能学李自成。国民党都在反对五子登科，我们怎么能够睡小老婆呢？”

“不就是有个相好的吗？就是再扣帽子，也不能把他怎么样。这个不能算。”

“你村长说是就是。不过，第二个缺点就没这么简单了。”

“他还有什么？”

“他独裁，不民主。”

镇大卢吓了一跳：“这可不能随便瞎说。”

“大根以前和我说过，他这个副队长，也是聋子的耳朵，纯属摆设。队里的事，李真从来不和他商量。”

“这是首长负责制。鬼子都端了枪冲过来，你再找人商量脑袋就搬家了。”

“可除了打仗，队里还有装备和津贴。他一个人负责，别人不知道，到时候拿了公家的钱在老家盖房子买地，谁知道啊？听说就有这样的干部。就说这次受降，鬼子交出不少钱，可到底有多少，谁也不清楚。都在他嘴里说，这样负责，要不没事，要有事就是大事，你相信不？”

镇大卢想起二丫先前说的那句话。什么是“最机密的事”呢？还是“说出来命就没有了”，莫非和这次受降有关系？二丫这两天到处乱跑，连埋鬼子的事都被她看到，那是不是也看到李真什么事呢？心里这么想着，嘴上却说：“李队长是党员，不可能做这种事。你不要再说了。”

刘脚子吃了一口肉，笑笑说：“村长就是村长，觉悟没说的。我虽是你的下级，但毕竟是亲戚，所以敢在你面前放肆。说得不对，你就骂，把我当儿子骂，我会高兴。”

镇大卢也笑了起来：“你这张嘴，天生就是做阴阳先生的料。等不打仗了，你反正有饭吃。”

“我再有饭吃，也是在你的领导之下。”

“你只要跟着我，肯定不让你吃亏。”

“那是。”刘脚子又给镇大卢倒了酒，“记功的事，李真定了吗？”

“说是口头表扬。”

“只是口头表扬？”刘脚子装出不平的样子，“这也太……太……”

“太什么？”

“太不公平了。你要不把那鬼子打死，他还得再开枪，说不定下一个就是他李真。怎么就给个口头表扬呢？”

镇大卢叹了口气：“区小队有区小队的考虑。其实我也不是太在乎。”

“不过鬼子已经投了降，立功就没机会了。”

“革命还没成功，怎么会没有机会呢？不说了，这事不许再说了。”

“哎。”

说着又烫酒，等猪头只剩下肥肉，镇大卢便起了身。今天被二丫那么一闹，又吃了猪鞭，回去肯定要和老婆来几个回合，再不回，天就亮了。刘脚子送镇大卢出门，镇大卢临分手压低了嗓门丢下一句话来。

“你要真有本事，就查一下李真独裁的事。二丫肯定知道。”

刘脚子附耳听了，连连点头：“村长你放心，就当是考验，我刘某人决不会辜负你的期望。”

送走镇大卢，刘脚子回到堂前间，拨亮了豆油灯，把双手在头上枕着，跷起脚，在长凳上躺下，细细品味着镇大卢最后说的那句话，最后一拍屁股站起来，走到厢房里，从箱子最底层翻出一套新四军的军装。这是他用两块大洋从大根手上买的。当时只想到相亲时穿起来威武，弥补一下跛脚的不足。没想到现在可以派上大用场，不由得佩服自己的神算。他当即穿好军装，戴了帽子，又对着镜子仔细照了照。身上收拾齐了，便到灶间取了一块板油用废纸包了揣在兜里，又去豆油灯处拿了拨线头的铁针，这才走了出去。

满月哭了一整夜，原因是李真收到老丈人的一封信，表示坚决不同意女儿离婚。原来总以为自己能在这件事上豁达大度，临了还是像所有的女人那样小气。她不能想象没有李真的日子。不过，最让她气恼的还是李真模棱两可的态度。

“我丈人是我的老师，也是领我走上革命道路的前辈，我不能害了他。”

“你不害他，只敢害我。”

“那是背叛。等于是背叛了我的革命信仰！”李真的口气斩钉截铁。

“我不管，没了你，我还不如去死！”满月也是咬牙切齿。

李真怕出事，只好一遍遍地哄。李真知道满月是个有头脑有思想的姑娘，不是随便说几句大道理就会缴械投降，得往实里说。

“区小队要整编，顶多是个连建制。一个小连长可能带家属吗？就算你参了军，也不可能在我连里当卫生员啊？到头还不是分开？”

“我参加团里卫生队，你常来团部开会，不就能在一起了？”

“你以为部队是我李真开的，要怎么安排就怎么安排？”

“那你想怎么办？”

“最好是暂时不要来往，过一段时间再说。说不定我老婆也就想通了。”

“你骗人！”

“我什么时候骗过你？还有一点，你才十八岁，我大你将近十岁呢。”

满月来了火:“李真,当初要和我睡的时候,你怎么不说这个?”

“这是两码事。再说你又瞒了年龄。”

“我再瞒,你又不是头一次碰女人,难道看不出来?”

“好好好,这种事我说不过。那你到底想不想当人民解放军?”

满月瞪大了眼睛:“你说什么军?”

“人民解放军。”李真终于找到可以沟通的话题,“这是朱总司令在一道命令中使用的新名词,也是一个新信号。”

“什么新信号?”

“打败了日本鬼子,新四军、八路军也就完成了历史使命。不可能再用青天白日做帽徽,满地红做军旗。我们得有自己的军徽和军旗。”

“就像以前的红军?”

李真看来了转机,便道:“你先洗洗脸,眼屎都结疤了,真难看。”

满月便用毛巾弄湿了擦擦脸,坐到李真身边:“你跟我好好说说,什么是人民解放军?”

“这人民解放军是这样……这么跟你说吧,如果搞联合政府,军队的事可以商量。如果蒋介石想继续独裁,继续与我们为敌,那我们就要解放全中国,建设社会主义。要解放,就要有一支自己的军队,这就是人民解放军。”

“区小队以后要叫人民解放军了?”

“可能会有一个过程吧?不过从现在国际国内的形势来看,组建解放军是迟早的事。也是我们年轻人为国家出力的时候。如果在这个历史的关键时刻结婚生孩子,只想到小家庭、个人的利益,你说行吗?”

“我又没说结婚生孩子。”

“如果现在我们结了婚,肯定会生孩子。”

“我们这么久了,不是也没怀吗?”

“那是我控制得好。你没发现,好几次我会弄在外面。”

满月想了想:“原来你是为了这个?”

“你以为呢？”

“我还以为在玩新花样。”

“其实每个月，我都提心吊胆。”

“如果真的有了怎么办？”

“那也只好生下来。这时，你就不能参军跟着部队走，只好留下来做家庭妇女。”

“我才不做家庭妇女。”满月想想又说，“原来你都计划好了。你痛快一阵走了，留下我们娘儿俩受罪。”满月眼泪又掉了下来。

“如果真的有这么一天，我也替你安排好了。”

“怎么安排？”

李真压低了声音道：“葵花小院里不是有两捆枪吗？”

“是呀，到底是做什么用的？”

李真推开门和窗户看了一下，这才凑近了满月：“那是专门留给你的。”

“留给我做什么？”满月不解。

“我对镇大卢这个人不看好。他是村长，也是民兵队长，政权、兵权一把抓。他对我估计也没好印象，这次没给他记功，说不定恨在心里也说不定的。如果你真的留下来，会有你的好果子吃吗？”

“那和枪有什么关系？”

“如果你不走，有两件事可以做。一是当民兵队长，一是当妇救队长。将来也许不再叫妇救队，但妇女组织肯定存在。如果国共合作不成功，要打内战，这儿是拉锯地区，没有枪是万万不行的。到时候，你要镇大卢给你根枪肯定比登天还难。所以我决定冒次险，怎么也给你留一些装备下来。”

这回满月听懂了：“你是说，枪杆子里面出政权？”

李真点点头：“是这个意思。将来是个什么局面很难说。但有一条是真理，那就是有了枪就有了权，有了枪就有了实力。”

满月体会着李真的话，既感激又紧张，李真丈人来信的事早就被抛到九霄云外。

“那你的意思，是要我留下来？”

“那也不是。”李真想了想。“从你家的情况来看，最好还是参军。”

满月的爹和爷爷都是造桥的石匠，人称“父子鲁班”，长年在外。由于工期一般都有好几年，所以成年的家人都跟在身边。去年，刚满十三岁的弟弟也开始学艺，家里就剩下满月和六间结结实实的前檐房。区小队每次来，都在这里做队部。

“如果我参军，那枪还有什么用？”

“那就留给民兵打国民党。但现在不能说。”

“可私自藏枪支弹药是犯法的！”

李真用手示意满月小声。

于是满月低声说：“是要被枪毙的！”

李真轻轻把满月搂了起来，贴着她的耳朵说：“你永远也不会知道我是多么爱你。为了你，我什么事情都敢做。”

爱的欲望又在满月的心中腾起。不过这一次，她一边诉着温柔，一边流着眼泪，就像已经知道，他们的好日子就要结束了。

村子里的规矩，人死三天不关大门。说是万一走得匆忙忘记了什么，好让鬼回来自取。所以刘脚子一点儿也不费事就来到二丫的房外。这时，二丫因为被镇大卢折腾了半天，又喝多了酒，正在酣睡，根本就听不到刘脚子用铁针拨拉门闩的声音。等到门闩落下，刘脚子又用板油润了上下门旋。这样推门的时候就跟掀帐子差不多了。借着月光，刘脚子看到二丫横趴在床上，一只脚光着，一只脚却穿着鞋。卫生蚊帐只放下一半，裤带深深地陷在腰间的肉里，肚脐眼清晰可见。刘脚子细细地端详了一番，克制住原始的冲动，走到月光照不到的角落装假咳嗽。不出所料，刘脚子只咳了两声，二丫就醒了。

“你是谁？”二丫把那只鞋脱了，拿在手中问。

刘脚子用手捏着鼻子回答：“二丫别怕，我是大根。”

二丫在床上缩成一团，语无伦次起来：“你……不是已经……没死？声音不对。”

刘脚子背着光向中间走了一步：“我是阴间人，声音要跟从前一样就麻烦了。你看，我瘦成这样，体形也不一样了。”

二丫浑身发抖：“这么说，你是鬼？”

“我是鬼，也是你哥。”

“那……你回来做什么？”

“我回来是要告诉你，爹娘在那边都好，你不用挂念。那边也有新四军，都是像我一样牺牲的同志组织的。我现在当团长了。”

“你再走几步我看看。”

刘脚子便舞动着双臂像在水里摸虾儿一样挪动了一下身体。

二丫本能地用手护着额头，只敢用眼缝来看。

“别，别动了。不要靠近我，我怕。”

刘脚子看二丫被唬住，便直奔主题：“二丫，领导派我回来问件事，一定要说实话。不然哥会受军事法庭审判。”

“什么事，这么严重？”

“李真做了件不能见人的事，却被我看到，领导现在让我说出来，可我怎么想就是记不起来。后来一查，原来已经托梦给了你。你提醒我一下。”

“是不是枪的事？”

“对对对，就是枪。”刘脚子一高兴，差点说话没有捏住鼻子，“你往下说，是不是上次受降缴获鬼子的枪，他把枪怎么了？”

“他藏了。”

“多少根？都藏在哪里了？”

“有两大捆，大概十来支吧。我看他和满月一前一后挑着走进……”二丫突然刹住话柄。

“走进哪里？”

二丫虽然还团着身体，声音却变得严厉起来：“你究竟是谁，过来让我看看清楚。过来呀！”

刘脚子没想到二丫会这么快清醒过来，如果走过去，鬼把戏就要被揭穿。幸好已经问到关节。便说了句“不好,时辰到了,我得赶紧回去复命”。便夺门跑了出去。

二丫这时已经明白是有人装着鬼前来套话,顾不上穿鞋,就追了出去。

刘脚子从房里冲出,却看到院门关着,还上了门闩。其实这是他自己关的,担心巡逻的多事进来提醒门户坏事。这时情急,竟想不起来,还以为有人在阻他,便溜到墙脚,纵身爬了上去。二丫进到院子,发现有人已经在爬墙头,便捡了块砖头砸了过去,只听得“哎哟”一声,人却落到院外。二丫要追出,却发现两手空空,对方毕竟是个男人。于是到堂前间的粮柜下摸出民兵队上发的三八大盖,可等她再出来再看时,哪里还有什么踪影?

刘脚子虽被二丫的砖头砸到脚,跑得还是比兔子还快。上气不接下气地到了镇大卢的门前,只敲了第一声,门就吱呀一声开了。原来镇大卢摸透了刘脚子急于立功的脾气,自打说出那句话来,就一直提了心在等待。

“我都知道了,都知道了。”不等镇大卢把他让进里屋,刘脚子就把刚才的事添油加醋描述了一遍。

镇大卢却问要害:“那枪埋在哪里?”

刘脚子摸摸头找话搪塞:“好像她说了什么来着……”

镇大卢却道:“你不用编东西来骗我。是不是二丫没有说?”

“不是。只是正说的时候,她就清醒了。”

“好。”镇大卢来回走了几步,“不管如何,我们已经抓到李真的把柄。你不是会用反手写字吗?”

“会呀。怎么了?”

“我念你来写。弄封信送到新四军八团在县城的总部,也给李真点厉害看看。”

“要是李真知道了怎么办?”刘脚子犹豫起来。

“刘脚子,你狗日的可给我听好了。大胜利是高兴的时候,也是我们的同志最容易犯错误的时候。现在揭发检举李真,也是在帮助他挽救他。惩前毖后治病救人你懂吗？”

“我懂我懂。”刘脚子边说边在桌上铺下一张纸，反手握着毛笔，等着镇大卢说话。

镇大卢对着壁仔细想了想，才说：“尊敬的新四军首长同志，我们现在要向组织上反映的，是区小队李真同志严重违法乱纪私藏军火的问题……”

“都严重到违法乱纪了，还要称李真是同志吗？”

“叫你写你就写。”

刘脚子便用工整的楷书写了起来。等信写完，镇大卢又用上次到区里开会顺手拿回来的公文袋装好，并让刘脚子在上面写了“检举信急件”五个大字，然后才一条条地吩咐起来。镇大卢要刘脚子一定得从西北角的乱坟仓出村，抢在天亮前赶到县城，引开站岗士兵才能把信投到八团总部设在大门口的检举箱中，并立刻从原路返回，再经过乱坟仓回家睡觉，如果不是他镇大卢派人来叫，千万不要出门。刘脚子一句句地应着，心里想：“幸好这镇大卢没有当汉奸，不然民兵和区小队不知要被他弄死多少人。”

天一亮，满月就来找葵花。这时，葵花躺在床上已经带着大水在高声念着《三字经》。

“人之初，性本善。”

“人之初，性本善。”

满月进了屋，葵花就指着她要大水叫“满月姨”。

大水清清楚楚地叫：“人之初，性本善，满月姨。”

满月高兴得抱起大水，狠狠在小脸上亲了一口。又看二水，二水正瞪着天真的大眼睛看着她笑，那只小手虽然还缠着纱布，但明显不再肿了。

“这么早？有事？”葵花问。

正好葵花娘端了刚挤的羊奶进屋，葵花就和满月走了出来。

“我这辈子肯定是要当尼姑了。”满月开头就说。

“你胡说什么？”

满月便把李真丈人信上的话说了一遍。

葵花说:“可最主要的,还是李真本人啊。”

满月叹口气:“要我是李真,真的是想娶我,就不可能说信的事。现在反过来,拿信说事,就是不想。”

葵花想了想,不知如何安慰。便问:“那你准备怎么办？”

“如果真的组建解放军,我就参军打仗。牺牲了最好。”

“呸呸,就你个乌鸦嘴。你不是常说,要建设社会主义吗？”

“就是建成社会主义,没了李真,我还能有什么幸福？”说着,满月眼睛就红了起来。

这时,太阳已经老高,村子的路上有不少下田的人,葵花便对满月道:“不如去洗个清凉澡,就不会胡思乱想了。”

满月点点头,两人便向大塘弯处跑去。经过村口时,一辆站满了士兵的卡车从她们跟前驶过。满月看了一会儿便说:“这是八团的车。”

葵花问:“是不是来接李队长开会？”

“没有听说啊？”

“他是区小队的领导,你又不是他正式老婆,就算是,也不能每件事都和你说啊？”

“看来,你对他印象也不错嘛。”满月笑笑道,“当初要是你家房子有空,区小队安在你房里,如今痛苦的可能就是你啦！”

“瞎说！”

两人闹着就来到河边，躲在杨树后脱了外面的衣裤就跳到水里。这时太阳还不火辣,清亮的河水翻着金子般的褶子在闪闪发光,擦在皮肤上就像碰到了上等丝绸。她们俩的水性都不错,泅了一会儿水,抓了几条鱼,然后便用手吊着下垂的树丫让身体浮在水面上聊天。

葵花问:“你说将来的社会是什么样啊？”

“将来的社会嘛。”满月想想说,“没有了敌人,大家就会变得很善良。就像苏维埃共和国，都住着高楼，开着汽车，爱跟谁好就跟谁好。”

“你说的是共产主义吧？”葵花问。

满月没有回答，却又说：“那样也不好，我还是只想跟着李真，要是大家都跟他好，我可坚决不答应。”

葵花嘻嘻地笑：“你怎么三句离不开李真？他要不离婚，你还真去当尼姑啊？”

“我也不想这样。对了，说件正事。放你家院里的那批枪，你可要注意保密，不能让任何人知道。”

“还用你说。”葵花看看满月想着什么。

“看我干吗？”

“你跟李真后变化真大，连肚兜也不戴了。”

满月看看自己，丰满的乳房顶起洋布褂子，两个粉色的奶头清晰可见。突然大叫一声：“糟了！”

“怎么？”

“昨天晚上，我生气的时候，把他送的那个洋式肚兜扔到后院了。”

“什么洋式肚兜？”

“说了你也不懂。”满月匆匆爬上岸，穿了衣服向村子里跑去。

葵花紧紧跟着。刚到满月家的后院，就听到一个女人严厉的声音。

“政策你是知道的，我们历来是坦白从宽，抗拒从严。我们来找你，是有证据的。你不说，只有死路一条！”

声音是从李真睡觉的房间隔壁通过窗户传出来的，那正是区小队办公的地方。满月和葵花便踮起脚，往那房间看去。这一看不要紧，两人都吓了一跳。原来李真已经被人五花大绑地捆了起来，额头上还流着血，显然是发生过肉搏。训人的是个三十来岁的高个女人，穿着整齐的新四军军服，腰里束着宽皮带，皮带上挂着小手枪。一看就知道是个不小的领导。

“一根三八大盖能卖三十块大洋，十根枪就是三百块。现在的政策是贪污一百块就可以就地枪决。你说吧，再不坦白你能有几条命？”

李真昂头闭眼，死不开口。

满月正着急，不想身后来了个背枪的战士，悄悄向她们摸来，等满月发现，那战士高喊：“有情况！”就一把拉住葵花的袖子。屋里头的女领导一惊，忙转头来看，并下命令：“全部抓起来！”

说时迟那时快，满月一头撞了过去，那战士“啊”了一声就跌倒在地。趁这空当，满月冲着葵花喊：“还不快跑！”

葵花就像触了电一般，跳起来冲出后院。身后传来战士要摆脱满月的拉扯声，另外还有一些重重的脚步声向后院赶来。葵花没敢走大路，从小道闪进一户人家的猪圈，跳过几截矮墙，就下到一条小沟，因为今年雨水少，现在沟是干的。她跑了一阵，听后面没什么动静，这才装着平常的模样上了大路，再走几步一转弯，就到了家。进了小院，立刻用扁担顶紧了门闩，葵花这才松了口气。叫了声娘，结果没反应，一看每个屋子都是空的，便知道是带着孩子出去了。爹是每天一早就下了地。家中无人倒也省事，于是找了把铁锹挖了起来。原来埋枪的地方，她已经在上面种了油菜，现在都被翻到地下，一袋烟工夫就碰了响。那枪死沉，她用吃奶的力气一捆一捆地拖到自己房里，刚想坐下来歇歇劲，就听到院门被“砰里嘭通”地敲打起来。她知道情况不好，顾不上喘气，把桌子拉到中间，就掀了芦苇拼织的屋顶，露出个空间来。原来自日本鬼子进了县城，村里盖房子都要挖地洞做夹墙，为的是万一情况紧急时有个藏身之处。做假房顶的少，原因是不管用什么料，很难受得住压力。葵花爹就想办法在主梁上绑了根用桐油浸透的麻绳，吊着块门板，这样就是躺两三个人也不会被发觉。这时，葵花把枪塞了进去，再放好假顶，弄得妥当了，这才要去开门。走了一步又缩了回来，打了盆水从头上浇下，又全解了衣襟。

门一开，面前站着一排战士，个个都端着枪，警惕地望着。带头的是那女领导。

“这么长时间在干什么？”女领导盯着葵花的眼睛用官话问，“为什么不开门？”

“我……我在洗澡。”葵花胸一挺，故意露出一些胸脯。

“大上午洗澡，是你们这儿的规矩？”女领导冷冷一笑，拉拉葵花的领子把上身遮了，才转身向战士们下令，“带走！”

葵花不等战士上来，就向外面走去。这时，她看到二丫惊恐的目光，不由得暗暗叫苦，心想：“这回死定了。”因为她家夹层房顶的事，二丫全都知道。

第 03 章

接下来发生的事,完全出乎葵花预料。

到了区小队,那个女领导立刻变成温和热心的大妈,先让人拿了件干衣服叫葵花换了,然后又亲自泡了杯茶放她面前。

“别以为大夏天受凉不会生病。空气里到处都有细菌和病毒,它可不管你是男是女多大年龄。你要生了病,那俩孩子怎么办。还不快把辫子解开,把头发弄弄干?”

葵花便动手解辫子,心里想:“如果二丫出卖,应该很快就找到枪。这女的就不会在我身上花这么多时间了。”

不一会儿,有个战士在外面喊报告,女领导便走了出去,但不一会儿就又进来。葵花从她的神情判断,枪还没有找到。

“这样吧,你再好好想想,我们也是为了挽救李真同志。不着急,我有足够的耐心。"说完女领导就走了出去,门也被反锁起来。

葵花开始整理思路。

如果说,背着领导和群众把战利品藏起来就是犯罪的话,那这种罪李真已经不是头一次犯了。有一次配合八团打伏击,李真就在她家藏过一挺歪把子机枪和好几箱手雷。还有一次是县城的地下党让人送来两箱驳壳枪,说是从鬼子仓库里偷的,也被李真扣了一箱,整整八支崭新的德国造,后来才成立了短枪队。满月说,按规定所有战利品或其他门路得到的武器都得全部上缴,然后统一分配。但事实上每个小队都在清点的时候给自己留一点儿私货。多支枪不仅可以多发展个战士多打死鬼子,更重要的是保护自己的生命。比如那次区小队被一个团的日伪军包围在窑厂,要不是短枪队在县城里闹腾,逼敌人撤退,还不知要牺牲多少人。所以上面对这种事追究得并不是十分严厉。甚至区大队还在李真这儿存放过六〇炮,用了好几次才送到新四军军部。用大队长的话来说,不用白不用。

那么这一次为什么这么较真呢?而且来查的还是八团的人。八团又不是区小队的上级,下手却这么狠。难道是因为上次那挺歪把子没给他们想报复?那也不至于绑人啊?想到这里,葵花就想不通了。令人不解的,是怎么会被八团知道?那天李真埋完枪不久二丫就来了,莫不是被她看到?就像上次埋日本大佐?可二丫和李真也没这么大的仇啊?就算李真没让二丫泄愤的愿望得到充分的满足,作为基层民兵也不能硬和区小队长过不去,要做出这种事啊?那么,不是二丫,那到底又是谁在搞鬼呢?

葵花正在苦苦寻思,女领导又走了进来。

"怎么样?想好了吗?那批枪藏哪儿了?"

葵花看到女领导鞋上的泥迹,便知道她家肯定是挖遍了,倒有些不过意起来。

"你们费这么老大的劲,到底是为什么呢?"

女领导冷笑一声:"看来,你还没认识到事情的严重性。这么跟你说吧。过去区小队私留个把机枪那是为了打鬼子。可现在不打仗了，藏枪做什么？那是为了变卖金钱。世界上最有钱的就是军火商。我们一些同志让大胜利冲昏了头脑，忘了革命的方向，军饷粮票贪污不了，就在战利品上打主意。这样性质就变了，不再是一般性的违章违纪，而是触犯了法律，是敌我矛盾。当然，如果能主动坦白，政策是宽松的。葵花同志，我知道你在当民兵的几年里立过功，是个优秀的革命青年，现在正是党考验你的时候，千万别错过机会误入歧途啊！”

“我不知道。我真的不知道。”葵花已经拿定主意，不管对方说什么，反正就这么一句。

“好吧，我们会找到的。到那时，你的行为就是协助窝藏，也要受到审判。唉，你年纪轻轻，可惜呀。”

太阳快落山的时候，葵花听到有汽车驶来的声音，接着是整齐的跑步声和一个男人的粗大嗓门：“都卸了，统统都卸了！”

葵花好奇地从门缝里看去，原来是区大队长带来了好多人，把八团的那些人团团围在中间，并且把他们的子弹都被退出来扔到一个盆里。女领导在一旁跳着脚指着大队长骂：“好你个土匪作风！我们军部见！”说着便往外走。

大队长却嘻嘻哈哈：“不送啊！不送！”

鬼子曾经悬赏一百两黄金买区大队长的人头，大头像贴得到处都是。不过葵花认识他好多年了，那会儿区大队长还只是新四军的一个排长，好多次都在她家过宿。

不一会儿，有人开了门，区大队长和李真走了进来。李真双手并在一起，仔细看，原来是铐着手铐。

“这不是小葵花吗？”区大队长一进屋就对葵花说，“还记得我吗？”

葵花点点头。

“挨打了没有？”

葵花立刻说：“没。”

区大队长说：“你别怕，如果敢打你，我替你出气。”

“真的没有。”

区大队长这才看着李真说:“你想好了再说。如果真没有,我替你到军部解释误会。如果有,那只好公事公办了。听明白了?”

李真很认真地说:“听明白了。”

“那,你们商量一下?小葵花我是看着长大的,一下怎么就成大姑娘了。”区大队长说完,就要往外走。

“不用。”李真冲着区大队长说了一声,侧身问葵花,“你把枪藏哪儿了?”

葵花尽管有准备,还是吃了一惊:“你?”

李真苦笑笑:“都到这份儿上了,我不想再瞒。你把上次埋在小院里的两捆枪还有子弹都拿出来交给大队长。”

“你会有事吗?”葵花差点哭出来。

“有也是应该的。”

“不会有什么大事,这事包在我身上。”区大队长轻轻松松说。

葵花这才放下心来,带着大队的人回到家,把枪取了出来。

趁着空,区大队长为小队做了临时的人事安排,又让镇大卢通知干部开会。镇大卢抢在开会前让刘脚子做了三大桶面条,切了不少熟肉进去,另外每人又发一个咸鸭蛋。吃饭的战士坐了整院子,至少有四十人。干部一到,立刻宣布开会。

“李真同志把上次受降缴获的,应该上缴但没有上缴的十二支三八式步枪和一千发子弹埋在咱们村的一位同志家中,不管什么原因,不管有什么理由,是一个相当严重的问题。”区大队长一板一眼地说着,把到会的人都看了一遍,又说道。“为了对李真同志的安全负责,对他的政治前程负责,我决定把他带回区大队处理。至于八团为什么会来,我想大概是接到群众的举报。他们来是对的,走也是对的,但按规矩,区小队的事应该由我们区大队来处理。下次在座的各位,如果对区小队还有什么需要检举揭发,请直接把材料送到我那里,我保证不会包庇一个坏人。当然,想要打击报复一个好同志,我们也是坚决不会答应的。不知道我说的话,大家听明白了没有?”

镇大卢带头鼓掌道:“大队长的指示通俗易懂。除非是吃了狗屎,哪个不明白呢?”

“还有一个我要强调的。就是这件事完全由李真同志一个人负责,其他人员,无论是帮着抬帮着藏的,都没有责任。不知不为过嘛。就如我现在要村长做件事,他敢不做吗?”

镇大卢忙道:“那是。那是。”

“结果将来一查,这事是错的,那他还要承担责任吗?我的意思就是说,如果有人今后给参与此事的人穿小鞋,那就是和我过不去。到时候别怪我不客气!”

区大队长的话,说得大家都不敢作声。过了一会儿,镇大卢才说:“这件事我们也可以得个教训。无论对谁有意见,为什么不直截了当地提出来?却要这样偷偷摸摸送材料,差点让区大队和八团冲突起来。出了事,谁负责?这事我会好好排查。”最后一句是对区大队长说的。

区大队长便道:“排什么查?每个人都有检举揭发他人的权利。不过,我知道你的意思,我也痛恨这种在后背捅刀子的行为,完全可以理直气壮地向上级提出来嘛。将来如果个个都学着打小报告,当面不说背后说,那我们的社会就完了!”

镇大卢带头鼓掌:“大队长说得真是精彩。”

“好了,今天就到这里。”又对镇大卢说,“一个葵花,一个满月,下次不管什么单位来调查,将来不管李真受到什么样的处理,你一定要好好地保护她们。如有什么闪失,我拿你是问!”

“这个您放心。绝对不会,绝对不会。”镇大卢拼命地点着头。

区大队这次来了两辆卡车和一辆美式吉普,李真被一个战士押着坐在吉普上在等着散会,满月在旁边哭得像个泪人,葵花怎么劝也不听。

“中国人民解放军军政大学马上就要成立,你找区大队长写封推荐信。我不在时,你要努力学习文化,不要以为上过几年小学进过讲学堂就满足了。”李真的口气似乎是在吩咐后事。

“我不要……我不要学什么文化……我要跟你去……要死死一块儿……”满月什么也听不进去。

“你要看得远一些。另外和葵花好好合计一下，安排好那俩孩子，让葵花也去读书。将来有了文化，再争取入党，才会有你们的前途。”

“我什么也不要，我只要你！他们枪毙你，我就跳河！”

“谁枪毙谁呀？”这时区大队长走了过来，冲着满月说，“你不要听那个泼妇胡说。蒋介石天天在挑衅，要打内战。李真就是犯了死罪，也得先上战场戴罪立功。哪会让他死得这么轻松，顶多喝杯马尿长个记性就得了。”

听了这一句，满月便不哭了，认真道：“大队长，这可是你说的！”

“就是我说的。”

“那你发誓。”

“我发誓。要是谁敢动李真一根毫毛，我和他拼命。行了吧？”

满月不好意思地笑了笑，一下冲过去就要拥抱，吓得区大队长连连后退道：“也不知道上辈子你是属啥的，一个女孩儿家，这么生猛，谁吃得消啊。”于是往吉普车上一坐。

李真便抓紧机会对区大队长道：“满月和葵花要上军政大学，文化程度是差一点儿，您给她们写个鉴定，推荐一下。”

“也不早说，不然吃面的时候就写好了。这样吧，我今天回去就写，明天让通信员给你们送来。”想想又说，“嘿，还写什么鉴定，我直接让军部的人送她们到学校不就得了。”

李真问：“没这么容易吧？”

区大队长却小声道：“上面让我出十个人上学，我一个都舍不得放了走。她们要上学，其实是帮了我的大忙。还有谁，只要政治条件好，都用区大队的名义送。多多益善啊。”

“我是担心她们的文化水平。”

“什么水平不水平，识字就行。她们不是都识字吗？你以为是北平的燕京大学啊？”

这下李真才放了心，对满月最后说了一句："一定要相信领导。"车就开了。

葵花和满月直到汽车看不见了，才往家走去。一进小院，就看到了二丫。

"你在这里做什么？"满月愤怒地说，"既要做婊子，又想立牌坊。我最恨的就是这种人。"

二丫却并不生气："我只是想和你们说一声，八团的人不是我招来的。"

"那是谁？"葵花和满月几乎同时问。

"是刘脚子。"接着，二丫便把昨天晚上有人冒充大根鬼魂来套话的事说了。

"你怎么能肯定是刘脚子呢？"满月小心问。

"那军装是我哥给的，村里没有第二件。再说他走路的样子也不会是别人。"

"他怎么想起来要套你的话？"满月问。

"这个就不知道了。"

二丫说完就要走，却被满月一把拉住。

"站住。你昨晚去哪儿了？"

"没去哪儿啊。"

满月冷冷一笑："镇大卢没请你吃饭？"

二丫心里想，这事满月果然知道，便说："吃了。"

"都说什么了？"

"没说什么。"

"你不说，就以为我不知道。"

"知道还问。"

"好啊二丫，你现在出息了，有了靠山了。村长也请你吃饭。"

"还喝酒呢。"二丫说着头一抬，斜眼看着满月。

"那我知道了。原来是这么回事。"

葵花忙问："到底怎么回事？"

“李真就是她和镇大卢合伙害的。”

“你别瞎说！”二丫有些急了,“不是你想的那样。”

“那也差不多。李真没有给镇大卢记功，姓镇的就找事进行报复,你也做了帮手。”满月想想生气,一把抓住二丫的头发,“你听好了。如果李真有个三长两短,我会让你死得很难看。”

二丫拼命挣脱:“我只说你和李队长睡觉,别的都没说。我可以发毒誓。”

“有话好好说嘛。”葵花硬让满月松了手,“如果真是二丫,八团早就找到枪了。夹层屋顶她又不是不知道。”

“你以为二丫不说是英雄啊？她是怕打成罪犯家属。”

“反正我是不相信二丫会和镇大卢合伙害人。”

“真的不是我！”二丫哭着说。

“但这事一定和你有关！”

正闹着,葵花爹娘带着两个孩子进来。葵花忙对二丫说:“你先回去吧。”

于是二丫拔脚就溜了出去。

葵花爹拴好门,先让葵花娘把孩子领到灶间吃东西,然后才对满月和葵花说:“有事和你们说。”

葵花和满月便跟着葵花爹进了上房，葵花爹又把门关严实了，才说:“早上八团的人把你带走后，就让我和你娘把孩子带出去,还派人跟着。我知道要出大事,便说是上茅房,偷偷找到徐铜匠,要他立刻通知区大队。徐铜匠你们是知道的,前年就捡了辆脚踏车。”

“不是说没轮子吗？”

“那是怕外人知道。其实早就配齐了。是我陪他赶集买的钢圈和车胎,还是东洋的牌子,不过是贼货。”

“我还奇怪,区大队怎么这么快就来了人？”满月眼眶湿了。“原来是大叔救了李真。”

“别说什么救不救的。李队长每次来对乡亲都很好。人心都是肉长的。”

满月索性大哭起来。

这时,有人来敲门。只听见葵花娘在院子里故意大声说:“镇村长,你怎么来了?”

镇大卢没想到半路杀出个程咬金,李真会被区大队长带走。而且从区大队长最后撂下的几句话里,明显感觉到对自己的不信任,心里便打起鼓来。区大队长是一个传奇式的英雄人物,据说十几岁时,因为母亲遭地方恶霸侮辱致死,他杀了恶霸全家,连三岁的孩子都没有放过。后来拉了个山头专杀土豪劣绅,一直到新四军建立,他带了一帮人参了军当了排长,不久便屡建奇功。传说有一次,他一个人提了把机枪冲进操场,在一分半钟里射出二百六十发子弹,结果打死一百零三个鬼子,其中包括一名少将,自己却毫发无损。据说叶军长见了,也要主动和他握手。遇到这种人,还是小心为妙。等大家都走了,区小队也移了防,镇大卢便从村里的仓库里拿了两段上好的绸缎,又叫人担了一石米,灌了一大罐豆油来到葵花家慰问。

满月知道这件事是镇大卢在背后使劲,不想和他照面,于是找个借口走了。镇大卢便让人把同样的一份东西抬到满月家,然后才和葵花说话。

“今天是虚惊一场,不过也有收获。”镇大卢说,“今后不仅要警惕拿枪的敌人,还要注意身边偷偷摸摸打小报告的小人。”

葵花爹则说:“要这么多绸缎做什么?留一块够了,另外一块送二丫吧。”

“她以后有的是机会。”

推托了几次葵花爹方才收下。葵花送镇大卢出门,这时一起来的人已经走了,镇大卢走了几步看看四周无人,便停下说:“其实这件事区大队早就知道了。”

“你说枪的事?”葵花问。

镇大卢点点头:“区大队长都和我说了。这次受降有不少鬼子自杀,其他鬼子到了区大队后,就要求把死了的骨灰带走,这样就开始重新统计人数,结果一数与李队长上缴的枪支不符。所以说,李队长藏枪的事,迟早会被发现。”

“八团怎么会知道呢?”

“这个就不懂了。不过我听说区大队整编后要归到八团。”

“怎么会呢?区大队的人比八团多了去了。”

“这个情况我略知一二。”镇大卢说,“整编的目的是要扩大实力,但又不能让蒋介石知道。一个团的番号却有两个团的兵力,万一打起仗来,我们就占优了不是?”

葵花对此不太理解,也不关心,她关心的是谁给八团送了检举材料。镇大卢就左分析右解释,最后的落脚点就是根本没有人到八团送过材料,完全是区大队和八团领导之间的事。至于为什么八团这么重视,是因为这次搞反贪上级也下了指标。不料八团一个贪污犯都没查出,一个蜕变分子也没枪毙,于是急了,请了肃反专家来救急。那个女领导就是刚刚从苏联回来的反贪高手,叫苏莲。

葵花似懂非懂地听着,隐隐觉得内部的斗争要比战场上的事更加复杂。

“你个人的事也要考虑。虽是早了些,但这种事不是说解决就能解决的。如果有合适的人,告诉我,我替你做媒。”

葵花急着要去找满月,便胡乱点点头走了。

镇大卢则一脚来到二丫家中。二丫正在给大根上香,全神贯注地念着什么,冒生一转身看到有个人立在身后,吓了一跳。

“你今天的表现不太好啊。”镇大卢自己坐了下来,“葵花家的二层夹项,你应该是知道的。”

二丫不吭声,默默地把两盘素菜放在大根的遗像面前,又把柴油灯挑得更亮一些。

“我一直想让你当个班长,但也得有件事让我说得出来,让大家折服才行。”

“我不想当班长。”

“那你想当什么?说出来,我帮你想想。”

“什么也不当,我只做老百姓。”

“年轻人必须要有进取心。你现在的态度有些抵触,我不说出去就是了。”

“是让我感激你吗?”二丫转过身来,一脸的冷漠,“昨天你解裤带的时候,其实我是清醒的。”

“那你可以去演戏了。”镇大卢却并不慌张。反倒站起来往前走了一步。

二丫本能地退了退:“你,你要干什么?难不成要在这里强奸我?”

镇大卢一笑,却停下步来:“你看你看,我是长辈,又是村长,特地来关心一下,你就往歪里想。幸好我是知道你的,换了人,还以为你蔑视领导。还有,明明醒着,却任人解你的裤带。知道这是什么行为吗?这叫腐蚀干部,瓦解革命阵营,是要杀头的。所以我是为了你好,千万别说那些没人见证的事。到时候害人不行反害了自己。我是替你担着心呢。”

镇大卢说完,就哼着戏文走了出去。

这边满月听葵花说了便一点头道:“我听李真说过,审查贪污有个土办法,就是点人头。一个萝卜一个坑,一个人头一根枪。上次有三十三个鬼子自杀,李真上报了二十一。如果鬼子不提骨灰的事,这事就过去了。”

“多想一下就好了。”

“其实李真也有些担心,但最后还是这么做了。他完全是为了我。”

“会被枪毙吗?”

“应该不会。”满月摇摇头。“区大队长都这么说了。”

“万一区大队并到八团,区大队长还会一个人说了算吗”

满月沉默了半天叹口气:“那也只好听天由命了。”

“这可不行。”

"你说怎么办？"

"我说，现在就去找八团，把你和李真的关系全部说出来，特别是李队长是怎么想的，是怎么为了感情。那个女的看起来很凶，但和我说话的时候还是很温柔。毕竟都是女人，应该好沟通。"

"可是。"满月犹豫了一阵说。"万一再给他扣顶帽子，说生活腐化怎么办？"

"你们是自由恋爱。"

"什么自由恋爱。他有家，我说穿了只是个他的小老婆。不行不行，这事千万别再节外生枝。"

接下来的几天，满月和葵花都在提心吊胆中度过。村子里每来一个干部打扮的人，都会让她们紧张万分，怕是来传达什么噩耗。有一次徐铜匠说八团准备处决一个要犯，满月约了葵花天不亮就赶到县城等着看布告。到了中午，果然有人游街，卡车上绑了一个插着标子的犯人，头被身后的两个强壮的战士压得很低，根本看不清脸。葵花又看到那个叫苏莲的女领导，她坐在另一辆卡车用喇叭激动地喊着口号。枪毙完了才贴布告，说是某连某排的一个班长，是个混入革命队伍的流氓。回家探亲时，竟要村里的年轻寡妇上床慰问。人家不从，他就强迫，结果枕头捂得太实断了气。部队接到举报立刻开了军事法庭判决死刑并立即执行。读完布告满月眼泪就下来了。

"你也真是，又掉什么眼泪，应该高兴才对。"

满月道："我就是高兴啊！"

转眼地里的庄稼都收齐了，八团奉命要撤走。满月托人打听区大队，说是已经没有了区大队的番号。满月急了，就要跟着八团走。就在这时，一辆美式吉普车来到她家门前，车上跳下一个戴八角军帽的小伙子，开口就是奉首长命令接满月和葵花上学。

满月首先打听李真的下落。小伙子虽然年轻，懂得却不少。喝完一杯茶，满月和葵花的脑袋里已经装满了新消息。原来那次走后，区大队长就被调到某野战集团军当了师长，李真跟去当了副团长，私下藏枪的事压根儿没有人提。不过，全军军政大学的头一批学员必须是排级以上干部,或特等功臣的授予者,开后门的一经查出立刻退学。幸好集团军也办了军大,这才拿到两个名额,而且不计较文化程度。满月无牵无挂,说走就走,葵花却犹豫起来。

连葵花自己也始料不及,短短几个月的工夫,她已经和大水二水密不可分。不是因为要负什么责任,或有过什么承诺。只是葵花已经养成了一种习惯,每天一睁眼就得找这两个宝宝,晚上非得摸着两个小屁股才能进入梦乡。白天里,虽然大多时间由娘来照应,但无论葵花何时在门口出现,大水就会像小鸡张开两只翅膀一般奔到身边,"娘"啊"娘"地叫个不停。二水则已学会展示他那断了一截的手指,每当葵花把它含在嘴里时,他就乐得不行。

葵花贪婪地享受着外人不知道的乐趣。她并不知道人类的天伦一旦觉醒,就变得和生命一样珍贵,不能割舍。不,这些她还没有知道呢。在她的思想中,革命是天下第一大事,决不会受到孩子的拖累,甚至还和满月打了赌,如果到时候舍不得离开这两个孩子,她就是小狗。

不过,现在要与孩子们分别,心里却在发慌。她默默地收拾着行装,一遍遍向母亲交代种种事项。二水像是觉察到什么,没理由地坐在小院的门槛上用麦秆扎起了篱笆。葵花怕让孩子看见,只好偷偷从窗户翻了出去。等汽车开到村口,满月开始感叹新的人生终于开始,葵花却突然没由头地对司机大声说:"停车!停车!"司机慌忙刹车,葵花却不等汽车停稳,抱着包袱就跳了下来,并向村里溜了回去。满月以为她忘了东西,耐着性子等待。过了一顿饭的工夫,葵花爹走了过来说:"你们走吧,她肯定是去不成了。"满月还想回去劝,葵花爹却摆摆手阻止。说他养的女儿自己最清楚,这辈子不会有什么出息了。

到了年底,美国人设"调处",共产党和国民党谈判成功,和平终于到来。县城虽是共产党的地盘,但也来了一支国民党的军队,人不多,但都穿着泥子军装,戴着白头盔和"调处"的袖套,笔直地在城门口站岗。一九四六年的春节是狗年，老人说狗叫汪汪，肯定兴旺。镇大卢和几个老人一合计，杀了几头猪，请了一个戏班子连唱了三天大戏。其间少不得接待各个党派团体下来慰问的演出队。等到了正月十五元宵节，老酒喝得差不多了，用井水冰镇的咸肉也开始长毛，镇大卢就通知刘脚子叫了几个人，赶了头老母猪上县城为两军犒劳，回到家天色已晚，因为老婆回娘家去了，刘脚子便留下来伺候镇大卢的夜饭。酒到三巡刘脚子说出一句话来，让镇大卢吓了一跳。

“我想讨二丫做老婆。”

镇大卢摸摸刘脚子的额头：“你不在发烧吧？”

“我还要请你打头炮。”刘脚子一本正经又说，“给你做绿头乌龟，我甘心情愿。”

“好你个狗日的！”镇大卢笑了好一阵才接着说，“过去只晓得是说书的瞎编，如今头一回见识到你这种男人。你让我说什么才好？抽你个大嘴巴子，还是握手说声兄弟？”

“当然是握手做兄弟了。”

“要不是我了解你，别人还以为你是神经病。”

“我说的可是真话。老婆是什么？老婆是床被，是拿来盖的。我盖你盖还不一样？反正又盖不坏。现在讲究新生活，讲民主，男女要平等。你想想，世界上哪个男人一辈子只睡一个女人？现在女人翻了身，你以为女人就不想啊？”

“好了好了，你这种歪理不要和我说。你想娶二丫，又不是不认得，请个喜娘带上聘礼说一声不说得了？”

“她不喜欢我。又是那个猪脾气，再重的礼，肯定会摔得满街都是。”

“要这样找我也没用，我又不是她亲爹。”

“可你是村长啊。”

“村长管的是公事，这种事省长也管不了。”

“不是要你管，是请你帮忙。”

“说吧，我能帮上什么忙？”

“现在到处都在办学堂，我的条件比不上满月，上不了军政大学，但县城里办的班总是可以吧？你就派我和二丫一起去，我再找机会。”

镇大卢心里想：“刘脚子是个什么事都做得出的人，如果让他娶了二丫，那二丫还不等于进了我的房？”不过又一想：“这种事毕竟荒唐，上头抓得还是很紧的，还是小心为妙。”于是放下脸来说：“你听好了，今天喝多了说两句笑笑，我不计较。下次再要说，看我不取消你的民兵资格！你以为我一个村长连这点觉悟都没有吗？”

刘脚子看镇大卢真的生气，于是赶紧搛菜倒酒：“过年高兴说句笑话逗你开心呢。谁这么笨，这种事还敢说出来？就是想也只能是心明意会不是？”

过了正月，镇大卢就让刘脚子和二丫到邻村参加了一个基干民兵集训班。时间不长，就三天。镇大卢还在想刘脚子会利用这三天好好巴结巴结二丫，至少缓解一下上次闹鬼弄僵了的关系，不想刘脚子可把二丫得罪狠了。

“二丫曾经被日本人强奸过！”刘脚子逢人就说，“那时她才十二岁，六个鬼子一齐上，弄得下面肿得像个开花馒头。到现在还是一下雨就疼得要命。”

二丫关起门来痛哭。

刘脚子却越说越凶。

镇大卢也看不下去了，当街拦住刘脚子骂：“你狗日的乱嚼什么蛆，这种事也瞎说？”

刘脚子却把胸一挺：“咦，我的好村长，这可是二丫自己说出来的。许多不好听的词我都省略了。”

原来集训班召开忆苦大会，一个个的上台哭诉。下面不时地喊着口号，陪着掉眼泪。二丫报名晚了，所以安排在后面发言。前面几位已经把鬼子的烧杀抢掠演义得淋漓尽致，许多细节都令人发指，自然回应的口号和眼泪也多。等到二丫上台，说到父母怎么被鬼子吊死，哥哥在受降时又壮烈牺牲的情节，观众们已经有些麻木，连一次自然爆发的口号都没有出现。正在尴尬，排在她后面的一位中年妇女冲到台前，“呼”的一声撕了上衣，露出整个陷了进去的胸脯，说是被鬼子用铬铁烫的。台下立刻骚动起来，不少人站起来喊着口号，把二丫晾在一边。主持人小声问二丫有没有其他话说，不然就可以下台了。二丫不知从哪里冲出一股劲，推开了那个中年妇女道：“我被六个鬼子强奸，那时才十二岁！”全场一下安静下来，大家屏住气在等待二丫说下去。二丫却一下哭了起来。主持人在旁边小声提示：“说啊说下去啊，把当时的情况告诉大家，千万别冷场。”二丫于是收住哭声，一边回想着当时被鬼子糟蹋蹂躏的细节，一边就哭诉出来。会场上出现了新的高潮。“打倒日本帝国主义！”“为死难的同胞报仇！”一时间，激奋的口号此起彼伏。最后，二丫像打了胜仗的英雄那样，被四个五大三粗的民兵架了起来，转了一大圈才放下。到了晚上，当地的妇救会，民兵队的女负责人就带了东西前来慰问，又问了许多细节。二丫又说了半天，一直到把在座的各位眼睛哭肿了为止。

镇大卢听刘脚子这样一说，方才明白是怎么回事，不许刘脚子再说。“你倒是过了嘴瘾，人家嫁不出去你负责？”刘脚子却嘻嘻道：“我就是要负这个责。你说大家听了这一段，谁还会娶她做老婆？那我的事不就成了？”

“原来你狗日的走的是这一招。”

“这一招可是她自己走的。”刘脚子又一笑，“村长，我上次的话还是作数的。”

不料镇大卢从此对二丫的欲望已经一丝不存了。

葵花听娘说二丫一早关死了门没有出来，看看天色已晚，便做了碗面条，又卧了两个鸡蛋，趁热来到二丫家中。只见大门洞开，进去一看，大根的遗像已经没了，二丫的床上整整齐齐地叠着一件大红的毛衣，这是满月节前特意让人捎给二丫的。葵花看了先是一愣，然后仔细一想，不由得大叫一声“不好”，便向门外冲了出去。半路遇到镇大卢，便大声说：“二丫怕是想不开投河去了！”镇大卢也紧张起来，忙让人敲了铜盆，带了钩索，就直奔大塘。

葵花来到河边，虽不见人影，但二丫的一双半新的棉鞋却放在下水的地方。正不知如何是好，却听见水面上忽地冒出一个大泡，就像是有条大鱼在河底戏水，于是顾不得多想，跳到水里向冒泡的地方游去。当她触到二丫身体时，自己的手脚已经冻得无法张开。这可是一年里最冷的日子，虽然是活水不结冰，但冰冷的水像一把把尖刀刺着骨肉，葵花发现自己呼吸困难，并渐渐失去知觉，一种想尽快摆脱痛苦的愿望越来越强……当她再次醒过来时，已经是第二天的上午。

她首先看到的是上次给大水治病的大夫，原来已在县城医院。那个大夫还认识她，见她醒来，便说："你真的很了不起。"

葵花四下看看："她呢？二丫呢？"

"她是昨天半夜醒的，已经出院了。"

"我什么时候出院？"

"你没事，马上就可以出院。"

葵花四下看看："我家没来人吗？"

大夫说："都来了。你爸妈，你两个孩子还有村长，来了一大群呢。不过，现在都在门口迎接苏县长。"

正说着，就听到病房门外传来一阵嘈杂声，门一响，就见镇大卢撑紧了门，让一个女人首先走了进来。

大夫上前打招呼："苏县长。"

"情况怎么样？"

葵花仔细一看，不由得大吃一惊，原来这位苏县长，就是前几个月来找她要枪的八团女领导。这时苏县长也认出了葵花，于是一笑说："原来是你。我就知道，你是个好同志嘛。这么冷的天跳下水去救人，差一点儿就牺牲了自己，难得啊。"然后转身对着镇大卢说："回去后，要好好慰问。不要光说好话，要解决葵花同志的实际困难。看看房子需要不需要修理一下？耕牛的饲料够不够？春荒的粮食都备齐了没有？你这个村长要负责。"

镇大卢马上应道："苏县长的话我都记得一条不落。"

“故意传播那些话的人查出来没有？”

“已经查出来了。”

“是谁？”

“是狗日的刘脚子。”

苏县长皱皱眉才说：“趁这个机会，我说几句。下次开会忆苦，要注意保护女同志的隐私。用‘糟蹋’两个字一概括就行了，哪来这么多的细节？你以为是在介绍作战经验啊。那才是越详细越好。还有一点要注意，不是人人都有那么高的觉悟。有的人就喜欢听这些东西，满足不文明的心理。不就是那点事吗？说不说，结了婚的都知道，干吗要在大会上问得这么清楚？还有，做干部的一定要注意自己的谈吐，开口闭口都来一句狗什么的，弄习惯了可不好。”

“是是是。”镇大卢知道后面的话都是冲自己说的，忙着表态，“一定注意，一定注意。”

葵花坐在特地雇来的一辆大马车上，懒洋洋地搂着两个孩子晒着太阳。到了村口，刘脚子已经领人放了一阵鞭炮。经过二丫门前时，发现已经落了一把大铁锁，后来听娘说，二丫一回家就收拾了所有值钱的东西走了。

镇大卢当即安排人修房顶配饲料，又从公粮仓库里取了两石米不容分说就倒进了葵花家的米柜。葵花有点想不通：不要说是自己的小姑子，民兵队的战友，从小一起长大的姐妹，就是一个陌生人落进大塘，都会有人跳下去救。怎么自己昏了一回，倒落得这么多有人尊重？看来这世道还真的变了，至少是女人变得值钱了。

又养了几日，身子已经大好，便做了几个素菜往大根坟前供了。这时墓碑已经换成细密的花岗岩，刻的字上涂着金粉。大水把路边采来的一些野花在坟前围了一圈，二水则伸长了手在那金色的字迹上摸了摸。葵花看着看着，突然有了一个主意。她先拐到附近的一座古刹跟和尚要了两根尺把高的白果树苗，然后来到村口埋日本大佐的地方，找到自己放的那块石头，然后按着李真说的往正北方向大约走了三丈，就看到了一堆杂草和一棵刺槐。她把杂草拨干净了，把两棵白果树苗插进土里，又弄了些水来浇灌。这时，大水也在一边帮忙，小脸蛋上挂着清水鼻涕，忙得一本正经。二水在地上爬的时候将泥水弄了一身，却没有哭泣。

等一切都弄妥了，葵花又到村子里的小店给孩子买了梨膏糖，正往家走，就见母亲急匆匆地走了过来，失色道："不好了，县里来了人，还有一个日本人，说是什么国际会的，要带走这两个孩子！"

第 04 章

这是葵花最担心的。

虽然事前和李真有个约定,道理上也找不出个理由,但她还是马上要娘先把孩子藏起来再说。回到家,看到一屋子的人。镇大卢向身后看看,问:“孩子呢?”

葵花不回答,只是问:“什么事啊?”

镇大卢指着一个戴眼镜的男人介绍:“这是县里的文书。他跟你说。”

于是文书便从公文包里拿出厚厚的一沓纸来,放在葵花面前道:“根据国家规定,大凡是日本人留在中国的孤儿,一旦发现都有被送回日本国的权利。除非已经年满十六周岁,自愿放弃日本国籍者。你的两个孩子,根据我们调查,属于日本侵华战争中的遗孤,而且均未成年，符合首批遣返条件。所以今天林木一郎先生和里见花子小姐以国际红十字会的名义，特地前来接收这两个孩子，以便在一周后和其他找到的七个孤儿返回日本。”说完，那两个日本人就站起来向葵花深深鞠躬，又把一个叠得老高的礼品盒放在面前。

文书把文件翻到一页说：“政府对你这段时间以来抚养两个战争孤儿表示感谢，并有一定的经济补偿。请你在这儿签个字，摁手印也行。”

葵花这时脑子里嗡嗡地响着，像木头一样站着，只听到爹在说：“孩啊，究竟是人家的孩子，国家有规定，人家等半天了，你就签了字吧。”

葵花则捂着耳朵发了疯似的叫：“不行！坚决不行！不管大水还是二水，都是我的孩子！我不能让他们带走。”说着，就想夺门出去。结果镇大卢早就布置了民兵，又把她推了回来。

“你冷静一下。”镇大卢说，“孩子肯定是要被带走的。”

“你们找不到！”

“你娘出去找你的时候，我就派人跟着了，这会儿他们都在村公所待着呢。你要是识相，我请文书允许你和孩子告个别。要不识相，他们就直接走了。字是可以代签的。”

葵花一下坐在地上哭了起来：“你们……你们也太欺负人了……他们是我的孩子……是我的孩子呀……”

镇大卢便放下脸：“你不要好丑不分，给脸不要，把件好事办砸了。这两个日本人，可是代表国际的，一会儿说出去，出丑的可就是我们全中国。换了你在日本有个孩子，人家不让带回，你是什么心情？”

“你们真的不能这样啊！”葵花索性大哭起来，“二水是我从阎王殿上抢出来的，怎么能说不是我的孩子啊！”

文书和两个日本人点点头，又和镇大卢咬了耳朵，葵花看他们要走，就在地上打了个滚把门阻住，结果不一会儿，就被两个民兵进来硬拖到床上去了。等大家都走了出去，葵花爹才抹着眼角说：“你想想好，要见最后一面，现在还来得及。”

于是葵花止住哭，回到自己房里，把孩子所有的衣服打了包，又塞了他们平时最喜欢玩儿的，快步向村公所奔来。刚到了空场，她就遇到了那场飞来的横祸。

飞机低空俯冲时发出的刺耳啸叫声葵花并不是第一次听到，但那种明亮的火球以及巨大的爆炸声还是首次经历。如同是一座大山在面前倒塌，葵花弹到半空又被气浪推出十丈之远，幸好落在一户人家新进的干草饲料中才侥幸逃生。等她清醒过来跑过去一看，就像空麻袋一样瘫倒在地上……

直到六十多年后，才有一位台湾老兵描述了这次轰炸的真相。原来国民党某部得到中共要人视察某地的报告，便派出飞机进行定点清除，不料临时报错了经纬度，又看到国际红十字会派来接孩子的高级轿车，于是便扔下了三颗足足可以让一个连的兵力消失的炸弹。根据县志称，被炸身亡的，除了县政府的文书，林木和里见两个日本人，还有两位司机，两个民兵和正坐在汽车里玩耍的一个村民，那个村民就是镇大卢的老婆。葵花娘被飞进屋里的弹片击中了肺部在三天后去世，两个孩子因为有葵花娘肉体的阻挡只在摔倒时擦破了一点儿皮。镇大卢能逃过一劫是因为当时他正在屋后的粪池边上小解，看到飞机上的炸弹飞下来，便本能地跳了下去，所以只损失了一身衣服，沾了一身臭气。

解放军总部对这种无耻、野蛮的挑衅行为进行了严厉的谴责，县城的学生还组织了游行。但随着国民党军队向解放区的大举进攻，内战全面展开，这类悲剧很快就被人淡忘。

那些天下着大雨，葵花拥着两个不停啼哭的孩子成天坐在床上发呆。她不知道该不该庆幸。母亲的离世，让她回想起许多拉扯孩子长大成人的艰辛。她把娘葬在大根坟边，填土的时候哭得死去活来。悲痛的日子总会过去，当孩子们又开始用他们的小手在她脸上摸来摸去并露出笑容的时候，葵花产生了要离开保庄的念头。

“我们走吧。”葵花对爹说，“去一个没人知道的地方，就说大水二水都是大根的骨肉。那两个日本孤儿已经被国民党的飞机炸死了。”

葵花爹早有这个想法。他从来不是个种地的高手。当初，他来保庄做上门女婿时，就带着父亲传给他的一把钢锤，一度也是个四乡闻名的铁匠。后来日本人来了，不准私开铁匠铺，才荒了打铁的手艺。现在老伴走了，葵花和孩子又不可能分开，如果再来个什么人念着公文要带走孩子，那葵花的日子还能过下去吗？但他不同意走得太远。“这兵荒马乱的，你又带着两个孩子。人生地不熟的怎么挣钱？挣不到钱，那就得饿死。”

葵花爹说完就去找徐铜匠商量，果然天无绝人之路，徐铜匠的一个朋友在达家镇新开了间铁匠铺，正缺一个帮手呢。葵花听了也很高兴，当晚就收拾妥了搬到镇上。说来也巧，那个铁匠铺的老板也姓赵，扯起来还有几分远亲。当下开炉试了锤，老板见葵花爹的手艺不在自己之下，就干脆认了兄弟，合了股各人一半，不足的就用往后的工钱补足。又让出一间半房让他们先住着。赵老板的女人是个填房，结婚五年就有了四个孩子，现在最大的也才六岁。两家人欢欢喜喜地吃了合伙饭，老板娘一高兴就哼了一首民歌，葵花没节目，就让大水把《三字经》从头到尾背了一遍，把赵老板惊得半天说不出话来。第二天，少不得请了几位街坊邻居喝茶，又上了一些茶食果腹，说话间就让葵花父女出来见面，只说是远房的哥哥，葵花只报了乳名叫果果，称三年前结的婚，现在丈夫在外面当兵生死不明。邻居里有个教书的老先生特别热情，说你家开的是铁匠铺，要忌木防火，因此孩子娘叫赵果果并不好，既然两个孩子都带着水，不如索性就叫“水姑”。大家都说好。葵花爹从小没取过大号，也就顺便请老先生想一个名字。老先生掐指一算，说“本堂”两字最好。后来镇上来登记户口，也就这么报了。从此葵花变成了水姑，大辫子盘成了发髻，再也无人知道她是个带着两个日本孤儿的未婚女子。

达家镇不大，却是通往县城的要道。传说某朝某代的皇帝南巡，地方富豪盖了座小楼请万岁爷歇脚，为的是抢在官吏前头献表忠心。后来有人说这儿风水不错，便不断有人来盖房居住，逐渐形成了一个大集。这些年来，集上卖什么的都有，唯独铁器很少。原来日本人害怕老百姓私造兵器，把四乡的铁匠都集中到县城，只准生产镰刀锄头一类的常用农具。久而久之，人们要买把菜刀，也只好跑趟县城。赵老板正是看中这个空缺，才在镇上开了头一家打铁炉。不到半个月，赵老板就知道自己不是葵花爹的对手。一样的淬火，人家不仅看不到丝毫裂纹，而且挖到石头也不会缺齿。渐渐有人看出门道，点名只要赵本堂手上的货。赵老板是个聪明人，于是提出分工，自己只负责销售，炉子上的事全部交给了葵花爹。由于要货的人多，赵老板就招了三个学徒，葵花爹只负责淬火回火。一时间，生意倒也做得火爆起来。

接下来的五年间，葵花把全部心思都用在两个孩子身上。国家翻天覆地的变化，还不及孩子新长出的一颗牙，新学会的一首歌。自然新鲜和惊奇还是有的，五星红旗替代了青天白日，金元券变成了人民币，长衫马褂换成了列宁装，先生太太都叫作同志。青年小伙都在搞劳动竞赛，中年妇女都在识字扫盲。天天都有新的事物出现，刷牙变成了政治任务，不做广播操就是落后分子。到了农忙，镇上每天都有人排着队下乡，高声唱着歌，挥舞着红旗，就像过节一样热闹。每当此时，葵花都只是站在铺子里头呆呆地看着。她的身体有了不少变化，腰围长了两寸，屁股大了一圈，结实白嫩，两个奶子则高耸出来，走路稍微一急就波动不息。葵花每天起床时，都会用块白布把自己裹得结结实实，但效果似乎相反，要收进去的地方反而变得更加突出。老板娘几次欲言又止，最后实在忍不住了，问她到底有没有结过婚生过孩子。

“这也能看出来？”

“这要看不出，我也白活这么多年了。”老板娘看看没人，又低声道，“我们是家里人，说句不怕恼的话，知道现在你像什么？”

“像什么？”

“就像头准备做窝的母猪，发情呢。哈哈哈哈……”

葵花脱了鞋追着老板娘猛抽，老板娘也不生气，扒了半匹屁股露给葵花看："这才是生过孩子的，你像吗？"

这一天是一九五一年的正月初三，老板娘带着两个小的来找葵花去赶庙会。喝了豆腐脑子捏了两个糖面人儿，正要挤过去看县文工团的演出，葵花就看到了二丫。

"你怎么会在这里？"二丫把眼睛瞪得滚圆，吃惊道，"你没有上国外？你没有在红十字会里做事？"

葵花听得一头雾水："你瞎说什么呀？我为什么要上国外？我怎么要去什么红十字会做事？"

二丫跳着双脚道："大家都这么说的。我也在想，就是死了也得有个魂啊？你连个魂都没有，不是上了国外是什么？"

葵花也笑："大过年的，你才是魂呢！"

老板娘见葵花遇到熟人，便带着孩子走开。

二丫突然想起什么，走到一个面摊上，拉起一个四岁左右的胖男孩，就过来要他向葵花磕头。

"你这是做什么？"葵花慌忙拦住，"我可受不起这样的重礼。"

"怎么受不起？没有你，就没有他。"便按着孩子的脑袋在地上碰了一下，又说，"快叫姨。"

男孩就把眼睛眯成一条缝，拉长了声音叫起来："姨……姨……"

"是我儿子，叫大宝。小时候得脑膜炎看晚了，有些猪头三。"

葵花这才注意到那男孩确实有些不正常，一只眼睛只看到白，两个嘴巴子全是肉，翻起来像只大番茄。只见他走到二水身边，一声不吭就抢二水手上的摇鼓。

"你做什么？"二丫在男孩屁股上狠狠揍了一巴掌，骂道，"真是一点儿教养都没有，全和你爹一个模子。"

"我要摇鼓！娘，我要摇鼓嘛！"大宝哭了起来。

站在一旁的大水看了，便从二水手里拿了摇鼓塞到大宝手上。

二丫看了又吃惊:“她是大水?”

大水不用人叫,就冲二丫鞠了一躬,亮着嗓子喊人:“阿姨好!”

二水也跟着叫:“阿姨好。”

葵花很自豪地点点头:“他们就是大水和二水。”

“呵哟。”二丫捧着大水的脸。“这孩子可真俊啊!你看她眉毛根根这么细,和我们长的就是不一样。”

葵花偷偷踩了二丫一脚,小声说:“说话当心!”

二丫这才醒悟道:“我知道,我知道。”

二丫穿着崭新的灯芯绒棉衣,头上烫成大波浪,虽然还是小脸,却比过去丰盈了许多,下身也有了曲线。

“你有满月的消息吗?”葵花问。

“怎么没有?昨天还在一起吃的饭。”

“她也在这里?”葵花很意外。

“你怎么像是从牢里刚放出来,什么也不知道?她现在当县长了!”

“县长?”葵花想起八团的那个女人,“县长不是姓苏吗?”

“你是说原来那个女的?人家已经调到北京去了。听说她男人是个大官。”

“满月结婚了?她和李……李队长结婚了?”

“这事比较复杂。以后有机会慢慢和你说。”二丫又看看葵花问,“你怎么不问问我。”

“问你什么?结婚吗?孩子都这么大了,肯定是结了呗。”

“那你不想知道我丈夫是谁?”

“是谁?”

“是个你也讨厌的人。刘脚子。”

葵花吃了一惊:“你嫁了刘脚子?”

“就知道你会想不到。”二丫叹了口气,“大概是命中注定。”

葵花想起二丫投河的事,便问:“你那时去了哪里?”

“什么地方也没去。还在村里。”

“那……”葵花不懂了。

“我就住在刘脚子瞎子娘的屋里。”

“为什么住刘脚子家？”

“我还能去哪？”二丫叹口气，挥挥手，“都已经过去了，还说什么？”

“你就不能再选一个？”

“还能选谁？就是这个命。不过，他对我还不错。至少比我原来想的要好一些。”二丫苦笑笑，“你还是一个人？”

葵花点了点头。

“我哥都死五年了，该找一个了。”二丫想想又说，“不会守一辈子吧？”

“到我那儿坐坐吧？我爹和人合伙开了间铁匠铺。”

“下次吧。你把地址告诉我，我会来找你的。”说完，二丫就领着那男孩走了几步，又转回来说，“差点忘了。我们家定了烈属。你好好想一下，到底要不要。”

“什么要不要？”

“要的话，就承认是我嫂子。将来政府要发补助的，逢年过节给不少钱呢。”

“我不要。”

“我想也是，你们又没孩子。只是可惜了这份补助，都没个人领。”

“你不可以吗？”

“十六岁以下弟妹才有资格，再说我也成家了，还领什么啊。”

当晚，满月就找了过来，说正好有时间，好好聊聊。葵花就让孩子睡到老板娘屋里，早早插了门，连爹都不让进来。

自然是谈李真。

“军政大学的头三年，一边学习，一边打仗，有时候还会留在地方上做些工作，反正不是原来想的那样，一切根据形势的需要。因为和李真同属一个军区，见面还是有机会。”满月说话沉稳了许多，却滔滔不绝。“一直到一九四九年底，在一次庆功大会上，我遇到了区大队长。他请我吃饭，最后对我说，以前打仗，今天不知明日事，生活上的事不是太计较。往后进入和平时期，什么都要上规矩了。说李真和他老婆现在生活得很好，让我不要再去找他。还说，李真这些年一直跟着他，生活上再没有犯过错误。这句话终于让我明白，这就是领导上对我们关系的评价。是在犯错误啊！”

满月说着，眼泪就流了出来。

葵花拿手帕给满月擦眼泪，过了一会儿才说：“大队长说得对，你们就别再见面了。”

“可是……有件事……”满月欲言又止。

“什么事啊？”

满月没有回答，却突然大哭起来。

葵花不知如何安慰才好，便说：“天下也不只有李队长一个男人，你这么优秀，还怕找不到更好的？”

可满月却只是哭，又掏出烟来抽，结果手抖了半天才点上。抽了几口，这才平静下来。

“到底什么事啊，让你这么伤心。”

满月苦笑笑，又摇了摇头道：“不说了。其实也没什么。我也就在你面前难过一下。现在好了。没事了。”

“真的没事？”

“真的没事。”

葵花见满月语气平和下来，这才放了心说：“你可吓了我一跳，以为出什么大事呢。”

“天大的事，我也得自己扛着。”

葵花觉得满月肯定有事瞒着，但既然人家不说就有不说的道理，于是换了个话题问：“那后来，你真的没有去找他？”

“去了。”满月死劲地擤了擤鼻涕，又用湿毛巾擦了擦脸。这时，她完全冷静下来，“是他主动约的我，说是他爱人请我去吃饭。”

“他爱人？”

“我也有些意外,考虑了半天才决定去做一次表演。”

“表演?”

“是呀,我拿定了主意,不管怎么问,就说是一般的朋友。那天,我买了些茶食和水果,饭前到了他家。他当时住在军区大院的简易房里,有个勤务员在帮着弄菜,又到食堂拿了两个冷盘。开始大家都说说笑笑,李真告诉我,那次区大队长押他走。你还记得吗?”

“当然记得。”

“他说一上路就松了绑,带到区大队处理完全是说给八团那女人听的。其实那时候国民党已经在准备进攻,内战一触即发,谁还有心思内讧啊。不过在任职的时候,大队长还是比较谨慎,只给了他一个副团。李真说,幸好是个副团,如果是正团,就活不到今天了。”

“那是为什么?”

“因为国民党安排了特务假投降,有一次开会,把团长杀了。”

“李队长的运气总是不错。”

“吃完饭,首长找他有事,家里就剩下我和他老婆。我想,这时应该轮到我开口了,就一本正经地和他老婆说,我和李真不像外面传的那样,虽然常见面,但连指头都没碰一下。结果他爱人就哭了起来。”

“为什么哭呢?”

“我也觉得奇怪,还准备发誓,没想到他老婆竟然一下跪在我面前,说我们的事李真全说了,求我放过她爱人,不要再做那种事了。否则,她只有死路一条。”

“那你怎么说?”

“我还能说什么。我是个干部,这可是破坏人家家庭啊。”

“后来呢?”

“后来她老婆就要我写保证书,否则她不起来。”

“你写了?”

“没写,可我做了口头保证,不再和李真有那种关系。”

“那你准备怎么办?”

“单身一辈子。”满月似乎早就想好了。

“这可能吗？”

“有什么不可能？为了革命，为了建设新中国，这么多同志牺牲了，残废了，而我只是不再找男人。相比之下，也太微不足道了。再说，作为一个女人，该做的，都已经做了。该幸福的，也幸福过了。而且比一般人还要幸福，还要好。”

“是，比我好多了。”

“好了，我的事说完了。二丫嫁了刘脚子我也意外，但看起来人家过得还是挺好的，结果好就行。你呢？你就准备一直这样过下去吗？”

“看机会吧。如果将来真的有人看得上我，又容得下这两个孩子，我再说。”

“这种人肯定有。但你得学会吆喝，主动把自己的情况告诉人。不然，人家还以为你在等丈夫回来，谁敢来找你啊？”

满月半夜才走。老板娘送孩子回来时说：“真看不出来，你和县长还是好朋友。将来我们可有靠山了，嘻嘻！”

过了年，老板说一直想给铺子里打造的东西注册一个商标，但镇上领导都说没有必要，再说也不知道你的质量是不是真的过关。葵花就到县里找到满月，满月二话没说，就把负责工商的一个科长找来，当即就办齐了手续。又到铺子当场抽查了产品，也是立刻发放了合格证书。从此，铺子无论打造镰刀锄头十字镐，还是菜刀火钳马桶箍，一律挂上红漆印的小卡片，一面是“赵记”，一面是“合格”。到了集市，许多人只看到小卡片，问都不问就付钱拿货。一时销售额涨了四五倍，高兴得老板笑得合不拢嘴。隔天有个邻居来找葵花要为一个亲戚借钱赖的账讨个公道，葵花来找满月，满月便让县法院的人下来了解情况，不出三天就有了结果。又过了三日，有个老客户的母亲说划错了阶级成分，葵花也让满月派人纠正过来。邻居对葵花热情无比，来请客吃饭的都要提前预约。不到一个月，前来托葵花找县长办事的就有十五六次，有时葵花一天要往县里跑三趟。终于有一天，满月对葵花说，这些事你不能再来找我，直接找有关部门解决。果然第二天秘书就说县长开会不在。葵花吃了几次闭门羹明显感觉受到满月的冷淡，就不再答应替人帮忙。于是，来请吃饭的邻居也就销声匿迹，打招呼也不那么主动了。

葵花又回到原来平淡和封闭的生活。直到有一天，二丫领着一个人来，把她平静的生活来了个底儿朝天。

刘脚子对历史入了迷。

开始只是翻翻《史记》，后来又找了《汉史》《明史》《五代十国》来读，有一阵上茅房天天都在翻《大清王朝兴衰史》。他对历史感兴趣，是因为他也在写历史。县委向各乡布置下一项硬任务，要把抗日战争中的民兵事迹整理出来编成一本书，条件成熟时写入《县志》。镇大卢推荐刘脚子进了乡里的写作班，出发前让他写一篇试试，内容就是一九四五年八月二十三号的那次受降。

刘脚子认为很简单，不出一袋烟的工夫就一挥而就。他写道："晨，有人来报鬼子自杀，即包围之。区小队副队长大根劝说无果，遭杀。群情激愤，惩办凶手。是日缴获敌军枪械弹药无数。"

镇大卢看了笑了半天，就把那纸撕了两半，教训道："你狗日的写报销条呢？一点儿阶级感情都没有，还之乎者也封建文人气十足。那次不管怎么说，还是消灭了一个日本鬼子，你要抓住重点。"

刘脚子想了想，恍然大悟。于是又写了一大篇，这回是这么写的："这天清晨，区小队和村民兵队在李真队长和镇大卢村长的亲自带领下，冒着倾盆大雨将逃窜到村边树林里的二百多个鬼子包围起来。领导们高声要他们投降，但这些八年来沾满了中国人民鲜血的强盗并不甘心失败，借口没有接到上级命令，不肯投降。随后集中了十几挺机枪向我射击，我区小队和民兵被迫进行还击。在激战中，区小队副队长大根同志壮烈牺牲。村长镇大卢同志冒着生命危险冲到最前沿，高声要日本鬼子放下武器。不料鬼子的火力越来越猛烈，眼看到会有更多的同志牺牲，镇大卢同志不顾多处受伤，一枪将鬼子击毙，终于平息了这场冲突，胜利完成了受降任务。”

镇大卢这回看完了没有笑，但还是把纸撕了。最后还是镇大卢说一句，刘脚子写一句，全文如下：

“公元一九四五年八月二十三日，二百余顽固日本兵逃窜到保庄村边。接到报告后，区小队和村民兵即刻将其包围。在劝说中，区小队副队长大根同志不幸英勇牺牲。随后场面十分混乱，不肯投降的日本兵全都端起枪来与我方对峙，情况十分危急。在这种情况下，村长镇大卢同志果断将杀害大根同志的鬼子凶手一枪击毙，迫使日本兵放下武器向我方投降。”

镇大卢说：“这段文字今后是要千秋万代留给后人看的。太虚，不足至信。但太实了也常常引起误解。唯有在基本情况属实的前提下，做些文字上的修饰，并引导读者产生适当想象，这才是最好的历史文献。比如最后一句，我把鬼子凶手击毙了，这是基本事实。但如何迫使日本兵放下武器投降，就需要读者进行适当想象。”

刘脚子自然是佩服得五体投地。

过两天，镇长几个看了这段文字，就问镇大卢的记功情况。镇大卢说具体情况不知道，因为负责上报战果的区小队负责人因为特殊情况被区大队长带走，他记功的事就不了了之。领导就说怎么能对革命同志这么不负责任？镇大卢同志的光荣，也是我们全镇的光荣。就让有关部门整理了材料补报，不久就批了下来。有一次全县开会表彰抗日英雄，镇大卢便戴着大红花坐在第一排。

刘脚子牢记镇大卢“基本属实”和“适当想象”的写作原则，一口气编了十几个抗日故事。乡领导看了高兴，就推荐他到县里写作班，不过乡里的一应文字宣传还是由他负责。所以解放这两年，刘脚子基本上是在乡和县里两头跑，保庄肯定是回不去了，二丫也就带着孩子住到了镇上。镇大卢自从当上抗日英雄后，乡里就要调他到乡政府来工作。

这天，镇大卢正在试穿一件新做的上衣，就见刘脚子鬼鬼祟祟地跑了过来，凑上前小声道：“葵花就在镇上。她爹和人开了个铁匠铺。”

镇大卢不相信。这些年，他一直在留意葵花的行踪，还到派出所翻过花名册，却一直找不到赵葵花的名字。现在听刘脚子一说，立刻托人查到“赵记铁匠铺”。虽然仍然不见葵花的名字，但赵大水、赵二水两个孩子，却在一个叫赵水姑的女人名下，便明白了一切。

当即，镇大卢就让二丫领着他来找葵花。

葵花见到老村长十分高兴，又是倒茶又是敬烟。葵花爹也是口口声声不忘镇村长过去对家人的照顾。

二丫在一旁提醒道：“镇村长现在是政府的干部了。”

“一般干部，一般干部。”镇大卢装出谦虚的样子。

葵花爹让葵花买肉要留镇大卢吃饭，镇大卢立刻表示现在的工作不能接受任何人的请吃。两个孩子过来鞠躬行礼，又轮流背诵起古人的诗词，镇大卢听得定了神，差点让香烟烧了指头。

接下来的几天，镇大卢就常到刘脚子家来吃饭，关着门喝酒，嘀嘀咕咕地商量着什么。二丫从来不问男人的事，也不打听。直到有一天上菜的时候镇大卢踢了张凳子让她坐下也喝两口，才知道是镇大卢要娶葵花做老婆。

“你说满月会不会从中作梗？”镇大卢问。

“这就难说了。”二丫答道。“如果葵花愿意便罢。如果不愿意，满月肯定会替她说话。”

“那你认为葵花会愿意吗？”

二丫心里想：“也不撒泡尿照照脸，葵花哪里会愿意呢？”嘴上却说：“这就要看镇所长的本事了。”

“你帮镇所长想想办法。”刘脚子道，“对准女人的心思，想个办法让葵花自觉自愿。”

二丫冷冷一笑：“这事可难了。”

“怎么难，你说说？”刘脚子问，镇大卢也抻长了脖子听。

“年龄是一回事，但并不打紧。”二丫边想边道，“现在不少大干部都和原来的离了，找的都是小不少的大姑娘。不要说只小十几岁，就是二十几岁的也有啊。”

“这倒听说过。”刘脚子点头道，“干部越大，年龄差得也就越多。不稀奇。”

镇大卢点点头：“那还有什么？”

“主要是她不喜欢领导。当初和我哥就不是太情愿。还对我说，当了官，说话都那样，往后日子还怎么过啊？”

“当官说话怎么样了？”镇大卢问。

“你们说话都是哼哼呀呀的，每次要说半天形势，然后是官场上的一二三四，全是些不着调的，一句实际的都没有。这日子还怎么过啊？”

镇大卢笑了起来：“她是没有真正和领导做一处。其实领导也是人，场面上的话那是必须要说的，但并不等于回到家也要端个架子啊。如果是这一条，我看问题不大。”

“还有一点，这是你们男人不知道的。要女人嫁人，实际上什么都不重要，主要是要有那种感觉。”

“什么感觉？”刘脚子问。

“这感觉说不清道不明，只有女人才知道。”

“说了半天，只是放了个屁。”刘脚子放下脸说，“镇干部要荣誉有荣誉，要长相有长相，政治事业都是千人万人里的状元，你看他印堂这么饱满，都是放着光的，前途无量啊。她葵花不嫁这种人，真是有眼无珠，不识抬举。”

镇大卢对刘脚子摆摆手：“不要这么说，主要还是葵花对我不是太了解。”

二丫冷笑道：“要不，就把当年整我的那套把戏再来一遍？”

刘脚子知道二丫不诚心，便说：“镇干部是领导，你说这话不是作死啊！”

二丫也不示弱：“我也不当干部，他领导我个屁！”说着便抬起屁股走了出去。

“还是没调理好呀。”镇大卢笑笑说。

刘脚子连忙说:“二丫水平低,脾气犟,所长您多担待。”

镇大卢笑了笑又沉吟道:“不过她说的也不是没道理,不行就如法炮制,只是要等机会。”

镇大卢自从老婆死后,就没有再娶过亲。一方面是没有找到好的,另一方面是因为得了梅毒。原来内战全面展开后,主要目标是夺取城池。因此城里不少人就到乡下避难,其中也有不少是青楼的姑娘,见镇大卢是个村长,不给钱也愿意,只图个安身之处。结果快活不到三个月,镇大卢就被染了一身脏病。这事要放在一般人身上,到县医院找个医生打几针也许就好了。但他是个村长,熟人多,去医院肯定要被人知道,那还了得?特别他又在积极争取入党,万万不能让组织上知道。所以他就靠一些中草药硬撑,拖了两三年,一直到两年前才得空到邻县看了医生算是治愈了。

镇大卢要娶葵花,并不单是图她漂亮能干。他是看中了葵花带孩子的那种精细,从来没有一个女人能像葵花那样无微不至地为孩子着想,带孩子似乎是她的天性。这一点,无论他老婆,还是二丫都不具备。所以说,如果想女人,那就找别人。如果想给未来的孩子找个娘,那就只能是葵花。当然,如果两者兼而有之,那是再好不过了。

刘脚子先让二丫来探探口风。二丫虽然觉得不着调,但她天生是个好管事的人,也想听听葵花的想法,于是就在中华楼点了个座儿,约了葵花吃饭。吃了一半,就说到葵花的婚事。

“倒不是说晚上寂寞不寂寞,要没有个男人,以后生活怎么办?你也不能一辈子靠爹过日子啊。”

葵花说这事很少想:“爹才中年,又有手艺,特别是铁匠铺注册后生意格外红火。爹说已经看上一个院子,只等年底分了红就能买下来,到时候一家搬过去,不要说太舒心。如今大水已经八岁,再过两个月就要上学。二水虽然小两岁,但识的字并不比大水少多少,也准备先让他读了试试。两个孩子一晃就要成人,将来不仅要上中学,还要上大学。等孩子大学毕业结了婚,我就要开始带孙子外孙了。”

葵花说了开心地笑起来。

二丫问:"如果有人想娶你,怎么办?"

"孩子还小,这会儿我可不想嫁人。"

"干部也不考虑?"

"不考虑。"

"为什么?"

"不瞒你说,我现在心里只有孩子,对男人没感觉。"

"这话你就在我面前说说吧,谁信啊?"

"信不信由你。还有一个,如果嫁人,就得生孩子,已经有了两个,再要有,我也顾不过来啊。"

这话倒是真的,二丫点点头。回来后,便对刘脚子说:"你让镇大卢死了这条心吧,人家一点儿意思都没有。"

不料没几天,镇大卢就准备了一份厚礼,估摸葵花不在家,便来见葵花爹。

"我是比葵花大十岁,但我的人品,我的工作你老赵是知根知底的。我看中葵花,就是图她善良、人好,是个好母亲。结了婚,我把大水和二水都会当成自己的孩子,绝不会有任何歧视。如果做不到,可以到我领导那反映。"

葵花爹闷着头不作声。

镇大卢便又说:"你有什么要求,我都可以满足。"

葵花爹摇摇头,叹息了一声道:"其实这事我和葵花也说过,一个女人怎么能这么过一辈子呢?但她就是不听,你有什么办法?"

"那你能不能先表个态。她的思想工作,我再慢慢做。"

"这是孩子的事。只要她同意,我没意见。如果她没这个意思,我也不能强加。您说呢?"

镇大卢装笑:"当然,当然。"

葵花回来后,葵花爹便把镇大卢的话说了一遍,要她好好想一想。

"不用想。"葵花道。"我不喜欢这个人。就是杀了我,也不会嫁的。"

第二天，葵花爹拿了那礼来找镇大卢，说了句“我女儿没福气，这事你不要再提了”，便走了出去。

镇大卢看着葵花爹的背影，狠狠往地上吐了口痰。后来发现不少同事在看，便故意笑了一阵说：“这个老赵真糊涂，我只是因为乡里乡亲的好多年不见，送了点东西，这也是我当村长时的老规矩。他却以为要娶她的女儿，你们说好笑不好笑。”

同事们都说：“好笑。真好笑。”

一个月之后，在一个下着毛毛细雨的深夜，葵花爹在火炉前赶制一批农具，葵花看两个孩子睡得正熟就过来帮忙。这时一辆吉普车在赵记铁匠铺的门口停了下来，六七个带着枪的人径直走到葵花面前，亮了亮一张纸，就把葵花押走。葵花爹正要责问，却被另外两个人铐住了双手。

第05章

葵花被押到城隍庙，门口的四大金刚已经不在，许多人都集中在大殿办公，两人一张桌子，六张一排，足足摆了五排。大殿两边的房子都隔成了许多小间，各审各的人，就像菜市场一样热闹。葵花和一个十五六岁的姑娘被带到大殿的一个角落蹲下。那姑娘很活泼，叽叽喳喳地说个不停。说肯定是抓错了，她只是六老爷家的一个下人，因为被老狗日的收了身，才被排成了七姨太，除了伺候老爷，没有做任何坏事。

吃了半夜饭的人陆陆续续回来，高声地开着玩笑，排着队到葵花身边的一个办公桌上领《审讯技巧汇编》和《内部通讯》。负责签字的是个脸上有个美人痣的年轻女人，另一个小伙子坐在对面发材料。葵花身边的那个姑娘突然嘻嘻一笑，又向桌子下面努了努嘴。葵花顺着看去，只见“美人痣”脱了鞋把脚伸到小伙子的大腿中间，脸上却若无其事。小伙子却有些按捺不住，动了一下屁股，差点把材料弄翻到地上。

“思想集中点好不好？”美人痣摆出一副官架子，又用那只悬空的脚，高难度地往前伸了一寸。葵花见那姑娘还在笑，便用胳膊碰了一下说，“你找死啊！”那姑娘这才安静下来。

不一会儿，他们就开会。开完会，葵花和那姑娘就被带到“十七讯”。隔着天井，她看到了爹，不知为什么，爹走路的时候有些瘸，被人押着进了后院。

负责“十七讯”的就是那个美人痣，助手就是那个小伙子。她先审的是那姑娘。

“你说自己只是恶霸地主六老爷家的一个下人，而且是被强奸后，才做了七姨太。是这样吗？”

“是这样。我是被强奸的。你想想，他比我大四十岁呢，我怎么……”

“这个不用说了。”美人痣打断道，“你有没说过，要杀长工潘狗候？”

“说是说过的。当时潘狗候说要和我睡觉，我就说，你敢来，我就杀了你。”

“就是说，你确实说过‘我就杀了你’这句话？”

“是的，我说过。”

美人痣向做记录的小伙子做了个眼色，又问：“那你有没帮六老爷藏过东西？”

“藏过的。”

“藏过什么？”

“两坛子洋钱和一些首饰。”

“还有什么？”

“还有什么我不记得了。”

“有没有一把手枪？”

“噢，想起来了，他是有一把小手枪的。他放在我的包袱里，让我不要跟外人说。”

“还有什么？比如说账本什么的？”

“没有。我被收了房后，六老爷是经常来找我，但除了那支小手枪，没有再让我藏过什么。”

“他没有和你谈什么吗？”

“谈是谈过的。”那姑娘认真想了想。“对了，他说，等到百年之后，他会留给我一百亩地，但必须给他先生个孩子。”

“他说要给你一百亩地？”

“是这样说的。”

美人痣看看手表，问那小伙子：“都记下来没有？”小伙子点点头，说一字不差。美人痣便对那姑娘说：“好，今天对你的审讯就到此为止。你在这儿摁手印，每一页都要。”

“我都说完了，什么时候回家呀？”那姑娘摁完手印问。

美人痣看了一眼葵花才说：“过两天吧。快了。”于是喊了人进来，便有人把那姑娘带了出去。

小伙子兴奋道：“你真有经验，一下击中要害。”

美人痣得意地一笑。

这期间，葵花一直蹲在地上。这时美人痣便说：“你站起来，坐到凳子上。老蹲着是不是很吃力啊？”

葵花点点头，走过去坐下。

“你看，只要你配合我们把事情说清楚，马上就可以回去睡觉。是不是困了啊？”

葵花摇摇头说：“我不困。”

美人痣便道：“好，那我们开始。你先说说你的姓名。”

“葵花。赵葵花。”

“曾用名。”

葵花听不懂：“什么？”

“就是曾经使用过的名字。”

“镇上登记户口的时候，我填的是赵水姑。”

“还有没有？”

“没有了。”

“那果果是谁？”

“那是我的奶名，小时候叫的。”

“这么说，你至少有三个名字。赵葵花、赵水姑和赵果果？”

葵花点点头：“都是我。”

“好。你看，我们现在谈得很好。你要这么一直配合的话，如实回答我们的问题，这样大家都省事，你说呢？”

“你想问什么？”

“就三个问题。”美人痣的口气突然变得严厉起来，“第一，你是什么时候加入敌伪特务组织的？第二，你加入敌伪特务组织后都做了哪些损害革命和人民的事？第三，你有没有想揭发检举的人和事？这可是你立功的机会。”

葵花一下蒙了：“你说，我是特务？”

“我们说话是有证据的。”

葵花笑了起来：“错了错了，肯定是弄错了。乡下叫葵花的可多呢，我们村就有好几个，她们年纪都比我大。”

美人痣严肃喝道：“赵葵花，我知道特务都是经过训练的。别以为有表演经验就可以蒙混过关！”

“我肯定不是特务！”葵花叫了起来，“我是什么人，你们完全可以找人去打听。对了，满月在县里当领导，她最了解我！”

美人痣冷冷一笑：“你放心，外调我们会去做的。现在你要老实坦白，争取从宽处理。”

与此同时，葵花爹也在“一讯”被问到同样的问题。

“我不知道什么叫敌伪特务组织。”葵花爹很冷静地回答，“如果你们说的是日本鬼子、汉奸和国民党反动派，那我可以百分之百地保证，我从来没有加入过他们任何一个组织，也不认识他们任何一个人。”

“徐铜匠呢？”审讯员严肃地问，“你不会连徐铜匠是谁也不知道吧？”

葵花爹一下傻了。

徐铜匠先是日本汉奸特务，后来又是国民党特务，这是从敌人逃跑时留下的档案里发现的。档案里有徐铜匠的照片，铁证如山，赖也赖不掉。但徐铜匠态度十分顽固，说这些经历只是为了执行任务，布置任务的就是当时的区大队长。

县公安局一方面向上级汇报，一方面到村里了解情况。大家都说和徐铜匠最要好的是葵花爹，于是来找镇大卢。镇大卢帮着公安人员分析来分析去，最后发现有两点最值得怀疑。一是葵花爹帮着徐铜匠购买过脚踏车轮胎，现在看来，根本就不是什么贼货，而是特务组织精心的安排。其实质，是葵花爹为徐铜匠从事反革命活动提供了交通工具。二是葵花父女在国民党炸死县政府干部、国际组织工作人员和民兵及老百姓后，立刻转移到镇上潜伏下来，其目的应该是为今后长期从事特务活动做好准备。镇大卢又让二丫向公安人员报告了葵花收养日本孤儿和掩埋鬼子尸体的情况。负责调查的公安人员一拍大腿高兴道："世上没有无缘无故的爱，也没有无缘无故的恨。从赵葵花做的事情上，就暴露了她是敌伪特务的丑恶嘴脸！"

事后二丫心里直打鼓，后悔话说得太多。刘脚子正色道："这是阶级立场问题，你可不要敌我不分，最后也当了特务我可不能救你。"

二丫于是不再吭声，只是偷偷来找满月。满月听了大惊失色，因为她曾经听李真说过，当时区大队为了摸清鬼子和伪军情况，曾经安排过自己的同志打入敌人的特务组织。具体情况只有区大队长一人清楚。满月立刻打电话给李真，要他立刻向已经当上军区司令员的区大队长报告。不料李真说司令员已经去了朝鲜参战，而他也已经脱了军装转业到地方，司令部不能随便进了。

当晚，满月硬拉着县委书记到城隍庙看材料，斩钉截铁地表示："徐铜匠的事现在不敢说，但葵花父女我敢用脑袋担保，他们绝对不会是特务。你如果坚持，我就上北京告你！"

县委书记便商量，最后的结论是：葵花父女证据不足，继续调查。四月三十日下午，县城体育场上人山人海，动用了十几辆卡车押着犯人游街，后来排成一排听候宣判，然后便被判死刑立即执行了。群众都欢天喜地，高呼口号，谈论着犯人的种种丑态。其中说得最多的是六老爷的七姨太，说潘狗候拿了根树枝要挑她的下身，却发现穿了七条内裤，还塞了不少草纸，半天屁股也没露出一点，让他很不高兴哩。

加急电报是晚上才收到。李真接到满月电话后，两天两夜没合眼，最后终于用军线和正在朝鲜打仗的区大队长通了电话。区大队长立刻通过军委要求刀下留人，这时已经到了四月三十日的中午，负责隐蔽战线工作的同志立刻给县里打长途电话，但负责案件的几个领导都去了宣判会场，因此只好再发电报，等到负责收发的同志看到时，一切都已经晚了。

葵花父女的问题却还要继续审查。满月要求探监，县委书记一番苦劝就是不听，后来发了脾气，用政治前途做担保，县委书记这才点了头。

“就算是徐铜匠是个特务，也安排你们父女来到镇上，但据我所知，徐铜匠交游甚广。为什么别人不抓，独独要把你们父女拉进来呢？”满月一见葵花就问。

葵花摇摇头问：“你以为是什么？”

“我怀疑一个人在进行报复。上次就因为没有给他记功，就把李真往死里整。”

“你是说他？”葵花明白满月在说谁。

满月点点头：“我想这种事，也只有他做得出来。”

“那怎么办？”

“要不……”满月想了想。“先顺着他，出来再说。”

“顺着？什么意思？”

“他不是要娶你吗。先答应他。”

“不。”

“又不是真的。”

“我也不。”

“这个人下手极狠的。”

“满月,你不是说建立了新中国,人会变得很善良吗?”

“我说过吗?”

“你说过的。”

“可能说过吧。但善良也是有针对性的。对敌人就不能善良,必须用专政。等敌人全部消灭了,那才能有真正的善良。”

“镇大卢是敌人吗?”

“我仔细想过这个人,他在政治上很有一套,口号喊得比谁都响,就能蛊惑人心。许多人都看不透他。”

“所以我宁可死,也不会向他低头。”

满月见葵花如此坚决,也只好作罢。

满月来看葵花的事,立刻被镇大卢知道了。第二天,他便向地区专员公署写了一封信,当然用的是匿名,而且写字用的是反手。这时,他练习用反手写字已经好几年了。

没几天,县委书记就看到了这封信,立刻把满月叫来。开口就问:“过去,你有仇人吗?”

满月吃了一惊:“书记同志,这话从何谈起?”

“你先好好想一想,自从你参加革命,在我们自己的队伍里,你得罪过什么人?”

“没有啊?”

“真的没有?”

“我不知道您所说的仇人是指什么?我这个人比较直,平时说话不会太顾忌到对方的情绪,让人家不高兴,也是常有的事。”

“我不是说那些小摩擦,是指大的方面。比如你有没有检举揭发过同志,让他降职受处分,或者坐牢?”

“没有。绝对没有。”

“那在你的感情生活中,有没有那种爱不成就生恨的事情?”

“也没有。”

“这就奇怪了。”县委书记想了想。“那你和李真同志私藏枪支的事,还有谁知道?”

满月听了并不意外:“您这么一说,我就知道得罪过谁了。”

“谁?”

“我不想说。”

“为什么不想?”

“我不想在领导面前说人家的坏话。”

“让领导心里有个数也是应该的。”

“还是让别人去说吧。我怕脏了嘴。而且对这事也早就做好准备,就是匿名信写到北京,我也不怕。”

“其实这件事,我早就知道。”县委书记笑笑说,“你大概没看过自己的档案吧。现在可以告诉你,在你的档案里,有一个当时新四军军部的鉴定。虽然是个悬案,但给人的感觉不好。”

“我知道这个鉴定是谁写的,这个人你也认识。”

“我认识?”

“就是我的前任苏县长。”接着,满月就把区大队长把八团女领导赶走的事大体说了说。

县委书记想了想说:“对手底下的人,你不说名字。而职位已经比你高的,却敢点出来。就冲着这一点,我不会让这件事来影响你的前程。”

又过了两个月,有消息说葵花爹是国民党特务也实在过于勉强,于是便放了出来。但葵花却还是被关着,因为她有一个“历史问题”,就是擅自埋了日本军官的尸体。

“为什么别人都不埋,你要做这种事呢?”美人痣无数次地要葵花回答这个问题。

“可能是因为我带着他的孩子。”葵花老老实实说。

“那为什么别人不带日本人的孩子,却偏偏你要带呢?”

这个问题葵花就不知道如何回答了。

“大概是因为我天生喜欢孩子吧？”

“你这是人性论。说明还没有认识到自己的错误。这点阶级觉悟都没有，放你出去，能和人民群众站到一个队伍里去吗？”

再说葵花爹从城隍庙出来后，就直奔镇上的赵记铁匠铺。推开院门就看见一个年轻的师傅在淬火，不一会儿赵老板从屋里出来，说以为你不能出来，孩子都要吃饭，只好和另外的人合了伙。你原来住的那间也让新师傅住了。葵花爹认为多一个师傅并无大碍，只要分工合理，他宁可做长夜班。不料对方黑着脸说：“谁要你来上夜班？一山不容二虎，你还是早些带着孩子另谋高就吧。”

葵花爹看看赵老板，以为听错了，这人情变得也太快了，才几个月怎么就翻脸不认了呢。

葵花爹低头想了想，便问孩子在哪里。赵老板说还在原来屋里。葵花爹跑去一看，两个孩子浑身没有一个干净的地方，脸上也是黑的，正在吃冷蕃芋。葵花爹眼泪下来，搂着孩子说爷爷不好，对不住你们。大水却抱紧了葵花爹的头小声道：“其实我们过得挺好的，刚才还吃肉呢。”葵花爹正疑惑，就见老板娘走了进来，关了门才说话：“这些都是做给外人看的，你看。”老板娘从橱里翻出一摞洗得干干净净的小褂裤。“晚上睡觉，我都让他们先洗澡再换衣服上床。”

“谢谢！谢谢！”葵花爹连连作揖，感激得不知说什么才好。

“谢什么，谁家没个三灾两难？我男人胆小，你还得多体谅。”说着压低了声音说，“今天后半夜，等新来的师傅困着了，你过来一下，我男人有话对你说。”

于是葵花爹收拾收拾屋子，先弄孩子们睡了，看看原先他住的屋里熄了灯有了呼声，又坐了一个时辰，才悄悄出了院门，故意在街上转了转，才折回来，进了赵老板的门。

赵老板没有开灯，摸着葵花爹的手，声音就哑了：“老哥，我对不起你啊！”

老板娘便在一旁说：“有事还不快说。”

于是赵老板拿了一个包放在葵花爹面前:“原来说是年底要分红的,现在分不了了,这是你的股钱。我现在拿不出更多,大宅子可能买不起,但置两间房还是绰绰有余。”

葵花爹说:“股金我一个子儿也没投,怎么拿你这么多?”

“账就不和你细算了,反正这是你该得的。”

老板娘说:“葵花还没有出来,接下来的日子肯定不好过,你就收了吧。我们也是凭良心做人。”

葵花爹便不再推辞。

赵老板又说:“最好明天你就搬走。”

“好,明天我就走。只是……”

“听我一句,不要在镇上买房,也不要租房。一定要装出倒霉哭丧的样子。”

老板娘说:“那你也不能让人家住到街上?”

赵老板说:“镇西头四五里,有个尼姑庵,是我过去一个朋友出资修过的,住持我也熟。她们在庵外有排房子,专门接济一些有家难回的穷人。前两天我已经打了招呼。你带着两个孩子去,就说是借住几天,她们就会收下。但千万别说我的名字。”

第二天,葵花爹就带着大水和二水找到那个尼姑庵,还真是一个不小的去处,半截用瓦片镂空的院墙刷得雪白,里面大约有七八间房,还有一个做佛事的大殿。住持是个面善的老人,话说得很实在。说是如果想常住,就帮庵里买买菜,修修院墙,虽然没有工钱,但一日三顿可以保证。葵花爹自然满口答应下来。

城隍庙的人没过多久就散了伙。但还有一些人要“待查办”,葵花就算其中之一,仍然关在庙后面的临时工棚里。这一天,他们大清早集合起来去修路,中午吃完饭有二十分钟的休息,葵花找了棵树正准备坐下眯一觉,就见大水和二水飞也似的奔过来,一下扑到她的怀里。看守见是两个孩子,也不上前阻止。葵花一手搂着一个,眼泪哗哗流下来。大水说,她和弟弟、爷爷生活得很好,要娘不要挂念。还说已经会洗小衣服会煮粥,弟弟鞋子上的洞也是她学着缝的。二水则说等娘回家后要到河里抓鱼熬鱼汤。葵花看到爹站在很远的地方，样子苍老了许多。晚上回到工棚，大家都说她的福气真好，有这么懂事的孩子。这一夜，葵花可高兴极了。

美人痣的死，让在城隍庙待过的人觉得特别开心。这个女人的胆子也忒大了，居然敢在办公室和人通奸，被值班的发现，当晚就开了批斗会，到了凌晨三点，她就跳到城隍庙后面的池塘里自尽了。因为那儿是大家涮马桶的地方，加上夏天水浅垃圾多，就让几个"待查办"的男人下去捞尸，拉上来一看竟然一丝不挂。有人说，那是七姨太扒的，人家变成鬼早在阴间等着了。还有人说，肯定是菩萨发怒了，在庙里做这种下流事不就是找死吗？后来走廊里贴了个告示，说这个女人以前就和日本人鬼混，死有余辜，过去的奖励全部收回。

转眼到了十月间，葵花和三个女的两个男的被带到达家专案组，先学习了三个钟头的文件，后来就开始做卫生，要求把积了几十年灰尘的窗户擦得锃亮。葵花爹和两个孩子一大早出来，隔了好几条巷子在一个老虎灶门口等着。到了饭时，烧灶的买了几个烧饼塞给孩子，孩子却一口不吃，说非要等到娘才会吃东西。结果老虎灶关了门才见葵花一脚一脚小跑过来。大水和二水像小老虎一般扑了上去，娘啊娘地叫个不停，烧灶的也忍不住掉了眼泪，说是实在作孽。尼姑庵的住持那天作了佛事，经文一直念到深夜。灶间是早已备好的上等腐竹和蜜汁素鸡。等到一切都安静下来，葵花左右拥着两个孩子似睡非睡，她感觉到生活在这个世界是多么的幸福。

镇大卢负责听取思想汇报。他总是让男的先说，葵花放在最后，倒数第二的是曾经在燕京大学读过书的年轻女子，她在上学时填过一张表，后来查明是入了三青团。那天镇大卢多喝了酒，睡到太阳落西才开始办公，轮到那个大学生时，已经是凌晨一点。

"叫什么？"镇大卢问。

"龚洁云。"年轻女子小声回答。

"大声点！"

“龚洁云。”年轻女子提高了声音。

“你是属蚊子还是属老鼠？是说话还是在放屁？”镇大卢骂了起来，“就是放屁，也要放得响一点儿！说，叫什么？”

“报告，我叫龚，洁，云！”年轻女子拼命扯着嗓子叫了起来。

镇大卢这才笑了笑说：“是不是想早些回家？”

龚洁云说：“是。”

镇大卢看了看待在一旁的葵花，用脚尖踢了踢龚洁云的下巴，“我现在给你一个改过自新的机会。如果你聪明，就让你没事。”

龚洁云愣了愣，随即就从地上爬了起来，扯了上衣的纽扣，就往里屋走。

“你做什么？”

“你要怎么弄，我都心甘情愿。”

镇大卢便走了过去，先是笑了笑，又突然变了脸色一个耳光抽过去，把龚洁云抽得转了整整一圈，最后跌倒在五步之外。

“你把我当成什么人了？你的三青团上司？国民党反动派？”

“没有啊，真的没有，我从来没有这样想过。”

镇大卢又狠狠踢了一脚：“那你还要流氓手段？”

“我……我……”龚洁云干脆趴在地上大哭。

“还不快给我滚！回家好好想一想，明天再来向我汇报！”

那龚洁云赶紧捂了胸，冲了出去。

现在屋里就剩下葵花和镇大卢。专案组的人都下了班，四下里静悄悄的，只有秋虫喳喳喳地叫个不停。镇大卢在位置上重新坐好，点了根烟才说：“你也看到了，现在要弄个女人，比放个屁都容易。可我对这种下三烂一点儿兴趣都没有。你知道是为了什么吗？”

“我不知道。”

“和你说白了，都是为了你。”

葵花低着头，不看对方的脸。

“我知道你在想什么。我们现在关系不平等。我有权，甚至能决定你的生死。但是葵花，我们毕竟是一个村里出来的，过去你是我的民兵，一起打过鬼子。虽然有人检举你参加了特务组织，但在我的心目中，你仍然是一个革命青年，而且只要肯干，前途真的很无限。好了，现在你不必把我当成管教你的人，只是一个朋友，一个乡亲。我们心平气和地谈几句，可以吗？”

“好吧，你想说什么？”葵花抬起头来问。

“我不如大根长得好？”

葵花想想说：“不。”

“你不喜欢年龄比你大的男人？”

“也不是。”

“我过去对你不好？”

“你对我挺好的。”

“那我就不懂了，你为什么不肯呢？”

“我不喜欢你。”

镇大卢笑了起来：“我知道，你是在说感情。但你和大根不是也没什么感情吗，为什么你就同意和他定了亲。他要弄你，你也就让了？”

“我也不知道是为什么。虽然不喜欢大根，但还是有一些那种感觉。可对你，我一点儿都没有。”

“我是结过婚的人，有个经验可以告诉你，那感觉是有了事才会有的。过去结婚都不认识，可等将来有了孩子，还不是和和美美吗？”

“那是过去。”

“葵花，知道为什么我会看中你吗？说实话，你那脾气我是最不欢喜的，但是，你有母性。将来我们有了孩子，你一定是个好母亲。”

“那我就更不能嫁给你了。你不用在我身上再费心思。不管如何，我是不可能和你在一个屋檐下过日子。如果你想报复，我也不怕。大不了不就是一个死吗。你吓得住别人，可吓不住我。我没做任何亏心事，没有害过人，如果你实在要我死，老天也会帮我申冤，你信不信？”

“好吧，你实在不肯，我也没办法。不过有件事我还是要和你说清楚。这次抓你并不是我想报复。我没有做任何手脚,也不是我写的检举信。”

葵花琢磨着镇大卢说这些话的意思。心里想,也许是真的。回到家,已经都快三更了,爹还在等着门。

“没事吧?”

“没事。”葵花看了看睡着了的孩子,把晚上的事都跟爹说了。

“这个地方还能待下去吗?”葵花爹问。

“那我们还能去哪?”葵花想想说,“这儿还有满月,有了解我们的乡亲。镇大卢说他不是报复,估计也是怕和我们结仇,顶多暗底下给我们小鞋穿,当心就行了。”

过了几天,满月找了个关系,把大水和二水上学的事解决了。虽然学期已经过了半,但葵花付的学费却一分不少。校长还夸两个孩子聪明。过了两天,满月又特地跑来和校长打招呼,校长便说你一百个放心,下学期就让大水当班长。

学校就在尼姑庵附近,满月回去时便到庵里坐了坐,住持听说她是县长,就用陈年的露水泡茶招待。

“我想问个可能不该问的事。”满月问住持,“都解放了,还会有人出家来当新尼姑吗?”

“阿弥陀佛!”住持双手合十道,“我们又不能长生不老,香火却要世代承传。没有人出家,难道我们会生小尼姑吗?”住持说完便笑了。

满月也笑了笑:“中华人民共和国是保护信仰自由的,只是将来信佛的人可能会越来越少,但愿你们都能长命百岁。”

“阿弥陀佛。”

满月点点头,走出庵时小声对葵花说:“这个地方真的不错。”

这年的冬天来得特别早,刚过了冬至就飘起了鹅毛大雪,整整下了三天三夜。老人说是五十年不遇,也有人说自打民国就没见过。农村的雪灾尤为严重,压塌了许多民房和仓库,县委县政府动员各机关单位下乡支援。镇上也把“闲杂人员”组织起来,葵花就在其中。葵花的任务是检查面粉加工场的粮仓，因为小麦和玉米都被紧紧地包在水泥囤里，如果顶棚有一点点漏雨的话，那到了来春，几十吨的粮食就会霉变，到时候喂猪都不行了。镇大卢带人一个个地检查，一个个地修补，到了天快黑的时候，葵花突然发现身边就剩下镇大卢一人。

“他们人呢？”葵花看看四周问。

“噢，我让他们先回去了。反正车也坐不下，一会儿再来接我们。”镇大卢含含糊糊地说，“走，我们到玉米仓看看。”

“不是查过了吗？”

“刚才有点匆忙，我怕看不仔细漏了什么就麻烦了。走吧。”

葵花想想镇大卢也不至于会干什么，于是跟着他又上了屋顶。等查到最边上一个仓库时，她便踩了空，竟和镇大卢一起掉到下面的粮囤里。这个囤装的全是玉米，因为已经出库，储量只剩下一半，囤顶下面已经空出一丈多高。仓库里的粮囤都不封顶，一是可以控制温度，二是从下面的小洞里取粮食时可以下得利索。粮囤的内壁光滑无比，葵花试着爬了几次都没成功。

“就算让你踩着我的肩，也够不着啊。”镇大卢揉了揉摔疼的屁股，坐了下来。

“那怎么办？”葵花看看密封的囤膛，和近在咫尺的男人，突然袭来一阵不安之感。

“看来，我们只好在这里耐心等待。等到天亮有人上班，才能出去。”

葵花决不想和镇大卢在这里待一整夜，便扯开嗓门大喊起来：“来人啊！快来人救救我们！快来人啊！快来人！”

镇大卢过了一会儿才说：“就是把嗓子喊破了，也不会有人听见。”

这时，葵花听到远处传来汽车声，于是又大声喊了起来。可汽车声立刻又消失了。

“这是来接我们的汽车，可能是以为我们已经回去了。”镇大卢说着便躺了下来。

葵花精疲力竭地蹲下，尽量离镇大卢距离远一点儿。不一会儿，她听到镇大卢在打呼，这才把一直吊着的心放下了一半。中午她只吃了一个馒头喝了几口菜汤，这时肚子一空，胃就在隐隐作痛。她倦起身体，双手紧紧抱住膝盖，又偷偷把裤带打了好几个死结。夜变得十分漫长，葵花咬着牙提醒自己千万不要睡着，只是胃疼越来越烈。她抓了一把玉米塞到嘴里，却觉得就像嚼着石子儿一样，根本不能下咽。镇大卢呼声突然停止，随后又爬了起来，背着她拉下裤子撒尿。不一刻那尿味就漫了过来，臊臭无比。葵花猛地一阵恶心，要吐却吐不出东西。镇大卢嘀咕了一声，又躺下睡了过去。随着鼾声再起，葵花这才伸了伸酸痛的双脚，侧过身子背对着镇大卢躺下。胃疼还在继续，但因为时间久了就变得十分麻木，一天的劳累很快就让她迷糊起来。睡梦中，她看到两个孩子天真又聪慧的大眼睛，那眼神透出一种爱的渴望和无限的信任。但不一会儿，那些眼睛就充满了恐惧，那是她在七姨太和女大学生的脸上看到过的，不由得胸前一阵发闷，身体也变得沉重起来……她突然清醒过来，黑暗中，觉得有个男人正压在自己身上。双手便本能地护着私处，但不一会儿她的身体就被整个儿提起又反卧下去。棉裤很快就被褪去，接下来镇大卢没有去解裤带，而是一下扯掉了她内裤，并用它把葵花的双手绑了个结结实实。葵花用尽所有的力气挣扎着并大喊救命，可那声音顺着囤壁只能送到无垠的天空，连个回声都没有。镇大卢等了等，便不耐烦地挥了一拳，葵花的头就深深陷入玉米之中，那些金黄色的颗粒像冰冷的子弹贴紧了葵花的整个肌肤……

当她再次醒来时，发现衣服已经穿好，躺在仓库的一个角落里。人们已经开始上班，马达带动着传输带嗡嗡作响，谁也没有注意。她身上到处都痛，尤其是下身，每走一步，就像被刀割一样难受。在加工场门口，葵花求一位来拉粮食的大爷把她捎到城里，然后直奔满月的办公室。满月听葵花一说，气得说不出话来，立刻给警卫打了电话，让他带上枪跟她出发。然而，当满月带着葵花坐着县政府的吉普车找到那个粮囤的时候，里面的玉米已经全运空了。工人说是担心顶棚漏雨，提前上车间碾成了面粉。满月找到第一个进仓库的人问情况，那人说什么也没看见。

从加工场出来，满月就来找镇大卢。

“昨天晚上你在什么地方？”

“在专案组值班呀？”镇大卢逮住一位同事说，“你可以给我证明，从粮食加工场出来以后，我就一直待在办公室里，是不是？”

那人立刻说：“镇组长昨天晚上一直睡在办公室，我可以证明。”

镇大卢看看满月和葵花，一脸无辜的模样：“你们找我，是不是有事啊？”

满月气得大叫：“镇大卢，你不要自作聪明！我就不信治不了你！”

镇大卢则装出一副十分无奈的样子：“县长同志，我真的不知道您在说什么？赵葵花，你的脸色不好看，是不是病了？要不去看看医生啊？”

第 06 章

满月拉着葵花直奔县医院的妇产科，又叫了公安局的法医来，和科主任一起验了伤,办了一应手续,然后就去了县委书记家。书记刚从乡下回来正在大便,满月不管三七二十一就让他在马桶上看了证明。书记看到满月不依不饶的脸色,就知道县长已经铁了心,就让葵花先回家休息,然后和满月直奔公安局,找了局长开会,局长说这事好解决,下午就通知镇大卢脱产学习。专案组的人都向镇大卢祝贺道:“这回抢修粮仓有功,肯定要提升了。”

调查组由公安局政工科科长牵头。三天后,一份报告放到了局长的办公桌上。局长先看了看结论:“没有证据证明镇大卢同志强奸了赵葵花。”于是放了心,才开始看报告。报告写得十分详细,几点几分在何处有何人证明等等,全是干货。另外说明,报案人指认的现场已经不复存在，被撕碎的内裤也一直没有找到，医院妇产科又出了张新的证明，写着处女膜陈旧性破裂，外阴为已婚型，没有在阴道里发现精液，下身也没有任何皮肉损伤。原来满月给他看过的证明已经不见。调查组在最后写了一条意见让领导参考，说赵葵花没有结婚，曾被审查，不排除进行报复的可能。局长用毛笔把最后一句涂掉，让政工科长重新抄了一遍，并把日期往后写了四天。那一日，县委开会，公安局局长便把已经在公文包里放了好几天的报告交给了县委书记，县委书记立刻把满月叫来。满月看了报告一声不吭。

“县长同志还有什么指示，我们一定照办。”局长态度非常诚恳。

满月冷笑一声：“我现在终于明白，什么叫一荣俱荣，一损俱损。”

局长摸摸头：“县长同志毕竟上过大学，文化水平就是高，你这么说，我还真不明白到底指什么？”

县委书记说：“本位主义也不懂吗？”

局长立刻说：“要指这个，我不承认。上回我们就处理过一个女的，告示贴在走廊里，大家都知道。”

“那是实在掖不住了，否则你肯公开?!”满月毫不客气地说，也不道再见，就径直走了出去。

县委书记看着门想了想，对局长说：“虽然报告这么写着，但这个镇大卢我看还是不适合在专案组，调出去算了。”

局长说：“其实我也掌握了一些情况，此人原来是个村长和民兵队长，老大当惯了，游击习气比较严重，还满口下流话，要不是有个抗日英雄的称号，我也不会要。这样吧，这事我来安排。”

“时间不要太着急，不要让人瞎猜疑，也别让他本人有什么想法。”

“您就放心吧。”局长于是知道，此事到这里就已经告一段落。

镇大卢早就想到满月这次不会轻易放过，所以一接到“脱产学习”的通知，就和粮食加工场、县医院妇产科的人打了招呼，下属更不用担心。这天晚上，他把上次写的材料又用不同的字体写了三份，并送到邻县的邮电局寄出。一份给省里组织部，一份给中央干部局，一份直接寄给了毛泽东主席。

镇大卢是这一带有名的泼皮镇三候和当时红春楼的妓女小菊生的儿子。出生没有三天，镇三候就被另一个嫖客打死，小菊也不知去向。镇大卢靠一个好心的老太抱回家才活了下来，后来老太回到村里居住，没几年就过了世，从此镇大卢就变成吃百家饭穿百家衣的孤儿。日本人来后，村里变成了根据地，镇大卢特别热心帮助抗日部队筹集公粮军饷，深得领导们的赏识，加上成分好，后来便力荐他当了村长。无论是抗战，还是解放战争，他镇大卢毛发没伤一根，米饭没少吃一碗，全靠他掐指能算的本事。每做一事，他都要耳听八方，权衡厉害。太有好处的事不做，太作苦的事也不做。还有一个就是顺着领导，看上头的眼色，绝对不要和有权决定你命运的人顶嘴，但也要让你能决定他命运的人听话。谁要挡他的道，他是毫不客气的。当然也要等机会，看时运。就像打太极拳，硬推是推不倒的，但是如果对方失势，你稍微从旁给点力那就倒了。这不就是四两拨千斤的奥妙吗？

县公安局的政工科长按“不了了之”的原则找镇大卢谈了话。镇大卢一回来就加油添醋告诉了下属，有人提议庆祝一下，镇大卢正好还人情，当晚在饭店订了桌菜，最后喝得皆大欢喜。

散了席，酒劲上来，镇大卢又把强奸葵花的那些细节想了一遍，觉得下身发热，就让下属通知葵花爹出来参加治安巡逻，自己便来到葵花的住处。

“谁？”

“查户口。”

葵花听出镇大卢的声音，犹豫了一会儿才开了门。

“几口人啊？”

葵花不理，坐在床沿上给孩子掖被子。

镇大卢也就放低了声音道：“自古以来，都是抓贼拿赃，捉奸成双。你们折腾了半天，能有什么结果？你是个聪明人，怎么就不开窍呢？”

葵花正色道：“你还想把我怎么样？”

“再给你一次机会，这可是关系到终生的幸福。像我这样的男人，哪儿去找啊。”

“给我出去！”

“看，犯痴病了吧？不过也真是奇了怪，就你这样还让我偏偏喜欢。”

葵花忍不住骂：“滚！你这个流氓！”

“骂！再骂狠点！”镇大卢说着就抓住了葵花的一只手臂，掰到身后，趁葵花转过身来时，又把另一手逼住，并顺势把葵花压到了床上，“我就喜欢听你这骂声。”

“来人！”葵花拼命喊了起来。“救命啊！救命！”

镇大卢正想挥拳，却突然惨叫一声：“啊——哟！”

葵花觉得有些意外，立刻坐起来看，却见大水不知道什么时候下了地，赤着脚死劲儿咬着镇大卢的小腿不放，二水也在一边帮忙。

镇大卢正要发作，却听到外面一阵脚步声，不一会儿，住持便领着一群尼姑进来挤满了整个屋子。

“阿弥陀佛！”住持双手合十，尼姑们也都念起佛来，“阿弥陀佛！阿弥陀佛！”

镇大卢装模作样地板着脸，冲着尼姑们喊：“干什么？干什么？你们想造反啊？”随后便一溜烟走了。

住持也不问一句，领着众尼姑回去念经。这一夜，葵花一直没有睡着，突然觉得两个孩子长大起来，头一次有了从未体验过的安全感，一种难以名状的幸福。

第二天，葵花来找满月，把昨夜的事情说了，问这算不算是犯法？满月沉默了片刻才说：“镇大卢很狡猾很有经验，要抓他强奸不那么容易。”

葵花知道满月很为难，点点头就走了。晚上，满月买了些营养品来看葵花，葵花则恐怖地说出一件事来。

中国女人的性知识，在农村一般都是靠闺蜜来传播的。自从私处长出几根淡细的茸毛，却未有月事来临，这个时候的父母眼里，她们还都是些不谙世事的孩子。每当夜深人静，年富力强的父母耐不住身体的燥热，又往往被女孩天生的伪装所蒙蔽，自以为钻进一床被单就会隔开一个世界，从而把房事演绎得淋漓尽致。于是在第二天的某个角落，要好的姐妹就开始叽叽喳喳地描述大人们的所作所为，如何呻吟，如何翻滚，如何要求更快更强烈的动作，如何在大汗淋漓后说出那些难以启齿的淫词秽语。她们热烈地讨论，努力想弄明白每个细节的真实意义。如果不是过分早熟，这时候的小姑娘纯粹只是为了满足求知欲的需要。当突然有一天鲜血湿透了整个下身，母亲却并不慌张地替她擦拭，然后找个借口让她陪奶奶过夜，或独自到另一个房间睡觉的时候，女孩就会注意到身体上的微妙变化，乳房的突起和阴毛的增加让她们不安起来。这时，闺蜜之间的交流会变得更加频繁，讨论更加热烈。已经尝到房事乐趣的年轻嫂子，常常会对尚未出阁的小姑子说些露骨的话，看到她们羞怯怯的样子，便会高兴得大笑，为夜间被她们的哥哥强夺的贞操报仇雪恨。闺蜜懵懂懂的猜测逐渐被赤裸裸的事实替代。于是，尽管她们还没有接触过男人，但已经变得十分敏感，在异性面前更容易脸红了。

葵花很早以前就被父母赶出房来。那时她才八岁，熟睡中被阵阵剧烈地喘气声弄醒，便坐了起来观望。从此她就开始一个人睡觉了。和满月认识后，类似的经历让她们很快就成了好友，但因为两人都没有成年的兄长，没有报仇雪恨的嫂嫂，也就没有机会得到过早的启蒙。直到有一天，二丫告诉她们说，她曾经在哥哥洗澡时偷看过他的下身，并如何神奇地变得十分粗大，她们才相信，是个女人都逃不过一场巨大的灾难。过两年，满月与区小队长相好了。满月常常毫无顾忌地找着各种词儿来表达自己快乐的感受，却从来不说身体上的细节，以至于葵花和大根上床时，还搞不清楚男人究竟要从哪儿进入自己的身体。不过，有一点葵花是十分清楚的，就是如果不来月事，就可能是有喜了。

当她掰着指头一天天地算过去时，便全身吓得冒出冷汗。

“你看，我每次都是月初来的，可今天都五号了，一点儿感觉都没有。”

满月也紧张起来，但嘴上却说：“气温变化太大，精神紧张也会推迟的。有一次，我整整晚来了一个礼拜呢。”

“如果真的有了怎么办？”葵花越发害怕起来。

“有了就是证据。可以把这个混蛋枪毙了。”

“那，要是他死不认账呢？他会不会说，你是和别的男人？”

“那日子也算得出来啊？”

“后果他肯定是知道的，到时候一定会死不认账，要是这样怎么办？”葵花显然已经想过一千遍了。

满月也认识到问题的严重性。实际上，这样的事她也是头一回碰到，根本想不出解决的办法。“那就再等几天吧，说不定是虚惊一场。”

“如果真的有了，能不能想个办法把它打掉呢？”

“你想打胎？”

“我可不能生下他的孩子。”

“办法应该有。我也听老人说过，但很危险的。”

“过去，你从来没有打过胎？没有怀过孕？”

“你说什么呢。”满月推了葵花一下，“你可不要瞎说，别人会当真的。”

“我怎么这么倒霉呢？”葵花心里想，“满月天天和李真在一起，却没有事。我才一次，而且还是被强迫的，怎么就有了呢？老天真是不公啊！”

满月见葵花半天不作声，便道：“这么着，我去打听打听。听说有种药吃下去，马上就能把胚胎流出来，一点儿也不费事。另外，用力做些农活，甚至跳跳绳跑跑步，也能流产。不过，你可不能瞎来。”

接下来几天，葵花拿根绳天天跳，一跳就是几千下，一直到累得直不起腰来，到茅房一看，还是见不到丁点儿颜色。后来又去粮站扛包，上百斤的麻袋一下压下来，小腹一收紧就用肚子运气，卸包时觉得身子特别轻，似乎有东西要掉下来。但晚上一看，裤子还是干干净净。转眼就到了年根，家家都在准备年货，粮站也准备关门，再苦再累的活儿也找不到了。这时月事已经超过二十天没来，天气、精神因素都不再抱有幻想，唯一的希望就寄托在满月说的药上。可满月自打元旦以后就马不停蹄地慰问援朝人员的家属，春节和元宵节还要搞几次大活动。葵花去了几次县政府，连满月的影子都没有碰到。后来经过茶馆，听到说书的正讲到某某女大侠被强盗迷奸，后来用了麝香熏鼻孔，又贴密了肚脐，随后便滑空了身体。于是找借口跟爹要了些钱，到县城最大的药房买了半两麝香，一回来就关了房门，不顾那辛辣和呛鼻，就死劲儿地嗅了起来。果然身上阵阵发热，下面有暗流涌动，葵花明显感到有什么东西正在排出，于是又将那香料贴紧了小腹。大约过了两个时辰，葵花觉得裤子已湿，便伸手摸了一把。待拿出来一看，不由得吓了一跳，原来手上全是鲜血。葵花赶紧用干净的草纸卷成条儿收紧了下身，又换了干净内裤，便到河边把脏东西洗了，却不敢晾晒出来，只是到灶间烘干了塞到衣橱的最下格。

葵花觉得浑身轻松，小曲也哼唱起来。大年初一，满月下乡时顺路过来拜年，葵花立刻把这事说了。满月叹了口气说，她已经联系了省里的一位妇产科苏联专家，准备过了年就动手术。

“我可不想开刀。”葵花笑着又问，“那刀是从哪里进去啊？”

满月却认真问：“你能确定，是真的来了月经？”

“这个能不知道吗？这次来的可多了。”

“要不，还是到医院检查一下？”

“我不上医院，上次检查，问这问那的，太叫人难为情了。”

“这可不能马虎。”满月认真说，“倒是听说麝香能堕胎，但究竟成不成还是要让医生说了算。”

“放心吧，我的好满月。这种事我自己有数。”

看到葵花这般自信，满月才轻松起来：“要这样，我也可以放心走了。”

“走？你要去哪？”

“去朝鲜。”

“去慰问还是去打仗？”

“不是慰问，也不是打仗。是参加祖国宣讲团，把国内社会主义建设的成就告诉战士们，让他们放心抗美援朝。这次上面要求多去些女同志，我也是刚刚接到通知。”

“要去多长时间？”

“少则三五个月，多则一年吧。争取明年回来过春节。”

葵花有些恋恋不舍：“你这一走，我心里就像落了空一样。”

“这个你放心。”满月坐正了身子，这才把最重要的事说了出来，“中央已经下达文件，要全力搞经济。不然，我们拿什么去和美帝国主义干？还有，镇大卢已经被安排到镇上工商口负责饮食行业，管管饭店食堂，再也不能耀武扬威，到处做坏事了。”

“他也只配去搞吃吃喝喝。”

“但这个人不简单，你要保持警惕。还有，和二丫也不要走得太近，她男人刘脚子简直就是镇大卢的一条狗。我早就看清了。”

“我现在这种处境，二丫也不会来找。”

“还有就是你的个人问题要尽早解决。”

“我什么个人问题？”葵花瞪大了眼睛问。

“个人问题就是婚姻恋爱。你总不能一直这么过下去。遇到合适的，就嫁了吧。这样也让姓镇的死了心。”

“那你自己呢？”葵花看着满月说，“你也不能老单身吧？”

“说实话，我也试着和一些男同志接触过，但真的很奇怪，一见面，李真的影子就出现在眼前。怎么走路，怎么握手，怎么高谈阔论显示才华，我都会拿来和李真比。结果没有一个比得上，而且距离还不是一点点。有句话是怎么说的？曾经沧海难为水，无论是谈理想说感情，无论是床上的真刀真枪，我在李真那里都经历过了。就是到现在，这么些年没有见过面，但一想起来，浑身还是发热，还有感觉呢。

也真是见了鬼了，莫非是上辈子欠了李真太多，注定了我必须还他一世？”满月一面说，脸上也就一面放出光来，就像那一年刚刚从李真的屋里出来。

“既然这样，你也就别再劝我。如果这辈子该有个男人，到时候我肯定会有感觉，等着就是了。”

两人又说些孩子的事，临走，满月又问了一遍：“手术真的不做了？”

“当然不做。”

“那好，我也马上通知那位专家。人家还等着回国探亲呢。”

可满月刚走了没几天，葵花就吐得满地打滚，似乎苦胆都被掏出来一样。二丫来通知她参加县招待所的宴会，一看到葵花的样，就叫了起来：“哟，你害喜啦！”

县招待所的饭堂里摆了两个大圆桌，用深红的绒布铺着，以前省委书记陪着中央的一位部长来的时候，才用了这种规格。不过这一次虽是私人请客，县委书记却亲自到厨房间检查卫生，并对招待所的所长下了死命令，如果发现一只苍蝇老鼠立刻卷铺盖滚蛋。美国人正在朝鲜使用细菌战，苍蝇老鼠便成了美国佬的徒子徒孙，这是一个严肃的政治问题。于是所长动员了全所人员打了一整天苍蝇，并在所有可疑的洞口或缝隙都下足了石灰。下午五点半，名单上的客人都已到齐，并按照事先的安排坐定。又过了一刻钟，省委孙副书记和县委书记分别在两旁陪着一位戴着深色眼镜、穿着老式对襟夹衣的男人走了进来。葵花一见，差点叫出声。

孙书记提高了嗓门道：“让我来介绍一下。今天我们有幸请来了我们最最可敬可爱的人，在抗美援朝战争中屡建奇功的，我军优秀指挥员江司令员，大家欢迎。”

于是大家都鼓起掌来，并排着队要上前握手。江司令员却并不领情，挥挥手说：“今天是我自己掏钱请客，吃得不好请多包涵。”孙书记要在江司令员身边坐下，却被江司令员拉了起来道：“你们当官的坐另一桌。这儿全是我的朋友和乡亲。”听了这一说，葵花才注意到，她这一桌除了爹和二丫还都是原来村子里的乡亲。

“你们还认识我吗？”江司令员拿掉了眼镜对桌上的人说，“一晃又是七八年了吧？”

桌上的人都说：“要不认得区大队长，那是他眼睛瞎了。”

江司令员笑了笑，让服务员在身边加了一把椅子，再放了一套碗筷。随后才说：“这一位不能来了，但我得把位置给他留着。倒酒。”

桌上已经有了几个冷盘，服务员开始为大家倒酒，等杯子都满了，江司令员却并不去拿，只是站了起来。大家也要跟着站，却被江司令员制住道：“各位不要站，我在吃饭前先说几句行不行？”

县委书记立刻说：“今天大家来，就是想听到首长的最新指示。”

江司令员却说：“我可没什么指示。”

县委书记便说：“那就听听您老人家讲讲战斗故事。”

“我有这么老吗？”江司令员四下看看说。

“不老，一点儿也不老。”大家七嘴八舌道。

“那就别叫我老人家好不好？”

“好。好。当然好。”又是应声一片。

“今天，我也不想讲什么故事。我今年四十八岁。葵花爹，我记得你和我同年。”

葵花爹便说：“对，我们都是属大龙的。好像我比你大两个月。”

江司令员点点头：“十一年前，我过三十七岁生日，是在你家。”

“是吗？”葵花爹说，“我记不得了。”

“你当然记不得，其实也没和你说。那天，我和一个战友赶了一天路，又饥又渴，就来敲你家的门。你一听我们没吃饭，就把小葵花正扒的那碗菜粥抢了下来塞到我手上，小葵花当时就哭了，你还打了她一下。老哥，这事我一直记着呢，我欠着小葵花一碗粥。”

葵花说：“我怎么一点儿也记不得了？”

“你那时还小嘛。”

葵花爹说：“大队长你也是，一碗粥还记得这么分清。那种年月，给同志们吃口饭、喝碗粥都是应该的。”

“你是不知道，没有那碗粥，我就跑不动。跑不动，我就被日本人打死了。孙书记，你可以证明。”

孙书记便站起来，走过去和葵花爹热情地握手道：“啊呀，要不是老军长提起，我还真的记不得是在你家喝的粥。那天的情况还真危险，我和老军长一出村，就遇到鬼子的一个大队，要不是肚子有了食长了劲，一阵疯跑进了青纱帐，也就没有我们的今天了。”

“过去的事总是要被忘记的。”江司令员等孙书记重新回到位置上坐好，才又说：“特别是现在，我们不少人当官，成了领导，整天忙于工作，过去的事也就渐渐不再想了，谁救过谁的命也都记不得了。忘了本了。”

大家听了都一声不响，过了一会儿，县委书记便站起来道：“列宁有名言，忘记过去就意味着背叛。今天江司令员给我们大家都敲了警钟，过几天县委开会，要好好学习。不过今天是江司令员来我县视察的大好日子，我提议，先敬我们的老首长一杯。”

于是大家都端了杯站了起来。

“我还没有说完呢，着什么急？要喝酒，一会儿有的是时间。”江司令员话语中透着明显的不快。

孙书记立刻便说：“今天司令员有话要和大家说。”

于是大家又都坐下。

江司令员对服务员说：“给我换个大杯，越大越好。”

于是招待所所长亲自拿了一个喝开水的玻璃杯，倒满了酒放在江司令员面前。

江司令员便把那个大杯端了起来，说：“你们要听故事，那我就给你们说一个。有一年，我端了根歪把子，一口气打死了一百来个鬼子。”

县委书记说：“老首长是真英雄。”

江司令员则瞪了他一眼：“能让我说完吗？”

县委书记便不再吭声，其他人也不敢插嘴了。

江司令员继续说:“这件事后来被传得很神,特别是我逃出来的那一节,就有好几种说法。有的说,鬼子都被我打傻了,我是大摇大摆走出来的。有的说我当时也昏了过去,正好下起了大雨,我是混在死人堆里爬出来的。也有人说我过去练过轻功,像孙悟空一样踏着云彩就飞也似的走了。其实情况并不是这样。我的子弹一打完,就被鬼子活捉了。鬼子当时没有杀,是因为要在第二天当着众人凌迟。打死一百零三个鬼子,他们就要让我吃一百零三刀。先从脚上开始,然后是手,再到腰,掏肠子割卵泡。鬼子队长让翻译一句句告诉我。你说我不害怕那是假的,我也害怕,怕鬼子拿了我的命根子到处展览出我的丑。当时,我被关在一个空房间里,一整夜都在听着外面的动静,希望能听到枪声,希望有人把我抢出去。可到了第二天太阳都老高了,什么事也没有发生。我被五花大绑在一根柱子上,鬼子队长说,等到了十点就动手。这时,我看到鬼子正进进出出做着准备,那一把把的尖刀放在行刑的柱子旁边,我想这回是死定了,而且连个整尸都没有。嗓子已经被塞了不少东西,口号可能一句也喊不了了。就在这时,突然外面“轰”的一声巨响,大家的注意力被吸引过去。也就几秒钟的工夫,有个人从脚下的地里钻出来,把我也吓了一跳。只见那人毫不慌张,割了绳子松了绑,就带我钻进了地道。不一会儿,身后又是一声巨响,关我的房子被炸塌了一半,而我这时已经到了隔壁。只见那位勇士把早就准备好的一套鬼子军服让我穿好,又戴了钢盔,趁着一团混乱就“呀呀”地喊着冲了出去。后来我才知道,为了救我,这位勇士挖了整整一夜的地道,几次都累得昏过去,一直到上午九点,他才挖到了我的脚下。”

大家都听呆了。

孙书记问:“老军长,这么大的事,我怎么一直没有听说?”

“你知道为什么?”

县委书记插嘴说:“不知道。为什么呢?”

“那是因为他是我派到日本人里面的地下党,后来又参加了国民党的特务组织,如果说出来,他的身份就暴露了。”

“那这位勇士现在在哪里？”县委书记感慨万千，搓着手说，“这样的英雄，我们应该把他请出来，组织全县进行学习。”

“还学习个屁。”江司令员对一直站在身后的招待所长说，“现在没你们的事了，你们走吧。”见服务员都走出，门关好了，这才对另外一张桌上的人说，“这位同志没有被敌人打死，却被枪毙了。”

大家都愣住。公安局长冒出一身冷汗。

葵花看看爹，葵花爹便对江司令员说：“你说的是徐铜匠？”

江司令员点了点头，眼泪便流了下来，又道：“这把椅子就是给他坐的，我手上的这杯酒，也是敬给他的。”说着，便弓着腰，把那杯酒在座位底下洒了一圈。然后又直起身子说：“我的肝被日本人的子弹穿了一个洞，国民党的炮弹打瞎了我的一只眼睛，现在我的这一只其实是个狗眼，这次到朝鲜，被美国人的火焰喷射器烧掉了屁股上好大一块皮。医生说我活不过五十岁。其实我年轻时算过命，那命里定了我四十八岁，今年正好。所以，我不怕得罪各位地方长官，今天把大家约了过来，是有件事要问问清楚。徐铜匠到底犯了什么罪？今天你们一定要给我一个交代！”

孙书记站起来往外走，却被江司令员叫住。

“你去哪里？”

“上厕所。”

“要小便就在这里小。警卫员，给我拿个尿壶来！”

孙书记苦着脸道：“老军长，我真的憋得难受。”

“我还不知道你？”江司令员板着脸说，“将来上面追查，你就如实汇报，就说是我江某人逼你们说的。”

这时，两个挎枪的警卫员一人拿了一个小酱缸进来，放在角落里。

“你们要小便就赶快小，这儿没有女同志稀罕看你们的玩意儿。”

大家都不作声，只是拿眼睛相互望着。

江司令员又说：“你们都知道，我已经在这里住了三天，到底什么情况也已经知道个八九不离十。我是要你们自己摸着良心把实话说出来,不然我没有脸到那个世界见我的兄弟。”

孙书记便站起来说:“好,我说。从这两年的国内国际形势来看,从国内反动势力的猖狂行动来看,用无产阶级专政来巩固我们的政权是完全必要的,成绩也是主要的……”

“你是想给我上政治课吗?”江司令员打断道。

“不。我不是这个意思。我只是想强调一下,在社会主义建设的过程中,都会出现这样那样,左左右右的问题,这是很正常的。”

“别他妈瞎扯这些破事。”江司令员发起火来,“我只关心徐铜匠,到底符合哪一条?”

孙书记不吭声,县委书记便站了起来:“我是县委书记,这个问题由我来回答,行吗?”

“你说吧。”

徐铜匠被处决是因为他上了国民党特务组织的名单,而且他对自己的犯罪行为供认不讳。”

“你认为这种口供可信吗?”

“审讯员的水平有高低,对政策的掌握也有偏差。现在看来,这份口供确实值得怀疑。不过,我们也知道,秘密战线的工作有特殊性,为了保密,往往是单线联系。为此,我们也做了不少工作。满月同志知道后给您打了好几次电话,但因为您不在国内,后来有关部门的电话又没接着。所以,这次的悲剧确实是由多方面原因造成的。”

“这么说来,他的死还是我害的?”江司令员虽然还紧绷着脸,口气却不那么强硬了。

县委书记又说:“我们都不是神仙,我们都会犯错误。”

场面上的气氛即刻发生了微妙的变化,县委书记毕竟说的是大实话,也是大家的心里话。过了一会儿,江司令员才又问:“那葵花父女又是怎么回事?”

葵花爹忙站起来摇手:“不说了,不说了,事情都已经过去了。”

这时,镇大卢突然站起来:“我可以发言吗?”

“你是谁啊？”江司令员很不高兴地问。

“区大队长，我是村长镇大卢啊？”

江司令员想了想才说：“噢，你就是红春楼的婊子小菊生的儿子？”

镇大卢并不尴尬：“江司令员真是好记性。不过，我娘虽然是个妓女，但我却是个孤儿，地地道道的无产阶级。”

“那你说说，葵花父女是怎么回事？”

“是这么回事。因为徐铜匠身份特殊，和他密切来往的人当然要被审查。当时有人来找我外调，我就说，关系是有些密切，但我可以保证葵花和她爹绝对不会是特务。”

“这么说，你对保护他们父女还立了功？”

“立功不敢，但确实也帮着说了些话。当然，真正救了葵花他们父女的其实是满月，您也应该认识。”

“岂止是认识。她进军大就是我推荐的。今天满月怎么没有来？”

县委书记立刻说：“她参加祖国宣讲团去朝鲜了。”

“我能再说一句吗？”镇大卢问。

“说吧。”

“刚才省委孙书记也说了，在新中国建设过程中，总会出现这样那样、左左右右的问题，具体经办人员水平有高低，政策掌握有偏差，我们应该深刻吸取教训。”

“对。”江司令员不知怎的又生起气来，一拍桌子，“我今天的意思，就是要有一个深刻的教训，还要让你们终身不忘。来啊，把喝的端上来。”

两个警卫便拿了一个密封的罐儿放在领导们坐在桌上，一开盖，一股令人作呕的酸臭味就在屋子里弥散开来。

“放心，不是毒药，喝了也无大碍。过去我们区大队谁犯了错误，都要喝一杯马尿，为的是让他记住这个教训。今天也一样，你们一人一杯，就算是给徐铜匠表示个歉意。”

那桌上的人面面相觑，却一动不动。

“怎么？要叫人来灌吗？”

孙书记便说：“老军长，我的胃病你是知道的。这不是要我的命吗？”

江司令员便说：“那就找个人替你喝。”

镇大卢眼睛一转，便对江司令员道：“司令员，在座的各位领导身体都不如我，明天还都要工作，我愿意替大家都喝了！”说完，就捧起那个罐儿凑近了嘴，眼睛一闭就“咕噜咕噜”喝了起来，一直喝到脸色发紫，双眼翻了白，便“扑通”一声倒在地上。

孙书记大叫起来：“还不赶紧送医院灌肠！”

江司令员看也不看，便招呼他那桌人去了自己住的套房。那儿早就备下了一桌丰盛的宴席，一边拉着家长，一边品尝美味，一直闹到深夜才散。临走，江司令员特意把葵花父女和二丫留下，问他们有没有什么困难，需要不需要他帮忙。

“我想要个工作。”二丫说。

“你想干什么？到政府部门还是群众团体？”

“最好要有点文化。”二丫想了想说，“听说县里文工团要招收新演员，可惜我不会演戏。”

“那就先过去当个工作人员，然后再说。”

“可以吗？”

“有什么不可以。你呢？”江司令员又问葵花。

“我想当个幼儿教师。”

“你们就这点要求？”江司令员装着不太满意地说，“都不像满月，没有远大理想。不过，文艺和教育工作者都是新中国最需要的人才。还有什么事，你们尽管说，趁我在这里都一起办了。”

葵花想了想说：“没有了。真的没有。”

二丫说：“要不，区大队长帮葵花找个对象？”

“这事我可办不了。”江司令员便笑起来，又问葵花爹，“您也说说，想做什么工作。”

“不敢当，不敢当。”葵花爹忙摇头。

“这样吧，你们再好好想想，有什么事，随时可以来找我。我现在跟他们说话还真的管用。”

江司令员找了两张纸，郑重其事地写了通信地址和电话号码交给葵花和二丫，又让人开车把他们送回去。

回到家，二丫把事情说了一遍，笑得刘脚子捧着肚子叫疼。

“不过，镇大卢的这着棋走得也太漂亮了。”刘脚子佩服地说，“厉害，真的是厉害啊。”

“不就是帮领导喝了马尿吗？”二丫却不以为然。

“你可不知道，这哪里是在喝马尿？这是在表示他的忠心。”刘脚子咂着嘴说，“哪个当领导的不欢喜这样的下属啊。”

二丫又说了葵花害喜的事，刘脚子一听，下了床要走。

“你去哪儿？”

“这么大的事，怎不早说呢？”刘脚子埋怨道，“镇大卢把我表姐睡了四五年，都不曾种下半根黄瓜。还以为是男人的问题。现在一炮就打开了花，说明镇大卢狗日的这方面很灵光，那还不要好好贺一贺啊？”

“那以后呢？”

“什么以后？”

“他镇大卢知道葵花怀了他的孩子，接下来怎么办？葵花的态度你是知道的，宁死都不会嫁。”

“那……那……”刘脚子愣在那里。

“你好好想一想，镇大卢会怎么办？”

“他会……他会……”

“告诉你，他会把葵花杀了。”

“为什么？”

“镇大卢是什么人，你应该比我清楚。”二丫这些年跟着刘脚子也学会了分析问题，“第一个，这会暴露镇大卢强奸葵花的真相。你说查不出男人的精子，现在孩子都有了，你能赖得掉吗？你说不是你的，是别人的，可孩子都有个长相，说不定就是一模一样的脸怎么办？还有我听说，是不是嫡亲爹娘医院可以用血来化验的。好，就算是这档事能蒙混过关，还有第二一个，孩子将来生下来归谁养？如果不送孤儿院，葵花找了个人结婚，看着自己的孩子冲着别人叫爹，你会是什么感觉？第三一个，这孩子将来长大了，听娘说了经过，会不会来报仇？这世上孩子都会帮着娘的，到那时，镇大卢不后悔吗？”

刘脚子听了点点头：“你这么一说，倒是真的不能让镇大卢知道。他这人可是什么事都会做得出来。”

“不管这事将来如何，反正我们坚决不说，也不知道。”

“不说不说，坚决不说。”

“你要发誓。”

“我发誓，要说出去，我不是人做的。”

“那会送葵花的终！”

看刘脚子认真点了点头，二丫这才放下心，又想起江司令员答应的事，于是心里美美地问：“你说我去了文工团是做什么好呢？”

与此同时，葵花刚到家门口就又吐了起来。听到动静，一个小尼姑走出来说：“住持已经陪着两个孩子睡了，明天一早再过来，现在就别再弄醒了。”葵花爹忙说住持辛苦。小尼姑念了声佛便走了回去。葵花爹进了屋，用开水挤了把毛巾递给女儿说：“这些天，我一直看在眼里。现在的情况和当初你娘怀你的时候一模一样。”

葵花便知道瞒不住，于是一把眼泪一把鼻涕地把事情都说了出来。

“那你准备怎么办？”

这是做父亲最关心的，也是葵花最不知道的。

葵花摇摇头。

“打是打不掉的，也太危险。”葵花爹过了会儿才又说，“其实你娘养的不止你一个，在之前还有个哥哥，但不到三天就染病走了。你娘哭过一阵，后来也就忘了。要不我们找个地方，等你肚子显出来的时候就住过去，顶多也就五六个月的时间。等生下来就送育婴堂。这孩子是他爹作的孽，该是什么命就是什么命，我们就不要管了。你看如何？”

葵花不作声。这事其实她也想过，但过去就听不少人说过，谁的种并不重要，重要的是一旦有了，那胎儿喝的是你的血，吃的是你的肉，十个月下来，那就是你的心肝，到时候你能狠心把他送到育婴堂？就像二水刚刚抱过来，也就是那么一块小肉肉，但他是那么天真无邪地看着你，信任你。你能舍得不要吗？

“那我们就再想想。反正我是相信一点，天无绝人之路。”葵花爹又坐了一会儿，才站起来回自己房去睡了。

孩子不在身边，葵花觉得少有的清静。她想起了娘，想起了大根，想起了徐铜匠，想起许多曾经是活生生地说笑着吃喝着的人都去了另一个世界。她想起区大队长晚上说的那些话，要被鬼子凌迟处死的感觉，浑身也就紧张起来。生命原来是如此的不值钱，只是一些可以被割下来的皮和肉罢了。而女人还要被男人用来发泄和取乐。明明受到了欺负却没人为你主持公道。有人说，成亲是一个女人最幸福的时刻。可她得到什么了？是大根那些粗鲁的动作和不能入耳的下流话吗？也许是她这辈子投错了胎，没有能像满月那样快乐，没有能做一个想说就说，想做什么就做什么的女人？

葵花想着这些乱七八糟的事，又开始哭了起来。

“怎么办？我该怎么办？不结婚就生下孩子，人们会怎么说啊？会不会像那个投河死了的美人痣？那也太可怕了……与其到时候被人指着脸骂，还不如……”

葵花想着想着，便爬了起来，从橱里翻出一段白绫子，这是娘走后留下来的，据说还是当年爹相亲送的礼品，因为颜色太嫩就一直没做成衣服。现在，她把它高高抛起，从二梁的一根横柱上穿过，试了试高度，便把垂下来的一头就打了个死结，又搬了个凳子站稳了，头一仰就把下巴送了过去……

第 07 章

葵花意识到自己的灵魂出窍。那吊在白绫子上的身躯只是微微颤抖了一下，便松弛下来。然而就在这时，从天际传来一阵隆隆的响声，大地都在震动。这是惊蛰第一个春雷。葵花隐约听到娘的怒斥声，那白绫就滑落到地上。接下来是大水和二水的哭叫，以及住持"噢噢"哄着孩子睡觉的嘟哝。门"吱呀"一声被人推开，二丫走了进来。

原来二丫一直睡不着，想着进了文工团会是什么情景。小时候在村里看戏，就喜欢那些脸上涂着胭脂的姑娘，盼着有一天也能上台蹦它两下，就算当个哑巴侍女也行，穿着五颜六色的戏服，该有多好看啊。现在终于梦想成真。江司令员当这么大的官，连省委的孙书记都要听他的，小小一个县文工团还不是要怎么着就怎么着吗？又一想，自己长得不漂亮，又是没有学过唱的，再说年龄也不小了，真的会让你当演员吗？还有就是后悔自己不会说话。既然说到招收新演员，干吗要说自己不会演戏呢？听说大凡名角都是天生的，还没试过，怎么就这么不自信？当然江司令员的话也说得比较活，先过去当个工作人员，当演员的事以后再说，说明还是有希望的。二丫这一夜就在折腾这件事。最后想来想去，还是觉得要来找葵花商量商量。这次江司令员请人吃饭，名单是严格控制的。她是区小队副队长大根的妹妹，是烈属。原以为葵花能出席只是她哥哥的未婚妻，开始看名单的时候，还有点不服气。原来人家是救过江司令员命的，怪不得说话的口气就不一样。这么看，自己能上席说不定还沾着葵花的光呢。总而言之，如果让葵花跟江司令员说句话，那肯定有用。

结果一进门，就发现葵花躺在地上，又用手电筒照到身边的白绫，自然明白是怎么回事。忙用手在葵花的鼻子眼儿前一试，感觉还有气，便用盆舀满了水冲着葵花的脸倒了下来。葵花哼了一声，就睁开眼问："我这是怎么了？"

"怎么了？"二丫点上灯，没好气道，"我哥在那边太冷清，来勾你的魂了！"

葵花四下看看，还在疑惑："那我死了没有？"

"放屁！"二丫骂道，"你死了，我还是活人吗？"

葵花愣在那里，一会儿眼泪就流了下来。

二丫毫不同情道："你犯什么浑呢？这么大点屁事就不想活了，要这样，我该死多少回啊？当年我要是死了，现在的好日子也过不上了。现在想想真是后怕。你比我会做人，惬意日子还在后头呢。还有一个，就是要走，也得把奶子捂实了，牛头马面都是男的，让他们看到，我哥岂不是吃大亏了？"二丫说着就笑了起来。

葵花也忍不住笑了笑。

"好了，你现在看看我，我是谁？"

"你是二丫啊。"

"这么说，你是醒的。"二丫一边说，一边从橱里翻出干净衣服来,“快把衣服换了。刚才那盆水,都把你浇透了。”

于是葵花就转到床背后换衣服。

二丫又嘀咕:“再说,也得想想那两个孩子。对了,孩子呢?”

“昨天出来吃饭,拜托给庵里住持师父了。”这时,葵花已经完全清静过来,看着二丫问,“你怎么来了?”

“我怎么来了?肯定是老天爷叫我来的呗。上次是你救了我,这回我也算挡了一次。一报还一报,我不欠你的了。”二丫说着,便把那白绫就灯上点着烧了,用扫帚灭了余火,又往葵花身边靠了靠。“其实生孩子并不难,就像出大便,往死里一用劲就下来了。到时候一送人,你还是你。你看我,就是腰上的肉有点松,其他还像做姑娘的时候一样。”

葵花却睁大了眼睛问:“你怎么知道?”

“我怎么不知道?”二丫冷冷一笑,“镇大卢是什么人,我比你清楚。前些时说是脱产学习,骗得了别人可骗不了我,一听就知道在调查。虽然没有下文,但我是相信这个瘟东西一定做得出。又看你吐成这样,能不知道吗?”

葵花点点头:“你是说,先生下来?”

“你是不是想过打胎?”

“都试过了,打不掉。”

“既然打不掉,只好如此。难不成还要为这事去死?”二丫想想又说,“幸好没有外人知道。镇大卢面前也是绝对不能说的。”

“万一被他知道怎么办?”

“那就说是别人的。张三李四王二麻子,随便说个名字。”

“他会信吗?”

二丫想了想:“要不,就真的找一个?反正现在看不出,赶紧找个人结婚,还是可以瞒得过去的。”

“这种缺德的事我可不做。”

“也是。将来知道了,还不知道多伤心。除非……”

“除非什么?”

“除非他对你的事不在乎。可这种人有吗？”二丫叹了口气，又说，“还是刚才说的，生下来送人，只有这条路可以走。”

正说着，葵花爹走了进来，说：“怎么好像是有人说话，原来是二丫。天还没亮，你来做什么？”

二丫想起来的目的，立刻说：“昨天拜托江司令员要进文工团，我激动得睡不着，来找葵花商量。大伯，你看我能不能当演员？”

“这个可不敢说。不过，以前来村里演戏的，我看也没几个比你长得漂亮。”

“真的吗？”二丫高兴起来，于是跳到地上，抬起两只胳膊划圆，学着台上做了个亮相，“你看像不像？”

“像。像。”葵花爹说了两声，又对葵花道，“惊蛰响雷，锄到田头。尼姑庵后面的那块地，原来只是种些番瓜扁豆，我想开出来种片洋山芋，住持她们都喜欢吃，多的也可以卖了买些素食。”

“爹想种就种吧。”

“嗯。”葵花爹在屋里转了转，走到门口终于问，“你没事吧？”

“没事。”

“天还早，你们再睡会儿。”葵花爹说完就带上门走了出去。

“看，你爹也不放心。”二丫想了想说，“你真的想当幼儿园老师？大水二水都上小学了。”

“我还能做什么？就带孩子还有些耐心。”

“和我一起上文工团啊。我记得以前你还演过戏。”

“我演过戏？”

“你忘啦。有次区大队的宣传队来演《白毛女》，少一个地主家的丫鬟，让我们民兵出个人，结果挑上了你。当时我还生了半天气呢。对了，你还唱过《北风那个吹》呢。”

葵花苦笑笑道：“那算什么呀。”

二丫伸了个懒腰：“原来还想托你件事，看你现在这样……算了。我现在困极了，回家了。”

葵花也不挽留。等二丫走后，默默地关了门，坐到床沿上发愣。

这时，天已经渐渐亮了。

镇大卢喝的马尿其实掺了不少水，当时的惨状有一半也是装的，到医院后没费什么事就缓了过来。公安局长让人买了些水果送到医院，第二天上午还派了部车把他接回家。一个星期以后，镇大卢接到调任副镇长的通知，属副科级干部，算是整整提升了一级。不过上任前要到一个基层单位挂职锻炼三个月，镇大卢就选了粮食加工厂，做厂长兼书记。临上任头天晚上，刘脚子请镇大卢来家吃饭，到的时候就听二丫在练习唱歌。过去虽然民兵也组织过一些文娱活动，但镇大卢很少当回事，特别不喜欢唱歌节目，因为都是些破锣嗓子，五音也不齐全，听了简直就是受罪。现在冒生一听二丫的歌声，突然有了一种新奇感。也许是做了母亲后，二丫的胸肺都舒展开来，中气也足了许多。另外二丫这两天几乎是天天在跑县文化馆，请那里的音乐老师辅导，几天下来，还真有些长进，不只是音准了许多，发声的方法也有了不少改进，总之是比过去好听多了。镇大卢听了一会儿才进屋。

“唱得不错啊。”镇大卢说，“开始还以为是无线电呢。”

“真的？”这意外的评价，让二丫高兴得把脸涨得通红，“镇所长是寻我的开心吧。”

“现在得改口叫镇长了。”刘脚子说，“正式的科级干部，将来还要当县长呢。”

镇大卢对刘脚子的话理也不理，只看着二丫说：“我说的可是真的。我看文工团的那些人也不过如此。”

“你再这么夸，她就认不得东西南北了。”刘脚子把镇大卢让到首座，倒了酒说，“刚学会唱两句，就以为能上台演戏，也不拿个尿盆照照自己的脸。”

“下作！”

“好好好，你上作。有本事就不要找我困觉。”

二丫立刻涨红了脸骂：“流氓！下流坯！”

“好好好，我是流氓，下流坯。那你就是下流坯的老婆。”刘脚子越说越来劲，“要不要把你床上的事说给镇长听听，反正也不是外人，你说上来后浪不浪，那个劲儿倒像是跳舞蹈，只是气喘得厉害。”

“难听。”镇大卢斥责刘脚子道，“你以后说话要注意，就是家里人也要讲个文明，要尊重妇女。”然后又问二丫，“听说你进了文工团？”

二丫点点头。

“说好了是当会计。”刘脚子却白了一眼说。

二丫瞪了刘脚子一眼：“不管怎么说，前天是文工团的团长亲自来送的通知。”

“那是江司令员的面子。”镇大卢哼了一声。

“谁说不是。所以你二丫也别太得意。又不是自己考的。人家演戏，也没你什么事。”

“那也不一定。团长说了，演戏的时候人不够，会计、司机也都是要上的。”二丫把胸脯挺了挺。“团长还说，如果真有艺术特长，还可以送到省里去培养。”

“人家也就嘴上说说，你还当真？”刘脚子说。

“你到底什么意思？”二丫这下真的生起气来，“自打团长来了以后，你就没说过一句好话。你要是有意见，就说出来。”

“我有什么意见？”刘脚子假笑笑，“老婆在文工团，我脸上也光彩。”

“算了吧。你心里怎么想的，我还不知道？你是担心文工团的人都长得比你好看，怕我和别的男人好了是不是？”

“孩子都这么大了，还怕你和别人好？”

“好也是我的自由！”

“那你是发骚！”

“我就发骚，你管得着吗？”

镇大卢站起来：“你们要是再吵，我就走了。”

刘脚子忙将镇大卢按住：“不吵不吵，我们不吵，二丫一会儿再弄几个菜。来来来,我们先为镇长高升干一杯。”

“我现在要保护嗓子,不能喝酒。”二丫说完,就转身进了厨房。

镇大卢笑笑道:“二丫现在真的很厉害呀。”

“她敢!”刘脚子压低了声音,“现在是不准打老婆。要在过去,早就把屁股抽烂了。”

“狗日的你就是嘴硬,到时候,还不知道谁抽谁的屁股呢。”

“镇长就是镇长,什么事也逃不过你的眼睛。”刘脚子和镇大卢碰了杯才说,“不过我确实是有些担心,文工团是个风流窝,到时候我可要吃大亏。”

“噢?你现在倒是很在意啊。”

“这种当王八的事,哪个男人不在意?”

“你当初可不是这么说的。可能不记得了吧?”

“记得记得。这话我怎么会不记得。”刘脚子看了看厨房,小声道,“到现在我还是那句话,只要姐夫您说一声,我随时都可以让位。”

“放你娘的狗屁!”镇大卢黑了脸,一拍桌子骂了起来,“我堂堂一个国家干部,会做这种事?”

刘脚子不知真假,愣在那里不敢作声。

镇大卢这才又笑了起来,说:“这话以后不准再说了,听到没有?”

“听到听到,我保证绝对不会再说。否则烂我的舌头。”

“不过话又说回来,不管人的身份怎么变,七情六欲也是永远变不了的。”

“那是那是,多大的领导也得生儿育女嘛。”刘脚子便知道镇大卢贼心不死,心里想,“就让这狗日的睡一觉,以后要做什么事都不愁,合算。”于是冲着厨房高声喊,“二丫,叫你弄的几个菜还不上桌?”喊了半天不见回应,到厨房一看,哪里还有二丫的影子,只见切菜板上压了张纸条,上面写着“我去单位”。刘脚子骂了几句,只好自己弄起菜来。

其实二丫听了镇大卢的夸奖，心儿早就沸腾起来。她现在一门心思想当演员，但演员必须要有一技之长。上班头一天，才知道事情并不那么简单。戏曲、乐器、舞蹈想都不要想，那是从小练的功。演个小话剧看起来挺容易，不过是装个人物说几句话，做几个动作，谁不会呀。可私下里做做鬼是一回事，当众表演又是另外一回事。那天她上班，团长特地开了个欢迎会，让她站到台上给全团的同志说几句话，结果浑身一直都在发抖，两条腿完全变成了木棍，怎么也不敢往前走一步，最后是站在台边上，“我”啊“我”地支吾了半天也没说出一句话来。就这样，还能上台演戏？后来一看办公室好几个人都参加了合唱队，又有人介绍了文化馆的谷老师，几堂课下来，竟然进步不小，不然镇大卢怎么会说像无线电呢？为了证实镇大卢不是随便那么一说，二丫便想从谷老师的嘴里得到专业人士肯定的评价。二丫这么想着，就来到谷老师的门前。

这是文化馆的后院，虽然不大，却十分精致。从一个小圆门进来，就是一个天井，朝南的一排平房分成四个独立的房间，现在有三间都从外面上了锁，唯独最东面的一间亮着灯，并传出钢琴伴奏下的合唱声。二丫一碰门，门就开了，原来没有关。往里一看，站了一屋子的人。谷老师穿了件敞着领子的白衬衫，外面加了件米黄色的细绒毛背心，一边弹奏，一边纠正大伙儿的轻重音和节奏，看见二丫进来，只是点点头，示意她坐下。接下来大家又反复练了好几遍，一直到有人说，谷老师还有客人，我们也练得差不多了，赶快走吧。谷老师把大家送到小圆门，便折了回来。也不问二丫这么晚来做什么，就拿了一个杯子倒了茶叶，提着热水瓶冲满了，放在二丫面前。

谷老师四十几岁，人高马大，一脸的络腮胡子，头发有点秃顶，猛一看像是外国人。据说以前是省城歌剧院的，会唱不少西洋歌曲，后来和歌剧院的人闹矛盾不想在那里待了，经亲戚介绍便来这里的文化馆做了音乐老师。

“这是今年的新茶，朋友送的。你闻闻看，香不香？”

二丫凑近了闻那杯茶，果然一股清香扑鼻。于是说:“真的很香。”

“到第二遍还能有种甜味。以前没有喝过吧。”

“没有。”

“一会儿带包回去慢慢喝。茶是讲究品味的。”

见老师这么亲近,二丫连忙说:“谢谢谷老师。”

“不要和我客气。”谷老师说着便在钢琴前坐下来,随意弹了几个音,思索了一下才说,“你其实很有唱歌的天分。”

“真的吗?”这意外的夸奖又让二丫兴奋起来,只觉得心儿在扑腾扑腾地乱跳,嘴上却说,“谷老师在拿我取笑呢。”

谷老师却一本正经说:“那是一种原生态的美,自然的美,就如田间小溪的流水声,那样的朴实,又是那么让人心醉。”

虽然二丫并没有听懂,却从谷老师的表情和口气中,感觉到这是一种极高的评价。

“谷老师……啊谷老师……”二丫不知说什么才好了,拿起茶杯喝了一口,却发现很烫,差点儿把杯子掉在地上。

谷老师像是什么也没看见,继续说:“但是,要成为一个真正的艺术家,必须经过严格的训练和刻苦的学习。”说着,便招招手,让二丫站到钢琴面前,开始弹奏声阶。

以前上课都是这么开始的，于是二丫便自然地跟唱起来:“哆……来……米……发……嗦……”

“不对不对。”谷老师停了下来,口气变得十分严肃,“像刚才那帮人,就是唱一辈子,也不会有什么进步。你得学会运气。”说完就弹了个音,做起示范,“哆……来……米……发……嗦……”唱完又问,“你觉得我们之间的区别在哪里?”

“你唱得比我好听。”

“不对。我不是问这个。”谷老师说完又唱了一遍,并把双手在从腹部移到胸部,“知道区别了吗?”

“我知道了。您是在运气。”二丫试探地说。

“哎,这就对了!”谷老师满意地点着头,“学着我的样子,再来一遍。”

于是二丫又唱了一遍,然后看着谷老师,等着评价。

谷老师摇摇头,想了想说:“这样吧,你先别唱了,先运运气,看看能不能沉到丹田。”

“丹田?丹田在哪儿?”

“丹田在这儿。”谷老师毫不犹豫地一手抱住了二丫的臀部,另一只就按住了她的下身,并用力压了压,“感觉到吗,这就是丹田。你不要紧张,先吸气,深吸一口气,然后让它往下沉,先到胸部,然后再往下,一定要到丹田这个部位。吸气,你吸气啊。”

二丫一动也不敢动,两条胳膊不由自主地张开,过了好一会儿,才开始吸起气来。

“对。让气往下走,不要有杂念,往下,再往下!”谷老师的手又往下移了几分,用力揉着,但神色十分自然。

二丫又似懂非懂地吸了几口气。这时,她的双腿已经在发抖,额头上的汗珠也大颗大颗地掉了下来。

谷老师过了一会儿才把手从二丫的身上挪开,叹了口气说:“业余的都这样。教学的时候要受到很多限制。以前我在柴可夫斯基音乐学院进修的时候,不管男生女生,都要把衣服脱光,这样老师才能发现你运气到底正确不正确。艺术是需要献身的,你懂吗?”

二丫摇摇头,退回到椅子上坐下。想着怎么找个借口立刻离开。

谷老师就像知道她心思似的,说:“你不要有所误会。我是因为看到你的条件实在是太好了,将来很可能成为一个优秀的歌唱演员,才使用一些专业的方式。如果你认为不合适,我不会勉强。”

“不。我没认为有什么不合适。”二丫自己也不知道为什么突然改变了想法,“谷老师,如果你真的认为值得培养,随便采取什么方式我都愿意。”

“是吗?”谷老师似乎有些意外,“你真的愿意?”

“是。我愿意。”二丫拼命地点点头,用发抖的嗓音轻声说道。她似乎又看到当年被强奸时，那些鬼子贪婪又丑恶的嘴脸，看到刘脚子像头牲畜似的折磨她的情景。不管怎么说，谷老师比他们更像个人，像多了。为了学会唱歌，为了上台，为了艺术，那就牺牲吧。于是她闭着双眼，等着谷老师过来拥抱她，脱掉她的衣裤……她会一切都顺着他来，不做任何反抗。

可谷老师却在钢琴上弹奏起来。只见他时而把双臂高高举过头顶，重重地落到一端，然后稍稍仰起身，让琴键从指间迅速地流过，直到另一端的最高音才猛然刹住。时而又用沉闷的低音弹出一种忧伤的旋律，久久地重复着同一个节奏，只是调门在不停地变化。谷老师全神贯注地弹奏着二丫完全没听过的乐曲，似乎早就忘了他人的存在。最后，谷老师把整个胳膊都压在琴键上，所有的声音戛然而止。

二丫惊呆了，茫然地看着。只见谷老师把头慢慢低下，随后上身就趴在钢琴上一动也不动。过了好一阵，才站起来去喝凉水。

"我把你吓坏了吧？"谷老师把杯子放下来问。

"没有。"二丫又拼命摇摇头，"但你弹的是什么呀？"

"是和魔鬼的搏斗。"谷老师苦笑一声，"灵魂的挣扎。"

"你……没事吧？"

"现在没事了。"谷老师又恢复了平时的声音，"有时候，我会觉得生活十分无奈。不过现在好了。你明天还是下午来吧，把我让你练的那几段再好好唱唱。今天不早了，你回去吧。"

二丫便站了起来，走到门口又转过身，鼓足了勇气问："谷老师，能问个私人问题吗？"

"问吧。"谷老师点点头，"什么问题都可以。"

"你没有太太？"

"你是说，有婚姻关系的女人吧？"

"是。"

"那是有过的。"

"现在在哪里呢？"

“她跟家人去了台湾,也是搞艺术的。”

“噢。那你们有孩子吗?”

“有。”

“被她带走了?”

谷老师点点头:“是一个女孩。很漂亮的一个女孩。”

“那……”二丫犹豫了一下说,“你是在等她们回来?”

“不。”谷老师苦笑笑,摇着头说,“我们办了正式的离婚手续。”

“那你想不想再结婚?”

“如果有合适的,我会考虑。”

“我有一个朋友。”二丫急切地说起来,“和我一样大,以前带了两个日本孤儿,现在有个特殊情况,也想找个人结婚。不知你能不能考虑一下。”

“什么特殊情况?你坐下说吧。”

“谷老师,我知道你是个好男人,所以什么事都敢跟你说。只是不能传出去。”

“坐下说吧。你的话,我是不会传出去的。”

二丫便坐了下来:“我的这个女朋友前不久被人强奸了,而且还怀上了孩子。要打又打不掉,现在正不知如何是好。像这种情况,我知道很让你为难。但我可以保证她是个非常好的女人,从来没和男人发生过关系,就是被强奸了一次。你可以考虑和她结婚吗?”

“人都没见过,什么感觉都没有,怎么可以考虑结婚呢?”

“她长得比我漂亮,人比我善良。真的,要比我好十万八千倍呢。你就当是帮帮她的忙,等过了这一关,你们再离也可以。”

“我没有听明白,到底要帮什么忙?”

二丫便把事情经过大体说了一遍,只是没提镇大卢的名字。

“如果是这样,我倒可以帮忙。”谷老师听完立刻表态。

“真的?!”二丫有点不相信自己的耳朵,“谷老师,你真是天下最大的好人。你真的不忌讳她怀了一个畜生的孩子?”

“这不是她的错,再说孩子也没有错。”谷老师想了想又说,“不瞒你说，我也希望早些结束单身生活，而且不想再找艺术界的同行，最好是农村来的，善良有爱心就好。有没有工作都无所谓，反正我的工资还是够开销。只是我比她大这么多，她会同意吗？”

“你今年多大？”

“四十二。”

“也就只大个十七岁。以前农村娶二房或是续弦，差的可比你们多多了。这样，你不显老，就说是三十也有人信。最好是把胡子刮一刮，我再说你老相。”

“这可不行。我向来不说谎。再说年龄也是瞒不长的。”

“要不这样，先安排你们见见面。其他的事以后再说。”

“那就安排吧。我没意见。”

二丫见谷老师爽快地答应，便满心欢喜地告了别。临出门，还真想主动和谷老师来个拥抱，后来想想要介绍给葵花，这才控制住自己。

几乎是与二丫同时，葵花也接到教育局的通知，局长和人事科长一起和葵花谈了话，局长还一个劲儿地表示，如果想到中小学也可以安排。但葵花只说要当名幼儿教师，而且最好到八厂职工子弟学校的幼儿园。八厂是县里最大的一个纺织厂，是清代一个恩科状元办的民族工业，为了便于将收购的棉花直接进厂纺线织布，也为了就近招收工人，所以把厂办在棉花种植区的中心。

“我也是为了两个孩子考虑。”葵花在领导面前实话实说，“他们是战争孤儿，又是日本人的后代，如果在城里上学，很可能会引起不少议论。八厂学校大多是职工和附近农民的孩子，应该比较好相处，我在幼儿园也可以就近照应。”

局长见葵花这么说，也就不再动员，只是再三表示，以后有什么困难一定要向他们反映，局里会全力相助。

因为不是期末，葵花就让大水和二水继续在原来的学校念到放假再说，每天坐小火轮到八厂上班。那天她正在码头等船，附近有人在烧柴油，葵花一闻那味就拼命呕吐起来，似乎胆汁都被倒出。这时，一只手放在她的背上，特别关心地问："你这是怎么啦？"

葵花吃了一惊，抬头一看，原来是镇大卢。正想转身离开，却被他一把抓住，问："你是不是怀孕啦？"

葵花冷冷一笑："你是说，怀了你的孩子？"

"是呀，这很有可能。"

"不怕暴露你做的丑事？"

"别跟我啰唆！"镇大卢死劲捏住葵花的胳膊，厉声问，"到底是不是？"

"你想动手啊！"葵花叫了起来，"有本事，你就当着大家的面打我。打啊！"

这时，不少人都在朝他们看着，其中还有人在打招呼："镇书记，你也坐船啊？"

镇大卢这才松了手，但又低声说："我会查出来的。你等着。"

接下来的三天，不断有人来幼儿园打听葵花是不是怀了孕。最后把园长也惹急了，逮着人就大声责问："你是存心来捣乱，还是故意制造谣言？葵花连老公都没有，怎么可能怀孕？"不过私下又来问葵花："你是不是有什么难言之处？我好像看你吐得厉害哩。"

同事们也开始在背后指指戳戳，还有人专门找到园长反映情况，说要到医院强迫检查。

葵花咬紧牙关不说话，后来想想就给局长打了电话。不到两个时辰，园长就满脸堆笑来道歉："赵老师，实在是对不起啊。现在正是天气变化大的时节，感个冒胃里不舒服都是常事。你一个漂亮女人，有人追不成就想败坏你的名誉，看他下次还敢再来！"接着又在老师会上宣布："不许瞎议论同事之间的私生活。特别是对新来的同志，一定要注意保护她的名誉，否则今年取消他工资的提升资格。"

从此以后，再也没人提起葵花怀孕的事。

二丫自从和谷老师谈了那席话，就一直在找葵花。不料葵花替人顶夜班，过了好几天才回来。这天二丫又来找，正好葵花在她爹屋里给娘上香，便开门见山把谷老师的事说了一遍。

“你找我，就为了这个？”葵花听了并无兴趣。

“这可是你的终身大事！”二丫有些急了，“这是多好的机会，可千万别错过。”

“我可不想嫁人。”葵花说着就往外走，“我要去看孩子。”

“大伯！”二丫忙看着葵花爹。

“别着急走嘛。”葵花爹说，“二丫说的这事，我看还是可以考虑一下。年龄是大了点，但大也有大的好处。”

“不是年龄。”

“那是什么？”二丫问。

“我带着两个孩子。以后要一起生活，他能接受得了吗？”

“他都说了，没问题。”二丫说。

“这可不是嘴上说的。孩子不是他的，肯定不会有感情。将来孩子吵闹，他又是搞艺术的，会不觉得烦吗？”

“又没在一起生活，你怎么就认为他会烦呢？”

“是呀，难得有个人愿意接受这种事。”葵花爹说，“要不，还是先见一面再说？”

葵花不想伤爹的心，便勉强答应。

二丫立刻就去通知了谷老师。谷老师当即就让饮食行业的一个学生到大华楼订座，恰巧大华楼的经理也喜欢唱歌，立刻免费给了一个雅座，一应特色大菜都只是象征性地收个零头钱。那天晚上，葵花照例把孩子托付给住持看管，换了身干净衣服，便和爹一脚来到大华楼。谷老师早就等在门外，络腮胡子已经剃得干干净净，又穿了件半旧的中式夹衣，看起来就像个镇上开店的小商人。二丫倒是精心打扮了一番，把刘脚子托人从上海买的一件羊毛开衫穿在外面，还穿了双高跟皮鞋。说实话，谷老师给葵花留下的第一印象还真的不错。他一句都不谈在国外学习或到大城市演出的事，一直在说如何学习做菜。

“我一直不知道这狮子头为什么能做得这么嫩,入口即化。有人说是要多用蛋清,也有的说全靠勾芡。后来才知道要用七成的肥肉,剁成石榴粒儿大小,用小火煨上四个钟头。我便这么做了,可到时候还是硬得难以下咽,你道是为了什么?”

葵花蛮有兴趣地问:“为什么?”

“开锅后我在炉子上加了块湿碳,以为可以保持较低的温度,结果炉子灭了,我也不知道。”

“那你拿下来的时候也不看看啊。炉子没火,锅子肯定也是凉的。”葵花爹说。

“我用的是砂锅,以为小火不会把锅子烧热呢。”

“真是个书呆子。”二丫开心地笑起来。

葵花爹问:“那你平时不自己开火啊?”

“对。平时还真的很少自己做饭,都是单位的集体伙食,顶多也就下下挂面。”

二丫马上说:“以后好了,葵花做的饭可香了,炒几个菜也就眨眼的工夫。”

一顿饭吃得大家都非常满意。临走,二丫又帮他们约了看电影。看完电影又逛了公园。过了两天,文化宫组织演出,其中有谷老师的独唱节目,二丫就弄了第一排的票,还到后台看演员卸妆。出来后,二丫便问葵花感觉怎么样?

“他是个好人。”葵花老实承认,“我从来没有接触过这么好的男人。真的。”

“那你们还不赶紧?想挺个大肚子办酒席啊?”

“不过,好像没有那种感觉。”

“你想要什么感觉?”

“你看人家电影上谈恋爱,双方都有些不安,平时也要老想着对方。可我和他在一起的时候还行,一分手就像没有这个人似的。”

“那是电影,是瞎编的。你平时这么忙,哪有闲工夫想啊。”

“可就是不想,也不激动。”

"你还想怎么着？"二丫不高兴了，"要说激动，也该是和我哥激动。这种事，人生也就一次，你以为每次都有啊。告诉你，我还从来没有激动过一次哩，现在不是日子也过得挺好？"

"可谷老师也很平静啊？"

"那只能说明他的修养高。这种人，再有什么都会克制，谁像镇大卢这种畜生，一见到女的就不是人了。再说一个，他四十几的人了，山山水水都是见识过的。"

"这倒也是。你说，他除了那个离了婚的老婆，有没有其他女人啊？"

"这还要问啊？肯定是有过的。"二丫想起那晚上的事，"他是个单身男人，平时跟他学唱的女生也多，有时候要检查你运气运得对不对，还要把手伸到你的下身。"

"伸到下身？"葵花吃了一惊。

"这有什么大惊小怪，丹田就在脐下两到三寸，他不摸，你根本学不会。"

"那……那……"葵花瞪大了眼睛。"这是真的？"

"真的又怎么了？这种事，只要男人控制得住就没事，怕就怕……"

"就怕什么？"

"就怕女的受不了，要往上扑。"二丫说着便大笑，笑了一会儿才又说，"不过话又说回来，哪个猫儿不吃腥？男人没有婚姻的压束，睡几个女人还不是很正常吗？"

"我认为不正常。"

"好好好，这事我不想和你争，将来你那事做得多了，自然就会看得很淡。现在最主要的，是把日子定下来。下个礼拜六，正好是初八，日子不错，你看如何？"

葵花没有说"是"，也没有说"不"。只是沉默着不做声。

"既然你没有摇头，那就是同意。我看就这么定了。"二丫高兴得就像是自己要出嫁，"文化馆的领导已经说了，谷老师如果结婚，就把隔壁的那间房子腾出来。一间给孩子住，一间做你们的新房。那个小院真的是精致极了。还有，你结婚后，也没有必要再到八厂幼儿园上班，城里师范附小的幼儿园刚刚招生，正缺少人手，当领导的也是谷老师的学生。你可不知道，谷老师人缘好，大家都愿意帮他忙，比当县长有用。”

回到家，葵花就和爹商量她走后的安排。

“我的事你就别管了，你和孩子只要安安稳稳就行了，只是日后生下这个孩子，你是准备送人，还是自己带？”

“当然是送人。”

葵花爹叹了口气道：“谷老师是个很开明的人，万一他不同意，要留下来自己养呢？”

这个问题葵花还没有想过，于是沉默起来。

“我知道，如果自己带，你在他身上总会看到那个畜生的影子，会很难受。但如果谷老师坚持，你总不能和他对着干吧。”

“那我就先和他说好，如果不准备送人，我就不结婚。”

葵花爹点点头：“反正你们将来也会有自己的孩子。再说，如果没有这件事，你们也不会走到一起。”

第二天，葵花和谷老师一说，谷老师立刻点头。

“没有任何问题。大水和二水就是我们自己的孩子。你身上的这个一生下来就送，一分钟也不耽搁，这事我完全同意，你就一百个放心吧。将来等你身体养好了，过几年再说。”

葵花把这事和二丫一说，二丫又连连夸奖谷老师是个天大的好人。“唉，要是我没有结婚有多好，我可是比你认识在先啊。”

当天晚上，葵花等孩子都吃完饭，才说：“大水，二水，娘有件事要和你们商量。”

“什么事？娘。”二水倒先问。

“娘要给你们找个爹。”

“是不是就是爸爸？”大水问。

“是。城里人都叫爸爸，以后我们也要住到城里去。”

“娘要住到城里，我们也住到城里。”大水说。

“以后有了爸爸，他会经常带着你们玩，还会教你们唱歌。”

“我会唱歌，老师还说我唱得好呢。”二水说。

“好也不能骄傲。”大水说。

“我不骄傲。我要唱得更好，唱给娘和爷爷听。”

“真是乖孩子。”葵花搂着两个孩子唱起了歌谣，“两只老鼠，两只老鼠，跑得快，跑得快。一个没有耳朵，一个没有尾巴，真奇怪，真奇怪。”

转眼就到了星期六。葵花和谷老师商量好，上午九点到县民政局领结婚证书；下午开个小型的茶话会，请一些亲戚朋友和学生热闹一下，再由文化馆的领导出面致致辞；晚上在大华楼订了六桌，图个六六大顺。上午不到八点，谷老师就坐着县城里唯一的一辆“乌龟壳”来接葵花。葵花先到爹的屋里，在娘的画像前烧了香，磕了三个头，说了声“娘，我嫁人了”，眼泪便流了下来。随后爹打开一个用缎面包着的小盒子，从里面取出一枚金戒指，戴到葵花指头上。说这是她外婆奶奶当年戴在娘手上的。等葵花出了门，就舀了一碗水泼到门外，表示这一走就不能再收回来了。随后关实了门，“呜呜呜”地抽泣起来。毕竟，以后就剩下他一个人了。

这回谷老师可穿了套新买的西装，领带是红的，还镶了金线，脚上也是双擦得瓦亮的尖头皮鞋。葵花身上的行头都由二丫一手张罗，一身大红的绸面衣裤是请文工团的服装师按照最新式的图纸连夜赶制的，虽然下身肚子上略微有点紧，但整体上看，还真像电影里的明星。此外，二丫还请团里的化妆师一早来做了头发，脸上也上了不少胭脂。二丫坐在司机旁边，也是把最好的衣服翻出来穿了，还戴了个项链。汽车开得很慢，路人都在看，不少人都说肯定是文工团的演员。等到了民政局的大门，谷老师先下车，转到另一侧替葵花开了门，又小心翼翼地拉着她的手，缓缓将她牵出了车门。这一刻，让葵花感到从来没有过的神气。

民政局里也有不少唱歌爱好者，见是谷老师来登记，便纷纷上前打招呼表示祝贺。婚姻登记处是在二楼，于是就有热心的人出主意说，能不能改到楼下的会议室，反正就是填表格盖硬印的事，移动起来十分方便，却能把场面做得更加隆重。谷老师听了自然赞成，于是被邀到会议室看怎么摆设。二丫不放心，也跟了进去。这样，葵花就落单站在大厅内传达室的门口，由司机在一旁陪着。

谁也没想到，就这几分钟出了大事。有个小年轻拿了个牛皮信封走过来，交到葵花手上道："门口一个男的交代，一定要你在登记前看。"说完人就没了。葵花疑惑了一会儿，才抽出一张白纸，只见上面用钢笔写了几行字，头一句就是"和你结婚的谷某人是个大流氓，昨天还摸过我的下身"。葵花的脑子"嗡"的一下像是炸裂开来，勉强再往下看，更是觉得五雷轰顶，只见纸上写道："你知道他为什么要从省歌剧院下放到区区小县城吗？你翻一下他的档案就知道，他是因为和小男孩要流氓，才被开除了公职，劳改两年。你要不信，就到公安局打听一下吧！"

这时，谷老师和二丫正兴高采烈地从会议室走出，看到葵花站在那里发愣，便招着手道："你快过来，肯定让你大吃一惊。"

葵花却像是见到鬼，吓得全身哆嗦，丢了手中的纸，不由自主地往后退了几步，不料脚下一滑，一个趔趄便摔倒在地。谷老师立刻跑了过来要扶起葵花，葵花却哭着连连摆手，不让谷老师接近。

二丫满腹狐疑地走过去，捡起地上的信纸一看，便朝谷老师瞪大了眼睛……

第 08 章

二丫通过团领导的关系，很快就知道了谷老师的情况。那纸条上说得不错，他离开省歌剧院，确实是因为和一个舞蹈队的男孩耍流氓，被劳动教养两年。文化馆也曾有人反映他借练习运气摸学生的下身，其中男女皆有，但因为很难在道德品质和技术手段方面做出鉴定，所以领导上一直没有做任何处理。

因为没有进行登记，所以也没什么善后的事要做。那天葵花回家后，睡了整整一天，晚上二丫来说情况，她也懒得听，第二天是星期一便正常上班。那个谷老师据说当晚就向馆里请了一年的长假坐夜班轮去了外地。二丫还想查清楚到底是谁写了那封匿名信，但团长劝她放弃。因为这种事并不少见，几乎每个单位都有，不管动机如何，目的如何，但也是人民群众的权利，何况人家说的全部属实，就是查出来还能怎样？其实二丫是怀疑镇大卢在后面捣鬼，要刘脚子摸摸底。这种事刘脚子哪里肯做，三五句就把二丫说得哑口无言。时间一长，也就渐渐忘了。二丫虽没了老师，但运气的事却记得真真切切，自己一边琢磨一边练，又向同事们请教，还真是管用，不久演出大合唱，就让她站了最后一排，把她美得好几天都笑不拢嘴。

过了几周，葵花不再呕吐，肚子却显了出来，走路的姿势也和过去不大一样。葵花变得有些懒惰，老是一个人静静地发呆，有时喂着孩子的饭，就睡着了。领导上批评了几次，还扣了工资，但葵花并无什么改进。天气已暖，衣服也穿得少了，怀孕的事大家已经看得清清楚楚，只是忌讳着领导不敢说出去而已。

这一天，葵花在家休息，看着孩子写作业，就见一个小尼姑走过来传话，说住持有事请庵里面谈。葵花立刻换了件干净衣服跟了进去。尼姑庵极其清静，一水的大青砖铺成的大院，角缝里没有一根杂草或落叶。枝头上喳喳地跳着几个彩色的小雀，殿堂里飘出些许淡淡的清香。过了一段石板铺成的小径，便来到细竹林旁边住持的禅房。小尼姑叫了声"师父"，就听到一个亲切的声音从里面传了出来："葵花快进来。"

住持的禅房不大，却十分明亮。菩萨像前是一盏火苗透清的龛灯，四壁上挂着佛家的恒言典语。住持穿了件淡色的细布衲衣坐在桌前整理那些外面捡来但洗净了的碎布，见葵花进来，便让她在身边的方凳上坐了，自有小尼姑过来泡茶。

"你有什么打算？"住持等小尼姑走出后才问。

"我不知道。"

"我虽然不出门，你的事也知道个八九。现在最要紧的是把孩子生下来，可如果生在镇上或城里，少不得会有一些议论。这次没有结成婚，我看也是天意。"

葵花死劲点了点头。

"最好是到一个离这里远些，环境清静的地方，再有一个贴身的人照顾。"

葵花忙道:“我也这么想呢。可哪里去找啊?”

住持笑了笑:“我倒是有个去处。从这里往东南百十里,有座观音山,半山腰上有个仙水庵,那里的住持是我打小一起修行的师姐,因为地方偏塞,鲜有施主关照,师姐便带着众尼自己开出一块地来,种些粮食和蔬菜,倒也能够自给自足。日本人投降那年,我在那里住了些日子,比这里还要静。更难得的,是我师姐还会一些医术,也常帮一些就近的妇人分娩。你若能去,万事会有善果哉。”

“那就麻烦师父帮忙介绍过去。”葵花听了喜欢,满怀希望地看着住持。

住持则沉默了片刻才说:“原来我早就这么想了。但有两件事,我心中没底。”

“师父请说。”

“一是那儿是个泄洪区,虽说仙水庵在坡上,过去也没听说洪水漫进过山门,但你的产期正是雨季,万一发起大水来,淹了道路,交通是极不便的。”

葵花一心只想出去,便说:“这个我不担心,既然住在庵里,肯定会有菩萨保佑。”

住持只好点点头,又道:“还有一个,就是近一年来,没收到师姐的任何音讯,也不知道会不会有事,所以不敢让你冒生过去。”

“能有什么事呢?”

“这很难说啊。”住持叹息了一声,“因为政府破除迷信,又倡导劳动光荣,社会上对我们佛家也有些误会。不然我会请一位师父陪你一同过去。”

“这可用不着。”葵花连连摇头道,“我身孕才四个多月,做什么都不碍事。能不能这样?我先过去看看,万一不成再回来也没有什么。”

“那倒是讨扰你了。说实话,我对那师姐也是有点不放心,她是个嘴上闲不住,喜欢说话的人。如果你能跑一趟最好。这里已写好一封信,你交给我师姐后,她自然会明白一切。还有几个月,你就帮庵里收拾收拾庭院，活儿不会太累，却也能活络精血，将来生产也有好处。还有一个要牢记，如果遇到连天大雨，你一定要提前出来。”

葵花听了高兴，当即收了住持的信，回来就和爹说话。

葵花爹说：“真是件天大的好事。你多带些衣服，明天我就陪你上路。孩子就拜托住持在庵里看几日，这样那边有信也就直接带了回来。”

葵花却想了想说：“听说那儿十分偏僻，周围不见得能有住处。尼姑庵是男人不能进的。你要去，非但没有什么作用，我也不能放心。再说孩子见我们两个都不在，问师父，你让师父说什么才好？”

葵花爹听了觉得有理，便问：“那你要走几个月，也得和孩子有个说法？”

“就说我身体不好，要找个安静的地方养病。”

“还不如说是去外地学习。生病也太不吉利了。”

“爹还是迷信。”

“不是迷信。大水这么懂事，万一问是什么病，我也编不出来。”

“那随你吧。”葵花想想又道，“还有一个，这事对任何人都不说。”

“这个我知道。二丫也不告诉？”

“二丫嘴太快，刘脚子和镇大卢又是连裆的。”葵花想了想，“这样，如果二丫来问，就说是到外地去生，坚决不能把观音山说出来。”

“我不说就是了。”

当晚葵花就收拾妥了，搂着两个孩子坐了一夜，眼泪也流了几回，一是舍不得孩子，再一个想到自己的命如此遭殃，很是伤心。第二日公鸡才打鸣，葵花就到爹的房里告辞。葵花爹早已起来做了六个水煮蛋，又拿出一个纸包塞到葵花手上。

“这是五十块钱，你带着。”

“我不带。”葵花说，“赵铁匠给你的钱，一分也不能动，那是将来买房子和万一有个什么救急用的。”

“现在就是救急。生孩子可不是小事。如果是顺产当然没什么，要是碰到大出血就要上医院，人家尼姑庵可是个清贫之处。”

“不行。”葵花口气坚决，又故意道，“带着这么多钱在路上走，我心就发慌，让坏人看出来，我的命就没有了。再说，一会儿我要先去趟单位，还有半个月工资没有领呢。将来需要，我会先跟住持的师姐借，那里人多，总会有办法。或者你来看我的时候再带来。”

葵花爹见女儿不听劝，这才把那纸包收起来。

“要用钱，立刻写信回来。快吃吧，都有些凉了。”

于是葵花就吃蛋，但只肯吃了四个。经过庵院墙时，隐隐听到里面有人在念阿弥陀佛，看来住持又在为葵花操心了。爹把葵花送到路口还要再送，却被葵花挡住，说孩子快醒了。葵花爹这才站住，又嘱咐了几句，见葵花走远，才回头。

葵花赶上头班小火轮，先到了八厂。刚开口说要请假，园长就心知肚明道：“这事不要说了，我都清楚。这里的位置给你留着，任何时候都可以来上班。你还有半个月的工资，另外单位再发一个月的钱，算是产假的补贴。赵老师，你不要忘记，你是个有单位有集体的人，有什么困难就来找我，我是个党员呢。”葵花听了，感动得眼泪流了下来。另有要好的老师听说她要走，凑份子买了一个搪瓷脸盆、一个热水瓶和二斤红糖用网袋装了塞到葵花手里。

等又上了小火轮到了终点，太阳已经偏西。葵花就近找了个小吃店吃了碗面，正好碰到一帮来勘察地形的学生，就搭了他们的卡车直奔观音山。到了山路口，学生们帮着打听实了确有一个仙水庵，这才挥了手告别。不料山路走到天黑也没看到一间房舍，更没尼姑庵的影子。倒是有几条野狗在身后跟随，葵花拿出爹特地买的手电筒照了半天，又扔了几块石头，也没有把它们赶走。这时，山脊的黑影像头巨大的怪兽压在眼前，浓云又在夜色里翻滚，间或闪动着阵阵亮光，随着一阵狂风，就掉下大滴的雨来。葵花赶紧奔到一棵树下贴紧了脚跟蹲下，可那雨在风里却是斜的，直接打到脸上，一会儿全身就已经湿透。正不知如何是好，突然听到有人大吼：“别在树下！危险！”话音刚落，就听到一声巨响，不远处的一棵老树顿时被雷劈成两段,并冒出一股火星。葵花还没回过神来,就被拉到一个能遮风的石壁下。葵花站了一会儿,见没有什么事发生,这才敢用眼稍打量身边的陌生男人。

“别胆小。我是个放羊的。”那男人放缓了声音说。

“放羊的?”葵花心里想。“这前不见村后不着店的野地里,怎么会有人放羊?肯定是个劫道的歹徒。”

“你要不信,就到前面庵里看看,我的羊全在那里。”陌生人似乎看透了葵花的心思,与葵花保持着一定的距离解释。

一听到个“庵”字,葵花忙问:“你说的可是仙水庵?”

“是呀,观音山只有一个尼姑庵。”

“还有多远?”

“拐过去就到。”

“你说,你把羊都放在庵里?”

“是呀。”

“你瞎说,尼姑庵是个静地方,怎么会让你放羊?”

“这个你就不懂了。不过这里不是说话的地方,还是先到庵里,那儿我还生着火,等你换了干净衣服再说不迟。走吧,我来替你拿包。”

见那男人伸过手来,葵花抱紧了包袱说:“我不会跟你走的。我只带了十几块钱,你可以全部拿去。还有件事也干脆说明了,我有身孕,男人碰了会倒霉的。”

“你把我当成什么人了?”那男人有点生气道,“我好心带你去躲雨,老站在这里,时间长了会生病的。”

“既然羊在庵里,那你到这里来做什么?”

“有只小羊不见了,我是来找羊的。”男人瞅了瞅葵花问,“我还要问你呢,这荒山野地的,你到这里来做什么?”

葵花看看对方,不像有什么歹意,这才说:“我是来找仙水庵的住持。”

“你来找仙水庵的住持?”那男人带着疑问重复了一句。

“怎么？她不在吗？”

“她嘛……”那男人犹豫了一会才说。“她已经不在了。”

“不在了？什么意思？”

“她死了。”

葵花顿时心里落了空，便呆在那里。

那男人走出几步，伸着手看看天道：“这山里的雨，说来就来，说走就走。现在已经是尾声，一会儿就不下了。你要是相信我，就跟到庵里休息。要不相信，就请沿原路打回，记着到了山路口就一直往北，估计天亮前能赶到镇上。”

葵花还是一动不动。

那男人也不再劝，就往山里走去。

葵花心里想，这时候折回去，还不知路上会发生什么事，再说住持怎么死的也得问问清楚。但又一想，这荒郊野外的，又是个陌生男人。常听说有些特务土匪就潜伏在这种地方，如果跟了去，岂不是送命？因此还是决定回去，结果走不了几步，那群野狗又蹿了出来，并有进攻的架势。葵花只好又转身往那山里跑。跑不多远，果然看到一座山门，拿出电筒一照，只见上面写着“仙水庵”三个大字。再往上走了一阵，就见到有了房舍，想必就是那庵。但走近了才发现只是些残垣断壁。葵花吃了一惊，揣了一肚子的疑问顺着杂草丛生的小路来到大殿。这里仿佛经过一场浩劫，门窗全无，佛像已经倒在一边，只剩下一些不全的肢臂，一个菩萨的半片金脸下露出了胎泥，荷花座下是一个大坑，只有两根铜盆粗的石柱还傲然挺立。大殿一侧有堆烧成白色的木炭，里面还埋着老火。这时，那男人已在火堆前蹲下，用树枝只轻轻一拨，就“噼噼啪啪”地蹿出蓝青的火苗来。男人又将没有烧尽的木柴小心地支成一个空架，外头的风一吹，火就开始旺了。

“你靠近些，先把衣服烤干了再说。”那男人似乎早就料到葵花会来，看也不看，就招了招手，又到那佛像下摸出一个胀鼓鼓的麻袋来，里面却是些用白布包着的锅碗瓢盆。他把东西放在火堆前，便走了出去。

虽然已经立夏，但刚才的一阵山雨已经湿透了葵花的衣裤，走路时还不觉得什么，现在一停下，那阵阵寒气就四处袭来，感到胳膊和胸前的鸡皮疙瘩骤起，就忍不住连连打了几个喷嚏。见那男人走开，葵花便近了火，双手向前一伸，身上顿时冒出了热气。其实包袱里的换洗衣服是用油纸包着的，但这里哪有脱衣服的地方？虽然这个男的看起来不像坏人，但这深更半夜的也得有个男女之别啊。正想着，那男的又走了进来，只见他抱了一个用布塞紧了口的大葫芦和几根干柴，背上还有一个铁架子。

“来，帮我接下手。”那男人说。

葵花犹豫了一下，就上前拿那铁架子。

“不，你拿着葫芦。”

葵花便接过了葫芦，觉得很沉，想问，却又不敢。

那男人把干柴扔到地上，拍了拍身上的土，就十分利索地把那铁架子支了起来，这样，一根铁杆就横在火堆的上方。接下来，男人拿起铁锅用湿布擦了一下，才从葵花手里接过那葫芦，打开盖子，把里面的东西倒了满满一锅，又掏出两个铁钩挂住锅耳，添了新柴，就开始烧煮。不到一袋烟的工夫，那锅里溢出一股浓浓的香气，葵花的肚子立刻“咕咕”叫了一下。那男的只装没有听见，拿起一个长柄勺子在锅中慢慢搅拌。这么一搅拌，那香气越是诱人。葵花从早到晚，除了四个鸡蛋就是一碗光面，早已饿得饥肠辘辘，又不好意思开口要吃的，憋了好一阵才终于问：“你这是煮的什么呀？”

“不要着急。”那男的只看着锅说，“这是用山里的泉水冰镇的，要等化开了，才更有味道。对了，你会烤馒头吗？”

“会呀。你还有馒头？”葵花觉得口水都要流出来。

那男的就从麻袋里掏出一个砂锅，里面压着好几个白面馒头，男人拿出两个递给葵花，又重新把砂锅放回麻袋，才说：“你要是喜欢吃焦皮，就直接上火烤。要是想闻那面香，就用芦叶包好塞到灰里闷。不过时间要长些。”

“那就闷吧。”葵花不想让对方看到自己饿得急吼吼的样子，“可哪里有芦叶啊？”

“你等一下。”那男的又走了出去。

葵花见人不在，立刻用勺子舀了汤就喝了一口。那可真是一辈子都没尝过的美味啊，葵花故意让汤在口里留了一会儿才咽了下去，正想再舀点别的内容，却听到脚步声，立刻装着搅着汤的样子。

“怎么样，这汤还行吧？”男人一本正经问，又把手里的芦叶放在葵花身边。

葵花一下红了脸，只好点点头解释：“我是太饿了。”

“我知道。”男人认真道。“要是不太饿，这会儿你也走到山路口了。”

葵花听了又气又臊，可又不知道说什么才好，便点着头把那馒头用芦叶慢慢地包了，塞到旁边的灰里。

这时，汤已经大开。那男人用只小碗盛了几勺汤，放在葵花面前，说：“当心烫。一会先润润肠，等身子都暖过来，再填肚子。”

葵花便把碗接过来，一边吹着气，一边小口小口地喝下去，过了会儿才问：“这么鲜，什么汤啊？”

“这可是神仙汤。”男人卖了个关子说，“上午刚打的山鸡，又采了些山蘑菇，用姜片熬了四个钟头呢。”

“怪不得这么好吃。”

“我也是怕着凉。这东西既能驱寒又填肚子，是我的招牌菜。”

“你是开饭店的？”

“我要能开饭店就好了。”男人说着就舀了不少山鸡肉放在葵花碗里，“一会儿就着馒头吃，保证你打嘴不放。嗯，馒头也差不多了吧，你看看。”

葵花便拨出那包芦叶，打开一看，馒头已经十分松软，冒着热气，还带着清香。

那男人也舀了一碗汤，慢慢地喝了起来。

葵花尽管拼命地控制自己，但毕竟是饿狠了，眨眼的工夫就把那碗山鸡和馒头送下了肚。那男人又立刻给她盛了一碗，并说："把那个也吃了吧。"

"那你呢？"

"我是吃过晚饭的，夜里一般不吃东西。"

葵花也不客气，把那个馒头也吃了，还是不觉得十分饱，便再看那男人。却见他没有再动那勺子，还把锅收了起来。

"你不能再吃了。吃多了伤胃。"那男人说，"衣服干了？"

"嗯，应该是干了。"

"好吧。现在你也吃饱了，可以说说事了。对吗？"

葵花点点头："对。"

"那就告诉我，你来找仙水庵的住持什么事？"

葵花没有回答，也不知道怎么回答。她倒有了勇气仔细打量眼前的这个男人。看起来，他的年纪应该不超过三十岁，虽然头发长，穿得也很破旧，但眼眉间却透着一股秀气，皮肤也不似乡下人那么粗糙，尽管黑，却很细嫩。尤其是那双手，细细长长的指头，一看就知道不是苦人家出身。

"你先告诉我，这儿是怎么回事？这庵怎么能败成这样？"

"说来话长。"那男人叹了口气说，"我前年来这里时，还看到她们在作盛大的佛事，菩萨也刚上了金漆。后来忽然有一天，来了不少人贴布告，住持被带走，众尼姑就开始各奔东西，也有没去处的就还了俗。不过尽管如此，仙水庵的房舍都还好，一直到住持死了，才来了一帮人把门窗卸下来烧火，又把砖头房梁运出去起房子。反正是把有用的都拿走了。"

"住持到底是怎么死的？"

"听说是生病，具体情况不太清楚。"那男人过了会儿才问，"你来这儿做什么啊？"

葵花说："我只是有点私人的事，是另一个尼姑庵的住持介绍我来的。"

"是不是来生孩子？"

葵花吓了一跳:"你怎么知道?"

"这可是你自己说的。不记得了,先前躲雨的时候,你说有身孕。"

葵花红了脸,干脆说:"有人做了缺德事,让我怀了孽种。"

"这么说,你是被人强迫的?"那男人的话里充满了同情。

葵花点了点头:"又没法打胎,只好来求住持帮忙。没想到会这样。"

"那可是一点儿也不能受凉。你带了干净衣服没有?"

"带是带了,但我身上已经干了。"

"那也不行,现在只是干了外头,贴身的还是湿的,还是赶紧换了吧。我是不会看的,要不放心,我到外头唱歌,你听了声音,就知道隔了多长的距离。"说着,那个男人就起身走了出去,并高声唱道"冰雪遮盖着伏尔加河,冰河上跑着三套车……有人在唱着忧郁的歌,唱歌的是那赶车的人……"

葵花惊奇地听着那浑厚的嗓音逐渐远去,赶紧翻出衣服蹲在墙角里换了,又冲着外面高声喊:"你回来吧!我已经穿好啦!"

但那歌声过了好一会儿才又一次传来:"……小伙子你为什么忧愁?为什么低着你的头?"等那个男人重新在大殿里出现的时候,葵花不仅感到全身舒服,说话也比较自如了。

"你唱的是什么歌?我好像在哪里听过?"

"这是一首俄罗斯民歌,也有人说是苏联歌曲。你是听的无线电?"

葵花一下想起,这是听那个谷老师在文化宫的演出时唱过的。听到这么问,便摇摇头说:"不,是看的演出。"

那男人"噢"了一声,说:"我们也说了半天话,还不知道该怎么称呼。"

"我姓赵,叫赵葵花。你呢?"

"我叫吴展鹏。不过这儿的人都叫我吴羊倌儿。"

"怎么会在这儿放羊呢?"葵花看着问。

“我喜欢放羊啊。”男人苦笑了一下说。

“可吴大哥,你根本不像个放羊的。”

“这事以后再和你说。今天不早了，你也累了，就在这儿休息吧。”说着,又从菩萨像下拉出一个麻袋,打开后是一床被褥,还有一个枕头。吴展鹏就在火堆旁的墙壁处铺下,示意葵花睡了上去。

“这是你睡觉用的？”

“是呀,今天让给你了。”

“那你呢？”

“我嘛,好说。”吴展鹏又在火堆上加了柴,提了那个装被褥的麻袋走了出去。

葵花本想裹着被子在火堆前坐一夜,不料刚坐一会儿就歪倒在枕头上,接着就熟睡过去。这一觉,一直睡到第二天上午太阳晒着屁股才醒。葵花支起半个身子,揉着眼睛打量着四周的一切。阳光穿过塌了一半的山墙照进了大殿,远处则是一片瓦蓝的天空;殿外的大树上,有两只黄鹂正你一言我一语地吵个不停;台阶上漫过缕缕浓密的山雾,但一眨眼又消失得无影无踪。葵花想起昨晚的情景,只见那火已经完全熄灭,一个小桶装满了水,支架上却换了只深口的钢精锅,打开一看,一个碗里放着两个馒头和一块榨菜,碗腰深的水还在冒着热气。显然是吴展鹏为她准备的早饭。葵花叠被子的时候,发现枕下压着一张字条，上面是一手清秀的钢笔字。只见纸上写道：“葵花你好,我出去放羊,要到太阳落山才能回来。你若走,请把被褥和一些用具收到袋里,在菩萨像下藏好。砂锅里的馒头请全部拿走,好路上充饥,再别忘了用瓶儿带些水,瓶儿在墙角的麻袋里。如不走,你到大殿后的水塘里,拨开一些水草,就可以看到昨天装山鸡汤用的葫芦,你热一下全吃了。晚饭我会回来做。生火用的洋火我藏在东面山墙齐人高的一块砖缝里。找不到说明你也太笨了。火用后请用水浇灭,切记。吴大哥。”葵花把那字条反复看了几遍,然后就怔怔地坐在那里想心事。葵花似乎还从来没有受到过这样的关心,过去爹娘也会说这说那,但他们绝不会考虑得这么周到,更不会说出“找不到说明你也太笨了”这样的话。对，这句话让葵花感到有一种比关心更深的意义，它让人觉得舒心、亲切，却又那么自然。不过，葵花也很生气。她责怪吴大哥并没有表示出强留她的意思。哪怕是说一句“你最好不要走”或“再想想”之类的话，那这张字条给她的感受就会像现在的天气那样晴朗，那样完美无缺了。

葵花这么想着，就来到大殿后的水塘边。那是个一丈见方的深潭，靠着长满了苔藓的石壁，一角是条细细的涧溪，那清澈冰凉的山泉就是从那里不断地流了下来。只是那泉水老不会溢出，想必潭底有什么暗道一类的东西。葵花在一角的水草里寻了半天，才发现有块浮着的小木块，下面系了根细麻绳，那麻绳足有五六尺长，要用劲才能把那葫芦拉出水面，等提到岸边，才看到葫芦腰间还系着一块石头，怪不得它能沉到潭底。当即葵花把石头和麻绳都解了，放在一个不显眼的地方，却并不急着要回大殿。原来葵花有个大早解手的习惯，况且昨晚吃多了，下腹一阵难受，便抱了葫芦去找那如厕之所。想来这么大的庵这地方肯定是少不了的。转到后院，先是看到一间带天井有廊檐的禅房，从格局看应该是庵主住的地方，不过门窗已经被拆得七零八落，一壁墙也没了，只剩下一个空架。再往后就看到一间朝东的半壁小房，有一排长长的坐便凳，梁上还塞了几捆麦秆草。小房旁边是块熟地，种了不少蔬菜，周边还有尺把高的玉米。虽然不太整齐，却也郁郁葱葱。葵花来不及细看，就上了便凳放了松，等舒服了才又转了起来。这时，她又看到一段用篱笆围着的廊子，里面有不少新鲜羊粪，方知吴大哥没有说谎。葵花用靠在一边的竹帚把羊圈打扫干净，这才回到大殿。

馒头还是温的，葵花撕了一小块榨菜夹着只吃了一个，另一个仍然放在砂锅里。身上有了劲，她又回到后院，拨了两棵青菜，又挖了几个鸡蛋大的洋山芋，就在水塘边洗净了，却没有立刻烧煮。这时太阳已经上了枝头，可葵花并不觉得饥饿，她想起羊圈旁的花墙有不少青砖裸露，便来来回回地运到大殿，就着火堆旁的一壁垒成一堵矮墙，又取了一些黄泥，用水拌了塞密了砖缝。然后才把被褥放进去，就像个简陋的房间。等收拾完了，太阳已经朝西，葵花赶紧把火升了起来。找那洋火还真没费劲，只是刮的时候不顺，费了好几根才把一些干草点着。学着吴大哥的模样支了锅，又找出一把菜刀，把洋山芋和那山鸡汤一起炖了，青菜怕闷烂了不好吃，就等吃的时候再放。

结果等到天黑，吴展鹏才回。似乎是料到葵花不会走，一进来就掏出两个大黄杏儿放在葵花手里，说："这东西不能吃多。"

葵花咬了一口，忙点头："真甜啊。你也吃一个。"

"我已经吃过了，这是专门带给你的。吃吧。"

葵花便老老实实把杏吃了。

"今天晚了，是想逮只野兔让你换换口味。"吴展鹏等葵花吃完杏才说。

"那逮着没有啊？"

"没有。"吴展鹏认真道，"那野兔说它还小，身上没有肉，等过两天再说。"

"野兔还会说话？"葵花被逗乐了。

"野兔说的是兔话，不过我能听懂。"吴展鹏一边说，一边查看着葵花垒起来的那堵墙。

葵花看着吴展鹏，期待着他说些赞扬的话。

吴展鹏却走到大殿门口道："野兔说了，它的一位老朋友倒是愿意做出牺牲。"说着就提出一个野物来，冲着葵花晃了晃，如同活的一样。

葵花吃了一惊，退了一步问："这是什么呀？"

"给鸡拜年的黄鼠狼呗。也有人叫它狐大仙。"

葵花定睛一看，那是个长尾巴的家伙，足有成年家狗大，龇着牙，瞪着眼，很是可怕。

"黄鼠狼有这么大吗？"

"也可能是个杂种。不过，肯定是它叼了我的那只小羊，你看嘴里还有羊毛呢。"

葵花就近一看，那尖嘴一角还真有几根白毛。

“这下总算是报了仇。”吴展鹏又把它扔到门外说，“不过我们不吃它的肉。”

“为什么啊？”

“看样子，这是只当了爷爷的老黄狼，那可是上等的药材。”

“药材？”

“风干了碾成粉，这东西能治血小板减少。万一将来你生孩子出血多了，可以用它来增强凝血功能。”

葵花听了很意外，忙问：“你怎么知道？”

吴展鹏含糊回答：“那……那也是听别人说的。”

两人一边说着，一边把青菜下到沸起的汤里，馒头也已经热好。吴展鹏吃第二个的时候，掰了一半塞到葵花手里。

“你要多吃点，两个人呢。”葵花要推让，吴展鹏却板着脸说，“你不听话就走。”葵花只好吃了另一半。因为汤里多了洋山芋，两人吃得都很饱，葵花还打起了饱嗝儿。

“我们得好好谈一下。”

这是葵花料想到的，于是坐正了身体听着。

“看我留的字条了？”

葵花点点头。

“看来你有文化？”

“上过几年小学。”

“你不准备走了？”

“不是不想走，可没地方去。”

“那你是准备在这儿生孩子？”

“不知道。”

“你是怎么想的，可以都说出来。我们再想办法。”

“如果你愿意帮忙，就让我在这儿住下来。”

“你是来找住持的，这儿本来就是你的地方。”

“等到了时候，你能不能到附近村里请一个接生婆？”

“这也不难。”

“还有些日子，我会帮你做饭，打扫羊圈，后院的地我也能种。”

“这么说，你都想好啦？”

“我就是这么想的。”

“那你有没有想过，有什么不方便吗？”

“你是说，我是个女人，你是男人？”

“不是。我说不方便不是指这个。你知道我为什么要把东西都藏起来吗？”

“不知道。”

“这儿虽是山，但地势并不高，有些地方还低于海拔，每年夏天江水泛滥，山路都会被淹掉，如果遇到特大洪灾，还要蓄水排涝。所以许多年没有人愿意来垦荒居住。政府有时候也会派人来检查，主要是怕外地人不知底细来种地，到时候发大水会出人命。所以，我也是偷偷住着，决不能让人觉得是个常住居民。”

“那别人不知道你在这儿放羊吗？”

“放羊是知道的。但一般吃完了草就会挪地方，政府也就没有太在意。”

“你的羊是自己的？”

“我哪来这么多羊？”吴展鹏苦笑道，“都是附近村里人寄放的。有的一户两只，三只，如果自己养，还得喂饲料扫羊粪，不如放我这儿，还少了配种的钱，生了小羊也算在各自的户头上。最重要的是我几乎不收什么工钱，给点儿粮食豆油盐就行了。”

“那你图个什么？”

“图什么？我也就图个清静。你看这儿风景多好啊。当然也自由自在。”

“你有家吗？”

“家吗？总会有吧。”

葵花沉默着，揣测着吴大哥话里的意思，过了会儿才问：“你来这里放羊，是不是也有不能说的难处？”

“为什么这么说？”吴展鹏看着葵花问。

“那我就说啦。”

“说吧。说错了我也不会怪你。”

于是葵花就把心里想的都倒了出来：“我看你写了这么好看的字，一定是念过不少书的。碗筷用具还用白布包着，那被子还这么干净，可见不是一般人家出身。还有，你还懂生孩子要出血，什么凝血功能。这可是我给孩子治伤手时听县医院的大夫说的。你既然这么有本事，却来这里放羊，你让我会怎么想？再说，你那手长得也不像啊。”

“我的手怎么了？”吴展鹏看着自己的手问。

“这哪里是吃苦人的手。你肯定是有事没有说，不敢说，是不是？”

“可能你说得有些道理。如果你怀疑我，我可以离开。”

“我什么时候怀疑你了？”葵花连忙说，“这原来是你的地方，要离开也是我呀。”

“这么说，你不在意我瞒着什么了？”

“各人有各人的难处。我也不是个包打听，非要知道人家的事。反正我觉得，你不是个坏人。”

“那也不一定啊。”吴展鹏呵呵笑了一下，“坏人也不会把坏字写在脸上。”

“你越这么说，我越看不像。”

“哈，你倒是很好骗，到时候可别后悔啊。”吴展鹏干脆大笑起来。

“后悔什么？能骗我什么？我又没钱，身子又这样，我没什么好给人骗的。”葵花也笑了笑说。

“那我们就说妥了。以后我们也别互相瞎打听了。再过几个月，等你把孩子生下来，该怎样就怎样。”

“好，就这么定了。”

吴展鹏想想又说：“既然这样，我就得和你说明几件事。”

“什么事？”

“第一，你得把这东西拆了。”吴展鹏指了指新垒的那砖墙，“晚上这儿是没人来的，但白天就保不住。我们得让人觉得这儿根本没人住，所有的东西都要仔细藏好。万一你被人发现，也得准备好一番说辞。”

“那我该说什么？”

“你就说是过去庵里的尼姑，现在还了俗，嫁了人，来这儿求神灵保佑的。”

“他们会信吗？”

“一般人会信的。去年枪毙住持的时候，就山里这块地方还下了好大的雪呢，那可才中秋啊。”

“好的，我就这么说。我也会念阿弥陀佛。”

“阿弥陀佛就别念了，那会让人很反感。”

“知道了。还有什么？”

“第二，这洋山芋要等到秋天才能挖。现在才长这么大，太可惜了。”

“其实我是知道的，下次不挖了。”

“第三，洋火要省着点刮。我镇上不常去，要几个月才去一次，用的东西要节省。”

“那馒头是哪儿来的？是到镇上买的吗？”

“是一个老乡送的。他家里办事要宰头羊，来的时候就顺便给我带了些。他知道我喜欢吃馒头，也容易收藏。”

葵花迟疑了一下说：“我能问问，你这儿有几套被褥？”

“当然只有一套啊。”

“把它让给我了，你怎么睡啊？”

“我嘛，好说。”吴展鹏不在乎地摆摆手，“现在天也热了，屋里待不住。再过几个月，你就要生了。”

“可周围我都看了，根本没有能睡的地方。”

“那你说怎么办？”

“你也可以睡在这里？”葵花红着脸说，“我反正会穿着衣服，盖不盖被子无所谓，你就拿去当垫被，不然地潮会生病的。我要觉得凉，可以盖那麻袋。”

“那可不行，你的身体和我没法比，我露宿惯了，下雪也不在乎。你要是生病，就没人给我做饭了，我还得守着。犯不着，这可犯不着。”

葵花假装生气：“要这样，我明天就走。”

吴展鹏却说：“你走可以，总之要留就得盖被子。”

“怎么就不能听我一句话呢？”葵花便央求起来。

“这话我不听。”吴展鹏有些蛮不讲理。

“要不这样。”葵花突然想起茅房梁上的几捆麦秆草，高兴地说，“你等着。”于是便站了起来要往后走。

“都这么晚了，去哪里？”

“我去解个手。”说完就走了出去。等她再回来时，吴大哥已经把碗洗好了，正用小油灯照着，剥那黄鼠狼的皮哩。见葵花手里提着，胳肢窝里夹着几捆干草，便好奇地问，“哪儿找的？我怎么不知道？”

“你是不是从来不上茅房？”

“你是说后院的那个？”

“是呀。”

“那是原来尼姑们净手的地方，我一个男人怎么敢去？”

“可现在她们都不在了呀？”

“那也是个圣洁的地方。”

葵花听了暗想：“他连这个都计较，可见是个知书达礼的人。”心里也就更加放了心。

当晚，吴展鹏说靠火堆太近怕着火，便在大殿的另一头铺了干草，与葵花背过身睡了。这一夜葵花可一直没有困意，她想想十分奇怪，怎么会在这里碰到吴大哥这样的男人，虽然他身上似乎有不少秘密，但对自己却显得十分真诚。和他可以直来直去，而且许多事你不说，他似乎也早就知道，像是懂得你的心一般。而且有些话虽然说得一本正经，却让人发笑，好不叫人开心。葵花睡得晚，醒得却早，一抬头，看到吴大哥在大殿外的空场上打拳，那身法葵花也是从正规新四军的官兵身上看到过的，一招一式都非常有力，姿势也十分好看。葵花便悄悄起了床，站在大殿的门柱后悄悄窥视。过了一会儿，吴大哥可能是觉得身上热了，便脱了外衣，赤膊了上身，那种男人的肌腱便完全裸露出来。那身体顺着拳势灵活地变化着各种姿势，一块块的肉疙瘩也就格外好看。看到后来，吴大哥竟速跑几步，纵身一跃，在地上翻了个跟头，又稳稳地站住，做了一个打虎式的亮相。葵花忍不住叫出一声“好”来。见吴大哥向自己这边张望，便连忙从大殿后面跑了出去。等到她喘完了气，定下神走回来时，吴大哥已经穿好衣服，并下好一锅菜面疙瘩，他吃了一碗，又用一个广口玻璃瓶装了一瓶，扎紧了口。葵花看着，便从包袱里找了件旧衣服把瓶子包了起来。

“谢谢你啊。”吴展鹏接过瓶子说。

“谢什么。”葵花不好意思轻声说。

“这样我就能吃热的了。”吴展鹏一笑，又说，“对了，一会儿你把那儿拆了。”

葵花点点头，看见吴大哥往外走，却突然叫住道：“吴大哥。昨天那歌挺好听的，能再唱一遍吗？”

“哎呀这破锣嗓子还好听？”吴展鹏说了便走了出去。

葵花便开始收拾被褥和用具，又拆那矮墙，正有点失望，却听到远处传来吴大哥的歌声。

“冰雪遮盖着伏尔加河，冰河上跑着三套车……有人在唱着忧郁的歌，唱歌的是那赶车的人……”

葵花忙奔到大殿外，向远处看着。只见吴大哥已经赶着羊群走得很远，却还回过头来向大殿这边招手，仿佛知道葵花在看着他似的。

葵花不由自主地抬起手向远处挥了挥，但立刻又害起臊来。她是带着蹦跳跑回大殿的，而且接下来也不知道怎么会有那么大的力气，没跑几趟，就把那些青砖搬回了原处。等大殿收拾妥了，又到后院的田里拔草。一边干着活，一边却哼起小曲来。等小曲哼完了，她却发起怔来。这到底是怎么回事？她怎么会在这里遇到这样的男人？有人说，人是会梦游的，有时候几天几夜都在梦里。想着想着，葵花就咬了一口胳膊，觉得一阵生疼，方知这一切都是真的。于是又唱："北风那个吹，雪花那个飘……年来到。"

当她再次回到大殿，已经靠近晌午，她刚进后门，就看见不少人从前面走了进来，其中还有人背着枪。她立刻转身离开，但那些人显然已经看到，并大声喊："站住！别跑！再跑就开枪啦！"

第 09 章

葵花很快就被抓住，并立刻被带到山门处的一辆吉普车上。车旁有两个警察，一个年长些，三十来岁，一个很年轻，他们都在抽烟，对她瞧也不瞧。过了好一会儿，一大帮人才从尼姑庵里出来，他们手上提着葵花的包袱，吴大哥装被褥和锅碗瓢盆的麻袋，还有那张黄鼠狼的皮。他们把东西扔到车上，年长的一个警察就问："还找到什么人？"

"没，没有了，就，就她一个。"领头模样的是个胖子，有点口吃。

"我们先回去，你们最好也去个人。"那警察说。

"那，那就我去吧。"胖子说。

"好。上车。"

胖子爬上车，坐在葵花身边。那两个警察就在前面坐了。汽车出了山路口，往南行了大约一个时辰，就拐进了乡政府的大院。院里有不少民兵在操练。他们汽车停在一个写着“派出所”牌子的门前，先前发话的警察对司机说了声“还是到后头”，就和那胖子进了派出所。葵花跟着那开车的警察转了个弯，来到一个单独的房子前。司机掏钥匙开了锁，抬抬下巴让葵花走了进去，然后又把门关了起来。

葵花过了一会儿才看清这是一个没有窗户的房子，一张办公桌后面是两张太师椅，当中是一张砖头宽的狭凳，但比一般的凳要高出不少。葵花站了一会儿，见并没人来，就在太师椅上坐了。这时她并不害怕，派出所毕竟是个有法度和法规的地方，他们一定是搞错了。大概是晚上没睡好，葵花便趴在桌上打起瞌睡来。不知过了多长时间，门锁一阵响，就进来三个人。有人开了灯，原来在房顶上有盏电灯，只是瓦数不大，只能勉强照出人脸。那三个人，一个是胖子，还有就是那两个警察。

“噢嗬，你，你还真会享福啊！”那胖子厉声道。

葵花连忙站了起来。

“过，过当中坐……好。”胖子又说。

葵花便走到中间往那凳上一坐，双脚却不能触地，便想倚着站。不料那胖子似乎已经看出，又叫了一声：“坐，坐好！坐好！”葵花这才把屁股支在凳上，这一支才发现很不舒服，那凳面也太小了，硌得肉疼。

这时，那两个警察已经在太师椅上坐好，开车的比较年轻，已经从办公桌里摸出一盏小灯和纸，掏出笔准备记录。

“好，我们开始。”那年长的警察说，“叫什么名字啊？”

“赵葵花。”

“住哪里？”

“达家镇。”

“做什么工作？”

“在八厂幼儿园做老师。”

“什么出身？”

“我爹是个铁匠。”
“政治面目？”
“嗯？”
“就，就是问你是……是不是党团员。”胖子不耐烦地解释。
“过去入过团。”
“什么团？”
“共产主义青年团。”
“以前受过什么处分没有？判过刑，或者是劳动改造。”

“没有。”
“知道这儿是泄洪区，不准住人吗？”
葵花点了点头。
“噢？既然知道，还要住？”
葵花不知如何回答。
“这是你的吗？”那警察掏出住持的信。
“是。是我的。”
“信上说，你想在庵里生孩子？”
“是。”
“为什么不在家里生？跑这么远找一个尼姑来生孩子？”
“我不能在家里生。”
“我问你为什么！”警察提高了嗓门。
“因为……因为……”葵花找不到合适的词。
“还有，你怎么会有那么多生活用具。那被褥也是你的吗？”
葵花犹豫了一下才说：“那是我用的。”
“除了你，那尼姑庵里还有什么人？”
葵花不说话。
“你，你说啊！”胖子帮腔道。
“我没做坏事。真的，我没做过坏事。”葵花看着那警察，“我只是来找住持来生孩子，没做别的事。”
“你知道那住持是什么人吗？”

“知道。”葵花小声说。

“噢？你知道她的情况？”

葵花点点头，又立刻大声补充：“我原来不知道。是来了以后才听说的。”

“那你是听谁说的啊？”那警察把身体往后一靠。

“是听……是听……”葵花心里暗暗告诫自己，千万不能把吴大哥说出来。

“说呀，是听谁说的？”

“不是听说的，是我猜的。”

“噢嗬？”那警察冷笑一声，“又变成猜的了。那你说说，你猜到了什么呢？”

“我猜，她可能是犯了什么事，离开了，或者是已经不在人世了。因为我看到那庵也破败成这样，一定是出什么事了。”

“装傻了是不是？”那警察的眼光变得凶狠起来，“看来，你对付我们还挺有一套啊。”

“我没有对付你们，我只是说实话。真的！”葵花急着要对方相信自己。

“实话？”那警察拍了一下桌子，“别以为装成一副可怜兮兮的样子，就会让我们相信。你这号人见得多了。实话告诉你，据掌握的材料，到现在你一句真话都没有。这样吧，让你考虑五分钟，政策想必是知道的，坦白从宽，抗拒从严。别抱任何侥幸心理！”说完，那两个警察就走了出去，并带紧了门。

葵花还以为可以趁这机会好好想一想怎么回答，却见那胖子走了过来，突然一抬手，一个耳光抽到脸上，她就跌倒在地。

“起，起来！”那胖子瞪大杀猪般的眼睛喊。

葵花撑着身体刚要爬起来，那胖子就一脚踢过去，正中葵花的下巴，只觉得嘴里一股热气，就吐出一口血。葵花哭着说：“怎么乱打人呢？”

“我，我打你了吗？”胖子又狠狠打了一巴掌，葵花退到墙边，没有站住就倒在地上。

胖子过来又要踢，葵花就死劲抱起头，拼命喊："救命！救命啊！"

"喊，喊，你声音再高点！"那胖子冷笑着，要踢葵花肚子，葵花却往边上一滚，那脚就踢到墙上，疼得胖子大叫，"噢噢噢……你，你这狗娘养的，还，还敢还手！"说着，又张着手向葵花扑了过去。

葵花毕竟也是干过民兵的，翻滚避让也学过几招。见胖子过来，又一侧身躲过对方，随便把那张凳也拿在手里，时刻准备抵抗。胖子愣了一下，就跑了出去。不一会儿，进来几个民兵，把葵花的手铐了，又绑紧了脚，命她蹲下。又过了一会儿，胖子和那警察才又进来。

"和人民顽固对抗是没有好下场的！"警察厉声说，"我宣布，现在对你实行逮捕。"

"为什么？我不是坏人！真的不是！"

"谁，谁给你保证？啊？"那胖子冷笑着问。

"谁？"葵花突然想起江司令员。"我有保人！"

"保人？"警察冷笑。

"有人会担保我不是坏人！"葵花大声说。

"谁？谁能担保你不是坏人？"

"江司令员。"

"江司令员？"警察皱着眉问，"他是哪儿的？"

"具体在哪不知道。但他是个大领导，军区的司令员，在朝鲜打过大胜仗的。你们打电话给他，就说我是赵葵花，他就知道了。真的，我认识他！"

警察大笑："我还认识毛主席呢。"

"那你们去找省里的孙书记，他也认识我。"

胖子抬起手："再，再胡诌，打，打烂你的嘴！"

那警察却一把抓住胖子的手，说了声"等一下"，便认真问："你是说，省委的孙书记认识你？"

"是的，他还说过，如果有什么困难尽管找他。"

胖子却哈哈大笑："所，所长，这，这您也信？"

那警察却盯着葵花看了好一会儿才说:“要骗我们可没那么容易。”说完就让大家都出去。等剩下他一个人时,才问:“那你说说,和孙书记是怎么认识的?”

葵花便把上次江司令员在招待所请人吃饭的事说了一遍。那警察虽然还是不信,可语气却缓和了许多:“我们可以打长途电话。要是捏造,那可是罪加一等。”

葵花本来还想说出满月,后来一想,她在朝鲜是没法联系的。于是又说:“求求你给孙书记打个电话,就说赵葵花有事求他,他一定会给我证明的。”

那警察立刻走了出去。

葵花心里盘算着下一步怎么走。虽然孙书记确实说过可以找他的话,可人家在省里,事情又多,还会记得吗?再说也不似区大队长这么熟悉。还有一个,就是万一找不到怎么办?那么,能不能和单位联系一下呢?园长说她是党员,那她说的话这里的警察应该相信。不过,这里的住持可是什么反动道会门,我是被沾上了,再牵连上别人好不好呢?万一再有什么也对不起人家园长……正这么想着,就见开车的年轻警察匆匆跑了进来,也不说话,就开了葵花的手铐,接着也把脚也松了绑,又让她在太师椅上坐好,才说:“你是不是有些饿了?”

葵花一肚子的心事,哪里还顾得上饿饱,只是问:“打电话了吗?”

那年轻警察却不回答,又问:“你认识李书记?”

“哪个李书记?”葵花摇了摇头。

“他可说是认识你?”

“是不是李真?”葵花猛然想起满月说过李真转业到地方的话。

“对,李书记就是李真同志。”

葵花差点叫了起来:“怎么不认识。抗战的时候,他负责我们那一片,是区小队长。”

“他现在是地委书记,我们公检法都归他管。”

“他在这里？”

“不,他现在在等你去接电话。”

“真的？”葵花高兴得都流下泪来。

“有件事,能不能帮帮忙？”那年轻警察说。

“什么事？”

“刚才我们所长可没对你怎样,有些话都是审讯时必须说的。打你的是乡里的一个干部,也是从村里临时调上来帮忙的。已经被看起来了。”

“看起来？”

“他打人是错的,要做检查,还要接受处罚。但我们所长确实是遵守纪律的。”

“这个不用担心,我不会和他说的。只要能证明我不是坏人就行了。”

“那就太感谢了。”那年轻警察高兴地说,“那我们走吧。”

葵花跟着年轻警察来到派出所,那所长早已泡好一杯茶在电话旁等待,见年轻警察点了点头,便把话筒用双手拿了递到葵花手上。葵花拿过电话“喂”了一声,就听到话筒里说“请您稍等”,不一会儿就传来了李真的声音。

“葵花,到底是怎么回事？你不要胆小,都和我说。”

葵花却哭了起来。

李真过了一会儿才问:“是不是有人打了你？”

葵花不说话。

那年轻警察苦着脸对着葵花拼命摇头。

葵花便说:“他们没有打我。”

“我知道了。”李真说,“昨天我才知道你分在幼儿园工作,还托人到单位打听,结果说你走了。要不是孙书记打电话来,我还不知道你的情况。这样,你先好好休息,有什么要求尽管和派出所的同志说。”

“我没什么要求,把东西还给我就行了。”

"刚才孙书记接了派出所的电话，听说把你无缘无故抓了起来，非常生气，要我亲自处理这件事。一会儿我还要汇报。你有什么想说的，先告诉我。"

"我没有什么想说的。真的。"

"好吧。你把电话给派出所的同志。"

葵花"嗯"了一声，把话筒给了派出所的所长。

所长立刻说："李书记，我们的工作出现失误，对不起赵葵花同志，我们也会做出深刻检讨，坚决落实孙书记和您的指示。"

李真在电话里说："这些话我一句也不要听。你现在要做的，就是做好善后工作，让赵葵花同志感到满意。不然我也没法向孙书记交代。"

所长立刻表示："李书记请您放心，这一切我会负责到底，保证让小赵同志一百个满意。"

"好吧，我要看的是行动。我再和葵花说几句。"

葵花接过电话道："李队长，你别难为他们了，真的没什么。"

"这事你别管了，某些基层同志的方式方法我还是很清楚的，姑息了也是对人民不负责任。你记下我家里和办公室的电话，有什么事，随时打电话来。"

派出所所长立刻拿出笔和纸，小声道："我来记。"等号码写好，又恭恭敬敬把那张纸叠好了，放在葵花面前。等葵花放下了电话，才松了一口气。

"今天晚上先到县招待所休息，汽车已经准备好了。"

"我不去。"葵花说，"送我回到那庵里就行了。"

"那怎么行？现在那儿连个睡觉的地方都没有。"

"不。我要回仙水庵。真的，我求求你了。"

"哎呀，刚才让你委屈了，也得让我们有个悔过的表示。"所长诚心道。

"不，我哪儿也不去，你们只要把东西送回去就行了。"

"要不这样。"所长和年轻警察小声商量了一下，"今天你就在乡里委屈一夜，明天一早再送你回去行不行？”

葵花看看天色已经不早，担心碰到吴大哥又要添事。于是便点了点头。

派出所所长见葵花点了头，立刻高兴道：“太好了。我们先去吃饭。”

乡政府的食堂已经准备好一桌丰盛的宴席，大概是乡政府的几位领导都知道了原委，便轮流来向葵花表示道歉，弄得葵花不知如何是好。于是派出所所长索性关了门，自己也走了出去，留下葵花一个人，又吩咐服务员谁也不准来打扰。这下葵花才觉得肚子已经瘪了许久，把一碗肚肺汤喝了一半，又吃了两个狮子头，其余的都没动，只因看到馒头的面发得好，便让服务员给包了几个放在手边。等吃好了，所长就带葵花到电话总机房为女同志准备的值班室休息，那被单枕头都是新的，一个没用过的马桶还贴了个双喜字，后来一问，原来是那个打葵花的胖子硬把妹子的陪嫁拿了出来。

这一夜，让葵花感慨万千。脸上虽然还有些浮肿，但所有那些不愉快都已经抛到九霄云外。她真的想不到省里的孙书记会这么重视，李真又当了地委书记，听他说话的口气完全像是嫡亲的兄妹。这一切都让葵花觉得欣慰不已。但又一想，现在大家都这么进步，做着重要工作，唯有自己还在为了一个被强奸出来的孩子烦心，又暗暗掉起泪来。

第二天一早，派出所所长还要留，葵花却执意要走。于是又坐了那辆吉普车进了山，只是那胖子一直看不到了。所长和开车的年轻警察不让葵花拿任何东西，亲自提着包袱麻袋一直把葵花送到大殿。葵花一看，大殿已经面目全非，那堆碎菩萨已经不见，坑也填平了，山墙则已砌好。一壁的角落支起一张床，周围用铅丝围了，上面挂着白布，另外又多了张桌子和四张板凳。大殿另一侧，就是吴大哥前晚睡觉的地方，此时却砌了一个灶台，上面放了一只铁锅，另一边还放了个澡盆和一个小桶。几个人正在扫地，看来是不少人忙了一整夜才弄成这个样子。葵花又走出去看,后院有十来个瓦匠木工正在修缮庵主的那间禅房呢。

临走前,所长告诉葵花,那个胖子姓恭,大家都叫他恭胖子,是负责观音山辖区的村干部,这一切都是他张罗的,因为打了人,觉得没脸来见。等上面通过了他的检查,葵花消了气,再来道歉。葵花便道:“事情已经过去了,也没落下什么。他这么做,是以为我是坏人呢。”

“那你还准备告他吗?”

“告?我为什么要告他?”

那所长感慨道:“人民群众的觉悟这么高,对我们的工作真是一个鞭策,我们一定会好好反省,改进不足之处。”犹豫了一会儿又问:“赵葵花同志,有件事纯粹是个人好奇,没其他意思。我只是想知道,你为什么一定要选这儿来生孩子呢?”

葵花看他问得诚恳,便回答:“我没结婚,这孩子是被坏人强逼的。”

所长“噢”了一声,忙道:“我全明白了。我家也有个妹子,情况差不多,也是到外地住了将近两年才回来。我是太有体会了。”

警察走后不久,那恭胖子就和一个差不多胖的女人过来,进了大殿,看到葵花,两人也不打招呼,就双双跪下,如公鸡啄米一般把头拼命碰在地砖上,只几下,额头上就有了血印。葵花吓了一跳,忙说:“这做什么!这做什么!”可那两人像是没有听见,还要再磕头,葵花只好上前拉住,只见恭胖子的半片脸已经被血染得通红,那女的也好不了多少,两人都在失声痛哭。葵花不知如何是好,一抬头,看到外面还站了不少人,便招呼道:“你们快进来,给擦擦血。”于是就有人进来,把似乎是早已准备好的草药在两个人的额头上贴了,又用毛巾揩了脸。葵花见他们还跪着,便说:“这做什么,快起来吧。”

那两人却都不起身,恭胖子说:“你,你要不解气,就,就踹我几脚。”

葵花生了气:“我是那种人吗?要不起来,就不和你们说话。”

恭胖子这才起来，又去拉了女的，两人就毕恭毕敬地站在葵花面前。

“坐吧。”葵花拉出张板凳道，“你们这样，我还真不习惯。”

这样，恭胖子这才和那女的坐了，说：“这，这是我……老婆，生，生……过三个娃，又，又在卫生院工作。以后有用得着的，就当，当是自己的丫头女儿。”

“这可是瞎说。”葵花板着脸说。“怎么看，她也该是我的姐姐。”

那女人就“哇”的一声哭出来，又擤了一把鼻涕道：“我的好妹子，你可真是八千里外来的观音菩萨。要不是你肚量大，放他条生路，少说也得吃三年的官司。”

“哪有这么严重。”

“这可是真的。”女人死劲点着头，“我这个猪头三，老想在领导面前表现他的觉悟。我也不知说了多少次，不能动手打人，尤其是女人，不管是什么人，不管人家犯了多大错误，打人都是犯法的。你看那些领导多聪明，自己从来不动手，打了也装看不见，那也是怕将来担责任。就我这个没脑子的货，话又兜不清，幸好是碰到了你这样的贵人，否则枪毙的日子还在后头。”

“事情都已经过去了，就不要再提了。”葵花因为一直没有见到吴大哥，心里不放心，只盼着这些人早些离开。

“葵，葵花同志，我，我老婆说的是真的，去年搞运动的时候，就有人被打死了，后，后来一查，死的是个地下党，还，还是个领导。于是就说是阶……级报复，结果就把那打人的镇，镇压了。”

女人说：“你看他，说起来头头是道，可到时候又发昏。一点儿也不吸取教训。”

“能不能不说这些事啊。”葵花哀求道。

恭胖子于是制止老婆道：“我，我们今天来，一是请罪，二是表示个心意。听说你要在这儿住下去，我，我们就商量了一下。”

女人便对男人说：“听你说话真费劲，还是我来说吧。葵花姑娘，这儿虽是破败了，但过去也是个上好的去处。仙水庵是个老庵，听说起码有一百多年，不然也没这么多尼姑来念佛。你要住下来，一定是对的。只是毕竟人少又很空旷，没有人照顾，你又有了身子，万一出了事，我们可承担不起啊。”

“这个不碍事。”葵花担心他们赶她走，于是立刻说，“我不怕人少空旷。”

“我们是这样想的。”那女人又说，“吃的用的，你放心，我们会负责。这大殿的门窗已经在赶着做，没有几天就会装起来。但这儿毕竟不像个住家，所以叫了十几个人在抢修原来庵主住的房子，过几日就完工。以后你图凉快愿意住在大殿也行，想晚上谨慎，就睡到后院。另外，我想你不愿意别人来打扰，但没有人来照应，我们也是断断不放心的。”

“我真的不要人来照应。”

“不是那种照应，就是不时来看看，传个信什么的。”

“不需要，不需要，真的。”葵花忙摆手。

“一个人总是太孤单。”

“我不孤单。”

“如，如果葵花同志真不愿意，我，我们就不要勉强了。”恭胖子对老婆说。

“可我都和吴羊倌说好了。”那女人一脸为难。

葵花一听“吴羊倌”三个字，忙问：“什么吴羊倌啊？”

“就是一个放羊的。”那女人道，“实话和你说了吧，我们想请个人来照应，但在村里还真的找不到个合适的。也算是事巧，前两年有个人过来放羊，单身一人，羊到哪里就住到哪里。虽是外地来的，但也做过审查，没有政治上的任何问题，只是全家人都在打仗的时候死了，从此心里有些想不开，不喜欢与人结交。村里许多人家都把羊托他来放，个个都壮，因为观音山的水草好，就常来落脚，有时候听说还在这里过夜。不过他这个人平时不好找，昨晚碰巧来找我有事，便跟他说了，他也同意，答应今天下午就过来。一会儿你见了，就知道他是个好人。要其他人，我们还真不放心。不过有一点，因为是个男的，就怕你不愿意。”

葵花听了暗暗高兴，忙说：“既然这样，就让他来看看。我反正是没意见。”

恭胖子见葵花改了口，便高兴起来：“你，你是没……见过这个人，我，我保……证你会喜欢。”

女人踩了恭胖子一脚道：“怎么不会说话，人家只是来照应一下。”

恭胖子忙点头：“我，我也就是这个意思。”

葵花心里怦怦直跳，怕被看出来，就说：“这样也好，让你们放心。”

恭胖子听了大喜，立刻对外面的人一招手，那些人就都抬了半人高的菜盒子进来，原来已经烧好了八样大菜，又是一个汤和六个冷盘，就放了一桌。恭胖子又从一个暖包里拎出一个紫铜酒壶，先倒了一杯放在葵花面前，又倒了一杯自己拿着道：“这，这是赔罪的酒，你，你喝多少随便，我，我连干三杯。”也不等葵花表示，就一口喝下，接着又喝了两杯，这才坐下来：“一，一点小菜，往后，我，我天天让人送过来，决不用你开伙。”那女人也就在下首坐定。

葵花一看，这么下来还不知要闹到什么时候，于是便说：“你们这么客气，我反而不安，能不能这样，我这两天被折腾够了，需要静下来好好休息一下。如果你们同意，这桌菜我自己慢慢吃，今后也不要天天来送，我自己烧烧煮煮也自由些。后院那块地，我也想种些自己喜欢吃的瓜果蔬菜。我真的是需要安静。”

恭胖子见这么说，便站起来：“既，既然你这么说，我听着就是，以，以后就麻烦吴羊倌来传送消息，我，我们决不来打搅就是了。”

女人却又嘱咐：“如果连下三天大雨不停，一定要搬到乡里来住，毕竟是泄洪区，那大水说来就来。不要以为这儿地势高，万一涨上来就没得救了。”

葵花只想他们早些走，于是连连点着头，那恭胖子就领着人走了。葵花正看着一桌菜发愁，想着怎么才能尽快和吴大哥联系，就听到身后有人在唱:“……小伙子你为什么忧愁?为什么低着你的头?”葵花一喜,转身见吴大哥已经站在面前,不由得用手遮了脸,哭出声来。

吴展鹏说:“你哭什么,应该笑啊。”

葵花便“扑哧”一声笑了起来,脸却红了。

吴展鹏看看那菜:“那恭胖子不愧是厨师出身,做的菜就是不一样。我饿得不行,不客气了。”说完就大吃起来。

葵花却不动筷,看着吴大哥吃了一会儿才问:“你怎么来得这么快?还想怎么去找呢?”

吴展鹏喝了口酒才说:“昨天回来一看,就知道出了事。于是就去找恭胖子的老婆,她说地委书记已经来了电话,要送你到县里招待所过夜,也就放了心,但没想到你这么快就回来。”

“我回来你不高兴?”

“怎么不高兴。不过,如果留在县里不是更好?”

“你希望我留在县里?”葵花听了有些不高兴了。

“是呀,反正也不是你那里的县城,也没有人认识,你就在招待所里住着,以后生孩子也方便。”

葵花找不到反驳的理由。而且一想,吴大哥说的还真是在理,怎么就一定要回到这里来呢?

“想什么呢?”吴展鹏见葵花不作声,便问。

“如果你不想我回来,我明天就走。”葵花赌气道。

“我什么时候说不想你回来了?”

“那你还说什么县不县的。”

“我是让你把事情想想透,省得以后反悔。”

“我死也不会后悔。”葵花发狠地说。

“那我就放心了。”

“你放心什么?”

“放心你不会走啊。瞧,你不走,天天能吃大鱼大肉,还有地方住,神仙不过如此。”

葵花这才笑了笑:“你和那胖子很熟吗?”

“不是很熟，但他老婆对我很热情。”

“你是很讨女人喜欢。”

“这倒不是。她是在乡里帮忙做政审的，我的外调就是她做的，所以就来往多了些。”

“他们说你全家都没有人了？”

“是呀，也差不多。”

“什么叫差不多？”

“这事以后慢慢和你说吧。反正我在他们眼里，只是个不太愿意和人打交道的羊倌儿。”

“你还是挺随和嘛。”

“这就要看和什么人了。有些人，我真的不想多说。”

“这么说，你看我还顺眼？”

“你是我最愿意说话的人。”

“真的吗？你最愿意和我说话？”葵花听了暗暗高兴，“我又不会说话。”

“可你的眼睛会说话呀？”

“眼睛？你说我的眼睛？”

“只要看你的眼睛，我就知道你心里在想什么。”

“真的吗？”葵花笑笑说，“那我现在心里在想什么？”

“你在想，这个人好不啰唆。不好好吃饭，却一个劲儿地贫嘴。”

“我可没这么想。真的。”葵花连忙说，“绝对没有。”

“那你是怎么想的？”

“我想……我想……”葵花又不好意思起来，“我是在想，世界上还真有这么巧的事。”

“怎么巧了？”

“你看，我一来就遇到了你。今天正想着以后怎么找你，他们就把你叫来照应。”

“嗯，看来我们还真是有些缘分。”

“不只是缘分，还有这么好的福气。”葵花立刻道，“你看，这么一闹反倒叫我们可以公开住在这里,不用再担心有人来检查了。”

“这个我还真的没想到。这福气是你带给我的。”

“什么你带我带,说不定是这庵里的住持师父在暗里保佑呢。”

两人说着话,天也渐渐暗了下来。不远处传来一阵脚步声,原来是瓦工木匠们下山去了。葵花也吃了几口饭,把碗筷收拾了,余下的菜都放回菜盒里,有些怕馊的,就用那葫芦装了沉到水塘下。吴展鹏又烧了一锅开水,说是让葵花洗澡,自己却抱了原来的那床被褥走了出去。

“你去哪里?”葵花问。

“去找个地方睡觉。”

“这里又不是没地方。你看,挂了这么多布,我看不到你的。”说着,就过去把吴大哥手上的被褥抢过来,拿到离床不远的地方铺下。

吴展鹏也不坚持,只说:“你洗澡,我出去转转。要不我再唱唱歌?”

“你想唱就唱。不唱我也不怕。”

吴展鹏就唱着那外国歌走了出去。葵花便用热水洗了身,换了干净衣服,躺到床上,等不到吴大哥回来就睡着了。第二天大早醒来,发现那些被褥已被收起,吴大哥正在灶上煮粥呢。吃早饭的时候,吴大哥说:“这两天后院修房子,人多眼杂,我不一定天天回来,你自己做了饭吃,估摸恭胖子夫妇也会再来看你。看来在这里过日子不会有问题了。”

葵花点点头:“真是没想到。”

“这就是坏事变好事。”吴大哥想想又说,“要不要写封信回去,给你爹报个平安?”

“当然要啦。”说着,葵花就用吴大哥的钢笔写了信,让他带出去寄。

虽然乡里就有邮筒,但吴展鹏还是费了好大的劲,坐长途汽车出了省,到了一个人口多的城市才把信寄出。葵花爹看到信已经是十天之后，于是放下心来。当晚，又打发大水把信封里叠着的一张纸条送进庵里，那上面写着“住持师父亲启”几个字。那纸条上只有短短十几个字：“你的朋友已经过世，家里人也散尽了。望节哀。”住持看了，待了半天才接上一口气，接下来便谢绝了一切外请，整整做了七天佛事。到了第八日，住持便在一个小尼姑的搀扶下来找葵花爹，问葵花的消息。葵花爹见住持一下苍老了不少，却不敢问，只是拿出信来。那信也只有几行，只见上面写道：“父亲大人安好，我已到达目的地，这里一切都比想象的好，还有一个朋友帮忙。只是时时挂念着大水和二水。你也上了年纪，一定要多保重自己。不孝女儿葵花。”住持把信看了两遍，连说了“好，好”。这才回去。

葵花的突然失踪，让镇大卢非常恼火。他越来越相信葵花怀着他的孩子，一定是找地方去生产，而且这事显然是在瞒着他。恼火是因为心里矛盾，一方面欣喜，一方面害怕。欣喜是他镇大卢终于有了孩子，就这葵花的身子骨，生下来肯定是健健康康、漂漂亮亮。如果是个男孩，那他镇家就有人续上香火了。害怕是担心强奸的事暴露出来，上面对干部的生活作风抓得很紧，这又是刑事犯罪，说不定还要枪毙。心里这么想着，也就不敢大张旗鼓地去打听葵花的去处。他曾经来找过葵花爹，好话说了上千，想诱出个一二三来。结果老头儿死活就一句话：不清楚。后来又叫刘脚子来逼二丫，二丫常到葵花家，想来应该是知道的。可二丫却指天戳地发誓，她要知道立马得瘟病就死，看来这还是真的。没办法，只好想办法找人监视尼姑庵的来信。那宗教场所本来就是挂过号的，所以葵花的信一到，镇大卢就知道了。不过研究了半天，也没看出个眉目。从邮戳上看，似乎是到了外省，但信是可以到处寄的，这事他镇大卢也是老手，所以并不完全相信。至于信的内容，更是没有任何蛛丝马迹可寻。正想给葵花爹施加些压力，却接到通知去县政府的大礼堂听报告，竟然看到主席台上坐着李真，还是地委书记。这可让镇大卢吃惊不小。心想幸亏是满月不在，万一李真知道了上次的事，那可就麻烦了。回来后左思右想，最后还是决定和葵花爹搞好关系再说。

过了一天，镇大卢把葵花爹请到城里大华楼坐定，摆了一桌好菜，大伯大伯地叫着。葵花爹心里直打鼓，不知镇大卢这回又在八仙葫芦里装了什么药。后来听说是要他到粮食加工场去当保管员，便一口回绝。葵花爹深知镇大卢的为人，早就打定主意不和他沾边，何况女儿的事还没有了结。不料镇大卢又让二丫前来游说，二丫也认为葵花爹老在尼姑庵做些杂事不是个正经交易，也是真心要给老人找个工作。

“我知道镇大卢现在为什么要来拍你的马屁。”

“为什么？”

“他是看到李真，就是原来和满月相好的李队长当了地委书记，心里害怕了，赶紧和你拉关系。”

“那他是想得多了。”葵花爹老老实实说，“满月都那样了，也没能把他扳倒，李队长是上头的大官。俗话说，县官不如现管。再说，他为那么多领导喝马尿，到时候还是有人要出来帮他说话的。”

“但现在人人都在参加工作。你这年纪，打铁也打不动了，当个仓库保管员倒也是真正合适。一是工资不低，另一个，万一遇到什么自然灾害，粮食紧张起来，再紧张也不会饿着粮库的保管员啊，说不定我们都要来沾你的光呢。”

“我不是不想做这工作，主要是不想在他镇大卢手底下做事。”

“这个你就一万个放心吧。”二丫忙道，“镇大卢在加工场当头儿，只是下基层锻炼，再一个多月就调镇上当副镇长了。”

“真的？”葵花爹倒有些意外。

“当然是真的。而且将来姓镇的也不分管加工场。你当保管员，和他没一丁点儿关系。”

这么一说，葵花爹便动了心。二丫回去跟刘脚子说了，刘脚子立刻到镇大卢面前报功，第二天就领着葵花爹办了手续。此后，镇大卢不管大会小会，都说葵花爹怎么努力、工作负责任，要给予奖励。大家看了，事实上也是如此。葵花爹虽然不领情，但也没有生气的理由，倒是更加兢兢业业，到年底就被评了先进，这是后话。

却说那尼姑庵的住持自从得知师姐去世，不久就害了一场大病，差一点儿圆寂。幸好众尼姑日夜看护念佛，又请了一位女中医过来把脉，吃了好几服汤药，一个月后才逐渐恢复过来。那日在大殿念完经文，住持就当着众尼的面，把亲手缝制的一件百衲衣，以及引磬、木鱼和铙钹等法器交给了一位年长的师妹，第二天一早就带了几件换洗衣服走了，从此再无音讯。那庵里的众尼，平时都看着住持的言行修身养性，而新的庵主可就不是那么到位，于是年轻的尼姑之间常有争执。那新庵主无法阻止，只会哭着哀求，那些人倒更加猖狂起来。不几日，镇上的妇联就进来做工作，宣传妇女解放，要靠劳动来生活。不少尼姑听了也就主动表示可以还俗，也有不肯的，就去投奔其他寺院，见人走得差不多了，镇上就在庵门上贴了张告示，令剩下的尼姑在三日内回原籍参加社会主义建设，尼姑庵的房产，包括葵花爹住的房子均收为公有，做了扫盲的夜校，就一夜头的工夫，大殿里的菩萨龛灯及作佛事的用具就被清理得一点儿不剩。

葵花爹没了住所，硬被二丫接到家中安顿在堂前间，大水二水和那傻大宝倒也处得很好，只是刘脚子时不时地说些怪话。其实葵花爹看到镇大卢不再和自己为难，想到葵花几个月后回来也得过日子，早就想用赵老板给的那些钱买两间房子。寻了几日，听说学堂附近的小码头有个小院要卖，过去一看，三间朝南的正房还有一个朝北的灶间，天井不大，倒也方方正正，只是破败了些。价钱虽然高些，但想到孩子们上学方便，又是独门独院，于是葵花爹狠了狠心，又向二丫借了些钱，就买了下来。没几天，葵花爹请两个帮手把房子收拾妥了，换了新门，买了些家具，便和两个孩子高高兴兴住了进来。第二日是礼拜天，就有邻居来访，那是个五十几岁的干净老太，姓翟，大家都叫她翟家奶奶，儿子女儿都在城里工作，家中就她和保姆带着六个月的外孙。一听说是葵花爹便激动无比，原来前些年就是葵花找满月帮她改的阶级成分，再说几句，发现还是邻村，祖上也是打铁的，真是越说越近，大家都笑了半天。中午，翟家奶奶就不让葵花爹动火，说已经让保姆弄好了便饭，于是带着大水和二水过到她家。

葵花爹跟去一看,原来也是一个独院,只是要大出一倍还多,朝南的房子均是青砖槽瓦,东西两间厢房夹着个大堂屋,檐下有两个大水缸,旁边则是个半人高的荷花池,几尾大金鱼正在浮萍中悠闲地游来游去。两个孩子乐坏了,趴在池边就再也不肯走了。等吃了饭,翟家奶奶又拿出一个文旦,那不是本地的水果,大水和二水都没见过,尝了一口都说是好吃。后来只要过到翟家奶奶那儿去,桌上就一定会有文旦。

有了这么好的邻居,葵花爹一下轻松了许多。孩子们放了学就到那大堂屋里写作业,再一块儿和翟家奶奶吃晚饭。有时葵花爹值班回来迟,就在翟家奶奶的大床上睡了,第二天也直接去上学堂。这样,葵花爹就把精力全部用在工作上。转眼就到了大暑,因为连着十来天都在下雨,刚进库的粮食干不透容易发霉,只好二十四小时不间断地用鼓风机拼命翻吹。葵花爹本来工作就很上心,这回更是卖力苦干,有时好几夜不睡也没一句怪话,不久就被选为积极分子。一位下来指挥的副厂长见葵花爹人老实,值班值得无聊的时候,就给他说些内部消息。这一天说起山洪暴发,邻县观音山泄洪区检查不彻底,淹死了不少人,葵花爹一听就揪紧了心,却也不敢声张。说来也巧,没过几天,上面就组织人到邻县支援抗灾,葵花爹报名后就托那副厂长安排到观音山,还当了一名组长,当晚就把孩子拜托给翟家奶奶,和一帮人上了卡车。出了县还没到观音山地界,马路就不好走了,下车一看,到处是水汪汪的一片,上面漂着家具衣物和死去的家畜家禽,有人划着小船正在打捞。虽然还没看到人的尸体,但指挥部墙上死者的人数却在不断增加。葵花爹的工作是将那些打捞到的物件分类存放,以便将来失主领取。这天上午,他正在检查一个包袱里的衣物,就听到隔壁帐篷里有个人在大声说:“都,都是我不好,没,没有强迫他们撤出来,现在两,两个人都没有了。”另有人问:“谁没有了,叫什么名字?”那人又说:“一个叫吴,吴羊倌,是,是我们村放羊的。一,一个叫赵葵花,还,还有八个月的身……孕呢。”

葵花爹一听,就雪白了脸,怔在那里……

第 10 章

吴展鹏什么都考虑到了，就是没想到会暴发山体滑坡。

其实之前就有了先兆。葵花取水时发现水塘已经干涸，觉得奇怪。吴展鹏想了想，说是很可能山上水大改了方向，塘底本来就有洞渗的。根本没想到，他们脚底下的那条暗道经多年的冲击已经形成一个巨大的空壳，只等某种外力的诱发，就要发起威来。另外大殿前的那棵大树倾斜了许多，也因为雨大没有引起注意。倒是那群羊“咩咩咩”地叫个不停，让人百思不解，新鲜草料备得很足，就是不吃，最后想想，大概也是讨厌那些烦人的风雨声吧。

连着十几天的大雨，吴展鹏最关心的只是水位。山路早就看不见了，水也已经快到山门。恭胖子划着船来送给养，又劝葵花搬到乡政府暂住，因为村子已经淹了。可葵花看看大殿的地基离水面至少还有三丈来高，再说也从没听说洪水会漫过山门，打定了主意不走。恭胖子不好勉强，只是拜托吴展鹏格外小心。吴展鹏白天睡觉，晚上就看着火让室内保持干燥。说孕妇万一得了风湿性关节炎，引起骨盆出口阻塞，那就麻烦了。

这天凌晨时分，吴展鹏在火堆上添了新柴，看葵花睡得正香，便披了块油布走了出去。到了山门一看，水没上来，还往下低了一寸，一阵高兴，便去拉前天下的网，看能不能逮条鱼明早给葵花炖汤喝。结果系在一棵小树上的绳子已经不见，原来是树根松了，被拖到水下，挂在淹了半截的大树枝上，离岸足有十来米远。于是就到大殿取了澡盆，蹲着用手划过去，那网里还真有一条大花鲢，捉上来扔到盆里，正满心高兴，结果刚到山门，就听了一声闷响，地就滑动起来。

吴展鹏开始以为是地震，看那山门不动，猛地想起水塘干涸的事，猜到地下空了，可能要崩塌，就拼命往大殿里跑。这时，整个山坡都在移动，虽然速度不是太快，但不一会儿大殿就向前滑了好几米。同时，人高的泥岩和砾石就像挤出的牙膏从缝隙里涌出。吴展鹏隐约看到葵花睡的那张床，不顾死活冲了过去，没跑几步，脚下的土就变软了，两腿已陷到膝盖，拔都拔不出来，葵花的影子却没看见。正感到绝望，就听到一个女人声嘶力竭的叫声："吴大哥！"他回头一看，葵花挺着个大肚子正站在离他十来米远的一块岩石上向他招手，吴展鹏要想过去，身子却无法动弹，眼看就要被泥沙活埋，一股倒流正好上来将翻滚的石浪挡住，造成短暂的静止。吴展鹏趁着这唯一的机会，使出吃奶的力气爬到没有移动的地面上。这时，葵花就像只大鸭子一般，展开叉臂，摇摆着身体沿着山坡冲了下来，见吴展鹏还活着，便一头扎到他怀里放声大哭。

"快走！"吴展鹏一把拉起葵花，"垮山会反复，赶紧走！"

"我们能去哪儿啊？"

"跟我来。"吴展鹏小心扶着葵花来到山门，看那澡盆还在那儿放着，便让葵花坐了进去，自己则脱了上衣，把澡盆拉到水里，一边划水一边推着那盆前进。果然走不多远，就听到一声巨响，仙水庵整个儿被埋在了地下，只有山门还露出一截。

葵花顾不得细看，侧着身体趴在盆边也拼命划起水来，希望离崩塌的地方越远越好。也不知划了多久，只觉得澡盆碰到了一块实地，抬头一看，原来已经到了对面山上。吴展鹏找了个平一点儿的地方将盆放稳，又先上来踩实了脚，才扶着葵花上岸。这时，雨越下越大，山上冲下来的泥水形成一条条溪流，让人无从下脚。吴展鹏紧紧拉着葵花的手艰难地挪动，葵花则用空出来的手抓住任何一个突出东西来保持身体的平衡。不知过了多久，终于来到山腰的一个峭壁处停下，吴展鹏拨开脚下的一团小树丛，就看到一段板凳宽的小径，望下去却是不见底的深渊。吴展鹏先跑过去，弄了一根长树枝让葵花抓好，就贴着那悬崖慢慢蹭了过去，等到地放宽了，发现那峭壁上有条勉强能过人的石缝，进去一看原来是个山洞，虽然落场不大，顶却不矮，也不滴水，地上铺满了厚厚的干草，四壁收拾得干干净净，一角放着一个皮箱，突出的石壁上还挂了一盏豆油灯。

“这是我应急住的。”吴展鹏点上灯，不等葵花发问就说，“现在正好派上用场。”

“应急？”葵花有些纳闷，“应什么急啊？”

“以后再和你说。赶快换衣服。”

“哪有衣服啊？”

“先凑合着穿吧。”吴展鹏打开皮箱，拿出一套精纺的男式睡衣放到葵花手上，就走了出去。一会儿听葵花说“好了”，才回到洞里。那睡衣很宽松，只是裤带有些紧，吴展鹏便从箱子里摸了把剪刀，把松紧带铰断，又接了根粗棉线。葵花的脸在阵阵发烫，人却舒服多了。

“你不换衣服？”葵花问。

吴展鹏又拿了条毛巾递给葵花。“一会儿还得出去烧水，换也白换。”

“湿衣服多难受啊。”

“那我拧一下。”

葵花背过身去擦头发。

吴展鹏把衣服脱了拧拧干又穿上身,说:“我好了。”

葵花转过来,看着吴展鹏说:“还不如光着膀子,弄不好要生病的。”

“我是怕你不好意思。”

“我没事。”

吴展鹏于是脱了上衣,葵花便把那毛巾披在他肩膀上。

“谢谢。”

“怎么这么客气啊。”葵花坐了下来。

吴展鹏也坐下问:“你是怎么跑出来的?”

“你进来拿澡盆的时候,我就醒了。”葵花说,“听到羊叫得厉害,就想过去看看,不一会儿就觉得山在走,就逃到不走的地方。是不是地震啊?”

“不是,这是垮山,也叫地滑,经常在泄洪的时候一起发生。我们捡了两条命,看来也是天意。”

“我看你差点就被砾石埋了。”

“大难不死,必有后福。”吴展鹏笑了笑。“你将来也是。”

“要有福气,也是沾你的光。”葵花也笑了一下。

“我不给你带来灾祸就算好了。”

“瞎说什么啊,你只会给我带来福气。”

“那可不一定。”吴展鹏苦了一声又说,“来,我们吃点东西。”

“这儿还有吃的?”

“不过只一样。”说着,吴展鹏便从那箱子里拿出一个写着洋文的铁皮盒,打开后,是用锡纸包的小方块,看起来非常坚硬。只见吴展鹏轻轻一掰,就分出一小片来,“你吃吃看。”

葵花接过来放到嘴里,咬了咬,还挺脆。

“怎么样?”

“有点像番芋干。”

“这叫压缩饼干,吃一点儿就饱了,还有营养。”

“你怎么会有这个？”

吴展鹏只是笑：“你别问了，我也不会说的。”

葵花便说：“我不再问了。”

吴展鹏又说：“够我们吃一个礼拜，估计那时水也下去了，再过两天就是你的预产期，看来，我们只好去医院。”

“你会陪我去吗？”

“那当然。这可是恭胖子吩咐好的。”

“没有他的吩咐，你也会陪我吗？”

“你想让我陪，我就陪。”

“这还用说吗？”葵花想想又说，“再说，有件事还非你不可。就是这孩子，我不能要。最好是育婴堂，这样他一辈子也找不到父母。”

“非这样不可吗？”吴展鹏过了一会儿才说，“孩子没有父母会很痛苦。”

“可我怎能要这样的孩子呢？”葵花又掉起眼泪来。

吴展鹏沉默了一会儿才说：“照理说这件事我不该问。”

“都是死里逃生，你我还有什么不好问的。”葵花擦了擦眼泪道。

“这孩子的父亲……到底是怎么回事，能和我说说吗？”

葵花犹豫了一下，便把事情的大概说了出来。

吴展鹏半天没吭声。

“你说，镇大卢会不会有报应啊？”

“会有报应。”吴展鹏又加重了口气，“肯定会有报应。真的。古人云，多行不义必自毙。这也是个规律。我们会看到的。不过，这种事，包括孩子要不要送走，我们先不去想好吗？我得去烧开水，你最好是躺下休息。一会儿得让你洗个……”吴展鹏话没说完就“哎呀”了一声，忙站了起来。

“怎么了？”

“那澡盆，我忘了拉上来。”

吴展鹏说完就匆匆忙忙跑了出去，到刚才上岸的地方一看，哪里还有澡盆的影子。回来路上直怨自己粗心，到了洞口却没进去，从一个暗壁里摸出只小钢锅和装满了水的大葫芦，倒水点火烧起了开水。原来洞门外已经用石头搭好一个灶台，干草也是早就藏好的。等他端了开水走进洞的时候，发现葵花痛得满头是汗，在草上打滚。

“怎么了？”吴展鹏忙问：“哪儿疼？肚子？”

“不是肚子，是下面疼。”

吴展鹏拿了豆油灯一照，发现葵花的裤子已经湿了，不由得大吃一惊。又问了一句：“是一直疼，还是一阵一阵的？”

“就那么一阵，现在又好了。”

吴展鹏叹了口气愣住。

“会不会是早产？”葵花害怕地问。

“早产就早产，有我呢。”吴展鹏却不慌张，又从皮箱里拿出一条干净的羊毛毯，在葵花身子下面铺好，又说：“把裤子脱了。”

“脱……脱裤子？”葵花为难道。

“对，我还要看一下。”

“看？”葵花紧张起来，“你要看什么？”

“我要知道现在已经开了几指。”

葵花涨红了脸，用哀求的声音道：“非……非要这样吗？”

吴展鹏坐直了身子，一脸严肃：“葵花，你听我说。现在，你不要想着我是个男人，你也不是葵花。现在只有产妇和为产妇接生的医生。知道吗？”

葵花只好点了点头。

“上次恭胖子的老婆问了你不少事，后来都和我说了，我知道你预产期的日子。现在虽然提前了几天，但还算正常，你不要害怕。我们要齐心合力把这孩子生下来。你说是不是？”

葵花又点了点头。

“好。你躺好，我帮你脱。”

葵花闭上眼，任吴展鹏把裤子褪下。

“是羊膜破了。”吴展鹏把那裤子凑近鼻子闻了闻，用一件干净的衬衣遮了葵花裸露的下身。又出去洗了手，从一个广口瓶里取出一个湿棉球擦了擦，才说："你把脚分开，一会儿有点疼，你忍着点。"

不一会儿，葵花就觉得什么东西从下面伸了进来，痛得她两眼直冒金星，可她紧紧咬着牙，不让叫出声来。

"已经开了四指。"吴展鹏把手从衬衣下面拿出来说，"那还得好几个钟头。正好准备一下。"

"在这儿生？"

"还能去哪儿？澡盆没了，又没人知道这儿，我要是离开……"

"你不要离开！"葵花不等吴展鹏说完就抓住了他的手。

"我不会离开的，我们要一起把孩子生下来，相信我，不会有事的。"

葵花放心多了，想想刚才的事，又害臊起来。

吴展鹏抽出手，又从箱子里拿出一个听诊器，放在葵花肚子上认真地听着。刚才他撒了个谎，葵花早产并不是几天，而是整整一个月。虽然这种情况并不罕见，但还是有些紧张，毕竟不是产科医生啊。

葵花倒很冷静。这时看到听诊器上有个青天白日的标记，以前她在区小队卫生员那儿见过，卫生员说这是正规军医用的。

"吴大哥，你当过新四军？"

"不。"吴展鹏苦笑了一下，"到这会儿，也不瞒你了。我过去是个军医官。是国民党的部队。"

"国民党？"葵花本能地往后移了移身体。

吴展鹏装着没看见，继续说："你放心，我们部队是参加起义的，我是遣散人员。"

"既然是个医生，为什么要来这儿放羊呢？"

"我的政审不过关。"吴展鹏叹了口气，"我的父母，一个哥哥一个妹妹都去了台湾。而且我哥哥还属于军统组织。这样的社会关系，许多单位都害怕，不敢接受，生怕我是潜伏下来的特务。"

"那你是吗？"

"我对政治不感兴趣。内战之前一直在美国学习，只是个医学院的学生。这也是个解释不清的事。不过葵花,这些都和你没有关系,这些事恭胖子也是知道的。”

“那你结过婚,有太太吗?”

“在美国的时候,有过一个女朋友。后来不同意我回来,就断了关系。”

葵花还想再问些什么,下面又痛了起来……

却说恭胖子一早就带着老婆和几个有力气的女人,借了指挥部的机器船,准备不管葵花如何拒绝,也要把她弄到乡里来。结果一看,哪里还有半点仙水庵的影子,要不是那截山门,还以为找错了地方。他们又在四周寻了两三个钟头,嗓子都喊哑了,也没听到半点回声,只好回去把情况做了汇报。正说着,就见葵花爹跑了进来问:“你们说的,可叫赵葵花,快要生孩子,年纪二十几岁?”

“是呀。”恭胖子老婆忙问,“你是谁?”

“我是她爹!”

恭胖子忙起身让座:“你,你真是她爹?”

“原来说好来观音山的仙水庵生孩子,还收到过她的信。”

“那,那信是怎么写的?”恭胖子忙问。

“只说比想的好,有朋友帮忙。”

恭胖子放了心,难过道:“大,大伯啊,这,这事全怪我。如,如果昨天硬拉出来就好啦。”于是就把垮山的事说了一遍。

“万一出来了呢?”葵花爹并不死心。

“这,这个……”恭胖子想了想道,“你,你说的也有道理。就,就算是葵花睡得死,那吴羊倌可,可是个醒觉的人啊!”

“哪个吴羊倌?”

“是我们这儿一个放羊的。”恭胖子老婆道地,“人可好了,我们拜托他照顾葵花。说不定他们提前发现情况,转移到别处也说不定的。”

这一说还真让葵花爹有了希望:“能不能借条船,我慢慢去找。

一个人去就行了。”

恭胖子哪里肯让葵花爹一个人去，除老婆外，又找了两个水性好的小伙子，驾着那机器船直奔仙水庵。行到半路，就看到了那个澡盆。原来这澡盆也是恭胖子妹妹的陪嫁之物，桐油刷得滑亮。捞上来一看，里面是空的，但细心的老婆还是发现了一些粉红色的分泌物，就说是有戏，葵花见红了。大家立马高兴了一阵，至少说明葵花在盆里待过，不会被山体埋了。但人又去了哪里呢？葵花爹一边找一边告诉大家，葵花小时候，她娘是请人算过命的，只说一辈子多灾多难，但一定会长寿。于是大家更有了信心，一直找到天黑，船上的油快烧完了，这才返回。

回到指挥部，恭胖子要改死亡记录。指挥部的人说已经报到上级单位了，人没找到，生死不详，记录不能随便改，更不能让上级产生我们统计工作不严谨的坏印象。这些事，葵花爹并不知道，只是准备第二天再往山里去找。

到了后半夜，葵花觉得越来越痛，间隙的时间也越来越短。吴展鹏已经穿了一件白上衣，不时用听诊器听着胎音，又用毛巾擦了几遍下身。葵花已经顾不了许多，只希望一切早点结束。

“你快看看，是不是已经出来了？”葵花喘着粗气说。

“还早着呢。”吴展鹏把手伸下去摸了摸，让葵花躺平了，又在屁股下垫了几件衣服，“你不要太紧张，想些愉快的事，实在痛就做深呼吸。像我这样。”

葵花学着吴展鹏的样做着深呼吸，似乎好了许多。

“一会儿生的时候就这样做，也不要死劲喊叫，那会延长分娩时间。”吴展鹏又给葵花喝了些水，“我们聊聊天，你想问什么都行。”

“你怎么懂这么多啊？”

“我到每个科室都实习过。做过助产士，也做过剖腹产手术。回国后还为长官的太太接过生，你现在根本算不了什么。”

“你这么年轻，给女人接生多难为情啊。”

“这个你就不懂了。在美国,最好的产科医生都是男的。”

“真的啊?”葵花似乎不相信。

“我骗你做什么?国内现在也是如此,不信你到北京、上海这些大城市看看,妇产科的男医生可多了。等什么时候我带你去。”

“我才不去呢。哎哟……”葵花阵痛又来了。

“中国的医疗还是比较落后,特别是农村和小城镇。”吴展鹏继续说,“找个接生婆就把孩子生了,有的不讲卫生就会落下病。在国外,生孩子都得去医院。”

葵花等阵痛过了才又问:“吴大哥,你除了会接生,还会做什么?”

“我的专业是外科。”

“外科?”

“就是给人开刀。”

“这个我懂,给二水看指头的就是外科。”

“老听你说大水和二水,他们是你领养的孩子吗?”

“是呀。他们是日本人的孩子。”

“日本人?”吴展鹏把那油灯挑挑亮,鼓励道,“那你得给我好好说一说。”

于是葵花就把怎么看到日本军人自杀,怎么挡了二丫一枪,怎么把两个孩子认了下来的事说了一遍,果然那阵痛就好过多了。

“怎么想起要领养日本人的孩子呢?”

“不知道。我也问过自己无数遍了。你说为什么呀?是我傻吗?”

“可能是两个原因。”吴展鹏却认真地点点头道,“一个是你心地善良,另一个嘛,是你想当母亲。”

“你是在夸我吗?”葵花有点拿不准地问。

“那还用说吗?”吴展鹏认真道,“这也是我们中国女人最大的特点,以德报怨。你恨日本人吗?”

“恨。当然恨。”

“我也恨。我外公外婆就是在南京大屠杀时过世的,死得惨极了。那些日本兵简直不是人。”

正说着，葵花觉得下面的肉像被撕裂，就一把揪住了吴展鹏的胳膊死劲地拧了起来。

“好！快出来了！”吴展鹏一下掀掉遮在葵花下身的那件衣服，看了看说。“使劲！往下使劲。就像解手，出来就轻松了。”

葵花于是屏住气往下使劲，并惨烈大叫：“啊！啊！”

那胎儿的头就从下面探出一截，不过很快又缩了回去。

“我们不着急，你缓一下再来。间隙的时候要注意休息，哈气也成。”吴展鹏一边嘱咐，一边抽出胳膊，拿了块布条卷了卷就塞到葵花嘴里，“咬住！注意深呼吸，然后集中到一点，就像拉大便。”

这时葵花已经不能说话，只是艰难地点点头。

“我保证不用三下就出来。”吴展鹏跪在葵花身体下方，用右手护着产道口，“阵痛来了没有？来了就使劲……好，来了！头又出来了，使劲啊！使劲！”吴展鹏也开始喊叫，又从身边的钢锅里摸出早就煮过的剪刀，一刀下去，产道立刻变宽，胎儿的头就出全了。吴展鹏用干净布把小东西鼻子和嘴巴处的黏液挤出来擦了。当葵花再次使劲时，那小肉肉就跟着羊水一下滑了出来。吴展鹏倒提着婴儿，又做了一遍清整，然后轻轻一拍小屁股，那孩子就“哇”地哭出声来。

“是个男孩。”吴展鹏扬了扬婴儿道。

葵花却别过脸不看。

吴展鹏也不再说话，把孩子往干净衣服上一放，剪了脐带，就包扎好了。又等了一会儿，胎盘也出来了，吴展鹏才把刚才剪开的地方缝了几针。

这时葵花全身像是散了架，尽管下面还在一阵阵的发痛，但和刚才相比已经算不得什么了。吴展鹏又从葫芦里倒出温水，仔细地把葵花的下身擦洗干净，又把那条湿了的毛毯抽掉，换了件厚一点儿的衣服盖着。身边那婴儿一直在响亮地啼哭，葵花便将那件衣服拉到头上，把自己紧紧裹住，也抽泣起来。

吴展鹏又到洞外烧了些开水，把压缩饼干泡成糊状来喂葵花，葵花却什么东西也不想吃。

虽然葵花已经拿定主意,孩子一生下来就送人。可现在却是这种环境,别说是没地方可送,就连不看也办不到啊。

“你……不想看看孩子吗?”吴展鹏终于忍不住问。

葵花从衣服里露出脸,摇了摇头。

“这件事,我可得和你说清楚。”吴展鹏一本正经道,“这孩子虽然就像你说的,是个孽种,但毕竟是你怀了十个月,也是你的骨肉。你一看那孩子就会想起那个人,这种心情我能理解,但你也不想让孩子死,对吗?”

葵花点点头。

“不仅不想孩子死,而且还希望他健健康康,对吗?”

葵花又点了点头。

“好,现在孩子生出来了,他现在哭着闹着为什么,实际上是想吃你的奶水。”

“我不要……不行!坚决不行!”

“不,你听我说完。这母亲的奶水真是奇怪,就像是天赐的一般,孩子一出生就有。不仅是不让孩子饥饿,更主要的是帮助他提高免疫力,说白了,就是能让孩子将来不生病,少生病,特别是在婴儿时期,这可是最最宝贵的东西,什么金银都换不来的。”

“你想让我喂奶?”葵花吃惊道。

“对。”吴展鹏认真点点头,“说实在的,你现在还必须喂。我这儿现在只有那压缩饼干,根本不适合婴儿。如果没有东西吃,他只有死路一条。”

“可我怎么能够……怎么能够……”葵花“呜呜”地哭出声来。

“你心地这么善良,连日本人的孩子都能养,为什么就不能养自己生的孩子?”吴展鹏皱紧了眉头问。

“我不知道。我真的不知道。”葵花大哭,“天哪,我怎么会遇到这么难的事?你为什么不让我死?说真的,这些事我以前都想过,我还是应该死啊!”

“你要这么说,我真后悔在这里遇到你。”吴展鹏真的生起气来,毫不客气训责道,“你怎么糊涂成这样?任何事都要用死来解决,那我做这些还有什么用?我们相识还有什么意义?”

葵花听了一愣,忙说:“你可别这样,吴大哥。我刚才说的,只是恨我自己命不好。我恨的是天,不是你吴大哥啊!”

“你恨天做什么?它把你送到这里来,有什么错啊?”

“是天没有错,都是我不好。吴大哥,我可没有一点儿责怪你的意思啊。你是个好人,你是我遇到的最好最好的人。”

“可我说的话,你一句都不听。”

“不。我听。我现在很糊涂,脑子不清楚。我听你的,你要我怎样,我就怎样。”

“那好,你现在就给孩子喂奶。”

“好吧,我喂,我喂。”葵花流着眼泪,胆怯地看着吴展鹏。

吴展鹏便把那婴儿抱过来,放在葵花的胸前。那孩子也真是奇怪,一碰到葵花就不再哭,两只小手在母亲身上到处乱抓,小嘴也在寻找着什么。葵花解开了扣子,就将那孩子贴着乳房紧紧抱了起来。

吴展鹏侧过身,开始收拾那些用具,过了一会儿听到孩子又哭了起来。

“怎么了?”

“他吃不到。”葵花着急道,“他吮了半天好像一点儿也没吃到。”

“应该有奶水啊,你那儿是很涨的。你把身子侧过来,让孩子的嘴能找到地方。”

葵花便侧了身子,可那孩子还是哭。

“我那地方是瘪的。”葵花红着脸道。

“我看看。”吴展鹏说着就拉开葵花的衣服看了看,原来两个奶头虽然不小,但都深深凹在里面,葵花用手拨了几次,都没出来。

吴展鹏叹了口气:“葵花啊,还是那句话,你现在不要把我当成男人,只是想着,我是个医生。否则我不好帮你。”

“不管是什么,你帮我就是了。”

于是吴展鹏就俯身下来，用嘴来吸那对奶头。葵花一下闭了眼，紧绷了身体，一动也不敢动。只见吴大哥含了一会儿，果然就直了，还流出乳汁。那孩子似乎闻到了奶香，一下扑上去，咬紧了就拼命吸吮起来。

吴展鹏坐到一边，把一件白色的汗背心去掉了硬边，又小心地剪成一整块长条，烧了水煮沸后放着，这才躺下。外面又淅淅沥沥地下起了小雨，还刮着风。幸好这儿地势高，又有石头把着洞口，里面还算舒适。小东西吃饱了奶就睡着了，还咧着小嘴在笑。葵花理好衣襟，心里不停地在说："他都说了，他只是个医生，不是个男人。是医生，不是男人。"可越是这么想，那些亲密的动作越是在眼前浮现出来。"是呀，我的身体，全部的身体，里里外外他都看过了，那最隐秘的部位也都被他接触到了。而且，他在擦拭那里的时候，是那么的小心，那么的温柔。如果没有他，我能这么顺利地生下这个孩子吗？"葵花听到轻轻的鼾声，这才偷偷往吴大哥那边看了一眼，原来他已经睡着了。

不知过了多久，葵花也进入了梦乡。她梦见在大塘里洗澡，满月和二丫就在身边泼着水，大家都赤裸着身体，无声地笑着。不一会儿满月和二丫都不见了，却见一个英俊、强壮的男人走了过来。就像是早就约好了似的，葵花一点儿也不觉得害臊，就在水面上躺了下来，那水真凉啊……

也许就是那又湿又凉的感觉把葵花弄醒了。下身还在隐隐作痛，但她记得那儿是被吴大哥用热毛巾擦干净的，山洞里也不可能有水渗进来，可她觉得整个下身都像是被浸在水里。葵花诧异地支起半身，借着油灯一看，就吓傻了。原来从腰部开始，她躺的地方全是鲜血。

"吴大哥。"葵花呻吟着叫了一声。

吴展鹏立刻醒来，看到那血，就知道最担心的事终于还是发生了。

"不会有事。"吴展鹏安慰道，"子宫收缩没力，有些出血。我早就想到了。”

“怎么办？”

“我得出去一下。还记得我打的那只黄鼠狼吗？风干后，我怕被老鼠偷吃，就放在山门的石缝里。”

“它有什么用？”

“那是个偏方，可以止血。”

“给我吃？”

“不是。一会儿就知道了。”

“我不让你去。”葵花一下拉住吴展鹏的衣角，“这么黑的天，澡盆又没了，要是游不到怎么办？”

“我的水性好着呢。”

“要不我跟你一起去。”葵花说着就挣扎着要起来。

“傻什么呢？”吴展鹏立刻将她按住，并移到干净地方躺好，“你这样能走吗？”

“我听老人说过，生孩子总是要出点血的，过一会儿就好了。你一个人去，我真的不放心。”

“这血出的也太多了，要不马上止住会出大事的。”

“出大事也不让你去。”葵花自己也不知道怎么就滚到吴大哥的怀里，哭着道，“我们都这样了，要死我们一起死，万一你有个三长两短，我怎么活呀。”

吴展鹏就把葵花搂住，让她的头靠在自己的肩膀上：“你又说什么死呀死的。我告诉你，我们两个的命可大着呢。就是想死，也不那么容易。眼下是困难一些，但等一切都过去，你就会发现，这是最愉快的回忆。”

“你不会骗我吧？”

“我什么时候骗过你？我们的日子长着呢。”

“我们？你说我们的日子？”

“是呀，只要你不嫌弃我，我们就一起过日子。”

“你说的是真的？”葵花有点不相信自己耳朵了，“你再说一遍，我们一起过日子？”

“好，我再说一遍，只要你不嫌弃我，我们以后就在一起过，一直到头发白了也不分开。”

“吴大哥啊！”葵花又高兴又害臊，心里想，“你怎么现在才说这句话，我早就在等你开这个口呢。”嘴上却说，“你不会后悔？我都是三个孩子的母亲了，还是被……”

“我的好妹妹，说这些话，将来有的是时间。现在我必须去拿药，不能再耽搁了。”

“什么时候回来？”

“你现在躺好，尽量不要动。最好是哼哼爱唱的小曲，哼个十几遍我就回来了。”

“好吧，我就哼北风那个吹。如果再有垮山，你可千万别过去。”

“知道了，你开始唱吧。”

见吴展鹏脱了衣服走出，葵花才小声地唱了起来。这时孩子又醒了，刚一抱，他就找着奶头吸吮起来。葵花觉得那孩子下嘴很重，就像要把身子掏空一般，奶头儿被嘬得阵阵生疼，又不忍心拔出。葵花把那北风吹哼得像哄孩子的曲调，脑子里却一遍遍过着吴大哥刚才说的那些话。她真是做梦也没想到吴大哥会这么说，那是个多好、多英俊、多强壮的男人啊。也不知是哪辈子修来的福气，竟然要和这样的男人永远生活在一起，她还有什么不能忍受的呢？想着想着，流血的事也就丢到九霄云外。果然过不多时，吴大哥就回来了。

“怎么样？唱几遍了？”吴展鹏说着，就把睡着了的孩子抱到一边，看了看葵花下面，那儿又湿了一大片。

葵花已经不再感到难为情，问：“还在流吗？”

“还行。”吴展鹏不想让葵花看出自己焦虑的心情，故意轻松道，“只要精神好，就没事。你在想什么呢？”

“想你说的那些话。有点不相信。”

“女人要信男人的话，总得有个过程。”吴展鹏一边说，一边就把那块风干的肉放在锅里煮开，又捣成碎末，挤出一些汤汁，和了仅剩下的一些碘酒，把先前煮过的汗衫布条浸湿了，才说，“我要往你下身塞些东西，可能会有点痛，你要忍住。”

“塞什么？是这些布条吗？”

“对，要把它塞进子宫，才能彻底止血。”

葵花便闭上眼，把大腿分开，任吴展鹏操作。结果并没原来想象的那么痛苦，只是觉得下腹有些凉，并变得十分麻木。

吴展鹏做完一切才把孩子抱过来，就隔着孩子靠近了葵花躺下。

“雨已经停了，水也下去了不少，顶多再过两天，我们就可以出去了。”吴展鹏觉得浓浓的睡意正在袭来，朦胧中觉得手被葵花紧紧握住。

镇大卢其实一直没放弃打听葵花的下落，只是因为副镇长正式任命后要全力表现，这才无暇顾及。有次路过人事科，听到一个女人哭哭啼啼要求分配一个工作，那接待的科员吃不准政策，见到镇副镇长，便过来请示。原来那女人是尼姑庵还了俗的，想去电影院当售票员，而电影院属于文化单位，对本人成分和家庭出身都有一定要求，尼姑虽然算不上剥削阶级，但毕竟也是不劳而获。镇大卢就问她和住持的关系，那女人说是给住持端菜倒茶的，等于是个下人。镇大卢便表示十分同情，让她填了出家前城市贫民的成分。那女人顺利分到工作，买了只金华火腿和一丈华达尼表示感谢。镇大卢哪里肯收，不但把礼全部退回，还送了蘸水钢笔和笔记本鼓励她学习文化，把人家感动得恨不得跪下来磕头。没几天，镇大卢便找了个机会问那住持的事，那女人果然是竹筒里倒豆子，事无巨细全部说出，其中当然也包括如何安排葵花到观音山生产。没几天又听说葵花爹支援灾区去的也是观音山，便对葵花的去向深信不疑。这一天，镇大卢在办公会上提了个建议，以兄弟乡镇的身份到邻县的观音山乡进行慰问，送些救济物资，大家都立刻说好，并让镇大卢带队。一到观音山，镇大卢就问起赵葵花，没费什么劲，便有人说知道这个名字，结果一翻，却是在死亡人员的统计表上。备注上还写了死亡的原因：“因为不听劝告，擅自留在泄洪区内，又遇到突然暴发的垮山灾害。”镇大卢又到仙水庵的原址瞧了瞧，果然只剩下一截山门。从此，十个月来的担心全部消失，虽然心底还有一种说不出滋味的惆怅。

从观音山回来，镇大卢要做的头一件事，就是给县委副书记的老婆，也是县政府人事科科长做思想汇报。原来那人事科长不仅关注干部的调动，同时对他们的婚事也十分热心，并从牵线搭桥中感受到业余生活的无穷乐趣。镇大卢孤身一人，自然不会从她视线中漏掉。就在刚刚决定调任副镇长的那一刻，人事科长就给他物色了一个对象，那是一个远房妹妹，在县妇联担任副主任，三十二岁，丈夫在渡江战役中牺牲，没有孩子。虽然身材有些发福，但相貌尚好，还经常上台表演节目。更有一个难得的条件，就是有个舅舅在省里当主任，掌管经济。这事就是那省里的主任亲自拜托的。人事科长认为这是一门绝好的亲事，假公济私地让他们见过几次，那女的一下就表示同意，镇大卢那时心里只装着葵花和那孩子，哪里肯点头答应，只是不敢得罪人事科长，借口刚升职就结婚怕影响不好，先处处再说。结果几个月过去，镇大卢总是提不起和那女人再见面的兴趣，对方便找人事科长发牢骚，那人事科长也就笑着给镇大卢打电话，问是不是你另外有了女人？镇大卢听出人事科长明显的不满，忙表示等过了这一阵就谈实质问题。眼看这电话又过了一个月，人事科长请人捎了话儿过来，说不成就明确表个态，别把我妹妹给耽搁了，可负不起这个责任。镇大卢正犹豫不定，就有了去观音山这档事。如今葵花不在了，再回头想想这个事，觉得还真的可以，于是立刻找人事科长汇报，说新房家具都已准备就绪，只是两人都是二婚，要办得简单一些。人事科长还真没想到这事能进展得这么顺利，立刻定了日子，就在大华楼请了一桌平时最要好的，灌了几瓶洋河大曲，就把新郎新娘送进了洞房。

两人要了部三轮车挤着坐了，回到镇大卢的住所，那女人就端了个盆到厨房间里用水，不一会儿出来说：“新郎官真不巧，我那值班的来了,你委屈几天吧。”

镇大卢心里就有了一分不快，却笑笑说:“又不是大姑娘上轿——头一回。有什么委屈不委屈。”

那女人听了不痛快,便道:“我不是大姑娘,可你也不是十八岁的郎啊?”

“我只是打个比喻,你怎么不会听话呢?”

“我不会听话?”那女人竖直了眼,拿出妇联干部的架势,“那我倒要问问,你怎么不会说话呢?”

镇大卢三分不快,脸上却继续装出笑说:“好好好,今天不管怎么说,也是我们的新婚之夜。说说笑笑,长生不老。今天不日,来日方长嘛。”

那女人却没笑,更加正经道:“一说这个我倒想了起来,听说你老把那个字挂在嘴上,我可受不了。以后就是在床上,也别说那个字。我不像你农村出生,听不习惯。”

“说了半天,到底是哪个字啊?”

“就是那个日字,你是不是最喜欢啊?”

“那是我们的土话,你听不惯,不说就是了。”镇大卢虽然已有五分不快,但一想到这女人的舅舅是省里的干部,以后还得靠这条路来提升,该忍的,就得忍着。

不料那女人见镇大卢的话不似想的那么硬，就说:“镇大卢,我们都是干部。既然决定在一块儿共同生活,就要严格要求自己,做出表率,不能给领导和群众看笑话。”

“那还用说吗?”

“那好,我们约法三章,同意不同意?”

镇大卢一想这新婚之夜,不能干那事,还要嚼这些劳什子,不觉又添了一分懊恼。便说:“好,你说来听听。”

“第一,说话要文明,夫妻之间要恩爱、体贴,争取当三好家庭。”

“这我同意。”

“第二,工作要相互支持,共同提高。我是个追求进步的人,妇联的工作平时也比较忙，有时搞活动回来得晚，你要理解。”

“我这边也一样，事情多了就不一定回家过夜，你也要理解。”

“正当的工作我当然能理解，但今天我把丑话说在前头，不正当的，我决不原谅！”

“什么不正当？我有什么不正当？”镇大卢上了肝火，直呼那女人的名字道，“刘立红，听你的口气，我好像犯过错误？”

“你没有吗？”那女人没有丝毫示弱，“你做过的事，我还是略知一二。如要人不知，除非己莫为。”

“照这么说，我还真有什么把柄在你手上？”

“你说把柄也差不多。”

“那我倒要问问清楚，可不能冤枉好人！”镇大卢有些心虚，但还是大声问，想探探对方的底。

“好，我就说一样。有个姓龚的，还是燕京大学毕业的，你在组织学习的时候对她做过什么了？”

“她嘛，是个待查办的对象，三青团的，这种人为了保全自己，就像疯狗乱咬人。以为一到妇联告状，自己就很清白了。这是阶级报复，想你这点觉悟还是有的吧？”

那女人冷笑一声：“老实告诉你吧，她并没有来妇联告状，是我想了解你的底细，才找到她谈话，人家斗争了半天才说的。”

“原来你在调查我？”镇大卢心里的火气又高了一层，“既然如此，你可以揭发，去检举。为什么还要和我结婚？”

“我是因为看到你的大节。男人都是偷嘴的猫，哪有见到腥绕着走的？何况你那时单身，再加上那狐狸精也不是个东西。不过现在你有老婆，再这么犯浑，就不是小节。”

“既然说到这里，那我也问问你。你丈夫死的这些年里，你难道没有和男人上过床？”

“我没有。我真的没有。”那女人一愣，话说得坚决，但声音却有些发抖。

“你调查我，我就不能调查你吗？”镇大卢其实对这女人的事一点儿也不清楚，但防守最好的办法就是进攻，这个道理他曾经屡试不爽。于是上前一步，瞪大了眼睛说，“我为什么要犹豫这么长时间？你知道我听了那事后，是什么心情吗？”

那女人可真被吓住了，过了会儿才说：“那……那不是我情愿的。”

“可后来呢？为什么还有第二次？”镇大卢继续讹诈道，“实话告诉你，他连细节都和我说了。”

“这怎么可能？他怎么会和你说细节？”那女人突然醒悟是中了镇大卢的计，又恢复了常态，“你以为我是谁，那种乡下来的蠢婆娘？好，我干脆和你挑明了，我是和男人睡过。可我是单身妇女，完全有恋爱结婚的权利，受国家法律的保护。可你呢？那大学生就不说了，你对赵葵花做过什么？以为替领导喝了马尿就万事大吉了？公安局政工科的调查材料至今还在我姐姐那儿放着呢！”

斗了半天，镇大卢觉得自己还在下风。一想将来要和这个女人一块儿过日子，火气便上到九分，于是狠命拍了一下桌子，大声喝道：“你的屁还有没有放完？干脆告诉你，我娶你完全是看人事科长的面子。你要再啰唆，现在就给我滚！”

那女人便大哭起来：“好你个姓镇的，原来是为了往上爬才和我结婚！那好，不想和我过就随你的便。但你想想清楚，既然领了结婚证书，这儿的房子就有我的一半。要滚也是你滚！”

镇大卢头一次遇到这种女人，后悔得要命。只是一想人家说的也有道理，结了婚，人家就能当一半的家，又是妇联的干部，哪里能说走就走？可回头再一想，这次如若低了头，将来还会有他抬头的日子吗？一想到这个，便找了把扫帚倒着拿在手里，走到女人跟前，黑着脸道：“今天不给你点教训，明日你还不骑到我头上来拉屎？你要认个错就没事，否则不要怪我不客气！”

“你还要打人？”那女人见到要动武，反而镇静起来，屁股往上一撅，“好哇，你打啊！你要不动手，就不是人养的！”

这一激便把镇大卢的火气逼到顶头，扔了扫帚，伸手抡了过去，一个巴掌打在女人脸上。那女人吓呆了，却并不害怕："你，你，你……"了半天，就跑到厨房拿出一把刀来，红了眼直接对着镇大卢冲了过来。镇大卢闪身躲过，见动了真的，心里也就害怕起来，拉了门就逃了出去。

这时已是半夜，路上一个人都没有。镇大卢没想到新婚之夜竟会闹成这样，更恼火的是现在连个过夜的地方都没有。如果去办公室，人们肯定奇怪，再积极工作也不至于在这个时候来加班啊。如果去旅店，那还不等于公开说自己被老婆赶出家门，明天全镇都会知道了。走着走着，就来到刘脚子的门前，刚敲了一声，就听到里面二丫在问："谁啊？"

原来二丫要参加国庆节的大合唱，从团里排练回来才一会儿，洗了脸出来倒水，听是镇大卢的声音，故意问，也是想让屋里刘脚子知道。果然刘脚子立刻走了出来，听到镇大卢答了一声"是我"，就过去开了门。

"镇长怎么来了？"

"我要借一宿。"边说就往屋里走。

刘脚子想起以前说的话，心里一紧，立刻跟上来小声问："今天不是您大喜的日子吗？"

"还大喜个屁。"镇大卢骂了一声，就往往床上一躺，"现在你狗日的什么也别问，一会儿出去找个旅馆，今天我要好好在这儿睡一觉。"

二丫听到这么说，就把刘脚子拉出来小声道："你要敢走，下次把你那命根子剪下来喂狗！"

"可我不走，怎么睡啊？"

镇大卢便在里面叫："你狗日的在外面嘀咕什么呢，以为我稀罕你老婆下身那几根毛啊，都给我一起滚！"

第 11 章

观音山的水退得很快，雨才停了两天，山路就显了出来，只是上面覆盖着一层厚厚的淤泥，行走十分困难。这时，山洞里的压缩饼干也都吃完了，吴展鹏挖了好几个陷阱，满山转着想逮只山兔，结果只掏到几个鸟蛋，幸好还能找到些野果充饥。葵花自从用了偏方后，还真的没有再出血，只是腹腔有些感染，这时要走几十里的路根本不可能，况且还有个刚出生的婴儿。吴展鹏一边煮鸟蛋，一边想如何摆脱眼前的困境，最后决定独自出去找人，想来也就大半天的时间。不料葵花却不同意，说是一个人待着，怕。

吴展鹏便想出一个主意，说找个空地烧些湿树叶，那烟可以冒出好几丈高，几里地外都能看见。

“可谁能保证这几里地内就有人呢？”葵花表示反对。

“那也不能在这儿等死啊。”

“那就再吃两天鸟蛋,那会儿路也干透了,好走。”葵花小心翼翼地说,怯怯地看着,希望吴大哥能同意。

吴展鹏十分纳闷,并不知道葵花的真实想法是要在这山洞里多住些日子。

几天来,她感觉到一生中从未体验过的幸福。那种男人的体贴竟是如此的惬意,是何等的享受!过去老听满月说,只要身边有个中意的男人,不管再苦再累,也是神仙过的日子。现在葵花总算也尝到了这种滋味。但她也很担心,这么好的一个男人,真的愿意和自己长久的生活吗?没结婚就带着两个孩子,又生下了一个孽种,谁愿意要这样的女人啊!何况吴大哥是那么的完美,要相貌有相貌,要本领有本领,还是个外国毕业的医生。眼下和自己在一起那是迫不得已,将来呢?葵花这么想着,就有些沮丧,也就格外珍惜眼前的时光,哪怕是一分一秒也不想和吴大哥分开。如果这时再让她生一次孩子,再熬一次疼,就是死,她也心甘情愿啊!

吴展鹏没有坚持自己的意见。他为人处世,有一个非常牢固的观念,就是尊重女人,以及她们的选择。父亲从小就教育他,女人不是母亲就是姐妹,天性不会主动攻击他人。她们做出的决定在男人看来往往是错误的,甚至很愚蠢,但她们的动机一定善良。葵花不让他走,可能是因为一个人待着害怕,但更主要的也许是在担心他路上的安全。现在到处是泥沙,山体又有了变化,万一陷下去也是没有救的。想想这些就找了个空地,聚拢了断枝枯叶烧了起来。因为没有风,那烟雾就团成一根长柱直插云霄,远处的人应该是可以看得见的。可一直等到天黑也没有听到半点动静。这些天,葵花已能出来走动,吴展鹏也早在峭壁一侧绑了根栏杆,进出山洞变得十分自如。葵花说晚上也不要让火堆熄灭,于是也帮着找些柴来添在火上,后来又干脆在火边奶起了孩子。吴展鹏想着明天没有吃的,就到各处去检查那些陷阱,看看有没掉下去的猎物,正低头扒拉着,就听见有人拉着枪栓大声问:“什么人?在这里干什么?”吴展鹏抬头一看,原来都是村子里的民兵，平时都是熟的。不一会儿，恭胖子也从山洞那边走了过来，骂了声“好，好你个瘟贼啊”，就死劲握住了吴展鹏的手。

葵花虽然再三强调自己能走，还是被放在一个担架上，由几个小伙子抬着回到乡里。原来下午就有人向指挥部报告，仙水庵对面的山上发现烟雾，可能是失踪人员。恭胖子想起老婆看到那澡盆说的话，立刻组织了一队民兵进山，虽然猜到是吴羊倌和葵花，到真的见面，还是激动了一番。在吴展鹏的坚持下，葵花立刻被送进县城医院。恭胖子的老婆多了个心眼，用自己的公费医疗卡登了记。一来可以免去住院的一切费用，另外也是不想把葵花还活着的消息传了出去。因为葵花爹在离开观音山时再三叮嘱，万一找到葵花千万不要声张，就说她已经不在那是最好。

葵花患的是盆腔炎，虽然不太严重，但要彻底治愈也不简单，因此一住就是一个多月。吴展鹏早晚在床头照顾，弄得医生护士无一不以为他们是一对夫妇。那一日，恭胖子夫妻俩把吴展鹏请到家里，问他今后有何打算。吴展鹏却半天没有吭声。

“国家决定缩小排洪区的范围，观音山往北十几里要建大坝，已经动工，明年汛期前完成。往后就可以在这里种庄稼了。”恭胖子老婆说，“县里已在传达一个内部文件，谁开荒谁得益，三年内只交国家的税。你如果和葵花成了家，村上借钱盖房子。现在可是机会难得。”

“现，现在已有人来圈地，要，要是下手迟了，好，好地方就没有了。”恭胖子焦急地补充。

吴展鹏还是不作声。

“哎呀，你到底在想什么呢？”恭胖子的老婆不耐烦了。

吴展鹏这才说：“如果是我一个人，那还是放羊比较自由。将来政策宽了，我还得再做老本行。”

“如果不是一个人呢？”恭胖子老婆说，“难道你担心她不肯跟你？我是个女人，她怎么想的，我早就有数。像你这种男人，她能找到第二个吗？”

“但我的情况,你们是知道的。万一有什么,不是害了人家吗?”

“你不就是那点事吗? 大不了穿不成白大褂, 先委屈做几天农民,将来村子里也是要建卫生站,有你的用武之地。”

“还是让我再想想。”

恭胖子的老婆不高兴了:“吴羊倌,看你平时都很干脆,怎么这会儿就像个女人似的。想想,想想,我看你是嫌人家不是个净身大姑娘,还带了个拖油瓶,打心里不情愿吧?”

“吴,吴兄弟可不是这……种人。”恭胖子不满地看着老婆。

“要不是,他能这么没主意?”

“要,要不这样。”恭胖子道,“先,先不说成家的事,你和葵花商……量一下,先,先把开荒的事定了再说。”

吴展鹏想想也是,当晚就和葵花说了。葵花自然是满口答应,只提出一个要求,最好还是在仙水庵那儿立脚。吴展鹏第二天就来看地,一路上尽是前来开荒的农民,甚至还有住在镇上的闲散人员。原来消息传开后,偌大一个观音山一夜之内就被瓜分完了。倒是仙水庵那儿还空着。有人说垮山的地生,种不了粮食;也有人说风水不好,住久了会生病的。吴展鹏倒是暗暗庆幸,当即请村里的会计划了地界,一共是六块有二尺泥深的软土,算了两亩半的面积。更可喜的是还发现了一注山泉,不似过去从水塘流到地下,而是顺着岩缝直奔那半截山门。吴展鹏便决定在山泉前的一侧空地上建房。接下来,恭胖子批条子从村里预支了二百元钱买材料,召集了手艺好的瓦匠木工,没几天就造了三间朝南的草房,又向东搭了灶间,四周用竹篱笆一围,一个能过日子的农家小院子就整齐了。生活用具大部分是村民们送的。说来也是奇怪,垮山那天羊群竟然都躲了出去,虽然在石缝岩壁下挨了几天饿,却一只都没死,所以村民们对吴展鹏感激不尽,见他要成家,都来打听所需之物。那天葵花出院,恭胖子夫妻便携众人带了鱼肉蔬菜,在小院里垒了大灶,热热闹闹的一直吃到天黑才走。

送走了客人,葵花又喂了一次奶,将那孩子放在元宝窠里摇了困着，便和吴大哥在檐下落坐。

“我想在院里种棵枣树，又能乘凉，又能晒干了放到冬天吃。”葵花说。

“后面要挖个塘存水，这样万一天旱也就不怕了。”吴展鹏说。

接下来两人就计划着该种什么，怎么施肥，怎么管理，尽是些不要紧和言不由衷的话。葵花不时瞟一下吴大哥，希望他能把话题转到他们俩的事情上来。那天不是说好了要一块儿生活吗？要一起白头到老吗？可怎么生活，怎么到老也得有个具体的说法啊？总不能这样不明不白地待在一个屋檐下稀里糊涂地过日子吧？吴展鹏一看到葵花的眼神，就知道她心里在想什么。说实在的，他也想早些把两人的事安排妥了。凭着直感，他知道葵花是个善良能干的女人，人又长得这么结实漂亮，更重要的，是他感觉到他们已经产生了一种生死相托的感情。可如果真的成家，他就要给妻子，给孩子们带来幸福安定的生活，他能做到吗？葵花现在只知道他当过国民党的军医官，在美国留学，以及父母兄妹去了台湾。她好像已经做好了承受这些“不光彩”的经历和社会关系的准备，但她不知道还有一个巨大的秘密，那是平常人不可能想象到的，却随时随地都会让他，让家人的生活突然毁灭。

“那将来……”葵花终于忍不住说，“我们怎么过呀？”

“我想是这样。”吴展鹏装着深思熟虑的样子道，“我种地不在行，还是去放羊。那两亩来地都很碎，要种麦子、水稻不好管理。如果你越冬闲不住，就用两块地种油菜花，其他等天暖了就栽些蔬菜瓜果，屋顶也可以爬些番瓜扁豆，我让恭胖子帮着换些粮食和油。这院子里呢，可以搭个鸡窝，养几只鸡打鸣叫早，还能吃到新鲜鸡蛋。要害怕外人来，那就养条看家狗，你看呢？”

葵花叹了口气，就说困了回到房里，插上门躺下，暗暗掉了一夜的眼泪。

吴展鹏在另一个房间也没睡着，他知道葵花会很伤心。但他觉得这么做也是终究为了她好，所以必须坚持到底。

第二天一早，吴展鹏正准备到屋后挖塘，就见葵花抱着孩子出来，说要到县里的育婴堂送孩子，把吴展鹏吓了一跳。

“你还是要把他送人？”

葵花点点头，就要走出。

“等等！”吴展鹏拦住道，“这事你得想好了。”

“我都想好了。”葵花平静地说，“这孩子我不能要。虽说是我身上掉下来的肉，但一想到他的来历，就全身不舒服。我不想一辈子受这份罪。再说，也喂了一个多月的奶，做娘的缘分也算尽了。”

“你对他就没一点儿感情？”

“天下哪有娘对儿子没感情的。可我开着眼是他，闭着眼就是那个魔鬼。吴大哥，你不是我，体会不到那是种什么滋味。请不要再拦我了。现在不送，将来就送不掉了。到时候，受罪的是我呀！”

吴展鹏便不再说话，只是到房间换了件衣服说：“实在要送，我陪你一起去。”

一路上，吴展鹏抱着孩子闷着头走路。葵花也是一声不吭。到了育婴堂，吴展鹏就站在外面等，让葵花一人进去。葵花说了原委，工作人员却说这不符合接受的规定。葵花又哭着请求，人家还是不肯答应，并板着脸教训她心太狠，太没有人性。葵花低着头，只好又把孩子抱了出来。吴展鹏要接过孩子，并说道：“你以为是旧社会，要送就送啊？”葵花却抱着孩子说：“你先回去吧，我给孩子买件衣服就回来。”不等吴展鹏答应，葵花就向人多热闹的地方走去。到了一家面馆，葵花装着吃面，把孩子放在桌子当中，见四下没人注意，转身就跑。本以为后面会喊“站住”，过了半条街却不见有人追来，于是才停下来扶着墙喘气。脑子里却像过电影似的想着面店里的情景，一定是跑堂的服务员发现了孩子，就高声叫着让人来领，后来店领导跑了出来，问遍了顾客却没有一个承认是孩子的父母，接下来会怎么样呢？是送到育婴堂，还是正好有个想要孩子的人说“那就给我吧”，于是孩子就被带到一个家境殷实，父母又很年轻正愁生不出孩子的好人家……正胡思乱想，就听到身边有一男一女在吵架。女人道：

“你怎么这么不当心,没看见我带着孩子吗? 差点就碰了脸,赔得起吗?”那男人说:“既然带着孩子就要格外小心,怎么可以只顾卖呆不看着孩子呢? ”“我哪里卖呆,我是给孩子看小衣服呢。”这时便有路人说:“吵什么呀,看吓着孩子在哭呢。”于是那女人就贴着那孩子的小脸,“噢噢噢”地哄孩子,人也就散了。葵花看着这一幕,心里觉得被掏空了一般难受。原来她也会这么抱着孩子,让那双小手在脸上乱抓,可现在一切都没有了,从她身上掉下来的那块肉,她忍受了那么多的痛苦生下来的孩子顷刻间就不见了。“他现在哪儿呢?会不会从桌上掉下来? 要是遇到个人贩子把他卖到外地……”她再也不敢往下想,脚下像是生了风似的跑回了那家面店。给她端过面的服务员一见就说:“你怎么吃一半就走了?”葵花忙看那桌子,孩子却不见了。“那孩子呢?我的孩子呢?”那服务员就奇怪道:“那是你的孩子?”“是,那是我的孩子。他在哪儿? ”于是服务员就告诉她,孩子已经被人抱走了,是个男的,还以为是父亲呢。于是葵花就傻在那里,喃喃自语道:“不会是人贩子吧? 那个男的不像是个坏人吧? ”这时,店领导也走了过来,商量了一下,就给派出所打了电话。等警察来了,葵花只说是已经有了两个孩子,再养一个负担太重。人们听了都在叹息,但多数却是埋怨,警察更是板起脸来教训:“你怎么这么点觉悟都没有呢?他可是你的亲生骨肉啊!”葵花一边哭,一边骂着自己,然后就拖着沉重的脚步往家里走,希望能见到吴大哥好好地哭上一场。结果到了山门处,就听到一阵孩子熟悉的哭声,于是像疯子一样跑了过去,推了门一看,吴大哥正哄着孩子吃米汤呢。葵花顾不得问一声,就抱着孩子进了自己的屋,解开衣襟就给孩子吃起奶来。

那一夜是多么令人难忘啊。

虽然早已过了中秋,但月儿还是那样明亮。山林里万籁俱寂,偶尔传出几声秋虫的噪鸣。葵花见孩子睡着了,轻轻放进元宝窠里掖实了被角,然后借着月光理了理头发。她在窗户前站了一会儿,觉得平静了,才来到吴大哥的房间。男人发出轻轻的鼾声,但一走近就停了下来,等葵花在床沿坐下开始脱自己衣服的时候,她突然觉得手被抓住了。

“让我来吧。”吴大哥轻声说着，就一下把葵花搂了过去，并贴紧了他的身体。

“我……我想……”葵花支吾着，抽泣着，紧紧地将男人抱住。

吴大哥没有动弹，过了好一会儿才开始亲吻起葵花的头发，她的额头，她的眼睛，她的嘴唇……

“我想跟你说……”对吴大哥的爱抚，葵花还不习惯，双手不知放哪里才好，后来就有些不由自主地在对方身上摸索起来，“吴大哥，我想跟你说……”

“不用说。我全知道，我知道。”吴大哥温柔地把葵花的衣服褪尽，随后也赤裸了自己，于是两人就不再分你我彼此了……

…………

完事之后，两人并排地躺着，都睁大了眼睛。

吴展鹏过了一会儿说：“葵花，我要做你的丈夫，做三个孩子的父亲。将来我们老了，归了西，我们要合葬在一起。你愿意吗？”

“我也是这么想的。”葵花立刻说，“我要一辈子做你的女人，一辈子好好伺候你。”

“不。我不要你伺候，我们要互相照顾。我要你快乐，你懂吗，我做了你的丈夫，就是要让你觉得生活是那样的美好，生活更加快乐。”

“我懂。我早知道你是个好男人。现在我终于做成你的女人了，我真的很高兴，很快乐啊。”

“其实，在我们遇到的第一天，我就知道我们会有这一天。”吴展鹏的口气变得轻松起来。

“真的吗？你真的在那时就这么想了吗？”葵花侧过身来，看着男人，忍不住亲了一口。

“是的，我那天就是这么想的。特别是看到你喝那汤的时候。”

“喝汤？你是说我偷喝那山鸡蘑菇汤？”

“可不是，那天我整整熬了半天，就像是早就知道你要来。”

“那你说，是老天让我们在一起？”

“我想是吧。人生有些事很奇妙，真的不能理解。我们在这儿相遇，在一起又那么快乐。”

“你觉得我们在一起快乐吗？真的快乐吗？”

“是的，我真的很快乐。你呢？”

“我是当然啦，还用说吗？”

“真想把你整个儿放到我心里去……”

“那就放吧，把我抱紧了，整个儿放到你的心里。放啊？”

葵花大着胆子说，就把手伸下去，握住了男人的下身。

“你觉得疼吗？”

“不，一点儿也不疼。你放吧，我想再要一次。”

这一次，他们进行得非常从容。葵花不再掉眼泪，不再觉得害羞，她努力把两腿分开，让男人进来的时候更加畅通无阻。当她觉得整个身体已经被对方占有，或者说是自己完全占有了对方的时候，她高兴地闭上眼睛，随着那一波波强烈的冲击开始呻吟起来……

那一夜，他们没有丝毫倦意，说一会儿话就爱抚一次，一直快到天亮，两人才精疲力竭地昏睡过去。

葵花本以为吴大哥第二天就会和她商量结婚的事，结果等到中午也没个说话的机会。吴大哥一直在后边挖那水塘，不到天黑，扒了两口饭就回自己房里睡了。葵花也觉得很累，折腾了一夜，全身就像散了架，奶完孩子也就上了床，只是没有把门关严，故意露着半尺的缝。结果一觉就睡到天亮，要不是孩子哭，还真不想起来。葵花一边喂奶，一边看着那门，还是昨天晚上的样子，不由得有些扫兴，心里想，如果他能主动来找我该多好啊。这时，屋后传来挖土声，葵花让孩子吃饱了便开始做饭，等吃完早饭，正想说话，吴大哥却说要到村里找人来帮忙，原来水塘挖了一半遇到了大石头，那可不是一个人能搬得动的。下午恭胖子就领了几个人来，结果越挖那石头越大，于是有人就说要埋雷管。吴展鹏看看也没其他办法，就再找石匠来凿眼，等恭胖子想办法弄到炸药放了炮，把一个人身高的水塘修好，已经过去了七八天。

在这些天里，葵花和吴大哥没有重温那男女的快活功课。有两次葵花半夜醒来，蹑手蹑脚来到吴大哥房门前，试着用手推了推，发现里面插了门闩。怪没意思地跑回来，就用被角捂紧了嘴哭了一阵。但后来一想，现在毕竟还不是夫妻，他这么做只能证明是个规矩男人，倒是自己没羞的急躁了。于是装着没事样子给大家做饭送水。终于水塘修好了，那日晚饭后，吴大哥要葵花侍弄着孩子上了窠，才开始说话。

"我想明天去见你的父亲。"吴大哥似乎早就考虑好了。

葵花有些意外："你是说，我们一起回去？"

"不，你不能回，我一个人去。"

"你去做什么？是要征求我爹的意见？"

"不是征求意见。"吴大哥想了想才说，"婚姻是人生大事，尽管我们的情况有些特殊，但还是应该和老人说一声。我已托人买了些东西，都是老人用得着和能吃的。明天一大早，就到乡政府门口去等长途汽车，晚上就能到了。我会在你爹那儿住一夜，后天就回来。"

"你去，说什么呢？"葵花有些不放心。

"当然是说我们两个的事。让他知道我们现在的情况，和今后的打算。"

"你还没说给我听呢。"

"本来是想回来说的。"

"我现在就要听。"

"好吧。其实也很简单。下个月，我们找个日子把喜事办了，就正式住在一起。我不敢说要在这里待多少日子，但有一点，一定要让人们觉得那孩子是我们俩生的，孩子的出生日期要往后挪几个月，这事已经和恭胖子说过了，上户口的权力就在他手上。"

"你是说，把这孩子算是我们俩的？"

"主要是对付那个姓镇的。"吴展鹏点点头，"我们不可能老在这儿埋名隐姓，迟早会让别人知道。但必须是几年之后，到那时孩子相差几个月很难看出来。姓镇的顶多也只能是怀疑。”

“不是说，可以用血来检验吗？”

“这是一种设想，将来也许会做到，但现在不行。”

“那血型呢？”

“其实血型并不能证明亲子关系。而且我已经查过了，我们三个都是O型血，也是巧事。”

“那长相呢？”

“长相嘛，还要等大了才能看出。再说一般长子都像娘，你看那孩子的脸，那鼻子嘴，应该是随你。”

葵花似乎是放了心：“那好，路上一定要当心。快去快回啊。”

第二日，天不亮吴展鹏就上了路，葵花一直送到头次相遇的地方，还是依依不舍。

“快回吧，孩子这会儿也快醒了。”

葵花却突然问：“要不，你干脆把大水二水接过来？我是想死他们了。”

吴展鹏想了想道：“这不是小事，我和你爹商量一下再说吧。”

葵花点点头，这才擦了眼泪回去了。

恭胖子早就拎了不少东西在车站等候，除了吴展鹏拜托的，还有许多是自己买的，说是打葵花的那只手现在一到阴天就疼，得多送点礼赔罪。县区间的老爷车速度不快，中途又抛了一次锚，等到了达家镇，已经快到半夜。幸好有个同路的认识小码头，详细说了路线。吴展鹏大小包背了一身，找到门牌号，敲开小院的门，就见老人正在吃面，原来是值班刚刚回来。

“我是从观音山恭胖子那儿来的。”吴展鹏一进门就说。

“噢，是从恭村长那儿来的？”葵花爹忙把吴展鹏让到屋里，又捞了碗面放在他面前，“我正好下多了，你肯定是没有吃饭吧？”

吴展鹏也不客气，三五下扒干净了才说：“大伯，葵花她没有死。”

葵花爹听了并不惊奇，只是仔细看了看对方，说："那你就是吴大哥了？"

"我叫吴展鹏。"

"是你救了我的女儿？"

"谈不上谁救谁。我们一起跑出来的。"接着，吴展鹏就把当时的情况说了说。

"不瞒你说，我这个人是有点迷信。算命的先生说，葵花能活到八十几岁呢，怎么会这么早就走？我上次去观音山，听说你们被垮山埋了，我就不信，留了个地址给恭村长，就是想等着这一天哩。"说到这里，葵花爹眼眶也红了，"谢谢你，谢谢你特地跑来告诉。"

吴展鹏忙倒了杯茶放在葵花爹面前："大伯，我今天来，一个是报平安。另一个是来请求你的同意，让我和葵花共同生活。"

"你们要成亲？"葵花爹问了一句竟然哽咽起来。

吴展鹏一时不知所措："大伯，我是诚心诚意的。"

"不不不，你不要笑话我。我是心里高兴。"葵花爹擦了眼泪，"好哇，葵花她终于有个家了。"

"这是葵花托我给您买的东西，另外这些是薛村长和他爱人的。"

"唉，有你这信就够了，买什么东西。我说他吴大哥……"

"叫我展鹏吧。"

"哎，展鹏啊，上次我就听恭村长说了你的事，葵花能够嫁你，是她八世修来的福气啊。"葵花爹高兴地笑着。

"这么说，您同意了？"

"我是巴不得呢。"

于是吴展鹏就在葵花爹面前笔直跪下，恭恭敬敬地叫了一声"爹"。喜得葵花爹连忙应了一声，就把他扶起。

"展鹏啊，只是有件事，我想问一声，那孩子你们是怎么想的？"

"我们就把他当成自己的孩子。做大水二水的弟弟。"

"好，好。"葵花爹似乎还不放心，"葵花她没什么想法？"

“开始是不愿。后来也想通了。”

葵花爹点点头：“想通了就好。这么说，是个男孩？”

“是个很健康的男孩，长得像葵花。”

葵花爹又点点头：“你们这么想当然好，我原来就担心葵花心里有疙瘩，接受不了。”

“孩子是没有错的。既然千辛万苦生下来，哪有不带的道理？”

“那要委屈你了。展鹏啊，毕竟不是你亲生的孩子，你得有个准备。”

“孩子是我亲手接生的。也算是我把他带到这个世界上来，还能有什么想法？”

“要这样，我就放心了。”

“葵花临走说，想把大水和二水接过去。”

“这事你怎么想？”

“我怎么想不重要，我是想听听您的意见。”

“现在接过去并不好。孩子突然不见，镇大卢会起疑心的。再说半年来孩子有邻居翟家奶奶照看着，也习惯了。”说完，就拿出他和两个孩子的一张合影，“这是邻居翟家奶奶的女儿用自家照相机拍的，你带给葵花吧。”

吴展鹏看了一会儿照片，收起来问：“孩子们现在知道多少事？”

“我只说是妈妈到外地学习，要好长时间才回来。孩子很听话的。”

“那也好，等些时间再说。”

“展鹏啊，你坐了一天车，也累了。葵花房里的床早就拆了，今天我们爷儿俩就在这里挤一挤，明天再搁张床，你也多住些日子。”

“不行的，我明天就要赶回去。不然葵花会不放心。”

“好吧，那你先睡，我到冷冻厂找个朋友弄几斤海虾，带给恭村长。”

“爹，我还有事没说呢。”

“不着忙，等我回来说吧。”

“爹,这可是件要紧的事。”

“要紧的事？那你说。”

吴展鹏沉默了一会儿才说:“今后，我会和葵花在一起生活,但并不是真正的夫妻关系。”

“这是什么意思？我没有听懂。”葵花爹诧异道,“为什么不是真正的夫妻关系？”

“我怕将来害了葵花。”

“这我就更不懂了,你怎么会害她。展鹏啊,你到底想说什么？”

“我有严重的政治问题。”

“这个恭村长已经和我说过了，不就是参加了几天国民党的军队,但你是个医生,又是起义人员。”

“不。那只是别人知道的。”

“还有什么。孩子,你快说,我都急死了。”

“爹,外面的门都关好了吗？”

“关好了,不会有人听的。”

“好吧,我要告诉你,实际上我是个逃犯。”

葵花爹吓了一跳:“你说什么？”

“还是个判了死刑要枪毙的逃犯。省城的公安局发了通缉令的。”

“你犯什么罪了？孩子,我看你不像坏人啊？”

“我的真名叫王亦宾,镇反开始的时候,就被抓了起来,被判了死刑。执行枪决前三天,有个狱警意外触电,呼吸都停止了,他们知道我是个外科医生,就让我来抢救。”

“抢救过来了？”

“在送医院的路上,我一直在做人工呼吸,这才没事。”

“那你是从医院逃出来的？”

“到了医院,我突然发现没有人监视,就跑了出来。”

“也许是有人故意想放你呢,也是说不定的。”

“我也这么想过,但毕竟是逃犯。”

“那你也是命不该死。可是孩子……”葵花爹看着吴展鹏说，“这事绝对不能跟任何人说呀！”

吴展鹏点了一下头：“我跟葵花也没有说，但我不能不告诉你。爹，现在你知道我是什么人了。如果和葵花结了婚，万一再被抓住，她可就成了反革命家属，一辈子也不能抬头做人啊。”

葵花爹叹了口气道：“孩子，如果为这件事，大可不必。前两年，我和葵花也上了枪毙名单。还是那句话，命不该死，怎么也死不了的。现在镇反也结束了，你是不是找人说说，兴许是他们搞错了，现在已经没有事了？”

“这可万万不能。爹，我的事，现在只有你一个人知道。不管什么人，包括葵花，或者当领导干部的朋友，千万不能说。”

“这个我知道，今天听的，也就烂在肚子里。你放心吧。只是你以后要分外当心。还有，你只是换了个名字，还不保险吧？”

“吴展鹏原是我的一个同学，许多情况和我差不多，部队遣散后，他出车祸去世了，我用这个名字还是比较安全的。”

葵花爹点点头：“和葵花的事，我觉得既然在一起生活，还是要结婚。不然葵花心里还是空的。”

“这个您放心，形式还是要做的，我和葵花也是夫妻相称，只是法律不承认罢了。”

“是不是你再考虑考虑？如果法律不承认，那将来有了孩子呢？你们总得有个自己的孩子啊？”

吴展鹏便不作声。这是他唯一无法解决的问题。

“那就听天由命吧。”吴展鹏说着又想起一件事来，“爹，我想请您给孩子起个名字。”

“你是有文化的，你起吧。”

“我想了半天，就是没一个合适的。”

“那就给他起个小名叫小松。”

“小松？有什么说法吗？”

“我是盼望国家的政策将来会宽松一些，你就没有事了。”

"好,那就叫小松。"

爷儿俩一直说到五更才睡,躺了不一会儿,就听见大水和二水过来和爷爷道再见,原来这俩孩子虽然在翟家奶奶家吃住,但每天还是要和爷爷来见个面。吴展鹏闭着眼睛装睡,等到孩子们走出房间,才匆匆翻身下地,凑到窗户后看了一眼。葵花爹趁着送孩子出门,就顺便出去买了些东西,把吴展鹏带来的提包塞得满满的,只是怕有人注意,就在院子里告了别。又往吴展鹏手上塞了五十块钱,一定要他收下。吴展鹏又跪下说了声"爹多保重",这才转身离开。因为没有赶上长途汽车,只好坐了下午的机器快船,等他从码头跑到观音山,已经是后半夜了。刚上山路,就见一个女人抱着孩子向他走了过来。

"你怎么来了?"吴展鹏看出是葵花,忙放下东西接过孩子,"这黑灯瞎火的,你不怕啊?"

"我一人在家更害怕。"

于是两人走着说话,倒不觉得累。等回到家,把孩子安顿好,葵花吃了一个爹买的脆饼儿,就拿着一对大眼睛看着吴大哥。

"爹都答应了,今天还插门吗?"

吴展鹏一声不吭,一下把葵花拉过来,就在灯前把她脱得一丝不挂。

"灯!那灯!"葵花急得叫起来。"快把灯灭了!"

"灭灯做什么?"吴展鹏笑道,"今天我要把你里里外外看个够。"

"我有什么好看的,又不是没看过。"葵花也笑着说,却把双手蒙了脸。

"那可不是一回事。现在你是我的老婆,要好好检查检查。你把手放下来吧。"

葵花放开手,发现吴大哥也已光了全身,那下面的东西精暴暴地昂扬着,好不雄伟。

"你!你!"葵花害羞得不行,却一下扑到了男人的怀里。

这一夜,葵花把一个女人能够享受到的幸福都享受到了,同时也努力地给予回报，希望她的吴大哥像自己一样的快活。

第二天大早，他们就把小松抱到床上，放在两人中间，葵花坦然地敞着那丰满的胸脯喂奶。吴大哥就侧着身在旁边观看，等吃得差不多了，就拿了带来的那张照片，爬过去从后面搂紧了葵花。

“哈，你们还真会享福啊！都什么时候了，还在床上。”

院子里传来恭胖子老婆的嬉笑声。

葵花忙推开吴大哥，穿好衣服跑了出来。

“是您来啦。快到屋里坐。”

这时，吴展鹏也提了东西从屋里出来，说：“您来得正好，我正准备送去呢。镇虾儿的冰都化了，要赶紧吃。”

恭胖子老婆扒拉着一个坛子发出惊叫：“哎呀，怪怪隆里个咚，这么大的虾呀，还从来没见过。”

“这是海货，是上海送来加工的。葵花她爹特地从厂里弄的。”

“老人家都知道啦？”

吴展鹏点点头：“同意了。只是不能来。”

“新女婿都上了门，还来做什么？白费车钱。”恭胖子老婆道，“日子我已经让人看好了，就在后天中午。照你说的，只请最好的几个，其他人发发喜糖庆祝一下就行了。这是一句。”

“还有什么？”

“另外一句也是好话。县医院的吕院长请你过去一下，说有事找你。听口气是想请你去当医生哩。”

“吕院长？”

“就是给葵花看病的一个女医生，她是妇产科的老主任，才当的院长。最好是今天就去。”

吴展鹏听了却沉默起来。

“怎么？人家可不计较你过去的那些事，机会难得啊。”

“好吧，一会儿我去趟县城，听听是怎么回事。”

恭胖子老婆走后，吴展鹏半天没有作声。葵花便问：“你在想什么呢？”

“如果他们要我去工作,怎么办?”

“当然去啊。”

“可县城离这儿几十里,如果搬到城里住,万一遇到认识的人呢?如果不去,我就不能天天回来,你一个人要种地,要带孩子,可不轻松。”

“这就多想了。你在家也是放羊,一出去就一天,我还不是一样?”

“我们刚在一起,就分开,也不好。”

“这有什么?你以为我一天也离不开男人啊?”葵花一说就自己笑了。

“我是说烧个饭搭把火,也有个照应。”

“我不要照应。现在的日子也太好了,老人说,如果日子太好就会出事。还是让我们有些不顺才好。”

“要这么想,我就去一趟。”

吴展鹏当即就进了城,很快找到吕院长。那是个五十岁开外的女人,说话总是笑眯眯的,双手雪白。

“你太太生孩子的时候,是你在下面切了一刀,对吗?”

吴展鹏过了会儿才点点头。

“你不要紧张,你的情况我已经了解过了。”吕院长又压低了声音道,“我也是在美国留学的,抗战的时候也在国民党的军队,后来才参加解放军的。”看有人进来找她签字,又提高了声音,“我一看,你用的是内翻的缝合技术,就知道不是一般水平。”

“那只是为了让疤痕美观一些。”

“今天正好有个产妇并发阑尾炎,你能不能上台做个主刀,我做你的助手?”

“可我有好几年不做手术了,行吗?”

“有我呢,你就大胆做吧。”

吴展鹏就换了衣服进了手术室,不到一刻钟就做完了手术。吕院长故意安排了不少医生在一旁观看,想在一开始就树树吴展鹏的权威。果然大家都十分佩服，于是吕院长趁热打铁，当场宣布吴展鹏担任外科的主刀医生。

回到家，天已经黑了，恭胖子夫妻俩还有好些年纪大的村民都还在堂前间里等着，问了医院的事，大家一阵高兴。说着就拿出一张有两面红旗的“结婚证书”来，上面村委会的大红印章已经盖好了，就等双方来签字。

“你们是不是自愿结合成一对夫妻？”恭胖子的老婆拿出干部的架势问。

“我自愿。”吴展鹏说。

“我也自愿。”葵花认真说。

于是两人就在那张纸上写了各自的名字。

“祝，祝贺你们百年和好，早，早生贵子。”恭胖子说。

“人家儿子都养了，只是早了一步。”恭胖子老婆说，“后天初八，大家来吃喜酒啊。”

又闹了一回，大家才散。

第二天，吴展鹏就和葵花到乡里大集上买些必需的用品，这时看到一个蓬头垢面、门牙掉光、不男不女的老人，直直地冲到他们面前说：“你们听我一句话，这个婚还是不结为好。”

旁边就有孩子起哄：“疯子！这是个疯子！”

吴展鹏听了觉得蹊跷，忙问：“你怎么知道我们要结婚？”

“这世界上的男男女女，怎么说话，怎么一起走路，怎么掏钱买东西，他们的关系就明明白白。不信你看，那一对，男的相中了女的，但女的还没答应，那走路就总是隔着三寸的距离，买东西也总是男的掏钱。再说你们，走路都还牵着手，买东西都在商量，那不是快结婚了还能是什么？”

“也可能早就在一起了呢？”旁边有人打趣。

“早也早不到哪里去。你们再看那一对，在一起的日子肯定会在两三年以上，你看那女的死死勾着男人的手，可那男的却把眼睛在别的女人的身上瞧，想有外心呢。”

吴展鹏听这人说话很有条理，于是便请到一家面馆坐定，要了碗盖浇面和两只皮蛋。那人也不客气就稀里哗啦全吃下肚。却坐着不走。

“你刚才说，这婚还是不结为好。是什么意思？”

“你听我说个故事。从前管着天下芸芸众生的，并不是玉皇大帝，而是草头将军。因为心术不正，不得民心，所以天下大乱。玉皇大帝便领着众人推翻了草头将军的宝座。然而得天下容易，治天下难。况且那草头将军老想夺回旧日的皇位，便让原来手下的八大金刚，虾兵蟹将潜伏过来搜集情报，组织暴动犯上作乱。玉皇大帝是得了民心的，哪里能容得这些坏蛋，于是一声令下要将这些孽障斩草除根……”

“你说的这些，和我们有什么关系？”葵花忍不住打断了问。

“这关系可就大了。”那人用手指着吴展鹏说，“因为你曾经在草头将军手下谋过事供过职。你也许逃得了今日，但明天后天大后天就很难说，到时候抓你去枪毙或者坐牢，你让这个女人怎么办？她要是守不住等不了，那是坏了妇道。可她要是守了等了，你能忍心看她过那种生不如死的日子吗？”

吴展鹏听了一声不响，葵花却悄悄凑过来说：“这个人好不面熟，一定是在哪里见过。”

那人又说：“趁你们认识时间还不长，感情还不深，就早些散了吧。阿弥陀佛。”

葵花突然愣住，拉着吴展鹏到一边说：“我想起来了，她就是那个住持啊！”

“哪个住持？”

“就是她让我来观音山的，你忘了，我跟你说过的。她对我们可好着呢。唉，她怎么会在这里？怎么会变成这样？”

吴展鹏回头一看，那人却已经不知去向。

第 12 章

二丫早就想改名字。一是太土，一听就是农村来的；二是不好叫也不好听，文工团的人都爱说普通话，念快了就成“哎呀”。那些人又爱开玩笑，每天总有几个调皮捣蛋的在门口说“哎呀，钱掉了。”“哎呀，上厕所。”开始还真以为是叫自己，等出来一看，大家都笑着走了。还有一个，就是写起来也不好看，有时候通知上要写人的名字，她那两个字总是给写得东倒西歪。正好团里要按新规定填写登记表，她就到派出所改了户口簿叫丹娅。原来想叫卓娅，那是个苏联女英雄，但登记的小警察说百家姓好像没有“卓”字，如果用原来的姓，那“史”字不卷舌，就会听成“死”，这可不敬。于是有人想起卓娅牺牲时的名字叫丹娘，但这个名字容易让人听成“大娘”，最好是把卓娅和丹娘合而为一，就叫“丹娅”，既好听又有意义。但偌大一个县城好像也从来没有人姓丹啊？正没主意，也是来办户口的一个老先生不紧不慢道，立大宋时，南唐徐州的守将就叫丹托，人称丹令公，有两个儿子叫丹銮和丹凤，都是虎将。这一说，名字就很爽快地改成了。回到单位，团长也说好，有特点，还能表现世界观，以后就没人再“哎呀”了。

刘脚子对此却很有意见。还想出三条罪状。一是以学习苏联英雄的名义，满足资产阶级虚荣心；二是姓都不要了，是忘了祖宗忘了本；三是改名换姓这种大事都不和他商量，哪里还把他这个一家之主放在眼里？其实刘脚子是心理不平衡。他那做风水先生的父亲曾经给他起了个很大气的名字，叫刘民国，但一解放就不能用了，土改时就叫刘建国，可除了上户口交税，很少有人这么叫。原想到了镇上应该用大号吧，结果镇大卢人前人后都是“刘脚子如何如何，刘脚子这般这般”，弄得大家也就跟着“刘脚子刘脚子”地叫开了。当然，领导有时候叫你一声绰号是看得起你，还显得亲切。名字不就是一个符号吗？再说还有二丫这个土得掉渣的名字陪绑。现在二丫变成了丹娅，他心里能好受吗？

二丫对丈夫的这些怪论根本不予理睬。自从进了文工团，她就暗暗给自己定了一个目标，就是有朝一日要成为一名真正的演员。不是站在合唱队后排或者帮忙跑个龙套，而是要让自己的名字上那铅字印刷的节目单。她听团里人说，大演员的名字不仅要叫得响，更重要的是与众不同，就是让人觉得有些奇怪也无所谓。丹娅这个名字恰恰符合这个要求。二丫本想和丈夫商量一下，可又担心他不同意，而这时，她离那目标似乎已经不远了。原来就在二丫介绍谷老师和葵花相处的那段时间里，她得到了最为精心的指导，唱歌技巧有了很大提高，运气的感觉都找到了，声音出奇的清亮。参加了几次合唱团的演出后，歌舞队的队长就想把她从行政上要过来，再送到省里培训，将来上台独唱。只是负责声乐的副队长希望从艺术院校分些毕业生，意见有些不统一，就闹到团领导那儿请团长定夺。团长悄悄告诉二丫，准备近期找个机会让省里的专家看一看，再拿个意见，这样就可以顺理成章地转成演员了。面对这般大好形势，她能不马上改名字吗？

眼看春节到来又是演出旺季，文工团要上一出大戏，可上面的专用资金却迟迟不见下拨，于是团长就带着戏剧队队长和二丫一起到省城出差。其实报预算的事团长也能做，但为了让二丫非去不可，便故意把钱的事说得很复杂，包括下乡下厂演出不但要减免营业税，还要按有关政策得到一些补助，演员的加班费要适当增加但又要有相应规定，剧场排练厅都太破旧而且还有安全隐患急需维修等等，弄得大家都说非让丹娅同去不可。

到了省里，还真亏了二丫把团里的大小账目都记得一清二楚，问什么答什么，让上面觉得基层艺术团体贡献大待遇低，特地开了会研究，最后决定下拨五万元。这可大大出乎团长的预料，原以为能有个两万元就不错了，一下多了一倍半，真的是天上掉馅饼呢。一出门，就笑得合不拢嘴。当晚在招待所请了省歌舞团的两位老师听二丫唱歌，一位还是在北京给中央领导表演过的首席歌唱家。老师们听得很认真，还不时交头接耳。团长看看有戏，便招呼大家去饭堂边吃边聊。老师们也不客气，开始还说了些如何从腹式呼吸转到胸式呼吸，后来喝得多了，就一个劲儿地只说好话。

一位老师认真道：“大本嗓加上适当的方法，可以让民间歌手提高一个档次。”

首席歌唱家说：“你们不用，我负责推荐她到中央剧团。”

团长忙说：“怎么不用？早就内定了，只是想请老师们给写个评语，让个别人服气。”

首席歌唱家便说：“还写什么评语，今天团领导和戏剧队队长就是见证，实在不行，就先借调到我们团参加春节慰问。”

二丫听了不敢说话，脑子像塞了棉花已经在那云雾里飘着，只是一个劲儿地劝老师们吃菜喝酒。结果两位老师都大醉，团长就让他们到招待所房间里休息。戏剧队队长说要到亲戚家送东西不回来睡了，另外还要再请一天假。团长自然答应，他在外面转了一会儿，想等老师们酒醒了回家好去睡觉。可那两位根本没有要走的意思，脱了衣服就钻进被窝打起呼来。看看已经过了十二点，团长只好到前台再开房间，不料普通客房已经满了，只剩下带会客室的特等房间，那是给高级干部准备的。团长没有证明，更不舍得付那高出一倍还多的房钱，看看离天亮只剩下几个小时，便想到附近的汽车站挨一夜。谁知车站已经关门，天又下起了小雪，衣服穿得不多，阴冷透骨。想起招待所的开水房比较暖和，便回来找了张报纸在地上铺了打盹。二丫上厕所看到团长没地方过夜，见没人，就把团长拉到自己的房间。二丫住的是四人间，不过其他三个已经退房，后来一直没有安排人进来。团长说自己是个干部，深更半夜和一个年轻女同志待在一个房间不太合适。二丫便说两人都不睡，把那五万元的事好好合计一下，明天回去再把缺的觉补回来。团长这才和二丫保持着一定距离坐了，从演员的补助开始，一直说到大门要换把新锁。二丫拿了个本子一件一件往上记，可毕竟白天太累，不一会儿就睡着了。团长把二丫在床上放平，拉过被替她盖好，又轻手轻脚走了出去。不想就在这时，一个服务员打开水路过，看到团长又看那房号便问："这是女同志的房间，你怎么会在这里？"

"我和同事谈点工作。"

"谈工作？"服务员显然不信，进去一看，见二丫睡得正香，忙出来追着团长问，"等一下，你是什么单位的？你站住！"

团长知道解释不清，头也不回地走了出去。

第二天一早，团长就打电话让二丫先结账，然后带两位老师吃过早饭就到车站与他会合。结果等到中午，才见二丫从招待所里出来。等上了车，团长看她脸色不对，才悄悄问："怎么回事？"

"他们问我和你是什么关系。"

"他们怎么这样？"团长也充满了烦恼。

"我也觉得太荒唐，太没道理。可他们说，不说清楚就反映给上级单位。我就实话实说。他们问了那两位老师，这才让我出来。"

"那两个老师也不让走？"

“不。他们先回单位了，后来又打电话去问的。”

“真是岂有此理！”团长愤愤地说，“没有证据瞎猜，只能证明他们自己灵魂的肮脏！”

“那你是怎么过的夜？”

“我就到处转转，后来被几个管治安的带到派出所，我说明了情况，就在那儿坐了一夜。”

团长是部队转业的，不到四十岁，长得有模有样，妻子过去在军区歌舞团跳舞，现在在县文化馆做辅导老师。这一次的事，让二丫对男人有了新的看法。原来总认为天下乌鸦一般黑，男人都不是好东西，现在看来并不如此，也有不好色的，而且又这么廉洁，只是她没运气碰到罢了。从此，二丫对团长就格外的敬重。

葵花自打见了那疯子之后，一直心神不宁，每逢大集就来镇上到处找，可怎么也不再看见。后来就找到吃过面的那家店，跟里面的人说，是自己的亲娘前两年精神上受到些刺激跑不见了，如果你们看到，就让她过来吃饱喝足，说着就拿出十块钱来。那面馆的人见葵花是个孝顺女儿，哪里肯收，赌咒发誓说一定照办，就是不能收钱。葵花没办法，就去买了两张长凳说寄放在店里，这才离开。

婚礼办得很简单，也很实在。吹唢呐、放炮仗招人显眼的事一概全免，恭胖子夫妻和一些要好的村民送的都是实实在在的劳动工具和生活用品。那天一早大家就来帮着办酒席，边做边吃，一直闹到天黑。过了几天，吴展鹏就正式到县医院上班。吕院长见他路远，就把自家的一辆德国产的脚踏车借给他骑，果然方便了不少，但单程至少也得一个小时，如果遇到下雨落雪那就要车骑人了。所以即便是有了脚踏车，吴展鹏还只能是每周回来一次，平时就睡在医院的集体宿舍。葵花虽然盼着和丈夫见面，但也明白医生工作的紧张，有时候怕耽搁周一大早的手术，就让他在礼拜天晚上赶回医院。

县医院最忙的是两个科室，一个是产科，一个是外科。中华人民共和国成立后生活安定，年轻的女人们纷纷加入产妇大军，再加上不会避孕,有的家庭一年一个,国家也鼓励妇女多生一些共产主义的接班人。另一个就是外科,因为生产大发展,工伤事故时有发生,再加上人们健康意识日益提高,外科手术接连不断。县医院只有一个手术室,除了星期天需要消毒不安排手术外,平时几乎是二十四小时轮流上阵。吴展鹏在短短十几天内,就把从美国学到的技术恢复到一个相当的水平。有天晚上,一位县委副书记突然剧烈腹痛,吴展鹏诊断为胃穿孔合并腹膜炎,照平时的情况只能送地区医院,可病人已经昏迷,就是有时间送也受不了路上的颠簸。吴展鹏与吕院长一商量,就决定在本院手术。只用了一个多小时,吴展鹏就成功完成胃肠修补,三天后病人就能喝粥,肠鸣音恢复,并放了几个大屁。再过了两周,副书记复查一切都好便出了院,第二天就通知吕院长参加县领导成员扩大会,表示要增加医疗战线投入,扩大医院规模,改善设施。并特地说了吴医生的手术是如何高明,要重视知识分子等等。吕院长自然高兴万分,请示了上级,就破格任命吴展鹏为外科主任。此后各位县领导,各局各科大小头目,无论生了什么病,都首先来找吴展鹏,似乎他不点头就无法治疗。吕院长又收拾了一间房给吴展鹏单独休息。医院里大部分医生护士都愿意和吴展鹏接近,但也有个别人发牢骚,说吴展鹏的技术是从美国佬那里学来的,有历史问题,故意表现积极,领导包庇是立场不稳。

不久,各县医院的院长要开会交流经验,并颁发积极分子奖状,吕院长故意在全院大会上宣布要吴展鹏参加。不料吴展鹏第二天就无故迟到,耽搁了一个手术不算,中午在食堂吃饭时还没事找事和一个大师傅吵了一架。吕院长问了经过后委婉地批评了吴展鹏几句,结果第二天吴展鹏就不来上班。开始还以为是生了病,结果有人发现他去看电影,还约了个妇产科的护士。吕院长一下就急了,亲自在电影院门口等到散场,看到吴展鹏和那个护士有说有笑地出来,就板下脸来要他回医院谈话。等到了院长办公室,关了门,吕院长却一下笑了起来,倒了杯茶说:“你是相信人怕出名猪怕壮,担心出头的椽子先烂是不是?”

吴展鹏老实地点点头:“您的道路很平坦,不知道生活的险恶。”

吕院长收了笑道:“论年龄,我都可以当你妈了,还说我不知道生活的险恶? 有些事,不跟你说罢了。”

“反正,我是不想引起大家注意,不能当积极分子。”

“那你跟我说呀! 这算什么,要靠犯错误来解决问题?”

“我本来就不是个完人。”

“谁是完人啊?你时间太紧张,人很吃力,我都看在眼里呢。你是个有修养的人,不要理睬那些风言风语。我就是要树你的权威,让大家都服气,才安排那么多手术。这次趁领导支持,我打报告要了十个医学院的毕业生,上面都批了。顶多再艰苦半年,手术室要增加两间,那时你这个主任就好当了。我们还要研究做心脏类的大手术呢。”

“我不想做大手术。”

“这是什么话?”吕院长有些不高兴了,“这可不像你啊。”

“我本来就不想要有什么大出息,只想安安顿顿做个小医生,养家糊口就行了。”

“得得得,这话我可不爱听。吴医生,你到底是怎么想的,把我当个大姐,和我说说心里话行吗?”

“真的,我只想随大流。今后凡是领导同志的手术,千万不要找我做,就算是我求您了。”

吕院长叹了口气,主动提出要给吴展鹏放三天假,等想通了再来上班。

当晚回来,吴展鹏就和葵花商量,要不要辞去医院的工作。

“我不太清楚医院的那些事。”葵花想想才说,“如果你认为不合适,那就辞了。我们一起来种菜,听说有人种的萝卜比手膀子都粗呢。能搞得到种子吗?”

吴展鹏看着葵花那天真的模样,不由得生出无限的怜爱。心里想,如果在医院再这么做下去,肯定会引起更多人的注意,同时嫉妒的人也就不会少,到时候公安局查出来,就离死期不远了。还不如就和葵花在这世外桃源里过一辈子，将来顶多在村里的卫生站谋个事，这才保险。于是就下了决心，三天过后，就到乡里打了个电话给吕院长，正式提出辞职，理由是老婆一个人在家太苦，他于心不忍。不料吕院长第二天就摸了过来，看到葵花和孩子，就拿出一大堆营养品，又仔细检查了葵花的身体，这才坐下和吴展鹏说话。

"你要辞职，我不同意。"吕院长转过身对着葵花说，"现在中华人民共和国刚刚建立，真是百废待兴，也是一个人发挥聪明才智的大好时机。你们生活有些困难，我知道。但为什么不多想想国家和集体？你作为一名知识分子的爱人，应该鼓励他积极上进，争取做出大贡献。将来你们的生活才会更加完美幸福。我说的是不是有道理？"

葵花就拿眼睛看着丈夫："吕院长说得对，人不能老想着自己啊。"

吕院长见葵花这道关这么容易就攻了下来，更加充满了信心。又对吴展鹏说道："过去很少听你的意见，是我官僚主义。今天来，就是想听听你的想法。只要有道理，条件够，就照你的办。只是有一条，不能给我撂挑子甩手不干。就算我这个老大姐来求你还不行吗？"

吴展鹏闷着头不吭声。

葵花看不过去，立刻道："人家吕院长这么难走的路跑了来，话都说到这个份儿上，你也开个口啊。"

吴展鹏叹了口气道："看来，这条路我是非走不可了。"

葵花听不明白："什么路非走不可？我只是觉得吕大姐的话十分在理，你就听了吧。"

吴展鹏点点头，当即就跟吕院长回医院上班。他万万没有想到，没几天就有人向公安局检举，说县医院新来的吴医生很像前两年通缉过的逃犯王亦宾。

时值三九严寒，地都冻着，唯有种着油菜花的两块地还显着生机。葵花大早起来先在一个低凹处放掉积水，然后就开始清理厢沟，同时打掉受冻的老黄叶，尽量通风透光，降低湿度。正埋头干着活，却见一个七八岁的小男孩走了过来，冷不丁地叫了一声“姨妈”，把葵花吓了一跳。

“你是谁？为什么叫我姨妈？”

小男孩扭捏着还没答话，就听到不远处传来一阵响亮的笑声：“我的儿子可不就叫你姨妈吗？”

葵花一下愣住了：“满月！是你？”

满月呵呵地乐着：“这地方还真难找啊。”

葵花眼眶就湿了：“这么早，你从哪儿来啊？”

“什么早，都快晌午啦。也该回去做饭啦。”

葵花便收好东西，带着满月往家里走，一边说：“我结婚啦。”

“我知道。”

“你怎么知道？”

“我一回来就去找你，可费了好大劲才找到你爹。他都说了，不然怎么知道这儿？”

“你是从朝鲜回来的？”

“秋天就回国了，后来在北京学习了几个月。”

“这孩子是怎么回事？”葵花低声问，“你什么时候生过孩子？”

“像我儿子吗？”

葵花看看孩子说：“像，不过……”

“别猜了，是我带的。”满月摸着那男孩的头，把敞开的衣服拉拉好，“告诉姨妈，你叫什么？”

男孩便对葵花说：“我叫小星。大小的小，天上星星的星。”

“这名字真好听。”葵花说着又看满月，凑近了说，“真是你带的？”

满月点点头：“许多孩子的父母都在朝鲜战场上牺牲了，凡没亲戚要的，军区首长就号召领养。我就挑了个眉目清秀的，像不像李真？”

“别说还真有些像。”葵花又看了看那孩子，“李队长在这儿做地委书记呢。”

"知道。其实我们一直有联系。"

"一直有联系？"葵花好奇地看着满月。

"当然不是那种关系了。只是普通朋友。"

"真的？"葵花不相信。

"我还能骗你？"

说着,她们就进了小院。

"刚才我已经进来了。"满月说,"看得出,你那位挺能干的。"

"还可以吧。你先烧点开水,我一会儿就做饭。"葵花说着就从窠里抱了孩子出来,一边敞着怀喂奶,一边给满月看。

"这样也好,毕竟是自己生的。"满月看着孩子说道。

两人似乎又回到从前的岁月,说说笑笑,从屋后的水塘里取了些鱼肉就做起饭来。葵花说着暴发垮山在山洞里生孩子的事,满月也讲了不少在朝鲜的见闻。不觉天就晚了,满月就说要在这里住两天。葵花正巴不得有个人陪,只是有些疑问:"你现在做什么工作？"

满月没有马上回答,一直到小星在隔壁睡着了,才和葵花脚靠脚地上了床说:"我现在说的话,不能告诉任何人,包括你那位。"

"我知道,我不会说的。"

"这次来,一是想看看你,另一个是查封信。"

"查信？查什么信？"

"还记得李真藏枪的事吗？"

"当然记得。"

"有人把这事用匿名信反映到省里,正好是孙书记负责处理,就压了下来。孙书记说是认识你的。"

"是的,他还帮过我的忙。"

"那事我也听说了。孙书记提醒李真要防小人,最好弄弄清楚是谁在搞鬼,也好有个对策。你也帮我想想,当时李真或者是我,得罪过什么人？"

"没有啊？"葵花想想才说,"你和李队长对大家都很客气,不应该得罪什么人啊？"

“那可不一定。镇大卢打死了那鬼子,李真没给记功,他就一直怀恨在心。另外,就是你的那件事,我要查办,他不可能不恨我。”

“那就是镇大卢。”

“但也可能与八团的那个女人有关系，你还记得那天大队长赶她走的事吗？”

葵花点点头:“她当时可是气得七窍生烟。对了,为什么要到这里来查呢?”

“因为匿名信是从这里寄出的,邮戳是观音山。”

“观音山?就是说,寄匿名信的是这里的人?”

“也不一定。有两种情况,一个就是观音山的人,据说那个女人到我们那儿当县长之前,就在这一带工作。另一个就是镇大卢故意到这里来寄信,遮人耳目。孙书记曾经派人到这里做过调查。据邮局的人回忆,当时凡是写给省里和中央单位,又没有具体收信人的,都要进行登记。”

“那查出来了?”

“查出来了。一共是三封,除了寄给省里组织部的,还有一封写的是北京毛泽东主席收。这两封都被有关部门接收了,但有一封被打了回来,那是寄给中央干部局的,北京根本没有这个单位。如果能找到这封信,看了具体内容,就可以断定是谁写的了。”

“孙书记没说具体内容吗?”

“这是组织纪律,作为省领导,怎么能说?”

“怎么才能找到这封信呢?”

“一般死信,又没寄信人地址的,都会放在邮局的公示栏里让人认领。但如果是写给政府部门的，会由当地公安机关阅读后再处理。”

“是县公安局吗?”

“也可能是派出所。你在乡派出所有没有熟人?”

“有哇,所长我认识,恭村长和他的关系也不错。”

“我听说他们曾经抓过你,后来孙书记打电话要李真全权处理。

你说的恭村长是不是打过你的恭胖子？”

“你都知道了？”

“这件事，李真做过详细的调查，许多细节都知道。后来也是考虑到你要在这里生活，又不肯揭发，所以才没追究。”

“后来他们对我可好了。特别是恭村长，什么事都是他一手张罗。我结婚，那个所长还送了礼。不过满月，我们这么做，不犯法吧？”

满月没有立刻回答，沉默了好一会儿才说：“我其实有个在北京读书的机会，很想研究一些宗教问题。可李真却希望我过来帮他。”

“这不是很好吗？”

满月叹了口气：“咱们不说这事了，你看这信……”

葵花下了决心道：“信的事，我来想办法。”

“你先跟我说说，准备怎么做？”

“我请恭村长去趟派出所，他在那里是可以随便进出的。如果发现寄到中央干部局的信，就拿出来。”

“他能拿到信吗？”

“拿不到就再想其他办法。恭村长可是个聪明人。”

“那你怎么和他说呢？”

“就说是一个朋友帮忙。”

“这可不行。”

“那怎么说？”

“你就说，有人要陷害李真，而李真帮过你的忙，你想知道到底陷害什么。只说到此为止，其他的一个字都不提。还有，我住在这里，也只说是远房亲戚，千万别说出我的名字。”

葵花一一记住，第二天就去找了恭胖子，恭胖子一句没多问，就说包在他身上。结果当晚派出所所长就带着恭胖子来找葵花。满月见有人来，立刻闪到房里掩了门，却仔细听着外面的动静。

所长开门见山：“葵花，上次的事，我本来要受个大处分，但是你坚决不肯做证，才躲过一关。一心想怎么报答，今天你终于有事来找，也是巧，这信就在我手里，按规定准备销毁。今天已经带了过来，你可以看一眼，但看完就要烧掉，这事还请谅解。”说着就拿出一封信递到葵花手中，又掏出洋火在一旁准备。

葵花正没主意，满月就从房里走出来道：“还是我来看吧。”

那所长见到生人，立刻收了信问：“你是谁？”

满月就说：“我是信中可能会提到的邢满月。”

所长意外：“你是邢县长？”

恭胖子立刻拉出凳来让满月坐下。

满月冲着所长点点头：“能不能给我一个面子？”

所长犹豫了一下道：“邢县长，这事恐怕不好办，你是当事人，又是领导干部，应该知道有关规定。”

“那你能不能念一下？”

“那也不行。希望领导不要逼着我犯错误。”所长一边说，一边对恭胖子道，“你拿油灯来。”

恭胖子就拿了一盏油灯放在桌上。

所长立刻抽出一张纸，就在灯上烧了。

恭胖子要去抢，却见所长怒目而视，拍着桌子道：“你敢！”

恭胖子只好罢休。

满月眼睁睁地看着那纸变成灰烬，再急也毫无办法。

所长连着说了几声对不起，就拉着恭胖子走了出去。葵花跟着送出门，回到堂前间，看满月还坐在那里生气，正想安慰几句，忽然看到刚才所长坐的凳子上有样东西，拿起来一看，却是那封信，这下可让满月大吃一惊。

“好你个所长！”满月叫了一声，就把信抽出来读了，然后又给葵花看了看，这才重新叠好放在随身带的小包里。

这一夜，满月就像换了个人似的，不再提那信的事，一个劲儿地说着小星和自己的未来。

“我想让小星和大水二水上同一个学校，让他们从小就做好朋友。”

葵花忽然想起一件事，紧张起来问：“如果大水和二水问起来找我的事，小星怎么答？”

“这事早想好了。”满月一笑，“我和小星根本就没说你是谁，他哪里知道你就是大水和二水的母亲。”

葵花这才放了心，接下来就问满月和李真有没有复合的可能。

“他现在和老婆过得很好，我不想破坏别人的家庭。”满月说得很简单。

“既然这样，你就另外找个人嫁了吧。”

“我也这么想过。但是曾经沧海难为水，除却巫山不是云。有过李真之后，别的男人就像白开水，不可能有任何感觉。”

葵花记得从前满月也说过类似的话，于是就不再问。

“再说已经有了小星。那孩子知道父母不可能再回来，对我可亲了。我也该满足了。”

一句话勾起了葵花对大水和二水的思念，算算将近一年过去了，一直没见到两个孩子。虽说有张照片，可他们从前每夜都是在身边睡着的呀？现在他们还记得自己的母亲吗？

满月似乎猜到葵花的心事，便说：“你要是想孩子，我来安排你们见面。”

葵花立刻兴奋起来：“真的？怎么安排？被别人看到怎么办？”

“到时候就知道了。”满月神秘地一笑，“听说你那位很不错啊。”

“你怎么知道？”

“听你爹说的。他老人家都笑不拢嘴了。”

“后天他就回来了。”

“下次吧。我明天就得走。李真还等着消息呢。还有，你也收拾一下，明天和我一起上路。”

第二天上午，葵花把孩子交给恭胖子的老婆，就上了来接满月的一辆轿车。满月先拐到乡政府打了几个电话，然后直接上了大路。几个钟头后，他们来到一座军营，那儿的首长已经接到通知，门卫只问了声是不是邢县长，就立刻放了进来。到了一个活动室，满月把小星留在车上，就和葵花走了进去。只见几个女兵早在那里等候，也不多说，就把葵花带到一个活动室里。大水和二水正在扔筛子玩儿呢，旁边则坐着葵花爹。见到葵花，孩子们就立刻过来抱住。大水小声说：“他们不让我们叫妈妈，说是怕别人知道。”二水小声说：“妈妈，妈妈，都想死我们了。”

葵花的眼泪一下就出来了。又走到父亲身边，紧紧抓了一下手，就叫了声：“爹！”葵花爹也应了一声，小声说了句：“不用惦着我，你们好好过日子，我就开心了。”

回去是军车送的，葵花满脑子只是孩子们的叫声，不由得哭了一路。等到家时，已是半夜，却见恭胖子夫妻俩都苦着脸坐在堂前间唉声叹气。

“出什么事了？”葵花预感到会有什么事要发生。

恭胖子老婆苦着脸说：“吴医生被抓进公安局了！”

从省城回来没几天，二丫就从会计室调出，到了歌舞队的声乐组，春节演出就上了个二重唱，结果大获好评，报社的记者还约了时间采访。那天镇大卢也去看了，是刘脚子送的票，而且是好位置。开始都没认出来，报幕的说是丹娅，还以为是新来的，结果一看是二丫，就对刘脚子说：“你狗日的这种事也不告诉我？”

坐在一旁的刘脚子笑着道：“就是想给镇长一个惊喜。”

镇大卢就像块吸铁石，死死地盯着二丫那张化了妆的粉脸，和那穿着闪亮衣服的好身段儿。再听那歌声，就和无线电里的一模一样。等演出结束，就让刘脚子叫了二丫去吃消夜，有一搭没一搭地一直说到饭店打烊。

原来镇大卢和老婆自打新婚那夜就战争不断，虽说经人事科长从中调解，两人也当面保证要好好过日子，但那女人心里并不服气，坚决不让镇大卢上身。镇大卢自从娶了老婆，就再没机会和别的女人搭讪。可晚间上了床却没有实质性的内容，把个从来离不开女人的镇大卢急得像条满街乱窜的骚狗。现在二丫变得如此的美丽动人，想起刘脚子过去的承诺，那股欲火就猛地烧了起来。

看完演出的第二天,镇大卢就把刘脚子叫到办公室里说:“这两年虽然你一直被借到县里写东西,可编制却没有落实,以后工龄待遇都是问题。”

刘脚子忙道:“可不是吗,就等镇长帮我这个忙呢。”

“现在倒是有个机会。镇里文化科的科长调到报社当记者,正物色新人选,这可是正式国家干部编制,有没有兴趣?”

“这个嘛……”刘脚子有些迟疑。他真正想进的是县文化局这样的单位,至少是文化馆,这样才能与二丫的文工团平级。如果还是在镇里,虽然是个科长,仍然低人一等。

“不想就算了。”镇大卢又说,“不过你狗日的可不要后悔。”

“镇长,我脑子笨,你开导开导行不行?”刘脚子听到镇大卢话中有话,便连忙问。

“好,你听我说。文化科虽然只是个股级单位,但和其他科室不一样。”

“怎么不一样呢?”

“只说一件事。那个刚调走的科长,就是因为写了一篇报道在中央的报纸上登了。领导高兴,一个电话就去当了记者。”

经这么一点拨,刘脚子立刻就说:“镇长就是站得高,看得远。那我百分之一百地愿意。”

“不过这事目前还只是我一个人的想法。”镇大卢却不紧不慢地坐下来,喝了口茶才继续道,“还有镇长和三个副镇长需要沟通,他们也有自己的人选。”

“那您的意思……”刘脚子听出镇大卢的话外之音,压低了声音道,“我可是您的人,您有什么吩咐尽管说出来,杀人放火我都敢。”

镇大卢听了哈哈大笑:“你狗日的这些年怎么就没有一点儿进步?能让你做那种犯法的事吗?其实我也就一个小小的要求,开个玩笑,什么时候让二丫给我唱支歌就行了。这个也是你过去发誓同意的呀。”

刘脚子一下醒悟过来,原来过去了这么些年,镇大卢还惦着这档子事呢。这下可把他难住了。其实，刘脚子并不在乎让镇大卢和二丫睡一夜，女人总要陪男人睡的，你睡我睡还不是一样，又没什么损失。可今非昔比，二丫现在已不是当年那个二丫了。自从进了文工团，她不仅把过去那些粗口都改了，还一个劲儿地说什么："要先有感情，才能再有肉体，不然和那畜生还有什么两样？"每次上床刘脚子要做那事，二丫总是要问一声："你爱我吗？你到底是因为爱我，还是因为肉体的需要？"尽管刘脚子有些不以为然，但想想这也是对的。而且每次他一说"我爱你"，二丫就来得更加主动，更加疯狂。那感觉还真的是很微妙啊。

到了晚上，刘脚子犹豫了半天终是开不了这个口。

"你是不是有心事啊？"二丫问。女人总是很敏感。

刘脚子应付道："不愁吃不愁穿，不愁没女人上床，我能有什么心事啊？"

第二天一早，镇大卢在镇政府的过道里看见刘脚子，见四周没人就发牢骚："二丫现在值钱了，唱支歌也这么难啊？好好好。算我没福气。下次你不要再来送票，拿八人大轿来抬我也不去。"

眼看那科长的事要黄，急得刘脚子发了狠心道："镇长您放心，我一切都安排好了。只是要晚一点儿，您先喝口酒提提神，十点钟准时过来。"

镇大卢骂一声："就这么点鸟事还弄得这么复杂。"就哼着小曲进了办公室。

到了晚上，刘脚子先找了个事让大宝到同学家借宿，然后就和二丫早早上床做了一回。知道二丫完事后有个喝水的习惯，早就在里面下了安眠药，果然老婆不一会儿就死沉沉地熟睡过去。刘脚子看那杯里的水并没喝尽，但一想放的药多，估计怎么也得撑到天亮，那会儿镇大卢早就应该走了。一看时间差不多了，便赶紧出去开了门，镇大卢已经在暗地里站了一会儿，一进来，就把刘脚子推了出去。刘脚子听见关门声，只好离开。没走几步，脚就沉重起来。"二丫会醒来吗？如果醒来发现是镇大卢会怎么办？"刘脚子这么想着，就似乎看到二丫瞪大了双眼拿着刀在到处挥舞，镇大卢光着身像没头的苍蝇到处乱窜。如果出现这种情况，该怎么办？就算二丫怕丑不声张，他刘脚子往后还有好日子过吗？于是就害怕起来，匆匆回头来到自家门前，推了推门，却发现已经关实了。把耳朵贴在门缝里，好像听到镇大卢在大声喘气。心想既然如此，再后悔还有什么屁用。于是自言自语："反正今天我也日了，姓镇的顶多也只是吃了个下脚菜，也没讨到什么便宜。"这么一想，倒也是觉得有些心安理得。

刘脚子做梦也没想到，他不仅差一点儿要了镇大卢的命，而且自己也再没好日子过了。

240

第 13 章

镇大卢怎么也没想到睡一个女人要付出这么大的代价。

二丫只是吃了安眠药已经不再清醒，等镇大卢上床抱紧了，除了肉体的本能，并无其他感觉。可镇大卢却欣喜若狂，便使尽了全力大干起来……此后大汗淋漓、口干舌燥，看到床头的杯里还有口水，就咕咚倒了下去。却不知那是刘脚子让二丫喝的药，虽然已经化开，浓度却不一样，二丫喝了大半杯，顶多也只是半量，其余的一半就给了镇大卢。因此，当二丫半夜起来上厕所时，镇大卢正恶心地打着很响的呼噜。二丫在床头愣了一会儿，多少年一直潜在二丫身上的那股野性终于暴发了……

镇大卢是被疼醒的。一睁眼，明晃晃的灯下站着一个双手叉腰并在冷笑的女人，再往下一看，就杀猪般地大叫起来："啊！"原来，一把大号剪刀的一半已经在那命根子处插了进去,另一半悬在黑乎乎的包皮上,那血已经染红了大半个被单。他想撑起,却发现四肢均已经被牢牢地绑在床的四个角上。一动,就更加疼了。

"你……你要干什么?"镇大卢这时已经完全清醒,知道大事不妙,用哀求的语调道,"这也犯不着啊?"

"你以为我是葵花?"二丫说着就握紧了那剪刀,"我先把这害人的东西从根上削平了,然后就叫镇上和县里的领导来看。"

"不不不,我的亲娘,这可使不得!"镇大卢哭丧似的叫道,"我一时糊涂做了对不起你的事,你千万饶我这一次,往后我当狗当驴随便你怎么样都心甘情愿。要是胡来,你也要吃官司。"

"放你娘的狗屁!"二丫骂道,"谁稀罕你来当狗做驴?姑奶奶今天裤裆里流着你的脏东西,强奸妇女已是铁证如山。把你骟了顶多是反抗过度,明日里我在妇联大会上一哭诉,把你的劣迹一篇篇翻开,再把状子托江司令员告到北京,看谁敢给我吃官司!"说完了就要动手。

镇大卢连忙又叫:"二丫啊,我的亲娘,我们乡里乡亲的这又是何必?想当初你哥哥没的时候,我可是穿了麻衣拿过招魂杖的啊!"

这一说,二丫倒有些手软起来。

镇大卢看看有救,又拉着哭腔道:"我也是真心欢喜你,上回看到你唱得这么好,站台上就像个天仙女儿,这才惹得我控制不住感情犯了错误,说到底,也是你太漂亮太招人爱,不信你随便问问人,哪个男人不动心?哪个男人不想和你上床?"

二丫毕竟是个爱虚荣的女人,听了这话,手上也就松了些劲,话也狠不起来:"都知道你会说,我可不吃这一套。"

镇大卢赶紧又说:"我也只是禁不起考验, 你家刘脚子要当科长,是他主动要求我来陪你一夜,不然给我一百个胆,也不敢啊。"

"你说是刘脚子主动要求?"二丫不信,但想想刘脚子确实也不是个好东西。从前要把她让给镇大卢睡的传闻,也是听过的。

"不信你叫他过来对质。门是他开的,一切都是他安排的。要是论罪,他也有一半,而且说不定还要担个拉拢、腐蚀领导干部的罪名,肯定也是要判刑的。到时候你不在乎,但也要为大宝这孩子想一想啊。你毁了我,我认了,但你不该也毁了你的家庭,你的孩子啊!”

二丫听了还真的犹豫起来,一时没了主意。

“二丫啊,我的好妹子,今天我是错了,对不起你,对不起大根。过两天我给大根的坟好好修一修,再给你二百块钱赔偿费。今天就饶了我这一次,大恩大德要是敢忘,出门就被雷劈死。”

“谁要你的臭钱!今天可不能这么便宜了你!总得有个说法。”

“好好好,你要怎样就怎样,我听你的。但是你得把剪刀拔出来,再找块纱布包扎一下,不然血流多了会出人命的。我也是为了你好啊。”

“战场抢救的事我也是见识过的,这点伤离死还早着呢。要我拔剪刀,可以,但你得答应一个条件。”

“你说!你说!”

“你得写个认罪书。把这件事的前因后果,一字不漏地给我写出来。”

“这是何必呢,二丫啊,这事传出去,我固然是身败名裂,但对你也不好听啊。”

“这是两码事。你到底写不写?”二丫又抓紧了剪刀。

“我写!我写!”

于是二丫就找了笔和纸,放在床上。

“要写,也得把手松开啊,绑得这么紧,怎么写?反正我也跑不掉。”

二丫就松了镇大卢的右手。

不料镇大卢晃晃右手说:“你看手都麻了,还是松左手吧。”说着两眼贼一样的看着,只等两手一自由,就先拔那剪刀,然后一拳头把二丫打翻,就可以解开脚上的绳子,跑出去就不难了。

谁知二丫却不上当,重新把右手绑好了,才解那左手。镇大卢叹了口气,知道逃不过这一遭,只好把事情经过一五一十写了出来,还故意把字写得东倒西歪,想日后让别人看不出是他的笔迹。

二丫知道镇大卢平时写字用的是右手,所以也不计较,反正承认了强奸就行。

等写完了,正想拔刀,二丫突然想到了葵花,又再拿了几张纸道:“还有葵花的事,今天也要你做个交代。”

“葵花什么事啊?”

“你没有强奸她?”

“真的没有。绝对没有。你可不要听人瞎说。再说了,她都已经不在了,你要这个做什么呀?”

“她毕竟和我哥定过亲的,哪怕一天,也是我的嫂子,我不伸张正义,还有谁给她申冤?这件事说不清,她做鬼也不安顿啊!你要不写,我至少得把你这条狗鞭削去一半,你信不信。”

“好好好,我的亲娘,算我上辈子欠了你的,我写就是了。”

“先说说,怎么写?”

“我和她确实做过一次,开始也有些不愿意。”

“你放屁!”二丫又高了声,“葵花是什么人?她会愿意和你?”

“我说是开始嘛。”

“到底是不是强奸?”

“是,是,是强奸还不行吗?”镇大卢知道二丫还真的什么事都能做得出,先保住命根子要紧,只好又拿起笔来。还好这回镇大卢写得更加认真,故意用左手一笔一笔地画着,把平时写字的习惯都改了,这也是他经过多年训练出来的本事。只是没有想到,这笔迹与上次告满月的却是一模一样。

二丫让镇大卢签了名,又在每张纸上都按了手印,这才过到大宝屋里将两份罪供藏好。镇大卢叫苦不迭,等拔出剪刀解了绳子,一刻也不敢多待,强忍着疼,捂紧了下身直接上了医院。等那畜生走后,二丫换掉那染了血的被单,就瘫在床上痛哭起来。第二天,刘脚子回来看看情形不对,一下就跪在二丫面前。二丫看也不看,就抽了他一个耳光,提上已经收拾好的箱子,头也不回地出了门,从此就住在文工团的集体宿舍。大家问，只说是要集中精力提高水平，这确实也是实际情况。镇大卢赶紧落实了文化科长的人选，刘脚子也就心照不宣地上了任，只是心情阴郁不快。那些天，刘立红正好出差在外，回来时又在娘家住了几天，因为对镇大卢下半身的事漠不关心，也就不知道丈夫有了什么变化。镇大卢用上好的药敷着，又吃了不少补品，但最担心的事还是发生了，就是那东西老是举不起来。医生说外伤愈合得很好，应该不会影响到功能，可能是心理作用。镇大卢想想也是，平时看到漂亮女人都会立刻兴奋，现在眼前老晃着那把锋利的剪刀和二丫恶狠狠的脸，哪里还顾得上有什么感觉？

葵花听说丈夫进了公安局，整整三天没正经吃过东西，一直在那失神地坐着，孩子饿了哭闹也不搭理，幸好有恭胖子的老婆。那天晚上，打听消息的恭胖子终于回来了，一看脸色，就知道情况十分严重。

“所，所长在局里转了半天，也，也没问出个眉目，只说……是判了死刑的逃犯，案，案情重大。”

“判了死刑的逃犯？”葵花听了几乎要晕倒。

恭胖子老婆连忙说：“怎么说话呢？一定是搞错了，我是做过外调的啊？”

“说，说是有确凿证据。”

“现在人在哪儿？”恭胖子老婆倒是十分清醒，“是在局里，还是上了看守所？”

“肯，肯定是在局里。审，审犯人的地方加了双岗，所，所长都不让靠近。”

“只要还在局里就好办。”恭胖子老婆就对葵花说，“你不是认识地委的李书记吗，他正好是管公检法的，让他关照一下行不行呢？”

“这，这种事，找，找领导怕……不太好吧？”恭胖子显然比老婆更懂上面的事。

“总比我们坐这儿傻等要强吧？至少可以让他们打听打听，到底是怎么回事啊？”

葵花于是点点头，来到乡政府。这时大家早已下班，恭胖子想办法支走了值班员，就让接线员要了地委李书记家的号码。结果对方总机说，李书记已经搬走，可打他的专机，葵花问是多少，对方却说领导的电话保密。接着又打了办公室，却没有人接。葵花想了想，决定先找满月。

满月倒是立刻接了电话，但半天没有吱声。

“我知道，你肯定会和李书记说到话的。也不让你们为难，只是先打听一下情况。”葵花在电话中央求道。

“你把事情想得太简单。”满月这才在电话里说，“如果真是逃犯，谁也是不敢碰的。再说公安机关是独立系统，不需要经过地委。”

“那怎么办？你认识的人多，总得给我想个办法。”

“这样吧，你先找一下他的单位领导，如果不涉及敌特或其他机密，公安机关应该会说明一些情况。”

一句话提醒了葵花，当即就借了辆三轮车直奔县城。等问到吕院长的住处，已经过了半夜，葵花还是敲开了门，吕院长却没睡，忙把她和恭胖子夫妻都让进了客厅。

“你不来，我还要去找你。”吕院长倒了茶才坐下道，“人一带走，我就和公安局长通了电话，但一直到今天下午，他才让专案组的人来找我。情况是这样，有人认出吴医生是前两年从省城逃走的王亦宾，这个王亦宾被判了死刑，本来是要在三天后枪毙的。因为参加抢救一个警察，才有了逃跑的机会。”

“会不会搞错啊？”葵花急着问。

“错是不会错的。公安局里有通缉犯的照片和指纹。再说，吴展鹏自己也已经承认了。”

葵花便哭了起来。

“那还有没有救啊？”恭胖子老婆问。

“也不是完全没有。”吕院长说，“他毕竟是救过一个警察的命，按理说有立功表现，只是他逃跑却是罪加一等。”

“那，那还是没戏啊！”恭胖子苦着脸说。

“你听我说完。国家对死刑犯有个规定，如果有重大贡献，或者是特殊人才，可以免死。我已经给专案组写了书面材料，强调他是目前我们县医院无人可以替代的外科医生，希望给他一次再生的机会。”

“公安局同意吗？”葵花问。

“专案组的人说要回去研究，还要请示上级。”

“那赶快告诉满月。”葵花便起了身要走。

“你去哪？”

“去给一个朋友打电话，她也是个领导。”

“电话这里就有。”吕院长说完，就把小桌上的一块布掀开，果然是部电话。刚和接线员说了号码，满月的声音就传了过来。

“有一个重要情况……刚才医院的领导告诉我一个重要情况。”葵花有些语无伦次。

“还是我来吧。”吕院长接过电话，对满月道，“我是吴展鹏所在单位的院长，也是一名老党员，特等功臣，我说的话，百分之百负责任。”

“您说。”

吕院长就把刚才的话又说了一遍，最后又说：“如果有办法，希望把吴医生的案子放在本县处理，如果到了省城，就比较难了。”

吕院长并没问对方是谁，和葵花是什么关系，只是反复强调，只要人在本县，就有办法。她还说，已经和那个胃穿孔的副书记打了电话，对方虽然一直没有表态，但话还是听了进去，一定会帮忙的。

满月在电话里说了句“我知道了”，就挂了电话。

回到家，葵花一边奶着孩子，一边想着还能有什么办法。恭胖子老婆继续留了下来，找些安慰的话来说，又偷偷把家里的菜刀啊绳子什么的都收了起来，怕葵花一时想不开做出蠢事。

第二天大早，葵花还没起床，就来了一大堆警察，乡派出所的所长也在其中。他们一进来，就让葵花和恭胖子老婆赶紧起床，到院子里站着，然后就开始搜查屋子，里里外外看得非常仔细，不仅孩子的摇窠，就连临时搭的茅厕都翻了个底儿朝天。大约过了两个时辰，有人把吴展鹏用的那个皮箱找了出来，放在院子的空地上。然后就让葵花到屋里问话。

领头的个子不高，小眼睛，胡子刮得泛着青光，老是带着微笑，但口气严厉。

“我们是公安局的。”领头的过了会儿才让葵花坐了下来，“你男人是个逃犯，知道吗？”

“知道。”葵花小声点点头。

“怎么知道的？”

“是……是……”葵花犹豫起来。

乡派出所所长插话：“你直接说吧。”

“是恭村长告诉我的。”

“听说到乡政府打了几个电话，是吗？”

“是。”

“打给谁的？”

“打给……打给……”

派出所所长又想提示，但被领头的瞪了一眼，便不再吭声。

“不会忘了吧？”

“是打给我的一个朋友。”

“哪个朋友？叫什么？”

“叫满月，邢满月，我们以前都是村民兵队的。”

“在这之前，还打给谁了？”

“打给我们以前的区小队长，他叫李真。”

“说了些什么？”

“电话没打通。他搬了地方，总机让我打他的专机，但我没有他的号码。”

“那和满月同志呢？”

“我想请她想想办法，把这事告诉李书记。”

领头的打开一个文件夹，看了看又问："还有呢？"

"没有了，我只是想请她让李书记打听一下情况。"

"她跟你说什么了？"

"她说，如果是逃犯，谁也不敢碰。说公安机关是独立系统，不需要经过地委。"

"还有呢？"

"还有，她让我找一下我爱人单位的领导，吕院长，说如果不是特务，没有机密，公安机关会给单位领导说明一些情况。"

"就这些？"

"就这些。"

领头的合上文件夹，又问："那你去找医院的领导啦？"

"对，我去找了。还在那儿打了电话。是打给满月的，吕院长说我丈夫是个难得的人才，希望给一次再生的机会。还有，如果能在本县处理就好了，不要转到省里去。"

"你丈夫的情况，你了解多少？"

"他的情况我都知道。"

"逃犯的事也知道？"

"这个不知道。但我知道他当过国民党军队的医生，父母还有一个哥哥一个妹妹去了台湾。但他是参加起义的。"

"你跟他认识后，有没有发现他和一些可疑的人接触？"

"没有。他就在这儿放羊，很少出去。后来当了医生，也没听说有什么人来往。"

"不要着急，你再好好想想，有没什么可疑分子和他说过话，或者只是打过招呼。"

"没有。真的没有。"

"这样吧，你冷静一下。"领头的站了起来，对身边的人说，"我们都出去。"

于是众警察都走了出去，乡派出所所长留在最后，看无人注意，故意把笔掉在地上，蹲下装着捡东西的时候，匆匆对葵花小声说：

“一定要想出个人来，这样才能争取在本地处理。”

葵花想起吕院长也说过同样的话，于是努力想了想，突然大声道：“我想起来了！有个人，很可疑！”

领头的立刻回到屋里，问：“那是什么人？”

“一个疯子。”

“疯子？”

“长得像个疯子，但说的话却一点儿也不疯。说是一个草头将军心术不正，不得人心，要派人潜伏过来搜集情报，组织暴动什么的。”

“草头将军，那不是说蒋介石吗？”领头的立刻感起兴趣来，“确实是这么说的吗？确实说了潜伏过来搜集情报，组织暴动吗？”

“就是这么说的。”

“好吧。”领头的似乎松了一口气，依然用严厉的口气道，“你的出身很好，表现也不错，这方面我们还是清楚的。但最近一段时间你不能离开这儿，最好不要随便走动。如果再想起什么，可以找派出所的同志汇报。还有，我们要带走一些东西，你看一下，然后签个字。”

等警察一走，恭胖子老婆就过来小声说：“有希望啊。警察在搜集继续犯罪的证据，你刚才说那疯子可真是太好了。”

葵花虽然没懂什么意思，但从恭胖子老婆的表情来看，一定是好事。

晚上，恭胖子又来报告一个好消息。原来，出面检举揭发吴展鹏的是两个有劣迹的无业游民，他们是受县医院原来外科主任的唆使。那个原主任见吴展鹏的医术远远在自己之上，就想在其他方面找事，还真让他发现了这么个秘密。不过，因为敬佩吴展鹏的人多，原主任的这事公开后，便有不少人也开始检举揭发他了，其中一项还真厉害，原来他长期和自己科室的一位护士有不正当的关系，而那护士却是个军婚。按照刑法，明知人家是军婚的，同居要判三年以下徒刑。不料那护士一口咬定原主任是利用职权，对她胁迫奸淫，公安局当即就以强奸犯的罪名将那人抓了起来。这事虽然不能改变吴展鹏的处境，却影响了许多人的心理。特别是在公安局，大多是军人出身，他们最痛恨的一件事，就是自己在前方打仗，老婆在后方被别人勾引。听说揭发吴展鹏的是那种人，又得知吴展鹏逃跑是因为救了一个警察的命才得到了机会，反倒同情起来。于是，当上级下令要查找那个疯子时，大家的干劲并不是很高，一拖就是半个月。

二丫要单位开证明和刘脚子离婚，团长问究竟什么原因，二丫却什么也不肯说。

“刚刚上台演出，在观众里也有了些影响，这会儿提出离婚可真不是时候啊。”团长语重心长。

“批不批是领导的事，可这婚我是离定了。”

“就是离，也得有个理由啊？”

“他品德败坏。”

“据了解，你爱人刚刚提升为文化科长，这也是需要组织上审查的。也从来没听说他有什么不正派的地方啊？”

“难道非要把那些见不得人的事都抖出来吗？”二丫委屈地哭着。“怎么就不能相信我呢？我们是有了孩子的，如果不到那种程度，我会离吗？”

“我不想打听隐私，可作为领导，我有必要做工作。至少得让我支持你。”

二丫想想也对，于是便找了个没人的地方，把那天晚上的事，一五一十地全告诉了团长，又把镇大卢写的东西拿了出来。

团长看了脸色发紫，沉默了半天才说：“这也太不像话了！简直是畜生！连畜生都不如！”

第二天，团长让管章的副团长给开了证明。二丫就到了刘脚子的办公室，把证明拿出来，要他一起去办离婚手续。但刘脚子哪里肯离，凭着他那张嘴，说得头头是道。大镇长有些恼火，便说没有充分理由不准离婚。刘脚子巴不得有这么一句，也就不再理会二丫。还天天把大宝带到单位食堂来吃饭，弄得大家都认为刘脚子既当爹来又当娘，反而说二丫自从当了演员就忘了本，必须进行思想改造。

二丫离不成婚，天天闷闷不乐，有次演出还跑了调，明明是她的不对，却和乐队大吵一场，闹得乐手们全体罢工。管声乐的副队长趁机提出要让二丫回会计室，团长一考虑，就决定暂时不让二丫上台。没几天全团下乡慰问，二丫独自留在团里。团长中途回县里开会，不放心二丫，就拐到单位来看望。这一次，二丫从忆苦会开始说起，把刘脚子如何设计娶她为妻，如何与镇大卢提出那混账的承诺，把压在心里这么多年的委屈一股脑儿全都倒了出来。团长边听边叹息，也把生活上的一些烦恼说了出来。原来他老婆的关键之处中过弹片，虽然照样跳舞照样来月事，但一做那事就疼得两眼金星直冒，恨不得在地上打滚，久而久之也就戒绝了这方面的乐趣，说白了也只是一对假夫妻罢了。二丫听了自然生出无限的同情。眼看说话间天就黑了下来，团长说要开灯，二丫就拉着团长的手不再放松。本以为团长会挣脱了转身离去，没想到这个平时看着文质彬彬的人此时竟有那么大的劲，一个翻身就把二丫压到床上……

接下来的几日，团长天天找借口和二丫做成一处，等到演出结束人们都回来后，他们又在外面租了间房子做了幽会之处。二丫的脸上又有了笑容，腹式呼吸的奥妙又体会到了，歌声又变得那样甜美，观众又开始给她热烈的掌声。大家都说团长的思想工作做得好，谁也不会怀疑他们会有什么不正当的关系。

一晃两个月过去，团长却焦急起来，那天做完事，团长就开始发问。

“那事怎么一直没有来啊？”

“什么事啊？”二丫笑着明知故问。

“就是女人的例假啊。”

“那要等一年多才来呢。”

团长大吃一惊：“你……你有了？”

“有了怎么样。反正我们迟早是要结婚的。”

团长更急了：“你说什么？我什么时候说过要结婚？”

“你是没说过。但你用行动证明了是爱我的，我也爱你。我们双方的家庭又是这样的状况，那结果也就很明确，自然是都离了，我们做成一对最理想的夫妻。至于孩子早两个月也没什么，就是挺着大肚子办婚礼我也不怕人说，大不了开除。”二丫就像背台词，把在心里揣了好些天的话一一道出。

团长呆住了。二丫说的都有道理，只是从来没有想过。但现在要反驳她显然不会接受。作为一个有经验的领导，他要抓的是主要矛盾。

“好吧，结婚的事以后再说。”团长认真道。“你有没有想过，这孩子是谁的？”

“当然是我们的。”二丫觉得问得奇怪，眼睛也瞪大了。

“会不会是你丈夫，或者是那个强奸犯的呢？”

“他们都不可能。”

“为什么不可能？”

“因为我的大姨妈刚走没几天，这点生理卫生我还是知道的。”

“那你平时正常吗？”

“基本上应该正常吧，就是时间长一点儿，但我看过医生，医生没说什么呀。”

“那你肯定是我的？”

“这期间，我可没有回过家，也不可能和其他人啊？”

“那么，你是故意的？”团长犹豫了一会儿才问。

“也不是。”二丫平平淡淡地说，“自从发现大宝有点傻，我就想再要个孩子，但那么多年一直怀不上，后来看医生，医生说是我的问题。这一点我可以发誓，绝不是故意。再说那事两个月没来，也不一定就是有了啊。”

不久，团长就找了个理由带二丫到省城出差，见了一个认识的产科专家。专家一查，确实已经怀孕，并且说明，女人月经结束后的几天里一般不会受孕，但排卵周期会受到各种因素的影响，所以也不绝对。同时表示如果想流产，倒也并不困难。至于要查出父亲到底是谁，目前全世界都没有这个水平。

“这事你可得想好了。”回到住处，团长耐心劝道，“医生都这么说了，什么情况都有可能。你和你爱人六七年没有怀孕，现在看来是他的问题。万一是那个强奸犯的怎么办？”

“但更可能是你的啊！”二丫固执道，“我们可是一天也没空啊！”

“那是以为你不会怀孕！”

“好吧，我听你的。”二丫说着眼眶就湿了，“可是，我们这么相爱，我们应该有一个自己的孩子啊。现在把这个做掉了，休息一段时间，我们就放心地要一个孩子，那是我们爱情的结晶，爱情的见证。”二丫不知从哪里冒出这么多新词儿，滔滔不绝地描绘着那个无限美好的未来。

可团长却阴着脸，始终一言不发。

“你也说一句啊。”二丫仍然兴奋地说。

“不。我们不能要孩子。”团长的口气变得异常的坚决，甚至有些冷漠起来，“这是不现实的。”

“为什么呀？”

“二丫，你听我说。我爱你，在很大程度上是基于同情。这事我想了好多天了。我和妻子是从战场上一起滚过来的，那是经过生死考验的感情。虽然她不能给我带来肉体的快乐，但我是真正爱着她。我尽管犯错误，也不能给她带来任何伤害。绝对不会离婚。”

二丫一下就蒙了，嘴里喃喃地问：“你说什么？你说你对我只是同情？不是爱情？你爱你的老婆，那个不能和你睡觉的女人？”

“是的，我爱她。我这一生都会永远和她在一起。”

“那你为什么还要和我做这种事？”二丫不能理解，“你和我睡觉，亲我，抚摸我的全身，只是因为同情我？不是爱吗？”

“是的，我要请你原谅。无论如何一定要原谅。我只能把肉体给你，但给不了我的感情，更不是灵魂。”

“那我是爱你的啊！我可是整个儿都给了你，不仅是身体，还有我的心！”

“这是不现实的。我们的这种关系迟早是要结束的。它并不纯洁，也不伟大，我们只是相互需要，相互补充，不是相互奉献。”

二丫不想再说下去，她需要冷静地想一想，好好想一想。

团长非常理解二丫的心情，留下了那位产科专家的电话和一些钱，就先坐车回去了。

二丫又一次受到沉重的打击。如果说，上一次镇大卢给她带来的是屈辱，这一次团长给她的却是欺骗。是的，团长骗了自己，竟然当面说是多么爱他的老婆，说他们才是经过生死考验的爱情。而在这之前，她还以为老天有眼，让她终于找到了真正可以托付终身的男人！人啊，你是多么令人难以捉摸，多么虚伪，多么卑鄙啊！

第二天，她去找那个专家。不管这孩子是谁的，她都不想要了。可护士告诉她，专家出诊了，三个月后才能回来。二丫忙说专家是认识的，还拿出电话号码。可护士却鄙夷地看着她，说这只是单位的电话，谁都可以查到。二丫只好请另外的医生做人流，不料却被告知不仅需要单位证明，还得要有合法配偶拿着结婚证和户口簿过来陪同。

“有人乱搞男女关系，败坏社会风气。我们不能让这些坏分子轻轻松松地蒙混过关，那是对人民，对国家的犯罪！”护士故意大声说，吓得二丫赶紧跑出医院。

不过二丫回团的时候已经拿定主意。这孩子百分之九十九点九是团长的，就算他和老婆是生死之交，有真正的爱情，但也是一种畸形的婚姻关系，那是维持不了多长时间的。只要她把孩子生下来，就不信你团长不娶我。要真的不娶，她也认了，带着一个真正喜欢的男人的孩子，不也是一种幸福吗？

“那事……做了吗？”团长捉空偷偷地问。

“做了，你就放心吧。”二丫高高兴兴地回答，决心要做一个惊天动地的大事。

三个月过去，疯子连影子都没见着，组织暴动的事越来越像是子虚乌有。县公安局给省里打了份报告，说了前后经过，最后请示道:“鉴于王亦宾认罪态度良好，又有一技之长，是否可以从轻发落。”一周后,省里回复了一个急件,就寥寥可数的几个字:“王亦宾系重大逃犯,二十四小时内押回省城即处。”公安局长一看到急件,就给吕院长打了电话。按规定,犯人必须在当夜十二点前上路,以便在天亮前安全抵达省城。

吕院长一看,就剩下六个多小时,也就不顾一切地闯到县委书记的饭桌上,希望做最后的努力。并说前不久某老红军也是胃穿孔,结果不是吴医生做手术,第二天就感染发烧去世了。县委书记放下饭碗就给省公安的一位熟人拨了电话。那熟人还真知道王亦宾的案情,就实话告诉县委书记说,王亦宾本来就是死刑,又是逃犯,必须严惩。县委书记又问“即处”是什么意思。那熟人说就是“立即处决”。吕院长在旁边听得清清楚楚,手心直冒冷汗,知道再说也没用,就请书记向车队要了辆汽车,直奔观音山来找葵花。

葵花一见吕院长就知道情况不妙，但没想到竟然会这么严重，就问:“怎么办?吕院长你现在比我清醒,你怎么说我就怎么做。我吴大哥还有希望吗？”

吕院长就把路上想好的方案说出来:“你现在就坐车去找你那位邢满月,让她找地委李书记,以地委的名义拦下来,如果不行,就请李书记找省委领导,强调他救过警察的命,是个难得的人才。不然就完了。”

正好恭胖子老婆听说来了汽车就跑了过来,葵花托付了孩子就匆匆跟着吕院长上了车,等她找到满月,已经快到十二点了。

“快给李书记打电话！快呀！”葵花催促道。

可满月却坐着不动。

“我求求你了,满月！”

“葵花,不是我不帮你,实在是无能为力啊！”满月说着眼泪也就掉了下来。因为跟前只有葵花一个人,就照直说了李真的事。原来省委接到匿名信后一直在调查埋枪的事,虽然还暂时保留了地委书记的职务,但已经没实权。李真好多年前就听区大队长说过,那事不会留下任何档案，所以就一口否认。可省里并不相信，除非能证明写匿名信的人确实是个坏人，是阶级报复。满月好不容易找到那封匿名信，但尽管怀疑是镇大卢，也无法证明他就是个坏人啊。在这种情况下，李真怎么能够下令阻拦省公安的命令，又怎么去找省里的领导替一个死刑逃犯说话啊。

“要不只有这样。”满月毕竟有经验，“你直接去省里，去找孙书记。听说上次他为你的事对李真也发了脾气，如果肯帮忙，你吴大哥也许会把命捡回来。”

葵花一听有道理，就来到车上和吕院长商量借用汽车的事。吕院长拍着胸口说汽车没有问题，只是她不能跟着去省城，耽搁了好几天，医院的一大堆事还等着她去处理呢。但司机却和省里很熟，只是开了半天车肚子饿了，一定要找个地方让他吃些东西。吩咐完了，吕院长就去找当地的朋友借宿去了。

司机带着葵花满城找那吃东西的地方，转了半天，发现只有文工团门前的面店还在营业。原来店老板知道演员们卸了妆都有吃夜宵的习惯，于是每次都要等到头两更才休息。葵花抢先付了钱，给司机要了两碗馄饨和一碗面，自己却什么也吃不下去。正在干等，就听见一个人失了神地大叫：“葵花！”

葵花转过身，看到的是二丫变了形的脸。

“你！你原来没有死啊！”二丫又一声大叫，旁边吃面的都好奇地看着。

葵花急得连连摆手，就拉着二丫走了出去：“你吵什么？怕那个姓镇的不知道啊？”

二丫就忙小声道：“我都忘记那档子的事了。那你是怎么回事？准备回来了？”

“这事以后慢慢和你说。今天就当是没见过我，对谁也不要吱声，啊？”

“知道，知道。我对谁也不会说的。其实上次我去看你爹，已经猜着了。”

“这事不说了，你赶快走，现在我有要紧的事，真的不能多说了。”说着就推着二丫离开。

“你等一下，就两分钟。我也是件要紧的事。千万不要走开啊！”二丫说完，就头也不回地向单位奔去。

这时司机已经吃完面，打着饱嗝儿走了过来，说：“我们走吧，到了省城遇到上班，路就不太好走了。”

葵花便不等二丫，爬上汽车。司机刚开了丈把远，就听到二丫在后面大叫：“等一下！等一下！”

司机把车停下，二丫喘着粗气跑过来，把一个信封塞到葵花手里，说：“有时间慢慢看，不着急的，但这东西非常重要，一定要保管好。”

司机重新把汽车开走，因为车上没有灯，葵花只好把那信抓在手里，想等到有亮的地方再看。司机瞧见了，就找了个有路灯的地方停了车，说：“你还是先看一下，别有什么紧要的事被耽搁了。”

于是葵花就看那信，一看便愣住了。

司机也有些好奇：“你看什么啊？”

“麻烦你再回去一趟，我有要紧的事找满月。”

司机也不再问，就把车开回到满月的门前。葵花跳下车来，把个门敲得“咚咚咚”的响，满月只穿了内衣，就开门把葵花让了进来，问：“又出什么事了？”

葵花就把那信放到满月手里：“你看，你快看，这上面的笔迹，和上次检举信一模一样！”

满月就近了灯读那信，又找出那封检举信来对照，一激动就骂了声：“他娘的，终于给我抓住了！”

“你是说，镇大卢被你抓住了？”

满月却道：“你现在赶快走，这信就放在我这里。如果见到孙书记，就说镇大卢的问题解决了。”

葵花匆匆出来上了车，一路无话。第二天省委一上班，葵花他们早已赶到，就去传达室里登记，要见孙书记。

“你有什么事？”传达室一个年轻的值班员问。

“有点私事？”

“私事？”年轻的值班员一笑，“你是孙书记的亲戚吗？”

葵花摇摇头：“但我们认识。”

“那你就在这儿等吧。”

这时，一个年纪大的值班员就对葵花道：“你这样是见不到孙书记的。这儿是办公事的地方，如果是私事，应该去他家啊。”

“可他家我不认识啊。”

“那就没有办法了。你还是早些回去吧。”

“可如果你告诉他我的名字，他肯定知道。”

两个值班员一商量，还是那个年纪大的说：“这两天孙书记都有外事活动，根本不在机关里。你等也没有用。”

“那他在什么地方活动呢？”

年轻的就说：“你这位同志也不想想，领导的活动能随便告诉人吗？我们也不知道啊。”

葵花只好回到汽车旁来找司机商量，司机也说：“别说是你，就是我们书记来，要见省领导也得提前三天打招呼，等着秘书安排。这些大干部，哪里是想见就能见的啊。”

“那怎么办啊？”

司机想想说：“既然说是外事活动，我倒想起一个地方，那是外国人常住的宾馆，说不定孙书记会在那里。你只要盯着黑颜色的轿车看就是了。”

结果到了宾馆，就看到许多公安人员在站岗，大门根本不让外人靠近。倒是有一些白的和灰色的小轿车来来往往，其中有一辆拆了顶篷，架了个拍电影的机器，一个黄头发蓝眼睛的外国女人正在一个小圆孔里看着什么。看起来，好像是有什么大事要发生。

葵花开始站在警察旁边向里看，希望能看到孙书记从里面出来，后来却被警察赶到马路边。正没有办法，就见一个穿旧军装的人过来贴标语。那标语很大，上面写着“巩固人民民主专政”，那人在墙上刷面糊，纸却被风吹起来卷得老远，葵花就追过去捡了回来，那人连说了几声谢谢。葵花见那人说话和气，便问出了什么事？

“没什么事。”那人一面贴标语，一面说，“就是枪毙几个反革命，让那些外国记者看看，无产阶级专政的威力。”

“枪毙的是什么人呢？”

“其他不知道，有一个听说是逃犯，今天刚从县里解押过来，从前是反动派的医生。”

葵花忙问：“叫什么名字啊？”

“记不清，好像叫王什么宾。”

“王亦宾？”

“你怎么知道？”

“什么时候枪毙？”

“人已经押到现场了。就等省里孙书记过来讲了话就执行。你不看见那些外国记者都在往这里集中呢。喂，这事你现在可不能说出去啊。”

这时，几辆黑色的轿车开了过来，警察已经在大门口让开了道，葵花估计就是孙书记来了，想也没想，就冲到马路中间就地一跪。那轿车发出刺耳的刹车声，就在离葵花只有一尺的地方停下。立刻有几个警察跑过来要把葵花拉走，同时几个外国人也在向这边看着，那架拍电影的机器已对准了葵花开始吱吱作响。

葵花一刻也不敢耽搁，使尽了全身力气嘶喊道：“孙书记，我是赵葵花！我冤枉！我冤枉啊！！”

第 14 章

葵花立刻被带到宾馆的一个房间，省城公安局局长亲自审问。葵花一口咬定她丈夫是因为救了警察，有人故意放他走，绝对不是逃犯。那局长立刻走了出去。过不了一会儿，葵花就被带到公安局关了起来。天将黑，那局长又来了，劈头就说：“你差点引发了国际事件，你知道吗？”葵花低着头不敢吭声。不过，那局长很快就换了一种口气道：“走吧，这事还真让你办成了。”

“去哪儿？”葵花懵里懵懂地问。

“去了就知道了。”

葵花被带到孙书记家里，而且看到了满月和李真。

“吴大哥死了吗？”葵花急着问。

“没有。”满月露出苦笑道，“你救了他一命。”

葵花立刻大哭起来。

满月和李真就看着她哭。

一会儿孙书记也从里屋走了出来,握住葵花的手说:“让你受惊了,不过规定就是规定。”

接下来,满月就简单地说了事件的经过。

“孙书记看到有人拦车,就让人问清楚。这时,一个苏联记者就要求采访你。但领导研究后拒绝了,不过同时也做出决定,对王亦宾暂缓执行。并把这消息对那些友好国家的新闻工作者宣布了。苏联记者还说,中国的同志办事效率就是高哩。”

孙书记则说:“说实在的,当时我并没认出你来。这样做真的很危险,幸亏车速不快。”

葵花忙问:“那我丈夫会放出来吗?”

“今天请你来,就是说这件事。”孙书记又看着李真说,“我还有点事,详细情况你和葵花说吧。”

等孙书记进了里屋,李真才点燃一根烟道:“你和王亦宾,就是你说的吴大哥是什么时候结的婚?”

“去年年底,我生完孩子以后。”

“领了结婚证了吗?”满月在一边问。

“当然领了。上面有大红印章和国旗。”

“我这么问你,是因为有些事只能对他的正式配偶说。”李真见葵花点了点头,才继续说,“王亦宾的案子比较复杂。他在一九五一年的时候,被判了死刑。执行前三天,因为一个狱警需要抢救,就让他陪同送到医院,后来人就不见了。不管是什么原因,这都算逃走。按规定,逃犯原来判二十年徒刑以上的,重新逮捕三天后就要执行死刑,不需要重新申报,而且是就地处决。这次他被重捕,因为基层公安机关发现了现行,所以同意等侦破结束后再执行,结果他们搞了三个月,什么也没有,省城公安局这才下令把他押送回来。当然,这里面有些特殊原因,我就不跟你具体说了。”

“不是说不执行了吗?”葵花急着问。

“今天的决定是暂缓执行,并不是不执行。”

“那还得死呀?”葵花又哭了起来。

“你听李书记说嘛。”满月推了葵花一把。

“今天你拦车,引起了外国记者的关注,特别是那个苏联记者,提出要看王亦宾的案卷。当然,再是苏联老大哥,这类文件也是保密的。但省领导,特别是主抓这方面工作的孙书记很重视,要求复核当年的案子,便要我来负责。”

“你?”葵花疑惑地问。

“这事我以后再告诉你。”满月说。

“这方面的情况估计你也不知道。”李真又说,“情况是这样,王亦宾原是国民党部队的军医,随部队起义后,就在解放军某部的战地医院工作,有一个副团长受伤后,是经他的手抢救的,但不久这个副团长就去世了。当时医院的领导认为这是正常死亡,没有提出疑义。但是后来有人揭发王亦宾是出于阶级报复,故意把那位副团长害死的。”

“这是不可能的!”葵花忙说,“他不是这种人!”

李真叹了口气说:“今天下午,我们找到检举人的单位,是想了解这个人的情况,结果说,那个人已经在半年前就得肺结核去世了。从单位反映的情况看,这个人虽然还是群众,但平时要求进步,是个积极分子。而且和王亦宾并无过节,不存在打击报复。”

“那怎么办?”

“所以我说这个案子比较复杂。”李真又点了一根烟,“现在只有找到王亦宾当时医院的领导或同事,如果他们能证明那个副团长确实是正常死亡,那这个案子就有可能翻过来。”

“那能找到吗?”

“不是那么容易。”

“为什么?”

“因为那个战地医院是个临时单位,打完仗就解散了,原来的部队番号都不存在。我让王亦宾自己回忆,他因为在那里一共才工作了几个星期，连领导是谁都不知道，同事也不记得叫什么名字。不过你放心，现在要处决一个人是很慎重的。你要相信政府，相信领导。”

“是不是说，如果没有调查清楚前，就不会被枪毙？”

“也不全是。”

“那到底会不会枪毙呀？”葵花急了。

“葵花，今天我也把底全部交给你。如果这个案子找不到新的证据，那也只好维持原判。况且他有逃犯的情节。所以还是有执行的可能。”

“李书记啊，你一定要救我丈夫啊！”

“你先别着急。”一直没开口的满月这时说，“我有个想法。就是在那个检举人身上做文章。”满月说着也抽起烟来，“有时候会有这种情况，有人为了入团入党，会表现得十分积极。这样，他检举揭发的就不会只有一个人。如果其他人存在不符事实的地方，甚至是诬告行为，那法庭就可能考虑到检举王亦宾证据的可靠性。不过这件事说起来容易，做起来难。现在人已经死了，当初他到底检举过什么人也很难弄清楚。再说，李书记现在只是光棍司令一个，也没那么多时间和精力。”

“满月，你是个聪明人，你教我怎么做？我去查。”

“这事一会儿再说。晚上我们住在招待所，还有事要和你聊。”满月说完，就看了看李真。

李真把烟头熄灭了，就去敲了敲孙书记的里屋门。过了一会儿，孙书记就走了出来。

“谈完了？”孙书记先看着李真问。

“主要情况都说了。”

“好。”孙书记就在葵花近旁坐下，“葵花，我还是老早的那句话，有什么事就来找我。满月，一会儿把我家里的电话给葵花。”

“好的。”

“要是我不在，你就跟勤务员说。”孙书记又看着葵花道。

“你这么忙，怎么好意思。”

“省领导的汽车你都敢拦，还有什么不好意思的？”孙书记说完，自己就笑了起来。

葵花也笑了笑说：“如果不是这种事，也绝不敢的。”

“就是没事，也可以来嘛。等到夏天，玉米熟了，给我送些来。那些年，我就喜欢吃这东西，现在想想，也是喷喷香的啊。”

“玉米我自己就种着哩，一熟就给你送来。”

“也不要专门送，那我会吃批评的。”孙书记说着就从一个抽屉里拿出一个本子给葵花看，“这是江司令员抄给我的一个名单，上面第一个名字就是你和你爹。他现在虽然是重要领导，但过去在谁家躲过难，得到过什么帮助，他都一清二楚，要我一有机会就帮助。他能这么做，我还有什么可说的。李真，你也要这样，过去曾经帮助过、支持过的同志，特别是老百姓，一定要记在心里，不能忘本啊！”

过了一会儿勤务员就过来报告说饭好了，原来孙书记特地安排了陪葵花吃晚饭。饭菜并不丰盛，但葵花一天都没心思吃饭，现在就觉得饿得厉害，狼吞虎咽起来。后来孙书记直接把葵花和满月送上车，勤务员又拎了一网袋的罐头和水果交到满月手里。到了招待所，满月又把二十块钱塞到葵花衣服兜里，说是孙书记给的零花钱。正好有热水，满月就和葵花洗了澡，这才挤到一张弹簧床上说起悄悄话来。

“你的那封信，可帮了李真的大忙。”满月上来就说。

“哪封信啊？”

“就是镇大卢交代强奸你的那份供状。”

“二丫给我的？”

“对。就是这信，证明了镇大卢确实不是个好人。”

“那又怎么样呢？”

“昨天我看了信，就给李真打了电话。他其实一直在省里等待分配。”

“他不是在地委当书记吗？”

“是呀，你在观音山被抓的时候，他是地委书记。后来省里接到姓镇的检举信，说的是私下藏枪的事，开始并没怎么理睬，但北京把毛泽东主席收的信转来后，就不能不调查了。”

“毛泽东主席收？”

“姓镇的一共写了三封，一封就是我们上次拿到的，一封是省里组织部的，还有一封直接寄给了毛泽东主席。这人做事也够歹毒的。将来我们也不得不防。”

“我一直对镇大卢没有好印象。”

“我也是，特别是杀了那鬼子，想让李真记功，就把他看透了。”

“那调查怎么说啊？”

“这事我和李真商量好了，现在你也记好，以后谁来问，都不要承认，就说没有这回事。你再想想，当初还有谁知道？”

“就是二丫了。不过，为什么不承认呢？不是区大队长也没把李书记怎么样吗？”

“这个你就不知道了。在当时的情况下，确实不算个事。每个小队都有瞒报的，无非是想多留几根枪。那时多一根枪，就可能少牺牲一个同志啊。李真也是担心以后的时局变化后，我手头没有枪会吃亏，这才做了这件事。”

“我知道，他是为了你。”

“我当然清楚了。”

“那孙书记怎么看？”

“虽然李真不承认，但孙书记过去也听区大队长说过，所以也有些担心，这才决定先拿掉他的地委书记，到省里来学习。其实就是革了职等待安排。当然，孙书记是有心帮忙，但省里领导多，不是他一个人能做主的。再说现在群众觉悟高，写检举信成了积极进步的表现。姓镇的写的虽然是匿名信，但事件可不小，揭发的又是领导干部。不过现在有了你的这封信，那就好办了。特别是孙书记看了信，心里有了数，就大胆把李真安排到省检察院专门处理过去积下来的疑难案件。你今天这么一闹，正好碰到他的手上，我看也是天意。”

“那吴大哥的事怎么办？”

"你先别急,既然李真负责这个案子,总会有办法。"

"不过他也说会维持原判什么的,我还是很担心啊。"

"你这样。"满月又抽起烟来,"你先找找那个检举人的老婆,看看能说些什么。这事不要着急,要慢慢做工作,反正这儿是孙书记安排的,你想住多久就住多久。到食堂吃饭只要报房号就行了。万一那人的老婆说了什么情况,你直接打电话给李真。他会安排正式调查。"

"不能先告诉你吗?"

"我明天一早就要赶回去上班。"

"上班?你不是说在休息吗?"

"李真都安排了,当然我也就没事。我原来已经被任命为县委副书记。"

"不当县长了?副书记,是不是降了一级啊?"

"副书记的担子并不比县长轻,也没什么降不降升不升的,都是九品芝麻官。但这话你可千万别跟外人说。"

"你放心,这个我懂。"

"好,现在我要说件更重要的事。"

"还有什么重要事啊?"

满月深深吸了一口烟,又摒了气一下吐出来,过了会儿才说:"镇大卢既然承认是强奸,你是不是要告他啊?"

"当然要告。让这种坏人当干部,不知还要让多少女人遭殃。"

"你的心情我理解。被强奸,又生了孩子。"

"孩子的事我倒是想通了,就当是我和吴大哥的骨肉。"

"这么想是最好。只是……"

"满月,你现在怎么也抽起烟来?有什么为难事吗?"

"是。这件事让我很为难。真的说不出口。"

"你也是的。我们之间,还有什么话不能说的?"

"好吧,那我就说了。能不能……能不能不告镇大卢?"

"为什么?"葵花很意外,"难道你不恨?他也是把你和李书记往死里整啊！”

“你听我说啊。如果你告了镇大卢，他不但政治前途完蛋，而且要坐牢，这可是大罪，判得很重的。这样一来，他可能会破罐子破摔，把我们藏枪的事重新提出来。到那时，会很麻烦。你知道我的意思吗？”

“我懂。但是……但是……”葵花想到不能给镇大卢这种人应有的惩罚，确实有些不甘心。

“这件事，我不能强求。实际上，我和李真也做好你告镇大卢的准备。到那时，也只能把藏枪的事全部承认了，听凭组织上处理。李真可能会去当名中学教师，我就跟着你在观音山把仙水庵修起来出家当尼姑。”满月说完，就凄惨地笑了笑，大口吐出烟雾。

这一夜，葵花一直没睡着。满月倒在另一张床上睡得很实，直到天亮才醒。等吃了早饭，看满月快上车了，葵花才终于下了决心说：“你放心吧，镇大卢的事我不会再提半句。”

满月一下红了眼睛，死劲抱了抱葵花，却没有再说一个字。

接下来的几天，葵花就根据李真提供的线索，找到检举人的老婆。那是个脸上长着青斑的中年女人，对葵花始终保持着高度警惕，一问三不知。后来，葵花发现这个女人带着两个半大不小的孩子住在一个破旧的木板房里，床上只用块油布遮着叠不整齐的棉花絮，吃的也是从食堂里要来的馊饭剩菜。葵花就用孙书记给的零用花，买了床棉被送了去，又给每个孩子买了个书包，那女人才说：“你可别打听检举信的事，我真的不知道。”

“你怎么知道要问检举信的事呢？”葵花好奇地问。

“都是那死鬼作的孽。”那女人说着就哭了起来，“为了积极就瞎检举。”

“怎么瞎检举了？”

“他倒好，一蹬脚走了。可我得遭老天报应。”接下来，那女人再也不肯多说一句。葵花见已经开了口，哪里敢松劲，就把身上所有的钱买了米背到那女人屋里，一下跪在地上哭道，“好大姐，我男人的命就在你手里。你权当是可怜我，行善做好事，将来老天一定会保佑，让你过上安顿的日子。”

那女人却看也不看，板起脸，冷酷道：“你这样的我见多了。被子和米请拿回去，我一个管制分子哪里能救你的男人？”

葵花一听是“管制分子”，就从地上爬了起来，心一横，干脆也用很不客气的语气道：“好，我就和你说一句。你男人检举我丈夫，说是阶级报复，把一个副团长害死了。现在我丈夫正等着被枪毙。如果真的死了，他到阴间做鬼也不会放过你的男人！”

那女人听了一愣，过了一会儿才问：“你丈夫也是杀了个副团长？”

“照你这么说，还有别人吗？”

“哎呀，怎么不早说呢？”那女人就呜呜地哭着道，“这都是我瞎说的呀。”

“怎么是你？到底是怎么回事？你怎么是管制分子？”

那女人叹了口气，就把事情全部说了出来。原来这个女人做过国民党军官的姨太太，内战后期，随军队起义后，在一个战地医院做临时护士，实际上就是帮忙照顾伤病员。有一阵，有个作家为了写小说，到医院里来搜集素材，有个喜欢文学创作的医生，就编了个解放军的副团长被国民党假投诚过来的军医害死了的故事，那作家还问过她真实不真实。她就说，医院还真有这样的事，但是不是阶级报复就不知道了。

“那你是不是认识我丈夫？”葵花听了连忙问，“他叫吴展鹏，不，他的真名叫王亦宾。”

“王亦宾？”那女人想了想，先是摇摇头，后来猛然眼睛一亮，“是不是从美国留学回来的？”

“是呀。他确实在美国留过学的。”

“那我是有印象。漂漂亮亮的一个小伙子。”

“那你还记得医院其他人吗？特别是领导？”

“记得啊，前几天，我还在街上遇到过当年的那个院长呢。”

“院长？他在哪里？”葵花激动起来。

“说是在医学院当教授，那可是个好人，又是老革命，还给了我钱呢。”

葵花听到这里就松了一口气，眼睛一闭就坐在地上。那女人一见倒慌了神，忙问：“你怎么了？不舒服？要不要上医院？”

葵花流着眼泪笑了起来：“我的好大姐啊，我一辈子都会念你的好处。现在不管怎么说，不管愿意不愿意，你都必须跟我走一趟。不然，我让警察来请你反而不好看了。”

那女人就不再吭声，收拾了一下，就跟葵花来到李真的机关，一五一十把事情都说了。原来，这女人的丈夫就副团长死的这件事，一共写了六封检举信。但单位并没给他什么好处，不久就得了肺结核，拖了两年受了不少罪，最后还是死了。

“那么，你男人是怎么知道王亦宾？是你告诉的吗？”李真问。

“是我告诉的。”那女人脸红了说，“因为王亦宾实在是长得好看，又是在外国留过学的，我们许多护士都暗暗地欢喜他。新中国成立后，又发现他就在附近一家私人诊所里做事。那时我已经重新嫁了人，忍不住常在丈夫面前提起。没想到被丈夫做了文章，也许是因为嫉妒。”

李真又亲自带人到医学院找到当年的院长，谈到的情况和那女人说得差不多，而且那老院长还再三强调王亦宾在那段时间表现很好，许多希望不大的官兵都经他抢救康复出院了。李真立刻整好了材料向孙书记做了汇报，又和公安局的同志重新定了案，然后就转到法院。一个月后，法院也拿出了意见，基本上都同意做无罪释放处理。满月把这个喜讯悄悄告诉了葵花，这可把葵花高兴坏了。那一天，省法院对王亦宾重新宣判，葵花又来到省城，早早就等在法院门口，想着吴大哥出来后到哪家饭店好好吃一顿。结果等到下午天都黑了，才传来消息说，情况有了新的变化，王亦宾被判无期徒刑，剥夺政治权利终身。葵花当时就昏倒在地。

镇大卢听说葵花没死，非常吃惊。上次被二丫逼着写认罪书，虽然已经做好狡辩的准备，就说二丫把他灌醉了强按的手印，反正那字迹很难辨认，但这事毕竟很难说圆。如果有人问，二丫为什么要这么做？还真找不到令人信服的动机啊！再说其中还有个刘脚子，要串供可真不容易。公安局预审科的那帮人可不是吃素的，上回已经调查过一次，听刘立红的口气那材料还真的对自己不利，到头来摊个认罪态度不好，再加上干部犯错误罪加一等，那他就彻底完了。

葵花的事已经在县里传得沸沸扬扬，经一些好事者大胆想象，早已是面目全非。有的人甚至说，她是到北京告了御状，上面派了苏联记者和她一起赶到刑场，但现场领导却没有接到通知，她就往那开枪的人面前一跪才救了丈夫云云。至于为什么从无罪释放到无期徒刑，也有多种说法，其中包括王亦宾当年是因为杀了狱警抢了枪才逃走等等。连一些县委县政府的工作人员都在打听，葵花是不是和北京某位大干部有特殊关系，那大干部现在是不是犯了错误才没有帮得上忙？

谣言传得越来越邪乎，简直就是在败坏干部形象，这还了得？县委书记和几个领导一商量，又报了地委同意，就把“葵花告状”的真实情况对科级以上干部做个传达。内容很简单，潜逃两年有余的王亦宾确有重大罪行，赵葵花拦了省委领导同志的车反映情况后，领导同志高度重视，并实事求是地对案情进行了重新审理，决定改判无期徒刑。至于王亦宾有哪些重大罪行，则属于国家机密，不予公开。镇大卢听了就把心放下一大半。因为照这种情况，葵花就是罪犯家属，不进行管制就不错了，如果再敢告干部的状，扣顶阶级报复的帽子就够她受的。对二丫，镇大卢倒不担心。该她出的气，都已经出了，双方都吃了哑苦。如果她还想再闹，就说是敲诈勒索，目的是他男人想当科长，刘脚子反正是攥在手心的，不怕他不向着自己说话。

只是那个孩子却成了他的心病。

自从有了葵花的消息，镇大卢做的头一件事，就是打听那个孩子。通过观音山的派出所一查，那孩子的出生日期是十二月二十三号，应该和他没什么关系，但也想到这里面可能会有什么手脚。有的人户籍意识不强，孩子生下都一两年了，才想起来报户口，这种情况时常见到。从葵花没有把孩子送人这个情节来看，倒像是那个王亦宾的。可当初他确实发现葵花在呕吐，而且如果没有怀孕，葵花为什么要去那观音山呢？那尼姑可是说得真真切切，住持确实是介绍葵花过去生孩子啊？于是，镇大卢还是认为那孩子就是他和葵花那天在粮食加工场做下来的结果。

礼拜天，他买了二斤肉和几个水果罐头来到小码头。敲了门，葵花爹出来开了。

“葵花带着孩子出去玩了？”镇大卢放下东西问。

“她回观音山了。昨天就走了。”葵花爹倒了茶道。

“噢。她是准备回来呢，还是继续住在那里？”

“葵花没说。听说那儿的村长对她挺好，还有房子和地。”

“还是回来吧，她一个人怎么生活啊，还带个孩子。”

葵花爹听说到孩子，就不再吭声。

“你想啊，你和大水二水住在这里，她要和那孩子在那里，两分两搭的，不好照应，开支还高。”

“说不定我也可以过去。本来就是农村人，还是种地比较好。”

“那倒也是。”镇大卢喝了一口茶，“但这里是城镇户口，将来孩子长大了，也比较好找工作。如果在农村，就只能当一辈子农民。当然了，当农民也不是不好，只是条件艰苦一些，为社会主义做贡献也是一样的。好吧，我今天来，主要是来看看葵花。她的事镇领导还是很关心的。一个是要划清界限，反正她和王亦宾在一起的时间也不长，就是过去有些感情，也是可以忘掉的。再说这么不怕死活保了一条命，也是对得起了。今后就不要再有什么来往了。葵花这么年轻，要再找个对象也是不难的。另一个，是让她不要有思想负担。据领导了解，王亦宾的那些事葵花在结婚前是不知道的，说得严重一点儿，也属于一种骗婚。所以我们不会对葵花有任何歧视。况且还有我在，都是一个村里出来的，她过去可是个好民兵啊。”

葵花爹只顾倒着茶，偶尔也点点头。

“只是，那孩子……”镇大卢犹豫了一下说，“就是葵花生下的那个孩子可是个大问题啊。”

“什么大问题？”葵花爹问。

“这孩子的情况我们做了一些调查，从出生的日期看，应该是葵花到观音山不久就有了。那时她和王亦宾还没有结婚，是未婚先孕。所谓始乱终弃，这些老话是有道理的。现在葵花不是等于被抛弃吗？而且是永远被抛弃。无期徒刑和死刑有什么区别？当然，对罪犯来说是留了条命，可对葵花来说还不是一样？”

“不是说，如果表现好，可以减刑吗？”

“再减，二十年的牢还是要坐的。到那时葵花多大了？都成老太婆了！”

“这是孩子们的事，我也不想多管。”

“好吧，我们不谈这个。我想说的是今后。将来孩子长大了，不管是升学还是工作，都有一个亲属关系问题，到时候怎么填？只能填罪犯，这对孩子来说打击有多大？将来上不了好学堂，分不到好工作，你这个当姥爷的不心疼吗？不后悔吗？”

“命这样，也没办法。”葵花爹说。

“办法倒不是没有。”镇大卢一副诚恳的样子道，“这事我也是认真想过的，不是太成熟，主要目的也是为了帮葵花，帮你们解决孩子的问题。当然也决不勉强。”

“你说吧。”

“把这孩子给我。”

“给你？你要这孩子？”葵花爹还真没想到镇大卢会提这个问题。

“你看，我三十好几了，虽然结过两次婚，但女人都没有生育。我从心底也是想要个孩子的。如果跟了我，出身是革命干部，我们的生活条件也好一些，将来供他上大学，到北京去做事，再把亲生父母的事告诉他。到那时，还是会感谢你们，养老送终。大伯，你说我这话有没有道理？”

“这可要等葵花回来再商量。”

“大伯，我知道葵花是个孝顺女儿，你的话能决定大半。如果你同意，今天我就陪你去观音山，把孩子带回来。”

葵花爹思量起来。过去，只想着把孩子送掉，却没想到要送给镇大卢。不管怎么说，镇大卢毕竟是孩子的亲爹，让他来抚养也是对的。当然，葵花可能会受不了，一是亲生骨肉要分离，二是被侮辱了，还要让强奸犯得个现成的儿子，怎么说心里也乌糟啊！不过，镇大卢说的也有道理，将来表上是填服刑罪犯还是革命干部，这可是天壤之别。

镇大卢见葵花爹不作声，就知道有戏，于是站了起来，装着无所谓的样子道：“这不是件小事，大伯你也好好想一想。我纯粹是为了想帮你们的忙。想通了就来告诉我。我还要做做我爱人的思想工作，她想不想领养这么个孩子还很难说。”

葵花过了一个礼拜都没回来，葵花爹放心不下，就跟单位倒了工休，坐船直奔观音山，到了才知道，原来是小松病了，葵花在县医院陪着呢。恭胖子夫妻怎么也不让葵花爹当天就走，又是打酒又是买肉整了桌菜热情招待。席间也就谈到葵花的一些想法。原来葵花是想在这儿留下来，过两天就去接大水和二水，附近小学都联系好了。葵花爹想想也行，离那伤心之地远一点儿好一些，并决定不再谈镇大卢想要孩子的事。不料第二天到了医院，葵花却改了主意。

原来葵花得知了丈夫被判无期徒刑的真实原因。

说来也巧，一位高干的爱人来找吕院长打胎。她们过去同过事，这次从北京千里迢迢过来，说是只相信吕院长的手术，其实是有些说不清道不明的事才舍近求远。吕院长这种事见得多了，也不细问，只担心那胎儿已经四个多月引产有很大危险，按规定要病人的直系亲属同意并签字。这下那女人可着了急，找了种种借口搪塞，最后吕院长免了这一条，把责任拉到自己身上。那女人为了感谢，就尽说些她丈夫那级干部才知道的机密来讨好。这一天，无意间说到有人拦省委领导的汽车告状。吕院长想到葵花，就多问了几句，结果发现与上面传达的内容大相径庭。原来那天葵花拦车后，一个友好国家的记者就做了报道，并表示会继续关注王亦宾的判决。这篇报道被登在《内部消息》上，被某部门的一位局长看到，这个局长正好管着全国这方面的案件，于是要求省里把最终的判决结果上报。发现竟是无罪释放，立刻指示省法院慎重对待。理由是从即刻处决到无罪释放太具戏剧性，可能会引起外界的无端猜测，一定要注重政治影响所以下了指示：人可以不杀，但量刑一定要慎之又慎，无期徒刑就是法院最后研究的结果。

吕院长听了后，立刻把这事告诉了葵花。葵花不知是好事还是坏事，便向吕院长请教。

"当然是好事。"吕院长说，"说明吴医生根本没有什么重大罪行，那将来就可以申冤。"

听了这一说，葵花立刻充满了希望，更是增强了为丈夫争取自由的决心。为了方便和满月、李真联系，自然不能待在这种偏僻的地方。于是重新来找恭胖子商量，只说是大水二水在城里读书条件好些。恭胖子知道另有原因，也不再问，只说地会请人帮你种，房子托人管理，随时都可以回来。

等抱着孩子上路，葵花爹把镇大卢的意思说了说，劝葵花考虑一下。

葵花却马上生起气来："爹啊，你怎么这样糊涂？姓镇的虽是亲爹，但孩子给了他，我这个亲妈还能再见到孩子一眼吗？"

葵花爹便不再作声。这两天，他看到葵花对那孩子，就和当初对大水二水一样，甚至还要更加亲密。这就是母亲的天性，哪里是两句话就能改变的？

却说二丫见那肚子一天天鼓了起来，便主动要求停了演出，只做些杂事。同时，也基本上不再和团长约会，除非是需要谈工作，见四下无人，二丫会主动要求一次。团长也不拒绝，但几分钟完了事，还是拿公事公办的口气和她说话，这让二丫特别伤心。

一日傍晚，二丫见团长独自在办公室看文件，就进来关了门抓住了团长的手。团长正准备和二丫亲热，就接到老婆打来的电话。二丫听到那老婆在电话里哭，要团长早些回家。团长却发脾气说：“工作重要还是家庭重要？”接着就撂了话筒，重新把二丫搂抱起来。事后回到宿舍，二丫突然产生了一个想法，既然早晚要被他老婆知道，为何现在不去谈一谈？如果他老婆同意离婚，这事不就很好解决吗？

于是二丫精心打扮了一番，找时间就把团长夫人约了出来。

那是个非常漂亮的女人，高高的身材却也不瘦，瓜子脸，大眼睛，脑后绾了个发髻，露出宽宽的额头，鼻子又直又挺，那嘴唇有点厚，看着单纯稚气。脸上涂了油但没上粉，显得光彩明亮，这让扑了一脸香粉的二丫竟然产生了要逃走的感觉。

“听说你是搞舞蹈的？”二丫真不想很快就触及那尴尬的话题，看着对方的脸问。

“已经跳不动了，只能做做辅导。不像你们搞声乐，可以唱一辈子。”显然团长夫人对二丫十分了解。

“我们以前见过吗？”二丫还是有些好奇地问。

“我看过你的演出。我老公还让我提意见呢。”

“你叫他老公？”二丫有些好笑，“不叫爱人吗？”

“爱人是在外面叫的，在家都叫老公，这才显得亲密啊。”

二丫听了不爽，又问：“那他怎么叫你？叫老婆？”

“不。他叫名字，叫我蓓蓓。你也可以这么叫我。”

二丫听了暗想，其实我也该取个这样的名字，叫“蓓蓓”“丽丽”“媛媛”多好，这才是真正城里人的称呼。于是便说：“这名字挺好听的。”

“丹娅也好听呀，而且还有个性。”

“真的？”二丫高兴起来，“你不会是故意恭维我吧？”

“是真的。”蓓蓓认真道，“我老公还说，这名字真符合你的性格。”

“那你说说，我是什么性格？”

“你嘛……”蓓蓓想了想说，“敢说敢做，敢爱敢恨。只要是自己喜欢的,就不会想别人会怎么说,不看别人的眼色。”

“我是这样吗?”二丫吓了一跳,这不是在说和她丈夫的事吗?可看神情,似乎又不太像啊,“你是说哪方面呢?”

“各个方面都是。事业,感情,应该都是。”

“那你是什么性格呢?”

“我就比较胆小了。”蓓蓓笑了笑说,“我一听到飞机轰炸,就会抱着头蹲在桌子底下。”

“那在感情方面呢?比如说,和你爱人,不,老公,你是主动爱上他的吗?”

“不是。”蓓蓓摇摇头,“他那会儿说喜欢我的时候,我都吓得直哆嗦。”

“你就这么没感觉?”

“是。真的没有一点儿感觉,就知道害怕。那会儿我才十四岁,真的什么也不懂。”

“噢。”二丫想想自己那会儿已经被糟蹋过了,叹了口气,又说,“以为你大了还这样,那我可不信了。”

“其实现在也这样。”蓓蓓小声说,“我不太懂男女之间的事,我在某些方面不健全。”

二丫想起团长说过的事,于是安慰道:“你不去治吗?”

“治?治什么呀?”蓓蓓有些不解地问。

“治……”二丫突然发现自己说漏了嘴,马上改口说,“治你那些不健全的地方呀?”

“那是治不好的。”蓓蓓低着头说,“我是个不完整的女人。你大概还不知道,我和老公在一起的时候,老是觉得愧疚,对不起他。”

“为什么呢?”二丫明知故问。

“因为我很紧张。”

“紧张?你们结婚多长时间了?”

“也有四五年了。”

“就因为紧张?”

“当然……还有我受过伤。我不能和他过夫妻生活。”

二丫见已经说到正题了，就小心起来，继续问：“那你们没看过医生？我听说都是可以治疗的。”

“看过许多医生了，医生说不是生理上的问题，是心理问题。”

二丫一愣，却问：“那就更容易解决啊？”

“可能是因为我太爱他了，很想让他快乐和幸福，但越是这么想我就越紧张。”

二丫本想问：“既然如此，还不如离婚算了。”可嘴上却说：“也许只是心理作用，我过去也曾经这样过的。”

“这些事，又不好意思和别人说，丹娅，你能不能……能不能教教我呀？”

看着团长夫人这么单纯，那毫无戒备的眼神，二丫突然觉得自己太自私了，便叹了口气道：“这可是论人的。再说，我和我爱人的感情也不好，平时做那事，都很被动，能教你什么呀。”

团长夫人就沉默起来，过了一会儿才又问：“你说有什么事要和我说，是什么啊？”

“没什么。”二丫觉得实在没脸把原来想的事说出来，只是说，“我现在和我爱人吵架不回家，又怀着孩子，不参加演出了，时间多。看到团长很忙，有时饭都顾不上吃，就想照顾照顾他。但一想，我是个女的，就怕外人说闲话。所以特别约你出来打打招呼，不要让人有什么误会。”

“哎呀，原来就为这事啊？”那蓓蓓就笑了起来说，“还以为你们出了什么事呢。如果是这方面，你尽管去照顾，根本不用担心别人怎么说。不是我夸，他这个人还真有那柳下惠的本事，坐怀不乱。不信你什么时候试他一试，肯定就是那么回事。”

“真的吗？”二丫也笑了起来，“要这么说，我可真要试一试啦？”

“其实，你们的事我已经知道了。”

二丫听了可大吃一惊，忙红了脸问：“你知道……你知道什么呀？”

"上一次你们到省里出差,住在招待所,还记得吗? 因为省团的两位老师占了我老公的床,他没地方可去,你就拉到房间谈工作。"

"这事他跟你说啦?"

"不是他说的。是招待所的同志写了人民来信到文化局,局里的人给我看了信才知道的。其实我老公就是这么个人,再有什么机会,那种事是肯定不会做的。"

"你这么有把握?要是有的女人……这么说吧,要是我把握不住自己,主动要和你爱人好呢? 他也肯定不做那事吗?"

"这个我就不知道了。"蓓蓓想了想又认真说,"不过,如果真的发生了,我也不会怪他。我不能给他的,别的女人给了,我只能感到欣慰。"

"这是什么话? 天下哪有女人让自己的男人和别的女人睡的?"

"可不是情况特殊嘛。"蓓蓓支支吾吾道,"如果我正常的话,当然就是另外一回事了。你们……你们是不是已经有了那回事啊?"

二丫愣住,不知道如何回答。

"那是不是说,已经有了?"蓓蓓声音更是低了。

"不不不,你可绝对不要这么想。"二丫不知道自己怎么会这样坦然地说起谎来,"我和团长真的是连手都没有碰过。我保证。"

"真的是这样吗?"蓓蓓有些怀疑地问。

"我可以发誓,真的是这样。"

那蓓蓓却苦笑了一下:"何必发什么誓呢,我肯定是相信你的。"

"为什么? 为什么你要相信我?"

"如果你真的和我老公有什么,也不会来找我呀。"

这话说得二丫无地自容。但是一等团长夫人告辞走了,却又后悔起来,后悔失去了这么好的一个机会。其实话已经说到了关键处,只要多说一句,事情就挑明了,估计这女人也不会大吵大闹。现在撒了这么大的一个谎,人家还对你有了这么好的印象,将来你还有什么脸面对这个女人?更糟糕的是,这事可不是说完就完的,再过两个月,肚子都显了,那该怎么办啊?

第 15 章

葵花到公安局填了表，要求和丈夫见面。三天后公安局要她提交结婚证明，于是拿了她和吴大哥都签了字的结婚证书交了上去，那警察立刻说名字不对，葵花便说明了情况，那警察倒很通情达理，认为这事并不罕见，等请示了领导再和你联系。结果过了一个月，却不见任何通知，一打听，说是结婚证书不对。葵花急了，明明是双方签了字，盖了公家大印的，怎么会不对？公安局的人也不解释，板着脸说："不对就是不对，难道我们还会错吗？"葵花只好来找满月。满月就让人了解情况，发现结婚证还真有问题。村委会不是国家法定的婚姻登记单位，那章无效。

"你和吴展鹏，也就是王亦宾应该到民政局，或者是街道婚姻登记处登记。村委会管不了结婚，你懂不懂？你们根本不是法定的夫妻关系。既然不是亲属，当然不可能见面。”

“不是夫妻？那是什么关系？”葵花问满月。

“非法同居。”满月说。

“非法？同居？”葵花死也不能理解，“我们请了恭村长夫妻做了介绍人，是磕了头，拜了天地的。过去父母结婚也不曾见过什么证书，为什么对我们就不认了？”

“现在可是新社会。”满月接着又安慰，“好吧，这事我来办，想法子补个手续，重新领个证，等几天吧。”

结果一等又是两个月。满月到省里开会顺便跑了趟监狱，答复是还在请示。过去只听说要和犯人离婚的，补结婚证还是头一遭。其实这事还在上级机关引起了一场争论。有人说，既然没有合法登记，那就得重新结婚，而犯人连人身自由都没有，怎么可以允许结婚？再说服刑就是一种惩罚，都让结婚了，还怎么惩罚？不过也有人认为，国家的婚姻法并没有明文限制犯人不能结婚，按“未禁止便可以”的法律常识，至少应该允许犯人进行婚姻登记，况且他们已经用民间形式办过婚礼。但这种争论不可能有任何结果。

“等等吧，无期徒刑是重犯，要解决不是那么容易。”因为满月打了招呼，公安局的人不再给葵花看脸色，但每次也就这么几句话。

看来，葵花唯一能做的就是等待了。

葵花爹则想起吴展鹏曾经说过不会真结婚的那句话，现在看来，他那时就已经把什么都考虑到了。更加感叹女婿的为人，便对葵花说：“村委会办不了结婚证，看来他是知道的。也是不想拖累你啊。”

“可我已经是他的人了，这辈子也只做他的女人。”葵花听了爹的话，更是死心塌地道，“他就是死了，也是我的丈夫！”

葵花爹知道女儿的脾气，大凡是决定的事，怎么也不可能再劝回来，也就由着她去。对吴大哥这样，对那孩子更是如此。有一次在街上碰到镇大卢，镇大卢提到领养，问葵花考虑得怎么样了。葵花爹就说那是葵花和她丈夫的骨肉，过去连日本人的孩子都带了，还在乎他爹是个犯人吗?

镇大卢见说不通,渐渐也就死了心,倒是集中精力来改善和老婆的关系,希望早日能生个孩子。那刘立红见丈夫态度有了很大改变,虽然不知是什么原因,但也巴不得平平安安地过日子,于是也就不怎么吵闹了。有天下大雨,刘立红没带伞,开会又晚了,肚子饿得咕咕地叫,正在犯愁,却见镇大卢捂紧了一个盒子进来,打开一看,却是热腾腾的饭菜,还都是她平时喜欢吃的。嘴上虽然没说什么,心里却是一阵高兴。当晚,见镇大卢还是背过身去睡,就点点他的肩膀问:“能问个事吗?”

“问什么?”镇大卢立刻折过身来搭茬儿。

“有人把夫妻比作鸳鸯蝴蝶,是什么意思?”

“因为它们一公一母老在一起啊。”

“难不成,那鸟儿昆虫也有感情,知道夫妻要永远厮守?”

“这个就不懂了。夫妻总是想在一起吧。”

“那你想和我在一起吗?”

“想啊。我一直都是这么想的。”

“那你怎么……”刘立红说了半句就不再作声。

“到底你想说什么?”

“你是真傻还是装的?我都说到这个份儿上,你是个男人,也不主动一点儿?”刘立红说完,就捉住了镇大卢的手,放在自己身上。

镇大卢就像得了令箭,一下翻过去爬上身。不料下面那东西不争气,一直不能坚举,想到与二丫的那一夜,就有些紧张,结果越紧张,越是不行,汗却出了不少。

“怎么了你?”老婆不乐意了,“是不是刚跟人有过啊?”

“瞎扯什么呢?”

“我说笑呢。”眼看又要吵起来,女人就把口气软了下去。

镇大卢也就顺水推舟,道:“要有过我就不是人。”

“你不是人,我就成了什么啦?”刘立红笑了一下,就伸下手去慢慢地搓弄,但怎么也不见转机,“都怪我不好,平时也太严肃,男人就有顾虑。下次我们上了床就随便一点儿，好吗？”

第二天晚上，刘立红故意说些放肆的话来刺激，可镇大卢还是没有做成。到了第三天第四天，一个礼拜下来依然没有半点起色。刘立红开始着了急，就找了个熟悉的医生给镇大卢好好检查了一下，结果让夫妻俩大吃一惊，说是输精管断了，就算将来能过夫妻生活，也不可能再生育。

“那都是在肉里的，怎么会断呢？”回到家刘立红就问。

“打仗的时候，我那儿中过敌人的弹片。”镇大卢镇定地解释。

刘立红自然不相信，偷偷问了医生，医生保证说那伤不会超过一年，而且绝不会是弹片。又翻过去的病历，还真被查到。只见主诉一栏写着：“不小心被锐器划伤。”治疗的时间却是半夜三点。看那日期，正是自己不在他身边的日子，顿时生出无数的怀疑，特别窝火。可冷静下来再一想，事情已经过去这么久，绝不可能再问出个眉目，就是问出来，还能怎么样？还能为这事离婚？身为妇联干部，不知为这类事劝过多少女人，现在摊到自己头上，还真说不出口啊。此外，还有一个更重要的原因，就是她自己其实并不能生育，几年前就查出是子宫内膜异位，但这事她对谁也没说。现在发现镇大卢有问题，倒是省了自己许多口舌。再说，医生认为不能同房主要还是心理问题。这么一想，她就决定什么也别再问了，一门心思找些补药给丈夫来吃，争取早日恢复夫妻生活。

一日午后，食堂新来的师傅锁了门打瞌困，把香烟掉在干草上，旁边又是新买的烧酒，整个柴房就“呼”的一下着起来。镇大卢带头冲进去灭火救人，胳膊和脸都被烧伤，大家都说他思想好，后来县委书记也到医院探望。正好大镇长要调走，人事科长就提议镇大卢接班。领导研究时，满月不同意，并让书记看了镇大卢写的“认罪书”，同时做了些解释。县委书记于是在镇大卢的档案里写了一句：“该同志不宜担任重要职务。”从此镇大卢再怎么积极，再怎么表现，遇到干部调整升迁，有关人员翻看档案后就不会再有下文。时间一长，镇大卢也听到一些风声，明白自己在官场上很难再有进步。于是主动提出去管理菜市场和饭店，成了镇领导中的老小。不过饭店的主任们却巴结起来，新进的货，无论是鸡鸭鱼肉还是山珍海味，多少都要给他留一点儿，营养也就十分丰富。有一夜，他都快睡着了，突然发现下身涨得难受，原来有了感觉。立刻告诉老婆，刘立红见了大喜过望，镇大卢如鱼得水，越战越勇，把老婆欢喜得大叫起来……

临产不到两个月，二丫下定决心要解决离婚问题。刘脚子原来就不愿意，看到二丫有了孩子，认定是自己的，更是不肯。当然，刘脚子也曾经有些犹豫，会不会是镇大卢的种？于是旁敲侧击地问了几次，镇大卢哪里肯承认，一口咬定那天喝多了，根本就没碰着二丫一根汗毛。刘脚子半信半疑，仔细一想，二丫既然动了手不正说明她没有睡着吗？既然没睡着，哪里还容得镇大卢上身？再退一万步想，就是镇大卢下的种，那孩子也得归到自己名下。历史上，连秦始皇都是私出，那民间也肯定不会少见。既然别人能做得出，他又有什么不可？这么想着，也就放宽了心。但万万没想到，二丫一句话让他坐到地上半天没有爬起来。

“这是我和团长的孩子。”那天大宝还没有下课，二丫把刘脚子堵在家里，拍着突出来的肚子开门见山。

“你你你你你……”刘脚子紧张道地，“这可不能开玩笑。”

“谁和你开玩笑？”二丫一本正经，“干脆和你明说，我住到团里没几天，就和团长有了关系。”

“好个道貌岸然，衣冠禽兽，不要脸的东西。”刘脚子骂了起来，“我要到领导那儿告他，叫他团长当不成！”

“你敢！”二丫把大肚子一挺，“镇大户写的东西在我手里，你要多说一句，我就叫你们进监狱！你信不信？”

刘脚子这才不再作声。

“今天敢和你说，我就已经做好各种准备。”二丫随即又缓和了口气道，“你要是识相，就和我去民政局办手续。如果还想死犟，我的脾气你晓得，那就破罐子破摔，到时候开除坐牢的是你和那个老瘟贼，临了还是离婚。”

“可是二丫啊。”刘脚子想想说，“万一这孩子是我的呢？”

“你就做大头梦吧。”二丫冷笑道，“说起来，你肚子里也有了点墨水，女人的生理知识也不是一点儿都不懂吧？我那事的日子你也是清楚的，才干净几天怎么会怀孕？再说，七八年都不曾有事，说明你那里有问题。”

“那……那会不会是镇大卢的呢？”

“好。你说是，那就是。我也没这么多的闲空和你啰唆。明天上午八点，我们法院见！”说完二丫就要走。

刘脚子知道二丫铁了心什么事都做得出来，便一把拉住道：“你实在要离，我也没有办法。不过我们好歹夫妻一场，就是离，也要好说好散啊。”

“好吧。你想怎么个好说好散？”

“大宝这孩子可是我们俩的吧？”

二丫冷笑：“那也不一定。”

“这又是何必？你糟践我，自己也落不到什么好处。”

“我情愿，怎么着？”

“好好好，你狠，是我亲娘好了吧。”刘脚子没奈何地说，“孩子这些天跟着我，天天问娘在哪里，我听了心酸。”

“你打住！告诉你，我的心凉透了，像铁板，苦情戏不起作用。孩子的事已经想好了，你要就给你，你不要我就带了走。”

“我当然要孩子。”

“那就留给你。不过，将来你再找女人的时候，别说不方便。”

“我这辈子就喜欢你一个，还找什么女人？”

“算了吧，你真要喜欢，会用那种下流手段？”

“那也是没办法，早先答应下来的。如果当初你给我一点点希望，也就不会了。”

“这种屁就不要再放了，我也不喜欢听。你还有什么条件，爽快点儿说出来。”

“这些年，我也存了一些钱，我想一半给你，一半留给大宝。”

“谢谢你的好心，这钱我一分都不要。我工资比不上你，可还有演出补贴。”

“生孩子总要用几个钱的。”

“这孩子和你没关系，再用钱，也没你的事啊。”

“好好好，算我自作多情。”刘脚子伤心道，“过去，我有许多事对不起你。但毕竟也生活了好多年，虽然你不情愿，但有些时候还是让我很快乐。我会记住这段时光。将来你不管和谁生活，一个是要多保重，注意身体；另一个也是不要太相信男人。男人为了做事业，有时候是挺混账的。记住我的话就行了。”

“这些话少说几句吧，再说也听不大懂。反正天下不是没有好男人，而是难遇到。幸亏老天有眼，趁我还没老的时候发现了。你要能理解就理解，不能就算我白说。”

“我当然理解。那个团长看起来是不错，但老话说，日久见人心，路遥知马力，你们才几天……”

“这事用不着你来操心。”二丫打断道，“明天办手续还是要想个理由，这样你我脸上都好看。”

“那就说性格不合。”

“性格不合？那人家要问，当初你们怎么就和了？不行不行，这个理由不保险。”

“那就只能这么说，我生理上有毛病，不能再生育，生的儿子又是个痴的，你要找个健康人再生育。”

“那我还不被人家骂死了？以后还能上台演出吗？”

“那说什么才好？”

“就说你有了外心，被我抓住了，这日子没法过了。”

“这不是冤枉我吗？”

“我都陪你睡了这么多年，又是被你骗了才结的婚，冤枉一次不行吗？”

“可有人相信吗？大家一看你的大肚子，谁是谁非，不是一目了然嘛。”

“那你说说怎么办？”

“就说那团长勾引你，现在肚子搞大了，没办法交代了。”

“放你娘的狗屁！”二丫一下生起气来，“他什么时候勾引我了？我们是相互情愿的。”

“你要实在这么说，我也没办法。那还是说性格不合，老打架，分居好些年了。”

“要是他们进行调解呢？”

“那就拖一段时间再说。”

“那可不行。再过两个月我就要生，我一定要在这之前和他结婚。”

“结婚？他会和你结婚吗？”刘脚子不相信。

“这不关你的事。好，就说性格不合，要不就当场打给他们看。”

刘脚子叹口气，想想这婚是不可能不离了，于是把那结婚证书找出来，第二天偷偷找了个熟人把手续办了。二丫不肯要钱，刘脚子就用丹娅的名字存了个二十年的定期，只是没让二丫知道。

二丫拿到离婚证，一身轻松，当即就来找团长。见门虚掩着，就悄悄走进办公室，在一排文件柜挡着的小床上躺下。这是平时团长睡午觉的地方，有时候晚了不回家，也在这里过夜。许多次，二丫也是在这里和团长亲热过的。

因为办手续闹了一天，身上发困，二丫在小床上躺下不久就睡着了，等她被一阵窸窸窣窣的声音弄醒，天已经大黑。她正想起来开灯看个究竟，就听到团长急促的耳语声：“现在不会有人。灯也不亮，以为还在外面吃饭呢。”

“万一来电话呢？”

这是一个女孩的声音，让二丫吓了一跳。就屏住了呼吸往下听。

“不接就是了。”团长说。

“我还是不敢。”那女孩说。

“你要不敢就算了。”团长稍微提高了声音，“今天你练功也累了，还是早些回宿舍休息吧。”

“我不。我不累，我不想休息。”那女孩撒起娇来。

二丫这时想起来，那是舞蹈队新进来的一个小女孩，团长几次当众表扬她跳得好，要让她领舞，原来机关在这里。

“那我们在这儿做什么？”团长又问。

“陪陪你嘛。”

“我不用你陪。”团长似乎在苦笑，“我的事也用不着你来同情。再说我和老婆虽然没有夫妻生活，但还是非常相爱，毕竟是经过战斗考验的战友。”

“正因为这样，才让我觉得你是个好男人啊。”

接下来，二丫听到亲嘴的声音。

“这儿有张床，到床上去。”团长说。

“不。不要。”那女孩紧紧抱着团长不放。

二丫全身紧张起来，想到这会儿和团长相见会是一种怎么样的情景，今后她的命运……这么一想，就想撒尿，那尿还真的憋不住了，没等蹲下就撒了出来，也许她不小心碰到什么东西，外面一下变得十分安静。

“谁？”二丫听到团长在问。

二丫不敢答应，把头死死地埋在床沿上。不一会儿，她听到门被打开的声音，有人匆匆跑了出去，等脚步声听不到了，灯也就亮了起来。

“你怎么在这儿？”团长看着二丫吓白了的脸，威严地发问。

“我……我……”二丫毫无意义地摆了下手，“我憋不住了。”

“什么憋不住了？”团长使劲闻了闻，疑惑地盯着二丫问，“你到我的办公室来小便？”

“团长啊，这可是你的孩子！”二丫突然叫了起来，“你可不能丢下我们娘儿俩不管啊。”

“胡说什么呢！”团长大怒道，“你自己家庭不幸福，就想让别人跟你一样，心理才平衡对吗？”

“不……不是……”二丫慌慌忙忙地往门口退去，不等团长再发话，就哭着逃走了。

二丫不敢回宿舍，就来到饭堂，在黑暗里坐着。几个月来，尽管团长不再是那清高自爱的面目，但还是觉得这是一个有情有义的汉子，是值得用一生去奉献的男人。可现在，她看到的一幕竟是如此的丑陋。特别是曾经让自己那么感动的话，现在却令人作呕。一直到很晚，她才回到宿舍，同房间的人都用鄙视的眼光看着她，还听到有人小声地骂了一句“真不要脸！”

二丫犹豫了两三天，才鼓足了勇气和蓓蓓见面。把自己和那舞蹈女孩的事都说了，蓓蓓没听完就哭了起来。

“其实这些事我都知道。”蓓蓓过了一会儿擦了眼泪说。

二丫却十分意外：“知道？那你怎么会受得了？”

“开始的时候很难过，但后来也渐渐习惯了。”

“开始的时候？”二丫好奇地问，“那是我吗？”

蓓蓓沉默了一会儿才摇摇头。

“那……他跟多少个女人？”

“不知道。”蓓蓓又摇摇头说，“反正不止你们两个。”

“那你们的婚姻还有什么意思？为什么不离婚呢？”

“我还能嫁给谁？”蓓蓓苦笑笑，“除了这方面，毕竟他还是爱我的。而且据我所知，他和别的女人只有肉体关系，并没有感情。”

“他……跟你说这些？”

“有时候也说。”

“那说过我吗？”

“在你上次找我之前没有。”

“就是说，后来就说了？”二丫紧张起来，“他说什么了？”

“他说很同情你。”

“就这些？”

“还有就是唱歌方面很有才华，如果受过专业训练会很有前途。”

“说过孩子的事吗？”

“说了。”

“怎么说的？”

“他说，不可能是他的。你有误会。”

“为什么？为什么不可能是他的？”

“他以前可从来没出过这种事。”

“就是说，他有毛病？不能生育？”

“这个就不知道了，反正他说肯定不是。”

“你相信？”

“我相信，他不会骗我。”

“可这孩子就是他的！”二丫坚定地说，“上次我就想告诉你了。”

“为什么又不说了呢？”

“我觉得你人很好，有些不忍心。”

“其实当时我也怀疑，你不会无缘无故找我。”

“我是想劝你们离婚。与其做这种名不副实的夫妻，还不如离了。再说，我也不想再和他这么偷偷摸摸，要做，就正大光明地做他老婆。”

“那现在还想吗？”

“不知道。”二丫灰心丧气道，“原来以为他只是跟我，孩子又是他的。”

“如果你还想的话……”蓓蓓停了一下才说，“我可以离婚。”

“为什么？”二丫惊诧地看着对方，“你不爱他了？”

“不。”那女人摇摇头，“也许正相反。既然我不能满足他，为什么不让给另外一个女人？当然也是爱他的，比如你？”

“不行。”二丫冷笑一声，“这事已经过去了。”

“可你刚才还说不知道，是拿不定主意？”

“如果孩子是他的，我可以考虑。那也只是为了孩子着想。”二丫叹了口气，“但一想起那事，我浑身就会起鸡皮疙瘩，太恶心了。”

“可以前，你不也这样吗？这次也许是因为你快生了，不能有房事，可他却有生理需要。”

“你竟然这么想？”二丫不解地看着，“你不认为，这是人品问题？是道德问题？”

可那女人却轻轻地反驳道：“可他也是个人啊。”

这句话后来让二丫想得很久。她不能理解，作为妻子怎么可以说出这样的话，难道就因为生理需要，就可以容忍丈夫和别的女人发生关系？这样的夫妻还有什么意思？要换了她，早离婚算了。可要是他们还真有感情呢？就像团长说的，是经过战火考验的生死之交呢？就因为不能做那事而分开吗？二丫想不出个究竟，很想找葵花聊聊，可葵花为了探监的事成天在发愁呢，哪有时间和你说这些破事啊？

过了一个多月，二丫生了个女孩。

葵花几乎每个月都要写一份要求探监的申请书，但大半年过去了，答复仍然是非亲属不能见面。后来满月也急了，约了李真专门找了趟孙书记，孙书记亲自过问后，才得知真实情况是王亦宾自己不承认是赵葵花的丈夫。满月回来告诉葵花，葵花嘴上说“这不可能”，心里也打起鼓来。她知道吴大哥这么做是不想拖累自己。

“既然是这样，我看你就应了他的这番好意。”满月劝说道，“你也看到，那些罪犯家属，特别是子女，升学找工作都会有影响。你也要替这三个孩子想一想。”

“不，报纸上都说了，一人做事一人当，不搞株连的。”

“他不承认，你有什么办法？”

“我去告他！”葵花想了想发狠地说。

“告他？你告他什么？”

“我告他抛妻弃子，骗取我的感情。我告他自私自利，不承担一个丈夫的责任！”

“这话私下说说可以。到法院，谁当回事啊？”

“那我就连法院一起告。我就不信，新社会没有老百姓说理的地方。”

“这话可不要瞎说。”满月看葵花态度这么坚决,便想出一个主意道,“这样,最近有批犯人要转到青海服刑,为了让他们安心改造,稳定人心,准备扩大探监范围。你就说虽然不是夫妻,但生了一个孩子,总得让父亲看一眼孩子再走。”

葵花吃了一惊:“他要去青海?你怎么不早说?”

“我也是刚刚听说。再说,扩大范围的事也没有公开,不是每个犯人都可以。”

“政府是讲道理的。就是枪毙,也该有个告别的机会不是?”

葵花又写了份申请。这回倒是很快就批了,规定有半个钟头的见面时间。正好满月要到北京开会,葵花立刻托付翟家奶奶看好孩子,一早抱着小松,就和爹搭了满月的车来到省城。满月把葵花他们送到监狱就走了。葵花和孩子等了两个钟头才允许进去。见面前,还和其他人一起学习了一阵《探监注意事项》,规定了必须说的一大段话,这才被带到一个空房间,在一张大长桌子的一端坐好,中间却是一男一女两个警察。不一会儿,吴大哥从里面的门进来,葵花叫了一声“吴大哥”,就把头埋在孩子脸上泣不成声。吴展鹏倒十分冷静,坐在长桌子的另一端说:“葵花,我们时间不多,让我好好看看你。”

葵花被提醒,抹了把眼泪就坐直了,尽量让吴大哥看得清楚。同时也拼命睁大了眼睛看着,似乎这样就能把人刻在心上。吴展鹏瘦了,也老了,动作不似过去那样灵便。心里想:“怎么才这点日子人就变成这样?如果到青海……”

“抓紧时间,要说什么赶紧说。”男警察打断了葵花的思绪道。

“那……那就先看看孩子。”

葵花说着就把孩子递给女警察,女警察却没伸手来接,男警察假咳嗽了两声。葵花这才想起那些规定要说的话,像背书似的讲了政府的改造政策,和家人在外面都生活得很好,你要安心改造,不要怕青海条件艰苦,争取立功减刑等等。看差不多了,女警察这才接过孩子,隔着一定的距离让吴大哥看。吴大哥显然也是被规定好了,双手下垂一动不动地坐着，不与孩子有任何接触。过了会儿，吴大哥点了点头，女警察就把孩子交给了葵花。

“为什么不跟我结婚?!”葵花突然提高了声音，厉声责问，“以前你说的那些话，难道都忘了不成？”

“没有忘，葵花。”吴大哥似乎已经料到，立刻回答道，“这事我想过了，还是不要有法律上的手续，这样你可以随时过新的生活。”

“新的生活？什么意思？”葵花真的生起气来。

“你听我说，就是减刑，我出来的时候，你也都四五十岁了。人的生命只有一次，天下又不是只有一个男人，何必一定要等我呢？”

“那就把我给你的都还给我！”葵花大哭起来，“你这个没良心的，原来一点儿也不懂我的心。你要是我丈夫，我心里就会踏实，就会痛痛快快地活着，会活得很好。如果你不认了，我只有死路一条啊！”

男警察敲敲桌子：“有话好好说！都坐直了！”

女警察看看表，也说：“注意自己说的话！别死啊活的。还有五分钟。”

葵花这才冷静下来说：“你不承认，我没法逼你。但不管多少年，我都会等你，一直到……等到我们都上了天！”

吴展鹏眼泪便掉下来，没有再说一句话。

从监狱出来，葵花像是死了一回，脸色苍白，说话直打哆嗦，冲着爹说：“爹，他……他……不……不要我了……爹啊……我的命……怎么……这么苦……啊……”

葵花爹却在葵花耳边小声说：“满月和李书记在等着你呢。”

“满月？她在哪儿？”

“就在那小楼，有军人站岗的地方。刚才有人来说，只要说是找她的，就会放你进去。”

葵花立刻把孩子交给父亲，进了小楼，到了一间办公室，看到李真和满月正陪着一个人说话，见葵花来了，就介绍说，这是省城民政局负责婚姻登记的同志。

那同志就拿了份表格和一张空白的结婚证书放在葵花面前，说：“你的情况我都知道了。你先把表填一下，这儿再签个字，一会儿我去见王亦宾，如果他肯签字，你们就算是合法夫妻了。如果还是不肯，你也就死了心。你说呢？”

李真说：“他原来也是区小队的，办这种事很有经验，王亦宾如果只要稍微有些动心，他就有办法说服。”

“也只能这样了。说得那个点儿，也是你的命。”满月也在旁边说。

葵花立刻填了表格签了字，那同志就马上走了。接下来的那一刻，葵花觉得比一年还长。等那民政局的同志再出现时，葵花一看那表情，就瘫了下去。

那同志叹了口气对李真说：“王亦宾不肯签。但我把表和结婚证书留下了。说是还有三天才动身呢。”

说完那同志就要告别离开。这时葵花又突然说：“等一下。能不能再进去帮我传句话？”

“没用的。”那同志说，“我看得出来，他已经铁了心。”

“你就跟他说，我会带着孩子去青海，他到哪儿，我就跟到哪儿。我说到做到。”

民政局的同志于是又走了出去，这次整整去了一个多小时，然后笑着回来，把签了字的结婚证交到葵花手里，说：“他说了，如果你敢去青海，他就离婚。”

葵花哭着笑了。

办完了葵花的事，满月如释重负。她让葵花他们坐县委的车连夜赶回，自己跟李真去了一家最高级的饭店。在餐厅一角，他们尽情享受据说是位国家级厨师所能提供的最好的菜肴。她跟李真相聚的时间不多，而且大多是因为开会，很少有独处的机会。因为是第二天上午九点去北京的火车，所以整个晚上都是空的。吃完饭，他们又找了个幽静的地方喝茶，李真说必须好好地谈一谈。

“你想谈什么？”满月抽着烟笑着问。

“你看，葵花的婚姻问题终于解决，你是不是也该考虑考虑自己了？”

“考虑结婚？”

“对，你应该组织一个家庭。”

“好哇。你离婚，我就嫁给你。”

“我不是开玩笑。”

“我也不是说着玩的。”

“难不成，你身边就没有一个看得上眼的男同志？”

“你说一个我听听。”

“这种态度就不对。你不要用这种满不在乎的口气说话好不好？”

“你是在批评我，对吗？”

“对，我就是要批评你。”李真板着脸道，“又不是自己不能生，为什么要领养一个孩子？”

“喂，领养小星的事，我可征求过你的意见！”

“什么征求意见？就打了个电话，一分钟内就逼我表态，我还能说什么？”

“你完全可以说，不要领养。实在要，我给你生一个。”

李真忙四下瞧瞧，压低了声音道：“你嚷什么？生怕别人不知道？”

满月仍然笑嘻嘻地说：“你的官越做越大，怎么胆子越来越小？又不是政治问题。”

“生活问题是小事吗？”

“好好好，领导说是就是。但有个问题我得和你说清楚，不结婚是我的自由，任何人也无权干涉。”

“可你不结婚，对我是个压力。”

“这我就不明白了，李书记，我不结婚，和你有什么关系？”

“我们过去的事，不少领导都听说过。他们认为你不结婚就是为了我。”

“好，明天就找报社的同志发个声明，本人不结婚和李书记无关。”

“你认真一点儿好不好？难得一个晚上能说说这种事。”

“好吧，我认真回答你的问题。我不结婚，确实和你有关，因为我找不到比你更好的男人。都说是人往高处走，水往低处流，虽然我的年纪越来越大，可眼光却越来越高。婚姻是人生大事，我不想让自己受委屈。比你差的，我坚决不嫁。我的回答，你觉得还满意吗？”

“照你的说法，我只有一条路可走？离婚？”

“我可没这么说。”

“可你的所作所为，不都明摆着吗？”

“照你这么说，我不结婚还真的给你带来了不良影响？”

“虽然话不能这么说，但情况也差不多。”

“那好，我明天就找个六十岁的老红军，保证让你放心。”

“何必说这些气话，我是认真和你商量。”

“商量？商量？说来说去，你不就是希望我早点嫁人吗？”满月说着，眼泪就掉了下来。

李真叹了口气，掏出块手帕塞到满月手上。

“谁要你老婆的东西。”满月把手帕扔在桌上，揉着眼睛道，“我可受用不起。”

“好吧，我也就是说说。听不听由你。等到再过几年，说不定还真的只能嫁老红军了。”

“李真，这事我们不要再说了。我跟你三年，也算是嫁了一回，男女间的快乐幸福也算是体验过了。我这辈子不想再嫁人，不是一天两天的决定。我领养小星，实际上就是断了组织家庭的念头，你应该明白的。”满月沉默了一会儿才又说，“今天既然说到这里，有件事我想搞搞清楚，你可一定要说实话。”

“说吧，你想知道什么？”

“你老婆曾经说，你把我们的事都对她说了，是这样吗？”

李真过了好一会儿才点了点头。

"这是我们俩的事,为什么要告诉另外一个女人?"

"她是我老婆啊。"

满月愣了愣,过了一会儿才苦笑着:"我懂了,我们再怎么好,也比不上你和她,对吗?"

"对不起,我这辈子欠你的太多。我真的对不起你。"

"好了好了,我和你谁跟谁啊?还有必要说什么对不起吗?"满月叹了口气又道,"不过,今天听你这么说,我还是挺高兴的。"

"高兴?"

"是呀,至少你跟我说的是实话。要是你一边说爱我,一边又和别人生活,我反而会可怜你,为你可悲。"

李真看看表问:"今天晚上你住哪?"

"这么晚了,找孙书记也不方便。一会儿随便找个招待所算了。"

"我老婆不在省城,你要是愿意,到我那里也行。"

"你不怕别人看见吗?"

"我是独门独院,没人看见。"

满月想了想才说:"算了吧,那事我已经戒了。要是那把火再烧起来,最后痛苦的还是我自己。"

李真点点头:"那也好,我带你去住招待所。"

可满月坚持自己去找,并要李真先走。等李真出了门,影子也没了,又有些后悔起来。便叫服务员拿了一瓶六十五度的大曲独饮起来,一直喝得大醉……

满月领养的孩子小星,很快就和大水、二水打成一片。他们三个不仅上同一个学校,而且还是同一个班,读同样的书,做同样的作业。因为满月太忙,经常出差,生活又没规律,所以小星平时都在葵花家作息。开始满月每个星期还来接一次,后来时常一个月母子都见不到一面。不过,葵花这时已经在上师范的成人专修班,每天都能按时到家,满月也就十二分的放心。

三个孩子中,最聪明的是二水,最傻的是小星,大水因为是姐姐,葵花在观音山时,许多时候都由她来照顾弟弟,功课耽搁了不少,还留过一级,但学校的纪律却是遵守得最好的,每学期都被评为优等学生。只是吴展鹏被判刑后,学校对大水的评语也就谨慎起来,品德操守莫名其妙地降为“良”。葵花本想安慰她几句,不料大水却高高兴兴地表示,她会更加努力。

有一天,小星跑步时不小心摔了一跤,膝盖擦破了一大块皮,大水便扶他去找校医。有些调皮的同学看到了,就齐着声喊:“男生勾女生!男生勾女生!”二水冲过去说:“小星是我和姐的弟弟。”有个男生笑着叫:“你才是弟弟,邢小星是你姐的小男人!”二水便和那男生厮打起来,最后一起被叫到教务处罚站。从此以后,只要老师不在,那男生就会当着众同学的面大叫:“二水是邢小星的小舅子!”大水听了也不生气,只是叮嘱二水别再和同学打架。倒是小星傻乎乎地问了好几次:“他说二水是我的小舅子,那是什么意思啊?”葵花知道后,说给满月听,满月却笑道:“我看他们很般配,这事就这么定了。”

转眼就到了一九五五年八月,为了庆贺抗日胜利十周年,少年之家结合夏令营活动组织了一次诗歌朗诵比赛,全是抗日的内容。大水本来声音就好听,又富于表情,就被推荐为参赛代表。因为内容有较强的政治性,学校就请镇领导来审查把关,主要几位领导都很忙,就让镇大卢负责此事。结果一看是大水,就要求换人。老师不肯,一定要镇大卢说明原因,于是镇大卢就把大水和二水的出身说了出来。学校领导一听就怔住了,担心现场出事负不起这个责任,便匆忙换了别的同学。不料这事很快就在同学中传播开来,第二天大家都知道大水和二水是日本人的孩子,便“小日本,小日本”地叫着,堵着门不让进校,还有人扔了砖头瓦块。平时老实巴交的小星这回就像疯了似的,看到谁在欺负大水,就低头冲了过去,有次竟然把一个高年级的男生撞出去老远,头碰到石头上流了不少血。家长找到学校要找“小日本”算账,结果一问小星是革命烈士的孩子,这才罢休。此后几天老师反复做工作，才把事情平息下来。那天大水哭肿了眼睛来问葵花，她和弟弟到底是不是妈的孩子。葵花想了一个晚上，最后决定说出真相。趁着休息日，她就带着大水、二水来到保庄。多少年过去，原来的路口已经面目全非，幸好当年种下的那两棵白果树已经有了几丈高，一个人都抱不过来。葵花就让两个孩子冲着白果树磕了几个头，又烧了一些纸钱，这才坐到一边说："就是这一带，埋着你们的亲生父母。"

两个孩子呆呆地站着，不说一句话。

"可你们是妈的孩子，是妈最好最好的孩子。"说完，葵花就紧紧地抱着大水和二水，眼里没有一滴泪水。

第16章

葵花从师范进修结业后，分到达家镇实验小学，开始是教一二年级的语文，后来校长的一个熟人来了，就把她的语文课换成了图画和手工，再后来管教具的一个女的接替了葵花的手工课，这样一来葵花的课时不够，校长就让她兼做食堂的会计。葵花不善算账，每个月的收支都对不上头，而且总是亏损。如果只差几块钱，葵花就自己掏腰包把窟窿填平，可有时会差几十块，够得上她一个月工资了，只好向校长反映。校长姓陈，是个四十来岁的女人，一听就急了，定要葵花把亏损的原因说清楚。葵花就抽了好几个晚上对账，终于发现亏的地方都是每周两次的荤菜供应。比如说二百碗红烧肉，每碗一角钱，应该收回二十块钱菜票，结果最多一次只有十九块四，最少只有十八块，那可是整整二十碗呀！葵花便留起神来。有次值厨，她发现食堂的大师傅不仅给要好的老师都是双份，而且还装了一个大饭盒，说是给校长留的，却不提钱的事。葵花便和校长老实说了，校长立刻来找大师傅对质，大师傅马上承认是自己错了，说是给自己留的。接下来的一周账便齐了，但不久又是老样子。校长也不批评葵花，一方面要大师傅想办法从学生的菜金上扣回来，一方面要葵花每月写个亏损的报告。几年下来，葵花发现累计亏损已经有二百多块，于是想辞去食堂会计。校长却坚决不同意，说："又没让你赔，担心什么呢？"

其实让葵花感到烦恼的不只是钱，主要是不想和那大师傅在一起。这个五十来岁的单身汉，特别喜欢讨女老师的欢心，葵花每次点饭菜票，他都会凑过来看着，嘴里是一股酒和大蒜的恶臭，说话时的吐沫星子会直喷到脸上。据说他以前是县招待所的厨师，因为和服务员乱搞男女关系受了处分才调过来的。

"我不想和大师傅在一起做事。"

"为什么？"校长立刻敏感起来，"他跟你动手动脚了？"

"这倒没有。"

"那就别想那么多了。"陈校长安慰道，"可别小看了食堂会计，只是管管饭菜票，这伙食问题可是个大事，老师、学生吃饱吃好，才能做好工作上好课。我是看你人老实，可靠，才把这副担子交给你。要换了旁人还不放心。不过你的想法能理解，再坚持几天，就会调一个专职会计来，到时候你还是教语文。"

可这话说了两年都没兑现。上面倒是调了一个会计来，虽然不是师范毕业，却被安排去教算术。葵花提过几次，校长都找了个借口搪塞过去。葵花只好忍气吞声，不料体育老师东方却看不过去，在一次团组织的民主生活会上站出来打抱不平了。

"我刚分来的时候，就听到不少同学反映，赵老师教学非常认真，批改作业不只写对和错，还把错的原因写出来。还有，她担心普通话说不准，经常跟着无线电练习发音，这是我亲眼所见。这种老师全校找不到第二个，为什么不给她排课？重返教学第一线？"

东方的话只有几个年轻老师私底下支持，公开附和的却没一个。

对此，陈校长在全校教职工大会上解释说："人民教师我们要全面培养，不能只看到教学，更要看到革命工作的需要。再说，让正规师范毕业的老师退下来，学生家长也会有意见。赵老师，你也可以谈谈自己意见。"

葵花只好表示："我服从领导的安排。"

这事之后，葵花对东方也就关心起来。

东方二十来岁，是个单身小伙子，原来是练体操的，家在外地，个子虽不高，身材却很匀称，全身都是好看的肌肉，做个十字吊环、双杠倒立都很拿手。喜欢他的女孩不少，但真正到了谈婚论嫁的时候又都纷纷撤退。老师们私下替他分析了两个原因，一是小学老师的工资低，二是他本人的要求高。两方面一较劲，成家也就难了。

葵花把东方看成弟弟，一看到合适的女孩，就给他介绍。和二丫一说，二丫就把团里未婚的女孩都排了队，不管愿不愿意，都死磨硬拉着见面，结果东方却没一个看中。

"不对啊。"有次二丫对葵花说，"上次我介绍的那个，论个头相貌都很不错了，也不嫌他是个小教，可他只应付了两次就断了。我看一定有其他原因。"

"什么原因？"

"要不，他是看中你了吧？"二丫说完就大笑起来。

虽然是句笑话，可也引起了葵花的警觉。平时，再也不去他的单身宿舍了，看电影也不坐在一排。只是有时体育课下得晚，她会给他留饭菜。大师傅看在眼里说怪话："敢情男人还是年纪轻的吃香啊。"

葵花只当是没听见。

"可人家不一定会领你的情哩。"大师傅又说。

"我愿意。"葵花头也不抬地说。

"呵呵，愿意。愿意。"大师傅干笑着，并毫无顾忌地盯着葵花。

那是一个阴雨天，老师和学生都放学走了，葵花独自在厨房隔壁的会计室里算账,突然有股酒味从身后袭来,还没等她转过来看个究竟,就被大师傅粗大的胳膊一把抱住。葵花拼命挣扎,可大师傅的手劲太大了,仅用一只手就让葵花不能动弹,另一只手就去解她的裤腰带。

"来人啊!"葵花拼命地大叫。

"叫也没用。现在学校一个人都没有。大门的钥匙在我手上。"大师傅显然有充分的准备。

"这是犯罪,我要去告你!"

"告我?也不想想你是什么人?你男人还在青海坐牢?还告我?"大师傅嘿嘿嘿地冷笑,"今天依也得依,不依也得依。实话告诉你,我和校长不是一般关系。如果和我好上了,包你还去教语文,不然的话,就告你贪污。你少的二百块钱,是平时从学生老师的饭菜票里一点点偷的,我可以作证。还有,你不看看自己包里放着什么?那是中午卖的红烧排骨。我就说,是你偷了带回家被发现,还反过来说我强奸。你想清楚了没有?"

葵花就知道这个男人歹毒无比,一切都算计好了才下手,只好说软话:"我与你无冤无仇,为什么要害我啊?"

"我哪是害你?明明是在帮你嘛。三十几岁的女人哪个不想男人?我看你多时了,东方配你太小。说真的,做这事还是找我这样的更合适。你听话,我们痛痛快快玩一次,好不好?我说话算数,真的和校长能说到话。"

"你做梦!"葵花气得不行,"除非把我杀了!"

"那就别怪我不客气。"大师傅一边说,一边从裤兜里抽出一根绳子要绑葵花的双手。葵花一侧身,就咬大师傅的胳膊,痛得大师傅"噢哈噢哈"地叫了起来,眼睛也就红了,暴着血丝,已经不是人的模样,一拳就冲葵花太阳穴打了过去,"你属狗的?叫你咬!我叫你咬!"

葵花眼里闪过一阵白光,就要倒下,却觉得大师傅立刻松了手,身体摇晃了一下,就直挺挺地倒在脚下。这时,她看到了东方,看到东方手里拿了把剁骨头的大号菜刀。

"你……你杀人了?"葵花稳住神,看到大师傅的头上有血,惊慌问。

"这种畜生,杀了才好!"东方骂道。

"可是……可不能犯法啊!"葵花忙蹲下来看大师傅的伤口,"快送医院!千万不能出人命!"

"放心吧,他死不了。"东方轻松道,"我只是拍了下,顶多头皮有点出血。我有数。"

"真的吗?"

"真的。"

葵花这才松了口气,整好衣服问:"你是怎么进来的?"

"翻墙。"东方笑笑,"以前每次敲门他都不开,后来觉得翻墙更方便。"

"现在怎么办?"

"这可要问问他。"说完就踢了大师傅一脚。

大师傅"哎哟"一声,从地上爬起来,也不说话,抹了抹头上的血就往外走。

"给我站住!"东方叫道。

"干……干什么?"大师傅撑着脖子嘴硬,"都……都把我打成这样,不跟你算账就得了,还……还想怎么着?"

"怎么着?"东方冷冷一笑。"刚才你干什么了?"

"什么也没有干啊?"

"什么也没干?那我打了你,就这么甘心情愿地走开?"

"我是要算账的。以后我们走着瞧!"

"干吗要等以后啊?"

"你拿着刀,我怕你。"

"好。"东方把刀扔在一边,"我现在空了手。你说吧,为什么要打你?"

"你是教体育的,我打不过你……现在也说不清楚。"大师傅又要走。

“什么说不清楚？你对赵老师耍流氓，心里有鬼才想溜！”东方上前拦住。

葵花却拉住东方：“算了，让他去吧。”

大师傅于是脚底一抹油，飞快跑了。

葵花想起大师傅说的话，翻了翻包，发现还真有一饭盒的排骨，不知道如何处理。

东方就掏出四角钱菜票，说：“差不多两碗。我买了，你带回去给孩子们吃。”

“不用不用！”葵花忙道，“算我自己买的。”

“赵老师，你老替我操心，都没法感谢。给孩子买两碗排骨还不行吗？”

葵花这才说：“好吧，就算你买的。”说着，就收了菜票，放进抽屉。

“刚受了惊吓，要不找个地方坐一坐？”东方又问。

“不用了。我该回家了，孩子们在等着呢。”葵花往外走着，又说，“有空来我家玩吧。”

东方跟着一起出来：“这事就这么算啦？”

“还能怎么样？我不想再提了。你也别说出去，啊？”

“我不会说的。不过，坏人得不到惩罚就会更嚣张，说不定还要故技重演。”

“这个我不怕。”

两人说着就走出食堂大门。没提防大师傅正拿了根搅粥用的木柄长勺在拐角处等着，一见东方就猛地劈了下来。东方眼尖一闪，却没完全躲开，手背受到重重一击，忍着痛就向大师傅扑了上去。大师傅撒腿就跑，东方要追，却被葵花拉住。

“求求你，别把事情闹大了。”

东方叹了口气停下，觉得手疼，一看，原来手背的皮肉已经去了一大块，骨头都露了出来。葵花怕东方会得破伤风，逼着他去镇医院。结果一检查，竟然是掌骨骨折。等做完手术打上石膏，已经是半夜了。葵花送东方回到学校，打水替他擦了脸，还用煤油炉下了面条，喂着他吃。

东方也不客气，一个劲儿地傻笑。

“你笑什么？”

“还从来没人喂过我吃东西，原来这么舒服。”

“小时候你妈没有？”

“你又不是我妈。”

“那也是大姐。”

东方盯着葵花道：“顶多就是姐姐。”

葵花这会儿才想到，在这儿已经待得太久了。但她看到那沾血的衣服，又忍不住洗干净了才离开。

第二天，她一到学校就被校长叫了去，走进校长室一看，东方已经坐在那里。

“昨天的事，东方老师已经和我说了。大师傅果真对你不规矩？”校长看着葵花问。

葵花过了会儿才点了点头。

“好吧，幸好没出什么大事。”陈校长用严肃的口吻道，“现在的社会很复杂，敌人还不甘心失败，各种力量都在表现。我看，这件事不要再对外说了，对谁也不好。我们会调查的。”

陈校长说完就去了食堂。大师傅涨红了脸大声为自己辩护，说如果碰过赵老师一根手指头，他就不是人养的，天打五雷轰等等。至于东方手上的伤，更和他没有任何关系。同时还说东方老师有生活问题，他有证据，必要的时候会公开。陈校长板着脸打断了大师傅的话，不许他在没有确凿证据的情况下乱说。大师傅便点头应允。从食堂出来，校长就和几个校务会的老师商量了一下，然后通知葵花除八个班的图画课外再兼任一个班的班主任，食堂会计另有人接替。

星期天，葵花一早到市场排队，把家里仅剩的副食品券买了二斤鲜猪肉，肥的熬了油，肉皮做了冻豆，瘦肉剁细了拌成馅，做了一饭盒的蛋饺，又煮了一锅米饭给东方送了去。东方正准备上街买馒头充饥，看到还冒着热气的菜饭，便狼吞虎咽地吃起来，嘴上不停地叫着“好吃！好吃！”葵花在一边抿了嘴笑着，又把东方的汗衫、内裤、臭袜子翻出来到自来水上去洗。东方兼着县业余体校体操队的教练，这天下午集体去看新电影《女跳水队员》，正好多张票，便让葵花一起去。葵花心里很矛盾，说了几次不去，但最后还是跟着东方走了。看电影的时候，东方仿佛是无意地贴着葵花的胳膊，葵花这才后悔起来，看看四周，幸好没有熟人。打定主意以后再也不跟东方来看电影了。从电影院出来，天色已晚，东方顺路送葵花回家，葵花想到东方没地方吃饭，就请他来家和孩子们一起吃。结果进门一看，桌上有张字条，是大水写的，说米饭已经做好，她和二水去满月家给小星过生日，小松跟爷爷去澡堂了。葵花便端出肉皮冻豆，再炒了个青菜，把上午熬的猪油拌在滚热的米饭里。东方又连连说“太香了，真好吃”。

“你还真容易伺候。”葵花笑着说。

“我说的可是实话。同样炒个青菜，你炒的就是好吃，学校食堂那叫猪食。”

葵花又笑着说：“还是快点成个家吧，这样就能吃得好点。”

“我不想找别人。”

“什么意思？”葵花不解。

“赵老师，你不明白？”

“我明白什么？”

“因为我喜欢的是你啊！”东方说完，就直勾勾地看着葵花。

葵花没想到东方会这么直白，脸一下红了，说：“瞎说什么呀。我是结了婚的，我有丈夫，有孩子，况且比你大这么多。”

“你根本就没丈夫。”

“怎么没有？我们是正式登过记的。”

“可他在哪儿？在青海服刑，十年都没见过一面，能叫丈夫吗？”

“东方老师。”葵花严肃起来，“这是我的事。按年龄，都能算是你的长辈了。你说话要尊重我，行吗？”

"你只比我大十一岁,根本算不上长辈。而且,你看起来这么年轻,也就像是我姐姐。我不在乎年龄。"东方激动起来,用那只好手来拉葵花,"去跟那个人离婚吧。让我们一起生活,我一定会让你幸福!我保证!"

葵花死劲将东方推开,板着脸道:"东方老师,真没想到你这样。请走吧。我爹和孩子要回来了。"

"好吧。我这就走。但我们必须好好谈谈。我是认真考虑过的。不管怎么样,我一定要娶你。"东方说完就走了。

葵花万般烦恼地坐了下来。说实话,她早就有一种预感,早就觉得东方对自己不是一般的情感。但没想到会这么坚决,这么不顾一切……当然,这事是绝对不可能的。无论吴大哥还要在监狱里待多久,她都会等着。就是有什么意外,她也不会再结婚。这些东方显然不了解。但怎么才能让东方明白呢?而且,他是个好人,最好不要伤害他。

葵花来找满月。满月家的客厅坐着好几个县领导,都书记,书记地叫着。葵花看看时机不对,刚要走开,却被满月拦住,小声说:"明天我要到达家镇蹲点,有些事交代一下,他们一会儿就走。我正要找你。"

"找我?什么事?"

"一会儿再说,先到我房里坐一会儿。要不就睡一觉。"

葵花就进了满月的卧室,开始还听听无线电,后来就躺在床上睡着了。等她醒来时,已经是子夜一点。满月叫葵花到厨房吃泡饭,葵花不想吃,满月就边吃边说话。

"今晚孩子们都去看电影了。"满月说。

"我也看了。"

"你也看了?"满月奇怪地看着。

"是不是《女跳水队员》?"

"不是。"满月笑笑,"是两部外国片,一部叫《神童》,一部叫《中锋在黎明前死去》,是放给干部和家属看的。正好小星过生日,比吃东西强。”

虽然葵花已经看了大水的字条，但还是问了一句：“今天是小星生日？”

“是呀。转眼都十八岁了。大水是不是比他大两岁？”

“是呀。”

“你看，大两岁呢。”满月重复了一遍。

“怎么了？”

“这事等会儿再说。你先说，找我什么事？”

“是件麻烦事。学校一个同事，说要跟我结婚。”

“噢？”满月充满了好奇儿。“什么人？长得怎么样？多大年龄？”

“这怎么可能？”葵花便把事情前前后后说了一遍儿。“你说，我该怎么办？”

“怎么办？不理就行了。男人碰几次壁就会知难而退。”满月说得轻轻松松。

“都在一个办公室，怎么可以不理？要不，你替我调个学校？”

“调学校不难，可万一那儿再出来个西方？是不是要再调？”

“怎么会呢？没那么多男人对我有兴趣。”

“这你可错了。俗话说，寡妇门前是非多，你现在的情况也差不了多少。三十五六岁的女人正当年，心地善良长得又好看，我要是个男的，也会动心。”满月说着就咯咯咯地笑起来。

葵花叹了口气：“就会拿我取笑。”

“你是不是觉得，女大男小不好啊？”满月过了一会儿才认真问。

“根本不是这个问题嘛。”

“当初，如果吴大哥比你小，你会嫁给他吗？”

“这要看差多少，一两岁无所谓吧。”

“当然了，年龄只是一个问题。”满月神态认真起来，“葵花，有件事说出来，你可别生气。”

“出什么事了？”

“事倒没出，但我能看出来，小星喜欢上你家大水了。”

“他们从小一块长大,喜欢也是常理啊。”

“你没懂我的意思,他们是在谈恋爱。”

“谈恋爱? 他们在谈恋爱? ”葵花有些不信。

“大水写给小星的信我都看了。当然,是小星主动,她在拒绝,但态度并不坚决。”

葵花想想说:“那也不错啊。老话是怎么说的,青梅竹马,两小无猜。以前你不是也说过他们挺般配,将来一定是对好夫妻。”

“我是这么说过。”满月叹了口气。“可现在不行。”

“你是说,年龄? ”

“不是。”满月点了一根烟抽起来,“是家庭出身。”

“家庭出身? ”葵花有些急了,“你嫌我是个小学教师? ”

“不是你,是你丈夫。”满月长叹一口气,继续道,“我现在真后悔帮你们办了结婚证。吴大哥考虑问题是对的。你看,因为你们是夫妻,那孩子的成分就要写劳改分子,他们就是劳改分子的子女。”

“不是说,出身不能选择,主要是自己的表现? ”

“话是这么说,可如果两个人都想当兵,都要分配工作,表现差不多少,可出身不同,一个是工人,一个是劳改分子。要是换了你是领导,你选哪一个? ”

“你是说,不让他们谈恋爱? ”

满月点点头:“不能。绝对不能。找你就是为了这件事,一定要让他们断了这层关系。”

“怎么断? ”

“这个问题有点难度。我仔细想过了,自己也是从这个年龄走过来的。无论是家长不同意,或者学校给压力,实际上都不会有作用。他们在一起十几年,那感情不是说断就能断的。也怪我过去想得不周全,以为高中不在一个学校就可以接触少些,不会发展了。”

“这么说,你早就想到了? ”

“是呀,我早就想到了。以为大水比小星大两岁,就放松了警惕。”

“那你说怎么办? ”

“只有一个办法。”

“什么办法？”

“让小星去当兵。这也是他的愿望，他爹妈都是军人嘛。”

“你以为当了兵，就不会来往了？”

“当然不那么简单。不过，办法总是有的。我们先统一一下思想，事情就好办了。”

“你说吧，我听你的。”葵花立刻表态说。

“这件事，需要我和你配合起来做。你看，人不在一起了，他们就只好通过写信。如果寄到学校，我会有办法拦下来。如果寄到家里，那你就不要交给大水，直接给我。只要两人有个半年不联系，感情就会淡下来。等毕了业，你赶紧给大水找个对象，早些结婚。你看呢？”

葵花低头想了想才说：“满月，有件事你必须说实话。这些年来，我老往你家跑，是不是对你影响不好？”

“没有啊？怎么想起来问这个？”

“你现在是县委书记，可我是个劳改分子的家属。过去是没有想到，现在想想，确实对你不好。以后我也就不来了。”

满月听了放下脸来：“葵花，你这么说，不等于在打我的嘴巴？我们是什么关系？是一起拿过枪、打过鬼子的战友，比亲姊妹还要亲的亲人。只是因为你丈夫在坐牢，我就不理你了，那我这个书记还怎么执行党的政策？还怎么做人？”

“既然这样，那么吴大哥只是我丈夫，和大水二水却没有任何关系。情况你是知道的，他们连面都没见过，怎么就成了劳改分子的子女呢？再说，大水和二水的表现你最清楚。你是领导，觉悟应当是最高的，党的政策也是执行得最好的，为什么到了自己头上，就不实事求是，就反对孩子们的感情？”

满月抽着烟，好一会儿没有吭声，后来才笑笑说：“当了人民老师，果然会说话。”

葵花却还是板着脸道：“你先回答我的问题。”

“好吧。”满月深吸一口气，“我不是小星的亲生母亲。我要对他牺牲了的父母负责。”

“你就找借口吧！”葵花觉得满月没有说实话，就生气站了起来，拉门要走，“这儿，可不是我这个劳改分子家属待的地方，再也不会来了。”

“你做什么？”满月忙拉住葵花厉声道，“这方面我是自私。但你怎么一点儿也不替我想一想？如果他们成了，我们就有了社会关系。你丈夫就是我的亲家。那些被我批评，受过处分的人会怎么造舆论？不是每个人的觉悟都很高。这方面我当然要想到！我们这么好的朋友，你不理解，还要发脾气，说这些气话。你要是真敢走，我就……”

“你就怎么？”葵花抬着头问，“还能打我不成？”

“我就打了你，还能怎么样？”满月说着就要拿扫帚。

葵花却一下笑了起来：“堂堂一县之长，书记，要打人，也不想想什么后果。”

满月却继续板着脸：“我告诉你，要说自私，那就是你。只想着自己的感情，对子女，对朋友都不考虑。你敢说，这不是实情？”

葵花这才不说话，坐下来看着别处。

“天这么晚了，就在这儿睡吧。明天和我一起去镇上。”

说着两人就洗脸洗脚上了床，却根本睡不着，各自睁着眼想心事。最后还是满月说：“什么也别想了，想也没用。就让他们自由发展吧。”

“不过你说的也有道理。”葵花叹了口气道，“你毕竟只是个养母，孩子来的时候已经懂事，如果不给他一个好的前程，也确实对不起他的亲生父母，将来他会怪你的。”

“怪就怪吧。再说，当兵做干部也不见得就是好前程。就像我，如果当初留在北京上学，日子肯定比现在要安顿。”

过了一会儿葵花问：“你和李书记还有来往吗？”

“有哇。他现在调到省里当副书记，算是直接领导，想躲也躲不掉。”

“那你老不结婚，对他有影响吗？”

“谁知道啊？不过，已经过去这么多年，我们又没超出普通朋友的界限，再造谣也没人相信。”

“你说，女人为什么会这样？爱上一个人就终身忘不掉，甘心情愿做牺牲？”

“这种事，我已经不再想了。”满月说着叹了口气，“到了咱这个年纪，就是想找对象也不容易，三四十岁的好男人都已经结婚有了家，年轻的也不会欢喜我这种半老徐娘。当然，你运气比我好。”

“要不，我把东方介绍给你？”

“省省吧。要真嫁个小十来岁的丈夫，不被人骂死，领导也要追究。”

“又不犯法，追究什么？”

“你可不知道，当了县委领导就得受群众监督，你想想，这种事群众会说什么？至少也是生活不检点。”

“我也是群众，我就不会说。”

“不说这个了。”满月翻了个身，“你说的那个大师傅我想起来了，当初离开招待所的时候，好像还反咬了人家一口，说人家小姑娘勾引他。你可得当心点啊。”

可这会儿，葵花已经不再理会大师傅的事，只想着如何让大水和小星断绝关系。第二天一回家，就找大水单独谈了一次。说你要真爱小星，就要替他的前途着想。

大水开始不承认，后来就流着眼泪保证，不会再和小星有任何来往，如果接到信，就交给满月阿姨。葵花同情地看着大水，大水最后竟放声大哭起来。果然没几天，小星就参了军，临走前来和大水告别，大水却躲到同学家，一直到接新兵的汽车走了，也没露面。

二丫搞了两年多独唱，后来因为感冒倒嗓急于恢复，却吃错了药，成了慢性喉炎，再也难以登台，团里又分来几个声乐专业的学生，于是主动提出回行政。可会计早就有了人，团领导一合计，就让她去了服装组。因为二丫住在单位宿舍，从来不迟到早退，服装又管理得井井有条,年年都被评为先进,没两年就当了组长。原先的那位团长因为把会演搞得有声有色,不仅拿了省里的奖,还受过文化部的表彰,不久前县文化局局长调省里工作,团长就被任命为常务副局长。据说本来是要当局长的,后来有人给上面写信,反映他的生活问题,他爱人就直接找到满月,保证丈夫的清白。其实满月对团长和二丫的事是清楚的,但并不认为是什么大事,于是主张用常务副局长过渡一下,同时也找团长谈了一次话,要他"有则改之,无则加勉"。团长自然是信誓旦旦地表白了一番。不过,没多久他就自己找关系调走了。

新来的团长是个女同志,曾经在一部电影里演过一位英勇不屈的女英雄而受到全国观众的喜爱,一个月前因身体不好回老家休养。分管文化的副县长是她的影迷,也为了提高文工团的知名度,三顾茅庐请她出山,说挂名也行。于是这位女演员就表示,当团长可以,但必须依她三个条件。一是不负责团里的具体事务,无论是演出还是行政,都由副团长和艺术委员会来决定;二是策划一个大戏,由她担任主角,将来争取到北京去演出,资金她会张罗;三是上自由班。那位副县长自然是一口答应。新来的团长人缘很好,见谁都是笑嘻嘻地露出两个漂亮的酒窝,大家都叫她春姐,那是她成名电影里的那个角色。

春姐策划的一个七幕话剧叫《四季常青》,是根据县医院创新研制一味中草药的事迹改编,主角是位三十来岁的女医生。根据行规主要角色都要由两个演员担任,不少人都在争演女医生的B角,可春姐偏偏看中了已经对上台不再抱有希望的二丫。这意外的消息让二丫好几个晚上都没睡着,梦里也在背诵台词。排戏的时候,更是跟前跟后地把春姐伺候得十分周到。同时怕节外生枝,对自己的言行举止也格外注意,特别是与老耿的地下关系。

老耿是个复员军人,在文化宫电影院做放映员,前几年老婆因病去世,儿子一直跟着外婆在农村生活,自己有一套住房,倒也逍遥自在。二丫因为喜欢看电影,又属于一个系统,少不得经常见面。两人都是单身，自然一拍即合。经过长期观察，二丫没发现老耿与其他女人有什么关系，就一心一意起来，空闲的时候也给他打件毛衣，又时常送些积余的粮票和副食品券，关系十分融洽，从不吵架拌嘴。但有一点，二丫从不在老耿那儿过夜，总是一进门就脱衣服上床，完了事立刻走人。如果有外人在，就客客气气地打招呼，根本看不出是一对地下鸳鸯。时间一长，老耿也曾表示想把关系公开，重组家庭。可二丫却坚决反对，理由并不充分，只说对男人不信任，万一有了什么事，倒也好说好散。其实二丫是不满意老耿的生活习惯，要不是每次都被二丫逼着，根本就想不起来要去洗澡换内衣。此外，在那件事上也不是很强。所以每当翻云覆雨之时，二丫都禁不住要想起和老团长在一起的日子。

二丫口紧，唯独不瞒葵花。葵花劝二丫早日和老耿领证结婚，要不就断绝来往。二丫嘴上说再想想，其实铁了心就这么过下去。这一天小娅十岁生日，满月有事不能来，但买了个奶油蛋糕。二丫请葵花和三个孩子来宿舍吃饭，结果大水和二水都说学校有事，葵花只带了小松。小娅嘴甜，一口一个“小松哥哥”地叫着，又主动抓了小松的手一起切了蛋糕。就在那一刻，葵花突然想到一件事，等孩子出去玩时，就和二丫谈了起来。

“你再想想，小娅到底是谁的孩子？真的是那个团长的？”

“当然是了。”二丫想都不想就回答，“除了他，还会是谁的？”

“你没发现，她和小松长得可像呢。”

“像又怎么样？”二丫笑道，“小松长得随你，小娅像她生父。你和那个人长相很像兄妹，我早就看出来了。”

葵花却板着脸说：“我可不是说笑，这是件大事。”

“那又怎么样？”二丫冷冷一笑，“反正这事也无法证明。我也不想要她的生父负什么责任，管他是谁的，反正是我的女儿就行了。”

但葵花还是怀疑小娅是镇大卢的女儿。想起大水和小星的事，便暗暗下了决心，以后不让小松再和小娅来往，如果这两个孩子再产生什么感情，那就太可怕了。

从文工团出来，葵花就看到了刘脚子。他手里提着一盒蛋糕，可怜兮兮地站在街对面，一看就知道已经等了不少时间。

“烦你的神，把这蛋糕拿进去给二丫。”刘脚子装笑道，“平时就算了，但今天是孩子十岁的整生日，我这个当父亲的，不能没有一点儿表示啊。”

“还是认为小娅是你的女儿？”

“这么说吧，她是在我们保持婚姻关系的时候有的，我不是父亲还能是谁？”刘脚子倒也十分开朗。

听这么一说，葵花还真没法反驳，只好道：“现在饭都吃完了，你才来，也不早点。再说，既然认定你是父亲，那就直接送进去。都这么多年了，我看二丫的脾气也改了不少，再不高兴，也不至于把这么贵的蛋糕扔掉了，你说呢？”

“其实蛋糕并不重要，我是想和你说件事。找个地方坐坐行吗？”

“什么事，这儿不能说吗？”

“还是找个地方吧。”说着，刘脚子硬拉着葵花进了一家小吃店，让服务员泡了茶，这才继续说，“葵花，虽然我帮镇大卢做过不少事，但想过没有，这么多年来，我做过什么对不起你的事吗？”

葵花吓了一跳，道：“说什么呢？这倒是没有。”

“就是有过什么对不起的，也希望能够原谅。”

“什么事，你就说吧。”

“求你帮个忙，来世我做牛做马报答你。”

“这是做什么？说得这么严重？犯法的事，我可不做。”

“哪里会犯法，我是求你成人之美，让我和二丫复婚。”

葵花看着刘脚子道：“这事我知道。”

“你怎么知道？”

“二丫和我提过。”

“她怎么说？”

“她说收到过你的信。”

“后来呢？”

“后来她说不可能。”

“她也让人给我带过话,说不可能。”

“既然这样,我能有什么办法?”

“你是她最好的朋友。你的话,她还是听的。”

“不要给我戴高帽子,我可没那本事。现在告诉你也不要紧,其实我是劝过她多次了。你是个科长,给你说媒的不少,可一个都没答应。就知道你对二丫还是有情义的。二丫这头也是如此,她一直带着孩子住在单位,谁也不嫁。这么看来,你们和好还是有希望。”

“那你再帮我美言几句,不就成了?”

“可二丫不愿意改变现在的生活。”

“是不是有了人?”

“这话我不能回答你。”

“那就是有了。”

“怎么想是你的自由。不过据我所知,她独身的原因是对男人不信任。过去被你们男人害苦了,也怕了。”

“她这么想,我理解。但葵花你也想一想,是不是偏激了一些?不说旁人,难道你的那位吴大哥是坏人吗?男人容易犯错误,但也会吸取教训,也会改正。不然,天下怎么会有那么多幸福的家庭?葵花,你是人民教师,不只是教育孩子,也应该教育朋友。今天我是真心实意来求你,让二丫相信我是个好男人,好丈夫。还有一条,不管你信不信,自从离了婚,这十年来,我一个女人都没碰过。如果说谎,我明天嘴上就生个大毒疮,出门就被汽车撞死。”

葵花叹了口气道:“你结婚的时候,耍了点手段,我可以理解。但后来那件事,真的不能原谅。”

“可那事已经过去了十年,我惩罚自己也该到了头吧?”

“是不是到了头,这要二丫认可才行。刘科长,这事我可以和二丫再说说,但你也要做好准备,有些伤害,女人是一辈子都忘不掉的。”

过了几天,葵花把这事告诉二丫,二丫冷冷一笑说:“复婚?他这是在做大头梦呢！”

满月来达家镇蹲点的第二天，就接到一封告发镇大卢的人民来信。虽然没有署名，但罗列的事却非常具体。几月几日在哪个饭店拿走了什么紧缺食品，几人几次在哪家酒楼大吃大喝没有给钱等等，结果一调查还确有其事。结合原来一些基层人员写到县委的检举信，于是决定对镇大卢停职检查。但没几天，满月又收到告发葵花的信，说她利用食堂会计的身份，一角钱一两饭地采取“蚂蚁搬山”的手段进行贪污，几年来竟高达二百多元人民币和四十多斤粮票。满月让人到学校取证，校长竟然写了“情况属实”几个字。还说当初让她每年都写个汇报，就是对她这种人有个防备。满月并不以为然，将其搁置一边。但一个月后，李真就给她打电话，说她包庇葵花的情况已经反映到省里，要她赶紧立案调查，尽快拿出结论。当晚，满月就来到文工团，并让二丫找来葵花，问了情况。葵花说确实有那么多钱和粮票没有对上账，但已经向校长做了书面汇报。满月听了，半天没有吭声。

“怎么这么笨呢？”二丫着急道，“书面汇报就等于认罪证书，拿把柄塞到人家手里，什么时候都能拿出来整你，想赖都赖不掉啊。”

满月却很冷静地问葵花：“你和那个陈校长有什么过节吗？”

“没有。”

“你认为陈校长人品如何？”

“挺公正的啊。”

“你上次说，她和那个大师傅好像关系不一般？”

“那是大师傅说给我听的。但我不觉得他们有什么特殊关系。”

“那是你太老实！”二丫插嘴。

“就是有，我也不知道啊？”葵花想想又说，“可陈校长为什么要整我呢？”

“我不认为是陈校长干的。”满月想了想道，“她要是对你有意见，也用不着如此，随便找个理由就可以不让你上课。”

“那是……大师傅？”

“也不大可能。虽然他的企图没得逞，但也害怕别人知道这件事。再说，他没什么文化，也写不出这种信。”

“那是谁呢？”

“凭着直觉，很可能是我们的那位老朋友。”

葵花叹了口气：“这粮票还可以凑凑，可这钱还真是拿不出来，不然我赔上算了。”

“不要想得这么简单。现在根本不是差多少钱和粮票的问题。”满月想了一会儿才说，“这件事，实际上是冲着我来的。”

“你？”葵花和二丫都不理解。

“有些情况，就不和你们说了。我这次来蹲点，肯定会有人不高兴。”满月说完就站了起来，“今天我来，主要是要告诉你，今后无论是谁和你谈话，都要实话实说，包括私生活。”

“个人生活有必要吗？”二丫问。

“其实没有真正单纯的个人生活，特别是群众的思想觉悟还有待提高的时候。”

“那……”葵花犹豫了一下，才凑近了满月说，“那件事呢？”

“你是说埋枪的事？”

“不是说，怕说不清楚吗？”

“不用了。前几年李真已经把事情都说清楚了，组织上已经有了结论。”

“不过我认为，该说的要说，不该说的还是把紧了嘴比较好。不要让那些坏人钻空子。”二丫把满月送到门口说。

“你呀，就怕人家说你的地下活动。”满月说，“这方面，我和葵花可一点儿也不怕，你就保不齐了，对不对？”

“葵花我相信。”二丫嘻嘻哈哈反击道，“可你和李书记的事，我可说不准了。”

“你这是以小人之心，度君子之腹。”满月也笑了起来，“二丫你要再胡说八道，当心我打烂你的嘴。别以为我是书记就不敢。”

满月走后，葵花又坐了一会儿，说了大水和小星的关系。二丫主张这事不能听满月的，要让孩子们自己处理。回到家，葵花把这些年学校食堂的查账纪录都翻了出来。第二天，果然有人来找她调查，她就把这些纪录都交了上去。来调查的人看了以后当着葵花的面对陈校长说，这应该是比较正常的情况，说是贪污有点证据不足。陈校长也表示，没有问题最好。可东方却不干了。他先是联系了几个老师揭发了大师傅克扣师生的粮食问题，明明二两一碗饭，大师傅用的量具装满了才一两九钱，按一天二百碗算，就是整二斤，一个月开饭二十六天，那就是五十二斤，一年两个学期就是四百多斤。再一个就是买菜的钱，据菜市场给学校做的账目与大师傅的报账相比，平均每天要多从葵花手里支出一块多钱，照这么算下来，一年就有二三百块进了大师傅的腰包。这已经不是贪小便宜的问题，而是刑事犯罪。陈校长看了材料，头上直冒冷汗。一方面在校务会上表示，这是一起严重的政治事件，是阶级斗争在本校的具体反映。一方面找东方和有关老师谈话，声明这项工作必须在学校内部进行，不得外传。如还有什么材料必须直接向校领导汇报，不得越级反映。接下来，以陈校长为核心的调查组宣布，每个教师都必须主动交代是否有多吃多拿问题，不仅是食堂里的饭菜，还有校方发的墨水和蘸水钢笔，并规定以后要用粉笔必须从教研组长那儿登记领取，用完的粉笔头必须统一上交集中处理。此外，出身不好，或有重大社会关系的教师，必须提前一个小时到校打扫卫生，用实际行动改造世界观，追求进步。

葵花属于“有重大社会关系”的教师，所以也在提前来校打扫卫生的名单之内。那天她看错了时间，竟然提前两小时到校，刚一进门，就看到校门洞开，有辆公安局的汽车停在门内。不一会儿就看到几个警察把东方老师带上车走了。等到快上课前，陈校长把葵花叫到办公室，这次和她谈话的不是校长，而是县教育局的一个干部和公安局刑侦科的一个警察。

他们开门见山要葵花回答：你是怎样和东方发生肉体关系的？都在哪里发生的？多少次？动机是什么？

一时间，葵花什么话也说不出来了。

第 17 章

葵花爹一直在偷偷地攒钱，为的是想在小院里给大水盖间房。孩子们都大了,二水和小松兄弟俩住在朝北间还行,只是大水已经是个二十岁的大姑娘了,却没有自己的房间,还和葵花挤一张床,总让他这个当爷爷的于心不忍。葵花爹原来想去住单位宿舍,把自己的房间让给大水,但葵花和大水都坚决不同意。想来想去,也只有这个办法。结果找了几个要好的一合计,他的那点钱,只够买做梁柱和门窗的木料,砖头青瓦以及人工费还差着一大截呢。于是想到打会,而且还得是个大会,起码得找二十个人,每人每月十元钱,他分二十个月还清。这事葵花爹可不敢和女儿商量,因为他每个月也就二十几块钱的工资,如果要打十块钱的会,那就得多上十几个夜班。这对已经快六十岁的葵花爹来说,确实是个不容易的事。但除此以外,还能有其他办法吗?

这天葵花爹要加夜班,等着葵花回来说一声,结果天都黑了还不见人影,便弄晚饭给孩子们吃了去上夜自习,正准备锁门要走,却见陈校长和教育局的人找来,说葵花有事要在校待几天,暂时不能回家。葵花爹一听就急了,担心出了什么事故,人在医院急救什么的要瞒着家人。陈校长却笑道:"如果是这事,我就不来了。"

看陈校长笑得这么自然,葵花爹也就放了心。还希望葵花能在学校多待几天。陈校长有些奇怪,葵花爹便把盖房子的事说了。

"这可是件好事。"陈校长和教育局的人会意地看了一眼,又问,"这可得花不少钱吧?够吗?"

"够,够。这些年都攒着呢。"毫无戒备的葵花爹忙回答。

"那可够辛苦的。"

"没什么,积少成多嘛。"

"呵呵,是这样啊。"陈校长仍然笑着说,"我们今天来,是有件事想了解一下。"

"您说吧。"

"是这样,我们学校有个东方老师,他来过你们家吗?"

"东方老师?"葵花爹想想才回答,"是那个教体育的?来过。我是听葵花说的。"

"听说的?"陈校长眼睛放光,"这么说,他来的时候您不在家?"

"不在。我跟孩子出去了。"

"孩子也不在?"

"是。葵花原来是想请那位老师来吃饭的,结果家里一个人都没有。"

陈校长"噢"了一声点点头,"东方老师……他经常来吗?"

"这就不知道了。好像没再听葵花说过。"

"也许来过了没告诉你呢。"教育局的人一直在做记录,这时表情严肃地插话道。

"有什么事吗?"葵花爹有些警惕起来。

“没什么。我们就是了解一下情况。”陈校长也严肃起来，“如果你刚才说的都是实话，就在这上面签个字。”

“签字？”葵花爹疑惑起来，“签字做什么？”

“你不要害怕。”陈校长又笑了起来，“我们是在帮助一个同志。过两天葵花回来，会告诉你的。签吧。”

葵花爹把记录仔细看了一遍，觉得和刚才说的一字都不差，这才勉强写了自己名字。等陈校长他们走后，又觉得不大对劲，但怎么不对劲了又想不出来。等孩子们回来，葵花爹就把这事说了，二水说：“怕什么，妈从来不做亏心事。”大水却想了想说：“他们为什么这么关心东方老师来我们家的事呢？”

“你觉得会有什么事？”葵花爹紧张起来。

“会不会……”大水说了半句又摇摇头，“不可能。妈妈不是那种人。”

“你说你妈不是哪种人？”

“不是那种生活随便的人。”

葵花爹这才有些醒悟：“你是说，他们怀疑你妈和东方老师？”

“应该不会。妈妈只是比较关心东方老师。”大水想想说，“明天我去学校问一下就知道了。”

这一夜葵花爹很不安，胸口一直在隐隐作痛。后悔在那份记录上签了字，因为毕竟说了句“家里一个人都没有”，这不等于给人家口实吗？第二天他上了半天班，发现胸口还是不舒服，医务室的医生要他到县医院查一查，还开了半天病假。从单位出来，他没有立刻回家，却去了葵花的学校，正好放学，就问一位老师看到葵花没有。那位老师说，刚才还看她上课来着，现在不知去哪儿了。葵花爹一听还在上课就放下心来。大水回来也是这么说，还说不回家的原因是集中学习上级文件。但过了三天，葵花仍然没有回来，也没给家人传回一句话，倒是来了个老师拿了些换洗衣服过去。这时葵花爹就有些急了，要大水和二水到学校无论如何见到妈妈不可。结果他们这次连校门都没让进，还被盘问了半天，“是谁让你们来的？目的是什么？”正当他们万分懊恼地回到家时，却见小松灰头土脸地跑了进来。

“妈被斗争了。好多人都指着妈妈问话，还喊口号。”

“你是怎么知道的？”大水赶紧问。

“我是趴在窗户上看见的。”小松一气说了翻墙进入学校的经过。

大家傻了眼，又问小松具体听到什么没有。

“他们要妈承认和东方老师的关系，还说妈是贪污分子，克扣学生老师的饭菜钱盖房子。”

葵花爹听了直跺脚。二水和小松商量着在后半夜把妈妈救出来。只有大水很冷静，要爷爷立刻去找满月阿姨。葵花爹一下被提醒，当即就出了门。到了镇政府，结果听说满月已经回县里开会。一个年轻姑娘说是工作组的，问有什么事。葵花爹见不着满月，便什么也不说。倒是那姑娘主动说，如果是因为葵花的事，一定要相信领导、相信党，家里的人要过好正常生活。看样子葵花的事满月已经知道，葵花爹便点点头走开。心里想，既然满月知道就没事，再说葵花哪是这种人呢。

满月和她的工作队遇到了新问题。原来主要是查干部在经济上的“四不清”，结果发现了不少男女私情，各单位都在深挖。反复学习上级文件，发现“贪污”和“腐化”确实连在一起。经济上不清的，往往都有“腐化”问题，发生不正当男女关系的，又经常和“贪污”沾边。镇大卢就是一个典型，而现在这样的典型越来越多，连原以为最清白的镇小学也变成了一潭浑水。先是东方老师用实名写的检举信，说陈校长常年包庇大师傅贪污，并且关系十分暧昧。不久大师傅也检举东方和赵葵花乱搞。陈校长认为葵花在做会计期间账目不清，又和年轻老师关系不正常，影响很坏。东方为了葵花竟然打了贫农出身的大师傅，是阶级报复，直接要司法机关干涉。现在东方已经被拘留，葵花在接受审查。类似情况在许多单位都有反映，目前因“腐化”

问题由单位负责审查的男女已经过百，而且人数正在迅速增加。有的居委会对有生活作风嫌疑的人进行二十四小时监视；公园则组织起联防队，对恋爱男女的伤风败俗行为进行严厉打击；妇联认为夫妻生活也是防止资产阶级思想腐蚀灵魂的一个重要领域，鼓励女同志揭发丈夫"鸡奸"等流氓行为。更为严重的是，已经有人竟然用自杀来对抗运动。工作组内部意见不统一。有人认为生活问题是阶级斗争的表现形式，要从严查处。另有人认为会造成扩大化，扭转斗争的大方向。

满月带着这些材料回到县城，和县委县政府的领导统一思想，最后形成一个内部决议：无论是经济问题还是生活作风，只查股级以上干部。各单位一律不许对普通群众实行变相关押，够得上刑事犯罪的由司法机关直接查处。此外，要坚决防止被审查人员自杀，出事单位要追究领导责任。

葵花很快就被放了出来，但东方却被正式逮捕，只是罪名不再是殴打大师傅和生活腐化，而是猥亵少女。有两个六年级的女生已经出来做证，说东方在教体操动作的时候摸过她们的下身。葵花决不相信东方会做这种事，来找满月，要她主持公道。满月却要她别再管东方的事。

"明明是陷害，是打击报复，也不要管吗？"葵花对满月态度感到惊讶。可满月说，一旦上了刑事，她这个县委书记就无能为力。况且新调来的公安局勾局长，是陈校长丈夫的兄弟。葵花听了吃惊不小。又过了一天，听说东方试图在监舍里自杀，幸好被及时发现。抗拒行为将要罪加一等。

对东方的事，葵花决不能袖手旁观，因为这一切都由她引起。如果那天东方不来救自己，他就不会得罪大师傅；如果不为自己的工作打抱不平，他就不会得罪陈校长；如果自己被陷害他不站出来反击，他还会落到这个地步吗？

葵花来找二丫，可二丫却不这么看。

"这都是他自找的。"二丫听葵花说了前后经过，兴奋得要命，终于有了一个对男人的灵魂深处进行无情解剖的机会，“对男人我是看透了。说你漂亮、聪明，说你觉悟高思想好，说你是他的一半，海枯石烂。不管说什么，最终目的还是上床。无论是社会上的二流子，还是国家干部，心里想的都一样。”

“要照你这么说，这世界上都没有真感情了？”葵花是来找二丫想办法的，结果却听到这种话，非常气愤。

二丫却笑了笑，又说：“当然，话又说回来。我并不认为这有什么不好。我们女人也需要。难道你不需要吗？”

“我不需要！”葵花果断表示，“你以为大家都像你啊！”

“你的问题就在这儿。”二丫并不生气，“老是不正视自己，不正视现实，说到感情，你也不正视男人的感情。如果你是我的话，这样的悲剧就不会发生了。”

“为什么？”

“为什么？”二丫苦笑一声，“我会满足那个东方老师的需要。他一满足，就不需要在你面前表现这表现那，就不会得罪人，人家也不会找他的麻烦了。”

“你错了。就算是我和他有那种事，他也会主持正义。因为他是个有感情，有血性的男人。和你认识的那些男人不是一回事，那是动物。”

二丫冷笑道：“既然对他评价这么高，为什么不答应呢？”

“这是两回事。你要再这样胡说八道，就不和你说了。”

“办法还是有的。”二丫这才谈到正题，“当初，你是怎么救那位吴大哥的？还记得吗？”

“当然。”葵花一下被提醒，“你是说，去找当事人？去找真相？”

“这是唯一的办法。”二丫认真说，“那两个孩子肯定是被人做了工作。这么小，怎么会知道这些事？再说东方教体操这么多年，过去怎么从来没发生呢？”

“要是孩子，或者她们的家长不肯改口呢？”

“不会的。”二丫很有把握地说，“如果真的没有，谁愿意把这种事揽在自己身上啊?这可是要入档案的。将来她们长大了,要谈恋爱要结婚,男方要调查,到时候让她们怎么说?当然,如果真的有,你会改变对东方的看法,也就不会这么着急,这么揪心了。”

葵花不得不承认二丫说的有道理。要查出那两个女生并不困难。其中一个叫姜丽丽,是个发育得比较早的女孩,葵花和她父母只谈了一会儿,就知道了真相。原来陈校长做了一笔交易,如果孩子承认,会保送她到县里的重点中学。现在听葵花这么一说,也觉得对孩子将来没有好处,所以答应再来取证时,会让孩子说出实话。但去找第二个孩子时就没这么简单了。那个女生叫刘盛美,成绩不好,和已经离了婚的母亲生活,她非常坚决地说,东方老师不仅在上课的时候摸过她,还曾经把她叫到器械室做下流动作。女生的母亲乱蓬着头发,在脏兮兮的房间里跷着二郎腿,一边吸烟一边大声地骂着东方,说不给判个十年八年,她会一直告到省里。至于孩子的将来根本用不着她去考虑。

“你能保证这一切都是真的吗?”葵花吃惊地看着那个的女人。

“你以为我是个白痴?孩子被人搞成这样,我作为孩子的母亲,能不伤心吗?那种老师我见过,完全是个臭流氓!”

“我能和你女儿单独谈一下吗?”葵花没什么把握地要求。

“可以啊。”那女人很大方地同意,“怎么谈都可以。”

葵花把刘盛美带到街上,见她在一家糕团店前不走,就买了两块豆沙糕给她吃。刘盛美吃完了不等问就说:“东方老师把手伸到我小便的地方,每次都弄得我很疼。我妈还带我去过医院。我对任何人都会这么说的。”

葵花反复开导刘盛美要做诚实的孩子,不能说谎,可一点儿作用都没有。刘盛美把上面的话重复了好几遍,一个字都没改。

回到家,二丫已经在房里坐了半天。

“怎么样?那俩孩子怎么说?”二丫显得急不可耐。

葵花叹了口气:“只有一个做通了工作。”

“那就成了!”二丫一拍屁股跳了起来。

"怎么成了？那个孩子一口咬定。说的那些话，都让人没法儿学。"

"肯定是个坏孩子,家境不富裕。"

"你怎么知道？"

"还用说吗？表现好,家庭情况好的,就是有这种事,家长也不愿意说。"

葵花点点头:"有什么办法让孩子说实话？"

"可能性不大。"

"那怎么办？我不能眼睁睁看着东方老师受冤枉。"

"只有一条路能走。"二丫似乎早就想好了。

"什么路？"

"过去打鬼子的时候,有一个战术,你还记得不记得？"

"什么战术？"

"叫作你打你的,我打我的。你看,敌人是有备而来,敌强我弱,硬打肯定打不过。人家不管使什么手段,总之是弄了个孩子做证据。现在看起来,要把这个证据推翻,要让那个孩子和她家长承认是做了伪证,会很难很难。所以他来进攻的时候,我们不能正面接触。但我们也是人,也有手段,我们绕到他们后面,打他的软肋。你明白吗？"

"不明白。"葵花苦笑笑,"你干脆说吧,我该怎么办？"

"打校长。"

"打校长？"葵花不明白。

"把枪口瞄准那个陈校长,调查她和大师傅的生活问题。然后和她谈判,你不是要东方坐牢吗？好,我就一报还一报,把你搞得臭不可闻。逼她缴械投降。"

"校长和那个大师傅,真的会有生活问题？"

"百分之一百！"

"你怎么知道？大师傅只是个普通工友,没文化,嘴里臭烘烘的,校长怎么会和这种男人？"

“可他身强力壮,正当年。”

“那又怎么样?”

“你难道不知道?”

“我知道什么?”

“那个姓陈的校长是个寡妇。”

“寡妇?”葵花还真的不知道校长的家庭情况。

“得病死的,都好多年了。”

“那……寡妇就有生活问题?”

“这个世界上,只有你是白痴。为了一个男人的感情就当一辈子尼姑。那大师傅不是亲口对你说过,他和校长关系不一般?东方不是也做过调查吗?”

“可总得有证据啊?就算他们有什么事,会让别人看见吗?”

“哈哈,若要人不知,除非己莫为。”

葵花想想说:“用这种手段……怕也不好吧?”

“那就算了。”二丫冷冷一笑,“人家要你的东方老师坐十年牢,可是不择手段。”

“可我怎么去调查?去问别的老师?会有人告诉我?”

“这件事交给我来办。”

“你有办法?”

“现在没想好。反正一定会有办法。”

“可不能做犯法的事。”

“怎么犯法?”

“比如,拿把刀逼人家,那可是要出大事的。”

“放心吧,我文化不高,可看的戏可不少。什么事该干,什么事不该干,我心里清楚着呢。”

“不管做什么,最好先和我商量一下。”

“行,和你商量。”二丫不耐烦地说。

“还有,就是不能太过分。”

“该过分的,就必须过分。”二丫板着脸道,“我可告诉你,这事可不是一般的人民内部矛盾，是你死我活，懂吗？”

葵花不知道二丫会做什么，但事情到了这个地步，也就不能想得太多了。在这段时间里，她已经渐渐忘掉了一个人，那就是镇大卢。她做梦也没有想到的，这一切都是镇大卢造成的。

镇大卢老带着一副扑克牌，一有空就坐下来给自己算命。方法很简单，就是通关。可每次都通不了。于是，就再洗牌，再通。他虽然被停职，但必须每天照常上班，任务是交代“四不清”问题。可他除了那些别人已经揭发并有百分之百证据的事，其他一概不交代，不承认，要不就干脆装糊涂，一问三不知。工作组规定，如果实在写不出东西，必须学习文件。于是有人看的时候，他就拿着文件做样子。人一走开，就玩通关。工作组和他谈了好几次，没收了扑克，要他端正态度。可没收一副他会再带一副，时间长了，工作组也懒得再管，有时还问，你通了没有？镇大卢只是默默地摇摇头，表情呆板，动作迟钝。于是有人说他神经有了毛病，开始同情起来。

其实这一切都是装的。一回到家中，立刻就换了另一副面目。这时候的他，是个足智多谋、目光深远的指战员。他主要在做三件事。一是搜集所有上面发的文件和领导讲话，分析形势，以确定自己在众人面前应该表现出来的态度；二是搜集本县所有股级以上干部的情况，多少人被审查？多少人被起诉？多少人停职交代问题？多少人回到原来的工作岗位等等，由此来判断自己的处境。当他看到与自己情况类似的人越来越多的时候，心情就轻松多了；第三是死死地盯着满月。他知道，无论因公因私，满月都是他最大的对手，也可以说是敌人。当然，要消灭这个敌人，就他一个小小副镇长的力量目前还没有可能，但他可以给她的工作制造障碍，分散她的注意力，削弱针对自己的打击力度。如果她在某种事情上有所疏忽，甚至犯了错误，那他就会毫不留情地发起攻击。

葵花以及东方与校长之间的矛盾，就是他针对满月而导演的一出好戏。他首先用“一名有正义感的教育工作者”的名义，到处投寄揭发校长和大师傅的控告信，不仅使用了葵花所在学校的备课用纸，而且选择了离学校最近的邮筒，还保证不会留下自己的指纹。如他所料，这些揭发信很快就落到陈校长的手中，并且东方也很快因为猥亵女学生罪遭到正式逮捕。但这不是镇大卢的目的，他的目的是要看到满月在这件事上的态度。据他推测，东方明显的冤案一定会激起葵花的愤怒，而葵花要帮东方只有依靠满月。这样，满月就会插手这件事，比如和公检法的领导打招呼，或直接对专案组下指示，这样势必会造成徇私情节，就会犯错误，这样他的机会就来了。不过令他失望的是，满月对这件事似乎没有做出任何反应。刘立红动用了所有的关系，也没有发现满月插手东方案的任何企图。不过镇大卢坚信只是个时间问题，满月会不管葵花的事，打死他也不会相信。

镇大卢境遇不佳，可夫妻关系却和睦起来。正当盛年的他几乎断绝了与外面所有女人的来往，专心致志地和刘立红过起了小日子。这不仅让长期得不到滋润的妇人狂喜不已，而且对丈夫处事不惊的宏伟气魄更是非常钦佩。当然，刘立红非常清楚镇大卢的政治命运与自己未来的生活息息相关，一种与丈夫患难与共的激情在心底燃烧。所以，每当镇大卢要求她做什么事的时候，她都会全力以赴，并充分利用妇联主任的优势。就在得知陈校长使出“猥亵女学生”的绝招欲置东方于死地时，刘立红立刻以妇联的名义分别找到学生家长表示关注和慰问。这样做的目的，不仅可以坚定两位学生家长的决心，同时也能及时了解可能出现的变动。所以，当葵花来找学生家长的当天，镇大卢就已经得知了一切。

这天夜里，镇大卢故意在已经长满了肥肉的老婆身上多耗了一个时辰，等妇人心满意足平静下来之后，才谈起正事。

“你说，那个刘盛美的家长会不会说出钱的事呢？”镇大卢盯着天花板说。

“钱？什么钱？”刘立红一脸疑惑，“你是说，陈校长给那个女人送钱了？”

“那还用说吗？”镇大卢侧过身，对着老婆说，“这世界上，只有两样东西最宝贝。一个是色，一个是钱。有时候，这色还能用钱来买。但要用色来变钱，这风险就大多了。”

“你到底想说什么？”老婆咂着嘴，一听到用钱买色就不自在。

“我是在做一个合理的分析。你看，那个刘盛美家里经济困难，最需要的就是钱，估计给个五十六十就能成交，多不过一百。不就是说个谎吗？”

刘立红点点头，想想又说：“你是担心，如果赵葵花给她钱，这女人就会翻供？”

“葵花不会用钱来解决。”

“你怎么知道？既然你能想到，别人想不到吗？”

“葵花不是那种人。”

“你当然最清楚。”刘立红冷笑一声，“那你还担心什么呢？”

“公安局的那帮人也不是吃素的。”

“陈校长和公安的勾局长不是有关系吗？”

“可局长也不能亲自去审案啊。那么多警察，就没几个和邢满月好的？”

“说的也是。那怎么办？”

“一般情况下，翻案的可能性不大。陈校长一定警告过，做伪证可是要受处罚的。刘盛美母女一定会咬紧了不松口。但孩子毕竟是孩子，万一改了口，事情就不好办了。”

“那也没办法。反正和我们没关系。”

“对，和我们没关系。不过，如果东方放出来，我们也就没有机会了。”

刘立红想想说：“你的意思是……审案的警察很重要？”

“你真的很聪明。”镇大卢故意夸了一句。

妇人得意起来，往镇大卢的怀里滚了滚才说：“才知道啊。”

“我们可以想想办法。”

“你是老公安，可以找找老同事啊？”

“不行。这个时候，我绝对不能出面。但是你可以。”

“我？我可以做什么？”

“你听我说啊。”镇大卢坐了起来，让老婆的头舒舒服服地靠在胸口，“我已经打听到这个案子的负责人，姓孙，四十几岁，一直分居，平时喜欢和女同志开个玩笑……”

“什么意思？”妇人敏感地抬起头来，不满地看着镇大卢问道，“想让我去勾搭他？”

“急什么？我的话还没说完呢。”

“你屁股一动，就知道要放什么屁。”

“你又来了。”镇大卢努力地赔着笑，“为了这点事，我能让爱人付出这么大的代价吗？就是你愿意，我也舍不得啊。”

“这还差不多。”妇人把脸儿重新贴到镇大卢的胸口，学着戏里的口气道，“我这辈子，就只想跟你，把心掏给你。别说做那事，其他人就是再有钱，长得再好看，对我再好，我也不会动心的。”

这腔调让镇大卢觉得一阵恶心，却装着很感动的样子，摸着老婆肥硕的屁股半天没吭声。

“往下说啊。”刘立红倒急了，“究竟想让我做什么？”

“能不能想个办法，把姓孙的爱人调过来，解决两地分居，说起来，这也是你们妇联应该关心的事。到时候，关系熟了再说。”

“原来你是这么想的。”

“你以为我想什么？”

“我以为……”妇人笑了笑，把手伸下去捏了一把，“你们这些臭男人，脑子里还能有什么？”

“那是你的偏见。”

“是呀。过去对你不是太了解，这次你被审查，我倒觉得是嫁对人了。”

“对臭男人的看法改变了？”

“那倒没有。不过是想开了。天底下，哪有猫儿不吃腥的？我呢，年龄也一天天大了，脸上的皱纹也多了，身段也不似过去那样好看了。以后再有什么事,别让我知道就行了。”

“那我会小心,绝对不让你知道。”镇大卢笑着说。

“想得美!”妇人也笑着道,“到时候,我会把这根棍子齐根剪掉,你信不信?”妇人一边说,一边手上就下了狠劲。

镇大卢痛得大叫:“饶了我吧,我的肉乖乖,这辈子是不敢了!”

第二天,刘立红就找到已经是县人事局局长的表姐,没费什么事,就办好了调令。姓孙的警察做梦也没想到天上真会掉下馅儿饼,拼命握着刘立红的手,眼泪都快掉下来,“大姐,我的好大姐,真的不知道该怎么感谢。你是我的恩人啊。以后,您要是用得着我的地方,不管什么事。任何时候吩咐一声,我随叫随到!”

刘立红打量着孙警察,这是个很帅气也很精神的男人,站着时,腰杆挺得笔直,腹部也是平的,不像镇大卢一肚子的肥膘。

“我丈夫要长成这样就好了。”刘立红心里嘀咕了一声,嘴上却说,“谢什么啊,都是我们应该做的。我爱人以前也是警察,所以对你们特别有好感。要真想谢我,有空就来家坐坐,我做红烧肉给你吃。”

那孙警察的眼睛立刻放光,说了几个“一定”,这才松手。

县文工团的话剧《四季常青》如期公演,春姐立刻成为县城里家喻户晓的名人,大家都想看看电影里的那个女英雄到底长成什么样,这样一来,原来说好每演四场就由 B 角上一场的计划也就泡了汤,连下基层演出也是如此。开始,二丫还指望春姐总会有个过度劳累或伤风感冒的时候,不料这位新团长的身体现在变得出奇的健康,有时候连演两场都不用休息,记者采访也从来不提 B 角的事。到最后,发夜餐券也都没她的份儿了。二丫终于明白她这个 B 角完全没有任何意义,后来干脆连剧场也不去了。

这样,二丫就把所有的兴趣和精力都转移到陈校长的身上。根据她的人生经验,一个健康的女人是少不了男人的。当然,葵花也许是个例外,但陈校长和大师傅的暧昧关系一定不会是空穴来风。第一,陈校长丧偶多年,大师傅好色,就有了苟合的基础;第二,虽然两人的社会地位不一样，但常有机会在一起，这就具备了私通的条件；第三，也是更重要的，就是他们有着共同的利益。学校的食堂虽然收支不大，但每个环节都有做手脚的可能。一天就是揩上一块钱的油，那一年也能有二三百，比一个正式老师的工资都多。葵花老说账对不上，还不是大师傅从中搞的鬼？而这种事，亲自主管这一块儿的校长怎么会不知道呢？既然知道，却从来不对大师傅做实质性的处理，除了相互勾结还能有其他解释吗？好，现在的问题就是要拿到证据。证据有两种，一种是贪污，一种是不正当男女关系。要找到贪污证据很难，而且弄不好还会殃及葵花，所以二丫决定放弃。至于不正当的男女关系，有三种取证的方式。一是当场捉奸。这个把握性不大，女人在这种事上都会非常谨慎，特别是在目前的形势下，他们还会在一起吗？二是找知情人揭发。这也非常困难，虽然保不准还真的有人看到或听到，但凭什么要他们站出来做证？得罪领导不说，还很可能落个和东方一样的下场。陈校长已经杀鸡给猴看了。那么只有最后一个办法，那就是让他们自己说出来。这个看起来更无可能的想法让二丫异常的兴奋，她觉得这比上台演春姐的B角要刺激得多。

手段很简单，就是离间他们的关系，然后找其中一个最愚蠢、最自私、最混账的人把真相说出来。这是二丫从《四季常青》里学来的。在那部话剧中，好人为了弄清坏人破坏科学实验的犯罪证据，故意制造两个坏人之间的矛盾，最后有个坏人终于撑不住了，主动来找好人揭发了同伙。二丫最初在读剧本的时候，就被这方面的情节深深吸引，并对编剧佩服得五体投地。后来发现生活中的这种事也确实比比皆是。经过一番苦思冥想，二丫按剧本中的思路想出一个办法。她用达家镇实验小学行政工作人员的名义给教育局下属的几个单位打电话，希望能有一个思想好、觉悟高，没有经济和生活问题的大师傅愿意来镇实验小学工作。同时说了本校食堂大师傅的一大堆好话，并推荐到对方的单位工作。还说，这是学校主要领导的意思。二丫估计，不出三天，这个消息就会传到大师傅的耳朵里，并同时产生校长要把他清出学校的危机感。照大师傅的性格，他会立刻来找校长对质，而校长则会一口否认，并给予决不调走大师傅的承诺。这时，大师傅虽然会暂时安心，可内心的芥蒂却不会消失，自然就会产生矛盾。至于下一步怎么走，要看事情的发展。无论是校长想继续讨好大师傅，或者对这事置之不理，都会引起大师傅无端的猜测，这样矛盾就会越来越大，等到大师傅发现自己会成为校长新的牺牲品的时候，就会不顾一切地站出来对着干，这样，真相就会大白于天下了。

可二丫做梦也没想到，她这些自以为聪明的手段，差一点儿就要了葵花的命。

开始的一切，确实如二丫所想的那样发生。大师傅听到要来新人替换自己的消息后，立刻找到陈校长进行核实。陈校长却没有立刻解释，只是立即和大师傅找到传送消息的人，并马上搞清了事情的来龙去脉。陈校长一口咬定打电话的就是葵花，而目的就是要造成她和大师傅的不和。但又认为葵花思想单纯，要做出这种事，后面一定有人出谋划策，而这个人很可能就是满月。当晚，她把大伯子叫到家中，仔细分析了情况。勾局长不愧是斗争经验丰富的老公安，立刻做出一个决定，要把这事消灭在萌芽状态。而最好的办法就是把葵花控制起来，抓去坐牢。

“可赵葵花的那些账还真难扣上贪污的帽子，再说又不是这次运动的对象。”陈校长露出为难的神态。

“在教学上能不能找到什么把柄？”

“她就教教图画，能有什么把柄？”

“啊，图画？”勾局长抓抓头皮思考着什么，“图画……”

“而且都是些孩子的画。房子啊，大树什么的。”

“好，那就从图画下手！”勾局长胸有成竹地说。

陈校长不解地看着。

“还记得‘脚踢天安门’反革命事件吗？”勾局长问。

“记得啊。怎么了？”

“你要注意阶级斗争的新动向。”勾局长用手指蘸了水在桌面上画出一些图形，“知道我在画什么？”

陈校长看看：“不知道。”

“要不仔细看就不会发现。也许是国民党的青天白日旗，也许双十节，你看，两个十就是双十了，双十是国民党的节日，你能看得出来吗？那些出身不好，对党和政府有仇恨的人，不敢公开发牢骚，但会用其他形式，比如用画画来发泄。据我们内部资料，那个画‘脚踢天安门’的反革命，发表的一百三十多张图画中，有五十多张都是黑画。”

陈校长立刻醒悟：“你是说，赵葵花用黑画来影射现实，攻击社会主义？”

勾局长点点头：“查一查没什么坏处。不过要实事求是。”

第二天，陈校长就以检查备课的名义拿走了葵花所有画的画，送到公安局一检查，立刻发现了重大问题。侦查人员发现，在一幅准备上课用的自画作品中，一棵树上的线条竟然可以拼凑成“中华民国”的字样，而房子的屋顶是变了形的“万”字，虽然没找到“岁”字，但画面上有一座山，山的西面是太阳。这样，“山”和西边的太阳“夕”叠在一块，可不就是“岁”了？侦查人员分析说，赵葵花的丈夫是国民党，现在服刑改造，赵葵花在图画中暗藏反动标语，发泄对现实不满，完全具备犯罪动机。勾局长立刻下令成立秘密专案组，并规定没有他的允许不得向任何人，包括向县委领导泄露案情。此外，又让陈校长适当增加赵葵花的课时，以便掌握更多证据。

这一天，陈校长邀请了不少外校的老师来听课，专案组的人装扮成省教育杂志的记者前来拍照。这种课葵花过去也上过，所以并不紧张，反而很轻松地在黑板上画了一些小动物给孩子临摹。事后侦查人员通过照片在那些动物身上找到了“中正好”和“中共坏”的字样。勾局长当即将此定性为“重大现行反革命事件”，并派专人到省厅汇报，请求指示。

而这时，葵花对所有的一切还都蒙在鼓里。她现在一有空就到刘盛美家打扫卫生，找机会和孩子谈话，希望孩子能吐出实言。可在同一时间，刘立红却一再向孙警察表示对东方案的关注，希望通过这一案件的处理，给祖国的小花朵们一个健康明亮的学习环境，给残害儿童的坏人一个严厉的打击。

葵花的案件在省公安厅引起激励的争论。支持者认为这是阶级敌人向无产阶级政权发动的猖狂攻击，手段极其狡猾，后果非常严重。反对者认为证据过于牵强，甚至无法成立。在争论过程中，省厅领导一方面向省委负责同志汇报，一方面学习邻省类似案件的处理方法。孙书记看到材料后做了具体批示："不排除基层公安机关定性的可能，但必须继续搜集材料，争取成为典型教育大家。"专案组人员回来后向勾局长做了如实报告，局长心里虽然不高兴，但还是向大家表示，坚决执行上级指示，尽快掌握赵葵花新的犯罪证据。

满月是在孙书记看到葵花材料的第二天接到李真电话的，她的第一个反应是气愤。这么大的事，居然不让县委任何一个领导知道，即使考虑到她和当事人的特殊关系，但其他领导也不相信吗？这个公安局局长做得也太过分了！但她很快就冷静下来，尽管她不明白这里面的具体情况，但本能地感觉到这件事很可能与自己有关。她打电话给二丫，让她约葵花到县委招待所来洗澡。那儿有一个专供贵宾和县级领导使用的浴池。到了晚上，满月和看门的打了招呼，然后舒舒服服地在热水里泡了一小会儿，就看二丫和葵花光着身笑呵呵地走了进来。

"笑什么呢？"满月坐直了问。

"你看葵花这奶子，孩子这么大了，也不往下坠。"二丫说。

"你都生两个孩子了，也没变形啊？"葵花说。

"我这叫香芋奶，一辈子都这样。"

"算了吧，这叫老鼠奶，就那么一丁点儿大，要坠也没有东西可坠啊。"满月也笑了起来。

二丫这时看着满月的胸，大惊小怪地叫起来："咦，满月，你说没生过孩子，可奶子却这么松，奶头这么大，很像是喂过奶的啊。"

"真浑！"满月本能地用双手遮住胸，"也不算算我多大岁数了？又不是小姑娘，本来就大嘛。"

二丫却过来把满月的手掰开，又仔细看了看，说："不对。你肯定有什么事瞒着我们。"

"她能瞒什么呀。"葵花忙来解围，"谁像你，今天这个，明天那个，小心扣顶帽子，叫你吃不了兜着走。"

"我怕什么？就是有，那也是自觉自愿。再说，谁看到我和谁怎么啦？说话得有证据。"

"别吵了。"满月放低了声音，语气也严肃起来，"今天叫你们来，是有件要紧的事。"

"我说呢，县委书记不会平白无故请我们来洗澡。"二丫把全身都浸到水中，闭着眼享受起来。

葵花却往满月身边凑了凑："什么事啊？"

"最近，你们都做过什么？"

"做过什么？"葵花想了想，"我去找那两个学生家长，其中一个承认是校长来做过工作，答应保送上中学。另一个叫刘盛美的却死也不肯改口。怎么了？"

"还有呢？"

葵花摇摇头："其他没有啊？有空我会到刘盛美家做做家务，希望她们良心发现。"

"我知道你想帮东方老师。除了这些，还做了什么？"

"没有。"葵花摇摇头，"真的没有。"

"那你呢？你最近做过什么了？"满月用脚踢了二丫一下。

"我也没做什么啊？"二丫睁开眼，有些心虚地说，"就是偶然和老耿见个面，也不关别人的事啊。"

"真的没有？"

"你不是说，要调查陈校长吗？"葵花看着二丫问。

"调查陈校长？"满月大吃一惊，看看葵花，又看看二丫，"这是怎么回事？"

葵花便把上次和二丫商量过的事说了一遍。

"那你去调查了？"

“这事哪这么容易。”二丫满不在乎地说,“就打了几个电话。”

“打电话？打什么电话？”满月追问。

二丫就把给几个学校打电话的内容大致说了一遍，又解释道：“可我在电话里,一没攻击他人,二没造谣生事。只是希望那个陈校长和大师傅冲突起来,到时候我再找机会下手。”

听到这里,满月已经完全明白是怎么回事了。如果她是陈校长,也会怀疑葵花,也会下决定剔除这样的危险人物。怪不得这次下手下得这么狠。不过,这事和自己的关系似乎不大。公安局没有通知县委,无非是想到自己和葵花的关系。想到这里,满月便放下心来,可还是板起脸来教训二丫:“你是怎么想起这馊主意的？”

“怎么了？我没做错什么啊？”二丫不服气。

“你差点把葵花送进监狱,知道不知道啊？”

这下二丫才慌了神,忙问到底出了什么事。满月这才说有人想在葵花的图画课上做文章,打成反革命。但没说专案组、孙书记批示这些内部的事。

葵花吓了一跳,半天没有说话。

“那怎么办？”二丫问。

“离开。”满月说。

“离开？”葵花有些丈二和尚——摸不着头脑,“去哪儿？”

“现在不是有城镇居民下放农村吗?我已经替你想好一个地方,观音山。”

“观音山？为什么？”葵花不解。

“那儿安全。”

“我不去。”葵花下定决心,“就是坐牢也不去。除非你把东方救出来。”

满月叹了口气:“他救不了了。”

“救不了？为什么救不了？”葵花紧张起来。

“他已经认罪,承认猥亵过两个女学生。”

葵花惊愕不已。

第 18 章

满月的苦衷，葵花其实是体会不到的。看起来，她是县里的一把手，但真正能够一呼百应的，也许只有机关的乒乓球比赛，这时大家一般都会给足了她的面子。其他的事就很难说了。比如她希望在机关大门前搞一个架子，让自行车放得整齐一些。结果后勤部门几个月没反应，说是找不到材料。后来一个老实人偷偷对满月说，原来的书记是反对做架子的，因为有了架子，看自行车的就会把最方便的那个位置留给县级领导，其次是科级干部，最差的地方给一般群众。这不是平白无故弄出个等级观念来？满月听了有些哭笑不得，但仔细一想，似乎也有些道理，于是就不再提了。还有食堂墙上的领袖画像，是解放初期出版的“马恩列斯毛”。满月根据最近的一个内部通知，和食堂管理处的负责人说了一下，要求更换成单独的毛主席新版画像。但过了十几天没人理会，一问才知道，更换领袖画像必须由县委办公会做出决定，而且必须下达红头文件，否则谁也负不了这个责任。这些小事尚且如此，要把已经认了罪的东方从局子里捞出来，那是谈何容易？

尽管满月没有给葵花任何承诺，实际上一直在关注东方案件的进展。东方签字认罪的时间是子夜一点半，一位副局长天没亮就给满月打电话，说案子结了。满月问是不是动了手，副局长说这案子比较敏感，动手是不会的，但睡眠确实是少了点。满月问有多少天没让东方睡觉。副局长犹豫了一会儿才说不是太清楚，后来又补充说，最多也就是十来天。满月从心底佩服东方，一般人三天不让睡觉就什么都招了，东方居然撑了十来天，可见他很坚强，当然身体好也是个因素。可身体再好也有个极限啊！过了两天，案子移交到了法院。有一次开会，满月故意把院长留下来，强调任何一个案子的证据一定要客观，不能轻信口供。院长试探性地问了句："书记觉得最近哪个案子更有典型意义？"满月感觉已经站在一个陷阱的边缘，故意说了一个某会计的贪污案。院长"噢"了一声，笑笑走了。

但对葵花的事，满月却不会有半点含糊。她把勾局长叫到自己办公室，直截了当地问："这么大的事，为什么不向县委报告？"

"主要是考虑到县委个别领导与当事人的关系不同寻常。"勾局长也是县委常委，说话毫不客气。

"你说的那个县委领导，是不是指我？"满月干脆把事情挑明。

"您说呢？"勾局长冷冷一笑，"如果我们俩换个位置，你会对我说吗？"

"会。而且第一个就是找你。"满月立刻回答。

"你会说什么？"

"把所有可以公开的说出来。"

"要是你想阻止呢？你是我的领导，我能不执行吗？"

"你看，你的问题就在这儿。"满月毕竟上过军大，毕竟跟了李真那么多年，当过这么多年的县领导，对付这种人并不困难，"如果你对同志不信任，对领导不信任，你怎么能当好一个局长呢？”

“其实我这么做，是有原因的。”勾局长也不笨，对这样的谈话也早有准备，“除了您和当事人葵花是特别要好的朋友，又无法申请您回避外，我还考虑到这个案子的特殊性。您也知道，这种犯罪形式和手段是过去没有的，说实话，我们也没有经验，因此，首先向本系统的上级机关做些请示，请他们指明方向，把把关，这有错吗？再有一个，此案还处在侦察阶段，公安部在这方面有严格的保密规定，我们有独立的办案权。”

“很好。你这么说也有一定道理。”满月故意停了停，又用非常严肃的口气说，“可你想过没有？县委不是我邢满月的县委，是党的县委。我这个书记，也不是过去的县太爷，只是一级党组织的召集人。我们的工作方式，也不是一个人说了算，而是民主集中制。你也是党的老同志了，怎么连这点认识都没有呢？找我不行，还可以找副书记嘛。你如果认为整个班子都不值得信任，还有上级党组织。地委、省委你都不信任吗？难道，你只相信你们公安系统？以为这只是个纯业务的问题，不要党的领导？”

“邢书记，您的这个帽子我可戴不起啊。”勾局长内心有些发慌，但表面并不示弱，“公安工作有特殊性，您不能说我因为没有汇报，就是不信任党组织，扣我顶业务第一的帽子。应该实事求是。”

“好，我们就来谈实事求是。”满月知道该出手了。她从抽屉里拿出孙书记做了批示的那份文件，扔到勾局长面前，“你刚才说，这个案子还在侦察阶段，可在送省厅的报告中，已经给它定了性，说是一起重大的现行反革命事件。既然是侦察阶段，怎么可以定性？既然定了性，怎么还在侦察？你给我说说，哪一个算是实事求是？”

“这个……”勾局长现在非常后悔小看了眼前的这个女人，如果他想得再周到一些，完全可以把定性的事写得很含糊，那就不会被人抓住把柄了。还有一个，以前只是听说邢满月和地委的李书记，还有省委的孙书关系不同一般，现在看来，岂止是不同一般，简直就是死党。不然省委领导的指示怎么这么快就到了她这一级呢？这一想就出了一身冷汗，于是连忙说，“我们只是出于对阶级敌人的仇恨，出于对党对国家的热爱，情绪上有些急躁，考虑得不周到，这是我的疏忽。应该接受批评。”

“是不周到？是疏忽吗？”满月决不手软。

“那……那是什么呢？”

“那是因为你只想着立功！想立大功！想在上级机关的领导面前，想在省委领导面前露一手。瞧，我勾某某破了一个震惊全国的大案！”

“我可没这么想过。”勾局长额头沁出汗珠，仍然强辩道。

“好吧。你现在有情绪，我们不谈了。你对我有意见，可以向地委向省委提出申诉。不过我要告诉你，今天的谈话是县常委集体决定的，也是地委主要领导的意思。你回去好好想想。想不通，可以，我有耐心等待。”

勾局长内心的防线被彻底冲垮，没想到谈话会有这样的结果。他愣在那里，脑袋里像塞了一团棉花，不知如何是好。但有一点很清楚，就是决不能这样走开，要不强硬到底，要不就妥协投降。他决定选择后者。“满月书记，我没想到，我的错误会引起领导这么重视。说实话，我现在心里很乱。但有一点，领导的批评是对的，是为了治病救人。我回去一定要好好检查自己，名利思想肯定有，但要说我不信任党组织，不要党领导，我决不承认。这次我是做错了，是一次严重的失误，希望领导给我一点儿时间，我会深刻检讨。”勾局长说到这里，眼眶竟红了起来，但他觉得也只能到此为止，如果表现得太软弱，效果并不见得好。

“还有什么，都说出来我听听。”满月没有露出丝毫的同情之心。她一定要对方知道自己的厉害，“特别是对我个人有什么意见，尽可以提出来。今天就我们两个，也是个沟通的机会。我喜欢心直口快的同志。”

勾局长心里想，这可是个坑，不能往下跳。于是说：“如果说到对您个人的意见，我还真的要提一提。您的出发点是好的，心是好的，是想帮助自己的同志,但方式方法是不是太直接了,让人有点受不了。您是领导,又是女同志,如果能让一个犯了错误的同志既接受了批评,又感到了温暖,是不是更好一些呢?”

满月盯着对方看了一会儿,知道是个很狡猾很有经验的对手,于是笑了笑说:“你说得很对,我是有这方面的问题。”

勾局长也立刻笑着说:“这样好不好,这个案子是不是请地区公安处过问一下?”

满月知道这是个套儿,作为地区公安处是不能直接办案的,这一点勾局长非常清楚,而且也肯定知道她和李真的关系。于是果断回答:“不。案子还是你们办。只是根据省委孙书记的指示,证据一定要确凿。还有一点,不能跟风。不能因为别的省有这种事,我们也得弄一个出来。你把脚抬起来我看看。”

勾局长不明白是什么意思,便把穿着皮鞋的脚抬了起来。

“你回去把鞋脱下来看一下。”满月看了一会儿才说,“如果硬要拼凑,你那皮鞋上的底纹也可以拼出‘中共’的字样来。这样的话,你天天把‘中共’踩在脚底下,是不是也属于重大政治问题呢?”

勾局长忙把鞋脱下来仔细看了看,吃惊地瞪大了眼睛,说:“你要不说,我还真不知道。这样吧,这个案子看来还真需要好好想一想,是不是存在先入为主的情况?您刚才提到跟风,说实话,我们确实也是受到邻省的影响。您放心,我们会认真学习省委孙书记的指示,认真体会您刚才一番诚恳谈话的精神要点,决不辜负领导的期望。”

满月看看时机差不多了,便说:“这样吧,省地领导这么重视,专案组的规格就得再高一些,你来当组长,另外县委也派个同志进来。我申请回避。”

勾局长一听心里直犯毛,要他当组长,还不是等于把他放在火上烤吗?便连忙说:“不不不,在没有确凿证据前,专案组还是撤了吧。您说呢?”

“还真是个老家伙,都这会儿了,居然还跟我玩踢球?要我来撤专案组？才不上这个当呢。”满月这么想着，便很果断地说，“这是你们公安局的事。撤还是不撤，你们定吧。”

“那我们就不再犹豫了。一切听领导的，撤！”

“我再重复一遍。撤不撤是你们局的事。我今天只是要你们提高专案组的规格，可没说一个‘撤’字。”

“行，我听清楚了。专案组是我们局要撤的，是我的决定。这么说，您满意了吧？”

“等有了确凿证据，随时都可以再恢复嘛。”满月觉得应该结束谈话了，便看了看表，笑着说，“正好到饭头上，就在这儿吃吧。不过，县委食堂的菜肯定比不上你们公安局。”

勾局长便也笑着迎合：“确实如此，满月书记可真是什么都知道呀。”

尽管葵花的案子就这么被搁置下来，但满月还是希望葵花尽快离开。根据最近的中央文件，阶级斗争这根弦会越绷越紧，接下来会是什么局面很难预料。李真建议下放，应该是个好办法。观音山群众基础好，干部队伍比较单纯，有不少李真的老关系。葵花又在那儿生过孩子成过家，还有自己的房子。国家规定，公安机关只能办理本地居民的案子，下放后，户籍所在地变了，勾局长再想怎么着，也不可能把手伸到别的县。当然，葵花离开对满月自己也有好处。勾局长没有向县委汇报，其实是很有道理的。谁没有三亲六故，亲朋好友啊。说实话，这世界上谁也不是神仙，谁也有私心重、胳膊肘向里拐的时候。

可葵花说什么也不走。

“明明是冤枉。是打击报复，是陷害。你是一县之长，怎么不能管？怎么管不了？我的案子比东方的严重一万倍，不是也结了？”

满月有苦说不出。心里想：“要不是孙书记批示，要不是李真撑腰，凭我一个县委书记，这种案子敢说结吗？”可嘴上却说：“这是因为你的证据太牵强，不成立，不然我也是一点儿忙也帮不上。”

“什么时候宣判？”葵花见满月没回答，又问，“能不能拖一拖？”

满月还是没有吭声。

葵花知道满月为难，也不再多说，扭头走了。

葵花又来到姜丽丽家，这回和她谈的是孩子的父亲。他没让葵花进屋，就在门口大声道：“你不要来了，来了也没用。孩子就是这个命，我们认了。”

葵花在学校里找到姜丽丽，把她带到一个没人的地方，问她为什么要改口。

姜丽丽哭了起来：“叔叔不让说。”

“哪个叔叔？为什么不让说？”

“我会被打死的……唔唔唔……”姜丽丽看到陈校长在远处看着，立刻哭着走开。

“你们这样对待孩子，也太狠了！”葵花走过去对陈校长很不客气道。

陈校长沉下脸来：“赵老师啊，说话要注意。”

“要注意什么？”

“你是什么人，自己清楚。”

“我是什么？我不清楚。”

“你可是服刑犯人的家属。”陈校长压低了声音。

“是的。我的丈夫是在服刑！”葵花发现不少老师在看，倒干脆大声嚷嚷起来，“可我祖上是三代贫农，父亲是铁匠，我打过鬼子抓过汉奸。想从我出身上做文章，没门！”

“好好好，我们走着瞧。”陈校长有些气急败坏地走开。

当晚，陈校长就叫大伯子来家。不料勾局长听了却要她保证做好三件事。一是立刻改变对赵葵花的态度，尽量不要和她发生冲突；二是继续配合好孙警察做好那两个学生及其家长的工作，不准有反复；第三就是不要再和那个大师傅来往。前两条没什么好说的，可第三条让她脸上一阵发烫。

“都是些流言蜚语，恶意中伤。我是那种人吗？”

“那就好，有则改之，无则加勉。”勾局长过会儿又说，“就是要找，也得找个说得出口的。”

陈校长脸上挂不住了：“大局长还真相信啊？现在阶级斗争这么复杂，你这个当领导的脑子里应该多根弦才是，别那么简单幼稚。那是会犯错误的！”

勾局长叹了口气，从包里拿出一沓材料放在陈校长面前，骂道：“这个大师傅其实是个十足的冻货，一进派出所裤子就湿了。这都不是我们逼他说的。”

陈校长翻了几页，气得发抖：“你把他带到派出所？”

“我原来只是想随便问一问。”

“为什么不先告诉我？”

“我以为不会有什么嘛。所以……”

“放屁！你滚！”陈校长跳起脚尖叫两声，便大哭起来，“你弟弟死前是怎么说的？你就是这样对我吗？这辈子，我都栽在你们勾家手里了！老天哪，你们搞逼供信都搞到自己弟妹头上来了，我真的是冤枉啊！”

勾局长并不理会：“你想看，就看一下。不想看，我就带走了。”

陈校长猛地止住哭，一下抓住那些材料就撕成碎片，又掷到勾局长脸上，发狠道：“你带走！你都带走！不过姓勾的，我可警告你，如果再整我的黑材料，我就把那个女民警自杀的事公之于众！”

“你要这么说，我就没办法了。你好自为之吧。”勾局长毫不畏惧，说完就走。

宣判还真的拖了几个月。这期间，不断有小道消息传到葵花耳朵里。一会儿说东方翻了供，法院退回去重新侦查；一会儿说猥亵的女学生又增加了几名，罪行更加严重。等到开春，法院终于要宣判了。那天，葵花一早就去了法院要求旁听。可法院说涉及未成年人的隐私，只限内部开庭。葵花就在外面等，一直等到警车从里面驶出来，她就冲着那关得严严实实的警车大声喊：“东方老师要坚强，我会替你申冤的！”

立刻有法院的工作人员过来，把葵花带到办公室。

“你知道这是什么地方？可以随便说话吗？你究竟站在什么立场？替什么人申冤？”有人狠狠责问。

葵花就从头到尾把事情说了一遍，最后听的人都装着有事走开了。只有一个看传达室的老头过来说：“不服可以上诉，在这儿喊口号会惹事的。还是快走吧。”

东方被判了八年的劳动改造，就关在县里的新生织布厂。葵花要求探监，可没得到允许。但二丫却以演出的名义进去过一次，说东方情况不错，还是满身的肌肉，人也开朗了许多，还和女警察说笑呢。葵花一听就知道是假话，但也没有揭穿，希望真的如此就好了。

孙警察是东方案的有功之臣。姜丽丽和刘盛美的证词都是经过几十遍的斟酌才让孩子们背下来的。最后东方认罪，也是他的杰出之作。一支三千瓦的探照灯直接打在东方脸上，十几天后，东方的双眼已经肿成了两个水泡，终于同意认罪。最后是孙警察说一句，东方写一句，唯一的要求，就是灭掉那盏该死的灯。虽然东方后来又在法庭上翻案，但孙警察总有办法让东方乖乖就范。宣判后，勾局长和孙警察好好谈了一下，要他把葵花案的所有材料都秘密保管起来，做好随时恢复专案组的准备。在这些材料中，有一部分是关于葵花和满月的关系，包括上次去招待所浴室洗澡，和谁去的，待了多少时间都有记录。“这些材料必须看得比自己的生命都要重要。”勾局长故意警告道，“万一泄露出去，就不仅仅是你我都离开公安队伍，弄不好还要掉脑袋。”孙警察发了毒誓，表示如有泄露他会以死谢罪。勾局长这才放了心，又说了一些孙警察如何能干，是个当科长的料子等一类的话。最后给了孙警察三天假期，让他回家接老婆，局里也通过下面派出所向一个居委会借了一间房子。

但孙警察没有回家，只是写了信，要老婆等他安排好工作再过来。这三天假，他要好好感谢一下刘立红。

“不是说要请我吃红烧肉吗？”妇联离公安局不远，孙警察一下就跑了过去，“正好我搞到几张猪肉票，明天我带肉过来，你来烧。”

本来也就是顺便说了一句，刘立红早就忘了，没想到过了这么多天孙警察还记着，还当了真。这时工作组已经从镇上撤走，镇大卢没有立案，但也没有恢复公职，镇上几个领导碰了碰头，便通知镇大卢到图书室上自由班，这倒让他显得轻松自在。

晚上刘立红和镇大卢把这事说了，镇大卢立刻说：“在公安局多交几个朋友没坏处。”

第二天是礼拜，刘立红一早去市场买了条鱼和一些时鲜蔬菜，回到家时，孙警察已经和镇大卢说半天话了。

“镇镇长是我认识的人中最有学问的一个。”孙警察呵呵笑着，“听君一席话，胜读十年书啊。”

“孙同志真会说话。”镇大卢也笑道，“以后常来常往，你要把这儿当自己的家。想吃什么，我让立红给你做。”

“小孙不能直接跟我说吗？”刘立红一边弄鱼，一边凑过来说，“要找你就不好意思了。”

“那是。那是。”镇大卢说着便拿出一瓶大曲，和孙警察就着花生米先干了起来，“往后斗争越来越复杂，你们公安的担子可不轻啊。”

“镇长觉悟就是高，我们局长也是这么说的。”孙警察端起杯子连连向镇大卢敬酒。

“既然是朋友，就不要镇长、镇长地这么叫了。”镇大卢给孙警察满了杯，“这样，我可能痴长你几岁，以后就叫我大哥好不好？”

“啊呀，我也这么想呢。”孙警察忙说，“那刘主任我也不客气了，就叫嫂子了。”

“这样才显得亲近。”

“我可不想让孙同志叫我嫂子。”刘立红端了鱼上桌，看着孙警察道，“也太土气了。”

“那叫什么？”孙警察也看着刘立红问。

“我们妇联都习惯叫姐。就叫我红姐吧。”

“红姐这名字太好听了。”孙警察忙点点头，“不过，您这么年轻，叫您姐有点不合适吧？”

“我肯定比你大。我是属鸡的，你属什么？”刘立红给孙警察挟了一块鱼肚肉。

“我，我……”孙警察犹豫了一会儿，“我也属鸡。”

“不许占我的便宜，你肯定不属鸡。”

孙警察只好承认：“我属狗。”

“瞧，比我小一岁，还是弟弟。”

“可你真的不像我姐姐啊。要是走出去，谁也不会信的。”

刘立红眼睛笑成了一条缝：“要不，以后就说我是你妹子。”

“不用我介绍，大家也会这么说。”

“那就这么说定了。来，干杯。”

孙警察忙端起杯与刘立红碰了碰，又对半天没说话的镇大卢说：“今天我是太高兴了，认了大哥和妹子……不，是姐，还真是有了家的感觉。”

“那就常来家，不许客气。”镇大卢又对刘立红道，“看看你的肉好了没有，快点上啊。”

孙警察吃完饭，又坐了一会儿才走。镇大卢说他酒喝多了，有点乏，让刘立红替他送送客人。妇人巴不得这一声，从房里拿了些伊拉克蜜枣，找了个布袋装好才走出来。一到门外，刘立红就说：“你看我那位，才灌了几口就蔫儿了。哪似你这身体，这么壮。”

“我看大哥比我健壮多了。”

“都快五十岁的人了，还谈什么健壮不健壮。”

“我看妹妹气色不错，身材也好。”

“好什么呀，肚子上都是肥肉，不能看了。”

“女人的美都在那肉上。”

“噢？这倒是头一回听说。”

“当然也得有个适度。我老婆虽然年纪轻一些，但肚子比你大多了，那肉软绵绵、松塌塌的。而且自从生了孩子，人也变懒了。对那事一点儿也没了兴趣。”

“那倒是。我没生过孩子，到处还是紧得很。”刘立红说到这儿红了脸，“瞧，我们才见几次面，就和你说这些，可不要笑话我啊。”

“怎么会呢？妹子是把我当家里人呢。才说这些知心的话。”

“真的吗？”刘立红的眼睛火辣辣地看着对方，“真的把我看成妹妹吗？”

“那还用说吗。你要不信，我就……”

“就怎么？”

孙警察一下抓住刘立红的胳膊：“我就……”

刘立红看看周围没有人，过了一会儿才把孙警察的手推开，说：“不要再说了，我知道。”

“你知道什么？”孙警察这回已经非常大胆地盯着刘立红看了。

“我不说。”刘立红沉默了一会儿，又道，“这样吧，明天如果你有空，陪我去公园看看老虎好吗。说是从东北刚刚运来的，每天要吃半只羊呢。”

第二天，他们就来公园看老虎。那儿的人还真不少，围了好几层，特别是把一只活兔子扔进去，老虎露出凶相的时候，看的人都紧张地叫了起来。孙警察让刘立红站在自己前面，自己则贴紧了她的后背，不一会儿，下身就顶了起来。也不知是有意还是无意，刘立红把手伸到身后，但一碰到那硬邦邦的东西就躲开了。

“好看吗？”孙警察把身体移开些，弓着身子附在刘立红的耳边说。

“好看。太好看了。就是不过瘾。它怎么老是抓不住呢。”刘立红眼睛看着前面，也小声回答。

“时候还没到嘛。”孙警察又把身体贴了上去，“你看，它开始追了。”

刘立红默默地笑了笑，没有再作声，一直等到老虎把那兔子咬死了才说：“你住的是单位宿舍吗？”

“是呀。可已经给我借了一间房。”

“独门独院吗？”

“我哪有这么高的待遇？是在居委会里面，外间是办公室。”

“噢。”刘立红有些失望。

“要是能住上妹妹这样的房子，我这辈子也就满足了。”

老虎吃完了兔子，大家开始散去。刘立红遇到几个熟人，于是孙警察便拉开一定距离跟在后面，一直出了公园门，孙警察才得了机会上前道：“要不晚上一起吃个饭？”

刘立红笑笑说：“不用了，明天如果有空就给我打电话，好吗？”

“那我们说好了，明天打电话。”孙警察这才高高兴兴离开。

晚上，镇大卢上床后，要和刘立红折腾，却被她推开。

“也不看看这两天我累成什么样。过两天再说吧。”刘立红第一次对这种亲密的举动反感起来。

“明天我要集中学习，可能要好些天回不来呢！”

“集中学习？”刘立红侧过身问，“学习什么？”

“你呀，一点儿也不关心政治。”镇大卢说，“中央下了个文件，叫十几条，看来要搞大运动了。”

“那你是不是就没事了？”

“这次集中学习的都是科级以上干部，如果有事，就不会通知我。”

“这倒也是。”刘立红想了想，就在被子里把短裤脱了，“来吧，庆祝一下，也图个吉利。”

镇大卢却道：“算了，你不是累了吗？”

“这可是你不要的。”刘立红又把裤子穿好，“不过也是，我们都四十好几的人了，这方面确实需要节制。”

“今天你和小孙去看老虎了？”过了一会儿，镇大卢冷不丁地问。

刘立红吓了一跳：“你怎么知道的？”

“县城就巴掌大的一块地方，到处都是熟人。”

“可好看了，老虎吃活食我也是第一回看到。”

“小孙很能干，有机会你们多接触接触。说不定以后有用。”

“是呀。”刘立红这时放下心来，“明天你什么时候走？”

“怎么也要到八九点吧。住在县招待所,什么也不用带。”说着就睡了。

刘立红却睁着眼,对着黑洞洞的屋子想了很久。虽然过去也有过三四个男人,但他们都比自己大,而且都不像小孙那样会来事。明天他打电话会说什么呢?镇大卢要集中学习,下午这房里就是空的,要不要请小孙到这里来?看他今天这么猴急的劲儿,会老实吗?

第二天一上班,刘立红就接到了孙警察的电话。

“装蜜枣的袋子我要还给你,什么时候有空,我送过来。”

“那就下午两点。”刘立红压低了声音,“来我家。”

“那我带瓶酒来,和大哥喝两杯。”孙警察开始火力侦察。

“今天可没机会,他到县里学习去了。”

“那真不凑巧。”孙警察暗暗高兴,“那就下次吧。”

为了怕单位临时有事抽不开身,刘立红没敢在食堂吃饭就回了家。她简简单单下了碗面条,然后用香皂好好洗了个澡,又换了个新买的乳罩。初夏的午后有些闷热,但她还是决定不打开窗户。她在床上舒舒服服躺了下来,想象着孙警察来了以后会有什么样的表现。一到两点,就听到了敲门声。刘立红“哎”了一声,忙对着镜子弄了弄头发就去开门。孙警察一进门就问:“大哥会回来吗?”刘立红立刻摇了摇头。孙警察便一把将妇人搂抱起来要亲嘴。

“我的亲姐姐,好妹妹,可把我想死了!”

刘立红忙用手把孙警察的嘴捂住,小声道:“你疯啦!快进屋!”

孙警察却不管,一下把手伸进她的衣服里乱摸起来。

刘立红原以为会来段开场白,先说些暧昧的话,然后再进入主题。没想到孙警察连拖带拽把她弄进房间后,一下就扯掉了裤子,扔到床上。然后自己也只是脱了裤子,就扑了上来……这时刘立红听到外屋有了动静,接着是几声咳嗽,旋即睁开眼一看,镇大卢已经端了个“120”相机走进房来。

“你……你……”刘立红脑子一片空白,不知如何是好。

背对着房门的孙警察还在努力动作,忽然看到妇人脸色变得煞白,本能地意识到情况不妙,就要翻身下来。

“别动!”镇大卢黑着脸厉声道,“你要动,我就叫人,那就没办法收场了。”

于是孙警察只好趴在刘立红身上不动。

镇大卢不紧不慢地从各个角度拍了照,这才对孙警察说:“下来吧。”

孙警察立刻起来穿上裤子,刘立红却裹了条被单朝里躺着。她这时已经冷静下来,只想知道镇大卢下一步的动作。

镇大卢把早就准备好的一沓纸和一支笔放在桌上,对孙警察道:“你把今天的事写下来,包括昨天你们是怎么约好的。一定要详细。”

“不要写!”刘立红坐起来拉住孙警察,“一个字也不要写。我们就是好,看他能把我们怎么样?”

镇大卢走过去,突然出手一个嘴巴将妇人打出血,同时骂道:“好个臭婊子,还敢这样说话?”

孙警察只好走到桌边拿起笔,眼睛却瞅着房门问:“你想把我怎么样?”

“你别害怕,我只是想和你交个朋友。还有,你别抱侥幸心理,不做彻底交代是走不出这个门的。不信你开门看看,外面坐着六七个人呢。只是到目前为止,他们并不知道这房间里发生的事情。”镇大卢又凑近了说,“我想和你私了,你怎么不清楚呢?”

“真的私了?”孙警察疑惑道。

“不然就把你们局长请来了。写吧,早写早结束。将来我们还是兄弟。”

孙警察看看躲不过去,只好硬着头皮把经过写了一遍。镇大卢仔细看了后,不仅要孙警察在每页下面都签了字,还拿出油泥在名字旁边按了手印,然后拿起来,连同那相机走出房间,过了一会儿才进来说:“孙老弟,刚才我是骗了你,其实外屋一个人也没有。就是说,这事只我们三个知道。如果我不说,对你的工作,对你的政治前途都不会有任何影响。”

“镇大哥。我还能这么叫您吗？”孙警察这会儿已经十分冷静。

“当然了，我还是您的大哥。我们现在的关系更亲密了，是不是？”

“这是预先策划好的圈套吗？”

“那可不是。”镇大卢忙说，“这个我可以打赌。我老婆对你确实是一片真情。”

“那你是怎么知道的。”

“这个嘛……”

“是不是昨天？你知道我们去了公园？”这时，刘立红已经穿好衣服，一副横竖不买账的架势。

“其实前天我就知道了，你们说了那么多的话，我认真听着呢。”

“那天我们没说什么啊？”

“孙老弟啊。”镇大卢拍拍孙警察的肩，“我吃公安这碗饭的时候，你也许还没穿警服呢。”

“您留着那些证据做什么？”

“那只是想保护我自己。”

“这个，我不太明白。”

“你看过《水浒传》吗？你知道西门庆和潘金莲毒死武大郎的故事吗？如果我不留着证据，说不定就会被你们下药毒死了。这种事我不得不防啊，老弟。”

“还有呢？”

“还有什么？”镇大卢故意装傻。

“就没有其他目的？”

“那当然有啦。”镇大卢装得一本正经道，“以后，你得好好服侍服侍你这亲姐姐。她这个人风骚得很，我又上了年纪，精力达不到了，正好你给我补上。”

“放屁！”刘立红在一旁嘀咕。

“别看她这么说，其实心里还不知道怎么高兴呢。好了，我也真该去报到参加学习了。你们可以再继续。窗户可以打开，这样空气会好些，只是动静别太大。邻居们还是很有好奇心的。”

镇大卢说完就走了出去，听到关大门的声音，刘立红长舒了一口气，倒在床上哭泣起来。“这可是怎么好？姓镇的做事很毒的，以后我们怎么办啊！”

“管他呢？只要现在快活就行了！”孙警察恶狠狠地说了一句，又扯掉了妇人的裤子，可等到要进去时，却怎么也不行了。

葵花一夜间成了学校的特殊人物。首先是陈校长一改过去盛气凌人的态度，不只是叫的时候和声低语，开会的时候老让她坐到前面，还亲自给她搬椅子；其次是大师傅看到葵花就像是老鼠见了猫，赶紧躲开；再次是那些无论是本人还是家属多少有些问题的人都主动和她接近。教研组对她的教学水平做了一个测评，并报给了几位校领导，不久教务处就安排她教五年级的语文，可被她拒绝了。

葵花知道，这一切都是因为满月，都是因为她有一个生死之交的朋友在当县委书记。这一点让她很不安。要不是父亲突然住院，她真想立刻就搬到观音山去住。

葵花爹犯的是老年慢性支气管炎，而不是原来一直担心的心脏病，这个听起来并不严重的疾病导致老人肺功能的迅速恶化，以致每做一些轻微的动作，比如走过院子开个门，都要停在那里喘息半天。医生说，这是过去患肺炎时没有彻底治愈，甚至根本没有治疗留下的后遗症。这个症状会越来越严重，最后导致肺功能的完全衰竭。如果积极治疗，注意不受凉不被感染，三五年内不会有事。否则顶多两年就不可能再下床了。葵花爹对此并不悲伤，几次对葵花说，我活得差不多了，也该去陪陪你母亲了。

东方的上诉被驳回，让葵花十分灰心。在一次家访时，偶然得知一位学生的父亲在法院工作，而且也管过东方的案子，忙请教驳回的原因。那位家长表示是上诉的理由不对。你不能告人家公安局采用逼供信，只能认为原审事实不清，证据不足。这个家长还认为，虽然这个案子有孩子做证人，但孩子并未出庭，这里面很可能有文章。“能不能告诉我，下面怎么办？”可对方歉意地笑笑，摇了摇头。葵花知道人家的为难处，所以不再多问。她现在需要有人商量，可这种事又能找谁呢？她不敢再去找满月，更不敢找二丫。父亲出院那天，她把老人安顿妥后，正在房间里发愁，就见大水和二水走了进来。

“妈，你有心事，为什么不说给我们听听？不和我们商量呢？”大水说。

“我们已经长大了。”二水也说。

“还有我呢。”不一会儿，小松也从门外钻了进来。

葵花竟然有些发呆。多少年来，她总觉得孩子们就是吃饭、读书，就是长身体。只要不生病，不惹事就是对她最大的帮助了。现在听他们一说，突然间好像自己有了依靠。是呀，孩子们已经长大了，而且也将面临各自的人生问题，特别是大水，如果不是因为上学晚，现在都可以嫁人做母亲了。二水长得瘦小一些，但眉宇间透出的聪慧和成熟还是十分明显。就连刚过十四岁生日的小松也似乎有了喉结，声音开始发闷。但尽管如此，葵花还是不愿意和他们商量。孩子就是孩子，他们不该介入大人的事情里来，况且这是多么复杂，多么难以理解啊。

“好哇，我已经好长时间没和你们好好地谈过了。”葵花故意装得很轻松地说，“你们最近都在忙什么？高考真的要取消吗？”

大水点点头：“老师已经不给我们复习了，成天学习文件。”

“不复习？”葵花看着二水问。

“我们学习小组一直没有停，不过是秘密的，发的文件都当草稿纸了。”二水回答。

“二哥是只专不红！”小松高声评价。

二水只一笑，并不反驳。

“二水的政治课成绩很好。”大水说。

“那是分数第一！”小松又叫唤起来。

葵花见二水还是不吭声，便对小松说：“你出去，我和二哥大姐说点事。”

“我不能听吗？”小松不高兴了。

“不能。”葵花说，“等你上了初中，有了独立思考能力再说。”

小松这才很不情愿地走出。

葵花看着两个孩子说：“妈妈现在没有事，就是有什么，你们的满月阿姨和二丫阿姨也会帮我的。你们都是高三的学生，没几天要不上大学，要不找工作，反正都要进入社会，不再是孩子了。可社会是复杂的，会遇到很多事，需要你们独自面对。你们一定不能灰心，该坚持的一定要坚持。最重要的，是要相信一切都会变的，人是会变的。你看，妈妈没有什么文化，说话也说不好。总而言之，妈妈现在很好，你们不用操心。”

大水看了一眼二水说：“妈，其实最近发生的事，我和二水都知道。”

“都知道？你们都知道什么呀？”

“东方老师被人陷害，判了刑。”还是大水说，“妈妈心里很难受，又没办法帮他。”

“是呀，妈妈很无能，帮不了。”

“不是妈妈无能。是他们利用职权，太坏了。”二水说。

“这话可不能在外面说。”葵花有些吃惊地看着二水。

“在外面，我什么也不说。”

“这件事你们千万别管。”葵花担心地看着俩孩子，“你们可不能出事。不出事就是在帮我了。”

“我们能出什么事啊？”大水说，“妈，有件事，我和二水一直想问问您。”

“问吧，想知道什么？”

“您对东方老师是不是真的有感情？”

葵花愣了一下才说：“看你们说的。我们是同事，他帮过我。现在这样了，我为他感到冤枉。”

“可这件事真的很重要。”大水认真说。

“什么很重要？我不明白你在说什么。”

“妈,干脆说吧。您想不想见东方老师？”二水回答。

“见？有那么容易吗？”

二水说:“我有办法。”

“你有办法？什么办法？”

“这个您先别管。”二水说,“虽然,我们有一个名义上的父亲,可他从来没和我们一起生活,又不知道什么时候才能回来。”

“我和二水是这样想的,爷爷年纪大了,又有病。妈妈一个人生活太艰难了,我们迟早会离开,会过自己的生活。所以这件事,我们不能不管。”

“你们都在说些什么呀？”葵花苦笑笑,“什么乱七八糟的。”

“东方老师可对您是一心一意的,不然也不会到这个地步。”大水说。

“你怎么知道？”葵花吃惊地看着大水。

“是小星告诉我的。”

“小星？他怎么会知道？哦……”葵花猛地被提醒,立刻问,“你和小星还有来往？”

大水点点头。

“他们从来就没断过。”二水说。

“可没看到信啊？”葵花吃惊不小,可马上就明白过来,“是通过二水？”

大水又点了下头。

“我是他们的业务通信员。”二水有些得意地说。

“那……小星他妈妈知道吗？”

“妈,这事以后再慢慢和您说,现在谈您的问题。我们有办法让您和东方老师见面,但做这件事很冒险。所以,我们必须搞明白。如果是那种感情,我们就做。如果不是,那就不做。因为担责任的,不仅仅是我们。”

“我和东方不是那种感情。但如果能见他,能帮他,我付出什么代价都愿意。不过，我不想连累别人，太冒险的事就算了。”葵花想了想又说，“你们说说，到底有什么办法？”

“事情是这样。”二水犹豫了一下说，“我有一个同学，父亲是人民医院的内科主任，也是新生织布厂的特约医生，每个月会利用一个星期天给犯人看一次病。他可以带一个护士进去。”

“让我装成护士？可我什么也不会呀？”

“已经说好了，到时候只要叫叫名字就行了。其他的事都让我同学的父亲来做。”

“你同学的父亲愿意帮这种忙？”葵花不无疑惑。

大水说：“其实是他的女儿。”

“女儿？你的这个同学是个女孩？”

“那怎么了？”

“你和这个女同学是什么关系？”

二水红着脸没说话。

“啊呀呀，好你们两个！”葵花一下着急起来，“学生是不能谈恋爱的。让学校知道了怎么办？还有你，明明说好要和小星断的，怎么又变卦？我们不能害人家啊！”

“妈，我和小星是真心的。”

“不行！”葵花斩钉截铁道，“这事绝对不行！我跟你满月阿姨下过保证，我不能说话不算数！”

“这事跟妈您没关系。也不是姐，是小星他……”

“还好意思说！”葵花打断二水的话，“你们俩怎么可以做这种事？你们都还是在校的学生啊？”

“可姐都二十三岁了，我也已经二十一岁，要在过去……”

“你住嘴！”葵花真的生起气来，“刚才还说，你们不出事就是在帮我了。这种事必须立刻结束，不许再来往，听到没有？”

“嚷嚷什么呢？”葵花爹不知什么时候走了进来，一边喘气一边数落起葵花来，“孩子到底做错什么了？你自己弄成这样就算了，还想让孩子都学你吗？”

第19章

葵花爹对三个孩子似乎是一视同仁,其实还是有差别。最疼的是二水,其次是大水,而对唯一有血缘关系的小松却显得有些生分。葵花则相反,也许是大水和二水已经长大成人,所以把精力都放在小松身上。现在听说大水和小星没有断,二水又和同学谈起了恋爱,不免犯起愁来。对父亲那些毫无原则溺爱孩子的话,她不想争辩,只是暗暗拿定主意,找个适当的机会,要好好谈一谈,相信孩子们都会明白事理,不再乱来。

因此这一夜葵花不再说话,和大水洗洗就睡了。不料天不亮二丫就来敲门,还不由分说把大水赶出了房间。

"你疯啦!孩子昨天睡得晚!"

"她年轻。再说也该去做早饭了。"二丫把衣服扔给大水,"我有要紧的事跟你妈说。”

大水笑了笑,接过衣服套在身上,立刻走了出去。

二丫关好门说:“大水是该嫁人了,你看那屁股。”

“不许这样说孩子。”

“好好好,不说孩子。”二丫说着脱了外衣上了床,在葵花身边舒舒服服地躺下,“可女孩终就要变成女人。你看我们在她这个年龄……”

“得了得了。究竟什么事?”

“你猜。”

“哪方面?”

“有点下流。”

“要是你跟老耿的事,就别说了。我不爱听。”

“谁说他呢。这事可非同小可。”二丫压低了声音,“真的是件大事。你还记得负责东方案子的那个孙警察吗?”

“怎么了?”

“他犯事了。哈哈。”二丫笑了一会儿才说,“他和镇大卢的老婆通奸,被抓了个现行。”

葵花吃了一惊:“不当警察了?”

“没有。镇大卢把事情压着呢。”

“到底是怎么回事?”

“具体情况我也不清楚。你看这个。”二丫从衣服口袋里拿出一个信封,并倒出一张照片来。

葵花看了一眼赶紧扔到地上:“你要死啊。这东西从哪儿来的?”

“这可是证据。”二丫忙起来捡好,放回信封,又塞进口袋才说,“这回,姓孙的可落到我们手上。”

“这事……你怎么知道?”葵花奇怪地看着。

“照片是镇大卢拍的,可不敢到外面洗,只好找他的狗兄弟,而且还要能替他保守秘密。”

“你是说刘脚子?”

“还能是谁？除了照相馆，镇上就他会洗照片，冲胶卷，还有个暗室。”

“嗯，可为什么要告诉你？”

“还不是为了拍我的马屁。”

“镇大卢知道吗？”

“当然不知道。镇大卢还警告他，如果说出去，会要刘脚子的命。”

“那他还敢？”

二丫头一昂：“要不是这种事，他有机会和我说话吗？”

“看来他很义气。还给了你照片。”

“没照片我会信吗？”

“什么时候说的？”

“就是刚才。”

“刚才？”

“他和镇大卢洗了一夜照片。姓镇的前脚走，他就来找我了。还叫我早些来告诉你。”

“告诉我做什么？”

“做什么？为东方老师翻案啊？”

“翻案？”葵花想想说，“你是说，拿这照片去威胁那个孙警察？”

“不是威胁，只是做笔交易。找那姓孙的，就说你的政治生命就在我们手里，要不把案子翻了，要不就从公安队伍里滚蛋。你说，他还能有什么选择？”

“这样有用吗？他又不是法院，办案的也不是他一个人。”

“这个我们不管。解铃还须系铃人。让他自己想办法，就说当时审案的时候情况比较复杂，孩子说的那种事另有原因。不管他怎么说吧，反正是证据有了问题，要法院改正就行了。”

葵花沉思起来。二丫说的不是没有道理。当时那些假证据就是孙警察一手搞的，现在也只有通过他才能纠正过来。证据没有了，法院还凭什么判刑？可这件事，会这么简单吗？

“看来,你对东方老师还真的不是那种感情。”二丫打量着葵花说。

“为什么?”

“如果是那种感情,你会不顾一切,哪怕是抓住一根稻草都会玩命。可现在这么犹豫。”

“我只是觉得,这不是条正路。”

“世上哪有多少正路?他不仁,我就不义。这叫一报还一报。我看你还不如刘脚子,他想都不想就把这事告诉我。其实这事捅出来,镇大卢肯定不会放过他。”

“那你还不复婚?”

“这是两回事。”二丫说着爬起来穿好衣服,“这事你再想想,反正不用着急。到时候,我去找姓孙的,你都不用出面。只是有一点,一定要注意保密,千万不能让别人知道。”

二丫走后,葵花又想了一会儿才起来。吃早饭的时候,就跟二水说,能不能请同学家长帮个忙,尽快安排去看望一下东方。结果中午二水就跑来说,已经说好了,时间就在明天上午。但要她下课后先到医院去一趟,急诊室的沈主任,也就是他同学的父亲要和她说些事。

下了课葵花就去了医院,急诊室不太忙,葵花坐在沈主任单独用的办公室里一样一样地辨认着常用药,又学了些包扎的基本操作。

“这些都不一定用得上,主要是让你对护士有个了解。”沈主任是个态度和蔼的中年人,说话总是面带微笑,“明天一早你先过来,我们坐医院的汽车直接开进去。到时候,你做什么我会告诉你。”

“会不会给您添麻烦?”葵花有些担心地问,“万一被识破了怎么办?”

“不会。”沈主任笑笑说,“我和管教都很熟。他们家属看病都来找我。就算看出你不是护士,也不会说的。不过,我今天请您过来,还想谈谈我女儿和你们家二水的关系。”

葵花心里已经有所准备,便道:“这个您放心,我的态度很明确。

一是学生谈恋爱还太早，我会让二水主动断绝关系。二是这件事我得向您道歉。平时我忙着自己和学校的事，对孩子教育不够，昨天晚上才知道。”

“您误会了。我说的不是这个意思。”

葵花有些诧异：“那您……”

“其实我早就知道他们在来往。”沈主任很平和地说，“而且我不反对。”

“为什么？”葵花不无意外。

“虽然学校有规定，但我认为，孩子发育到十七八岁，生理心理都开始成熟，自然会产生感情上的需要。也就是说，和异性交往，想谈恋爱再正常不过。当然，学校是希望学生把精力集中在学习上，怕影响成绩。可现在通过我的观察，我女儿的学习不但没有退步，反而一直保持在全年级前五名这样的水平。当然，这和你们家二水的帮助是分不开的。他可是全年级第一名。”

“真的吗？”葵花听了很吃惊。说实话，她只知道大水二水成绩都不错，可具体好到什么程度却不知道。

“当然，将来会怎样，我和她母亲还没考虑。但目前我们是不反对的。”

“那……孩子会和你们谈这种事吗？”

“她和她母亲谈过一次。我装着不知道。今天，我是想听听你的意见。”

“我过去一直不知道。昨天晚上他姐也就说了一句，我当时很着急，怕影响学习。另外，年轻人都爱冲动，万一做出什么来，我怎么跟您交代啊。”

“这个不用担心。要相信孩子嘛。”

“可要是真的发展到那种关系呢？”

“那就顺其自然。他们相差一岁，相貌、性格我看还都相配。”

“可是……其他方面呢？”

“您说吧，具体指哪个方面？”

“我是说，他的出身，还有我的家庭情况，您了解吗？”

“大概了解一些吧。他和他姐姐都是日本孤儿，您的丈夫在青海服刑。就这些吗？”

“您都知道？”

“您的孩子不但聪明，而且诚实。这也许是我女儿欣赏他的原因之一吧。”

“要是这样，我也不反对了。”

“赵老师，其实您的事，我也知道一些。我在公安系统有不少朋友，东方老师说不定真的很冤枉。”

和沈大夫的一席谈话，让葵花觉得一身轻松。虽然有些话还不能完全理解，但二水至少不会在对方家长那儿惹出什么麻烦。他的成绩竟然是全年级第一，那上大学就应该不是什么问题。上了大学，就有了自己的前途，那作为母亲也就尽到力了。晚上吃饭的时候，二水很随意地问了一句：“她爸都说了些什么啊？”

“就说怎么进去，还能说什么呢？”

二水没再吭声，但似乎有些失望。

第二天，葵花如愿进入高墙电网、警戒森严的新生织布厂。看病的犯人不多，快到中午的时候，一个管教才把东方叫来。是沈大夫点的名，说是在入狱时的体检表中发现了一些问题。东方看到葵花没有任何惊讶的表示，只是很麻木地点了点头，说了声“你好”。沈主任示意他们到里间去谈，自己便在外面继续看病。这时，一个管教干部都不在了。

“说是你主动认的罪。是这样吗？”葵花急切问道。

“是这样。”东方不看葵花，头也不抬一下。

“为什么要承认？明明是陷害，你应该坚持。”葵花激动起来。

“那没有任何意义。”

“怎么会呢？你没有做，就不应该承认。”

东方苦笑了一下：“我现在很好，你不要再管我的事了。”

“这不仅仅是你个人的事。”

“那又怎么样？我认了。”

“你认什么了？”

“我认命了。”东方十分平静地说，“我是罪有应得，是政府及时挽救了我，不然我只有死路一条。现在我能做的，就是好好劳动，努力接受改造，争取重新做人。”

“你这是怎么了？你怎么变成了这样？”东方的变化让葵花十分吃惊。

“其实我一直就这样。”东方的语气有些不耐烦了，“你走吧，不要再来了，不要再来打扰我，行吗？我出去了。”

“等一下，你听我说。”葵花压低了声音，凑近东方耳边说，“那个姓孙的警察，就是负责你这个案子的，我们可以想办法让他说实话。但必须你来配合，把那些捏造的证据都推翻了。明白吗？”

“不，我不想推翻。”

“为什么？”葵花差点叫了起来，“你脑子糊涂了？”

“我没糊涂。我现在比任何时候都清醒。”

“那究竟是为了什么？说呀，究竟为什么？”

“你不会和我好的，你不会嫁给我，对吗？我知道，我永远也不可能得到你。所以，我在这里是最好的归宿。”

葵花一下愣住。她没想到，过去是那样热情奔放，那样毅力坚强的小伙子，竟然会为了一个不应该产生的爱情而毁灭自己的整个人生。是因为今天情绪低沉，故意说这些话来发泄一下？还是钻进了牛角尖，自抛自弃？如果是后者，那就太可怕了。

“总之，我不需要你的帮助。坚决不需要。请让我走吧，还有一大堆活儿在等着我呢。”东方说完，头也不回地走了。

这一夜，葵花失眠了。她反反复复地问自己，到底做错了什么事？说错了什么话？没有，她没有。但东方为什么要这样呢？是想惩罚他自己，还是想惩罚我？难道感情会让人这么痛苦吗？爱情啊，你好可怕！

葵花不由得想起吴大哥。算起来，吴大哥已经离开十一年了。开头几年，她还老写信，后来老不见回，也就不再执着。反正心里认定了，这世界上，只有吴大哥是自己的丈夫。不管他在哪里，不管他做什么，甚至不管他是死是活，她这一生也就这样了。有时候，她会问自己，你幸福吗？于是她会这样回答。是的，我很幸福。为什么不幸福呢？作为一个女人，该爱的，已经爱过；该享受的，也已经享受过。吴大哥的身影，他说话的神态，走路的姿势，身上的气味，都已经深深地融入了她的灵魂。虽然看不见摸不着，可却无所不在。再说，她要工作，要抚养二个孩子，要照顾父亲，哪里还有闲暇去胡思乱想啊！

全县科以上干部集中三天学习，过去不是没有过，但这么紧张，这么严肃，这么令与会者震惊的情况还属罕见。在规定了“不许记录，不许外传，不许议论”的纪律后，地委书记李真亲自传达了中央的一系列文件。人们第一次听到北京市委、中宣部已经被走资本主义道路的当权派控制的消息，一些平时被人们敬仰的高级领导人都因为“反党”被撤销了职务。而全国每一个基层单位都要开展“批判资产阶级”的运动。

李真做完传达后，要连夜赶到邻县。他让满月在城外一个僻静处等他，在那里，他们谈了不到十分钟。李真要满月做到三件事。第一件，除了学习中央文件，不要召集其他任何会议。发言时，一定要按文件的口径说话，最好是照本宣科，并且不留记录。第二件，把家里所有和“封资修”沾点边的东西，特别是一些外国小说立刻清理掉。第三件，如果哪天发现他出了事，千万不要打听。要是有人调查，只谈工作关系，绝对不要承认有私人感情。满月不敢多问，只是一味地点着头。最后，她紧紧地握着李真的手，一定要他保证不能出事，如果有什么事感到为难，就来找她。李真定睛地看着满月，满月贴过去想和他拥抱，但被李真推开。

“尽量不要打电话。”李真说完便立刻走开了。

满月其实是有话要和李真说的。就在一周前，江司令员突然来电话,让她见一个姓徐的副军长。此人只比满月大一岁,两年前妻子在一次车祸中丧生,有两个孩子都跟着外婆。如果满月能看上,可以调到此人所在部队后勤部门任职。江司令员还说,部队的人际关系相对简单,待遇也不错,要她认真考虑一下。满月见了徐副军长,发现其长相竟然和李真有几分相似,人也很谦虚。人家对她很满意,当即就表示愿意继续来往,还希望能尽快到北京去见他的父母。江司令员在后来的电话里说,这位同志虽然是干部子弟,却是从班排长一步步提起来的,近些年一直在他身边工作,如果能成,他对这桩婚姻能打百分之百的包票。

"那我考虑一下吧。"满月对江司令员说。

"还考虑什么呀?你不为自己,也得替李真同志想一想啊!"江司令员在电话里毫不客气地说。

其实这些年来,满月一直在考虑自己的婚姻问题。三十岁的时候,还可以说是要求高,工作忙得顾不上,别人也不会太在意。现在眼看就要四十岁了,虽然有孩子,但未婚却是事实。当所有奇奇怪怪的猜测被逐渐否定之后,人们所谈论的东西就已经非常接近于事实了。所以每当李真下来指导工作,还是她到地委开会,她和李真的任何一次接触,都会成为人们注视的焦点。她尽量避免单独和李真在一起,后来干脆连招呼也不打了。可越是如此,她是李真地下情人的说法越是有人相信。最近,更为可怕的一个话题开始在县委机关里蔓延,那就是小星是她和李真的亲生骨肉。根据是小星穿军装的照片,和李真二十年前在部队上拍的几乎是一模一样。而上次二丫在澡堂子说的那些话,竟然也被身边的一些女同志悄悄议论了。

她决定嫁给徐副军长,但希望在正式表态前和李真认真地谈一次。不是要征求他的意见,这没有必要。只是想给他一个交代。可她想交代什么呢?说自己虽然决定和别人结婚,可心里永远只爱他一个人?可说这些话又有什么意义呢?还是想在这最后一刻,逼李真和他老婆离婚,让他们成为这世界上最最幸福的一对?可这世界上真的会有奇迹发生吗?她明知这种谈话会毫无结果,甚至毫无意义,可她还是想和李真再见上一面。

地委书记的日程安排并不保密。李真在邻县做完传达后，会到省里去做汇报，虽然通常只需要半天，但省委领导同志何时会有时间，要到前一天的晚上才能确定。所以，李真在省里会待上一天，而且如果没有特别重要的事，他会在省里睡一宿，第二天早晨再返回地委。说来也巧，省里有个学大庆的表彰会，原来带队的县委副书记临时有事去不了，满月就顺手接了过来。到了省里，先到大庆的会上报了到，把代表们都安排好了，满月就到省委招待所查到了李真住的房间，然后就给孙书记的爱人打了个电话。孙书记的爱人早就知道她和李真的事，而且私下里非常欣赏她对李真的感情，所以马上查清了李真的时间表。满月一听就傻了，原来李真要比她想象的忙得多，除了要汇报，还要听中央最新指示的传达，最晚的一次传达安排在夜里十点才开始。因此，当满月来敲李真房门的时候，已经是子夜两点。李真正在刷牙，以为是服务员送开水，开了门瞧也没瞧。他的后背立刻被两个丰满而温暖的乳房紧紧贴住，双臂被箍紧了不能动弹，并闻到一股熟悉的香气，他便大声叫了一声："满月！"

满月示意他不要再出声，就站在卫生间里脱光了衣服……事后，当他们在黑暗中躺在舒适的双人床上，用干净的被单遮住裸体，彼此相拥而不再冲动时，李真才着急地问："没有采取措施？"

"这时候才问，已经晚啦！"满月笑了笑回答。

"这可不能开玩笑，怀上就完了！"

看到李真着急的样子，满月不免有些心酸，所以只是淡淡地说："反正我就要结婚了。"

"结婚？"李真显然吃了一惊，"和谁结婚？"

"别紧张，不是和你。"

"真的？"

满月点点头："也许，这是我们最后一次了。"

"把情况告诉我。所有的情况。快！"

李真对这事的关切让满月十分满足又十分辛酸。她便把江司令员介绍她和徐副军长认识的事从头到尾讲了一遍。

“这个人我认识。”李真坐直了身子说,“你知道他父亲是谁吗?”

“不知道。”

“他父亲是新中国成立后首次授衔的一名将军。”李真说出一个名字。

满月也立刻坐了起来:“啊?江司令员什么也没说啊!”

“你问了吗?”

满月摇摇头。

“你没问,当然就不说了。”

“可这么大的事,应该告诉我啊?”

“这下可好啦。以后,你在中央军委有关系了。说不定还能帮上我的忙,他母亲在中央组织部,是个正局级干部。”

“这么说,你同意了?”

“同意什么?结婚是你的事,跟我有关系吗?”

满月又是一阵伤心:“怎么没关系?你不知道我对你的感情?”

“但这个人,是你值得嫁的。”

“为什么?就因为他是副军?是将军的后代?”

“他长得也不错。虽说是二婚,可没有遗留问题。”

“可我有。”

“你有什么?”

“我怕和他睡觉的时候,叫出你的名字。”

“你又来了。我们好的时候,也没听过你叫我啊。”

“什么叫我们好的时候?现在我们不好吗?”满月的心又被刺痛了一下。

“我是说那个时候。”

“是呀,男人是说不上什么感情的。”满月伤心道,“你对我,也就是玩玩而已。我现在已经不年轻了,是老太婆了,该扔了。”

“这是什么话?”

“我说的是实话。”

“好吧，我解释也没用。”李真过了会儿才说，“这样对你将来有好处。”

“你想解释什么？”

“没什么好解释的。”李真故意说，“男人对女人，都是玩玩而已。我也是。”

“你讨厌！”满月死劲在李真身上拧了一把。

“你轻点！”

“就是要让你留下一个疤，给你老婆看。”

李真沉默了一会儿才说：“她不会再看见了。”

“为什么？”满月惊诧问。“她死了？”

“没有。不过，已经在医院住半年多了。”

“什么病？”

“癌症。”李真叹了口气，“是晚期。医生说不会再超过半年。”

“为什么不告诉我？”满月喃喃道。听了这个消息，她不知道是悲哀，还是庆幸。

“又不是什么好事。”李真开始穿衣服，“我也是怕你误会。”

“误会？怕我有什么误会？”

“满月，我们虽然彼此相爱，可做不了夫妻。”

“为什么？你这话是什么意思？”

“你看，我们俩都是干部，而且还在一个地区。”

“我可以不当干部。”

“就算你当家庭妇女，可如果我们一结婚，等于告诉别人，过去的谣传都是事实。”

“那又怎么样？我们是真的相爱。”

“人家可不管你们是真爱还是假爱。人家只会说，这是一个生活作风问题。我的生活作风。”

“你就这么在乎吗？”

“我可以不在乎。但别人会拿这个做文章。我的政治生命就完了。”

满月愣在那里。她知道李真说的是对的，干部的生活作风很重要。她在考虑县干部任命的时候，也多半会注意这个问题。而她自己，不是也做得非常谨慎吗？她要舍弃对李真的爱情，去和那个徐副军长结婚，不也是想塞住那些人的嘴吗？

"我该走了。"满月爬起来，穿好衣服，梳了梳头，就要往外走。

"等一下。"

满月在门口站住，转过身，期待着李真能改变刚才的想法。可她只听到李真说："刚刚传达的文件，下面斗争的对象不只是知识分子和反动学术权威，很可能是像你我这样的基层领导，特别是省地市县的主要负责人。你要做好思想准备。"

满月机械地应了一声"知道了"，就走出门外。对她来说，过去那么看重的感情，如今竟然那么一钱不值。那么，她还有必要为此终身不嫁吗？况且李真也说了，如果这样下去，会影响他的政治生命。这可不是开玩笑。想到这里，她就准备一回去就给江司令员打电话，不，直接给徐副军长打电话，结婚的时间越快越好。

完全是偶然的机会，镇大卢得知了葵花丈夫的详细情况。

有个三十来岁的女人从青海劳改农场刑满释放，来找镇大卢要工作。镇大卢说他不负责就业安置，那女人见办公室无人，就往他腿上一坐，搂着脖子道："镇所长，您不认识我了吗？"

镇大卢仔细一看，才发现是那个燕京大学毕业的龚洁云。

"劳改？你去劳改了？"镇大卢忙把对方推开，好奇地问。

"还不是你老婆的功劳。"龚洁云从桌上拿了一根烟，点着抽了一口才说，"她怕你再来找我，就告了我一状，说是腐蚀拉拢干部，成了坏分子，判了十年。"

"我还以为你嫁人去了外地。"

"其实也差不多。只是嫁的不是一个，而是十个八个二十个。我的男人们都夸我那功夫好。那还要感谢你，都是你教的，你镇大所长可是我的第一个男人啊。"

“放屁！”镇大卢正色道，“你是什么人，敢在这里胡说八道，还想再进去吗？”

那龚洁云却哈哈大笑：“别来这一套。十年河东，十年河西，如今姑奶奶早已不是当年的那个大学生。告诉你，老娘坐了十年牢，还怕你？今天你安排得安排，不安排也得安排。反正老娘是吃定了你，大不了来个鱼死网破，我再回青海！”

镇大卢知道现在碰到的可是个炼过丹的真佛，不是靠几句狠话能吓回去的主。于是换了一副笑脸说：“有话好好说。看你这些年不像吃过什么大苦，倒养得很滋润。”

“让你说中了，我到了那里第二年就进了劳改局医院当护士。”

“肯定是个男人帮的忙。”

“又让你说中了，谁让我长得漂亮呢。一上床，燕大历史系就多了个护士专业。”

“这么说，你倒是很会利用你们女人的长处。”

“不如说是利用了你们男人的流氓本性。”

“好，说得好。”镇大卢拍着手说，“流氓是男人的本性，男人都是流氓。你也算是觉悟到了家。”

龚洁云过了一会儿才说：“那也不是全部。”

“噢？那好。有本事你说一个我听听。”镇大卢突然来了兴趣，“要是说谎，我一听就听出来。”

“我们医院的王医生。”

“王医生？谁知道是哪里来的？神仙下凡吧？”

“说起来，你也应该知道。他原来是我们这里赵葵花的丈夫。”

镇大卢一愣，忙问道：“你认识赵葵花的丈夫？那个叫王……王什么宾的？”

“王亦宾。”

“对，王亦宾。他不是判了无期吗？怎么能去医院？”

“这个你就不懂了。”龚洁云故意卖了个关子。

“好好好，你先坐下，喝杯茶，把知道的都说来我听听。”镇大卢说着就起身倒茶。

龚洁云稳稳落座，跷起二郎腿，冷冷一笑："先把我的事情办了，我再说。"

"这事确实不归我管。但我保证会替你打招呼。"

"那就等你打了招呼再说。"龚洁云说完便站了起来，"或者你自己跑趟青海，劳改局的犯人医院一问都知道。"

"好好好，算你狠。"镇大卢想了想说，"那我请你到大饭店吃晚饭，然后上去洗个澡。"

"洗澡可以，但不会和你上床，你要胡来，我就喊强奸。"

"你可不要蚊子叮菩萨——不识相。"镇大卢骂道，"给脸不要，可别后悔。"

"我要脸有个屁用。"龚洁云毫不客气顶了一句才走。

当晚，镇大卢带了张招工表，在大饭店要了个小包房，又送了几张公共浴池的澡票，这才从龚洁云嘴里挖到王亦宾的情况。原来，接纳全国四分之一服刑犯的青海劳改局，只有一座专门给犯人看病的正规医院。虽然每年都会调进一些新的医生来，可用种种借口离开的医生却更多。这样，医生就成了紧缺人才，身怀绝技的王亦宾自然有了用武之地，成了抢着要的香饽饽。开头两年，他还一边劳动一边看病，到后来就成了犯人大队的专职医生。五年后，因为表现突出，王亦宾的刑期从无期减到二十年。后来，领导上看他不仅医术高明，每年"冬训"，鼓励犯人互相揭发时，从来没有人说过他的坏话，后来干脆调到劳改局医院，不仅上台主刀，还主持不少重大病例，有时还会被请到其他医院会诊。他的病人不仅有犯人，也有管教干部和他们的家属。王亦宾享受到其他犯人不可能得到的许多自由，他在医院有一个虽然狭窄，却完全独立的宿舍。他不允许单独离开医院，但在院内却不受任何监视。

可镇大卢对这些情况并不感兴趣。

"既然如此，他不可能不接触女人。"镇大卢十分有把握地问。

"这一点被你说对了。"龚洁云冷冷笑了一下回答。

“所以我说男人都是流氓,你还不信。”

“人家可不像你利用职权耍手腕。王亦宾可是明媒正娶,正式领结婚证的。”

“他当然是领过证的。”镇大卢顺便应了一句,突然觉得不对头,又问,“你是说,王亦宾在青海结了婚?”

“是呀。”

“这是什么时候的事?”

“半年之前吧。”

“可他有老婆啊?他的老婆就是赵葵花。”

“这事我知道。我和他现在的老婆私交可不浅。”

“那你快说说,到底是怎么回事?”镇大卢忙给龚洁云倒酒搛菜。

“过两天再说吧,我也记不清了。”龚洁云喝着酒吃着菜,不紧不慢地回答。“你以为老娘这么好骗啊?”

镇大卢便拉下脸来,眼光咄咄逼人:“龚洁云,你可不要得寸进尺。还是那句话,给脸不要,可别后悔。你要真想回青海,我肯定帮忙。不然就给我态度放老实。我是什么人,你最清楚!好,现在给你三秒钟,不想说,就给我滚!”

龚洁云的傲气一扫而光,但还是硬撑了一会儿,才继续说了下去……

葵花在河边找了个僻静处,和大水谈小星的事。大水倒是很坦白,不仅承认每个星期都有书信来往,而且已经谈到了婚期。计划是大水一毕业就结婚。

“你疯了!”葵花吃惊不小,“人家小星才多大?参军才多少时间?你要把人家前途全毁了!”

“我也是这么说的。可小星说,如果我不答应,他就立刻复员。”

“胡闹!简直是胡闹!”葵花急得直跺脚,“要被你满月姨晓得,还怎么得了?”

“小星说,会跟他妈说的。”

"怎么可能？他妈怎么可能答应？你们这俩孩子，是想把我活活气死！"葵花说着，眼泪就掉了下来。

"妈。"大水掏出手绢要替妈擦泪，却被葵花推开。

"大水啊。"葵花过了会儿，抹了抹眼泪说，"不是妈不通人情，我也知道你和小星从小就要好，实在是妈有这么个婚姻关系。是妈对不起你呀。"

"妈……"大水也哭了起来，"妈没有对不起我，是我自己不好。"

"那就听妈一句话，狠狠心，和小星断了吧？啊？"

大水却哭出声来："妈，我不能……我真的是喜欢小星，他也离不开我啊！"

"不行！你和任何人好，妈都不反对，独独不能和小星。你要是不听话，妈就死在你面前！"

"妈呀！"大水双腿一软就在母亲面前跪了下来，"就算是这样，我也做不到啊！"

"好吧，妈现在就死给你看。"葵花说着，就往河堤下走。

大水一下抱住葵花的腿，发狠劲大哭道："妈呀，您就是死了，我还是要和小星结婚的。您就原谅我们吧！"

葵花没想到大水会这么坚决，又僵持了一会儿才掰开大水的手说："你们这样，妈在你满月姨面前怎么交代啊？"

大水却跪在地上一声不吭。

葵花见说不动大水，旋即来找满月。不管怎么说，必须让满月知道这件事，再一起想想办法。

满月正在门外送客。一位长得高高大大的中年军官热情地握着满月的手，好一会儿才钻进挂着军牌的小轿车内。满月站在那儿呆呆地望着汽车远去，直到葵花走过来招呼才猛地回过神来。

"你来得正好。"满月把葵花一让到屋内就问，"你觉得怎么样？"

葵花不明白："什么怎么样？"

"那个男的。"

"那个男的怎么了？"

电话铃响，满月接听，并示意葵花不要作声："我是……好吧，你们先把文件再看一下，我半个小时就过来。我们可以谈半个小时。"最后一句话是对葵花说的，然后把话筒撂在一边，点燃一支烟才说："我要嫁给他。"

"你要结婚？"葵花更糊涂了。

"你们都结了婚，为什么我不能？"

"那……"葵花很想问"那李真怎么办"，可话到嘴边又咽了下去，却说，"你是该结婚了。脸没看清，但个子不小，我看还挺相配的。"

"我也觉得很相配。还相配得很呢。"满月说完就苦笑。

"你好像不是太高兴？"

"怎么不高兴？以后回家不会这么冷清了，有个男人陪你一起吃饭，一起睡觉。怎么不高兴呢？"

"只要高兴就好。"

"只是有点可怕。"

"可怕？可怕什么？"

"你看，只见过一面，以后就要在他面前赤身裸体，他要做什么，你就得做什么。"

"这个你就想多了。"葵花叹了口气，"是个女人都得过这一关。以后一起生活惯了，就会有感情。"

"你说得轻松。"满月冷笑道，"你和那位吴大哥是自由恋爱，该享受该满足的，都享受都满足了。二丫虽然对刘脚子不太满意，但在感情上也是演过拉锯战的。凭什么我满月就像分配工作似的给人家做老婆？是我比你们长得丑，还是缺条胳膊缺只手？为什么我的命就这么苦呢？"

"你就知足吧。"葵花并不同情，"当初你和李队长好的时候，怎么不说？"

"你只看到我笑，看到我开心，哪里知道我心里的苦？告诉你吧，从第一夜起，我就觉得自己在偷人，和一个有老婆的男人上床，你真的以为我幸福？”

“现在不是可以从头来吗？不要把话说得那样难听。就像电影里演的，有的人是先恋爱后结婚，有的是先结婚后恋爱。我看刚才那个军人真的不错，以后处好了，一定会幸福。再说，你是个领导干部，要有信心是不是？”

“行了行了。”满月摆摆手，“我也就是在你面前发发牢骚。虽说是头一次见面，印象还真的不错，各方面都比李真强。”

“你又瞎说。在你心目中，还有什么人能胜过李队长？但各人有各人的长处……”

“不要和我说教。”满月打断葵花的话，“你来找我，是不是又有什么麻烦事？”

“大麻烦。”

满月认真起来：“出什么事了？”

“我家大水和小星根本没有断。”

满月听了，半天没吭声。

葵花却急了：“你听到没有啊？”

“我耳朵又不聋。”满月这才说，“那你准备怎么办？”

“刚才劝了半天，差一点儿真的要跳河，可这死丫头就是不听。”

“这件事，我早就预料到了。”

葵花不解：“预料到了？你也发现大水的脾气犟？”

“岂止是犟？你也不想想，她是什么人？”

“什么人？”

“她可是日本人！”

这一说，让葵花阵阵发愣。多少年来，她似乎已经忘掉了两个大孩子的出身。从长相看，大水和二水和中国人没有任何区别。虽然是单眼皮，但个头并不小，也毫无电影里那种日本人一见面就低头哈腰的习惯。如果说有什么与众不同，那就是姐弟两个都不太爱说话，尤其是二水，可做起事来却极其认真。还有一个，就是他们都非常热爱劳动。大水是女孩，自然不用说的，近些年来，都是她大早起来做全家人的早饭。二水不仅把自己的房间收拾得一尘不染，而且把爷爷房间的窗户也擦得铿光瓦亮。过去对这些都没有太在意，现在想想，是不是某种遗传呢？又想到刚才大水跪在地上，流着眼泪，却始终不肯屈服的场面，葵花突然打了个寒噤。

“你怎么了？”满月问。

“没，没什么。”葵花掩饰道，“那怎么办？”

“还能怎么办？由着他们呗。”

葵花十分意外：“这么大的事，你倒说得这么轻松？”

“现在恋爱自由，又是青梅竹马，再加他们的脾气。我们不同意又有什么用？”

“你不再考虑吴大哥对他们的影响了？”

“葵花啊，我看你瘦多了，还是多想想自己吧。”满月坐过来，替葵花揉揉肩拍拍背，琢磨着要不要把吴大哥的事情说出来。原来半年前，省城民政局的朋友寄来王亦宾要求离婚的申请书，没有任何理由，却盖着青海劳改局某单位的大印，意见栏内写着‘同意王亦宾离婚’的字样。按道理，必须由赵葵花同意并亲自签字才有效。可省城的朋友见识过葵花的脾气，所以想通过满月来处理。满月把这张纸在抽屉里锁了一个星期后，签下了葵花的名字，并直接寄到青海。她不知道，这么做究竟是为了葵花还是为了自己。只知道她别无选择。当然，这事必须尽快告诉葵花，她甚至把如何对付葵花的话都设想好了，就等一个机会。现在她们既然谈到了那个吴大哥，是不是索性把离婚的事说出来呢？满月心里这么想着，嘴上却说出一番完全不同的话来：“你听我说啊。我就要调走了，不去部队，也会在爱人驻地找个工作。孩子将来结婚，会来外调，我们就如实反映情况，我想不会对孩子有什么不好影响。”

“女方的家庭出身，不会影响小星的前途？”

“只要实事求是，我想不会。再说，你和吴大哥，哪里是什么夫妻？你为了自己的感情，不考虑对方，不考虑家人。说老实话，你这么固执，我一直有意见。”

葵花过了会儿才说:“我也是想让他有个感情上的支撑,觉得有人在等他。不然,那种日子你让他怎么过?”

“这个你就想得太多了。你想想,人家是个医生,又不是那种顽固分子,就是在那种地方,也可以发挥一技之长。你怎么知道他的日子不好过呢?说不定,还会找个护士谈谈恋爱。”

“他不是那种人。”

“可他毕竟是个男人。一两年也许熬得住,可十年八年能不想吗?他又这么年轻。”

“你说他会再当医生吗?”

“有什么不可能?劳改局的医院,犯人大队的医务室,最缺的就是医生。他不正好吗?”

“那种地方,也有女护士?”

“废话。不仅会有女护士,而且会有女医生。不然女人看病也不方便啊。”

葵花听了不再作声。满月知道葵花会好好想这些问题,如果想通了,再把离婚的事告诉她,反应也许就不会那么强烈了,于是打定主意以后再说。这时,她看看表,发现时间差不多了,便和葵花从家里走出来。

“我还得去开个会。”满月分手前犹豫了一下说,“葵花,接下来,从中央到地方都要搞‘文化大革命’。从现在传达的文件看,形势非常紧张,而且针对的是我们这些当权派。所以最近一段时间会很忙,如果没有什么要紧的事,就别来找我了。你自己也要当心,少说话,多读读毛主席著作和《人民日报》上的文章。遇到二丫也跟她说一声。文艺单位尤其要注意。”

葵花点点头,随即骑了她那辆旧脚踏车回到镇上。这时天色已经很晚,葵花正掏钥匙开门,就见刘脚子从一旁闪了出来。

“葵花,我已经等你好半天了。”刘脚子堆着笑脸说。

葵花吓了一跳,警惕道:“你想做什么?”

“没事没事,你别怕。我只是来告诉一个消息。”

"孙警察的事,二丫已经告诉我了。"

"不是那件事,是另外一件,直接关系到你的。要不,我们找个地方?"

"就在这里说吧。"

刘脚子四下看看没有人,这才凑近葵花小声道:"现在大家说的那事,实际上是镇大卢在暗中搞鬼。"

"什么事啊?"

"你没听说?"刘脚子有些意外,"就是关于你那个……"

话没说完,就见小松从外面冲过来:"妈,姐和哥都被抓到派出所去了!"

葵花大惊。

第 20 章

二丫没想到，一夜之间竟成了文工团的领导。

话剧《四季常青》已经停演了一段时间。开始听说是某些剧情需要修改，后来有人在报纸上发表了长篇大论《一株反党反社会主义的大毒草——〈四季常青〉出笼的前前后后》，列数该剧的十大罪状。其中最主要的是否认党的领导，宣扬资产阶级名利思想，丑化工人阶级形象等等。没过几天，又有人出来说，这篇文章掩盖了这出话剧的反动本质，因为它的要害是夺权！是资产阶级知识分子向无产阶级夺权！一查，前一篇文章的作者竟然是编剧之一，其目的无非是避重就轻，企图蒙混过关。不用说，春姐的团领导职务立刻被文化局罢免，她不仅是大毒草的主演和主要策划人，而且成名的那部电影已经列入全国大批判的名单。文化局在考虑新团长人选时惊异发现，唯一抵制这株大毒草的就是丹娅。她不仅受到春姐的无情打击，而且多次演出不到剧场，说明她有很高的无产阶级觉悟。再一调查，她不仅入党时间早，而且当过民兵，还是烈士家属。进团时间长，业务上当过独唱演员，有一定的社会影响，难能可贵的是后来分配到服装组，毫无怨言，年年成为积极分子。这样的人全团找不出第二个，怎么可以不当领导呢？

这天下午，二丫被叫到文化局谈话。一是新团长的事吹吹风，二是要她主持对《四季常青》的批判。这突如其来的变化让二丫不知所措，她想找满月问问是好事还是坏事。后来一想不行，因为满月曾经在首演时登台接见过演员，对这出话剧还有过很高的评价，说不定会成为这株大毒草的"后台"。于是只好来找葵花。结果刚到巷子口就碰到了刘脚子。

"葵花出大事了。"刘脚子虚张声势。

"什么事？有屁快放！"

"王亦宾和别的女人结婚了。"

"王亦宾是谁？"二丫一时想不起来。

"就是葵花的丈夫啊。对了，也叫吴展鹏，葵花叫他吴大哥。"

"有这事？"二丫不信，"犯人怎么可能结婚？肯定又是镇大卢在嚼瘟蛆。"

"这是真的。有人从青海回来了。完完全全是真的。"

"和你有关系吗？就是真的也不是什么好事，犯得着你来这儿报丧？"

"我只是想告诉葵花，镇大卢到处张扬，唯恐别人不知道。他这个人你是知道的，一直对葵花耿耿于怀。"

"行了行了，蛤蟆说王八，你们两个都不是好货！"二丫骂了一句，想起往事，"他这么做，是不是想把葵花搞臭，要占她的便宜？就像过去你对我那样？"

"我和他不同，我是真的喜欢你。"刘脚子忙说。

"喜欢你个头啊。"二丫想想又问，"你还知道什么？"

于是刘脚子便把镇大卢从龚洁云那儿听到的说了一遍。

“这种女人的话，也能相信？”

“镇大卢打长途电话问过了。”

“是真的？”

“确实是真的。”

“哼！你们男人都不是好东西。”二丫接着又警告道，“以后少到葵花这儿来。”

“你找葵花？”

“不关你的事。”

“可葵花不在家。”

“去哪了？”

“派出所。”

“派出所？去派出所做什么？”

“我也不知道，小松回来说的，说大水二水都被抓到派出所了。”

二丫愣了一下，说：“那还死在这里做什么？你不是和派出所挺熟的吗？”

“我这不是在去吗？要不，我们一起。他们所长可崇拜你了。”

二丫不想和刘脚子在公开场合一起露面，便道：“你先去，我看看大伯。”

刘脚子“嗯”了一声就走了。

葵花爹躺在床上，见二丫进来，便问：“出什么事了？”

“能出什么事？”二丫给老人倒了杯水才又说，“现在学校搞大批判，肯定是意见不合了，吵闹起来，动了手也说不定的。”

“学校搞什么大批判啊？”

“这个您就不懂了。现在要横扫一切牛鬼蛇神，各行各业都在破四旧，旧的东西不破，新的事物不立。”二丫坐近了说，“大伯啊，我刚才听刘脚子说，葵花的那位吴大哥可能回不来了。”

“怎么了？”

“说是和别人结了婚。”

葵花爹气急哼了起来，过了半天才说：“他就不该回来。”

“这么说，您同意？”

“同意什么？”

“同意葵花和吴大哥分开？”

“这不是同意不同意的事。本来就不该结婚。”

“是呀。葵花到观音山才几天，对人家能了解多少？”

“我不是这个意思。”葵花爹摆摆手道，“吴大哥确实是个好人，要有个这样的女婿，我也满足了。可他的命不好，该派要吃冤枉官司。葵花硬是要和命对，能有什么好结果呢？”

二丫笑了起来：“大伯啊，您这个思想可不对，什么命不命的，这是四旧，是封建迷信，下次可不能在别人面前说，要挨批判的。”

“批判就批判，反正我也活不长了。”

“大伯，这话我可不爱听。虽说大水二水大了，可还有个小的，葵花又是一个人，您不帮她，谁帮啊？您又不是什么大病，过两年好起来，大水也该结婚生孩子，您要抱重孙子了。”

葵花爹笑了笑：“二丫就是会说话。”

二丫给葵花爹喝了水，这才又说：“刚才您说本来就不该结婚，现在是不是认为吴大哥结婚是件好事，葵花也就解放了？”

“要让葵花死心才好。”

“对。要让葵花死心。死了心，才会考虑自己的事。将来有合适的，就找个人正正经经地过日子。这样您也安心了。”

“二丫啊，这事你可要好好劝劝她。”

“对了，葵花去看过那个东方老师了？”

“我听大水说，好像是看过了。”

“东方老师怎么说？想不想翻案啊？”

葵花爹叹了口气，过了会儿才说：“二丫啊，不是大伯多管闲事，有句话，我一直想对你说。”

“您说您说。”

“刘脚子虽然做过对不起你的事，但我看他还算是个好人，这些年也没有再娶,我看你们就复婚吧。”

二丫苦笑笑:“大伯啊,我知道您是为我好。但这件事我是铁了心的,这辈子绝对不会再和他做夫妻。”

派出所门口围满了学生,有几个为首的在和一个警察交涉,要求把大水和二水交给他们进行批判,可警察不同意,于是有人带头喊起口号来。

“打倒走资本主义道路的当权派!”

“横扫一切牛鬼蛇神!”

“大批判万岁!”

“日本狗崽子滚出来!”

葵花的出现开始并没引起大家注意,直到她快走进派出所大门的时候,才有人叫了起来:“日本狗崽子的娘来了!”

学生们便向葵花围了过去,开始还是喊喊口号,后来就有人开始拉扯她的衣服,打她的头。葵花并不理会,只想赶快走进去。这时,一个和警察谈着话的高大男生挤了过来,一下抓住了葵花的头发,并且用力一扯。葵花只觉得头皮一阵生疼,一个趔趄摔在地上。更多学生向葵花压了过来,好几只脚已经在她身上乱踩。就在这时,小松不知道从哪里钻出,先用头向一个要踢葵花的女生猛地一撞,那女生捂着肚子“啊”地叫了一声,就一屁股坐在地上。大家都吃了一惊,为首的高大男生冲着小松的脸一拳打去,却被小松机灵一闪躲过,等对方欲再出拳时,小松已经抽出一把雪亮的西瓜刀。高大男生一愣,见小松个子小,又挥拳上来。不料小松毫不犹豫一刀砍在他的胳膊上,顿时血就溅了出来。

学生们大乱,有人喊:“小日本杀人了,快抄家伙!”

学生们退开几步,转身找砖头一起向小松扔去。小松的头上立刻出现了好几个大包。葵花这时一步抢上前,把小松的头紧紧抱在自己胸前,尽量用头和背抵挡着飞来的砖块。学生们却越来越冲动,竟有人挥舞着一根大树枝冲到葵花面前,就要用力劈下,幸好被跑来的警察挡住。

葵花和小松在警察的保护下进了派出所，门外的学生越聚越多，“打倒日本鬼子”“严惩杀人凶手”“将无产阶级文化大革命运行到底”等口号此起彼伏，后来又唱起了《团结就是力量》。其间不时有一些砖块扔进院里，把办公室的玻璃砸坏了好几块。

葵花见到了大水和二水，并很快弄清了事情的原委。原来班级开会，要求成绩好的学生交代“只专不红”的“活思想”，二水始终一声不吭。这时，有人突然说：“你坐牢的爸爸都跟别人结婚了，还牛气什么？”二水便和人家争论起来。一个正追求进步的政治老师立刻上纲上线，说这不是一场普通的人际纠纷，而是阶级斗争的表现。因为二水不仅继父是个道德败坏的劳改犯人，其生父更是在中国实施过“三光政策”的日本强盗。这一论点很快得到不少人的认同，于是二水和大水就被好奇的学生们包围起来，语言也越来越激烈，甚至已经向大水和二水投掷砖头瓦块。校方担心出事，就让派出所把两个孩子带走。而这时，赵大水和赵二水是日本战犯后代的消息已经传遍了校园的各个角落，每个人都在议论他们的存在和当前运动的关系，并且发现他们和电影中的日本鬼子长得非常相像，最后对这一问题的认识迅速升级到“日本帝国主义亡我之心不死”的高度。

派出所原来准备找些老师做做那些激进学生的工作，把大事化小，小事化了。没想到小松居然用刀砍伤了一个学生，便不敢草草了事。

小松的左眼被一块尖锐的石头击中，红肿的眼球已经翻出了一半，因为不敢送医院，所以只能扯了件干净衬衣暂时包扎。派出所把他单独关在一个狭窄的小房间里，同时打电话向县局请示如何处理。这时，刘脚子已经来到派出所，上上下下打了招呼。所长还特意吩咐给葵花和孩子们买了晚饭。快到半夜时，县公安局来了辆装着铁栏的警车，把葵花和三个孩子一起带走。学生们开始还想从警察手里抢走小松，后来见跟来的解放军都端起了枪，又看到小松已经上了手铐，这才让警车离开，回学校商量对策去了。

小松先被送到医院看了急诊，翻出来的眼球被塞了进去，说是没有大碍。葵花被带到一个小房间接受询问。

“这刀你见过吗？”一个女警察指着那把西瓜刀问。

葵花看着刀摇摇头：“没见过。”

“赵小松平时爱和哪些孩子一起玩？”

“不知道，我没注意。”

“他爱看什么书？知道吗？”

“也不知道。”

“你这个妈是怎么当的？”女警察不满道，“还是个教师。连自己的孩子都没管好，怎么去教育别人啊？”

“最近事情比较多，疏忽了。”

“好吧，你先带赵大水和赵二水回去，好好学习最高指示，好好斗私批修。有什么情况，立刻向我们报告。”

“那小松呢？”

“他必须留在这儿。”

“为什么？”葵花急了，“他还是个孩子！而且是对方先动手！”

“可他动了凶器。”另一位男警察很不客气道，“你知道吗？被他砍伤的那个学生一共缝了十三针，而且已经伤到了神经，以后胳膊就可能残废，再也伸不直了。还有一点我必须告诉你，那个学生是革命烈士的后代，他的爷爷是个牺牲在抗日战场的老红军。”

“那……那小松会怎样？”

“你先回去。要相信政府，相信国家的法律和政策。”女警察表情冷漠，“当然，我们会考虑到孩子的年龄和当时的情况，但必须告诉你，他的行为真的很严重。”

大水和二水一直在公安局的大门外等着母亲出来。他们也被问到刀的事，可谁也不知道这刀是从哪儿来的。听说小松不能回家，他们也急了，但也想不出什么办法。

二丫一直待在葵花家没走。她发现葵花爹哼得很厉害，便熬起药来。老人吃了药，却出了一身虚汗。二丫用热水替他擦了身，又换了衣服,听呻吟声小了许多,才趴在床边打起了瞌睡。但院门一响,她就醒了。

葵花先来看了看爹,然后安顿大水和二水睡下,这才和二丫说话。

“不就砍了一刀吗?又是个孩子。”二丫安慰道,“明天我去找满月,让她跟公安局打个招呼。”

“别去找满月。”

“为什么?”

“她现在够忙的,再说,这种事我们不占理,会让她很为难。”

“那去找那个姓孙的警察。我去。”

“这万万使不得。”葵花忙说。

“你怕什么?我会做得神不知鬼不觉。”

“不行!坚决不行!”葵花口气非常坚决,“小松年纪小,估计不会有什么大事。如果你去威胁姓孙的,还不定会闹出什么事来。这事你千万不要插手。”

“好吧,我不插手。可我要告诉你,我们团里有个学员也就十三四岁,因为打架,还没有小松严重,被判了两年劳教。你好好想一想吧。”

二丫还是瞒着葵花去找了孙警察。他们约好在县城最好的饭店见面。孙警察一听说是文工团的丹娅,立马就跑了过来。

“没有别的意思,就是想和你交个朋友。”二丫笑着道出开场白。

“不太可能吧?”孙警察眯着眼,打量着对方,“你可是个大明星,没有理由找我这样的小警察吃饭。说吧,就凭你这么瞧得起我,不管什么事,我都愿意帮忙。”

“既然孙同志这么直爽,那我就不客气了。有个孩子为了保护母亲动了刀,误伤了一个学生。听说对方的爷爷是个老革命……”

“你说的是赵小松?”

“怎么,你已经知道了?”

“说来还真巧。这个案子我在负责。”

“那就太好了。能不能给我个面子，把孩子放了。”

孙警察笑了起来：“丹娅同志，你把无产阶级的专政机关当成我的家了。”

二丫也笑：“他只是个孩子，要抓要放，还不是孙同志你嘴上一句话？”

“那可不是。”孙警察表情严肃起来，“我只是负责办案，搜集证据。放不放人，那是检察院和法院的事。”

“这么说，孙同志是不想帮我这个忙了？”二丫也放下脸来。

“这倒不是。”孙警察看了二丫一眼说，“至少不完全是。”

“我是个直脾气。既然人在你手上，证据不证据的事，还不是你说了算？”

“丹娅同志啊，你这样的脾气，我还真的很欢喜。但虽然如此，我还是要告诫一句，我是个人民警察，是为人民服务的。你这样和我谈话，说得轻一点儿，是觉悟不高。如果重一点儿，就是干扰警方办案。那可是犯罪行为啊。”

“就知道你会说这些大道理。”二丫冷笑一声，“想知道为什么我和你说得这么直白吗？”

“很想请教。”

二丫放低声，却很清楚道：“因为我知道你是个什么样的人。”

“那你说说，我是个什么样的人？”孙警察毫不胆怯。

“你自己清楚。”

“我还真不清楚。”

“非要我说出来？”

“有什么话，尽管说。”

“好吧，我知道你和刘立红的关系。”

“什么关系？”孙警察仍然装出一副很茫然的样子。

二丫火了：“不正当的男女关系！”

孙警察也火了：“你说这话要负责任！”

二丫冷冷一笑:“我有你和刘立红在床上的照片。”

孙警察一下傻了,可嘴上却硬:“你不要污蔑好人！我可以去告你！”

二丫站了起来:“要这样,我们回头见。”

孙警察立马拉住二丫:“别急嘛,有话好好说。”

二丫看看孙警察的手,孙警察立刻把手松开。

“我来找你,就是想好好说话。”二丫重新坐下说。

“想和我做交易？”

“不。不是做交易，只是希望你像个真正的人民警察，秉公办事。”

“你是怎么知道的？”过了一会儿孙警察问。

“什么事啊？”二丫故意装傻。

“就是那照片。”

“这个你就别管了。反正,我也不是威胁,只是想告诉你,别在我面前摆你那副臭架子。”

“我能问个问题吗？”

“问吧。”

“你和赵葵花是什么关系？”

“这么跟你说吧。我们以前是一个村的。她曾经救过我的命。”

“好吧,够仗义。”孙警察想想才说,“你说的事,我会尽力帮忙。但话也必须说清楚,那件事我并不害怕。别以为有几张照片就能把我怎么样,要是有人存心想找事,我也不是好惹的。你今天来,其实没有必要抬出那件事,就凭你丹娅的面子,我能不帮忙吗？不谈别的,就是今后看戏方便,我也想和你交个朋友啊。”

二丫板着脸道:“说实话,你的这些话,我听了很不舒服。以后要看戏,只要打个招呼,要多少票都成,但我不会和你这样的人交朋友。”

孙警察做出一副苦脸:“丹娅同志,我们之间没什么仇吧？”

“我们没有,但你和我的朋友有。”

“谁？”

“这个我就不说了。”

“我们做警察的，难免会得罪人。好吧，如果过去有什么不周到的，那就请你的朋友多理解。这回我会在能力范围内尽量帮忙，但你也要理解我的苦处。赵小松伤的是革命烈士的后代，如果人家咬住不放，不要说我，就是我们局长也没有办法。你最好先做做对方的工作，双方配合一下。”

“不能先把人放出来吗？”

“这个还真的做不到。再说，放出来可能更不安全，不如先在里面待着，我会去打个招呼，保证孩子不吃苦，你看怎么样？”

二丫看话说到这个程度，也不好再勉强，便点了点头：“好，三天之内，你把人放出来。”

“我尽力而为吧。”孙警察说完就招呼服务员上菜，并且笑道，“不管你愿意不愿意交我这个朋友，这顿饭我请客。”

二丫心里想，这家伙可不是个草包，不能逼急了。于是也笑了笑说：“孩子出来，我再请你。”

原以为有了孙警察照应，关个两三天小松就可以回家，没想到事情不像二丫想得那么简单。虽然孙警察想把这个案子做成群殴误伤，但在“凶器来源”这个关键问题上，赵小松的交代却让所有的人吃了一惊。

“我是从合作社的小卖部里拿的。”

“拿的？”孙警察在审讯室问，“什么时候的事？”

“三个月之前吧，我记不清楚了。”

“详细说说。”

“说就说。”小松摆出一副电影《小兵张嘎》里小主人公满不在乎的模样道，“我先把窗户上的玻璃砸开，翻进店里拿的。”

“你是这么‘拿的’?！”孙警察暗暗叫苦。

于是罪名又加了一项：盗窃。孙警察立刻带人来到葵花家，从小松的床下找到一大包铜线和半捆没用过的油毛毡。小松说，这些也都是从工地上“拿的”。铜线是想卖到废品收购站,油毛毡则想用来盖房子做屋顶。葵花又气又急。葵花爹却说了一句:这是报应。

又过了一天,孙警察给二丫打电话,说受伤的那个男生家长从医院开出了一张“轻度残废证明”,他已经去医院查了,也看了拍的片子,确实是真的。

尽管葵花不让二丫去找满月,但在一次“文化系统大批判”活动后,二丫还是跟前来开会的满月说了所有的事情。

“你得帮帮葵花。”二丫焦急道。

“你说说,让我怎么帮吧?”满月平静地回答。

“和公安局长打个招呼。”

“然后呢?”

“然后,让他们……”

“让他们做什么?”

“让他们……”

“放人?”

“是。”

“你看,你说话的时候,自己就底气不足。小松砍伤了人,后果严重,又偷东西,我让他们放人,不就成了昏官?”

“可小松还是个孩子。”

“孩子也需要教育。”

“你的意思,要让小松上工读学校?少管所?”

“这个要由公安机关来决定。”

二丫生气道:“满月,你用不着跟我打官腔。我倒想知道,如果是你的孩子,你会这么说话吗?”

“当然也得这么说。”满月瞪了二丫一眼,“我还能说什么?你现在也当领导了,说话得讲原则。还有,你找孙警察的行为可不是小事,是威胁利用,是妨碍司法知道吗?”

二丫冷冷一笑:“怪不得,人一当官,人情味都没有了。”

“人情味得看是什么?资产阶级的人情味就是不能有。”

“好好好，我的大书记，别上政治课了，就当我什么也没说。”二丫说完就气呼呼地走了。

满月一回到机关，就打电话请公安局的一位副局长了解情况。晚上对方回复，说受伤学生的家长拿着烈属证到处找人，勾局长直接让孙警察在抓这个案子，问满月要不要想办法“渗透”一下。满月立刻说不要，只要注意有没有违规行为就行了。

镇中学的学生给镇领导写了一封公开信，提出三点要求。第一，坚决严惩故意伤害革命烈士后代的杀人凶手赵小松；第二，强烈要求有关部门调查赵大水和赵二水日本强盗亲生父母的身份；第三，彻底清算派出所的右倾机会主义路线。信中声明，如三天内不见答复，此信将寄往县、地、省主要领导同志，直至中央。大镇长一看，虽然觉得学生十分幼稚，但也不敢造次，立刻召集几位副镇长开会商量。这时，镇大卢才知道赵小松被抓的事。散了会，镇大卢立刻就把刘脚子找来。

“你去找一下葵花。”镇大卢觉得机会难得，想逼葵花说出实话，“只要她承认小松是我的儿子，立刻就把孩子弄出来。”

“要是她不承认呢？”刘脚子问，“你就不帮这个忙了？”

“当然不帮。”镇大卢很果断，“一个重刑劳改犯的孩子，我要是帮忙，还谈得上阶级觉悟吗？”

当即刘脚子就来找葵花，葵花自然是一口否认。

“能不能先委屈一下。”刘脚子出主意道，“先承认了，让镇大卢把孩子弄出来再说。”

“这孩子和镇大卢没有任何关系，我也不想要他帮什么忙。该怎么处理就怎么处理，我相信政府。”

“唉。”刘脚子叹了一口气，“我是担心孩子吃苦啊。”

“吃些苦也不是什么坏事。人生哪有不吃苦的呢？”

刘脚子回来如实一汇报，镇大卢想了半天才说：“看来确实不是我的种。”

“可我担心葵花在出生日期上做了手脚。你看那孩子，长得还真像你呢。”

“像你个头啊！”镇大卢骂道，“你就是不想让我开心。”

“我哪里敢啊。”刘脚子忙说，“我说着玩儿呢。我说啊，那个小的也是活该。谁让他爹是个不成器的东西。正所谓上梁不正下梁歪……”

“你少在我这儿放屁！”

镇大卢把刘脚子赶走，回头就要刘立红去约孙警察。

刘立红却被难住了。自从那件事后，虽然两人还在一起过日子，但再没说过一句正经话。刘立红老是战战兢兢，在单位也不像过去那样飞扬跋扈，心里则在等着一场对话。当然，谈话的内容也十分清楚：不是离婚，就是给你订下种种惩罚性的规定，让你一辈子抬不起头来。

现在这场谈话终于来了，刘立红倒平静了许多。

“你的要求太过分，我不会再去找姓孙的。”

“为什么啊？”

“你明知故问。”

“嗨，我说你啊都在想些什么呢？”镇大卢倒了杯茶放在老婆面前，和气道，“该怎么还怎么嘛。你说，我打你了？骂你了？”

“那倒没有。”

“是嘛，我们是夫妻，下半生还要一起过日子。当然，这件事是让人生气，可后来想想，也不能全怪你，都是姓孙的那小子有一套，会勾引女人。再退一万步说，他比我年轻，那活儿肯定也不错，如果能让你，不，让我老婆开心，我应该高兴才对啊？”

刘立红听了一愣，脸上阵阵上火，不知道什么是真话什么是假话，便回答道：“我做错了事，我会反省，会有觉悟。反正下次再也不会了。”

“这是你的事。反正对我来说，眼不见为净。不要让我知道就行了。还有，就是不要在家里，给我留点面子。你看怎么样？”

刘立红自以为对男人很了解,可现在却觉得镇大卢是那样的高深莫测。她从来没有听过这么恬不知耻的话,虽然看起来是对自己的宽容。

“这么说,你同意我和小孙继续来往?”刘立红小心翼翼地试探。

“我可没有说同意。天下哪个丈夫会同意老婆和别的男人睡觉?不会。绝对不会。但男人的胸怀肯定要比女人大得多。女人犯了一次傻,你就不原谅,计较一辈子。这是什么?这是小肚鸡肠,是小男人的做派。但男人很自私,老婆毕竟是自己的东西,怎么可以让别人用呢?而且,越是珍贵的东西越是不能让别人碰。当然,老婆是长脚的,你再珍贵,人家有了外心,你想看也是看不住的。”

“那你到底想说什么?”刘立红想弄清楚镇大卢的真实意图,“我都那样了,对你来说,还谈得上珍贵吗?”

“当然很珍贵啊!”镇大卢毫不犹豫道,“你怎么听不懂我的话,我是不想失去你啊!那天我一冲动打了你,到现在还在后悔呢。”

“真的吗?你真的这么想?”刘立红茫然了。

“当然是真的。我什么时候和你说过假话?也许出事那天我不会这么说,但已经过去这么多天,我也冷静下来。我说的话,都经过深思熟虑的。”

刘立红激动不已,双腿一软便在镇大卢面前跪了下来,鼻涕眼泪一起流出:“我的亲哥哥啊,立红一时糊涂做错了事,你却这么宽宏大量。让我还有什么脸来面对啊。”

镇大卢一把拉起老婆道:“都说些什么呢?我们又不是神仙,都是肉眼凡胎,哪有不犯糊涂不做错事的时候?只要我们努力学习,斗私批修,提高觉悟,那还是好同志。老婆你说是不是?”

“你真的能原谅我?”

“当然是真的。要不,给你写个保证。”

“那就不必了。”刘立红羞怯地偎在镇大卢身边,“今后,你说什么,我都听你的。坚决服从就是了。”

镇大卢笑了起来。他要的就是这句话。于是他们就商量如何和孙警察联系，该说什么，不该说什么，最终目的是要把伤人的事说成自卫，把盗窃改成拾遗。

刘立红虽然知道赵小松是葵花的儿子，而且隐隐约约地感觉到与镇大卢有某种特殊关系，但此时却想都不想，甚至巴不得镇大卢和葵花有什么见不得人的秘密才好。

第二天，刘立红一上班就给孙警察打电话："小孙，是我。还想见你姐姐吗？"

孙警察没想到刘立红会这么轻松，而且话语中还夹杂着再度春风的暗示，不由得心花怒放。可等见了面，听说又是为了赵小松的事，心情就烦躁起来。

"我和你说白了。"孙警察道，"受伤者的家属要求送少管所，那是一种刑事处罚，以后要载入档案的。我们的意见是送工读学校，不属于刑罚范围，甚至谈不上行政处分。我们已经顶着很大压力了。"

"可你镇大哥的意思是立刻放他回家，性质是自卫和拾遗。"

孙警察苦笑笑："镇大哥也太强人所难了。这不是我一个人说了算的。"

"镇大哥说你肯定可以办到，他对你可是非常信任啊。"刘立红寸步不退。

"要不这样。"孙警察半天才说，"让镇大哥直接和我们勾局接触一下，饭局我来安排。他的弟妹在达家镇实验小学当校长，在镇大哥领导的地盘之内，也许能说得通。"

镇大卢立刻拍板同意，当晚就在镇上摆了一桌酒菜。孙警察和陈校长提前十分钟到了，可勾局长却姗姗来迟，让大家等了整整一个钟头，而且一到便毫不客气地对镇大卢道："这顿饭吃不吃其实都无所谓。你说的事，小孙已经和我说了，我们仍然坚持送工读学校，什么自卫，什么拾遗都是你们外行人的想法，根本行不通。"

陈校长连忙说："这件事能不能让小孙再调查调查？孩子胆小瞎说是常事，他这么小的个子，怎么可以翻进那么高的窗户呢？"

刘立红也说："赵小松实足年龄才十二岁，属于妇女儿童保护范围啊。”

“噢?才十二岁?”勾局长做出一副惊奇的模样,“我怎么看,这小子都十四五六岁了呢?”

镇大卢给勾局长倒满酒道:“我是您的老部下,今天很荣幸,领导赏脸一起吃饭。咱们先喝酒,其他事再说。请。”

勾局长接过杯,一口喝干,对镇大卢道:“我已经来了,酒也喝了,面子已经给了,以后不要说我摆架子。”

镇大卢忙说:“勾局真是豪爽人。”

勾局长却摆摆手:“刚才你说是我的老部下,我知道你也干过公安,这倒省了我做工作。什么荣幸,什么赏脸,这些都是社会上的应酬话,我们大可不必。有句话,你可能听了会不高兴,赵小松的事是我定的,你就是找到我的顶头上司,我也不可能改变已经做出的决定。我今天来,就是来告诉你这一句。老镇,还有什么要说吗?”

镇大卢没想到勾局长是这么个人,于是压住心头的火,装着一副无辜的样子对刘立红道:“你和小孙都说什么了,我只是让问问情况,怎么可以提出无理要求呢?”

勾局长却冷冷一笑:“老镇啊,我们都是当领导的,还真的要好好学习啊。我还有事,先走了。”

镇大卢热脸碰到冷屁股,忙把勾局长送上车,看车走远了这才回头。

陈校长不知什么时候已经走了,就剩孙警察在那儿干坐。

“镇大哥,今天实在对不起,我也没有想到我们局长这么讲原则。”

“好,今天耽搁了孙老弟的时间,真的过意不去。我看你坐在这儿也不自在,请自便吧。”

孙警察于是立刻抽身走出。

镇大卢给自己倒了杯酒,却狠狠摔在地上,然后把一桌菜掀了个底儿朝天,把刘立红吓了一跳。

这天夜里,刘立红对镇大卢好言细语百般安慰,接着又好好温存了一回，这是出事以来的头一次，这倒是让他们两个都没想到的。

二水不同意到受伤的男生家求情，担心母亲要受委屈。于是大水说她代替妈妈去，大不了被人家轰出来，表示一下诚意也是应该的，毕竟是我们的弟弟砍了人。最后葵花还是决定亲自上门，但只是道歉而已。大水和二水陪着妈去，一起站在人家的堂屋里。那家人住着三间青砖大瓦房，看来条件挺不错。

受伤学生的父亲是肉联厂的车间主任，态度还行，只是要葵花好好教育孩子，说万一砍中了要害，出了人命可就麻烦了。可这家的女主人却不依不饶，一定要赔偿损失。葵花想想这也是应该的，就问要多少。那女人便拿出一张“残废证明”在葵花眼前亮了亮说：“你看着给吧。”

葵花狠狠心，说给一百。那女人抖动着全身的肥肉哈哈大笑。葵花便问你想要多少，于是对方就说，要葵花家的那个小院。

“什么？”葵花以为听错了，忙问，“您说要我们住的房子？”

“是呀，只要你家的那个小院。钱就算了。”

那家的丈夫也觉得有些过分，示意老婆到里屋商量，结果那女人就骂了起来。

“你个窝囊废知道什么？我就这么个儿子，现在残了废，要房子还是客气，照我的脾气，非要那个小畜生断只手才解我的这口气。”

大水暗扯母亲的衣襟，小声说：“我们走吧。”

不料那女人骂道：“赔不起就给我滚！”

二水忍不住了：“大妈，有话好好说，怎么骂人呢？”

话音未落，就见那个受伤男生打了石膏、绑着绷带从里屋冲出来，指着三人吼叫起来：“骂人怎么啦？你们都动了刀，哪还是人养的！”

二水要还嘴，却被葵花一下拉住：“人家受了伤，说两句是应该的。”

那女人就看着葵花奸笑：“不要以为是个狗屁教师，就可以欺负我们工人阶级。”

二水终于还是忍不住说:“请你说话文明一点儿。”

“噢嗬。”那女人道,“哪儿不文明了?我说话不似你们臭知识分子那么酸臭。装什么屌斯文?”

大水一把拉着母亲和弟弟:“妈,我们走!”

于是葵花就转身往外走。

二水则对女主人道:“说下流话不算什么本事。”

受伤男生一下跳到二水面前,犹豫了一下,才用那只好手打过来一拳,二水鼻子上的血立刻流了出来。

葵花一下拉着二水走出。

那受伤的男生跟在后面骂:“你们这些特务汉奸、日本杂种听好了,下次不许来我家,否则不客气!滚!”

回家的路上,葵花想想心里作气,眼泪就流了下来。二水却冷静道:“妈,我怀疑那张证明是假的。”

“怎么会呢?”大水连忙说,“二丫姨已经让人到医院查过了,确实是轻度残废。”

二水回到家才说:“你们注意到没有?他的那只好手有问题。”

“什么问题?”葵花不解。

“他打我的时候,好像在考虑用哪只手。”

大水说:“他一只手打着石膏,要打人,肯定用那只好手,有什么好考虑?”

“问题就在这儿。”二水不紧不慢说,“他打我一拳,其实分量并不重。流血是因为正好打在我的鼻子上,不然照他的身材,我会支撑不住。所以我怀疑,他那只好手,就是被小松砍的那一只。”

“你说什么呀?”葵花彻底蒙了。

大水却听明白了:“你是说,打你一拳的那只手,因为缝了针,所以没有力。而开出残废证明的,是那只好手?”

“对。是过去受过伤,所以能拍出那种片子,当然就能开出证明。说不定,这家伙把公安局和医生都骗了。”

“那又能怎么样？”

“说明小松虽然动了刀，但后果并不严重。而伪造证据却是犯罪行为。”

葵花松了口气：“还是二水聪明。”

“这事我明天请沈主任查一下，要区分旧伤和新伤，应该不难。”二水说完就去看书了。

第二天，二水就把事情和同学的父亲说了。沈主任立刻找到开证明的医生，结果一问，那外科医生一口咬定，他在开证明的同时已经注明是“旧伤”，而且从未接待过公安人员的调查。还说任何时候都可以出面做证。二水高兴极了，立刻回来告诉母亲。葵花便去了文工团找二丫。

二丫听说后就给孙警察打了电话，并强调公安机关在调查假证明问题上应负的责任。结果事情来了个一百八十度的大转弯，小松当天下午就被放出，处罚只是责令家长严加管教。葵花要给那受伤的男生出治疗费，却被二丫挡住。

“这种人不值得同情，不告他们已经不错了！”二丫斩钉截铁道，“再说，看病用的是他父亲的公费医疗，自己一个子儿都没掏。”

尽管如此，葵花还是送去了一些水果、补品和五十元钱。这回女主人和儿子都没露面，男主人连说了几个“对不起”，推了半天才收下。

回到家，葵花把小松叫到自己房里，问他为什么要偷东西。

小松像是变成了哑巴，怎么问就是一声不吭。

葵花急了，拿着床刷子敲桌子：“你要不认错，邪路这么走下去，将来要犯大错误！”

小松还是不响。

葵花爹走了进来，喘着粗气冲着葵花道：“孩子还小嘛，眼睛又伤成这样，过几天再说吧。”说着就要带小松出来。

“爹，这可不行。”葵花挡着去路，“偷东西可不是小事。”

小松突然开了口：“你们大人做了那么多坏事都没人管，我只是拿了点东西,算什么呀！我就不认错！”

“你还嘴硬！”

葵花说着就拿床刷就在小松屁股上打了一下，葵花爹前来阻止,小松乘机跑出。

大水和二水闻声进来。

葵花爹对二水说:“你带弟弟过去,让他早点睡,今天什么都别再问了。”

二水却说:“弟弟跑出去了。”

葵花爹说:“还不快追。”

大水和二水立刻跑了出去。

葵花见父亲喘得厉害,便上前扶住:“爹,您就别掺和了。公安局要我们严加管教,我总得把事情问问清楚吧？”

葵花爹生气道:“他在那种地方关了好几天,总得让孩子缓口气吧？”

葵花服侍父亲躺下,回房收拾东西,又把小松换下的衣服洗了。过了一个多钟头,还没听到院里有动静,便跑到门外张望。只见大水和二水垂头丧气地走回来。

“你们弟弟呢？”葵花着急问。

“我们把镇上都找遍了,都没看见。”

葵花这下慌了,正要出门,就见二丫走了进来。

“去找小松？”

“你也知道了？快帮我一起去找找。”

“不用找啦。在我那儿呢。”

“在你那儿？”

“他躲在服装间里,还是小娅告诉我的。”

“他人呢？”

二丫却进屋坐下:“我想和你商量一下。让小松在我那住一段时间。”

“为什么？”

“你看，他眼睛还没好，我那儿离医院近，换药也方便。另外，也要防止那些人报复。现在这么乱，还是小心一点儿好。还有一个，我现在很忙，顾不上小娅，如果小松住过来，我也放心。”

葵花听了没吭声。

“团里又给我一间房子，我让小松和小娅住一个屋。”

“这可不行！”葵花立刻道，“绝对不行！”

“他们还小着呢。”二丫一笑，“有什么呀？我在这个年龄，也是和大根睡一个屋的。要不，在床中间挂块帘子？”

“上次我说的事怎么忘了？”

“上次你说什么了？”

“万一小娅的生父是……”

二丫笑笑：“那他们是亲兄妹，更无所谓了。”

“你怎么这样糊涂？”葵花小声道，“大水和小星就因为小时候一起玩才好上的，将来要有这种事，怎么了得？”

“你想得也太多了吧。”二丫满不在乎，“小时候好的，将来有多少做成夫妻的？好了好了，就听你的，不让他们住一个屋，小娅还是跟我睡，这样行了吧？小娅一个人在家，我真的不放心啊。”

“不行！”葵花口气坚决，“你说破天，我也不同意。”

二丫口气却更坚决：“我只是让小松看着小娅，你别想得太复杂。这事就这么定了！走！”

二丫拉着小松就走，葵花知道二丫的脾气，也没办法。

第 21 章

尽管满月一再告诫自己，要冷静，要冷静，千万别上他们的当。但眼看已经过了十二点，他们还不让回家睡觉的时候，她终于还是发火了。

"你们问了半天，不就是想知道李真同志有没不正当的男女关系吗？那我最后一次告诉你们：没有！至少在我这儿没有！我们是非常要好的革命同志。你说有，就拿出证据来。还有，你们要整李真同志，最好从他执行的政治路线中去找，从他地委书记的工作中去找，别老盯着他的私生活。据我的了解，作为一个男人，他比你们所有人都要洁身自爱。他的道德品质无懈可击。"

找满月谈话的三个人都是从省委组织部来的，其中一个年轻女同志一边听着满月的话，一边认同地点着头，这让他们的头目——

一个四十来岁的中年人很不高兴。

“邢满月同志，你误会了。”中年人瞪了同伴一眼，看着满月说，“我们调查李真同志的目的，是为了爱护他，甚至可以说，是为了维护他的名誉。既然有人反映了，我们总不能不闻不问吧？况且，他是一名领导干部，是地委一把手。把有些问题搞搞清楚，这也是对党，对人民负责嘛。”

“我知道的都说了，你们还没完没了，究竟想干什么？”满月毫不客气责问。

“关键是核心问题你没有说。好吧，现在时间也不早了，我们还要尽快赶回去向领导汇报。这样吧，我们都不用兜圈子了，你从十七八岁就和李真同志发生了肉体关系，当时的区小队，村民兵大队，几乎无人不知。这个你能否认吗？此后这么多年来，你们又一直保持着热线联系，你说，谁能相信你们没有那种关系呢？”

满月真想把面前的冷茶一下全泼到对方脸上，但还是沉住了气，冷笑了几声反问：“你说我十七八岁就和李真同志发生了肉体关系。好，你找个人来，他有什么证据？”

“你们整个晚上都在一起，许多人都看见了。”

“那我问你，你和你的女同事整个晚上都在一起，就说明有了男女关系？”

那年轻女人脸一红，却“扑哧”一声笑了起来。

“你这叫强词夺理！”中年男人敲敲桌子。

“你这叫无中生有！”满月也敲敲桌子。

“这么说，你是不打算配合组织完成这次调查工作？”

“不，我该说的都已经说了。但我坚决反对用生活问题来整李真同志。我的话你听清楚了吗？如果你还没有得到限制我人身自由的授权，现在就请放我回家，我明天还要工作，需要正常休息。”满月说完，就站起来，走了出去。

那三个人不一会儿也走了出来，只听到中年男人说：“晚上不要在房间里讨论工作，别让人抓住把柄。”

满月只觉得好笑。回到家,她犹豫了好一会儿,才拨通了李真家里的电话,和她估计的一样,无人接听。

有关李真被审查的消息三四天之前就听到了。算起来,李真是自省委书记被“打倒”后,最后一个被剥夺了工作权的地委书记。“文化大革命”从文艺界扩大到政治领域已经是大势所趋,这一点李真早就对她说过了,但没想到形势会发展得这么快。所以,满月虽然平时还照常到县委参加大批判,心底已经做好被“打倒”的一切准备。省委组织部的这次调查,以及问到的一些问题,也在她的预料之中。在生活问题上坚决不承认,不能让对方有一线可乘之机,是她决定好的斗争策略。但这样做到底对不对,心里可没数。

经验告诉满月,在这种时候,不要和“出事”的人联系。但她是多么想听听李真的意见啊!多少年来,她总是在最为难,最拿不定主意的时候得到李真的帮助。事实上,李真每次的意见都是正确的,这不仅让满月在屡次运动中都能平安度过,而且工作也做得十分出色。省里不少重要部门都想来挖,但她都按照李真的意见拒绝了。

如今,一直认为决不会犯错误的李真也被审查了,而且结果难以预料。满月躺在床上睡不着,又一次体验到单身生活的艰难。徐军长上次来后打过几次电话,最后一次说部队处于紧急戒备状态,并说结婚的事要推迟一段时间,最后还说了声“对不起”。满月对这一声道歉十分不快,觉得深深伤了她的自尊心。推迟就推迟,有什么必要说“对不起”呢?难道是她这么急于要结婚吗?想尽快摆脱一个女人的寂寞?还是想早日进入一个显赫的家庭?老天可以做证,她想嫁给徐军长的唯一的理由,就是想强迫自己和李真一刀两断,永远不再有那种关系。当然,这一点是不能说出来的,所以会引起徐军长的误会。这种误会会不会成为两人往后感情生活的障碍?如果会,那就太可怕了。她真有必要结婚吗?

但她长期的单身生活,已经给李真造成了麻烦。不然,省委组织部就不会对他们的男女关系这么有兴趣了。

满月吃了比平时多一倍的安眠药,并且开始数数,可只数到二十，电话铃就响了起来。

电话是李真打过来的，他一上来就说："如果有人调查我们的生活问题，要如实回答，不要隐瞒。"

"那……那……"满月觉得十分意外，"后来呢，我是说，后来的也要说吗？"

"只要有可能被第三者知道的，包括秘书、司机、服务员，好像有两三次吧，也一定要交代。一方面是他们这次工作做得很细，手段也较特殊。还有一个，就是多谈些生活问题不是坏事，让他们有收获，有满足感。"

"好吧，我听你的。"满月又立刻问，"你现在的情况怎么样？会出大事吗？"

"现在很难说，不是出大事，而是特别大特别大的事。凡是当权派会无一幸免。"李真似乎很激动，但表达很清楚，"我已经不住在家里，行动受到限制，但还没到逮捕进监狱的地步，你放心吧。"

"那我们今后怎么联系？"

"不要联系。无论遇到什么事，都要冷静。要相信组织，相信群众。有事我会主动找你的。"

"好吧。你一定要小心！"

"对了，还有件事，你一定要葵花尽快下放到观音山……"

下面还说了些什么，满月已经不记得了，安眠药开始起作用，她立刻睡着了。

葵花第二天一早就到了文工团接小松。小娅一个劲地哭着，不让他走。

"我不让小松哥回去……呜呜呜……我不让小松哥回去……"

二丫只管坐着吃她的早饭，看也不看，听凭葵花自己想办法。

"小娅，你听阿姨说。"葵花只好对孩子道，"你小松哥做了错事，要回家改正。等他学好了，再来和你玩，好吗？"

"小松哥没做错事。"小娅仍然哭着说。

"小娅你还小,有些事还不能明白。"

"我都明白。"小娅自己擦了一把眼泪说,"小松哥捡铜线卖钱,是为了给爷爷买药。拿油毛毡是为了盖房子给大水姐姐住。"

葵花吃了一惊:"你说什么?"

"是小松哥说的,我还帮他在工地上捡过铜线,是人家丢的。"

"那……他偷合作社里的刀呢?难道也是为了卖钱吗?"

"不是。"

"那是为了什么?"

"小松哥说,如果有坏人想欺负他妈妈,他就拿刀拼命。"

葵花更是意外,转身问小松:"真的?"

小松转过头不吭声。

二丫这时才说:"看,多好的孩子,你还让他改正,改什么正呀?把孝心,把男子汉的血性都改没了,你高兴?"

"可是……"葵花真不知道该说什么好了。

"可是什么?警察不了解孩子,你也不了解?亏你还是个母亲,还不如我们小娅。"

葵花问小娅:"这些……是小松跟你说的?"

小娅使劲点点头:"小松哥还跟我说,妈妈工作很辛苦,要我帮着妈妈做事。听话。"

葵花的眼泪一下流出来,她搂过小松,拍着他说:"傻孩子,怎么不跟妈说呀!"

小松闭紧了嘴,就是不哭。

二丫便冲着葵花嚷嚷起来:"好了好了,这下都知道小松懂事,你就放一百个心吧。"

"不,小松我还是要带走。"

"那你把我们小娅也带走。"二丫穿好衣服说,"现在不上课,我实在不放心孩子一个人待在家里。不会这点忙都不想帮吧?要不,你在这儿看着孩子。我可是要走了,今天满月找我,说有重要的事情。"

"什么事?"

“我哪知道？可能是看我团长当得不顺眼，要撤我的职吧。”

“那就待三天。你赶紧想办法。”

“三天？过去我帮你这么多事，你就只让孩子帮我三天？不行，至少也得一个月。反正现在两条路，不是小松住我这儿，就是小娅住你家去。如果有人报复伤了我们小娅，我就找你算账。”

葵花知道二丫确实有难处，只好作罢。只是反复叮嘱一定要注意。二丫却说：“注意什么？该注意的我会注意，但不会像你这样神经过敏。”

学校已经停课闹革命，除了重大活动，老师们都在家自学文件。葵花刚回到镇上，就见龚洁云领了一大堆火柴盒材料从居委会出来。

“葵花姐，你不想来我家坐坐吗？”龚洁云很客气地问。

一句话提醒了葵花。实际上，自从听到吴展鹏结婚的消息，她就想来找龚洁云问个究竟。可因为忙小松的事，一时没顾上。这时便说：“来，我替你拿。”

龚洁云也不客气，便把材料分了一部分给葵花。

“不是说给你分配工作了？”

“这就是工作呀。”

“糊火柴盒子？”

“一般人还做不到呢。”龚洁云接着便说起好处来，“别以为糊一个才一厘的工钱，可我一天能糊两千个，肯定比你的工资要高，还不出门。”

“两千个？”葵花想象不出这么多盒子放在一起是个什么样子。

“一会儿你就知道了。”走不多久，龚洁云就推开路边一家双扇门，对葵花道，“这就是我家。”

葵花略一打量，只见那门上的漆几乎完全剥落，左右却立着半人高的抱鼓门墩，上面的一些文饰隐约可见。进了门，没见天井，只有一条狭得连只水缸都放不下的过道，原来堂前间和西厢房已经连成一体，上着大锁。东厢房的门开着，一个六十来岁的老妇人正用力在一个瓦罐里调试着糨糊。

“你看,才隔了一夜,就干成这样。”老妇人往瓦罐里加了点水抱怨道,“都是过期的,就不能叫他们给点好的?”

龚洁云对葵花说了声“是我妈”,才对老妇人道:“我问过了,这是库存的,还有发霉的呢,我没要。妈,你猜猜,她是谁?”

“我可猜不到。”老妇人和善地看着葵花,“也是从青海回来的?”

“哪儿啊,她就是葵花。”

“葵花?”老妇人忙说,“真是贵客,请坐请坐,我给你沏茶去。”老妇人脱下围裙就走开了,可能是让女儿和葵花好说话。不过一会儿又回来说,“隔壁和前面一排房子原来都是我家的,后来改了造。前面的人不讲理,硬是把我们的天井霸占了盖房子。听说你和县里的领导很熟,能不能帮我们反映一下?”

“妈,人家葵花自己的事还烦着呢。你就快走吧。”

老人这才不甘心地走了。

龚洁云把盒坯顺整齐,熟练地铺成梯形,放在靠左手的地方,然后把包装纸放在右手,也铺成梯形。弄好后,龚洁云就用刷子分别在盒坯和包装纸上刷糨糊。

“你看,我是正反面都刷一半,要比一张张在包装纸上刷快一倍。”龚洁云说着就做完了一个,动作之快都没让葵花看清。

“你真聪明,能想出这种办法。”葵花赞道。

“这是在监狱里学的。”龚洁云苦笑了一声。

葵花正要问吴大哥的事,老妇人却端了一杯茶进来,放在葵花面前道:“喝杯茶。这儿地方小,将就你了。”

“这房子可比我家好多了。”

“是呀,这还是在她太爷爷手上传下来的。原来的大门拆了修路,你刚才进来的是二门。你看到门墩上的文饰没有?”

“好像是麦穗什么的。”

“是呀,除了麦穗,还有花瓶和鹌鹑。”

“我知道,那是取一个‘岁岁平安’的吉利。”

“真不愧是当老师的，什么都懂。今天难得，我跟你聊几句。”

龚洁云连忙打挡：“妈，你去买点菜，今天留葵花在这儿吃饭。”

“不不不。”葵花连忙摇着手道“我还有事，一会儿就走。”

“难得来一趟，正好还有几张肉票没有用，要不就过期了。你先坐，我去去就来。”老妇人说着就拿了个篮子走了出去。

葵花同情道：“你们是够难的。”

“现在已经非常好啦。”龚洁云笑了笑说，“没有被枪毙，又从青海回来了，有房子住，我妈身体还不错。再叫苦，就太不知足了。”

葵花想想也是，便点点头。过了一会儿又问：“那镇大卢还来找你吗？”

“不来了。”

“他倒是安顿了。”

龚洁云冷冷一笑：“是因为我得了梅毒。”

“你骗他？”

“不，是真的。不过，现在是潜伏期，没有什么症状。”

葵花下意识地放下杯子。

龚洁云于是说：“你放心，吃饭是不传染的。我在青海也没有当回事，打几针青霉素就好了。”

“能说说我丈夫的事吗？”

龚洁云却反问：“你一点儿也不知道？”

“不知道。我只是听说他和别人结了婚。还说是从你那儿知道的。”

“这就奇怪了。”龚洁云放下手里的活，看着葵花说，“我是亲自听王医生说过，你在离婚申请书上签了字。”

“离婚申请书？”葵花急了。“我从来没见过什么离婚申请书啊。”

“那可能是领导上代你签的。”

“是青海的领导吗？”

“不。应该是原籍的领导。”

“那是谁呢？”葵花茫然起来，“签的是领导意见？还是冒充我的名字？”

“这个不清楚，你还是去公安局问问吧。”

“什么时候的事？”

“没有多久，我回来的前几天，两个多月吧。”

“吴大哥……和谁结了婚？”

“和一个病人，叫苗萍萍。她不想和管教上床，从三楼上跳下来，双腿粉碎性骨折。”

“残废了？”

“是王医生做的手术，现在只是走路有点瘸，不注意看不出来。”

“她也是犯人？”

龚洁云点点头：“原来也是个护士，医院出了一次大事故，死了两个人，其中一位是市级领导。因为出身不好，便说是故意报复，被判了无期。不过，我总觉得王医生和她结婚只是同情她，可怜她。”

葵花听了半天没吭声。

“怎么了？”

“这事他做得出来。”葵花自言自语说了一句，又问，“那你是怎么知道的？”

“我的这个病，是一个副场长传染给我的，他担心说出来，就改了档案，说我学过护士专业，安排到了劳改局医院。大概也是方便我治病。”

“那你怎么没治好呢？”

“我才不治呢。与其好了受那些人的罪，不如有这病让谁也感到害怕，反正也死不了。给我打针的护士就是苗萍萍。”

“那……”葵花犹豫了一会儿才问，“那个女人对吴大哥好吗？”

“应该还好吧。”

“应该？”

“是呀。你想想，那种连母鸡都找不到的鬼地方，一个长得又年轻又漂亮的女犯人，谁不想找个靠山啊。况且你那位吴大哥，可是个百里挑一的好男人啊。不过呢，那儿的情况比较复杂，有些事，还是不知道的好。你说呢？”

葵花没有在意龚洁云最后说的话，从她家出来后就去了公安局。可公安局接待的人说，从来没听说犯人可以结婚，一定是听错了。如果实在要问，可以到民政局打听，他们才管婚姻的事。葵花来到民政局，可民政局的人却说，如果犯人真的可以结婚，首先应该通过公安局。

葵花一时没了主意。她想请满月帮忙，但想起满月说过的话，又打消了主意。这时大水来说大串联的事，便把事情都说了，想听听女儿的意见。

“只有一个办法。”大水想了想说，“去趟青海，亲自去问吴叔叔。”

二丫和文化馆的李馆长、图书馆的宋书记、历史文献编写室兼革命历史文物陈列室的刘主任一起坐在县委机关的会议室里，听满月和几位县领导布置新一轮的工作，同时听取各单位大批判的汇报。李馆长主要是诉苦，认为现在各单位都在搞宣传队，要求文化馆进行辅导，可他们人手实在有限，要求增加编制，实在不行允许招些临时工，但工资必须从财政上出。宋书记主要是请示“封资修”书籍封存后如何使用，要批判“大毒草”就必须知道什么是“大毒草”，《红日》《安娜·卡列尼娜》这些小说虽然都是名著，但许多工人农民都没看过，要不要适当开放？开放后又怎么管理？希望县领导拿出一个办法。刘主任则发了一顿牢骚，说陈列室一天甚至半天一变样，早上还说是革命先烈，要大家学习，下午就成了叛徒、特务，要进行批判。这种陈列室不如关门了事，省得犯错误。轮到二丫发言时，她既不诉苦，也不请示，更没发牢骚，她只是报流水账似的说开了几次批判会，有多少人发言，在报纸上发表了多少文章等等。另外提了几个建议。一是组织演员们下乡劳动，吃忆苦饭，改造思想，同时派人到省里找大批判搞得好的单位学习取经；二是在坚持大批判的同时，排些小节目，用文艺形式宣传最高指示和党的方针政策；三是条件许可时，搞一台反映本县革命斗争历史的大型歌舞节目，演员不够可从群众业余宣传队中选拔借调，要用无产阶级思想占领一切文艺阵地。县领导们听完了汇报，聚到满月的办公室商量了一会儿，就由一位负责人事的副书记宣布了一个任命："自即日起，由丹娅同志全面负责文化局的党政工作，同时兼任文工团书记和团长职务。其他三位同志借调局机关，协助丹娅同志的工作。"

二丫深感意外，会一结束就拉着满月问是怎么回事。

满月走进办公室，把门关好后才说："你现在进步很快呀，没想到这么能说会道。"

"还不是听了你的话。你不是让葵花带信，要多读毛主席著作和《人民日报》上的文章？"

"是呀。"

"我还发现了一个规律。"二丫给自己倒了杯水，喝了一口才说，"其实这事也真奇怪。大概自从进了文工团就这样了。如果我说普通话，满脑子就都是歌词、对白和报纸上的口号。只有在说家乡话时，才是自己想说的人话。"

"这话我可不爱听。照你说，普通话就不是人话了？"

"至少像假人，像广播，一套一套的，尽是报纸上的那些句子。骂人都找不到词了。"

"你想骂什么？"

"日他个娘才好的！"二丫过瘾似的骂了一句，便笑了起来。

"这话可只能私下说，不能传出去。"满月严肃起来。

"放心吧，我脑子不缺这根弦。以后，我保证只说普通话。对了，你还没有告诉我，今天是怎么回事？不是让我们来汇报吗？怎么又是任命？"

"实话告诉你，今天找你们来，是通过汇报考察一下，看看你们几个谁能胜任局长的位置。结果发现你的发言比较实际，具备当领导的素质，再加上前一阵团里的大批判也很有成绩。"

"那局长怎么办？"

“你们的局长被查出历史问题，而且还和‘三家村’的人有过不少联系。另外几位副局长不是写过‘大毒草’，就是发表过反动文章，整个班子都烂掉啦。当然，这和中央文化部大换班的斗争形式是一致的。本来想从宣传部调个人，但考虑来考虑去，还是你最合适。出身好，入党早，没有历史问题，又曾经是团里的骨干。可你也别太高兴，这副担子虽然能锻炼人，但也有很大风险。”

“那你还选我？”

“这不是我一个人能决定的，是县委的集体决定，你也不要辜负了大家的期望。”

“才当了几天团长，现在又要当局长，满月，我可什么也不会啊？”

“谁是从娘肚子就会的？不会就学习嘛。”

“那我的领导是谁？是你吗？”

“我分管意识形态，算是你的顶头上司吧。”

“那我就不怕了，反正你怎么说我就怎么做。”

“这可不行。我们虽是上下级，但一定要坚持实事求是的原则。再说，党内讲民主集中，我有错，你可以提出批评。”

“真的假的？”

“什么真的假的？我现在是以一个县委书记的身份和你说话，你可别当儿戏。”

“冒生这么一来，我还真不习惯。”

“不习惯也得习惯。实在不行，你就说普通话。”

“那也行，以后谈工作，我们就说普通话，我就不会把你当朋友了。”

“以后还真的不再是私人朋友关系。我们都是革命同志。”

“好了好了，邢满月同志，我二丫，不，我丹娅以后不再是你的朋友，我们是革命同志。”二丫说完就笑了起来。

满月却严肃道：“明天局领导要开民主生活会，我会参加。在这个会上，你要对我提出批评。”

“为什么？”二丫不解。

“因为我过去曾经为《四季常青》说了不少肯定的话，我的认识也有局限性。当然，最主要的，是让大家看一看我和你的关系。大家都知道我们是朋友，但现在，首先是革命同志。特别是在公开场合，不要让人们觉得我们关系比较特殊。最好有些分歧有些意见才好。”

“为什么？为什么要这样？”

“你回去琢磨琢磨，一定要用普通话来琢磨。”

“好吧，我明白了，当了领导就不能再做朋友。以后，你是不是要板着脸和我说话啊？”

“算你对了一半。”

“还有什么？”

“你对我也要严肃认真，别再开玩笑，无论是公开，还是私下，说的每一句话都要认真考虑。不然，后果会非常严重。”

“早知道，我就不当这个团长了。”

“这可不是革命同志应该说的话。”

“行了行了，我的大书记，这一套，我还真的学不会。要是觉得不合适，就让我回到团里管服装，这个局长我一点儿也不稀罕。”二丫说完，就要开门离开。

“我的话还没有说完！”满月高声道，“你要敢走，我扒了你的皮！”

“我熬急了要小便，不行吗？”

满月这才笑了起来。

当天晚上，二丫躺在床上一边看大批判材料，一边想着满月的那些话，觉得有点不可思议。但她还是准备了民主生活会上的发言，并拟了几条对满月的意见，自然是“没有深入调查研究”“过于主观主义”“拉不开人情面子”“还需要加强学习，更上一层楼”等等。第二天，县委副书记在局机关会上宣布了二丫的任命，然后和几个新任命的副局长，加上办公室主任几个中层干部过民主生活。不料等了半天不见满月的踪影。后来二丫看看时间不早了，打了电话过去，一个陌生人在电话里吼叫道：“还开什么民主生活会？邢满月已经被我们造反派带回去进行批斗了！”

二丫吃了一惊，突然醒悟到和满月只保持一种同志关系是多么重要！

大水参加的是一个徒步上北京串联的小队。都是些因为家庭成分或社会关系不过硬而没资格参加红卫兵的同学。计划是先到省城，然后沿铁路往北，途经一些大城市时，就停留下来学习人家闹革命的经验，接受无产阶级思想改造。第一天大家热情很高，一下走了五十多里，不仅打着“革命大串联”的红旗，还大声唱了许多歌。晚上睡在一所农村小学里，男女生各占一个角落。后半夜出了一点儿事，一个女生上厕所时怕被狗咬，竟一慌神掉进了粪坑，幸好不深，只是崴了脚且臭气难闻。等找到校工烧了开水洗完澡，天都已经大亮。领头的男生坚持要那女生返回，可其他女生却表示正是考验革命意志的时候，就是抬也要抬到北京，决不让任何一个战友掉队。男生便偷了块小黑板当担架。结果第二天只走了十几里就走不动了。那女生的脚肿得像条龙糕，并不停地要拉屎。最后只好请附近的村民把她送到县城的“革命联络站”，请他们解决。第三天虽然没有伤员，但走路的速度却越来越慢，不是这个脚上起了泡，就是那个喊心口疼，幸好遇到一位好心的卡车司机让他们搭了便车。到了省城已经是后半夜，但大学校园里却灯火通明，到处都是大字报和标语，高音喇叭一会儿大声念着“最高指示”，一会儿播放革命歌曲。他们找到“接待处”，人家一看不是正式红卫兵，就不安排住宿，于是他们只好找了间空教室待着。原来听说到处免费吃住，所以大家都没带什么钱和粮票，现在吃饭成了问题，领头的男人和大家一合计，就宣布这次“长征”进入“休整”阶段，大家分头找亲戚朋友借钱备粮好好休息，三天后再来此地会合，继续北上。

这个决定让大水兴奋无比，因为小星就在省军区警卫团服役。早在一个星期之前，大水就接到小星的信说，如果有机会来省城串联，一定要找个机会见面。也许是小星已经做好充分准备，大水在传达室一打电话，小星就接到了，不一会儿就领着大水来到招待所。

他们已经两年多没有见面。古铜色的皮肤和合体的军装，让小星显得格外英俊和成熟。他们走进房间，小星下意识地关好门，两人对视了一会儿，就拥抱在一起。小星把嘴唇紧贴在大水嘴上，几乎让她喘不过气来。然后他们并排坐在床沿上，小星想把大水压倒，大水却看着他摇了摇头，小星只好顺从地松了劲。过了一会儿，有人在外面喊“报告”，小星就说“进来”。原来是服务员进来送开水，那是个戴帽徽领章的小女兵，一进来就说了声“首长好”，出去的时候，不知是有意还是无意，不仅把窗帘拉上，还把门认真关好。这倒让他们不太自在起来，于是就故意大声地说着话。

“这地方这么高级啊？”大水四下看看，发现在一扇琉璃门后是单独使用的卫生间。

“这是专门给团以上干部接待家属用的。”

“你当团长啦？”大水吃了一惊。

“哪儿啊。我只是个小排长，离团级还差得远呢。”

“那为什么？”

“都是因为我妈的那个对象，徐副军长。他跟这儿的首长打了个招呼，这样我妈每次来，都能享受这种待遇。”

“我又不是你妈。”

“你比我妈可重要多了。”

“你瞎说。”

“真的。”小星嘿嘿笑着，把带来的一个旅行袋打开，拿出一套女式的确良军装，还有帽子、人造革皮带和写着“为人民服务”的背包。“这是给你的。”

“给我的？”这可把大水高兴坏了。

“你换了试试。”小星一脸坏笑道，“不好意思就去卫生间。”

大水脸一红：“不用，你转过身去。”

小星老老实实转过身，大水便把军装换上，等她一照镜子，都不信自己眼睛了。

“真是太好了。”

“是太漂亮了。”小星说。

“你怎么会有女军装？”

“跟话务连的女兵换的。”

“那你没换的啦？”

“有。还有两套呢，不过都是旧的。等下半年换装的时候，我再给二水弄一套。”

“他可不喜欢。”

“为什么？”

“他个书呆子，对外面的形势一点儿也不关心。”

“你妈好吗？你爷爷还有小松都好吗？”

“挺好的。我们能出去走走吗？”

“好哇，我们出去转一圈，回来正好吃饭。”

“那我换衣服。”

“不用了，就这样穿着。不知道的，还以为是新兵呢。”

“还有……”大水犹豫了一下说，“我们这样出去，对你影响好吗？”

“那有什么，我们是兄妹。”

“谁跟你是兄妹。”大水笑了起来。

“还想让我叫姐？”

“本来就是嘛。”

“可你是我老婆。”小星一出口，自己也愣住了，他过去可从来没这么叫过。

大水也不好意思地低下头。

“怎么了？不高兴了？那我下次不这么叫了，不行吗？”

大水却笑了起来：“走，我们出去。”

走在街上，果然有不少人向他们张望。特别是那些穿着假军装的学生，那眼神，都羡慕死啦。当然，和这么英俊的一个军人走在一起，那种幸福感也是大水以前没有过的。虽然他们从小一起长大，也曾在校园里偷偷地拉过手，书信中也表达过恋人的爱慕和愿望，可像今天这样，以一对成熟男女的身份公开在一起还是头一次。此外，大水还突然感觉到小星身上有什么东西让她感到陌生，甚至还有些害怕。

吃完饭，小星就回军营。临走前，他说没有特殊情况，晚上会再来。大水对着镜子仔细把帽子戴好，也走了出去。

“首长，请别忘了带上您的住宿证。”先前来送开水的小女兵说完就敬了一个礼，弄得大水有点不知所措。

大水去了大学看大字报，正准备把一些最新动态抄在小笔记本里，就看到领队的男生和几个同学走了过来。

“赵大水！真的是你吗？”那男生眼珠都凸了出来，“哪儿弄的军装？”

“我……我弟给的。”

“你有弟弟在部队？”又是一声惊叹。

大水被簇拥着到处走动，最后被领队的男生带到“接待处”。还是昨天那帮人，但现在一看到大水，态度和气多了，立刻给每人发了三天的饭票，并安排到体育馆的小间住宿，连介绍信都没看。等他们刚一走出，就见一个戴深度眼镜的大学生追了出来，拦住大水自我介绍，说他是某某系的某某某，晚上有场内部电影，只有大批判组的骨干成员才有资格观看，但希望你能光临。大水正要拒绝，领队男生便抢着说：“我们也可以去吗？”

深度眼镜犹豫了一下说：“只要她去就可以。”

这样一来，大水只好陪着同学看电影，等到散场回到招待所已经是十点多了。服务员敲门进来报告说，有位男同志曾经来找您，要你早些休息。

“还说什么了？”大水心里直后悔没有早些回来。

“没有说。”服务员摇摇头又说，“现在还有热水，可以洗澡。”

于是大水痛痛快快地洗了个澡，然后舒舒服服地躺在散发着肥皂香味的被单里，关了灯，想象着小星吻她嘴唇的情景。那是多么甜蜜的一种滋味啊！“他现在的胆子怎么这么大呢？”大水在黑暗中思量着，“是人长大了，还是感情要有新的发展？”她想起那部批判电影里，男女主角相爱但又不能表白的场面，觉得现实生活是那么的幸福，不，是她的生活是多么幸福啊！也许是这两天过于疲劳，她没想多久就进入了梦乡。

不知过了多久，她被一阵轻轻的敲门声弄醒了。

“谁？”大水轻声问。

“我。”是小星的声音。

大水立刻翻身下床，没顾上穿外面的衣服就开了门，然后看也不看，就重新爬到床上，整个儿钻进被单。她听到小星关上门后，将弹簧锁从里面摁死，然后是一阵轻轻的脚步声，走到床边就静寂下来。

“他为什么不说话？为什么把门反锁起来？他想干什么？”大水心里七上八下地翻腾着，盼望着下面即将发生的事情。

“我……”小星终于很紧张地说。“我可以在这儿待一会儿吗？”

“这还用问吗？”大水心里想，嘴上却哆嗦起来，“时……时间可别长了。”

小星在床沿坐下，然后侧过身来，把遮住大水脸部的被单慢慢拉下。

“要开灯吗？”小星轻声、温柔地问。

大水摇了摇头，注视着小星的眼睛。

“我想亲你。”小星俯下身，在大水耳边低语，声音几乎不能听见。

大水闭上眼睛，做好不能再呼吸的准备。不料小星只是用嘴唇轻轻触了一下她的脸腮，然后就顺着下巴亲吻下去，最后把整个脸埋在她的颈弯里就不再动了。

“你睡着了？”大水等了一会儿不见动静，只好这么问。

“没有。”小星喃喃道。

“你不是想亲我吗？”大水在小星耳边轻声说。

“我害怕。”

“你怕什么？”

“我怕……我怕欺负你，怕你会不高兴。”

“真傻，怎么会呢，我怎么会不高兴呢？”

“你不知道……我会控制不住的。”

“你想干什么？”

“我……我……”小星费劲地支撑起来，要从床上离开。

大水却一把拉住：“亲我吧，小星。”

…………

“我们结婚吧。”等一切平静下来后，小星用异常清醒的语调说。

“结婚？”大水依偎在小星怀里，苦笑了笑，“那是不可能的，我们的出身不一样，那个吴叔叔就是我的父亲。”

“可现在已经不是了。”

“为什么？”大水抬起头来问。

“他已经离了婚。和你妈妈。”

“这事我听说了，可不是我妈妈签的字，从法律上讲，离婚并不合法。”

“可确实已经离了婚。”

“你怎么知道？我妈去公安局和民政局都打听了，他们谁也不知道。”

“是我妈签的字。”

“你妈？”大水惊诧不已。

“是的。我妈在王亦宾要求离婚的申请书上签了字。当然，是签的你妈妈的名字。”

“为什么？你妈为什么要这么做？”

“她认为我们的关系断不了，也觉得你妈这么下去不是办法，所以……”

“可我妈爱那个吴叔叔。”

“你妈太不现实了。不仅耽搁自己的一生，还要影响到子女。”

大水不知道如何回答。原来她以为只是一种误传，现在事情很清楚了，尽管不是妈妈签的字，但满月阿姨毕竟是县领导啊。还有，如果满月阿姨都做出了这种事，是不是意味着要同意我们的婚姻呢？

第 22 章

一九六七年的春节那天出奇寒冷。

除夕夜先是下着大雪，然后变成了小雨，总以为已经打春，天气会暖和一些，不料夜里气温一下降了十几度，第二天大早出来一看，屋檐下的凌锥都积了一尺多长。葵花爹有早起的习惯，可这天上完厕所就立刻回屋钻进了被子。葵花以为老人不舒服，就拿了几片刚蒸热的大糕和两个馒头走了进来，又沏了杯茶放在床边。

“爹，您饿了先吃点东西，一会儿起来和大家吃汤圆。二丫和小娅一会儿也要过来。”

可老人背朝里一声不响。

“爹，您怎么了？”葵花往床里看看，“咦？那……怎么不见了？”

“什么不见了？”葵花爹哼了一句。

"就是那……"葵花笑了笑,想让爹高兴一下。

"你是要我早死啊!"葵花爹突然大吼一声,人也坐了起来。

葵花一惊:"爹,说什么呢?"

葵花爹从枕头下抽出一个包袱,死劲摔在地上,大声责问:"这是什么?"

"给您做的新棉袄啊。"

"和我商量了?"

葵花忙捡起来,笑笑说:"要是商量,您能同意吗?"

"所以你就自作主张!"

"爹,您那棉袄穿了十几年,里面的棉花都结了饼,一点儿也不暖和。"

"我又不上班,要暖和做什么?"

葵花也不高兴了,"您本来就有病,再冻着了,还怎么了得?"

"不就是个死吗?"

"爹,今天可是大年初一!"

"初一阎王殿照样收人。"

葵花看爹真的生气,把包袱往桌上一搁就要走人。

"你把它拆了。"葵花爹板着脸下令。

"拆了?做什么?"

"让裁缝改一下,给大水穿。"

"大水说了她不要。"

"那就你穿。"

"我不是有嘛。还像新的呢。"

"以为我是瞎子啊?你那件才四两棉花,里子是回纺布,都磨几个大洞了。还新的?"

"可我真的一点儿也不冷。"

"你是存心要气死我啊!就那么一点儿布票。你是要挣工资的人,天天在外面跑,自己不保暖,反倒让我这个废人穿新的。你说,我心里能高兴?"

葵花鼻子一酸，眼泪流出："可您年纪大了，再冻病了，受罪的还不是我们！"

"你放心，人都有那么一天。到时候，我自己了断。"

"大过年的说这些，不是存心让我们不高兴吗？"

"那还不是因为你？"

"爹，我到底做错什么了？不就是做了件棉衣，没先和您说？"葵花忍不住哭出声来，"再说了，家里也没穷到那种程度，做件衣服还是做得起的。"

"好大的口气！是不是动了盖房子的钱？"

"不动，又怎么能过年？"

"我说呢，这么大手大脚，又是蒸馒头蒸糕。原来你是在吃房子呢！"

"房子挤挤还能住嘛。"

"好呀！你到中华园订桌菜，今天就把那些钱全部吃光！"葵花爹说着就下了床，只穿了件单层小褂子要往外走。

葵花一把拖住："爹，您这是做什么？"

"我今天就死给你看！"

葵花连忙抱了被子把爹包住："爹啊，您是长辈，怎么这么不讲理呢？"

"是我不讲理吗？好，你讲理？为了自己的那点事，不听吴大哥的话，一定要做个名不副实的夫妻。这就是你讲的理。"

"爹，我现在能够做到的，就剩下这么一点儿了。我有什么错啊。"

"你是不错，可你想过别人吗？孩子们都得戴个劳改犯的帽子，将来找工作、谈对象都要……"葵花爹话没说完就气急得不行，一个劲地哼着不能再动。

葵花忙叫："大水，二水快来！"

二水已在门边听了半天，这时一步抢了进来，接过手抱住了爷爷，和跟着进来的大水把老人抱到床上。

葵花爹过了一会儿才喘过气，指着葵花对二水道："你……你妈要把我气死……"

"爷爷，我妈是不对。可您也要保重自己身体啊。"

"我……我保重有什么用啊！"

这时，二丫走了进来，看了看老人道："怎么了怎么了，这是唱的哪一出啊？"

葵花叹了口气："我给爹做了件棉袄，没跟他商量。"

"这就是你的不对了。"二丫一边给葵花使眼色，一边用批评的口吻道，"现在布票、钱都这么紧张，怎么不和爹说一声呢？做事，总得有个轻重缓急吧？还不赶紧给爹赔个不是？"

"你看，二丫就是比你懂事。"葵花爹说。

"是。"葵花只好说，"爹，是我不对。您别生气了好吗？"

"要我不生气，就把棉袄拆了。"

二丫在床沿坐下道："虽然我们不迷信，可大年初一还是不能动剪刀拆衣服。要团团圆圆，和和气气。不然，怎么有精力干革命呢？要不这样好不好？这棉袄我保证改给葵花，她那件早该换了。"

葵花拉拉二丫衣襟，小声道："这可不行。"

"有什么不行？"二丫却大声说，"现在家里全靠你，天这么冷，你要冻病了，让大伯孩子怎么办？"

"可我爹确实需要棉衣。"

"这事我来解决。"二丫一笑道，"年前，刘脚子硬叫人给我送了张狗皮。这东西火大，我哪里能用？给年轻的都不合适，早就想好给大伯做件狗皮袄。大伯，葵花也是一片孝心，这新棉衣您先穿几天，等过了春节团里一上班，我让服装组的师傅改给葵花，他们手快，半天就成。大伯，您看呢？"

葵花爹这才不再吭声。

"真的假的？"葵花忙问，"我说那张狗皮，真是刘脚子送的？"

"那还能假？他脚不好，乡下送了好几张呢。不过，这张是最好的，本地大黄狗，毛可软和了。"二丫说着便挥挥手，"这事就这么定了。圆子下好没有？我早上可什么也没下肚呢。”

于是大水马上去煮汤圆，二水帮着爷爷穿衣服，二丫则拉了葵花到房里说话。

“我有重要事情和你说。”二丫把门关好，小声道，“昨天我打电话给江司令员拜年，他要我不要太积极。”

“什么意思？”葵花没听懂。“对什么不要太积极？”

二丫耳语：“就是‘文化大革命’啊。”

“那是为什么？”葵花更不懂了。

“他说中央一些老帅对‘文革’小组很不满。特别是搞造反派，揪斗老干部，夺权那一套。说怀疑一切、打倒一切就是不要党的领导。”

“可这是毛……”

二丫赶紧捂住葵花的嘴，过了会儿才说：“我也这么说的，可江司令员态度好像很坚决，要我们多想几个为什么，千万不要头脑发热。”

“我连参加造反派的资格都没有。你倒是要注意。听说你也搞了个革命组织？”

“我是保皇派，和造反派唱反调。对了，你知道我现在最大的对头是谁？”

“谁？”

“镇大卢。”

“为什么？”

“你不晓得，他现在可是王八吃蜻蜓——出头露面的人物，是工总司的总头目。”

“你是说，工人造反总司令部？”

“哪里还有第二个。”

“可他又不是工人。”

“说是代表工人阶级。不过他那套生平还是很唬人，不仅是抗日英雄，还是救火英雄，又被走资派整过。刘脚子这马屁精又立了一大功。就是没人知道他做的那些龌龊事。”

葵花想了想说:“怪不得前两天学校来人，要我参加小教兵团，还说是工总司打过招呼。不然，像我这种情况不挨批斗就算好的了。”

“莫非是镇大卢？”

“你是说,是他要我参加？”

“很有可能。”二丫想了想,“你可别上当,小教兵团和他们是一伙的。”

葵花点点头,过了一会儿问:“满月有消息吗？”

“你可千万不能说出去。”二丫压低了声音,“昨天晚上,我们刚刚把她从造反派手里抢回来,现在就在我们团里,不过没人知道。”

葵花立刻问:“我能见到她吗？”

“现在最好不要。大家避嫌都来不及呢,我也不去看。你要见了,不怕将来说不清楚啊？”

“我是要找她算账。”

“算账？算什么账？”

“你不知道,不经过我同意,她就用我的名字在吴大哥的离婚申请书上签了字。你说气人不气人？这是侵犯人权！”

“算了吧。”二丫冷冷一笑,不屑道,“换了我,也会这么做。也不想想,你这夫妻有意义吗？”

“这是我的事！”

“难怪你爹要生气。你知道这是什么吗?这叫自私!光想到自己,不考虑别人。现在家庭出身越来越重要,你要还是个母亲,就得为孩子们想想。满月这么做,完全是为了你好啊。”

“她才是自私！”

“这话怎么说？”

“她是拦不住小星和大水的关系,担心会影响她儿子的前途。”

“这是好事啊!”二丫拍了下巴掌道,“大水和小星真的还在好?”

“是。大水说是去串联,结果到了省城就把小星约了出来,还在招待所住了一夜。”

“住了一夜？”二丫兴奋起来。

“不是你说的意思。”

“那就等着瞧吧。”二丫笑了笑，又认真道，“不过，还是劝你多注意注意，看看大水有什么反应。”

一句话提醒了葵花，她愣了半晌，然后用惊恐的目光看着二丫。

“糟了，她这俩月好像没来！”

二丫就拍着手笑：“那好啊，奉子成婚，这喜酒我是喝定啦！”

镇大卢现在成了大忙人。一天六七个会，而且要做总结性发言。他首次体验到那种一呼百应的权威感。如果他说屁是香的，肯定没人敢说是臭的。这感觉真痛快。不过，他一直保持着谦虚、谨慎的态度。至少在公开场合，不会流露出一丝得意和张狂。砸烂县委后，有人建议把工总司的指挥部设在原来邢满月的办公室里，结果镇大卢没同意，坚持要把大本营安在全县最大的机床厂，那里有不少人被他任命为支队的司令或副司令。中午，他会和造反派一起吃顿饭，也会在指挥部的地铺上睡一会儿。前不久，有个造反派家里漏水，他亲自爬到房顶检查，一直到修好才肯下来。这事被刘脚子妙笔生花登在《工总司》的油印小报上，贴得满城都是。造反派们都说，这才是我们真正拥护的好干部。

当然，有些事是别人不可能知道的。工总司把县招待所整个二楼全部占领，里面除了能控制全城高音喇叭的广播站和革命稿件写作组外，还有几个房间不能随便进入。这是工总司的几个头目商量机密要事和休息的地方。镇大卢住的套间是原来唯一接待外宾的客房，他让人把那些镂空的真丝窗纱全部扔掉，换上红黑各面的剪绒帘幕。这样一来，即使在大白天，只要不开灯也是伸手不见五指。镇大卢喜欢独自待在这种环境中思索重大问题。这天下午，他已经在装着弹簧的沙发床上坐了两三个钟头，他得想出一个办法，怎么才能把以前写给二丫的那张认罪书夺回来。就在春节前，二丫就凭着这张东西，稍微一暗示，就毫不费力把满月给抢走了。当然，这事只有他自己知道。几个副手都表示出了不满："保皇派会批判走资派？明明是搞假批斗真保护！人跑了怎么办？""这个不担心。各个路口都由我们的人把着，还怕她飞了不成？"镇大卢只好硬着头皮说大话，"如果他们不搞真正的大批判，正好抓住丹娅的把柄，我们就把文化系统的红旗兵团给砸了！"话是这么说，可到时候你能真正去砸二丫的老窝吗？她这种女人可是什么事都做得出来啊？

有人敲门，用的是暗号：笃，笃笃。镇大卢知道是美美来了，便去开了门，一个二十七八岁的女人一下钻了进来。

美美是罐头厂的临时工，丈夫是海轮上的厨师，长年累月不在家，早就闷骚得不行。镇大卢原来对轻易上手的女人很有些瞧不起，不过这次想法却有了改变。不仅是因为她百依百顺，绝对服从的态度，而且脑子也不笨，想问题用的是女人的思维方式，这往往能弥补决策时的不当之处。

"你来得正好。"镇大卢把热水袋放在美美手上，"有什么好办法，能把邢满月从保皇派手里弄回来？"

美美想了想说："你是不是有点怕文化局的那个丹娅？"

"丹娅？呵呵，丹娅？"镇大卢假笑了几声，"为什么要怕她？"

"听说你们过去都是一起的。是不是有什么短处在她手里？"

"短处？呵呵，短处？"镇大卢暗暗吃惊，心想女人的思维方式有时候也不是什么好事。便冷冷一笑道，"她哥被日本鬼子打死的时候，是我替她报的仇。她应该感激我才对。"

"这事我听老刘说过，可她为什么老和你过不去呢？"

"除了革命路线对立之外，一个重要原因，就是她和邢满月的私交不同一般。你不知道，她当局长就是邢满月任命的，现在当然会拼命保驾。而我是舍得一身剐要把邢满月拉下马的人，你说，她怎么可能不恨我呢？"

"镇司令的觉悟高，阶级立场就是硬。"美美说着就抓住了镇大卢的下身，"哟，还真的硬了。"

镇大卢被美美刺激得兴奋起来。不料电话这时响了起来。

“是镇大卢同志吗？”电话里的人声音很熟，一副官腔。

“请问是哪一位？”这个电话是保密的，只有重要的几个人知道，所以镇大卢口气很客气。

“我姓孙，在省里工作。”

镇大卢吃了一惊，忙道：“孙书记！您有什么……”镇大卢本来想说“指示”，后来想想不妥，改口说。“您有什么吩咐吗？”

“就是和你通报一声，中央对上次老江逼大家喝马尿的事很关心。我和调查组的同志特地提到你，很可能会来找你。到时候，要如实反映。这事过去好多年了，那天的情况还记得清楚吗？”

“当然。我记得非常清楚。”

“那就好。你大概还记得，那次我对老江的做法是很反感的，当时就要走，但被老江命令警卫员用枪逼着留下了。这个细节你还记得吗？”

“这个……”这种谈话来得如此突然，让镇大卢有些措手不及。虽说孙书记是省里的主要领导，可这一带却是江司令员的老根据地，万一站错了队，将来再后悔就来不及了。于是便问，“孙书记，老江可是党的重要干部，是大军区的司令员啊。”

“这个你放心。”孙书记加重了语气，“他和一些堕落成反党分子的老帅搅在一起，据可靠消息，前天已经停职审查了。他们反对‘中央文革’，反对‘文化大革命’，性质非常严重。而且他的历史问题也被查清楚了，是个不折不扣的大军阀。这辈子是翻不了身了。”

“那您现在的工作……”

“我暂时也停止了工作。但老镇啊，我要提醒你一句，党的干部队伍，大多数还是好的，我相信，只要坚定跟党走，拥护‘文化大革命’，抓紧自己的思想改造，群众的眼睛是雪亮的，不久我还会重新出来工作。”

“是。那是。”镇大卢立刻拿定了主意，“孙书记，您是我们的老领导、老上级，作为县造反派的负责人，我会坚决支持您，永远支持您。这一点请您放心。至于那天喝马尿的事，我记得非常清楚，您不但站起身要离开，而且还当面和老江顶撞起来，是老江拔出枪说要枪毙您，您这才决定留下来，看这个反党分子如何表演。”

“老镇啊，谢谢你的支持。但过头的话也不要说，你就把当时的情况照实说就行了。还有，我也向调查组表示了，你替大家喝了马尿，是出于保护其他领导同志，特别是基层的领导同志，在那种情况下，很不简单啊。”

“过奖了过奖了。孙书记，有件事我还想问一下。”

“有什么问题，尽管问。”

“就是地委的李书记和我们县的邢满月，他们的情况，不知您怎么看？”

“这个嘛，要一分为二。一方面在战争时期，他们为党为人民做过一些工作，有一定的贡献。另一方面，个人的世界观需要不需要改造啊？男女关系是不是很正常啊？甚至历史上是不是还有些事情没有向组织说清楚啊？等等如此吧，这些都还要经过‘文化大革命’的考验。现在他们在接受群众的批判，这也是很正常的嘛。”

“是。很正常，很正常。”镇大卢虽然听出了一些弦外之音，但还是不能确定，于是干脆问，“孙书记，他们在您的直接领导下当了多年的领导干部，对他们的错误，您会不会网开一面，认为只是人民内部矛盾呢？”

“老镇啊，你的顾虑我理解。这么说吧，李真和邢满月是我的下属，但他们真正的后台是老江，而现在我与老江已经势不两立。你该明白了？”

“明白。完全明白。”镇大卢信誓旦旦道，“孙书记，您放心，我坚决拥护您，坚决跟您走。有用得着的地方，哪怕赴汤蹈火，我死也甘心！”

“老镇啊，我的好兄弟，你就放心吧。”孙书记似乎也动了感情，“我会记住你的。将来一旦恢复工作，我是绝对不会忘记在我最困难的时候帮助过我、支持过我的好同志！”

镇大卢放下电话，激动起来：“好你个镇大卢，一个省委书记，竟然也和你称兄道弟，这世道真的是变了。”

“不过，现在这个时候，你还是要小心才好。”美美提醒道。

“这个不用你说。”说着，镇大卢就把美美推倒在沙发上，“庆祝”了一番。

女人走后，镇大卢的头脑异常清醒。他把电话的内容概括成三条。第一，孙书记要他在中央调查组面前证明，当江司令员散布反动言论时，孙书记进行了坚决抵制，并用离开的方式提出抗议。第二，江司令员已经被打倒。那几个老帅的事早有耳闻，看来江司令员还真的站错了队，走错了路线。第三，李真和邢满月已经没有了后台，孙书记和他们不是一个阵营。这一点对镇大卢来说尤其重要。前一阵工总司召开批判大会时，有人提出要把邢满月剃成阴阳头，他没同意，实际上是担心她和李真有江司令员撑腰。万一将来翻过来，他可吃不消啊。现在放了心，至少邢满月可以放心打倒了，估计李真的下场也好不到哪里去。既然如此，是不是就可以收拾二丫了呢？只要把二丫关上一天，他就可以到她的住所挖地三尺，把那张该死的纸找出来。这样，他无论是在政治上，还是生活上就没有任何瑕疵，再加上孙书记的关系，到时候当个县委书记不是轻而易举吗？

说干就干。镇大卢想想便跳下床，立刻找来工总司的几员大将，强调一定要瞒着刘脚子之后，便一五一十地布置起来。

中央调查组当晚就到了，七个人都穿着军装，本地军分区负责警卫。领头的是位中年女人，个子不低，操一口北方话。她一见到镇大卢就说：“我们是见过面的。还记得大胜利那年，我到你们村调查区小队私藏枪支弹药的事吗？”

镇大卢立刻想起当年从八团来的那位女领导，被江大队长气得双脚直跳的样子……

“苏……”镇大卢不知道如何称呼。

“苏组长。”一个穿干部军服的人介绍，“从中央来的领导。”

大水很清楚自己已经怀孕。当突然停经，并确认不可能再来时，她给小星写了封信,表示一切会听小星处理。如果他想要这个孩子,就生下来。如果不想要,就想办法弄掉。小星接到信后,立即发了封电报,只有一个字:"要。"又过了几日,大水接到小星厚厚的一封信,五页纸上密密麻麻写满了小字。大水躲到一个没人的地方,看了整整半天,感到无比的幸福。

小星在信上说,最迟再过半年就会复员,此前会请假回来一趟,主要任务是去观音山进行婚姻登记。小时候,他们就是在那儿认识的,而且也确实喜欢那个地方,复员后,他会在那里找工作。在观音山登记还有一个原因,就是小星的年龄问题。过了年他才二十足岁,如果在城里可能领不到结婚证书,但在农村就不一样了。至于户口也好解决,当年的那个派出所所长已经当了局长,而且和他母亲一直保持着友好来往。更何况还有恭胖子夫妻俩,他们可是在当地说一不二的人物。

大水迟迟没有把此事告诉母亲,原因有二。一是因为吴叔叔和别人结婚让母亲十分苦恼,虽然听了大家的劝告没去青海,但并不认为从此会断了关系,只是心痛罢了。如果又得知女儿未婚先孕,不是雪上加霜吗?二是小星一直请不到假,结婚登记的事只好拖着。幸好冬天衣服多,肚子一时还看不出来。不过春节过后天气开始转暖,不能再穿着长衣长裤睡了,何况肚子里的小宝宝已经开始不老实,大水当母亲的自豪感油然而生,想要再瞒下去肯定是不行了。就在大水准备把一切都告诉母亲的时候,葵花也做好了思想准备。这一天,她们躺在床上谁也不想睡,葵花先开了口。

"大水,不想和妈妈说点事吗?"

"是,我怀孕已经五个多月了。"大水不安地看了妈一眼,"是上次我去看小星的时候……"

"都怪我太粗心了。"葵花平静道,"没有及时发现。"

"妈,我们准备结婚。"

"可你有没想过,他才二十岁,又在部队。就是要成家,也不是现在啊?"

"可现在也没其他办法。"

"你知道吗？一结婚，就会断送小星的前途。要是被你满月姨知道，非气死不可。"

"那我就不结婚。"

"孩子怎么办？"

"当然生下来。"

"那你的一辈子就完了。"葵花有些生起气来。

"怎么会呢？"大水却笑笑说，"妈当初不就是这样吗？一个人把我们三个孩子带大，不是过得也挺好吗？"

"你哪里知道啊。"葵花叹了口气道，"你可不能学我。"

"我和小星是真心相爱。妈，将来不管小星怎么样，我都要把他的孩子带大。现在……只希望妈能理解我，支持我。"

"妈当然理解，也会全心全意地帮你。只是你要做好各种思想准备。男人是很难说的，就像你吴叔叔，说变就变啊。"

"那……妈能不能帮我做件事？"

"你说吧，不管是什么，妈都会帮你。"

"我想搬到观音山去住，在那儿生孩子。"

"小星同意吗？"

"这就是小星的主意。他说复员后，也想在那里找工作。"

"这事我想过了。其实你满月姨早就劝我下放去那里。"

"那怎么不去呢？"

"我原来想等你和你弟弟考上了大学再说。如果把你们留在这儿，生活没人照顾，我不放心。如果跟了去，那儿的教育质量可没这儿好。"

"现在还上什么大学啊？"

"是呀，要知道这样，也就早去了。"

"那我们明天就去迁户口。我和妈先过去，二弟和三弟先留在这儿陪爷爷。"

葵花没有吭声。她在想，现在满月已经被罢了官，镇大卢又掌了大权，他会这么痛快地放我们走吗？还有，大水和小星弄成这样，怎么着也得和满月商量一下啊。

小松还住在二丫那里。这天回家拿东西，葵花就问他团里的情况。

“有没有什么地方，比如防空洞什么的。外面有人站岗，还天天往里面送饭？”

小松眼睛一转，问：“妈，你想打听满月姨住的地方？”

“你怎么知道？”

小松笑了起来：“妈，亏你还打过日本鬼子。要这么藏人，早就暴露了。”

葵花想想也对。说：“妈这方面没有经验。”

“其实满月姨就待在排练场的后台，根本没人看。但传达室都是小娅妈妈安排的人，外人决不让进。一有情况，立刻按铃，里面就知道了。”

“那晚上睡觉呢？也住在后台？”

“谁这么笨啊。”小松压低声音说，“晚上她就睡在二丫姨的床上，她们俩换地方睡。”

“这么说，她们经常在一起？”

“反正经常和我们一块吃饭。”

“好你个二丫！”葵花嘀咕一声，当晚就去了文工团。只见她们正在二丫房里洗脚，还有说有笑。看到葵花进来，也不觉得奇怪。

“肯定是小松，这小子可贼着呢。”二丫嬉皮笑脸道，“我就知道你会来。”

“你出去。我跟满月有话要说。”葵花板着脸。

“行了吧。”二丫却道，“要没我吩咐，你能进得来？有什么话，就在这儿说。”

“我说大水的事呢。”

“我是大水干娘，不能听吗？”想想又看着葵花说，“你要说的，是不是那件事？”

葵花叹了口气。

满月却有些发蒙：“你们在说什么呀？”

“说什么？”葵花看了满月一会儿才说，“我们大水怀孕了。”

“我说嘛！”二丫高兴嚷嚷道，“真不愧是当兵的，一炮就打中。”

“你说怎么办？”葵花不理二丫，问满月。

“你说怎么办？”满月笑笑反问。

“你不着急？”葵花感到意外，“小星是在部队，未婚先孕，这可不是小错误啊。他不要前途啦？”

“现在还说什么前途？”满月擦干脚，往床上一躺，过了会儿才说，“其实我早就有预感。过去我也说过，他们是天生的一对，从小青梅竹马，要拦也拦不住。所以呢，我就没和你商量，在王亦宾的离婚申请上签了字，写的是你的名字。”

二丫说：“满月也是好意，不想影响两个孩子的前途。”

满月叹了口气：“只是没想到这么快就要结婚。不过，既然这样就由他们吧，要在过去，二十岁当爸爸也不是什么稀奇的事。我已经写了信让小星早些回来，也别请人，就我们几个亲朋好友坐下来吃顿饭，就把事情办了。你看怎么样？”

葵花没想到满月想得这么利索，倒迟疑起来。

“这个……”

“怎么？你不同意啊？”

“没有。”葵花忙说，“可小星真的要回来当普通人？”

“他不回来也是个普通人嘛。”

“他不当干部啦？”

“当干部好吗？你看看我，成天像老鼠似的躲在这儿。随时可能被拖出去剃阴阳头，戴高帽子游街。这就是当干部的好处。”

“不是说，大多数干部都是好的吗？”

“说是这么说。可具体到地方又是另外一回事。要说好干部，有啊，二丫算一个。”

“你就别拿我说事了。保皇派一个，现在和走资派同流合污，明天还不知是怎么回事呢。”

“不过你葵花可要想好了。不管怎么说，你在法律上已经与王亦宾没有了任何关系，而我却是个走资派。你女儿嫁给我儿子，是不是有思想包袱啊？”

葵花正想说满月几句，却见小松推开门闯了进来，神情紧张异常。

“不好了！工总司的人已经冲了进来，外面到处都是他们的人！”

二丫一时僵住。

葵花忙说：“快躲起来！”

满月却躺在床上不动：“躲什么，就这么个屁大的地方。让他们来吧。”

话音刚落，就见一伙戴着柳藤帽，手提长矛的人冲了进来。为首的是个麻脸，看着二丫奸笑了两声道：“好哇，文化系统就是这样批斗走资派？”

二丫却上前一步道：“这儿是女生宿舍，请你们出去。”

麻脸却一拳击中二丫的脸部，并骂道：“还娘的女生宿舍？我看是反革命的×窝！”

“你怎么能打人呢？”葵花扶住二丫责问。

“我就是打了怎么样？”麻脸正要伸手打葵花，却见小松一头撞来，不由得倒退三步，见是个孩子，便举起长矛要下手，却被满月冲过来用力推开。

“你们都给我听着！”满月怒视着那些人喊道，“现在还是共产党的天下。你们也不是强盗、土匪，是革命群众组织。谁也没有权力打人骂人。如果滥杀无辜，小心无产阶级专政判你死刑！”

“走资派的末日到了，还这么嚣张！”麻脸还要动手，却被边上的一个同伙拦住，并低声在耳边说了几句。麻脸这才罢休道，“全部带走！”

“你们要抓的不是我吗？我跟你们走就是了，与她们无关。”满月说着就向门外走去。

“现在可轮不到你来发号施令！”麻脸说，“我们怀疑这儿藏着变天账，要封门，所有的人都出去，大人全部带走！”

满月被带上一辆吉普车不知去向。葵花和二丫被带到机床厂的防空洞分别关了起来。不过第二天一早葵花就被放出。她到文工团来找孩子，发现二丫的房间已经被翻得底儿朝天，连墙上都被挖出许多洞来。葵花带着小松和小娅从团里走出来时，正看到有人在大门口刷大标语，主要有两条，一是勒令文化系统红旗兵团即日解散，一是宣布丹娅被开除党籍，署名都是“工总司”。高音喇叭里在读了一段“最高指示”后，播放了“取缔文化系统保皇派组织红旗兵团”的“特大喜讯”，并要该兵团负责人在二十四小时内到工总司报到，交代问题。革命造反派将对其实行“坦白从宽，抗拒从严”的政策等等。

二丫没心没肺，一累就倒，即便是在防空洞也睡得很死。第二天上午，镇大卢在她面前站了好半天都不知道。

“喂，你也该醒醒了。”镇大卢推了推二丫说。

二丫揉了揉眼睛，看着镇大卢，想起昨天晚上的事，就骂了起来：“原来是你个王八蛋！”

“你现在在我手上。”镇大卢冷笑道，“劝你还是识相点，把那东西还给我。否则，你不一定能从这儿走出去。”

“那就动手吧。”二丫并不买账，“以为我是三岁小孩啊？我可告诉你姓镇的，你那张东西根本就不在团里。知道放哪儿吗？”

“放哪儿？”

“在你死对头手里。”

“我的死对头？谁呀？”

“你就慢慢想吧，自你从娘肚子里出来开始，你这辈子做了多少孽？害了多少人？有多少死对头？不妨一个一个想过去，再把他们关起来，挖地三尺，找你的宝贝。”

“嘿嘿。”镇大卢装腔作势地干笑两声，“我是得罪过不少人，但我告诉你二丫，我镇大卢要被你这两句话吓怕了，还能有现在吗？”

“那就试试看。”

“可不要逼我动手。”

“我还真希望你动手。不过你记住，这世界上总是一物降一物，老鼠怕蛇，蛇怕老鹰，即便是老鹰不怕别的动物，还要提防更年轻更强壮的同类来抢地盘致它于死命。我不信你姓镇的就只能对别人下毒手，没有人想收拾你？”

“那举个例子我听听，看现在还有谁敢对我说个不是。”

“孙警察。”

“孙警察？”镇大卢哈哈大笑，“还不瞒你说，现在最不敢对我说个“不”字的，就是他。”

“不就是因为你手上有几张照片吗？”

镇大卢一惊：“你怎么知道？”

二丫得意一笑：“要让人不知，除非己莫为。”

“好你个刘脚子！”镇大卢骂了一声。

“开始狗咬狗了吧？”二丫又一笑，“镇王八你好好想一想，就如今天你恨不得一拳把我打死一样，同样有人也在算计着你的阳寿呢。老实告诉你，我和孙警察早就说好了，如果三天没有我的消息，他准来找你。他办案的水平你是知道的。你一死，他也就太平了。是不是这个理啊？”

镇大卢这时意识到，二丫远不是自己想的那样好对付。既然已经有所准备，就不能再来硬的，于是换了副脸色道：“二丫啊，其实我是在和你说笑呢。就我们的这种关系，再有什么，我还能让你为难吗？不过，现在有件事，你确实要好好端正一下态度，认真配合。”

“别来这一套。要杀要剐，老娘悉听尊便。”

“二丫，这事我可不跟你开玩笑。”镇大卢靠近二丫小声说，“中央的调查组来了，是专门来了解老江，也就是你的大后台江司令员的历史问题和政治问题。你如果把事情闹毛了，谁也救不了你。现在就跟我走吧。”

苏莲带队的中央调查组驻在军分区招待所，但找人谈话一般都在对方单位。有些让二丫意外的，是镇大卢同样被当作调查对象和她坐在文工团的办公室里,而且问他话的口气同样不客气。

"你们仔细回忆一下。"苏莲板着脸说,"当年我来处理李真私藏枪支事件时,老江是什么态度?这一点很重要。"

"包庇!绝对是包庇!"镇大卢立刻表示。

"那你呢?"

"我不在现场,我不知道。"二丫一口否认。

"你真的不在现场?"

"谁在现场,谁就是王八蛋,谁就不是人养的!"二丫叫了起来。

"怎么这么说话呢?"苏莲摇摇头,"你现在也是干部了,说话要文明一点儿啊。"

"不过老江有件东西交我保管多年了,好像是封信。"二丫突然说。

"信在哪里?"

"就在我住的地方。"二丫看了镇大卢一眼道,"不过昨天晚上来了一批人,不由分说就封了我的房间,现在也不知道怎么样了。希望调查组去看一看,把那东西拿走,我也就轻松了。"

苏莲立刻有了兴趣:"好,你带路。现在我们就去看一下。"

镇大卢额头冒汗,拉了拉二丫的衣襟小声道:"你瞎说什么呀?你哪里来的老江的信?怎么可能?"

"这么说,你对这封信也感兴趣?"二丫故意大声说,"昨天就是你派人来的?"

"我,我怎么会对这种信感兴趣?"镇大卢发现大家都在看他,一时不知道如何是好。"这个……完全是个误会,是个误会。"

"什么误会?"苏莲正视道,"镇大卢同志,你好像很害怕我们去看丹娅同志的房间。难道你和这封信有什么特别的关系吗?"

第 23 章

孙书记揭发了江司令员三大罪状。不久,就被结合进了省革会的筹备委员会。

这三条罪状,一是为专政对象喊冤叫屈;二是包庇下属私藏军火;三是领导特务组织,妄图有朝一日配合国内外敌对势力进行资本主义复辟。三条中的前两条都算是证据确凿,但相对其他走资派的罪行来看,总觉得分量不够,唯有第三条是个关键。因此,寻找新的证据就成了苏莲这次来县里调查的重要任务。

二丫撒的谎很快被苏莲揭穿。借助本地公安的力量,苏莲没费什么事就让二丫说了实话。二丫拖着那条被打断的右腿回到文工团,从服装组的一块地板下取出了镇大卢写的“认罪书”。苏莲看了看就当着镇大卢的面烧了。在二丫交代的上万字的记录中,苏莲只对一句话感兴趣，那就是在一九四五年八月李真接受部分日本军队投降后，葵花收养了两名日本战犯的弃儿，并掩埋了日本大佐的尸体。

“你认为，赵葵花为什么会收养日本鬼子的弃儿呢？”苏莲问二丫，“一个才十七岁的姑娘，又没结婚，却要当两个孩子的娘，你不觉得奇怪吗？”

“这也是我一直没想通的事。”二丫老实承认。

“那我们能不能做这样的假设。”苏莲启发道，“她这么做，其实是受到他人的指使。就是说，是别人让她这么做的。”

“为什么要这么做呢？”

“对呀，为什么要这么做呢？必须有一个合情合理的解释。”

“是资产阶级人性论？”二丫说。

苏莲冷笑着摇摇头：“不。不是什么人性的问题，而是有具体的目的。”说到这里，苏莲眼睛放起光来，“这个目的，只有老江和赵葵花两人知道。”

“为什么只有他们俩知道？”

“因为赵葵花是老江发展的日本特务。”

“日本特务？”二丫不解地问。

“你看，他们收养弃儿，掩埋日本战犯的尸体，就是为了有朝一日到他们的日本主子那儿请功领赏。”苏莲断言道，“这是唯一符合政治逻辑的解释！”

“我对江司令员不了解。”二丫摇摇头说，“可要说葵花是日本特务，打死我也不相信。”

“这说明你在政治上太幼稚。”苏莲下结论说，“丹娅同志，你的情况组织上还是了解的。虽然你和邢满月关系不错，从团长提升到局长，也多半是她的主意。但你苗子红、根子正，有错误就改正，还是好同志。我们这次来，不会参与地方上的派系斗争。你和镇大卢同志之间的矛盾，从本质上看，还是属于人民内部矛盾。所以，我希望你们团结起来，斗私批修，共同搞好‘文化大革命’。至于你腿上的伤，我会请部队最好的医生替你治疗。将来工作上、生活上有什么问题，可以来北京找我。好，现在你签字吧。”

镇大卢安排了一桌菜为苏莲接风，边吃边控诉当年老江攻击镇反，并逼大家喝马尿的滔天罪行。苏莲则小声和勾局长嘀咕着如何让赵葵花承认当特务的事。

“赵葵花是个关键，她的供词直接关系到老江的罪行是不是成立。”

“要不交给我，保证三天之内让她认罪签字。”勾局长很有把握地说。

“那可不行。”苏莲摇摇头，“赵葵花不是丹娅，不能用你的那一套。”

“为什么呢？”勾局长不解。

苏莲笑笑：“赵葵花这个人我接触过，虽然是个群众，但是受封资修的毒害很深，有股子愚忠思想。要她供出老江，估计很难。”

“那您也太小瞧我了。”勾局长却不以为然。

“万一人死在公安局，就有刑讯逼供的嫌疑。中央首长不希望这样。”

“那就用群众组织的名义，人员我来安排。”

苏莲点点头，压低了声音道：“实话和你说吧。这次搞老江上面有个既定方针，就是要定死罪。否则那几个老帅不服。所以不能有一丝马虎，一定要把材料搞扎实，有说服力。最好有录音。”

“录音困难些，但文字材料会绝对真实。”

“好吧，必要时就让她保持沉默。但保密工作要做好，每个细节都要非常慎重。还有，范围一定要小，最好不要让工总司插手。”

“我让小教兵团出面。那是我的人。”

“对了，这个镇大卢你认为可靠吗？”

“不可靠。”

“噢？”

“这个人有野心。过去是‘四清’对象，生活也不检点。因为有省里孙书记的关系，这才……”

“这事不要说了。”苏莲打断道，“我和你的谈话，任何情况下都不能泄露出去。否则对你不利。”

“请首长放心。我一定会让您和中央首长百分之百地满意。”

“有你这话，我就放心了。”苏莲笑了笑，用筷子敲敲桌面，提高了声音对着众人道：“群众运动嘛，就得由群众来办。关于赵葵花的审查问题，我有个建议，是不是把她交给本系统的造反派。群众的眼睛是雪亮的，觉悟也是最高的。镇大卢同志，你说呢？”

镇大卢立刻回答：“伟大领袖毛主席教导我们说，要相信群众，依靠群众。首长的建议我认为很及时很重要，我表示坚决执行，决不辜负中央调查组的期望。”

“那好。现在是工人阶级领导一切。你们是最大的群众组织，也是本地‘文化大革命’的主力军，希望继续努力，争取更大胜利。我们还有事，明天一早就离开。赵葵花的案子一有结果，要派专人送到北京。还有什么问题，大家尽管提出来。”

法院的人立刻问：“赵葵花的问题很严重。我想请示一下，要不要判处死刑？如果要杀，是在这里执行，还是送到上面？”

“该不该杀，在什么地方执行？这是你们的事，我们不干涉。”苏莲想想又补充道：“不过我要强调一下，‘文化大革命’是一场你死我活的斗争。对敌人的仁慈，就是对革命同志的残忍，就是对革命的背叛！还有一个，此案关系重大，中央首长都很重视，一定要抓紧！一万年太久，要只争朝夕。”

勾局长立刻站起来表态：“首长，您放心，我们一定配合群众组织尽快结案。”

“来来来，大家都举起来。”苏莲端起酒杯，“我代表中央首长，代表中央调查组，感谢各位的大力支持。”

勾局长碰完杯就走了，镇大卢却一直陪到最后，等苏莲一行开车离开，他才三步并作两步回到楼上的房间，并把美美叫了进来。

“你赶紧去找赵葵花。如果她还没被带走，就叫她立刻躲起来，越远越好,千万不要再回来。”

“为什么呀？”美美一脸疑惑。

“这事以后再说,你现在赶紧走。这是地址。记住,一定要亲自对她说。还有,这件事以后任何人问都不要承认。快走！”

美美一走，镇大卢就让刘脚子通知小教兵团的负责人前来开会。结果刘脚子说,人家早就到了。一看,来的竟是陈校长。

“没有想到吧？”陈校长得意地笑了笑。

“没有,没有。您是老革命,当负责人是应该的。”镇大卢连忙说,“找您来,是为了……”

不等镇大卢说完,陈校长就说:“不就是赵葵花吗？勾局长都跟我说了。”

“噢。”镇大卢应了一声,倒不知道该说什么好了。

“这样吧,根据中央调查组的指示,赵葵花由我们来审讯。公安局这头也由我来联系。如果有什么事需要你们工总司帮忙的,再来通知。你看呢？”

镇大卢知道这女人是仗着勾局长的关系,否则不会用这种口气说话。便说:“好,好,那就全看你们的啰？”

“那也别这么说呀。你们是工人阶级,工人阶级领导一切嘛。”

镇大卢原来是想控制住小教兵团,现在一看没戏,就要另想办法。不料陈校长的目的是来拖住工总司,不让镇大卢插手,于是翻开《语录》本,学起了“最高指示”。镇大卢很专心地念了几段,又装模作样问了老师们学习大批判的情况。陈校长眉飞色舞地讲了整整两个钟头,这才离开。镇大卢刚把人送走,就见刘脚子匆匆跑了过来。

“镇……镇司令,出……出大事了。”刘脚子口吃着把门关上。

“你狗日的慢慢说。”

“葵花她……她让人给打……打死了！”

二丫躺在床上辗转反侧。现在她已经彻底弄明白,这个中央调查组是冲着江司令员来的,到这儿也只是为了搜集证据。因此,凡是与证据无关的人都不会有事，而且还会得到苏莲的关照。苏莲以首长的身份和县革会筹备委员会的军代表打招呼，对群众组织要一视同仁，不能打一派压一派。因此红旗兵团不用解散。其实不解散也是一盘散沙，自从批判过满月和其他县里当权派后，就不再集中搞大型活动。文化人都有事在干，除了一部分被请到各种宣传队编跳“忠字舞”，大多人都待在家里。练声的练声，作画的作画。只是唱的都是革命歌曲，画的都是领袖头像。等到发工资了，大家便早早过来打着招呼，呼三喊四问好，像是赶大集。二丫的党籍可不是想开除就开除的，那得通过上级党组织批准。现在各级党委都处于瘫痪状态，所以除了那些被判刑、被枪毙的，谁也管不了谁。镇大卢看到那要命的罪证已经销毁，对二丫反倒客气起来。不仅撤走了占据文工团的造反派，还撕掉了那些大标语。当然，这也是为了给苏莲面子，她希望镇大卢和二丫在揭发老江的问题上团结一致。

二丫的腿虽然还打着石膏，但已经不怎么疼了。这全是部队医生的功劳。让她不安的，是说出了葵花掩埋日本大佐的事。本来只是说到领养孩子，可苏莲对处理大佐的尸体更感兴趣。二丫不说，他们就打，后来腿被打断，实在撑不过去。现在想想，打死也不该说的。可皮肉真的能撑过铁棍吗？还有，就是她根本不知道这事和特务有什么关系，原来也只是担心葵花要被扣上一顶同情阶级敌人的帽子，现在看来她想得太简单了。

二丫想去通知葵花一声。可又一思量，如果葵花真是江司令员发展的特务呢？连中央的那些老帅都成了大土匪和大军阀，还有不少国家领导人也被揭发当过叛徒和特务，你对江司令员又不太熟悉，谁知道他到底是什么人呢？可如果说葵花是特务，那天下还能再有好人吗？正想着，有人敲门，原来是刘脚子来送补品，说是镇大卢特地托熟人买的。二丫也不客气，照单全收。又问葵花情况。刘脚子叹息一声，半天没说一句话。二丫急了，刘脚子才说：“小教兵团的人要她承认是日本特务，葵花不说，就吊起来打，结果打得不是地方，一下就没了声音。等送到医院，医生说已经没有抢救价值，宣布死亡。现在人停在太平间,听说公安局的人已经去过了,人被打得走了形,惨不忍睹。”

二丫一下哭出声,挣扎着下床,要去医院。

刘脚子连忙拦住道:“公安局已经定性是日本特务和历史反革命,你这个样子去,不是给自己找麻烦吗?”

“放你的狗屁!”二丫骂道,“不说几十年的朋友,也曾是我的嫂子,能不去吗?”

刘脚子只好找了部塌车,拉着二丫来到医院。走进门诊大厅,只见大水挺着大肚子已经哭成泪人,二水守着爷爷,怕有意外,眼睛也都是红的。唯有小松一滴眼泪水都没有,手里拿了根皮带一下一下地抽着椅背。在他们周围,是一些戴着红袖套的年轻医生。

二丫扶住葵花爹:“葵花在哪里?”

葵花爹摇摇头。

二水说:“医院不让看。”

“真是岂有此理?人都死了,哪有不让看的道理?”便对身边一位医生道,“我是文化局的,要见你们院长。”

“院长都在接受审查,有事可以找革委会。”

“你带我去。”

在原来院长办公室,二丫看到一个穿着白大褂的中年人,他正在送两个穿制服的公安人员出门。

“那结论就请你来写了。”公安人员叮嘱道。

“绝对没问题。”中年医生客气地把人送到门外,转身看到二丫问,“同志,有什么事吗?”

“赵葵花是怎么死的?现在人在哪里?”二丫直截了当地问。

“你们是……”中年医生看着二丫和刘脚子问。

“我是工总司的,她是文化局革委会负责人丹娅。”刘脚子抢先介绍道,“我们都是赵葵花的亲戚,听说出了事,所以来打听一下。”

“你们说的这个赵葵花是被汽车轧死的。”中年医生很平静地说。

“被汽车轧死的？”二丫不信。

“我们有警方认可的验尸报告。”

“怎么可能？”

这时，陈校长突然跑了进来道：“这事我来说。小教兵团要她回单位接受审查，她慌了，企图逃跑，结果撞到一辆重型卡车上。沈大夫，听说你们也是这个结论？”最后一句是对那个中年医生说的。

“我不相信。”二丫对陈校长说，“我要见人。”

“她是日本特务，现行反革命。公安局有规定，这种人死了也不能随便见。再说，你是她的什么人？和她的关系很亲密吗？”

刘脚子暗扯二丫衣襟，二丫却满不在乎道：“你不要吓唬人，她是我嫂子，再反革命也得有人来收尸。我是要看看她到底是怎么死的。如果有人违反政策造成死亡，那是要负责任的。”

“要看也得经过公安局的批准！”

“家属有权了解真相！”

见二丫和陈校长吵了起来，那沈大夫便对二丫说：“请相信我们医生，我们肯定会实事求是。再说，人的头部已经被车轮轧得变了形，你就是看了，也未必认得出来。”

“就是压成了肉酱我也要看！”二丫毫不退让。

“好吧。”那沈医生盯着二丫看了一会儿才严肃道，“如果你实在坚持，可以让你看一下。但有个条件，这是政治事件，对今天你看到的任何东西，都不得向任何人透露，包括死者的孩子和父亲。否则你要负一切责任。”

二丫点点头：“负责就负责。”

“不行，她不能看！”陈校长仍然想阻止。

“现在我是医院的负责人，这事我做主。”那沈大夫冲陈校长说了一句，又对二丫道，“只允许你一个人去。”

二丫便跟着那沈医生出了办公室，左拐右拐转了半天，才走进一间阴森森的房间，到处放着被肢解的人体组织，把二丫紧张得喘不过气来。

“这是什么地方啊？”

“是解剖室，实习和研究用的。”

“为什么到这里，不是在太平间吗？”

“太平间你不能去。”那沈大夫用白布把那些人体组织遮盖起来，开了灯，让二丫坐下才说，“你就是文工团的丹娅？”

“怎么了？”

“其实我早就知道你，不过今天是第一次见到。”那沈大夫说着，又把门关了起来。

“你要干什么？”二丫警惕起来。

“不要害怕，这儿没人来。你的事，我以前是听女儿说的。我女儿和葵花同志的孩子是同学。”

二丫突然想起：“你就是沈主任？带葵花去看过东方老师？”

沈大夫点点头：“其实你不来，也要去找你。葵花同志说，这事只能让你一个人知道。”

二丫听蒙了：“你说什么事？”

沈大夫下意识地看了看门，小声道：“葵花同志还活着。”

“她没死？在哪？”二丫差点叫出声来。

“嘘！”沈大夫示意二丫道，“就在里面的标本室。不过，她现在吃了安定，要过一会儿才能醒来。”

“到底是怎么回事？”

“她被打昏了，十分危险。公安局怕担责任，就送来抢救。正好我手上有个车祸死了，也是个女的，就调了个包。”

“那公安局没有发现？”

“我和公安局的法医很熟。他出差去了外地，所以委托医院做验尸报告。以前也经常这么做的。”

“怎么说是中途逃跑被汽车撞了呢？”

“这是他们编的。不过，正好我这儿有个交通事故，特征相符，我便顺水推舟。”

二丫暗暗佩服沈大夫，同时又担心地问：“你不怕受牵连吗？葵花很可能有历史问题啊。”

“事情紧急,也没想那么多。”沈大夫叹了口气道,“不管什么问题,也不能往死里打啊。再说,现在的情况你也清楚,受冤枉的也太多了。”

“那下面怎么办?”

“让你来,就是商量这件事。我看,必须立刻转移出去。葵花同志有没有在外地的亲戚?最好去个没人知道的地方。”

二丫想了想:“倒是有个地方可以去。但葵花的情况怎么样?又怎么离开呢?”

“葵花同志没有生命危险,头部的手术已经做过了。到了地方后,找个卫生所挂挂水、换换药就行了。走的办法我也想好了,就用我们的救护车,急诊室归我负责,不会有事。但有一点,这事千万不能传出去,包括她的家人,暂时都不要告诉。那个出车祸的人是外地的,会很快火化,这样再查也查不出了。”沈大夫一气说完,看了看表,又道,“这会儿应该醒了。注意不要多说话。”

二丫点点头,跟着沈大夫来到标本间,那里四壁都是装着人体标本的玻璃橱。只见葵花在中央一张桌上躺着,已经醒了。

“葵花!”二丫叫了一声,眼泪就下来了。

葵花脸色惨白,努力地微笑着,轻轻说:“我没事。”

“没事就好。没事就好。”二丫也笑了起来,“我说呢,就是要死,也得先和我打声招呼啊。”

这时沈主任说:“你们谈,我出去看看。”说着就走了出去。

“这次多亏了沈主任。”

“看得出来,他是个好人。”

“你的脚怎么了?”葵花看着二丫腿上的石膏问。

“还不是那些人作孽。”二丫骂了一声,“你必须立刻转移,你看去哪里比较好?”

“如果要走,那就去观音山。”

“观音山?满月劝你下放的地方?”二丫满脸疑虑。

“怎么了？”

“那地方镇大卢知道，万一事情传出去，他肯定能猜到。”

“那也无所谓。”

“为什么？”

“因为……”葵花犹豫了一下才说，“我想，他还不至于要害死我。”

“这个人，你可得小心。”

“再说，还有什么地方可去呢？”

二丫点点头，过了会儿又说：“葵花，有件事，我对不起你。掩埋日本大佐的事，是我说出来的。差一点儿就送了你的命。”

“其实这事并没有必要保密。”葵花笑笑道，“当时我是有些害怕，但后来一想，我们中国人讲究仁义道德。人都死了，埋一下尸体不是什么错。”

“可有人会拿这事做文章。你可能还不知道。他们搞你，其实最终目的是要打倒江司令员。”

“对了。”葵花突然问，“他们要我交代，说是江司令员发展我当日本特务，是怎么回事？”

“这还不清楚？”二丫道，“你一承认，那江司令员就成了汉奸卖国贼了。”

“这也太歹毒了，不是凭空冤枉人吗？”

二丫正想说说这里面的利害关系，只见沈主任匆匆推门进来道：“汽车已经等在后门，趁现在没人，我们立刻就走！”

“我不能走。”葵花努力坐起来说。

二丫不解：“刚才你还说去观音山。”

“那时我还不知道整我的原因，现在知道了，我就不能走了。”

“为什么呀？”

“你想想，我一走，他们就会造谣说是畏罪自杀。到时候，还不是听他们胡说，对江司令员太不利了。”

“那你想怎么办？”二丫问。

“找他们说清楚，我埋日本大佐，收养日本孤儿，只是凭一个中国人的良心，绝不是什么特务。”

“你疯了？”二丫着起急来，“你以为他们会讲理？告诉你，这次那个苏莲来，只是走走过场，结论早就定好了。”

“不。只要我活着一天，就不会承认，他们就得不到证据。”

“那他们会把你打死。”

“打死也不承认。”葵花更加坚定道，“我就不信，这么多的干部群众，就没有一个敢说真话？”葵花对一直没有作声的沈主任道：“感谢你救了我，但我真的现在不能死。北京特地派人来调查，说明我的口供对江司令员非常重要。我一定要让大家知道，这是一个阴谋，是莫须有！”

沈主任愣在那儿半天不说话。

“你不是在为难沈主任吗？”二丫看看沈主任，又看看葵花道，“他帮你调包，死人换活人，你知道要冒多大的风险啊？弄不好，他也会成为反革命。”

“这个思想准备我还是有的。”沈主任苦笑笑道，“到时候可以说是弄错了。这种事过去也时有发生。不过，你不能再落在他们手里。”

“是呀，你不交代，他们就希望你死。还是再想想。”

“要不这样？”沈主任想想说，“你活着的消息可以散布出去，另外再写一个公开声明，把他们的阴谋揭露出来。但你暂时不能露面。”

“这样好。”二丫立刻说，“你活着，而且彻底否认，他们就不敢肆无忌惮地做结论。”

“对，这样好。”沈主任点点头道。

“那沈主任怎么办？”葵花还是有些犹豫，“再说，怎么能证明我还活着，而且还不被人知道？”

“我的事你不用考虑。”沈主任说，“一到观音山，你立刻拿份当天的报纸拍张照片寄到公安局，同时再写份声明。”

葵花想了想，也就表示同意，当即躺在平板单架上，由沈主任亲自推到医院后门，只见一辆救护车早就等在那里。但等沈主任打开后门，却大吃一惊，原来车上坐满了小教兵团的造反派。再往四周仔细一看，后门的隐蔽处这时站出不少手执长矛、戴着袖章的人，陈校长充满了讽刺的喊声也不知从什么地方传了过来。

“哈哈，狐狸再狡猾也敌不过好猎手啊！”

满月已经完全适应了“牛棚”的生活。每天清晨五点，住在县委机关里的解放军会吹号出操，这时，她和同寝室的两个人就立刻起床，不及洗漱就到机关门外的大街上扫地，并做厕所的卫生。两个小时后，花十分钟吃早饭，然后是学习。“外借”出去当靶子接受批斗一般都在下午或晚上，不过天气转暖后就越来越少了，因为县城单位就这么多，一圈下来，连菜市场都去过了，剩下的都只是一些没几个人的小单位。另外还有一个原因，就是许多单位对走资派的仇恨都达不到要求，不仅不坐飞机戴高帽，有的还安排一个椅子让她坐着。这哪里是在批斗，几乎和过去下基层作报告差不多了。满月明显感觉到造反派的激情在迅速减退，而且发现，由谁来管理他们这些走资派越来越让那些新头目感到头疼。特别是有个局长自杀以后，各造反派之间都在互相推诿。据说工总司曾想委托进驻县委机关的解放军担任看守，遭到坚决拒绝。于是就下了一个文，让各单位看管各自的走资派，够得上判刑的才送公安局。这样，负责看守满月的都变成了熟面孔，原来都在一个单位，态度也就好了不少，满月的行动也渐渐自由了。

为了庆祝‘文革’胜利一周年，县革会筹备委员会成立了活动指挥部，决定公审一批罪犯后，举办盛大游行。其中一个方阵就是将本县的走资派集中示众，规格是五花大绑戴高帽脸上泼墨汁，女的要剃阴阳头。满月因为被剃过一次，已经将头发剪光，虽然长出了一些新发，但要做成阴阳头的模样不太明显。于是有人提议找双鞋子戳破了让她顶着，身后再插一面白旗，写上“我是破鞋”的字样。大家都说这样阶级立场鲜明，最过瘾了。为了让这次活动显得更加隆重，镇大卢特地去省里请来省革会筹备委员会的副主任孙书记莅临指导。这样，示众的走资派就随之升级到了地委一级，李真被带进县城，并住进了县委机关的“牛棚”。

自从被打倒后，满月和李真见过几次，但都是在批斗会上，活动完了也就被分头押走，除了用眼睛打打招呼，根本没有机会说话。这一次虽然外面加了解放军的岗哨，但“牛棚”里还是有一定的自由空间。吃晚饭时，满月走到李真身边，偷偷扔过一个字条，然后又迅速走开。等到夜里十二点，满月去上厕所，就听到隔壁男厕所里传来李真的咳嗽声，真是高兴坏了。

“你好吗？”满月蹲在最靠墙的一个便坑问。

“挺好的。你呢？”李真立刻回答。

为了通气，分隔男女厕所的木板墙只到屋脊，上部是空的，所以声音特别真切。

“我现在可享福了。每天只劳动一会儿，就是看书。肚子上都有肥肉了。”满月愉快道。

“我现在也好多了，三四天才开一次批判会，而且也就是走走形式。大多群众还都是挺善良的。”

“听说三点水下来了，说是和中央的几个老帅搞了个集团，要打成特务。”

“我也听说了，以前八团的那个女人找过我，我让她碰了一鼻子灰。她找过你吗？”

“没有。但找过葵花。”

“葵花怎么样？”

“她可吃了大苦，听说差点被打死。”

“埋大佐的事，是不是被他们知道了？”

“听说是二丫说出来的，她的一条腿也被打断了。”

“这群王八蛋！”

“你也学会骂人了。”

“都是他们逼的。小星怎么样？还在部队吗？”

“不知道。已经好几个月听不到他的消息了。”

“没有消息就是好消息，要相信孩子。”

“我这情况，也不方便联系。”满月犹豫了一下才问，“嫂子呢，她也挺好吧？”

“她已经过世了。”

“啊？什么时候？”满月关心问道。

“就在前几天。我在接受批判，没法去医院。后来医生说，她走前没受太大的罪。”

“你也别太难过了。”

“我不难过。我们都解脱了。”

满月听了好一会儿没有吭声。

“满月，你还在吗？”

“在。”

“千万不要泄气。”李真提高了一些声音说，“现在这种局面不会持续很长，任何事物走到极端都会出现转折。要相信党，相信群众。”

“我还相信命运。”

“命运也是人掌握的。我们一定要活下去，注意身体，这可是革命的本钱。”

满月默默点点头，又问：“老孙这个人你怎么看？听说他当了省革会副主任。”

“他一向见风使舵，但人并不坏。”

“可老江就可能死在他手里。”

隔壁传来弹簧门的“咯吱”声，接着听到一个男人在问：“这么长时间，还没拉好啊？”

“今天吃多了，拉肚子。”李真回答，“这个厕所打扫得不错，比我们机关好多了。”

“那也用不着老待在里面啊？”

“走了走了。”李真故意高声道，“老兄啊，人到了我这种地步，一定要往好处想，保持乐观，就是臭气熏天，也得想到它可是好肥料啊……”

满月听到李真的声音越来越远，这才站起来走了出去。回到住处，满月在床上躺下，细细回想着刚才李真说的每一句话，想象着他骂人的样子，不由得默默地笑了起来。满月好长时间已经没像现在这样开心了。为什么呢？她在心底暗暗问自己，并自个儿争论起来。是因为听到了他的声音？是因为知道他现在情况不似想象的那么糟糕？还是因为感染了他那种非凡的自信？不，其实这些都不是。满月啊满月，你用不着给自己涂脂抹粉。你的思想境界并不高，甚至十分卑鄙。你高兴的原因其实只有一个，就是因为听到他老婆去世的消息！

满月想到这儿，觉得脸上一阵阵发烧。她知道这么想很不厚道，但还是忍不住想象着美好的前景。现在，她和李真之间已经没有了任何障碍。他们都是单身，都有权追求爱情，建立家庭。而且，李真老婆的去世应该和她没有任何关系。这样，无论是她还是李真，在他们结婚时就不会有任何心理负担。这难道不是盼了十几年的最好结果吗？现在只有最后一个，也是唯一的一个问题：李真愿不愿意和自己共同生活呢？

“不，他不可能不愿意。”满月带着这样的想法进入梦乡。

第二天的情况也让满月感到意外。在孙书记的建议下，活动指挥部取消了押着走资派游街示众的内容，也没戴高帽顶破鞋，只是在举行公判时，让各级走资派在一边陪审，而她和李真则单独站在最前面。满月上台时还冲李真笑了一下，李真则大大方方地问了声“你好”。孙书记虽然始终没有和满月及李真说一句话，但在传达中央首长有关讲话时，反复强调一定要注意斗争方式，并以自己为例，说明领导干部在接受群众批判的同时，要有为人民立新功的思想准备。他的讲话立刻受到军代表，也是县革委筹备委员会主要负责人的支持。

李真还要参加其他县的批斗活动，当天深夜就被押走了。满月没有再找到和他单独在一起的机会。要不是偶然听说大水已经怀孕八个月,她本来是可以开心好几天的。

镇大卢和陈校长彻底翻了脸。缘由是镇大卢以工总司的名义要把葵花带到自己的地盘进行审查，可陈校长却说接到公安局的通知,由她负责的小教兵团整理葵花的材料。与此同时,孙警察告诉镇大卢,对葵花大打出手的其实都是勾局长的亲信,而这次把他排挤在外,是因为觉察到他和镇大卢有特殊关系。

虽然镇大卢因为是工总司主要负责人,又因孙书记鼎力推荐被选为县革会筹备委员会的副主任,但当选委员的勾局长却并不买镇大卢的账,反倒是处处与他为难。

“不要以为当了副主任有后台就可以为所欲为。”勾局长私下警告镇大卢,“你有把柄在我手里,告你一个强奸犯易如反掌。”

镇大卢亲眼看到中央调查组和勾局长的关系不同一般,那个苏莲真正相信和依靠的绝不是什么群众组织,而是公安局。在这种情况下,勾局长对镇大卢来说,已经不只是可恨,而是可怕了。

自然而然,镇大卢有了要除掉勾局长的想法。

这天晚上,镇大卢把孙警察约到家中,让刘立红炒了几个菜,几杯酒下肚,就说起了正事。

“必须让姓勾的滚蛋。”镇大卢看着孙警察直言不讳,“我会在县革会建议由你来当局长。”

孙警察一笑:“这事从何谈起？”

“反戈一击。”

“怎么反戈？怎么一击？”

“翻老账啊。还记得那个东方的案子吗？完全是一起冤假错案嘛。你最清楚。”

“专案组是我负责的,弄出来,第一个倒霉的就是我。”

“错了。你是专案组的负责人,说明你业务能力强,党性强。但你在办案期间,难道从来没有提出过疑问,反对利用孩子及家属做假证？”

"这倒是真的。我确实提出过疑问,也认为假证不妥。这事很多同事都知道。"

"这不就对了。你只是受到上级的指使和利用。现在觉悟了,要造反,要还事实真相。还有那个陈校长,主意就是她出的,她和食堂的大师傅共同贪污,还有不正当的男女关系,这事一查就真相大白。"

"可是镇主任,我在公安局只是个普通警察,连个科长都不是。"

"不是科长才好呢。"镇大卢说着拿出一沓小报,翻出一张指给孙警察看,"你看,这是林副统帅最近的一次讲话,他说,毛主席思想在公安政法系统没有占到统治地位。这是什么意思?你可以好好想一想。还有这个,是江青同志接见造反派时公开说的,她说公检法都是从资本主义国家搬来的,建立在党政之上,他们这几年一直是跟毛主席相对抗。还有,江青同志说,北京公安局肯定有问题,你们可以去造反。还有,据可靠消息,公安部所有副部长,所有正副局长都已经被打倒了。"

"可这些事都在北京啊。"孙警察一点儿也不动心。

"既然这样就算了。"镇大卢见说不动孙警察,冷笑道。"可你必须记住,我是提醒过你的,到时候可别后悔啊。"

"我是这样想的。"孙警察看到镇大卢脸色不好,便道。"单纯用一个案子是板不倒勾局长的,我们必须拿出有分量的证据。这样好不好,这事交给我来办,局里不少人对勾局长的独断专横很有意见,你给我点时间,我搜集一下材料再说好不好?"

"行啊。"镇大卢假笑道。"那就按照你说的,但时间不等人,你最好动作快一些。"

"好吧,我尽力而为。"孙警察说完就走了。

刘立红帮着孙警察说话:"你也别让小孙太为难了,毕竟是要搞他的局长,这可不是小事啊。"

"这种人做事前怕狼后怕虎,成不了大事。算了,我再想办法。我就不信,扳不倒你个狗日的!"

镇大卢当下就来到机床厂工总司的指挥部，找了几个年纪轻火力壮的造反派，子夜两点把大师傅抓到地下室，没打几下，大师傅就竹筒里倒豆，把他和陈校长的事一点儿不剩地供了出来。就如镇大卢所料，一是勾结起来做假账，贪污师生伙食费；一是发生肉体关系，而且情节之下流，连镇大卢都觉得不堪入耳。此外还有镇大卢不知道的，陈校长曾把一排新教室的修建工程交给大师傅的亲戚做，从中拿了两千多元的回扣，这可是重罪。于是镇大卢一不做二不休，天亮前就去抓陈校长。说来也巧，那天勾局长在陈校长那儿喝多了酒，没有离开。工总司的人不由分说，把一对男女都赤条条地绑了，头上蒙了黑布，嘴里塞着棉花，就送到指挥部。镇大卢一看，简直高兴坏了，便让人分头审讯。陈校长被吓傻，早就尿湿了裤子，然后问一句答一句，不仅承认了和勾局长之间保持着长期的男女关系，还道出勾局长攻击林副统帅的恶毒言论，竟然说林彪长得像个猴子。镇大卢立刻指使人从公安局借来全县唯一的一台录音机把陈校长的话从头到尾录了下来，然后连同一声不吭的勾局长送到县革委会的军代表那里。军代表听了陈校长的供词，叹息一声，下午就开了会，宣布开除勾局长党籍和所有职务。

工总司的人敲锣打鼓，庆祝挖出混入革命队伍里的现行反革命和头号流氓坏分子。陈校长和大师傅都被剥得一丝不挂，戴着高帽子游街，引来无数群众观看。当晚陈校长吃了老鼠药一命呜呼，大师傅腰椎被打断，双下肢瘫痪。勾局长因为案情重大被送进看守所，这才逃过一劫。

镇大卢找到葵花时，发现她已经奄奄一息，遍体都是棍伤。立刻送到医院抢救，并派了专人看守，没有他的同意，任何人都不准入内。

孙警察没想到事情发展得如此之快，十分后悔，不等吩咐就查到两起勾局长接收犯案人家属贿赂的情节，用大字报贴在过道口。镇大卢对他也不计较，一有机会就推荐他担任公安局的负责人。但军代表与大家商量后决定自己临时兼任公安局长，由孙警察协助工作。并火速上报省革会筹备组批准。

美美见镇大卢对葵花的态度不同寻常，便用开玩笑的口气问：“主任和那个葵花到底是个什么关系，也让我心里有个数，免得有不到之处，让你生气。”

镇大卢则一本正经道：“你知道儿子和娘的关系吗？对我来说，葵花就是我的亲娘。不，比亲娘还亲。什么关系，你自己想吧。”

于是美美天天来看葵花，一会儿喂个饭，一会儿洗个脚。看葵花有了一点儿力气，就把镇大卢那天差她来通知葵花逃走的事和盘说了出来。葵花既不说声感谢，也不表示厌恶，就像没听到一般。美美又说起陈校长和大师傅的下场，以及勾局长要被判刑的事，葵花听了也只是淡淡地问了一声：“东方老师会被放出来吗？”

美美说还不知道。事实也确实如此。勾局长和陈校长的事发后，孙警察曾提出要重新审理东方一案。但军代表却认为要维护无产阶级专政机关的权威，不宜公开平反，最好通过东方在监狱中的表现减少刑期，或保外就医。不料谈了之后，东方却表示不想出狱，并一再声明他确实猥亵过女学生。这事让警方十分不解，怀疑他有精神方面的疾病。刘立红却不紧不慢道：“他的这种病，叫花痴。”

镇大卢则完全顾不上这些事了。他接到苏莲好几个电话，在最后一次通话时，那个女人气急败坏道：“不管采用什么手段，你必须在二十四小时之内，拿到赵葵花承认是老江发展她为日本特务的口供。否则，你这个副主任就甭再当了！”

第 24 章

大水在观音山的恭胖子家顺利分娩，生下一个女孩，取名伟伟。邢小星请了三天假守在母女身边，可脸上没有一丝笑容。结婚的事，远没原来想得那么简单。部队要办成毛泽东思想的大学校，要成为全国人民学习的榜样，一个两年的兵，怎么可以结婚生子呢？再说，许多军人为了参加“文化大革命”，都二十七八岁了，还要把婚期一拖再拖。更有人写了血书，要等解放了全人类才考虑个人问题。可他才二十岁就要当父亲，如果传出去，那就不是他一个人的事，整个警卫团的名誉都要受到影响。至于想复员那就更不可能了，到处都在派军代表，要支左，还要军管军训，连小学文化的班长都在管一个大工厂，他这个喝过高中墨水的排长还能不为人民立新功吗？总之，和他要好的领导好说歹说，就是不给开证明。三天假期还是撒下了弥天大谎，说母亲病危在医院抢救才争取来的。

大水倒很坦然，一边喂奶，一边说些让小星放宽心的话。

“不就领个证吗？什么时候领都可以呀。我又不缺胳膊缺腿，这儿还有房子，下个月，我就跟着社员下地挣工分。”

小星一声不吭，随后便说了一句让大水惊呆了的话来。

“我们去日本。”小星放低了声音道，“前几天我奉命去保护日本侨民，有个叫松下的在国际红十字会。他说了，像你这种情况，完全可以去日本定居。他还会帮你寻找日本的亲人。”

“你疯啦！”大水愣了半天才说，“你告诉他我们家的事？”

“没有。我只是举个例子。松下说，他过去就碰到过这种事，只要能出境，其他的事都可以由他来办。”

“出境？那可是叛国啊？”

“现在正好有个机会。”

“什么机会？”

“你没听广播？香港的工人阶级也起来革命了，正在大罢工。听说广东的边界形同虚设，还鼓励我们的人过去呢。”

“你要去香港？”

“香港只是中转，最终还是去日本。”

“这……这事和你妈商量过吗？”

“这事绝对不能让我妈知道。”

“可你知道后果吗？日本是什么国家？是帝国主义啊！”

“我当然知道。可你本来就是日本人，那可是你的国家。说不定，还能找到你的亲生父母，至少你的爷爷奶奶、外公外婆还在啊！”

大水心里一下乱了套，不知说什么才好。

“你想想，现在中国成了什么？”小星见大水不吭声，便继续说，“我妈对党，对共产主义事业这么忠心耿耿，现在却在扫厕所，动不动就戴上高帽子游行。还有李叔叔，江司令员都是新中国的有功之臣啊。反倒是镇大卢这种坏人升了天，在掌权。还有你妈，平白无故就被打成日本特务，差点被打死。”

“可……可这是叛国啊。”大水犹豫了一会儿才说，“如果我们去了日本，那些人就会大做文章，我妈不是特务也成特务了。还有弟弟，你妈，他们都会受到牵连。”

“这事我也想过。出去后，我们可以隐姓埋名，暂时也不和家里联系，现在失踪的人口很多，对他们应该不会有什么影响。”

“可你想过没有？我母亲含辛茹苦，好不容易把我们抚养成人，突然人没了，她心里会是什么滋味？还有你妈……不，不行，这样我妈太伤心了。”

“她们会痛苦，可毕竟是一时的。等我们在国外立下足，做成事业，再来报答，那会多开心？”

“你现在好好的，为什么要毁了自己的前途呢？”

小星叹息一声：“前途？我能有什么前途？母亲是走资派，我要不是烈士子女，早就被部队清理了。”

“可不管怎么说，我不能就这么一声不吭就走啊！”大水说完，眼泪就掉了下来。

“大水。”小星替大水擦着泪水，让她靠在自己身上，爱怜道，“你听我说啊，你什么都好，就是太重感情。我们这么做，是会让亲人伤心一时。但这不仅是为了我们自己，还是为了我们的孩子。我不想看到孩子长大后，天天早请示晚汇报，吃个饭也要献忠心。这种日子我实在受不了。”

“其实，形成习惯也就无所谓了。”

“不行。大水，这件事一定要听我的！”

大水便不再作声，晚上捉空对恭胖子的老婆说：“无论如何帮我一个忙，现在就动身，去找小星的母亲，让她立刻就来，不然会出大事。”

恭胖子的老婆虽然不知大水究竟在担心什么，但还是和丈夫商量后，动用了一切关系，最后从公安局弄到一辆警车，借了两个警察，连夜赶到满月住的“牛棚”。用“邢满月在观音山地区放过不少毒，革命群众强烈要求批斗”的名义，要把邢满月“借走”。

管理“牛棚”的负责人仔细验看了介绍信，表示革命行动可以支持，但必须由本县公安人员看押，等天亮后才能走，免得出现意外。

恭胖子就让一起来的警察当着“牛棚”负责人的面给观音山公安局打电话，说遇到“强大阻力”，这儿的人“立场肯定有问题”等等，结果电话刚打完，“牛棚”负责人就改了主意，同意把人带走。

天刚亮，观音山的一处空场就挂起“坚决批臭批倒邢满月”的大标语，而此时，满月已经坐在大水的床前逗着孙子开怀大笑了。

母亲的突然到来，让小星深感意外，便去问恭胖子是怎么回事，恭胖子说他也不知道。正在疑惑，却听大水叫他，并说：“你的那些想法，我都和你妈说了。”

小星瞪了大水一眼，就要发作，却被母亲喝住。

“你出来！”

小星只好跟着母亲走出。

“你好不糊涂！”满月一边走一边厉声责问，“你以为这种事能瞒得住吗？就算你顺利到了国外，死不开口，可那些记者，那些敌对势力会放过你们吗？到时候就会大做文章，说一个解放军战士背叛祖国，这正是国内外阶级敌人最高兴的事，也是让你的亲人最痛苦的事。你这是在给国外的反华势力送炮弹啊！”

小星心里不服：“现在人不是人，鬼不是鬼。我有理想！我不想苟且偷生！”

“现在正是考验人，锻炼人的时候。一遇到困难，一有些不顺心，就想逃跑，这才是苟且偷生！你看妈妈，虽然被揪斗，受人污辱，可妈从来没有放弃自己的信念，对未来永远抱着希望。这才是生活！”

“可您也太苦了。”

“你要记住，黑夜总会过去，黎明一定到来。我们共产党人是最坚强，也是最乐观的。小星啊，妈从小就给你念高尔基的诗歌，就是要你做海燕，在闪电的时候高傲飞翔。不要像愚蠢的企鹅只知道逃避。这些你都白读了？”

“可我怎么办？没结婚就有了孩子，说什么我也对不起大水啊！”

“立刻回部队，执行上级的命令，努力改造世界观。大水你不用担心，来的路上，我已经和你恭叔叔说过了，先在这儿生活。我会让她妈妈尽快过来。结婚只是个形式，将来，你只要一辈子对她好就行了。”

说话间，他们来到当年被山体滑坡彻底摧毁的尼姑庵。虽然山门只剩下了小半截，可原来殿前的几棵古树却显得更加高大挺直、郁郁葱葱。满月都有些惊呆了，半天不再说话。

“妈，你想什么呢？”

“这儿真是个好地方！”满月过了会儿才感叹了一句。

当晚小星就回部队了。满月却又待了一天才被送回“牛棚”。负责人看看四周无人，神秘地一笑说：“邢书记，形势有变化啦！”

镇大卢知道苏莲得罪不起，但也不能逼葵花承认。因为此事非同小可，一旦有了口供必死无疑，免得以后翻案。换了他，也得这么干。但拿不到口供，苏莲会罢休吗？

他来找刘脚子商量：“你狗日的脑袋瓜好使，快帮我出个主意，这事怎么才好？”

刘脚子嬉皮笑脸道：“打啊，往死里打，反正人都是要死的，早死晚死其实都差不多。”

“我都急死了，你狗日的还敢说笑，不怕我抽你嘴巴子。”

“我哪里敢说笑，主任让我出主意，是看得起我。可我就这么点水平，哪里还有什么两全齐美的办法？不过……”

“不过什么？”

“不过，如果让我心能静下来，也许能想到什么办法。”

“你狗日的是不是又有什么要求？”

“其实只要你一句话。”

“有屁还不快放。”

“你把葵花弄到医院里，像菩萨那样供着。可二丫至今下落不明，你让我的心怎么可能静得下来。”

这倒是镇大卢没想到的，便问：“二丫没有找到？怎么不早说？”

“我的大主任啊，我都说多少遍了，可你满脑子都在想着国家大事，哪会顾到我们小老百姓啊。况且，还有人想灭她的口，借刀杀人也是说不定的。”

镇大卢听出话中有话，便拉下脸来，指着刘脚子道：“放你娘的狗屁！就那屁大的事，我犯得着冒这个风险吗？再说，那东西已经烧掉了，我还怕你！”

“可二丫确实没找到，我真的很着急。”

“好好好，这两天确实忙，没有顾得上。我这就找人办，但你必须给我想个良策。现在我们两个是拴在一起的蚂蚱，我出了事，你也跑不掉。”

“这个我明白。其实这事我早就想好了。”

“还不快说！”

“其实就是一个字。”

“什么字？”

“拖。”

“我也知道拖。可苏莲这个女人放出狠话，我不得不防。”

“你就放心吧。她人已经走了，亲信也倒了台，还能怎么着？再退一万步，不就一个副主任吗？这年头当领导可不是什么好事啊。还是帮我找找二丫，也好让我一心一意、死心塌地为你卖命啊。”

镇大卢想想也只能这么着，即刻找到孙警察，要他无论如何从姓勾的那里打听到二丫的下落。可孙警察却说，二丫原来就关在赵葵花隔壁，但现在不知去向。

“那她孩子呢？”

“原来孩子被团里人带着，现在很可能住在赵葵花家。我也是听别人说的。”

镇大卢便买了些营养品，叫刘脚子去看葵花爹。结果刘脚子一进门，就看到小松在和小娅在玩，但问了半天都说不知道。葵花爹看刘脚子真的着急，这才说：“你放心吧，昨天晚上二丫还打电话到医院问葵花的情况，她大概是躲在一个地方养伤吧。”

刘脚子这才有点放心。

二丫确实是躲了起来。那天，陈校长来抓葵花，场面极其混乱，她见势不好，就直接去了老耿家，跟谁都不再联系。她这么做，一是想讨个安静，好好把腿伤治好。但最主要的还是怕苏莲来找她的麻烦。老耿平时话就少，这时更加沉默。但他的耳朵却伸得很长，一看到有人聚在一起议论，就凑上来听个仔细。于是，二丫虽然不出门，但外面的事却无所不晓。

“今天看到邢书记来开会了。”老耿这天买了二丫最喜欢吃的印糕，一进门就说，“就坐在我前排闷头做笔记。没有被点名，好像没事了。”

“穿什么鞋子？”

“鞋子？”老耿想了想，“没怎么注意。你问这个做什么？”

“如果穿的是皮鞋或者是干净布鞋，说明她已经回家。如果还穿解放牌球鞋，说明还蹲着牛棚。”

“下次我注意看一下。”

“我估计她不会有问题。”二丫分析道，“你看，社论都说了，就是犯了严重错误的干部，只要认真改正，也可以参加革命行列。满月有什么？批判来批判去，就那么几句话，都不是实质问题。生活上也就是和李书记有过几次，只是小错误。再说，她的人缘也好。现在三结合，正是要用干部的时候。老耿，你再注意一下日报上的领导名单，有没有李真的名字。如果李真一任职，满月肯定就解放。”

接下来，二丫和老耿天天注意报上的名单，不少以前眼熟的干部开始出现，只是没有李真。但挨批判的人员中，也不见李真的名字。满月已经换了平跟皮鞋，老耿看得真真切切。二丫也就放心了。

可在这些天中，镇大卢一直提心吊胆地过着日子。虽然没再接到苏莲的电话，也没发现要替换副主任的迹象，但夜里却常被一些噩梦惊醒。有一次，他梦见一把锋利的大刀砍来，他的头颅齐整整地掉下，他忙用双手接住，拼命想安回到脖子上去，可就是安不上去。

醒来一看，浑身已经被汗湿透。刘立红被他吵醒，迷糊着眼睛问："你嚷嚷什么呀？像是和人在打架。"镇大卢也不答话，咬了一下胳膊，发现一阵生疼，这才松了一口气，摸到厨房去喝水了。

又过了几日，军代表传达了县革命委员会已经正式批准成立的特大喜讯，在组织成员的名单上，增加了四名副主任，其中最后一名就是邢满月。而镇大卢的名字仅排在她的前一位。满月没有像别人那样站起来挨个儿和大家握手，还是用原来做书记时的口气说："我会努力工作，严格要求自己，但也可能会得罪人，先和各位打个招呼。"

江司令员去世的消息是从一份小报上看到的。美美眼尖，立刻拿给他看。镇大卢一字不漏地读着那段不到五十个字的报道："这个曾经窃取军区司令员职位的大特务、大土匪、大军阀自绝于人民，用步枪上的刺刀戳入心脏，经抢救无效死了。"镇大卢不由自主地想象着用刺刀戳进心脏的那种感觉，同时猜想着江司令员的死和苏莲不再来电话是种什么关系。

"你在想什么呢？"美美看着镇大卢问，"你还是关心关心我吧。"

"你懂什么？"镇大卢有些生气，"这可是关系到我的政治生命。"

"我也是啊。"美美都快哭了。

"你怎么了？"

"我那个没来，八成是怀上孕啦！"

满月终于接到徐副军长的电话，对方解释说，这几个月实在是太忙了，边境很紧张，部队搞战备，他肩上的任务更重了。在"听说"满月也"受到一些冲击"之后，徐副军长终于提到了江司令员。

"老江已经不在了。"

满月已经知道，并不意外。听对方语气很平静，便问："你怎么看？"

"上级的文件说，他是畏罪自杀。"

"他会自杀吗？"

"这个人的脾气我知道,很可能。"

"一个接受审查的人,怎么可能自杀呢?"

"说是夺了岗哨的刺刀。"

"我不信。"

"这是文件上写的。"

"你信吗?"

"我……"对方犹豫了一下才说,"这个已经没有什么意义了。"

"将来,历史会做出公正结论。"

"当然,我们都是如此。"徐副军长立刻说,"有个消息想告诉你。我被提正职了。"

"噢?"满月听了并不高兴,随口问,"什么时候提的?"

对方迟疑道:"有……有两个月了。"

"就是说,是在江司令员去世前?"

"为什么这么问?"对方显然有些不快。

"我只是想证实一下。"

"你想证实什么?难道怀疑我的提升和老江审查有关系吗?"

"有关系吗?"

"你呀,太不了解情况了。老江是中央的人在搞,和我毫无关系。对了,还有件事,你听了也许会高兴。中央首长说了,老江的问题到此结束,不再扩大。"

"真的吗?"

"真的。很可靠。"

"谢谢!"满月这下真的高兴起来,"谢谢你告诉我这个好消息。"

"那……我们的事会有变化吗?"

"可能吧。"满月突然决定道,"我想还是告诉你比较好,我和一个同样受到冲击的老朋友……"

对方连忙打断问:"是李真吗?"

"你倒是什么都知道啊。"

"我知道你们过去的关系。是老江说的。"

“好的，徐副军长，不，现在是徐军长了，我感谢我们认识以来你给予的帮助，特别感谢对小星的照顾，但我觉得我们并不合适。就是江司令员没死，我也会这么说。希望你保重。”

满月说完就挂了电话，她听说这个徐军长揭发过江司令员不少问题，暗自庆幸没和这种人结婚。第二天，满月就和军代表谈了葵花的事，军代表立刻查了文件，又亲自给北京挂了长途，结果接电话的说，调查组已经撤销，苏莲也已经调走。于是军代表便通知公安局和工总司，暂停对赵葵花的调查。

当即满月就来看葵花，说了江司令员的事，葵花顿时泪流满面。不久葵花出了院，回到家中，从当年吴大哥给的饼干盒子里拿出写有江司令员通信地址和电话号码的那张纸，放在桌中间，又倒了一碗酒，摆了一些茶食水果，就跪在地上恭恭敬敬地磕了三个响头。接着，就把那张纸烧了。这些年来，她没给江司令员打过一次电话，却把这张纸像宝贝一样珍藏着。如今，虽然人已不在，但她会在心里怀念一辈子。

二丫又搬回文工团来住。腿上的伤已经愈合，只是天阴下雨会感觉发麻。造反派已经实现大联合，文化局的事主要由军代表负责，她的任务是“抓革命，促生产”，要让文工团尽快拿出一台高质量的节目，不能老跳忠字舞。可要排节目谈何容易？原来的编导吃够了大批判的苦头，说什么也不肯干了。二丫心里看不起这些人，觉得创作也不过是那么回事，东拼拼西凑凑，把那些获过奖的东西改改就成了。于是决定自己编写一个舞蹈。结果写了一句“三人舞或小集体舞”就没词了。过去的资料都被付之一炬，现在想参考一下都没办法。外面喇叭正放着《红灯记》，正想关窗户，冷不丁听到小娅问：“妈，我的爹是谁啊？”

二丫吃了一惊：“怎么想起问这个？”

小娅天真道：“铁梅姐姐有爹，还有奶奶。我怎么一个都没有啊？”

“你爹他死了。”这是早就想好的，但现在说出口，还真有些发慌。

“我想看爹的照片。”

“你以为我们家是谁啊！”二丫突然发起火来，“拍照片是要花钱的，你爹从来没有拍过照片！”

小娅却不依不饶：“不，我要看照片。”

“说了没有，还闹什么？”二丫说着就举起手来，把小娅吓得大哭。

过后二丫很后悔，觉得不该这么对待孩子。不过这事却提醒了自己，孩子在一天天长大，关于生父的问题得有个明确的说法，至少得让女儿相信。第二天，她从一个旧本子里翻出电话，鼓足勇气拨了号。

“请问，老团长在吗？”

“你是丹娅？”接电话的是女人。

“你是……”这么多年过去，对方竟然一下就听出自己的声音，这让二丫十分吃惊。

“我是蓓蓓啊。”

“哟，蓓蓓啊。”

“是，我是。我们好久不联系了。”

“还在文化馆吗？”

“我调到外地，前天刚回来。这么巧，这电话明天就拆了。”

“为什么？老团长也调走了吗？”

“你不知道？”对方显然有些意外。

“知道什么？”

“他……他已经去世了。”

“啊？”这是二丫绝对没想到的，“是怎么回事？能和我说说吗？”

对方犹豫了一下才答应见面再说。

她们在公园找了个安静的地方坐下。蓓蓓胖了些，脸色也比过去好了许多。

“我知道你们关系比较特殊，所以还是决定说实话。”蓓蓓苦笑笑，“一般我只说是得了重病。其实是被人打死的。”

“是受冲击的时候？”

“不，是在‘文革’之前。他和一个有夫之妇在一起的时候，被人家发现，那个男的就拿了把铁锹，碰巧是要害。”

“怎么会这样？”二丫自己也不知道是在同情，还是在鄙视。

“我知道这是迟早的事。”蓓蓓又苦笑了一下，“他什么都好，就是这方面……老天就是这么安排的，你说呢。当然，也都怪我。”

“怎么能怪你呢？”二丫想起蓓蓓过去说过她生理有缺陷的事，安慰道。“你说得对，老天就是这么安排的。”

“要是早些离婚就好了。”蓓蓓叹息道，“不过，说这些都晚啦。不说了。对了，孩子还好吧？”

“孩子？你是说小娅吧？”

“是，听说你生了个女孩。今年应该有十一岁了吧？”

二丫点点头：“她上学早，都四年级了。”

“你是怎么跟孩子说的？”

“我说她父亲死了。真的，要不是昨天她突然问起这事，我还不会打电话。”

“也好。”蓓蓓过了一会儿才说，“让孩子绝了念头。”

“这么说，你也认为这孩子是他的？”

“怎么说呢？过去，我一直认为他不可能生育。但现在奇怪事太多了，如果你认为是，那就很可能是，反正人已经不在了。我们还要继续活着，得往前看，你说呢？”

二丫衷心表示同意，又问现在的情况。

“我是不打算再结婚了。再说，一个人生活惯了，也挺好的。你呢？”

“我也是一个人。”

“真的！”蓓蓓高兴起来，“那以后常联系吧。我还是做老本行，往后需要编个舞蹈什么的，尽管找我。对了，干脆调到你们团怎么样？

我给你们搞台样板戏《红色娘子军》。”

二丫听了大喜:“真的吗?”

“当然是真的。”蓓蓓说,“其实并不难,我原来学的就是芭蕾。我看过你们团的演出,舞蹈基础不错,只要加强基本功训练,要改芭蕾也不是不可能。再说,音乐可以放录音,舞美和剧情都是现成的,只要照着演就行了。”

二丫没想到一个电话竟打出这样的结果,顿时烦恼一扫而光,竟有些激动起来。和蓓蓓一分手,就找到军代表说起此事。军代表立刻肯定了她的想法,表示经费不是问题,但必须保证质量。

这个消息在团里引起轰动,第二天就开了誓师大会,大标语和决心书贴满了练功房。蓓蓓立刻去北京找关系,把《红》剧的动作组合、舞台调度等等要素原汁原味地记录下来。不到一周,就开始排练。但以前文工团毕竟没演过大型舞剧,更不擅长芭蕾,演员的动作老是达不到标准。县里领导都不满意,要求加强基本功训练,特别是武功,一定要精彩热闹。由于蓓蓓只擅长编导,对旋子空翻是外行,而团里原来的武功师早已经改行不知去向。二丫几次到省里请老师都无功而返。不是说太忙,就是要求太高。有一天听人说,芭蕾的训练和体操差不多,特别是翻跟头,都是体操动作。于是二丫想起了东方。

二丫立刻来找葵花,开口就说正事,并严肃表示:“这可是重大政治任务。只有你才能请得动东方老师。他可是县里最好的体操教练。”

“你是说,劝他出狱?”葵花这才明白二丫的来意。

“难道你不想让他过正常生活?如果你去劝,肯定听话。”

“凭什么呀?”葵花一个劲地摇头。

二丫咂咂嘴:“你就别装了。他不肯出来,还不是为了你?那是苦肉计。不信你去谈了试试,只要你开口答应,他立马出来。”

“答应什么?”

“答应结婚啊!”

“开什么玩笑,我可是……”葵花突然想起吴展鹏已经不是自己丈夫,就住了口。

二丫却不肯罢休:“说呀?你可是什么呀?”

“我可是不想再嫁人了。”

“好吧,我也不是要逼你嫁人。”二丫一本正经道,“但你有责任把他弄出来,就是说谎也得让他离开那种鬼地方。我问过医生,他现在的这种情况叫‘自虐’,时间长了会发展成自残,还可能自杀。不管怎么说,他到这个地步和你有关,你能见死不救吗?”

二丫的话,还真让葵花觉得事情严重。她到观音山来看大水,便商量起来。

“二丫姨说得对,妈有责任把东方老师接出来。”大水说,“任何办法都可以。”

“你是说,欺骗也行?”

“先让他出来再说嘛。”

“然后呢?他要求结婚,我再拒绝?如果情绪波动,做出极端的事怎么办?在里面,他至少不可能自杀。”

“那……”大水犹豫了一下才说,“妈为什么不可以考虑一下。”

“考虑什么?”

“东方老师是个好人。为什么不能和他一起生活?再说,吴叔叔已经那样了,您又在等什么?这个世界上,根本不会有奇迹。”

“要是只小几岁也就算了。可他只比你大几岁,妈这样,不被人骂死啊!”

“骂就骂呗,只要你们幸福就行了。”

“不行。”葵花想想坚决地摇着头,“再说,我对他也不是那种感情。我实在接受不了。”

尽管如此,葵花从观音山回来后的第二天还是去见了东方。

“东方老师,作为大姐,我不能看你再这样待下去。你必须出去,去过正常人的生活,享受应有的自由。否则,我会自责,一天也过不好!”

东方一直没有说话，但没过几天，就找管教办了保外就医的手续。这可把二丫高兴坏了，立刻就把东方安排在文工团最好的宿舍里，又挑了几个年龄稍大，长相漂亮的女演员轮流担任东方老师的帮手。东方老师果然不孚众望，才一个多月，就让演员们的技巧上升到一个新水平。二丫看他情绪不错，进而向蓓蓓建议，让东方担任剧中老班长的角色。东方欣然同意，蓓蓓更是用心指导，结果东方和小战士的那场舞蹈，几乎能和样板团乱真。彩排那天，二丫请了所有县革委会成员前来指导。演出比预想的还要成功。满月说二丫真有一套，二丫特意说了东方的情况。不久，东方正式调进文工团。

葵花一直没有去看演出，是因为她去了观音山。大水不肯回到县城，一是不知道如何面对众人，如何解释不结婚就生孩子这件事；二是太喜欢观音山这个地方。葵花把早年和吴展鹏生活过的屋子和小院收拾得干干净净，并热衷起田间的劳动。虽然原先开垦的那些地已经归了集体，但因为地方偏僻，面积比较零碎，很少有社员愿意过来干活。于是恭胖子就让葵花自己负责，收获全部归公，工分照算。这样，葵花和大水就过起了悠闲的农家生活。

恭胖子趁民政干部受冲击，工作瘫痪的机会，没用介绍信就给大水和小星办了结婚证。反正也不要求贴照片、写年龄。填了个合适的日期，大印一盖就成了。可大水老觉得这东西是假的，事实上，她也从来没和小星在一起过那种生活，省军区招待所的那一次，是他们绝无仅有的肌肤之亲。

“我比妈幸福多了。”有次大水说，“毕竟是我自己生的孩子，她爸爸又是我最喜欢的人。”

葵花笑笑没说话。

“妈想独自生活一辈子？”

“妈都四十岁了，已经做了奶奶，还能怎么样？”

“您还能活五六十年呢，不会寂寞？”

“有你们，怕什么寂寞？”

“可我们也不能老在您身边，顶多十年，小松也要成家，到时候怎么办？”

“那就给你们带孩子。你们多生几个，妈有的是精力。”

这样的谈话时常出现。每次葵花都会装得很平静，可到了晚上，五脏六腑就翻腾起来。特别是在这个和吴大哥相遇、相知和相爱的地方，眼泪会不由自主地流下来。

她还是决定要去一趟青海。

“就算是离了婚，做不成夫妻，我也可以去看看。大水你说呢？”

“最好是不要去。”大水立刻反对。

“为什么？”

“我也不知道为什么，但我有一种感觉，你去看了吴叔叔，对你们俩都不好。”大水耐心劝道，“从他那方面说，如果生活好，看到你还这么惦记着，一定会很伤心。如果生活不好，则会更难过。从您这边说，人家好与您无关，不好又不能帮他改变。”

“话是这么说，可我还是想去。”

“只能说明您还在爱着他，对吗？”

葵花违心地摇摇头：“我只是放心不下。”

“要不这样？再过些日子等孩子断了奶，我陪您一起去？现在妈得帮我一把。”

天气开始转冷，晚上时有霜冻。公社号召学习大寨抓紧秋种。农活一忙，葵花想走的念头又暂时收了起来。

这一天，恭胖子送来两张票，说是省里会演的节目送戏到县城，有拖拉机接送。大水就硬拖葵花去看。结果一眼就看到东方主跳的芭蕾舞片断。几个女兵围着担水的老班长做着让人发笑的动作，音乐声又很跳跃活泼，不等下场就引起热烈掌声。葵花也拼命拍着手，由衷地为东方高兴，只是不肯去后台相见。不料第二天一早，东方就找上门来，还带了不少礼物。

“我想单独和你母亲说句话。”东方对大水说，“很重要。”

大水就抱着孩子走出小院。

“有什么不能当着大家说？引起误会多不好。”葵花心里打着小鼓，故意坐到堂前间的走廊下。

“葵花你听我说。你为我的事费了不少心血，我都知道。这次我出来，已经为文工团和你朋友二丫尽了力，演出完成了，还拿到奖。但我知道不是这块料。不久就会有培训班的学员分下来，还会来真正的舞蹈家，我很快就会成为闲杂人员。与其在那种单位混日子，不如切切实实做点事。”

“那你想做什么？”

“种玉米。”

“种玉米？你会吗？”葵花有些发蒙。

“我在里面交了个朋友，以前是农科院的技术员，因为反对密植，被打成反革命，现在快出来了。他说国外有种水果玉米，很适合这里种植。我想试一试。”

“你是说，在这里？在观音山？”

东方点点头：“听二丫说，你和这儿的领导关系好，我们可以偷偷进行，成功了再对外宣布。”

“你要来这儿当社员？”

“是呀。”

“那你住哪？”

“我可以住你这儿。”

“我这儿？”

“对，我们结婚，共同生活。”

葵花完全没有思想准备。从东方的神情看，他是极其认真，一点儿也不像开玩笑。

“可是……可是……”葵花不知说什么才好。

“你看过我演的老班长，像不像？”

“那是像。”

“我在生活中也会是个老班长，会好好照顾你。我已经和团里请了长假，今天就不走了。”

“那可不行。”葵花严肃道，“东方老师，这是两个人的事，你得尊重我。”

“我在这儿住下来，不是马上就结婚。你可以观察我，考验我，如果不喜欢，可以赶我走。”

“可我们非亲非故，怎么可以住在这里？”

“可以说是远房的亲戚。再说，有孩子在，你担心什么呢？”

“不行！坚决不行！”葵花的口气非常坚硬。

“那我先住到公社。”

“公社也不行！”

“葵花，你怎么这么狠心呢？”说着，东方的眼睛就红了。

“我不是狠心，实在是做不到啊！”葵花也哭了起来，“东方老师，我干脆和你说了吧，今生今世，我只会和吴大哥一个人共同生活。他现在和别人结了婚，可我会等。等到死也心甘情愿！”

葵花和东方的谈话，被站在院门外的大水听得清清楚楚，这时便走进来说：“妈，我做饭，请东方老师尝尝我们种的新鲜蔬菜。”

可葵花却说：“不用了，东方老师现在就走。马上走。”

东方只好站起来走人。但他没回县城，而是找到公社，毛遂自荐要种水果玉米。恭胖子闻讯赶来，把东方请到自己家里问情况，当晚就让老婆收拾出一个房间，把东方安顿下来。恭胖子其实对水果玉米并无兴趣，但听说那个没地方可去的农科院技术员就来了劲。

果然没几天，东方就把刚刚刑满释放的技术员接到观音山。恭胖子只说是远房亲戚，安排在东方一个屋里，不要他下田做事，每天好吃好喝地招待。

入冬前，葵花在小院加盖了两间房，把爹和二水、小松接了过来。葵花爹虽然还喘得厉害，却能够下床了，看来江边湿润的空气对老人的病很有好处。

一九六八年的春节让葵花感受到久违的温暖。除夕那天中午，满月和二丫就带着小娅来了，八个人正好坐了一桌。恭胖子送的一条肥鳞鲥鱼做了主菜，另外少不了砂锅焖肉、红烧大肠、狮子头、肚肺汤等等城里必须凭票供应的佳肴。酒是公社自己酿制的大曲，喝多少也不上头。快终席时，东方拎了些年货前来拜年。二水便带着小松和小娅到公社看演出，大水先服侍爷爷睡下，又去奶孩子。桌上就剩下一男三女，二丫多喝了几口中，立刻开起了玩笑。

“东方老师，听说团里好几个女的对你都有意思，怎么就不理人家呢？”

“她们哪是有意思，是怕我骂人。”

“咦？你还会骂人？这倒看不出。”

“她们可会偷懒了，说做二十个曲臂撑。你道是怎么数的。一、二、五、七、十一……我刚转身，她们就做完了。”

“你也是，女孩又不要长肌肉，当然不想做了。”

“这个你就不懂了。如果是窄握，练的是肱三。但我让她们练的是宽握，那是练下胸的，而且永远不会有硬邦邦的感觉。”

“什么肱三下胸，我可不懂。”

“这么跟你说吧，我是想要她们把胸脯都挺起来。”

“你跟她们说了吗？”

“这怎么好意思？我只是强调对身材有好处。”

二丫说：“这有什么不好意思的，不就是奶子吗？”

女人们都笑了起来，却把东方闹了个大红脸。

“你说话也太不文明了。”满月打了一下二丫，笑着道，“亏你还是个干部。”

“东方又不是孩子，我就故意这么说。不然他老不发育这可怎么是好啊！”

“你又胡说，他身体这么好，怎么会没发育？”

“这可不能看外表，要看本质。”

“什么是本质？”

“啊哟哟好个满月，说起来，你也是经过世面见识过的，男人的本质是什么，还不知道啊？”

“是什么？”

“就一个字：硬。”二丫说完哈哈大笑。

“真是越来越不像话,看我撕了你的嘴!”满月追着二丫打闹起来。

葵花始终不说话,只是抿着嘴儿笑。

二丫便转移目标道:“葵花你也别装正经,有空给我们东方上上课,他就懂女人是怎么回事了。”

“我是得给东方老师上上课。”葵花不想扫大家的兴,便趁着酒性道,“不然他永远也不会明白那些女孩的暗示。”

于是二丫立刻就对东方说:“听到没有?葵花要给你上课了。还不趁热打铁?要不,我和满月给你们腾地方?”

“就怕葵花没有这个胆量。”满月火上加油。

葵花好久没有这么开心,索性豁出去道:“腾就腾,以为我不敢啊!”

东方哪里见过这种阵势,只好低着头喝酒吃菜,听凭三个女人说笑。好容易挨到子夜来临,公社那边放起了鞭炮,恭胖子夫妇打着灯笼来送刚煮好的“弯弯顺”,其实就是饺子。

“一,一定要多吃。”恭胖子笑着道,“人,人生的路都是弯……的,但弯到头就……顺了。”

满月和二丫要连夜赶回,因为大年初一县里要举办团拜会,并到部队慰问演出。

“我和二丫都想劝劝你,不要再和自己过不去。”分手时满月对葵花说,“东方老师的事,你再想想,我看你们真的很合适。”

“结婚就是合伙过日子,没那么复杂。”二丫说,“再不嫁人,就成老太婆了。”

葵花出乎意料回答:“好吧,我考虑一下。争取今年成个家。”

第 25 章

葵花看到青海劳改局的一封信,犹如五雷轰顶。

这封十个月前就已经寄出的信说,犯人王亦宾在一次火灾中丧生。存留物品有中山装一件,皮鞋一双,医药箱一个,及十四元五角八分现金。请家属在半年内前来领取,否则将视为无主处理。

恭胖子早就从满月那儿得知吴展鹏离婚的事,这会儿仔细看了看信封上的邮戳,提出一个疑问:如果吴展鹏真的已经和别的女人结婚,那么劳改局怎么还会给原籍的家人写信呢?是档案搞错了,还是根本就没有结婚?

可对此葵花什么也不想了,她只知道一个事实:她的吴大哥已经不在人世了。那张打印的信上有公章,不可能是假的。

大约有十几天的时间,葵花像丢了魂似的不知如何是好,老是一个人关在房里，时而会低声哭上一阵，时而用力拉扯自己的头发，但除此以外，没有过分的动作。大水不让任何人劝慰，坚信这是一件好事。果然不久，葵花就像往常那样下田看孩子，饭量还有所增加，再过了些日子，也就完全正常了。

原以为和东方的事已经没有了任何障碍，不料接下来发生的一件事，更让葵花始料不及。东方竟然和恭胖子老婆的妹子有了关系。那个被大家叫作“花妹子”的女人和东方一样大，长得不丑，又没有生过孩子，丈夫半年前跑运输时死了，闲时就来找姐姐说话，没几天就和东方勾搭上了，说是“花妹子”主动，用的计策。葵花对这些没兴趣，反正东方再也没有露过面，连恭胖子也很少过来了。大水本来还有些愤愤不平，但见母亲却有种如释重负的感觉，也就不再提此事，似乎从来就没有发生过。

满月越来越受到重视。开始只是分管运输和农业，后来县革委会的副主任人数减少，她又开始负责政法、工业、文教体和宣传，排名已经第三，前面一位是省里调来的干部，只抓人事。不过，大主意还是由军代表来拿，她只是贯彻执行，早出晚归，心却不累。

李真一直没有解放，主要是受到江司令员的牵连。上面有条死杠子，老江的人一律不得复职。听说孙书记也曾找李真谈过话，问他愿意不愿意到省民族宗教协会当个副会长，好歹是个干部，结果被李真一口回绝。后来地区成立了“五七干校”，他就成了头批学员。

“五七干校”就在观音山附近，原来是个劳改农场，后来变成了生产建设兵团，来了不少知青，其中有一小半专门接受没有解放的老干部。满月去看过几次，那儿的伙食还可以，每天早晨集中上操，劳动强度也因人而定，只是八个人一个宿舍，按时熄灯，不得随便外出，每周要做一次思想汇报，与犯人无异。每次满月来，李真便可获准休息半天，还能外出。这时满月就会带他到县里的澡堂痛痛快快洗个澡，再吃碗盖浇面，有时还会看场电影。这时他们就像过节的孩子一样高兴。

只是他们不能过分亲密。公园里到处都是联防队员，旅馆开房要有结婚证明。现在最好的地方就是电影院，他们总是坐在最后一排，这样可以肩挨着肩不被发现。不过，有时会有手电筒突然照射过来。工作人员不仅要查票，而且有责任防止流氓行为的发生。所以每次满月来，他们都会很高兴，但也很遗憾。

满月在等着李真开口。虽然就他们的关系，已经无所谓谁求着谁的问题。可毕竟是满月的第一次，她多么希望李真能像电影里演的那样，说一声："你能嫁给我吗？"当然，满月也能体谅李真的难处。他还是个被打倒的走资派，又是死了老婆的男人，而满月现在的条件要优越得多，对一个自尊心强的男人来说，怎么可以轻易开口向她求婚呢？

那是一个风雨交加的夜晚，他们又看了一遍《地道战》，从电影院跑出来，就进了一家热气腾腾的吃食店，要了两碗光面，倒了不少红辣椒。李真"呼哧呼哧"地吸着面条，额头上已在冒汗。满月坐在旁边一口未动，过了一会儿，拨了一半在李真碗里，看着面条说："我们也别再拖了，一起过日子吧。"

李真愣了愣，却继续把面吃光，才抬起头来道："你先把面吃了。"

满月这才一小口一小口地吃起面条。等她吃完了，李真才说话："你想和我结婚？"

"我们早就该结了。你觉得呢？"

"我原来也是这么想的。但现在不行了。"

"你是担心牵连我？"

"这是一个方面。"

"还有什么？"

"还有件事，我没告诉你。"

"无论什么事，我都会接受。"

"可这事，你一定接受不了。"

"到底是什么事？"

李真长叹一口气："罢，早晚也是说。你知道，我爱人生病期间，有个医生对她很照顾，和我关系也很好。"

"那怎么了？"

"这个医生是个女的。"

"什么意思？"满月紧张起来，盯着李真问，"你和她睡了？"

满月希望他立刻否认，可李真却半天没有吭声。

"她多大年纪？漂亮吗？"满月伤心起来。

"比你小几岁，四〇年的。不算漂亮，身材也不如你。家庭出身……"

满月冷冷一笑，打断道："四〇年的，比你小整整二十岁呢！你还真有本事啊，一个走资派，却找了个小老婆。她图你什么呀？"

"她不图我任何东西，我也不可能给她任何东西。原来以为只是一时寂寞。在病区值夜班，又苦又累。再说了，那时我情绪不好，很绝望。"

"这是理由吗？"满月恨不得把面汤全泼到李真脸上，可还是控制住自己，"你们要结婚？"

"昨天刚刚提出。"

"你，还是她？"

"她。"

"你答应了？"

李真艰难地点了点头："她说已经告诉了父母，我没有拒绝的理由。"

"可你明明知道……"满月终于忍不住哭了起来。

"我想过我们的事。"李真过了会儿又说，"你好容易解放了，可我却像是判了死刑。你说，我们能够在一起吗？"

"有什么不可以？"满月抹着鼻涕眼泪说，"我可以不当领导，可以当工人当农民，可以拉塌车过日子。"

"可这事由得了你吗？难道还想退党不成？"

"照你这么说，你是为了我？我还要感谢才对？"

"我不是为了你，可我不能不考虑这种情况。"

“别说得这么好听，我不信。”满月努力让自己冷静下来，“我原来就有思想准备，你会不停地找女人，一个比一个更年轻。可没想到你一步到位，你不想想，你都可以当她爹了！”

“好吧，我们终于把事情说开了，我可能会马上结婚。她就可以调到干校来工作，对我也是个照顾。”李真过了一会儿又说，“满月，我知道这辈子欠你的太多，我对不住你。你就让我这么过下去吧。”

满月过了一会儿才说：“我还能怎么样。不过，有件事，我得提前说了。”

“什么事？”

“有个秘密我得告诉你。”

“秘密？”

“这件事，我瞒了整整二十年。原来准备在我们举办婚礼时才说的，可没有这个机会了。你记得不记得……”

“不不不，你别说了！”李真果断阻止。

“为什么？”

“既然瞒了二十年，那就再瞒下去，永远也不要说出来。”

“可你……都不知道是件什么事？”

“我不想知道，不管你说的是什么。”李真站了起来，“我对过去的事都不感兴趣。满月，我们已经走过一多半的人生，前面还有许多困难在等着，不要再让过去的事给自己添堵了。”

李真说完就走了，把满月一个人留在那里发愣。这次谈话完全出乎她的意料。她搞不清楚，是自己太幼稚，太天真？还是李真太有城府，太浑蛋了呢？

镇大卢遭到袭击，被人割掉了生殖器，他艰难地走到医院急诊室才倒下。医生立刻做了手术，并通知了警方。孙警察被派来了解情况，镇大卢三天没吭一声。

“歹徒应该是镇主任的仇家，纠纷的根源八成是男女关系。”孙警察向军代表汇报时说。

军代表要求严格保密，只说是在家擦窗户时被碎玻璃割伤了大腿内侧。

镇大卢心里一直在琢磨，这是谁干的？当然，首当其冲应该是美美的丈夫。上次美美怀孕四个月，被她丈夫回来探亲时发现，毒打之后供出镇大卢。镇大卢认为自己的输精管早就被切断，这孩子不可能是他的，当然不肯承认。可美美却一口咬定没有别人，大吵一场后两人关系决裂。镇大卢拿出二百元，要她打胎。可那个远洋轮上的厨师一定要八百元，镇大卢就让人把他揍了一顿。现在想想，他做的是有点过了，不就是给钱吗？又不会倾家荡产。如今被弄成这样，早知道，八千元也给呀。

不过，幕后黑手也可能是勾局长。他被开除了党籍，弟妹陈校长自杀，都与镇大卢有关，这可是血仇。此外，镇大卢还怀疑孙警察。这个看起来百依百顺的男人肯定对自己也是恨之入骨。不久前，公安局人员调整，孙警察虽然只被任命了科长，却很得军代表的赏识。破获的几起盗窃杀人案，不仅受到上级机关的表彰，还被选为县一级优秀党员。对这样一位春风得意的人来说，还有什么比消除那些不光彩的秘密更迫切呢？这次虽然不至于丧命，却是一次严厉的警告。对这一点，镇大卢知道得非常清楚。

两周后，镇大卢出院，县领导的例会却没通知他参加。这是刘立红最担心的事，托人打听之后，得知丈夫将调回来当镇长，仍保留县革委会副主任的头衔。刘立红高兴极了，马上回家做了几个菜，拿了瓶好酒准备庆祝一番。可镇大卢却去了刘脚子那儿待到半夜才回。镇大卢知道上级已经对他失去了信任，但最让他困惑的是，那些原以为已经打倒的老干部又纷纷出来工作。这样，他想继续提升的美梦就做不成了。刘脚子却认为能保住现状就已经不错，说不定将来会秋后算账，所以现在做事，一定要慎之又慎。

“不过，对有些人就是不能心软。不然人家不仅要割你的肉，还要你人头落地！”镇大卢口气沉重并充满复仇的决心。

“这事……还要再追查吗？”刘脚子小心问。

“当然要查。”镇大卢瞪着眼道，“不过，我信不过姓孙的，我自己来查。反正线索就是这么几条，谁也逃不了。”

“你不会认为是二丫吧？”

“那也难说。”镇大卢冷冷一笑，“妇人都是蛇蝎之心。二丫也是个巴不得我就死的女人。”

刘脚子第二天就来找二丫，要她当心。二丫正忙着样板戏，听说镇大卢被人割了下身，便笑得直不起腰来。“报应，他终于有了报应。”这事让二丫高兴了好几天。

小松因为跟头翻得好，就进了文工团的“红艺班”学做武行。这自然是二丫的主意，不料小松还真有表演才能，加上个子高，竟然男扮女装混在一帮姐姐堆中当起了娘子军里的小战士。葵花因为二水已经在做临时工，经常回来照料，这次从观音山带了些馒头、年糕和腊肉，防备二水加班、小松演出过年没有东西吃。正在收拾，就见二丫笑嘻嘻地走了进来。

“给你说个特大喜讯。”二丫不等倒茶就说。

“又有最高指示了？”葵花问。

二丫一笑：“想都想不到的事，我们的老朋友变成太监了。”二丫便把刘脚子的话说了一遍，“你看，不用我们动手，老天就帮我们报了仇。”

可葵花却长长地叹了口气。

在此后的几年中，国家发生了翻天覆地的变化，伟人去世，“四人帮”倒台，葵花却过得麻木而平静。她先在观音山小学任教，后来为了照顾二水又回到达家镇实验小学。她真正关心的，只有自己的三个孩子和老父亲。他们才是生活的全部。

大水跟小星去了南方。小星被部队推荐上学，当了三年工农兵学员，分到南方一个研究所，大水则在所属的一家工厂当工人。二水参加了一九七八年的高考，以全地区文科第一名的优异成绩进了上海最有名的一所大学。

最让葵花揪心的，还是小松。

小松因为腰椎受伤改行做了舞美，另外还一直跟着刘脚子搞摄影，几年下来已小有名气，文工团的演出照都是他拍的。眼看已经快三十岁了，却不谈朋友。不少小姑娘都喜欢他，有的还主动约他逛公园，求爱信也写得十分露骨。可小松却一个都不理睬，他在等小娅。

小娅于一九七六年初被选到北京一家国宾馆当服务员。那是个准军事单位，部队待遇，三年内不能探亲。当时全县城就两个名额。小娅本来不想去，小松也不同意，可二丫却认为这是女儿最好的出路，到处找人托关系，最终如愿以偿。一晃五年过去，小娅总共才回来一次，而且没超过一个礼拜。不过，她和小松的信却一直没有断。到了一九八一年的夏天，国宾馆改制，小娅回原籍分配工作。小松专门到省城去接小娅，随便买了结婚用的东西。葵花对这门亲事顾虑重重，郑重其事地找二丫谈了一次。

二丫早已不是文化局的领导，在文化馆当了个挂名的副主任，倒也落得个轻松闲静，有空就到单位转转，平时则热衷于在家烧菜做饭，钻研美食，准备在小娅生孩子的时候大显身手。

“他们不能结婚。”葵花把话说得斩钉截铁。

可二丫却毫不在意：“你还在怀疑他们是嫡亲兄妹？”

“你看他们长相。”

“长相怎么了？世上长得像的多着呢，还都是兄弟姐妹了？再说了，除了个头，小娅什么都像我。要像镇大卢，能这么漂亮吗？”

“反正这事要问问清楚，不然要出大事。”

二丫一笑：“这事我查过。”

“怎么查的？”

“查血型啊。”二丫拿了张纸在上面画着，“你看，我是O型血，姓镇的是AB型血，而小娅是O型。我问过医生，AB型和O型血的人不可能生出O型血的孩子。这回你放心了吧，小娅绝不是镇大卢的女儿。”

“你以为是那个团长的？”

“还能有谁？”二丫撇着嘴道，“不错，我这个人是喜欢和男人来往，可也没像你想的那么乱七八糟。”

“那怎么没听说那个人有孩子呢？”

“那是他老婆有问题。根本做不了那种事，这才在外面找人。你怎么老不明白呢？”

“可老觉得他们长得太像了。”

“喂，你到底什么意思？”二丫生起气来，“是我们家小娅配不上你儿子？还是觉得我现在不走运，在审查，是个问题干部？有话就直说，别老说这些无聊的话好不好？”

“怎么不讲理呢？”葵花也有了脾气，“这可是件大事，谨慎一些有什么不对？”

“他们小的时候，你就嘀嘀咕咕地唠叨个没完。我也是个做母亲的，能对孩子不负责任吗？”

“要不，你再问问那个老团长的爱人？”葵花还不死心，“她男人到底有没有问题。”

“简直是无理取闹！”二丫翻了脸，“告诉你儿子，小娅我不嫁了。将来你们母子决裂，和我没关系！”

葵花和二丫的谈话，两个孩子都不知道，更不会想到血缘有什么关系。小娅从小就知道自己是私生子，并认为生父应该是母亲曾经爱过的一个男人，至少在有她的时候是这样。小松则一直被告知他的父亲是吴展鹏，已经死在青海。小松和小娅从小在一起长大，相互之间有一种说不清道不明的信任感和依赖感，到了懂事的年龄，就以为是爱情。可不知为什么，小娅从来不让小松吻她的嘴唇，更不让摸自己的身体。在国宾馆时，她曾经向谈过恋爱的同伴打听，她们异口同声说，这不奇怪，思想保守的女人都想等到新婚之夜。但小娅知道情况并不如此。她曾和一个战士有过交往，当对方强行和她接吻并抚摸她胸部的时候，觉得非常兴奋，甚至渴望对方用武力征服自己。可这种感觉在小松身上却从来没有出现过。这次在省城，他们在旅馆住过一个晚上，小松趁没人的时候要解她的裤带，可小娅拼命拒绝了。小松有些生气，认为都快结婚了，连这点要求都不能满足。小娅却无法解释自己的行为，后来主动与小松拥抱，可还是非常紧张，小松便没了兴趣。回来后，小娅和母亲说起自己的担心，怀疑到底爱不爱小松。二丫认为这种表现太正常不过，还说女人开始时反感，以后就会觉得越来越好，夫妻感情才会牢靠。

结婚的日子就定在国庆节。二丫早早在中华楼定了两桌酒席，然后就是分头请人。刘脚子送了不少礼，但还是被挡在门外，那个智障的大宝也不可能上桌。最后是新郎、新娘、葵花、二水、满月、大水一家、二水和葵花爹十人一桌，另一桌是小两口的朋友。二丫本想请蓓蓓，算是小娅生父方面的代表，但最后还是改变了主意，只打了个电话告诉一声。新房是跟朋友借的，因为文工团的宿舍还刚刚在盖，再说家具还都没有。小娅故意喝了不少酒，准备奉献一切。

席终人散，二丫带着醉意回到家中。虽然已经习惯一个人居住，但此时却觉得格外孤独。她多么希望孩子永远只有六七岁，天天围着膝下嬉笑该多好啊。洗了脚，正准备上床，就听到有人敲门。开门一看，原来是蓓蓓。

“不管怎么说，我还是要来一下。”蓓蓓说着，就拿出几块料子，说给新婚夫妇做衣服。

二丫把客人请进来倒茶，叹了口气才说：“不是不请你，是担心有人要问，我不知道如何回答。”

“其实你是多心了。”

“哦？”

“你还是认为小娅是我丈夫的骨肉？”

“当然是他的，绝对不会有错。”

蓓蓓苦笑笑，过了会儿才说：“有句话，我不知该不该问。是男女方面的事。说得不对，你可别生气。”

“又不是姑娘家，有什么不好问的。什么事，你尽管说。”

“那个时候，你只和他一个人有关系？保证没有第二个？”

“那倒不是。”二丫坦然道，“不过，那是强迫的。我当时很痛苦，你丈夫来做思想工作，后来不知怎么一冲动就……”

“那……小娅不会是那个人的女儿？”

“不可能。”二丫断然道，“血型不对。我问过无数次了。”

“那就奇怪了。”蓓蓓皱紧眉头。

“奇怪什么？”

“我丈夫根本不能生育。”

二丫听了一愣，忙说：“蓓蓓，你丈夫已经不在，我又没有怪他。你这么说是什么意思？”

“只是想告诉你一个事实，小娅绝对不会是我丈夫的女儿。”

“怎么可能？为什么？”

“当年，我们为了要孩子，北京、上海的大医院都跑遍了。化验也不知做了多少，结论只有一个，他的精液里没有精虫。他的器官有问题。”

“你可不要瞎说！”二丫一下变了脸色，“这是要出人命的！”

“真的不瞎说。”蓓蓓死劲摇着头，“我知道你并不希望这样，但事实就是如此，你女儿肯定是另外那个人的。”

“可血型……”

“血型也不是绝对的，我听大医院的医生说过，那只是参考。不过你也别太在意，既然都说了这么些年，该瞒的就瞒着吧，反正也不会影响他们今后的生活……”

二丫已经听不清蓓蓓在说什么，只觉得全身在发抖，嘴就像是掉光了牙齿再也说不出话来。她一下冲了出去，骑上自行车就直奔新房。

与此同时，小娅也在一片恐惧中接受了小松的身体。什么新婚的幸福根本谈不上，她只觉得下身被撕裂，不由自主地抱紧了对方。而小松却完全变成了一头野兽，不顾一切……

“不，不要啊！”小娅痛苦地呻吟着，满脸都是泪水，在剧烈的颠簸中叫喊，“不要，不要，不要……”

可小松一直到小娅昏过去才停了下来。看着被血染红了的床单，就惊呆了。

"小娅，醒醒！你快醒醒！你这是怎么了？"

"不要……我不要……"小娅渐渐苏醒过来，还在低声请求，"不要……求求你，不要……"

有人在敲门，声音越来越响。小松赤裸着身体不知所措。

"快开门！快！"

小松开了门，二丫冲了进来。

"是不是已经……"

小娅低头不语。

二丫上前掀开被单，看了那血迹，便对小松命令道："快穿上衣服出来！我有话要说！"

小松赶紧套上裤子，跟二丫走了出去。

"你们不能在一起了。快离开这儿。"二丫说。

"为……为什么呀？"

"这事以后再说。"

"我不能走。"小松诧异地看着，"小娅这时需要我。"

"她不再需要你了！我会照顾她。你快走吧。"

"到底是为了什么？"小松犟了起来，"我现在和她是夫妻。这深更半夜的，不是在发疯吗？"

"你们是在发疯！"

"不行，你得告诉我原因。否则我不走。"

"好吧。"二丫犹豫了一会儿，拉着小松走到一排树下，才压低了声音说，"我也是刚刚知道，你们是嫡亲兄妹，同父异母。"

小松一下蒙了："我和她是一个父亲？是吴展鹏？"

"不是。"

"那是谁？"

"有些事很复杂，我一时说不清。可你妈知道。你听我一句话，赶快走吧。"

"不行！你得把话说说清楚！"

二丫看小松来了犟脾气，只好说："你的父亲其实不是吴展鹏，是镇大卢。这是你妈一辈子的心痛。"接下来，二丫便把镇大卢当年如何强奸了葵花，后来又迷奸自己的事草草说了一遍。

小松听得目瞪口呆，如同灵魂出窍，立在那儿半天说不出话来。

"我原以为小娅是另一个男人的，可刚才那人的老婆来说，她丈夫有病，根本不能生育。"二丫看小松还是没有反应，便拉拉他的胳膊问，"你怎么了？"

小松这才回过神来："我也感觉到有些不对。"

"怎么不对？"

"刚才小娅她死也不肯。"

"这都怪我！"二丫一拍大腿，"都是那个畜生做的瘟孽。这可如何是好啊！"

小松倒是先冷静下来。看着二丫说："这样吧，这事千万不能让小娅知道。等过段日子，我找个事打离婚。我们心里有数就行了，永远不要再提过去的事。"

"看来也只好这样了。我这就去找你妈。"二丫说完，就匆匆走了。

小松在石级上坐了好一会儿才回到新房，发现小娅不在。开始以为她上厕所，等了半天不见回来，就以为她在生气，结果找遍了全楼不见踪影，这才着了急，立刻来找二丫。心里想，一定是看到母亲半夜赶来，想回去问问究竟出了什么事。不料二丫刚从葵花那儿回来，一听女儿不见，吓得魂都没了。小松立刻通知家人全体出动，但到天亮仍然没有找到。二丫就去派出所报了案，只说是夫妻吵架。

中午传来噩耗，有人在运河边找到小娅的尸体，法医说已经断气七八个小时了。二丫疯了似的赶过去，抱着女儿哭得死去活来，一个劲儿地说，是她害死了孩子。小松则坐在岸边上看着河水发呆，后来公安局要把尸体运走，见二丫死抓着不放，他才站起来，帮着掰开二丫的手，让小娅紧紧贴在自己胸前，送上汽车。

葵花让小星和二水看住小松，自己和满月一直陪着二丫。二丫哭到晚上，说有些饿了，便到厨房去下面，吃完就说太累上了床，用被单盖住自己。满月见二丫情绪平稳下来，就从外面锁了门。正好公安局来找满月汇报情况，就走了出来。原来小娅当晚一直跟在二丫和小松后面偷听他们的谈话，被一个值夜的人看到，以为是家事就没在意，现在死了人，自然要向公安局报告。警方由此得出结论，一定是小娅得知自己和嫡亲哥哥发生了性关系，不能接受，一时想不开投河自尽。满月也觉得不可能是别的原因，于是开了门准备告诉二丫，却发现床上没了人，窗户却大开，再一看，厨房里的菜刀也没了，顿时冒出冷汗，叫声“不好”，就带人往镇大卢家中奔来。

镇大卢因涉及“文革”中的几起暴力事件，并怀疑与陈校长的自杀有关，粉碎“四人帮”不久就遭到逮捕。两年半后没查出什么实质性的罪行，于是不了了之。出来后，他与人合伙承包了镇上的一个酒楼，生意做得红红火火，又从南方倒腾一些家用电器，现在已经成了为数不多的“万元户”。这一天，他刚从外地搞了一批双卡录音机回来，正和刘立红算着账，就见二丫闯了进来，也不说话，举起一把菜刀就照镇大卢的脑门砍下，吓得刘立红闪到一边尿裤子。镇大卢虽然上了些年纪，但毕竟人高马大，一把抓住二丫的手，大声喊：“你疯了？”

二丫挣扎着还要往下砍，并骂道：“王八蛋，我非杀了你不可！”

镇大卢一用力，二丫就不由自主地松了手，菜刀也就落了下来。镇大卢一脚把刀踢到柜子下面，这才问：“你要杀人也得有个名堂？”

“你作的孽还不够？”

“我是对不起你，但已经过去十几年，要我死，也得让我死个明白！”

“我让你明白！我现在就让你个畜生死个明白！”

二丫找刀不着，就开始摔东西，看到什么摔什么。刘立红要阻止，却被镇大卢拉住，叫她到派出所去喊人。结果刚出门，就见满月和葵花跑了过来。二丫被人硬拉出去，镇大卢一脸困惑问满月：“我又犯了什么事？惹得二丫生这么大的气？”

"你做的坏事,现在要算总账了!"

"到底是为什么啊?"

满月转过身不理睬。

镇大卢便来问葵花:"葵花,你心软,你来说。"

葵花伸手就打了镇大卢一个耳光。并且骂道:"你个畜生!"

镇大卢不无意外,便弓着身子说:"好好好,我跟你们去公安局。"

"这事不用去公安局。"满月看了一眼葵花才说,"小娅死了。"

"为什么?"镇大卢瞪大了眼睛,"不是说,她和小松要结婚?"

"你给我听好了。"满月看着镇大卢鄙视道,"他们是昨天结的婚,可小娅得知是你的女儿,就寻了短见。"

镇大卢大吃一惊:"你说什么?小娅是我的女儿?她不是……"

满月说:"和小松一样,都是因为你流氓成性!"

"可是,就算是我的女儿……"镇大卢突然看着葵花叫了起来,"就是说,小松他……"

"所以说你是个畜生!"葵花又骂了一句,就大哭起来。

"老天?这……这是真的?"镇大卢愣住了,过了会儿才说,"葵花,你打吧!打死我吧!"

"你应该去死!"葵花转身跑了出去。

镇大卢一屁股坐在椅子上,脸色变得惨白,然后像杀猪一样号啕大哭……

接下来的几天,小松显得格外平静。他有条不紊地办完了小娅的丧事,然后给母亲留下一封信就走了。没说去什么地方。

满月主动提出退居二线,当了县政协的主席。已是省委常务副书记的李真一直想把她调到省委组织部当部长,可被她拒绝了。倒不是因为她不想和李真经常见面,而是觉得做那样的工作已经有些力不从心。"文革"虽然已经过去,但干部之间那种说变就变的关系,还是让她心有余悸。再说,小星已经下海经商,政策也不允许她占据那么重要的地位。

小星的单位和日本人合资办药厂，他当了中方经理。说来也巧，日方经理有个朋友就是当年受过他保护的松下太一郎。无意间见了面，又谈起旧事。松下说，日本对战争遗孤问题很重视，一旦确定就可以获得日本国籍，其配偶和子女也可随之定居。这时，小星一门心思想出国留学，就要松下找到大水和二水的日本亲属。不久，从东京来的律师和医生来找大水取样本，要通过白血细胞的抗原技术来确定血缘关系。但这事却遭到二水的反对，还几次打电话给大水，要她拒绝。小星急了，立刻飞到北京来找已经分配到一家报社当记者的二水，要他说明原因。

“我的家庭成员、社会生活和日本没有一丁点儿关系。我的一切都在这里，有理想，有事业，有人生目标。”二水很干脆地说，“我去日本做什么？”

不过，小星还是取走了二水的一些头发，理由是大水想确定和二水的血缘关系。

三个月后，传来爆炸性的消息。大水和二水不是一家人。大水被确定是日本横滨上野光一家的孙女，其父当年也是一名军官。二水则是日军大佐松尾贤三的孩子，他们的父母都在一九四五年八月死于中国。如今，退了休的铁路巡查员上野光一和开面馆的女儿女婿住在一起，年老多病，非常想见到上野家这个唯一的亲孙女。松尾曾是东京大学的教授，一九三九年入伍前已有一个儿子叫康雄，此后一直和爷爷奶奶生活，如今是一家电力建设公司的总裁。康雄对通过血细胞的抗原来鉴定血缘关系的科学性表示怀疑。事实上，这些年来，至少有三个人声称自己是松尾贤三的骨肉，以期获得父亲数十亿日元的遗产。康雄派了自己的私人医生来找二水，希望一起去美国进行 DNA 鉴定。二水对此一口拒绝，并在给康雄的信中称，他对认亲没有任何兴趣。

又过了几个月，镇上来了几辆小轿车，李真陪着一个日本企业访问团到附近的农村考察，准备联合兴建一家发电厂。松尾康雄是日方主要投资商之一，希望能“顺便”看一下当年日军投降时那个大佐的坟茔。事先李真已经得知松尾康雄和那个大佐的关系，所以才决定亲自陪同。他一方面让满月通知葵花，做好与日本客人见面的准备；另一方面派人确定埋葬大佐的位置。当然，坟茔是不可能有的，但李真清楚地记得附近有棵刺槐。不料去的人说，原来村西一带的刺槐早就被人砍去盖房子，路也不是原来的路了。正没得法子想，葵花却说她知道。原来，三十多年前葵花领着孩子种的两棵白果，已经长成参天大树。因为这些年社会太平，收成也好，不少老人想起在“文革”中被铲平的土地庙，便凑了些钱，在白果树后盖了座小庙。不久前葵花还去过一次，看到很多人在那儿进香。不过最近又听说原来的公社书记已经上书省委，认为是封建迷信回潮，当地领导正商量着要拆除呢。

松尾已经听说父亲“殉国”以及被葵花掩埋的经过，于是提出要见葵花。葵花见到松尾时大吃一惊，除了个子矮一些，其外貌以及说话的口气都和二水十分相像。松尾先向葵花深深鞠了一躬，然后叽里呱啦说了一通日本话。李真带来的翻译说，这位日本人是当年你埋葬的那位日本军官的儿子，他希望能知道当时的详细情况。

“他想知道什么呢？”葵花对翻译说。

翻译问了松尾，松尾便说他最想知道父亲最后说过什么话？

“最后说的是‘孩子就拜托您了’。”葵花这回看着松尾说，“你父亲当时说的是中国话。”

“我父亲会说汉语。他一直会说。”松尾突然用中国话说，“他是一个教授。可是……”

松尾又用日语和翻译商量着什么，然后翻译有些为难地对坐在一边的李真说：“他希望知道，他的父亲自杀后，有没有受到侮辱。”

李真的表情严肃起来，他对翻译说：“告诉他，确实有过不尊重的举动。”

松尾听后，不等翻译说话就问：“请问，具体是什么？能告诉我吗？”

“这场战争已经过去快四十年了。”李真开始运用外交辞令,“人们都习惯记住一些美好的事情,两国间的友谊才是最重要的。”

“那我请你说。”松尾不等李真说完,就看着葵花道,“请你对我说真实的话,大大的真实的话。拜托了。”

李真也看着葵花,并且说:“你可以回答,也可以不回答。”

葵花便说:“我们把他吊了起来。”

“为什么?”日本人激动起来,“他不是已经投降了?为什么还要这么对他?”

“因为他的部下打死了我的未婚夫。”

日本人愣住了:“未婚夫?”

“那时他才二十岁。”

“既然这样,为什么你还会收养日本人的孩子?埋葬我的父亲?”

“孩子是没有罪的。”葵花说,“我不能看着他们死。”

“也许你想过,将来有一天。像今天这样,我会为这件事来感激?”松尾突然问。

在座的人,包括那些日本人听了这句话,都惊愕起来。

“请告诉我,是这样吗?”松尾冷笑着追问。

葵花却一言不发地站起身,昂头走了出去。

第二天,葵花没按原计划陪同日本人去看那两棵白果树。听说松尾到了那里后,拿了很多钱给烧香的人。当地政府部门等客人走后,就把那庙门给锁上了,从此断了香火。不久省里专门下了个文件,在白果树附近进行挖掘,寻找日本大佐的骨殖。庙自然给拆了,但下面什么也没有,一个头盖骨和几根股骨是在两棵树的中间找到的,便用松尾专门送来的容器装了,运回了日本。松尾通过中国银行给葵花汇了五百万日元,但让葵花退了回去。

每年过春节,葵花都会收到小松寄来的信。寥寥数语,只说自己很好,却从不说具体情况。开始葵花还很挂念,但时间一长,也就渐渐淡了。只是偶然看到镇大卢西装笔挺地站在酒楼门前与人道别,会想到那两个不幸的孩子。

葵花平时来往最多的还是二丫。二丫退了休,却更忙了,成天组织老年秧歌队比赛,还说要上电视。葵花被二丫逼着参加过几次活动,但只是坐在一边看看。傻儿子大宝已经过了不惑之年,还未婚娶。二丫并不着急,还时不时地和人开玩笑:“我儿子是个处男,你们有合适的就来试试,不收费啊。”她早就断了老耿的来往,和刘脚子也不似从前那样对立,只是一直不肯复婚。刘脚子开了家婚纱摄影店,冲洗彩色照片,生意不错。大宝的智商不像别人想象的那样低下,至少使用挡光板的时候与老爹配合得还十分默契。

父亲长年住在一家以护理为主的康复医院里，享受着局级待遇,这都是满月找的关系。葵花自然很放心,本以为往后就要这样平淡地生活下去,不料有一天二丫匆匆跑来说了一件事,让她不知所措起来。

“吴展鹏还活着，而且已经回来好几天了！就住在路对过的饭店。”

葵花见二丫不像在开玩笑,就连忙来到饭店,一问,果然有个客人叫吴展鹏,便打电话约在咖啡厅见面。

当吴展鹏走进来时,葵花一眼就认了出来,眼泪不禁流下。正想上前拉手,却听到对方语气冷静地问:“你就是赵葵花？”

葵花和二丫都愣住了。

“怎么？你……”葵花茫然地盯着对方不知道说什么才好。

二丫很不客气责问道:“什么意思？你脑子坏了？”

“我只是得了失忆症,对过去的事都记不清了。”

葵花急了,把吴展鹏拉到亮处,问:“你仔细看看,我是葵花,你不记得了？”

“对不起,我真的记不起来了。但我看过文件,我们结过婚。应该是很久以前的事。”

葵花不知如何是好,正想和二丫商量,却见一个穿西装的男人走了过来说:“刚才你们的谈话我已经听到了。你叫赵葵花,曾经是王亦宾先生的法定配偶。没有错吧？”

葵花点了点头。

二丫问:“你是谁？”

“我是律师。”那男人说,“具体说,是王先生债主的委托人。”

“什么意思？”二丫又问。

“情况是这样。王先生从青海回来后,到省城办理平反手续。在这期间,他分三次借了我的当事人一百零七万做生意。后来赔了钱,我受债主委托前来寻找王先生的家属。”

“想找他的家属还钱？”二丫听出来者不善,忙问吴展鹏,“他说的是真的？”

吴展鹏点点头,道:“我是欠了钱,但没这么多。”

“我也没说这么多。”那律师道,“我这次来的目的,主要是确定一下他究竟有没有直系亲属,其余的事以后再谈。”

“确定以后呢？”二丫板着脸问。

那律师看看二丫,问葵花:“请问,您和赵葵花女士是……”

二丫不等葵花开口就抢先说:“我们是姐妹。”

葵花也点了点头。

那律师便说:“好吧。不瞒你们说，我这次来的主要目的是讨债。”

“可你知道他们已经分开多久了?男方有无其他婚姻关系?你了解吗？”

“基本情况还是掌握的。”律师从公文包里拿出一沓文件,在二丫面前翻了翻说,“王先生在青海服刑期间与另外女子同居,但不属于法定婚姻。还有,他在‘文革’时离婚的事并无合法手续。当然,事实也不能否认,但需要确认。”

“实说吧。”二丫认真看了看文件,“如果我们把他认下来,需要赔多少钱？”

“我的当事人很大方,零头都算了,只需要赔八十万元。”律师又拿出一份文件,“这是经济纠纷的文件副本,你们可以拿回去仔细研究。当然，如果你们不接受亲属关系的认定也可以，毕竟他们分开三十多年了，我们再想其他办法。”

“其他办法？”二丫问，“其他什么办法？”

“听说有位女士很想成为他的合法妻子，他们在青海同居了将近十年。据我们了解，那位女士的国外亲戚很有经济实力。”

“那吴大哥呢？”葵花忙问，“我是说，王亦宾的意见呢？他想认谁？”

“刚才他本人已经说过，他患了失忆症，对过去的事都记不清楚了。说实话，要他自己选择真的很难。王先生，您说呢？”

“是。”吴展鹏顺从地点点头道，“对过去的事，我一片空白。但我会有一个原则，就是不想成为你们任何人的负担，更不想为我负这么重的债。”

“那感情呢？”葵花伤心道，“对过去我们发生过那么多的事，你都不记得了？”

吴展鹏摇摇头：“真的很抱歉，我努力了很久，就是想不起来。我不知道我们是怎么认识的，为什么要相爱？如果这些年，你一直在为我担心，我只好说，对不起，我不值得。”

“我还要声明一下。”律师说，“我不是黄世仁，不是来逼债的。我只是想顺利地解决问题。我和我的当事人决定先来找你们，是考虑到赵葵花女士和王先生结婚在先，这也是我们的一片好意。如果只想拿到钱，我想还是找另外一个女士比较合适。还有一点，我也想提醒你们注意，他的这个病很难治愈，年纪也大了，将来生活也是个负担，毕竟八十万元不是个小数。另外那个女士和王先生共同生活的时候较长，条件也比较优越，我建议赵葵花女士，建议你们姐妹俩多站在王先生的立场上慎重考虑。”

“不用考虑了。”葵花果断地说，“我现在就可以决定。”

第 26 章

葵花的决定遭到二丫和满月的一致反对。

满月赶到葵花家,听二丫说了前后经过,便问葵花:“你是不是还爱着吴大哥?”

葵花苦笑笑:“什么爱不爱的,都这么大年纪了。就觉得,他现在是我的亲人。”

“可这么多年你们一直分开,大概已经三十几年了?”

“三十五年。”葵花说,“他是一九五五年的一月七号被抓走的。”

“是呀,那会儿我还到观音山来过。看到你们这么好,还真羡慕。”满月笑了笑说,“可那段日子并不长,满算也不到两年吧?”

“一年半。”葵花小声说。

“你看,就一年半,分开倒几十年了。而他和另外一个女人却整整生活了十几年。”

“是呀。”二丫忍不住说，“就是恢复了记忆，人家想起来的还是那个女人，怎么也不会想到你啊？可你却要替他背八十万元的债。”

“还有，那个女人如果知道他还活着，会不会像你一样，也希望和他一起过？”

葵花不知道如何回答，却问：“劳改局说他已经死了，到底是怎么回事？”

“这事我会托人去了解。”满月同情地看着葵花道，“二丫说得对，就是恢复了记忆，人家想得最多的，也许不是你，是另外一个人。到时候怎么办？”

“如果这样也没办法，就算了。”

“你以为是买东西啊？”二丫撇撇嘴，觉得不可思议，“你再想想好，世界上可没后悔药卖。”

“没什么可想的。”葵花笑了笑，“如果这样，那也是命。”

“那钱的事怎么办？”二丫冷笑一声道，“你可别打我和满月的主意，我们都是穷光蛋。”

“我想把院子卖了。”

二丫叫起来：“什么？卖房子？”

“反正爹在住院，我一个人用不着那么大的地方。”

“别做梦了，你那院子最多也就值个六七万元。再说你住哪？我刚才说了，别打我和满月的主意。我们都是单身女人，不方便。”

满月便说：“二丫说的是实际问题。”

“我和孩子们商量一下。”

“算了吧。”二丫毫不留情道，“孩子？你和哪个孩子商量？二水一个人在北京，自顾不暇。大水是人家的媳妇，她日本爷爷还亏了一屁股债。小松又不知死活。”

“二丫！”满月制止道。

“我是要她面对现实！”二丫看着葵花继续说，“我知道你心地善良，可有个屁用，得有实力！”

“要不，去找找那个松尾？”满月过了一会儿说。

“不。我不找他。”葵花很果断。

“对了！”二丫突然拍了一下桌子道，“要不去找那个畜生？镇大卢现在发了，那个酒楼也值几十万元吧？”

“不，我不想麻烦任何人。”葵花摇摇头，“钱的事，先找那个律师谈谈看。看他的意思，主要是想把这笔债认下来，可没说马上还。”

“那是人家办事的策略，一步一步来。”二丫说，“我敢打赌，你现在去谈，他的重点就是还钱。你还不上，他就找另外一个。满月，你说呢？”

满月却想了半天道：“那个律师说的话，我觉得有问题。”

“什么问题？”二丫问。

“正如你说的，人家的目的是钱。如果换了你，是不是要找一个最容易的解决方案？可他却舍近求远，没去找那个有钱的，却来找葵花。这是为什么？”

“他是好意，我结婚在先。”葵花说，“另外，他也说了，并不一定要我应下来，也是为了我着想。”

“你和律师或者那个债主是亲戚，还是朋友？”满月看着葵花问。

“当然不是。”

“世界上没有无缘无故的爱，也没有无缘无故的恨。他却这么照顾你，为你着想，是为了什么呢？”

葵花回答不上来：“那是为什么？”

“只有一个解释，那个律师在说谎。”满月很有把握道，“他一定已经找过那个女人，但没成功，这才来找你。”

二丫拍了一下屁股道：“毕竟是领导，看问题的角度就是与众不同。一针见血。”

“那我怎么办？”葵花看着满月问。

“你去和那个律师谈，钱可以慢慢还，不能影响现在的生活。”

“那人家不答应呢？”

“他不答应，你就不认。”二丫说，“你老实，人家就会欺负你。要不这样，满月，你去会会那个律师，也好见机行事。”

“不，这事你们都不要参与。”葵花连忙说，“房子可以抵押，我有退休工资，两个人生活没问题。最重要的是人已经回来了，不瞒你们说，我等了几十年，就是为了这一天，其他的我都不在乎。”

二丫和满月便不再作声。

事情果然和满月料想的那样，那律师见葵花愿意抵押房产，喜形于色，立刻让她在文件上签了字。后来，似乎是作为回报，律师说出了实情。原来，曾经在青海和吴展鹏一起生活过的那个女人，尽管从海外亲戚那里得到不少钱，却不愿意为吴展鹏还一分钱的债。葵花听后暗暗庆幸，心上一块石头落了地，不用担心有人来争她的吴大哥了。

满月找人在县城新起的青年新村给葵花解决了住房。虽是小套，却有厨房和卫生间，这对葵花来说已经非常满足了。

吴展鹏的身体很好，还是那么聪明和风趣，只是对过去的事怎么也记不起来。到康复医院去看葵花爹，老人谈起头一次也是最后一次见面，他只是“嗯呀”“哈的”答应着，显然是没有任何印象。后来又不止一次地问葵花：“我们真的结过婚？真的一起生活过吗？”

葵花听了不由得暗自伤心，可最受不了的还是吴展鹏彬彬有礼的态度。他坚持睡在卧室外的小客厅，每天晚上展开一张行军床，早上再收起来。上厕所或者洗澡，总要把门仔细关好，有时吃饭时还会突然冒出一句：“可以坐下吗？”开始，葵花还会一本正经回答：“你当然可以坐下。”后来见他还问，就忍不住发脾气：“不可以！你必须提前写报告让我们开会通过！”这时，吴展鹏就会笑着道歉，说再也不问了。可没几天却又来了。满月安慰说：“他在监狱里生活了三十多年，不可能一下适应自由人的生活。你既然接受就要有耐心。”

不久，青海来信对“王亦宾同志死亡一事”做出如下解释：“劳改局医院仓库失火，王亦宾同志在救火时晕倒，送去抢救。上级在追查火灾原因时，怀疑是犯人纵火。于是有人认为让有一技之长的犯人当医生或护士是原则性错误，改变了无产阶级专政的性质，即令改正。鉴于这种情况，医院干脆做出王亦宾同志死亡的决定。目的是为了保护王亦宾同志。”来信还说：“犯人可以离婚，但结婚是违反政策的，所以王亦宾同志的档案没有再婚的记录。如果需要，可以补上。”

葵花把信给吴展鹏看，并问：“想补记录吗？”

吴展鹏显得有些尴尬：“既然是违反政策，那就算了。”

葵花便转移话题：“失忆是什么时候开始的？”

“就是那次火灾。我脑部受了伤，当时的抢救条件很有限。”

“后来还在医院吗？”

“在医院，可不当医生了，去看仓库。实在忙的时候也会看看门诊。”

“不是已经失忆了，怎么会看门诊呢？”

“看病还是会的。”

“手术呢？”

“我觉得应该会。不过，领导不让我上台。怕出事故。”

“那……还跟那个女人一起生活吗？”

“不允许了。再说，她的案子翻了，出去了。”

“以后没有再联系？”

“她来过信，可说的事我都记不起来。”

“为什么能记住过去学的东西，比如看病什么的。可在一起生活的事却不记得？”

“我也不知道。可能是记忆分区的原因吧。”

“那过去的事，你能记住什么呢？”

“一般都不记得。你说我们结过婚，可我怎么也想不起来。我们是怎么结婚的，你能告诉我吗？”

于是葵花就仔细说了观音山的事，希望能让吴展鹏回忆起什么，可没有任何效果。

“我们不要再想过去的事了。”有一次吴展鹏对葵花说，“现在这样生活就挺好，我们年龄挺合适，生活习惯也差不多，年纪大了，不就是个伴吗？”

葵花觉得这话很实在，但总觉得还缺少点什么，缺少她一直在期盼的某种东西。

二丫得了一种怪病，一到晚上心口就疼。到医院查了七八样，样样都正常，医生便怀疑是精神方面的毛病，可二丫天性乐观，反说有毛病的是医生。于是就住院观察，可吃消炎片打点滴都没用，疼的地方还经常转移，有时在胸口，有时在喉咙，有时还会在肚脐眼。经过会诊，医生建议到肿瘤医院做个切片，怀疑是癌症。二丫听了大笑道："我会得癌症？全世界的人都得了，我也不会得，谁能比我乐观？"不过私下里也紧张，买了不少医学方面的书偷偷查阅。满月劝她到省里检查，她却坚决不去。"你们不知道，这病都是被吓死的。人一害怕，癌细胞就疯狂生长，就到处转移。还不如不知道，反正人都有一死，到时候再说。"

刘脚子听说后立即关了摄影店的门去了西藏，一个月后带回一大包草药，说是活佛开过光的。二丫吃了几天没效果，刘脚子便又去了云南，这次带回来的是几盒"正宗百宝丹"，当天就好了。接下来连服三天，二丫就不再疼了。一高兴胃口大开，吃了炒猪肝和黄鱼，又喝了点酒，不料晚上就疼得在床上打滚，大骂刘脚子买了毒药来害她。刘脚子也不理睬，过天又去了海南岛，这回买的是龙血树的根，据说一百年才长一寸。二丫不敢冒险，先去问了医生，结果医生都劝她入药慎重，倒是有个老中医开出一个方子，让她和排骨一起炖服。三天后，二丫便大有好转，再过了一周，什么地方都不疼了。二丫买了东西和葵花来谢老中医，老中医乐呵呵地收下后小声对葵花道："其实她什么病都没有。我只是精神治疗，但你不能说，一说她又犯了。"

葵花便只告诉了满月，满月笑了一阵说："功劳最大的是刘脚子，劝二丫复婚吧。"第二天，满月就和葵花来劝二丫："坏事变好事。看人要看关键时刻。过去他是对不起你，可人是在变的。其他不说，这么多年了，他一直是独身，还带个半呆的儿子，就算是赎罪，年头也到了。”二丫听了不吭声，不点头，却不像过去跳起来骂人。满月就认为已经同意，接着就和葵花张罗起来。先是把二丫的那套房子装修一新，然后是添置家具，最后是定日子请客。刘脚子承担了一切费用，几乎花光了所有积蓄，高兴得像头一次娶媳妇，逢人就说和二丫终于和好了。大宝也有了奇怪变化，天天拿着父亲做的菜来陪二丫吃饭，还唱流行歌曲逗老妈开心。二丫当起了甩手掌柜，什么事都不管，任凭刘脚子折腾。差不多过了两个月，刘脚子在文峰饭店最高层的旋转餐厅摆下十桌喜宴，说是取个“登高望远，十全十美”的吉利。此外，他还写了篇《有情人终究要白头到老》的小文，准备在晚报的生活栏里发表。到了日子，文工团的化妆师早早就来了，两个钟头后，二丫至少年轻了二十岁。可等到换完衣服，刘脚子坐着一辆高级轿车在门外等候时，二丫却说什么也不肯出去，伏在桌上哭出声来。

“凭什么你们有的我没有？你们没有的，偏偏让我碰上！我这辈子活得还有什么意思？”

满月便说：“大喜的日子，你又想闹什么？什么你们有的我没有？你们没有的偏偏让我碰上？你把话说说清楚。”

“你们都是自由恋爱，都是自己追求的。可我算什么？刘脚子为了娶我，先把我的名声搞臭，等我嫁不出去了，他便乘虚而入。说长相，我比你们也差不多少。论才华，我也有一技之长。可为什么我就不能找个心里真正愿意的人结婚？嫁鸡随鸡，嫁狗随狗，当他老婆也就算了，可他为了往上爬，竟然做出畜生都不如的事。现在离了几十年，还要回到那个挨千刀的手里，你说我这辈子冤不冤？”

葵花说：“刘脚子也不能一棍子打死……”

满月打断道：“你让二丫说完。今天也算她人生的一个转折，如果心里还有疙瘩，将来日子一定过不好。我是听出来了，刚才你是说和刘脚子不是自愿的，再说得不好听一点儿，应该是骗婚、逼婚，反正你是被迫的。好，你再继续说，还有什么？”

二丫哭得更凶了：“好不容易把女儿带大，有了贴心的肉，可一结婚就没了。我也不知道上辈子做了什么孽，谁家都没有的事，却偏偏让我碰上了。你们说说，这个婚还复得有什么意思。你们要真是我的朋友，就去劝刘脚子，别做这个梦了，好不好？”

“还有什么委屈，都倒出来。”满月说。

“我就是这两点，想着就心疼。”

“这么说，你的心疼病是这么来的？”

“我也不知道，反正这婚是不能复了。”

“好吧。我来说给你听。”满月在二丫面前坐下来。“前面一桩事，我无话好说，我和葵花都有过自己喜欢的男人，这也是事实。刘脚子娶你是用了阴谋，我们也得承认。至于后来你对他到底如何，只有你自己明白。这件事，我们就不说了。至于第二点，你说别人家没有的，都让你碰上了，这可不是事实。葵花好不容易碰到一个好男人，把命都搭上了，可过了没几天，就被抓去坐牢，现在好不容易回来，却什么也记不清了。这事你碰到过吗？我和李真的事，你是知道的，我这辈子就这么个男人，可他是怎么对我的？先是等离婚，后来终于可以结婚了，他又嫌我老了，这事你碰到过吗？你说小娅人没了，可小松也是葵花的亲生儿子，现在人在哪里？还有一件你们都不知道的事……算了，我只是想说，人的一生都有不幸，都不顺利，你要老是想不开，那就可能真的得癌症，到时候谁也帮不了你。”

二丫挨了一顿训，哭是止住了，可主意却不改。

“我还是不甘心。他摆了这么大的场面，是为了我吗？屁！他是在显摆他自己哩。往后还不定怎么吹牛。你二丫不是要离吗？可最后还不是又回来了？孙悟空再有本事也翻不出如来佛的手掌心。刘脚子心里就是这么想的。”

葵花说：“你也别这么想，为了给你找药，他大半个中国都跑遍了。如果不是真心为你好，谁会这样啊？”

“你道是给我找药啊？”二丫冷冷一笑，“他是找机会旅游呢！一会儿西藏，一会儿海南。也许早就知道我得的不是什么大病，是故意做给你们看哩。还有一件事，你们就是装糊涂不说。”

满月问：“还有什么事啊？”

“我为什么要离婚？不就是因为他伤天害理，连畜生都不如吗？”

这下满月和葵花都无话可说。

满月最后说：“我原以为，这么多年过去，就不再想了。”

葵花却问：“那你到底想怎样？”

二丫红着眼睛恶狠狠道：“我要他死！”

刘脚子左等不来，右等不来，听说二丫又是哭又是骂，自然不敢进来劝。后来从吴展鹏那里打听到原委，长叹一声，便叫人把酒席退了。当天晚上，一个人喝得酩酊大醉。半夜三点才离开饭店回家。

第二天上午，二丫听到一个惊人的消息：刘脚子被一辆大卡车撞死了。送信的是摄影店的伙计，他说警察看过现场后，已经通知殡仪馆直接把尸体拉走。还说据卡车司机的判断，应该是自杀。因为死者是从侧面冲到后面的双排车轮下，脑袋都轧成了肉饼。二丫听了半天都没回过神来。伙计问：“火化前要不要去殡仪馆看一下，车就在门外。”二丫默默地摇了摇头，然后就把自己关在房间里，直到晚上才出来。

吴展鹏自告奋勇处理刘脚子的后事。大宝暂时住在伙计家中。葵花和满月轮流来陪二丫吃饭，说说闲话。二丫看上去并不难过，好几次重复着一句话：“想让我为他掉眼泪，那是做梦！他早死早好！活该！”到了第三天，骨灰下葬，吴展鹏来问二丫去不去。二丫就说不去。

“我又不是他老婆，去做什么？让人家笑话。”可等大家一走，她就哭着骂道，“刘脚子你个瘟贼发神经病啊，多大的事你禁不住，偏偏要走这条路？我知道你是不想再伺候大宝，要把这个累赘丢给我。你倒是去享福了，往后要折腾我一个人，你良心被狗吃去了，让我一个人将来怎么过啊……”

等哭够了，葵花和满月才过来说话。

葵花问：“人都不在了，你骂这些做什么？”

二丫长长地叹了口气说：“他在的时候，见了就有气。现在死了，倒有些可怜。”

“可怜什么？”

“不管怎么说，这么多年，把一个傻儿子拉扯大也挺不容易。还有就是感情比较专一，有没女人不知道，但没再结婚倒也难得。”

满月问：“你最恨他是什么？”

“人都死了，还恨什么？”二丫眼睛又红了，“虽然做过那种缺德事，可也是镇大卢逼的，不能怪他。”

“这么说，你对刘脚子也不能说一点儿感情没有？”葵花又问。

“感情？什么叫感情？也就是一起过日子比较合适罢了。”

“如果不死，你还愿意不愿意和他过日子呢？”

“说这些还有什么用？”

“就是说，不愿意？”

“不。”二丫摇摇头，“如果没有死，哪怕是残废了，我也会照顾他，和他过。”

“可现在后悔已经晚了。也是你活该！”满月说了一句便笑了起来。

二丫一愣，瞪着满月道：“知道你的人生也不顺，但没必要幸灾乐祸吧？”

“我幸灾乐祸？”满月忍不住大笑。

葵花推了满月一把：“这么快就露馅了？”

“什么露馅？你们在说什么？”二丫一下急了，抓紧了满月胳膊问，“到底怎么回事？”

“你就不能轻一点儿？”满月掰开二丫的手笑道，“告诉你吧，刘脚子没有死！”

说着，就见刘脚子走了进来，“扑通”一声在二丫面前跪下：“二丫啊，我是实在没有办法才想出这一着。你如果想要我死，现在就打死我，我一百个情愿！”

“你敢戏弄我？”

二丫一脸愤怒，抬起脚就往刘脚子脸上踢了过去。只见刘脚子鼻子嘴里喷出血来，把大家都吓呆了。

吴展鹏参加了整个“骗局”让葵花格外高兴。原来很担心失忆会导致智力倒退，现在看来不会了。

“你能记得事情的经过吗？”

“当然记得了。”吴展鹏有些得意地笑了笑，“我们找来那个伙计，一句一句地教他怎么说。还去了趟殡仪馆，防止二丫打电话。”

“这主意是谁出的？你吗？”

“不是。”

“是刘脚子？”

“也不是。”

葵花奇怪了：“还有谁？”

“不太清楚，好像姓镇，大个子。”

葵花吃了一惊：“镇大卢？”

“对，刘脚子好像说过这名字。”

“又是他。”葵花像是喝茶喝出一只苍蝇，啐了一口问，“你跟他说话了？”

“没有。我没有见过这个人。”

“最好永远也不见。”

“为什么？”

“他就是小松的爹。”

“小松？小松是谁？”

“就是你帮我接生的那个孩子呀？”

吴展鹏奇怪地问：“我帮你接过生？”

“是呀，这些你全忘了。”葵花叹了口气，“你过去是什么人？为什么进监狱？是不是都不记得了？”

“他们告诉我，我过去是个医生，但是有历史问题。进监狱是因为我犯了罪。”

“你没有犯罪。你是个好人，你什么错都没有。好了，这些事我慢慢会说给你听。”葵花见吴展鹏发呆，想想说，“过两天，我带你去一个地方,看看能不能记起什么来。”

过了几天,他们来到观音山。恭胖子看到吴展鹏愣了半天,说他只是老了些,但模样一点儿也没变。

“你在这儿放过羊,还在县医院当过主任。”恭胖子老婆一个劲儿地问,“你都记不清啦?”

“葵花说,我在山洞里帮她生过孩子。”吴展鹏说。

“是,是我帮你们办的结婚证。”恭胖子乐呵呵地说,“当,当然是假的。哈哈哈!”

葵花原来的小院已经翻新,给恭胖子的孙子孙媳妇做了新房。

“我,我把他们赶走,让,让你们多住些日子。找,找些熟人接触接触。”恭胖子说,“说,说不定就想起来了。”

葵花便和吴展鹏在小院住下。到了晚上,月亮还是那样明亮,山林还是那样的静寂,虫儿还是有一声没一声地发出噪鸣。葵花又想起那个永生不会忘记的夜晚,怔怔地看着已经睡着了的吴展鹏,眼泪便掉了下来。

“都这么大年纪了,怎么还会想起这种事呢?”葵花在心里问着自己,有些木然地来到小院,“要是时光能够倒流,再回到年轻的时代,该多好啊。”

“你是说,我们就是在这儿认识的?”不知什么时候,吴展鹏也走了出来,拿了张小凳在葵花对面坐下,“原来这儿有个尼姑庵?”

葵花想起在尼姑庵过第一夜的情景,不由得笑了笑:“尼姑庵已经没有了,从前你藏东西的那个水塘也找不见了。”

“可我们还活着。”吴展鹏说着,进屋找了件衣服披在葵花身上。

葵花心里一热,想伸手抓住吴展鹏的手,却没抓住。

“怎么了?”

“没什么?”葵花掩饰道,“大概是有点头晕。”

“是不是太累了?”

“不是,是想起过去不少事情。”葵花站了起来,“我们都早点睡,明天去趟县城医院,看看能不能想起什么。”

因为只有一张床，他们就分两头躺下。过了好一会儿，葵花听吴展鹏开始打鼾，便把手小心地放在他的脚上，放了好久好久……

县医院已经扩大了许多，他们走了好几个科室，都没人认识。问起吕院长，很多人都不知道。后来人事科的人说，吕院长退休十多年了，前不久还见她在买菜，只是住址不详。他们不无失望地走出，正准备去坐公交车，却见一位白发苍苍的老太太在向他们张望。

“你是吴大夫？”老太太突然叫了起来。

“你是……”吴展鹏看着老太太发愣。

“你不认识我啦？”

吴展鹏看看葵花，葵花故意摇摇头，但吴展鹏还是说了句：“你是吕院长？”

“哎哟！你记性怎么还没我好啊？”老太太打了吴展鹏一下，高兴地笑着，“你的身体不错嘛。”

葵花忙解释：“他受过伤，记忆不行了。”接着，就把情况说了一遍。

老太太听完“噢”了一声，又说：“你叫葵花，对吗？”

“吕院长记性真好，我是葵花。”

“走走走，回家聊聊。我那儿地方大，没人住。你们最好多陪我住几天，聊聊过去的事，也帮他恢复恢复记忆。”

在吕院长家，吴展鹏看到几张过去的照片，有一张是他和吕院长在一起的工作照，穿着白大褂，挂着听诊器，身后是手术台上的无影灯。吴展鹏就要了这张照片，后来一有空就拿出来看，又努力想着什么。

从观音山回来后，葵花发现吴展鹏有了微妙的变化，比如上厕所时不再把门关得那么严了，吃饭时会给葵花夹些她喜欢吃的菜。虽然还坚持睡在客厅，但在卧室椅子上坐的时候却越来越长。

有天晚上，吴展鹏在卧室里看完一集电视剧，犹豫了一会儿说：“葵花，如果你同意，我想以后还是睡到卧室里，你说呢？”

“为什么？”葵花心里暗暗高兴，却故意问。

“天天拆呀放的，也不太方便。”

“就这些？”

“当然不是。”吴展鹏想了想说，“对过去的事，我好像有些感觉了。”

“那你跟我说说，都想起什么了？”葵花期待地看着。

“我想起一件事。有一次我出诊回来，是个大冬天，脚都冻裂了，是你用热水袋把我焐到半夜才缓过来。”

“用热水袋？”

“是呀，你怕烫着我，还在上面加了块毛巾。”

“你没记错吧？真的是我？”

“我感觉就是你，应该不会错。”

葵花一方面很高兴，他终于可以想起从前的事了。但也很沮丧，因为住在观音山的时候，家里根本就不曾有过热水袋。

满月原计划要在东京住半年，可待了一个月就想走。她看不惯小星在日本人面前卑躬屈膝的样子。

松尾经常请大水到名贵的餐厅吃饭，并让她说些小时候的故事。这时，松尾会听得十分专注，特别是说到二水时，眼里还会滚出泪花。小星觉察到松尾对胞弟的眷念之情，便自告奋勇表示，他可以说服二水来日本，并不会争夺遗产。松尾却一口拒绝。尽管如此，小星还是把二水过去零零碎碎的事写了出来，请人装订成册，送给了松尾。不料松尾却说他并不感兴趣，当面退回。小星还不死心，又让大水出面约松尾来家吃饭。可对方老是找借口谢绝。这次母亲过来，小星又动起了宴请松尾的念头。

可满月一百个不同意：“到时候你想让我说什么？中日友好哈哈哈？共同繁荣哈哈哈？还是，我儿子就拜托您了，感激不尽。”

“他可是个有实力的企业家，还准备参政竞选议员。如果能加入他的公司，我这辈子就不愁啦！”

“你这辈子想干什么？”

“进入日本的主流社会,出人头地。”

“人家主流社会关你什么事? 出人头地又能怎么样? ”

小星立刻反驳:“您这代人对日本有成见,脑子太单纯,还是过去的老一套。我要是有了地位,有了足够的钱,就回国投资,促进改革开放。如果只是个小职员,那就什么也做不了,我就白来了。”

这些话满月自然不爱听,但也提不了反对的理由,便不再吭声。坚决不请松尾。

没几天,松尾却来请满月,而且在银座最高级的餐厅包了一个房间。小星认为机会难得,反复叮嘱母亲一定要提去松尾公司的事。宴席“开动”后,松尾恭恭敬敬地为满月斟酒,并主动找些话题聊天。小星几次暗示母亲,满月只当是没看见,谈捕鲸,谈气候变暖,谈刺绣文化和戏剧的起源,就是不谈眼面前的问题。松尾的汉语不是太好,伟伟就充当翻译。伟伟这时还在中学念书,无论是说的日语,还是待人接物的神态都和日本人一模一样。大水按照小星的要求穿了一件漂亮的和服,见松尾的杯子一空就马上倒酒。最后松尾送了满月一个价格昂贵的提包,满月则给了松尾太太一件蓝印花布做的旗袍,这也是小星早就策划好,按松尾太太的身材定做的。松尾太太用手码了一下尺寸,果然非常高兴。松尾得到的是一套精致的“文房四宝”,连忙深深鞠躬。最后,松尾亲自给满月拉开车门,就在汽车即将开走的一瞬间,小星终于忍不住开了口,一面鞠着躬,一面用日语恳求松尾根据他的特殊身份安排一个“更能尽力”的职位。松尾愣了愣,郑重表示会在董事会上讨论。

满月在路上一直绷着脸,一回到住所就大发脾气,说小星把中国人的脸都丢光了。但小星却强词夺理,认为他可不想“死要面子活受罪”,当今社会就是要不择手段,这才叫“抓住机遇”。伟伟站在奶奶一边说话,也觉得爸爸没有自尊。大水开始两边打圆场,后来也忍不住说了小星一句。小星骂大水是“扫帚星”,打了她一个耳光就跑了出去。大水眼里含着泪,但没哭出声,一副日本女人忍气吞声的模样。后来告诉满月,小星这么对她已经不是一次了,一不顺心就拿她发泄。

这一夜，满月失眠了。她一直在想一个问题：小星怎么会变成这样？是继承了父母身上那种要强的基因，还是受到竞争观念的影响？平心而论，小星并没做错什么。他只是在争取一个机会。过去常说“革命不是请客吃饭……不能那样雅致，文质彬彬，那样温良恭俭让……”现在搞市场经济，不同样如此吗？你脸皮一薄，那单生意就轮不到你来做了。黑猫白猫，抓住老鼠就是好猫。不也是说，要看结果不择手段吗？

小星快到半夜才回来，他满身都是酒气，跪在大水面前请求原谅。大水便给他做醒酒汤，又用热水帮他洗脚，一直服侍到呼呼大睡。到了下午，小星主动来找母亲，说想通了，以后绝不在日本人面前低三下四了。

第三天，松尾的秘书打来电话，说公司董事会已经决定，聘任邢小星先生为中国公司的副总经理，薪水是原来的五倍，但必须先到新加坡的公司实习三个月。小星欣喜若狂，抱着大水吻个不停，称她是生命中的“指路明灯”。伟伟鄙视地看着父亲，骂了声：“无耻！”

满月不想在日本住下去的原因，还因为失去了国内那种正常的人际交流。伟伟一大早就去了学校，又喜欢做志愿活动，很晚才回来，大水平时就不爱说话，特别是小星去了新加坡后，就觉得像在软禁。大早去公园晨练，那些上了年纪的人会很客气地点点头，但绝不会和你说话，似乎一眼就看出你是中国人。有一次，她看到一个老太太突发羊角风，便上前将她扶平，防止口水误入气道，又点压了人中使其清醒。结果被带到警署盘问了半天，最后受到警告：你不是医生，无权抢救病人，否则会受到控告。

还有件事让满月非常恼火。从一开始，她就不让小星加入日本籍，也不能改名字，可小星都背着她做了。大水回来后就叫上野水子，她的姑父曾经有个提议，如果小星加入日本籍，入赘上野家可以免除一部分欠债。小星觉得这可省一大笔钱，再说改了国籍后也好办事，就同意了。这样，他就叫上野小星，女儿就叫上野伟子。满月知道后，坚决要求把国籍和姓名都再改过来。小星就是不同意。

满月回国那天，小星还在新加坡，只有大水和伟伟前来送行。大水犹豫再三，又告诉满月一件事：松尾曾经给了二水两千万日元，请小星想办法转交，可小星拿来做生意，全赔光了。松尾正准备打官司。满月听了一声不吭，对小星失望到极点。

回来以后，满月把所有的积蓄取了出来，又从李真那儿凑了一些，总共十二万元，给吴展鹏还债，只是瞒着葵花。

吴展鹏回忆起来的旧事越来越多，并时常沉浸在喜悦之中。可这些事大多和葵花毫不相干，而且渐渐变成一种折磨。因此，每当吴展鹏又说想起什么的时候，葵花第一个反应就是逃开。吴展鹏不安地问："你不高兴吗？"

"当然高兴了。"葵花不得不撒谎。

"可我发现你不想听。"

"我的意思是说必须向前看。"葵花只好说，"过去的，就让它们过去。再说，都是些年轻时候的事，听了也不太习惯。"

"有什么不习惯的。那可是我们的感情。"吴展鹏疑惑地说，"我失忆这么久，现在想起过去我们这么相爱，才觉得更加幸福。"

葵花来找二丫。

二丫已经和刘脚子住在一起，成天乐呵呵地笑个不停。见葵花过来，忙支走刘脚子说："昨天晚上，他的手老不安分，到处摸我哩。你说，这种人怎么可能没有女人？"

葵花心里羡慕，嘴上却说："真不害臊，也不看看多大年纪了，还做这种事。"

"这事你可不懂了。"二丫瞧不起地看了葵花一眼，"美国老太太八十岁还有性欲，只是要用药刺激荷尔蒙。我们还年轻得很呢。"

"人家都吃牛肉，我们只是豆腐蔬菜，能和人家比吗？"

"可我就是有感觉。不然，你和吴大哥也试试？"

"他都这样了，还试什么呀。"

"不是说已经恢复了？"

葵花点点头："恢复还算快，但说的都是另外一个女人的事。"

"真的？"二丫很吃惊，"是青海的那个吗？"

葵花点点头："不过说起来，他们毕竟生活了十几年，感情肯定比我深。"

二丫撇着嘴冷笑一声："深个屁！如果真有感情，她就该替他还债。"

"你说，我该怎么办？"

"怎么办，怎么办？"二丫替葵花不平起来。"想想还是那句话，男人都不是好东西。如果他能像你那么忠贞不贰，现在该有多好。"

"这事也不能怪他。"

"行了行了，我就看不得你这么护着男人。有本事，你再成就他，把那个女人接过来。"

葵花心里"咯"地一跳。问："你是说，把那个女人接过来？"

二丫连忙说："你可别发痴。要真接过来，那就是一夫两妻，违犯《婚姻法》。"

"要是他真的喜欢人家呢？"

"怎么可能？"

"怎么不可能？我和他认识到分手，也就十几个月，他们可是十几年。"

"那你想怎么办？"二丫也没了主意，连忙摆摆手，"不行不行，你等了几十年，好不容易才团聚。这可不是做好事，感情都是自私的。如果成全了他，你怎么办？人还能有几年，将来孤苦伶仃的可是你啊！"

"可他心里并没我，说的事都是张冠李戴。我只是个人家的替身。往后的日子怎么过？"

"怎么过？就这么过呗。"

"还不如不回来。"葵花说着就伤心起来。

"这事我们再想想办法。"

到了晚上，二丫和刘脚子一说，刘脚子便说这事好办，吴展鹏又不是精神病，受不了刺激，干脆把事情摊出来，他要是真的没良心，想和别人过，那也没办法。如果心还在葵花身上，那就一心一意地过日子，别再想那些乱七八糟的事了。

第二天便约了吴展鹏和葵花来吃饭，刘脚子指着葵花问："老吴，你看清楚了，她是谁？"

"她是葵花。"

"你再看看她。"刘脚子又指了指二丫，"她是谁？"

"她是二丫。"

"没有认错？"

吴展鹏笑笑说："我又不糊涂，怎么会认错。"

"那你说说，你和葵花到底有没有感情？"二丫问。

"说笑呢。"吴展鹏老实道，"没感情，我还会回来吗？"

"你回来可不是为了她，是债主为了追债。"二丫毫不客气道。

"可我现在明白了。"

"那好。"刘脚子道，"现在告诉你，二丫也曾经和你生活过，而且要比葵花时间长得多，只是你现在搞不清楚过去的事，到底发生在谁身上。如果二丫要跟你过，你还会和葵花在一起吗？"

吴展鹏吃了一惊："你是说，还有一个女人？"

二丫说："对，你在青海时，已和葵花离了婚，和另一个女人过了十几年。你现在想起来的，大多是那个女人身上的事。"

吴展鹏不知所措地看着葵花问："有这种事？"

葵花点点头："这是真的。"

"那……那……"吴展鹏犹豫了一会儿才说，"那我就不说了。反正是已经过去的事，再提也没意思。"

"对嘛。"二丫说，"过去就过去了，就像放个屁，香的臭的都不重要。重要的是现在。葵花你说呢？"

葵花便说："也不能说过去的事不重要，只是都得面对现实。我和吴大哥也要像你们，高高兴兴过日子。"

“对嘛，就是要这么想。”二丫笑着说，“吴大哥也表个态，好让我们放心。”

吴展鹏便很正经道：“这个我保证，决不辜负葵花的一片真心。”

于是大家干了杯。二丫凑近了葵花耳语：“你要主动一些，别以为上了些年纪就不行了，心态一定要年轻。我和刘脚子可真的好着呢。”

这次以后，吴展鹏果然不再提过去的事。人也乐观起来，买了一些菜谱学着做饭，有时还会哼几段京剧，有板有眼的，还做几个动作，惹得葵花发笑。

有天晚上，两人喝了点酒，早早上了床。半夜里，葵花在朦胧中发现吴展鹏爬到自己身边，小声问：“睡着了吗？”

“干什么？”葵花嘟哝了一句，发现吴展鹏的手已经很不老实，不由得用手捂住下面道。“不行！这不行！”

“我们应该有这种生活。”吴展鹏却不肯松手，“我们慢慢来，你会感到很舒服。”

“以后再说吧。”葵花哀求道，“我都几十年没做这种事了。”

“这是人的本能，也是生活的乐趣，你别紧张，深呼吸。”

葵花试着松开手，但一碰到吴展鹏的下身，便慌忙下了床，然后待在厕所里不肯出来。她听到吴展鹏在叹气，没过一会儿，就听到他平稳的呼吸声，他睡着了。

葵花充满愧疚地在吴展鹏身边躺下，想起二丫说的话，有些后悔，好几次想把男人唤醒，可最终还是没有勇气。

吴展鹏开始说梦话，却不知他在说什么。突然，葵花听到一个很陌生的名字：萍萍！

“这个萍萍是谁呢？”葵花想了半天，终于记起来，是龚洁云说过的一个女人，就是和吴展鹏做了十几年夫妻的苗萍萍。

在以后的日子里，葵花会在半夜悄悄醒来，等着吴展鹏吐露梦中真情。果然，他又在喊那个名字。让葵花觉得懊丧的是，吴展鹏竟然从来没叫过一次自己。

葵花渐渐明白,这个等了三十多年的男人,心里早已没有了自己,怪不得想起来的,都是那个女人的事。葵花感到委屈、心酸,有时胸口还会像被锥子刺了一下,疼得喘不上气来。

“你怎么了? 哪里不舒服? ”吴展鹏发现后,关切地问。

葵花苦笑笑,不知如何回答。

“要不,上医院看看? ”

“没事。我有时想起过去的事,想到你吃了那么多苦,就有些难过。”

吴展鹏似乎知道她心里的真实想法，便在生活上更加照顾体贴。可葵花总会不由自主想到另外那个女人,有时还会产生某种幻觉,觉得那个女人就在吴展鹏身边,只要自己一离开,他们就会在一起。葵花原以为是自己累了,过于紧张,过几天就会好的。结果这种幻觉出现得越来越频繁,有时一天会有好几次。更糟糕的是不能控制自己。有时上街买菜,走了一半就觉得那个女人又来了,还和吴大哥上了床,于是匆匆忙忙跑回来,却不敢进家门,躲在窗户下面想听到那个女人的声音。当然结果什么也没有。葵花偷偷去看精神科的医生,医生让她吃些药,但表示要根治就必须彻底打开心里的纠结。

于是,葵花有了想和那个女人见面的想法。

第 27 章

二丫和刘脚子复婚时，曾经提出一个条件，就是不准再和镇大卢来往。可刘脚子嘴上答应，实际上却办不到，因为在镇大卢的酒楼里，有他十分之一的股份。镇大卢当初和他约定，如果十年不参加分红也不拿工资，即便是酒楼亏得一分钱不剩，这钱还是他刘脚子的，而且按同期金价换算。刘脚子之所以同意，是出于两方面考虑。一是镇大卢虽然在“文革”后失势，但极有生意头脑，饮食行业又是熟门熟路，亏本的可能性很小。二是这种约定虽然有些不合理，但这笔钱毕竟是在保险柜里，将来养老应该不是问题。眼看十年期限已满，刘脚子想买套新房，就和镇大卢提起钱的事。不料镇大卢正和人合作搞夜总会，急需资金，一定要刘脚子缓一缓再说。这事刘脚子一直瞒着二丫，所以不敢闹出动静，准备等以后有了机会再说，只是对新项目也很关注。

与镇大卢合作的是孙警察的儿子阿洪。个子不高，其貌不扬，成天戴副墨镜学做电影里的老大。因为有其老子的关系，倒也是黑白通吃。两人分工明确：阿洪租了块地做资本并负责办照，镇大卢出资装修和购买器材。不久场地准备就绪，阿洪谎称执照办妥，便选了黄道吉日，拜菩萨放鞭炮，请记者写文章，夜总会正式开张。闻讯而来的帅男靓女挤满了大厅，迪斯科、激情舞这些省城才有的新鲜玩意儿，一直闹到后半夜。镇大卢把门票价格定得低，女士还免票，但酒水是外面的几倍，当夜光啤酒就赚了好几千元。第二天，夜总会成了不少人的谈资，客人竟然多了一倍。到了第三天，天没黑票就卖光了，到开场还有好几十人站在门外。阿洪不顾镇大卢反对，通知服务员给钱就进，最后连走廊都站满了。到了十二点，阿洪不知从哪儿找了个奔放女郎上台领舞，脱得只剩奶罩和小裤，客人们一片欢呼把夜生活推向了高潮。就在这时，吧台后发出一声巨响，接着就着起火来。客人们争相逃命，但入口只有一个，相互踩踏，骂声一片。所幸镇大卢十分冷静，立刻令人拆掉三合板做的假墙，打开一条通道，又及时通知了消防队来救火。即使如此，还是有二十几人受伤，其中一个女孩断了两根肋骨，所幸没有死人。这次火灾还殃及了紧邻的超市，造成几十万元损失。因属无照经营，阿洪当晚就没了踪影，镇大卢被控制，并查封了所有财产。一周后，刑侦大队拿出报告，怀疑人为纵火，要镇大卢提供有报复可能的疑犯名单。

镇大卢把所有作过对的都在脑里滤了一遍，最后都被否定。如果说，当初有人毁他的下身，是因为让美美怀了孕，没处理好善后，她丈夫要出气，或者别人借着这个由头报旧仇，这还有个理由。可近些年来，他不再碰女人了。生意上的矛盾，也是大事化小，小事化了，基本上是夹着尾巴做人。这次做夜总会，该烧香的烧香，该送礼的送礼，花了不少钱摆平方方面面的关系，就连居委会的大妈也给了不少赠票，怎么还有人下毒手要将他往死里整呢？想来想去，他怀疑是冲着阿洪来的。不然，他跑什么？于是把想法和专案组一说，警察也觉得这种可能性很大，甚至还说不久前的一起凶杀案和阿洪也有关，有鼻子有眼的还真像是这么回事。几天后镇大卢被放出，要求配合公安缉拿阿洪。本以为有个垫背的至少可以分担责任，不料在街上看到一个人又让他的神经紧张起来，并且立刻明白这起火灾的肇事者是谁了。

他看到的是小松。

小松已经回来一个多月，没回家，也不想见任何人。他在青年路口的一家小旅店包了个房间。每天用很多时间站在临街的窗户前张望。一是想看到母亲，一是想如何报仇。他得知二丫把小娅的坟修得很豪华，母亲和吴展鹏住在一起，刘脚子终于复婚。这些都是听旅店的老板娘说的。自然，镇大卢和人合伙办夜总会的事也是了如指掌。他离开家乡，原本是想忘掉过去。不料随着时间的推移，有件事却越来越明确，就是要为小娅报仇。仇人当然就是镇大卢。如果不是因为他的淫欲，怎么会有后来的悲剧？但镇大卢毕竟是他的生父，能够杀吗？九泉下的小娅会同意吗？虽然这个人罪不可恕，可与小娅相爱、结婚却都是自己的事啊！再说，他是在母亲膝下长大的，人们会不会指责他的母亲，说是没有教育好子女？这个问题一直困扰着小松，令他迟迟不能下手。夜总会的火爆，让小松突然明白他要做的事。于是他在腰间别了个“麻雷子”，拿了瓶“可乐”就混了进去。等大家玩疯了都在欢呼乱叫的时候，就先放了爆竹，并趁乱点燃了饮料瓶里的汽油……

长相和个头越来越酷似镇大卢是小松最大的烦恼。为此，他蓄起了胡子，剃光了头发。然而，这种在大城市让人觉得很有个性也颇为流行的打扮，在小县城却显得十分扎眼。正因为如此，镇大卢才一眼认出了小松。

夜总会的火灾，让镇大卢倾家荡产。刘立红果断离婚，并搬到省城亲戚家居住。虽然有人怀疑是在做戏，目的是想保住一部分财产，但镇大卢一下从天堂摔到地狱却是不争的事实。车子房子都已经拍卖抵债，连个过夜的地方都没有。刘脚子瞒着二丫借了些钱给他，镇大卢便在菜市场边上租了间破房子暂时度日。自从看到小松,镇大卢就一直在想下一步怎么办?如果真是这个忤逆所为,那接下来肯定还会有别的动作,所以一定要加强防范。不过,如果万一不是小松呢?要不要主动找他谈谈?也许这么多年过去,想法有了改变也是说不定的。镇大卢没有考虑告发。一是没有证据,二是说出来岂不是要遭天下人耻笑?既然是已经吃了亏,就要想办法把坏事变成好事。要是真的能趁这个机会与小松父子相认,那花再大的代价也值得啊!

于是镇大卢来找刘脚子,要他去告诉葵花:小松回来了。

刘脚子提高了警惕问:"什么意思?"

"我的意思很简单。"镇大卢说,"你告诉葵花,夜总会的事,我觉得十有八九是小松放的火,但我会念父子之情,决不会说出来。还有就是我现在已经不名一文,小松的目的达到了。还有就是看看葵花有什么反应。"

刘脚子听完几个"还有"才问:"你是想让她感动?可怜?劝小松与你和好?"

"这是以后的事,我不会抱太大的希望。"镇大卢倒是实话实说。

刘脚子便来到葵花家,结果吴展鹏说,葵花已经去北京看二水了。

葵花去了邻省海边的一座城市。不久前葵花已经打听到,苗萍萍仍然在那儿当护士。

苗萍萍在电话里听说是葵花,犹豫了好一阵才答应见面。

"你真的是苗萍萍?"葵花坐在海边的一把遮阳伞下,惊异地看着面前的漂亮女人,"你真的在青海待过?"

"我最初被判了死缓,那时才二十一岁。"苗萍萍用保养得很好的手,捋了捋染成栗色的头发,淡淡地说,"'文革'结束后重新调查。平反也就是前几年的事。"

葵花估算着她的年龄,嘴上却说:"你真的很年轻啊。"

"我整过容,又化了妆。"苗萍萍苦笑笑,"你的事,过去常听他说起。现在你们过得挺好吧？”

葵花犹豫片刻才说：“他在梦里叫你的名字。”

苗萍萍似乎很敏感，立刻说：“我回来就结婚了。”接着问：“他现在情况怎么样？失忆能恢复吗？”

“他现在想起许多事。都是和你在一起。”

“是吗？”苗萍萍有些惊奇地问，“只想起我和他，没想起你吗？”

葵花摇摇头：“一次都没有。”

“怎么会这样？”

“我想，你们在一起那么多年。这不奇怪。”

苗萍萍感慨道：“那些年，确实很不容易。说实话，我真的很感激他。不然，我是熬不过去的。”

葵花便不再说话。

苗萍萍过了会儿，问：“你来找我，有什么目的吗？”

“既然你结了婚，就没有什么可说了。”说着，葵花就要告辞。

苗萍萍却有了好奇心，拉住葵花说：“其实，我现在又是一个人了，真的，上个月才离的，你想说什么就说吧。”

“你真的离了吗？”葵花还有些不放心。

“这是法律，还能是假的。”

葵花这才试探说：“如果没有债务的事。你会考虑和他重新一起生活吗？”

“为什么？难道你不再爱他了？听说你当时……”苗萍萍自嘲地笑了笑，“当然，我说的是废话，你当然爱他。你怎么会有这样的想法呢？”

“我是发现他对你念念不忘。而且，他也和我离了婚的。这事你知道吗？”

“他说过。你在离婚申请书上签了字。”

“不管是谁签的字，我都赞同和他离婚。”葵花真诚道，“所以我想，如果你们能够重新在一起，应该是他最大的愿望。”

苗萍萍沉默起来，过了好一会儿才说：“葵花姐，我能叫您姐吗？”

“当然。”

“葵花姐,你说的我做不到。不是感情的事,我对他如何,或者他对我如何都不重要。重要的是那些日子我不想再回忆,就算是我再爱他也不行,如果和他在一起,我会永远觉得恐怖。我要有新的生活,崭新的,和过去没有任何联系的新生活。你能理解吗?”

“不能考虑一下吗?”

苗萍萍斩钉截铁道:“不用考虑,这是绝对不可能的。”

这席谈话让葵花觉得无比轻松。苗萍萍很现实,但并不让人讨厌。“不瞒你说,我这次来心里很矛盾。一方面希望你和吴展鹏……对不起,我老是叫他的那个名字……希望你们重新在一起。一方面又盼望着你拒绝。这样,我心里就踏实了。”

“放心吧,我这个人总是向前看。过去的,就让它过去,决不留恋。”

“我也是。”葵花高兴起来,“总之,我放心了。”

苗萍萍请葵花多住些日子再走,她坚决拒绝了,不管怎么说,她不想和这个女人有更多的接触,何况她还急着去北京看二水。

二水看到母亲来了,就把屋里女人用的东西都收拾起来。

“其实没有必要。”葵花便说,“不是有两个房间吗?我不会过问你的事,让那个女的继续在这儿住吧?”

“可人家会不习惯。”

“为什么?我是你妈呀。再说,你们迟早会结婚,对吗?”

“我们不会结婚。”

“为什么?”葵花一愣,“她有丈夫?”

“我没问过,但我们说好了不结婚。”

葵花有些生气了:“怎么搞成这样,她是个什么人啊!”

“她是个外国人。”

“外国人?”葵花吓了一跳,“那种蓝眼睛黄头发的老外?”

二水点点头:“她每个星期来一两次,不过有时候半年都没消息。我们只是同居,不是爱情。”

“为什么不找个中国人呢？”

二水过了会儿才说：“妈，我要成为一个作家，可能一辈子都不想结婚。我喜欢这样生活，自由自在，而且永远不会有家庭的烦恼。”

“可将来老了怎么办？”

二水笑笑，不再回答，就关起门写他的东西去了。

二丫一直想给大宝找房媳妇。刘脚子说前几年也张罗过，但正常人哪怕长得再丑也坚决不肯，不正常的大宝还不愿意。现在人过了四十岁，要找个合适的真的比登天都难。

“都是被你耽搁了。”二丫对刘脚子不满道，“不然孙子都能上学了。”

二丫觉得很内疚，她应该早些关心才对，智障人就得由父母操心啊。当然，她过去主要是想着小娅，现在倒是可以全力以赴想儿子的事了。功夫不负有心人，经四处打听，还真有个合适的人选。那是个盲人学校的老师，小时候放爆竹炸伤了眼睛，现在只有一边能看到糊涂的影子。人却长得细皮嫩肉，还喜欢吹笛子念唐诗，父母也都从事教育工作。二丫和刘脚子带着大宝和她父母见了面，对方问了大宝几个问题，大宝虽是一副呆相，却答得还算到位。第二天对方便传过话来，说女儿已经同意。刘脚子担心夜长梦多，当天就让他们办了结婚手续。

大宝的婚礼按照亲家的意思办得十分简单，不请亲戚朋友，就在家中摆了一桌。二丫坚持要请葵花和满月，不料葵花去了北京，满月去了省城。吃饭时，小松成了不速之客，他默默地和新郎新娘碰了杯，一口把酒喝尽就走了。后来大宝在自己口袋里找到一张存折，上面有八万多元，写的是小娅的名字。

李真十几年前就查出糖尿病，最近进入临床肾病期，医生说随时可能出现尿毒症，要有思想准备。老婆在国外做访问学者，打了几次电话，都说工作太忙回不来。住院的条件倒是很好，因为享受正部级待遇,有套间病房和专门护士。自从得知病情进入终末期后,李真一直想和满月见面,可满月总是用种种借口拒绝。但这次去省城,倒是满月主动要求的。她接到大水的一封长信,着了急。

大水在信上说,小星和一个日本女人好上了,还要她先提出离婚。此外,大水还说了许多小星的变化,她的失望,以及今后的打算。满月想来想去,觉得该和李真最后摊牌了。

李真看到满月非常高兴,特意在医院餐厅要了个小包间,还喝了酒。

"反正要去见马克思了,不喝白不喝。"瘦成一把骨头的李真依然那么乐观,"你如果还不来,我就要去找你了。"

"出什么事了?"

"没出什么事。"

"那是为什么?"

"我的时间不多了,必须和你谈。"

听了这一句,满月便犹豫起来,要不要给李真再增添烦恼呢?于是问:"你想谈什么?"

"谈我和你的事。"

"你和我?"满月凄苦地一笑,"我们还能有什么事?"

"你一直想结婚。对吗?"

"早已经不想了。"

"我能理解。"李真郑重道,"如果你愿意,我们还是结婚吧?"

多少年来,满月总是在盼着李真对自己说这句话,可现在却没有任何感觉。既不激动,也不伤感。

"为什么呀?你还有老婆呢?"满月平静地问。

"你先回答,还想不想和我结婚?"

"不想。"满月摇摇头。

"是太晚了?"

"不是。"

"是婚姻失去了意义?"

“也不是。”

“那是为什么？”

“就是不想了。不为什么。”

“就是说，我已经伤透了你的心。麻木了？”

“不。”满月喝了一口酒道，“我十五岁和你发生关系，就已经知道，这辈子我不可能再有别的男人。事实上，除了你，我这一生再没有和别的男人上过床。所以说，不管你如何待我，我都是你的女人。结婚的事其实并不重要。”

李真听了后，顿时泪流满面。

满月等他哭够了才说：“在别人的眼里，我也许很不幸。可我自己明白，这辈子我很幸福。作为一个女人，该爱的都爱了，该快活的都快活了，该享受的都享受了。我一点儿也不后悔。”

“可我对不起你。”

“这话我可不爱听。我们好了半个世纪，从来没有红过脸，吵过架。再说，你是我的领路人，没有你，就没有我满月的今天，没有我的一切。”

“都是你自己的努力，和我没多大关系。”李真逐渐恢复了常态，“我让你来，是想把财产留给你，不太多，大概有一百多万元。”

“这么多钱？”满月奇怪道，“别是受贿的，要害我啊。”

“这是合资电厂给的薪金。完全是干净的钱。”

“那你老婆知道吗？”

“知道。”李真拿出一份声明放在满月面前，“这是半年前她写给我的，不干涉我支配所有财产。”

“为什么她要这样做？”

李真苦笑了一下：“这是一笔交易，她得到的是自由。”

“自由？什么意思？”

“她有一个情人。”

“真够浑的！”

“其实，她和我结婚的时候，已经有那个人了。”

“为什么还要和你结婚？”

“据她的说法，是一次赌博。她认为我一定会重新工作。”

“太可怕了。那……你跟她过得好吗？”

“她有情人的事，我也是早就知道了。从‘五七干校’出来后，我们一直分着房间睡。”

“为什么不离婚？”

“当了省委领导就离婚，组织上会怎么看？”

满月苦笑笑：“不过她不贪财，总算有个优点。”

“她说在当访问学者，其实是在做药品生意。”李真也苦笑笑，“这些年，她都快成千万富婆了。”

“可这钱我不能要。”

“为什么？”

“算什么呢？是补偿吗？补偿我这辈子的单身生活？”

“知道你会这么想。我欠你的，多少钱都补偿不了。我只是想表明，我的就是你的。”

“别害我了。”满月一点儿也不感动，“你还有孩子，将来找我打官司，可受罪了。”

“我在遗嘱里都交代了，不会有任何人和你打官司。我只是想让你晚年过得更好一些。”

满月却坚决道：“你去捐给慈善机构吧，或者办所希望小学。反正我不要。”

“你是不想给我一个机会。”李真有些生气了。

“没给机会？我给过多少次机会，可你一次都不要！”满月愤然道，“我爱了你一辈子，最后拿了你一百万元。这算什么？为什么不想想我的感受？”

李真沉默起来，大口喝酒。

满月抢过酒杯，正色道：“有件事本来不想说了，看你精神这么好，还是告诉你吧。”

“是不是那个秘密？”

满月一愣:“你……你怎么知道?”

“以前你说过,有个秘密要告诉我,我没听。知道为什么?”

“为什么?”

“因为我知道。不就是小星的事吗?”

满月大惊:“你知道?你知道小星……”

“他是我的儿子。”

“你怎么知道?”

“这种事还能瞒得住吗?你认识的人,大多我都认识。在哪家医院出生,后来又寄养在谁家,早就有人告诉我了。”

“那……”满月有些蒙了,“为什么从来不跟我说?”

“因为你不想让我知道啊。”

满月感到有些窒息,便走到外面的阳台上想整理一下思路。一个以为在心底藏了四十多年的秘密,其实早就被人知道了。当然,这也算不了什么。问题是一个做父亲的人,明明知道有个儿子,却能坚持这么多年不来相认,这是为了什么呢?李真刚才说,是因为我不想让他知道。可我作为一个母亲,一个深爱着李真的女人,难道真的不想让他知道我们已经有了一个孩子吗?而现在,他竟然这么轻描淡写地说出来。他,他到底是个什么样的男人啊……

这会儿,李真走到满月身后,语调真挚而深沉:“对不起。我真的对不起你。我在政治上,在社会影响上,在个人前途上考虑太多了。”

满月很想大哭一场,可一滴眼泪却没有。她笑了笑,转过身,拿起李真的左手,看着掌心说:“你的感情线一直很浅。不能怪你,这是命。”

“小星曾经给我来过一个电话,但不让告诉你。”

“什么事?”

“他想进那个松尾的公司,当中国项目的日方总代理,让我和松尾打打招呼。”

“然后呢?”

“然后我给松尾打了个电话。那会儿,你还在日本。”

满月明白了,儿子为了进松尾的公司可谓是不择手段。

“松尾会听你的话?”

“当然不会。”

“可小星的目的达到了。”

“那是因为我给了日本人另外一个项目。”

“你都退好几年了,还能有办法?”

“你以为老家伙一不在位,关系网就散了?现在可是双赢的时代啊。”

满月最终还是决定不提小星离婚的事。她和李真到楼上的呼吸科看了看孙书记,他被切了气管,不能说话,一个人在空荡荡的病房里看电视。看到满月,眼眶就红了。李真大声问,要不要打电话让家里人来看望,孙书记却摇了摇头。

满月走的时候,李真一直把她送到医院大门口。上出租车前,满月看着李真说:“不要切气管。”李真笑笑回答:“我会死于尿毒症,离气管还远着呢。”

葵花爹病危,葵花接到电报就和二水赶了回来,一下火车就直奔医院,到了病房吃了一惊,原来小松正在和护工为老人拍背。

“小松!”二水叫了一声。

小松却没搭理。

这时,葵花爹吐出一口浓痰,因为用了力,又拼命喘起来。

“情况怎么样?”葵花问站在一边的吴展鹏。

吴展鹏示意出去,到了病房外才小声说:“血氧饱和度太低,二氧化碳高得惊人。昨天昏迷了一天,现在算是缓过来了。”

“还有救吗?”

“医生说不乐观。不只是肺,已经影响心脏了。”

葵花叹了口气问:“那是小松,你认识吗?”

“认识。”

“你记起来了?”

吴展鹏摇摇头:“是爹叫的。”

“我跟你说过,他就是你接生的孩子。他什么时候回来的?”

“爹一发病危通知,他就来了。估计一直就在附近呢。”

“你没和他谈谈?问问情况?”

“他不说话,只是埋头做事。”

“是呀,他一直对爷爷很孝敬。”

这时,二水在病房里叫:“妈,爷爷要和你说话。”

葵花忙跑了进去。

葵花爹精神好了许多,对葵花说:“小松一夜没睡,你们刚回来,都回家好好吃顿饭。这儿有护工就行了。”

“这些就别操心了。”葵花对爹说,“你现在的任务是好好养病。”

“你们在这儿,我反而觉得心烦。”葵花爹说,“明天做个清炒猪肝,我好长时间没有吃,怪馋的。”

“你有胃口了?”葵花高兴起来,“好好好,你只要想吃就没事。我们都回去。”

等走了出来,二水说:“爷爷突然想吃炒猪肝,可能不是好事。我还是待在医院好。”

葵花看看吴展鹏,吴展鹏便说:“也许是回光返照。但如果大家都不肯走,老人反而会敏感。”

“还是我守着爷爷。”小松说完,就往回走。

葵花却对他说:“你跟我回家,二水陪爷爷。”

二水也说:“走了这么多年,妈会有事问你。你们回吧。”

一路上,小松闷着头不吭声,葵花也不再问。到了家,见二丫和刘脚子已经烧好一桌菜在等他们回来。二丫便问葵花爹的病情,听说要吃猪肝了,就说是好事,要刘脚子明天一早就去菜市场,挑最好的买。

小松大口大口地扒饭吃菜,吃饱了就说要回旅馆。葵花想阻止,二丫却说孩子累了,让他早些回去休息。等小松出了门,二丫才说:“最好是什么也不问,人回来就好。”随后刘脚子就把镇大卢找他的事说了一遍。“镇大卢只想认儿子,放火的事不会计较。”

葵花听了不吭声，二丫就在一旁骂:“那畜生是白天做大梦,这么简单就想认儿子？放屁！”

过了一会儿,满月也来问情况,并说了李真的病情。

二丫听了撇着嘴说:“他比葵花爹可年轻多了，得了这么重的病,也是报应。”

葵花说:“人人都会生病,不要瞎说。”

“你没听满月说,他得的是糖尿病？怎么得的,还不是当官天天山珍海味吃出来的？”

“也是工作太辛苦了。”葵花不想让满月伤心。

“行了行了,现在他也不是省委领导了,再拍马屁也没用。他这辈子欠满月的太多,我就是有意见。”

满月却笑笑道:“一切都过去了,都没什么对错。”

“你现在倒是好脾气。”二丫还是愤愤不平,“照你这么说,世界上就没有是非,他镇大卢也没什么错了？”

吴展鹏不放心葵花爹,送走二丫和满月就去了医院。

这一夜,葵花几乎没有睡。对父亲的病,知道是回天无力,只能顺应自然。她担心的是小松,放火的事被公安局查出怎么办?镇大卢没告发,是想趁机会认儿子,如果小松不肯又会怎么样呢?

大水和伟伟是清晨到的家。葵花开门一看,大包小包放了一地,不由得生出不祥之感。

“小星没有和你们一起回来？”葵花故意问。

“说是走不开。”大水说。

“怎么不先来个电话呢？”

伟伟突然说:“姥姥别问了,我爸和我妈已经离婚了,搞了个日本女人,比我大不了几岁,都快有孩子了。”

葵花便盯着大水看。大水艰难地点了点头,道:“我们这次回来就不想再去日本了,伟伟也准备在国内继续读书,或者找些事做。”

葵花一屁股在凳子上坐下,想着满月知道后会如何反应。

大水忙安慰:“妈,小星在事业上有想法,我们看法不统一,天天吵架还不如分开。再说离婚也不是什么坏事,我还是喜欢国内,喜欢跟你过。”

葵花却埋怨道:“既然做了夫妻,干吗还要离?小星有什么不对,你可以说呀!那你婆婆知道吗?”

“应该不知道。我爸不敢说。”还是伟伟回答。

“这可是怎么好呀?被你婆婆知道,她还不气死?”

“妈,满月姨不会的,她上次去日本就已经看到了。我们还是先去医院吧。”

说着,祖孙三个女人就去了医院。吴展鹏正在病房外的硬板椅上打瞌睡,二水在医生办公室看新的化验单。葵花爹的精神不错,看到大水和伟伟,一个劲儿地笑着。伟伟喂他吃了蛋糕,便说是一生中吃的最好的东西。不一会儿小松也来了,他红着眼睛,因为刚才听医生说,老人最多不会挨过二十四小时。葵花爹似乎已经知道即将离世,他拉着吴展鹏的手,看着葵花,却没说一句话。伟伟出乎意料地弯下腰,在老人的脸颊上亲了一口,老人眼里现出幸福的目光。但没过多久就昏迷过去,再也没有醒来……

丧事办得很简单,骨灰盒也只是中等价位,一切都合乎葵花爹节俭的生活原则。葵花原来想把父亲埋在母亲旁边,可母亲的坟已经找不到了,后来便决定放在观音山的塔林里。

从观音山回来,葵花就病倒了,幸好没查出什么大病。几个孩子和吴展鹏成天围在身边,让她感到无限欣慰。小松陆陆续续说了一些事,他到处打工,后来进了私人小煤窑,因为和人打架,被判过两年徒刑。葵花听了心疼不已。没几天,公安局的人来找小松,说装汽油的饮料瓶上有他的指纹,小松则对纵火案供认不讳。据说镇大卢曾到公安局为小松进行辩解,小松却没领他的情,好像对坐牢无所谓。半年后,法院判了三年。体检时,医生发现小松只有一个肾,原来他把另一个卖了,送给大宝的八万块,就是卖肾的钱。

吴展鹏的记忆奇迹般地恢复。有一次,他盯着一个旧的饼干盒了看了半天，突然问葵花，这不是从前装压缩饼干的盒子吗，怎么还在啊？葵花开始没在意，只说是铁皮盒子很结实，放些户口本什么的重要证件也好找，所以一直就没扔。过后想想吃了一惊，不是失忆了，这么久远的事怎么能知道？便试着把过去在观音山的生活一件件地问起。吴展鹏不仅样样清楚，还补充了许多葵花已经忘掉的。葵花高兴极了，第二天就和吴展鹏坐车来到省城，找到最大一家医院进行测试，结果神经内科的一位专家不仅肯定了吴展鹏记忆功能的恢复，还写了一篇论文发表。三个月后，吴展鹏收到美国寄来的一封信，竟然是嫡亲妹妹写的。信很短，只有几句话。只说是偶然从同事那里听到他还活着的消息，希望把具体情况，最好有过去的照片速速寄回，以便进一步联系。过去的照片已经没有了，吴展鹏便拍了几张近照，并写了与家人失散后的大概情况。很快美国的信又来了，这次是厚厚的一大沓，主要是照片。其中有妹妹在美国的别墅和用他们父亲名字命名的纪念医院。妹妹说，父母和哥哥都已经去世，她去年才退休，已经订好来中国的机票，天天盼着见面。

接下来的日子吴展鹏显得特别高兴。天天到菜市场转悠，盘算着做什么菜来招待半个多世纪没见面的亲人。葵花却发了愁，家里地方小，哪里有住的地方？可要是让客人住宾馆，又显得多生分啊。于是就想借满月的房子。大水回来后，坚持要住在观音山。不只是喜欢那儿的农家景色，更想在种植业方面有所发展，便向恭胖子要回了原来的小院，租了十来亩地忙碌起来。满月虽然还在县里兼着一些闲职，但平时总和大水待在一起，现在到处在修路，交通方便极了，城里的房子基本上空着。

这天，葵花和吴展鹏去满月那儿打扫完卫生回家，正准备好好休息一下，就见法院的一辆车在门前停下，他们送来一张传票，说是苗萍萍已经将吴展鹏告上法庭，要求恢复他们的夫妻关系。

第 28 章

满月把李真汇来的钱悉数退回。她没什么积蓄，但也不缺钱。房子是县里折价买的，等于白送，虽然不太大，但够她一个人住的。看病是红本，百分之百的报销，按级别可以住高干病房。凭离休工资打发油盐酱醋和平日开销是绰绰有余了。现在最令人担心的是伟伟。已经研究生毕业，读的是经济。小星原想让她也进入松尾的公司，这样不仅在工作上相互关照，父女也可以经常在一起。不料孩子对经商毫无兴趣，却迷上了佛学，一有时间就到"空海研究会"听讲座，把一千二百年前的日本和尚视为人生偶像，还取了个法名叫虚海。父母离婚后，她随母亲回到国内，性格有了很大变化，平日不爱说话，也不和人交往，一天到晚猫在家里看《金刚经》。过两年就考取了省佛学院的博士生，师从毕生从事真言宗研究的圆澄法师。对孙女的选择，满月最大的感触就是无奈。原以为自己革命一辈子，那些理想和信念至少可以影响自己的后代，不料儿子满脑子都是生意经，孙女则开口闭口“即身成佛”。还有一样令满月十分犯愁，就是伟伟迟迟不肯交朋友谈恋爱。在满月内心有个很强烈的愿望：想给孙女带孩子。当年，为了怕走漏消息，生下小星的第三天就走了。此后整整七年基本上没有过问，没尝过一个女人哺育后代的乐趣。

观音山悠闲的田园生活让满月有了隔世的感觉，她不再掐着点去赶一个又一个的会议，不再说那些永远正确却很少有用的“重要指示”。她换了软底布鞋，吃自己种的新鲜蔬菜。她养了好几只鸡，还亲自搭了鸡窝，最近又和大水合计着来年买两头猪崽自己饲养。当然，烦恼还是永远存在。小星以日本企业家的身份回到国内，扬言要大展宏图，却一次次地要母亲介绍关系，争取优惠政策。企业遇到麻烦，总是让她去找过去的老领导或同事解决。与此同时，伟伟和家里的联系却越来越少，就是过年过节也难得回来一次。

“伟伟是不是有问题？都三十岁的人了，怎么对男人一点儿兴趣都没有呢？”满月终于忍不住问大水。

“她身体挺好啊？”大水也十分疑惑，“要不，是传了我的胎？”

“你怎么了？”满月还是头一次和大水讨论这个问题，“过去，你和小星夫妻生活不好吗？”

“说实在的，我没什么这方面的要求，甚至有些厌恶。”

“真的？”满月非常吃惊。“为什么啊？”

“有伟伟的那次，我什么也不懂，只觉得很疼。后来就是生孩子，小星回来探亲时，我身体还没复原，结果得了炎症，没好意思说，拖了一年多才好。后来我们能够在一起的时候，就没有这方面的要求了。”

“这种事怎么不和我说呢？我不只是你婆婆，也是你干娘啊！”满月后悔得要命，倒有些同情起儿子来，“你们这样，难怪丈夫要在外面找人了。”

“我也没怪他啊。”

"唉！"满月长长叹了口气，"夫妻生活当然不是最主要的，但要是没有，也是万万不能的。"

"可能是我比较保守吧。"

"不是保守，是开头没有开好，后来又长期禁欲。这种夫妻当然不会有好结果。"

"感情不好，还不如不结婚。"

"不对。"满月想想才说，"你刚才说的，都是后天因素，不应该遗传给女儿。伟伟一定有其他问题。"

"可能是吧。"大水犹豫了一会儿才说。

满月敏感道："这么说，你知道？"

"也只是听到一点点。"大水说，"伟伟她爸爸曾经介绍过一个小伙子，日本人，叔叔是个大臣。伟伟和他交往了三四个月，就突然分开了。"

"为什么？出什么事了？"

"具体情况不太清楚。有次听他们父女吵架，伟伟说那人是变态。就是那次之后，孩子就对佛教入了迷。"

满月默默地叹了口气："一定是受到什么打击。你怎么不和她谈谈呢？"

"我问过，可她什么也不说。"

"我算是有些明白了。还是小星的问题，受点打击就想逃避。当初他就是这么做的，当然不能给孩子好的教育。"满月叹了口气继续说，"小星一心想出人头地，往上爬，介绍些不三不四的人，这才害了自己女儿。说到底，都是他人生定位定的不是地方。唉，我怎么会生出这种儿子？"

大水用疑惑的目光看着满月："您说什么，小星是您生的？"

满月意识到自己失口，忙又说："我是说，从小教育得不够。"

大水却问："妈，小星的父母真的是烈士吗？"

自从听李真说早已知道小星是他儿子后，满月就怀疑这不再是个秘密，只是她一个人蒙在鼓里。见大水这么问，就问："你听到什么了？”

“如果妈还坚持，我就不说了。”

“不。你一定要说。”

“其实李真叔叔一直和小星有联系。”

“一直？”满月吃惊地问，“你说的‘一直’是指什么时候？你们结婚以后？”

“不。应该是我们上中学的时候。有一次我到你家来玩，听到他在打电话，叫电话里的人‘爸’。我就问，这个‘爸’是谁？他就说李真叔叔其实是他亲生父亲。但要我发誓，绝对不跟任何人说，特别是跟您。”

“还有呢？还知道什么？”满月焦急问。

“我们在日本的时候，他们也老是通电话。”

“‘老是’？一个月一次，还是一个星期？”

“有一阵几乎是每天打一次电话。”

“就是说，他们一直有联系？可我还以为……”

满月感到震惊。

几十年来，她比生命看得还宝贵的信念訇然崩溃。父子俩竟然联合起来欺骗她，隐瞒着这个天大的秘密。如果说，作为一名领导干部，李真将私生子的事深藏不露还可以理解，那已经明若观火的儿子却在那么多年里不露一点儿声色，又是为了什么呢？是担心自己难受？还是怕给身为一级领导的母亲脸上抹黑？即便如此，为什么不想想，世界上还有用任何金钱、地位和权势换不来的天伦之乐呢？满月原以为某些原则，某些信仰可以至死不渝，而今却找不到支撑它的精神力量了……

许多天，满月蹲在塑料大棚里默默地搓揉着营养土，呆呆地看着蔬菜发芽长叶。有时候会想，也许这个世界只是这些叶子里的一个细胞，这片叶子就是我们看到的整个宇宙。有时候又想，生命的起源只是一种偶然，人生的一瞬间并无任何意义。过去，她一直盼着和李真结婚，盼着听小星叫“爸”，盼着膝下有一大堆的儿女。可现在她茫然了,不再有任何期望了。

大水看在眼里非常着急，忙打电话要伟伟回来带奶奶看医生。可伟伟却轻描淡写地表示,这是典型的“离休病”,是所有她们这代人必然会经受的痛苦。只有等她们彻底脱胎换骨,习惯了平民老百姓的生活就解脱了。

不久,小星又派汽车来接满月。说企业里有个工程师跳楼自杀,留下遗言谴责日方待遇太低,三险不全等等,其实是因为失恋才自寻短见,要满月找关系摆平。满月找到小星,没谈自杀的事,只问为什么早就知道出生的真相却始终不说?

“是爸不让我说。”小星一句话把自己择得干干净净,“再说,很长一段时间,您也没有说我是您亲生的啊?”

满月郑重其事地告诉小星，以后她绝对不会再帮他联系业务，或处理企业上的杂事,一切都必须自己去承担去奋斗。再说,退下来的干部已经没有什么用了。这倒是实话。

葵花和吴展鹏分别被叫到法院问情况。原告律师仔细问了葵花上次找苗萍萍的经过和说的话,并录了音。吴展鹏则说了在青海的事。法院让吴展鹏找个律师,但同时也说,如果他同意恢复和苗萍萍的夫妻关系,就不用开庭,葵花替他还的债可以如数退出,并且能再给葵花一笔钱作为补偿。

原告律师明确地告诉葵花,即使不打官司,王亦宾也是苗萍萍的合法丈夫。理由有二:第一,王亦宾曾经提出申请与葵花解除夫妻关系,这张申请书上有葵花的签名,现在已经从劳改局找到。第二,不管当时监狱管理是种什么状况,苗萍萍和王亦宾在一起生活长达十年,其间还怀过孕,根据当时的法律,已经是事实婚姻,而且一直没有解除。目前王亦宾和葵花在一起,只能算是非法同居。那律师还说,如果王亦宾坚持今后要和葵花一起生活,必须与苗萍萍履行离婚手续,其中包括财产分割。吴展鹏说他还欠着债,哪来的财产。那律师就拿出一份传真,说是美国律师所发来的遗嘱副本。在这份文件上写着:不管在什么时间,一旦找到王亦宾本人,或者确定其死亡后,但还存在的他的妻子或子女,将得到其三分之一的不动产及纪念医院百分之十五的股份。立遗嘱的是王亦宾的父亲。

从法院回来后,吴展鹏坐在床上,看着窗外一声不吭。与妹妹即将见面的欢愉消失殆尽。葵花脸上却不见一丝愁容,做完饭,便叫他出来。

吴展鹏问:“你真的去找过她?要她和我生活?”

“是呀。”

吴展鹏埋怨道:“这么大的事,也不和我商量一下。”

葵花不服气:“那时,你梦里都叫人家名字。”

“不就因为脑子有病嘛。”

“也没想到你会好啊。”

吴展鹏叹了口气道:“说实话, 原来对这个苗萍萍还有些思念。可这官司一打,就知道她见钱眼开!太势利了!”

“话也不能这么说。”葵花却道,“人家和你生活了这么多年,确实也付出不少。现在要点补偿也是应该的。谁让你一下成了百万富翁呢。”

“看来有钱不是什么好事。这样,我写个声明,不要什么遗产。没了钱,她自然就退了。”

“这么容易啊?文件上都写着,就算是你不在了,这钱也是她的。我看人家不会这么傻。”

“照你说,还真的黏上了?”

“黏就黏吧。”葵花故意说,“她这么年轻,又是患难之交。我看啊,你就干脆跟她过,将来生个孩子,和和美美的,让人多羡慕啊。”

吴展鹏就拉下脸说:“我都愁死了,你还说这种话。”

“真的不想和她过?”

吴展鹏说:“当初要她帮我还债的时候,为什么不答应?为什么不说是夫妻?”

“人总有自私的时候,也是人之常情,你就原谅她吧。”

“葵花，这是你心里话吗？”吴展鹏真的生起气来。

“可我也没办法啊，人家说了，你和她是事实婚姻。”

“也行，那就财产分她一半。”

“真的想离婚？”

“坚决离！”

“我是在试探你呢。”葵花便笑了起来，“其实根本不用离，你也不是她的什么事实丈夫。”

“这话怎么说？”吴展鹏连忙问。

“现在不能说。但是我有把握，十有八九，她明天就会来找你告别。”

“你有这么大的本事？”

葵花乐呵呵地回答：“你就等着听好信吧。”

当晚，葵花来到苗萍萍住的宾馆，要求面谈。苗萍萍立刻答应，却带了律师。

“葵花姐，这件事实在是太重大了，我不能没有律师的帮助。”苗萍萍开始便说，“不过，你想说什么都可以，不必忌讳。”

“好吧。那我就直说了。”葵花笑了笑道，“上次你告诉过我，你出来后结过婚，对吗？”

苗萍萍似乎早有准备，对律师说：“你解释一下吧。”

律师便说：“你说的这件事，我的当事人已经想到了。上次你听她说结婚，是因为她和你不熟，也不想多解释，所以才这么说。实际上，他们没有办理任何手续，只是一种短期的接触。这也是我的当事人拥有的正当权益。你看，这是公证处出具的证明，我的当事人除了和王亦宾存在事实婚姻外，没有和其他任何人有过法律意义上的婚姻关系。”

葵花看着公证书，十分意外。原以为一句话就可以击败对手，现在看来是想得太简单了。

“葵花姐，我知道你心里是怎么想的。”苗萍萍往前靠了靠，一副友好、真诚的语调。“当初你把王亦宾从刀口上救下来，后来又是在那种情况下要做他的妻子。他告诉我的时候，真的非常感动，到现在我对你还是非常敬佩。但人都要面对现实。我可以发誓，这次打官司，并不是想他的财产。真的，我海外的亲戚给的真不少，足够我买房子买车养老了。”

“那是为了什么呢？”

“我是想给他生个孩子。”苗萍萍说着眼泪就掉了下来，“你看，他这么大，却没有个自己的子女。你再爱他，可现在还能生育吗？这事只有我能做到啊。”

“可他也已经不小了。”

“我和他都是学医的，你不用担心。”

葵花心里又七上八下起来：“可是……他会愿意吗？”

“葵花姐，我的好姐姐亲姐姐啊！”苗萍萍抓住葵花的手，抽泣起来，“我打这个官司可是迫不得已啊。我们都是苦命的女人，我也知道他对你很重要。我都和律师说了，等将来真的有了财产，会分一半给你，一定让你有个幸福安康的晚年。不信，我现在就可以立个字据，只要你把他还给我。当然，这场官司不管怎么打，我都会胜诉。可我于心不忍啊。葵花姐，你就算帮我一个大忙，我一辈子都感激不尽……”

从宾馆出来，葵花的脑袋就像塞满了棉花，什么都想不出来了。她来找二丫，想听听局外人的意见。

二丫听了前后经过，勃然大怒道：“这个遭天杀的臭婊子，分明只认得一个钱字。什么事实婚姻，什么生孩子，都是扯淡！她来之前，一定是做好了手脚。但现在是信息社会，要糊弄人也不那么容易。明天我就请朋友查查她的档案，一定是买通了公证处，不然平白无故会说结过婚？我看她真的是在发昏！”

刘脚子却很冷静：“既然有公证处的文件，要举反证恐怕不那么容易。”

“照你这么说，我们就没有办法了？”

“让我想一下。”刘脚子不紧不慢地说，“办法倒有一个。”

“什么办法？”葵花忙问。

“快说！”二丫催促。

“我记得，吴展鹏去青海前，你是和他正式签字登记结婚的？”

“这个谁都知道，用得着你说？”二丫不耐烦了。

“那就是说，葵花你们是正式的夫妻。后来王亦宾提出离婚，你也并没有签字。”

“是满月签的。”葵花说。

“看，关键就在这里。《婚姻法》规定，无论是结婚还是离婚，都必须由双方亲自登记签字。”

“可满月说，是签的我的名字。”

“这是违反《婚姻法》的。”

“那可是‘文革’期间啊。”

“‘文革’也没有否定《婚姻法》啊？”刘脚子得意地一笑，继续说，“就是说，你丈夫吴展鹏，或王亦宾的这张离婚声明是无效的。你们仍然是合法的夫妻关系。”

二丫一拍屁股道：“这下不用发愁了！”

可葵花沉默起来。

“你想什么呢？”二丫问。

“可这件事，我应该是知道的。”葵花看着二丫问，“还记得吗？满月躲在你那儿，后来又被抓走了。那天晚上她说过这件事。”

二丫说：“当然记得。”

“我当时并没有反对。”葵花想想说，“当时我还想，幸好办了离婚，不然小星和大水结婚，社会关系就有污点了。这不等于说是默认了，同意离婚。”

刘脚子忙说：“这些情况可以不谈嘛。我们只说前半节，也是最关键的，是满月在葵花不知道的情况下签了字。这可是侵犯了公民的基本权益。是违法行为。”

“这么严重？”葵花问。

“这就要看怎么说了。”刘脚子说，“如果是好朋友，代签一下也是可以的。但满月的动机并不纯，并不是为了葵花你，而是完全从自己的利益出发。不让她儿子将来的社会关系有所谓的污点。”

“说这些有什么用。”二丫推了刘脚子一把，“你脑子好，坏事做得多，快给葵花想个绝主意。”

“是呀，有什么好办法吗？”葵花问。

“有哇。起诉就行了。”

“起诉？”

“就是打官司。”

“和谁打官司？”

“当然是你和满月了。”

“和满月？”

刘脚子点点头：“告满月侵犯公民权益。这官司一打准赢。这样，所有的问题都解决了。前些年处理‘文革’遗留问题，分两种情况。一种是由单位集体决定的，或领导代表国家签署的，可以宣布作废。可如果有人出于个人利益冒充签名的，只能通过法律诉讼来解决。满月应该属于后一种。”

“不行！”葵花口气坚决，“我可不能和满月打官司！”

“说是打官司，其实只是个形式。满月可以不出面，请个律师就行了。”

“不！”葵花拼命摇摇头。“当年我和爹的命都是她救下来的。现在为了几个钱，要和她打官司？这种事，我死也不能做！”

二丫也埋怨刘脚子：“你怎么想出这种馊主意？让满月上法庭当被告？亏你想得出来！”

葵花垂头丧气回到家，吴展鹏一看就猜到几分。

“你去找苗萍萍了？碰钉子了？”

“她说话出尔反尔。亲口对我说已经结了婚，现在又不承认。”

吴展鹏安慰道：“这事你就别担心了。反正我不会离开你，钱可以一分都不要，我们还像以前那样过日子。”

晚上，吴展鹏就给美国发了电报，要他妹妹暂缓动身。

“还是在遗嘱上想想办法。”吴展鹏说，“如果没了钱，苗萍萍就不会再闹了。”

镇大卢给监狱送了几次东西，但都被小松退了回来。这天，他偶然听说了葵花的事，就来找刘脚子借钱，说要东山再起。

刘脚子一脸苦相道：“哪有钱借你啊？先把欠我的还了再说。”

镇大卢却笑笑道：“不做生意就赚不了钱，你的钱就永远拿不到。你要相信我的实力。上次的事，是因为小松，现在没事了，只是没有了本钱。”

“我可不再上你的当了。”

“刘脚子你给我听好了，别以为我是来求你，其实是在帮你。太平世界，人人都在追求生活质量。民以食为天，酒楼的生意这么好，不赚白不赚啊。”

“说破天也没用。”刘脚子拿定主意。“我真的没钱啊。”

“那就找葵花。现在对她来说，只是九牛一毛。”

刘脚子冷笑道：“人家还在打官司，遗产的事八字没一撇。你倒想着借钱，也快了点吧？”

“一点儿也不快。”镇大卢满怀信心道，“你去跟葵花说，只要肯借钱，我保证帮她打赢官司。”

“你是神仙还是超人啊。你先说说，怎么个保证法。”

“天机不可泄露。不管成不成，你先去透个风，想赢官司就来找我。”

刘脚子便当笑话和二丫说了，二丫听了也觉得镇大卢在骗人，要葵花提高警惕。

葵花听了犹豫半天，最后决定和镇大卢谈一谈。

多少年来，葵花没和镇大卢正经说过话。见到葵花上门，镇大卢便点头哈腰，忙着泡茶，又拿了一些点心放在桌上。“我知道你会来的。只是没什么好招待。”

“说吧，有什么好办法？”葵花不冷不热道，“但有一条，我绝对不会和满月打官司。其他都可以。”

“我的办法是曲线救国。”镇大卢卖了个关子说，“先让吴展鹏跟那个姓苗的回去，只是不要生孩子。”

“然后呢？”

“然后，让吴展鹏把所有的资金都拿来做期货，再转移出去，让那个女人一分也拿不到。这样，他们自然就分开了，吴展鹏不就又回到你身边了？”

“以为我会信吗？”葵花冷淡道，“还以为是什么好办法。”

“不然的话，只能和满月对簿公堂。这可是你最不愿意看到的。”

“我当然不会。”

“那只能让吴展鹏离开你。”

“我也不会让他离开我。”

“那就没办法了，除非答应我的条件。”

“什么条件？”

“借我钱。”

“如果你想借钱，那是找错人了。我没有。”

“可你丈夫有。”

“你到底想干什么？”

“我只是想帮你。”

“就你说的这些，是在帮我？”葵花生气道，“告诉你，这条路不想走，也走不通。”

葵花说完就要离开，镇大卢却死命拖住道：“好好好，刚才说的都不算。其实我是想告诉你，你丈夫和那女人的所谓‘事实婚姻’根本不存在。”

葵花愣了愣：“这话怎么说？”

镇大卢叹了口气：“还记得龚洁云吗？”

“记得啊。”

“如果她肯出来做证，那个姓苗的就必输无疑。”

“为什么？”

“那个年月,龚洁云也在劳改局医院做事。那姓苗的和你丈夫到底怎么回事,她最清楚。但我只是帮你出个主意,具体情况你问了就知道。”

“龚洁云现在在哪?还住老地方吗?”

“人家现在可是富婆了。过去在家藏了不少古董,件件能卖几十万元。后来干脆开了个古玩店,前两天我还看她上了电视谈珍宝呢。”

葵花当即找到龚洁云,一听说苗萍萍来打官司,便一口答应上庭做证。

诉讼很快进入庭审阶段。吴展鹏请了一位专门打婚姻官司的中年女律师,姓洪,开庭那天,四平八稳地坐着,不轻易说话。

原告律师先出示了王亦宾的离婚申请书,然后问了几个问题。

“请问王亦宾先生,你和苗萍萍女士在劳改局医院是什么关系?”

“我是医生,她是护士。”

“是问你们的私人关系。”原告律师说,“你们在一起共同生活吗?发生性行为吗?”

“是。”

“时间长达多少年?”

“大约十年。”

“你让苗萍萍女士怀过孕吗?”

“有过一次。”

“平时你对外怎么介绍?是‘女朋友’?还是‘妻子’?”

吴展鹏想想才回答:“需要介绍的机会并不多。”

“我不是问介绍的机会有多少,只是问怎么介绍?要我重复一遍刚才的问题吗?”

“说是‘爱人’。”

“那个年代,‘爱人’就是指配偶。就如今天称对方‘老公’或‘老婆’一样。是这样吗?”

“是这样。”

“好。”原告律师颇为得意道,“王亦宾先生和我的当事人苗萍萍女士,在一起共同生活了十年,怀过孕,并以夫妻相称。足以证明,他们的关系,已经是‘事实婚姻’。”

洪律师马上提出质疑,并传唤证人龚洁云上庭问话。

龚洁云做证说:“苗萍萍和王亦宾住在一起不假,但她并不是真的爱对方,而是同时与好几个管教干部保持着两性关系。”接下来,龚洁云就举了几个例子。苗萍萍在描述中成了众人可夫的下流女人。原告律师几次提出抗议,却都被审判长驳回。吴展鹏听了目瞪口呆,这些事从来没有听过。

“我原来不想说出来。”龚洁云最后说,“同样是女人,我能理解在那个时代为了生存所付出的代价。可现在,为了贪欲,她想剥夺另一个女人的幸福生活,已经越过了做人的道德底线。”

旁听席上有人鼓掌,但原告律师却并不示弱,他问龚洁云:“能不能谈谈你对王亦宾先生的看法。如果换了你,是不是觉得和王亦宾在一起是种幸福?”

龚洁云不知是套,爽直回答:“如果换了我,我会全心全意爱这个男人,就是死也值得。”

原告先律师接着又问了几个问题,证实龚洁云早在青海服刑期间就对苗萍萍怀有强烈的妒忌心理,希望法庭考虑证言的可信程度。

然而,让大家始料不及的是,吴展鹏听了这些事,回想起那些悲惨的年月,对苗萍萍反而同情起来。他甚至对法庭说,即使当时就知道,也不会赶走苗萍萍。因为那毕竟是个人鬼颠倒的时代。原告律师立刻要求法庭将吴展鹏的话记录在案。

诉讼出现一面倒趋势。一审宣判前,法院把双方都召集起来,希望调解。因原告坚决要求携被告回原籍共同生活,而吴展鹏却一口回绝,法院只好宣布原告胜诉,并责令吴展鹏结束与葵花的非法同居关系。

当晚，吴展鹏找到苗萍萍，一是表示会上诉到底，另外也提出可以让她得到部分将来继承的遗产。苗萍萍听了哈哈大笑道："先不说这是你或你的律师下的套，如果答应，岂不是应了那女证人的话，我是为了贪欲？"原告律师也说："我们这次的目的是恢复婚姻关系，不会涉及财产分割。不管你愿意不愿意和我的当事人走，你都将是她的丈夫。这就是法律的神圣。"

没几天，地区法院接受了吴展鹏的上诉。同时告知：如果没有新的证据，上级法院会维持一审的判决。

二丫一直在旁听。一是为了陪葵花，二是对青海监狱里的男女关系充满了好奇。听了吴展鹏说的话，不由得感慨万千。

"你说葵花的那个吴大哥，也算是个好人中的好人了，可遇到漂亮女人一劈腿，还是不能免俗。你说天下还有什么好男人吗？"

刘脚子撇嘴道："你这么说，基本上属于蛮不讲理。男人做那事，只是正常的生理需要。其实女人也是如此。要你这么说，男人都得禁欲？要做柳下惠？做神仙？就是神仙也要生儿育女不是？"

"你没懂我的意思。我是说既然结了婚，就只能跟自己老婆。谁蛮不讲理了？"

"那也要看老婆在不在身边。"

"不在身边就可以乱搞？"

"他们这种情况，你让吴大哥怎么守？守着又有什么意义？"

"那葵花不就守着吗？"二丫愤然道，"什么意义？这就叫忠诚！这就是贞操！"

"话是这么说，可不合情理。都什么时代了，你以为还是封建社会啊？"

二丫想想说："对了，我们离婚这么多年，你刘脚子又是这么好色，就没有碰过女人？"

"没有碰过。"刘脚子做出发誓的样子，"真的没有。"

"我才不信。"二丫冷笑一声，"你今天跟我老实交代，别到时候像那吴展鹏，突然来个'事实婚姻'。我可不会像葵花这么大度，大不了一死，先把你们剁成肉泥再说。"

"我可没有什么'事实婚姻'。"

"啧啧啧！瞧这口气，中气不足了是吧？其实你别担心，我只是好奇。你就招了，我也不会吃醋，毕竟你那时算单身，也是合法的。"

"真的没有。"

"放屁！"二丫放下脸来，"你以为说声'没有'我心里就舒服？越是不说，我越是怀疑。到时候得了心病，可没你什么好处。"

"你真的不吃醋？不会责怪我？"

"不会呀。你说。有几个？是谁？"

"其实就一个。"刘脚子想想又收了口，"都是过去的事了，说出来怪没劲的。不说了。"

"你吊我胃口？"二丫拉过刘脚子的耳朵，死劲地拧了起来，"你说还是不说？"

"好好好，我说，我说。"刘脚子忙笑道，"这个人你也认识。"

"谁？"

"刘立红。"

"刘立红？"二丫一愣，随即大笑起来，"你把镇大卢的老婆睡了？"

"他睡我老婆，我就不能睡他的？"

"哈哈哈，你还真有本事。是她勾引你，还是你勾引她？"

"也谈不上谁勾引谁。那一阵，她老来找我商量孙警察的事。他们乱搞，被镇大卢捉了个现行。"

"这事我听说过。"二丫兴奋起来，"又不是什么好事，找你商量什么？分明是不怀好意。"

"她说镇大卢手上有照片，如果公开出来，她也就完了。所以让我好好劝她丈夫，别得理不饶人，该住手就住手了吧。"

"嘿嘿！"二丫听了又冷笑，"你在说谎。"

"我怎么说谎了？"

“姓镇的又不想离婚,怎么会公开老婆的丑事?还有,让你去劝她男人?你是谁?是镇大卢的老子还是领导?”

“有些事我也记不清了。反正她知道我和镇大卢关系不错,也只好来找我。”

“女人的这种事,都是找女人商量。来找你,分明是在勾引。你也就不客气,她要往网里跳,你就收网对不对?”

“大概就是如此吧。”

“那姓镇的知道吗?”

“当然不知道。”

“这种关系,你们维持了多久?”

“没多久。他们夫妻一和好,就断了。”

“你又说谎了。这种事,能说断就断吗?”

“也不是马上断的,前后大概有一年吧。”

“后来呢?又有了新欢?”

“没有。绝对没有。如果有,我舌头生个大疔疮。”

“你生疔疮,倒霉的还不是我?算了,这档事我也不感兴趣。我的政策是既往不咎。但给我听好了,从今往后,不准再犯。别到时候怪我没打招呼。”

“好好好,小人记住了。”刘脚子学着电影里抱了抱拳,“如有再犯,严惩不贷。”

“那你们还有来往吗?”

“应该是早就没有了。”

二丫皱皱眉:“什么叫‘应该’?到底有没有?”

“这个嘛。”刘脚子犹豫了一下说,“床上的事是没有了,我绝对保证。但有时候会帮她传传信。”

“传信?”二丫小心起来,“传什么信?”

“她让我告诉镇大卢,以后不要再去找她。”

“他们不是离了婚,还找什么啊?”

“离婚的时候,刘立红带走了镇大卢一部分存款。现在镇大卢找她要,她死活不给。还威胁说,如果再找她麻烦,就把这事公开。因为火灾查封时,镇大卢还是隐瞒了一些财产。”

“这个女人也忒毒了,真是乌龟配王八,都不是好东西。”

这次谈话后,二丫再也没有问过刘脚子这方面的事。有时候想想,都这把年纪了,还说这些破事有什么意思?年轻的时候是种生理需要,后来就变成了一种娱乐,和感情还真的没多少关系。和团长好的时候,曾经有过结婚的梦想,结果却发现根本不是那么回事。后来和老耿,就只是彼此间的一种游戏。当然,说是需要也行。总之不是爱。那爱是什么呢?现在和刘脚子过日子,应该是很舒服也很放心。那就是爱吗?你爱这个曾经用欺骗手段娶了你,后来又为了拍上司的马屁出卖自己老婆的男人吗?

上诉期限日渐临近,洪律师认为还是要在那张离婚申请书上做文章。于是瞒着葵花和吴展鹏来观音山找满月。不料满月却为了仙水庵的事去了省城。原来观音山镇政府决定退耕还林,发展旅游,重建已有数百年历史的尼姑庵。修房舍,请菩萨这些事都好办,只是要找省宗教局备案,还要落实一名有资质的住持。想来想去,这事也只有当过多年县委书记的满月可以办成。大水原以为她会拒绝,不料满月却兴趣盎然,满口答应。结果事情还真的办得十分顺利。

满月顺便去看伟伟时,听了圆澄法师的讲经,一时觉得心里舒畅了许多,原来老是纠结的事一下子得到化解,心里暗暗称奇。便向法师请教:“听长老讲经,其实许多东西听不懂,甚至还有抵触。过后却觉得心境开阔了许多,这是为什么呢?”

圆澄法师是个慈眉善目、面色红润的老者。他笑笑道:“你看我这里,吃的素食,穿的布衣,没有世俗的许多欲望。没有欲望就没有了烦恼,心境怎么会不开阔呢?”

“您的意思是,人要无欲?”

“无欲那是最高境界。一般人只要做到不贪婪,不过分就行了。

就如你听讲经，许多听不懂。听不懂就不懂，也不要求你们都懂。都懂了，还要我们这些法师做什么？”

于是满月记住了一句话，就是要克制住欲望。得不到的就得不到，没有必要苦苦去追寻。这么一想，用于实践，心情果然就好了起来。打电话要出租车，结果人家答应了却迟迟不来。要放在过去，一定会再打电话追问，说不定还要责怪几句，至少是发发牢骚。现在却想，不来就不来，走着去，也算是锻炼身体。结果没走几步，汽车就来了。坐上去，人家还一个劲地道歉。满月第一次发现思维方式对心情的影响竟然这么大，这么奇妙，也就理解了伟伟为什么这么大还不找对象，找了对象，岂不是就会生出无尽的烦恼？再如李真没做自己丈夫，如真的做了，你会觉得幸福吗？正在为自己的“顿悟”感到高兴，就接到大水电话，说有律师来找，便用手机聊了起来。

“如果要改正已经证明是做错了的事，您会接受吗？”洪律师在电话里问。

如在过去，满月会问：“你说的是什么事？”现在却说：“既然已经证明是做错了，当然应该改正啊。”

“这可能会影响到您的名誉。”

“改正错误只会提高名誉啊。”

洪律师听了很高兴，便把事情的来龙去脉说了一遍。满月听后立刻表示，冒充葵花签名的事，她早就想和有关单位说了，只是以为没有什么实际作用。现在成了葵花官司成败的关键，当然是责无旁贷。

趁在省城的机会，满月写了份材料交到民政局，声明当年在王亦宾离婚申请上的签字无效。结果民政局的人说，事情不那么简单。如果没有后果，当事人没要求，可以不作改正。但要是损害了当事人的正常生活，必须通过法律程序来解决。满月当即表示，愿意承担相应的法律责任。

洪律师约好和满月在县城见面。这时，满月才知道葵花不同意和她打官司，于是和律师一商量，决定来做葵花的工作。结果葵花无论如何不答应。当律师的都清楚，如果没有新的证据，上诉的结果只会是维持原判。对葵花的固执，律师很不耐烦，干脆拉下脸来。

“现在只有两条路可走。一是让邢满月女士当被告，使当年的离婚申请书失去法律效应。一是接受王亦宾和苗萍萍是合法夫妻的事实。你到底要什么？”

葵花却不理律师的问话，激动起来：“你是律师，你应该想出别的办法！不然，我们请你来做什么？”

这一逼，还真逼着律师想出一个办法。她对葵花说：“这样，你不用起诉邢满月，只要写份声明，说王亦宾离婚申请书上的签名不是你的笔迹，行不行？”

葵花心里想，只要不让满月当被告就行，便依了律师。于是洪律师就以此提出上诉理由：“经赵葵花辨认，原告送达的王亦宾离婚申请书上配偶的签名，并非她的笔迹。应该视为无效证据。”

法院再次开庭，就签字问题展开讨论。那天，除了葵花和二丫，满月也坐在旁听席上。

原告律师发言时胸有成竹，坚持物证的有效性，并提出三点理由。一、在当时特定的历史条件下，由配偶所在地的领导代为签字是常例。况且其目的也是善意的，是为了帮助配偶消除社会关系中的污点。二、虽然是他人代为签字，但已经被配偶默认，这一事实已经在不久前与原告的谈话中得到证实。三、如果物证签名问题涉及对公民正常权益的侵害，应该由受害者提出诉讼，这也是常识，而有关人员并没有这样做。

审判长就此向葵花提出问题：“你认为邢满月代你签字是出于好意吗？是为您消除社会关系中的污点？是还是不是？”

葵花回答：“是。”

审判长又问：“你在和原告的接触中，曾经提到过王亦宾离婚申请书的事，是不是意味着，你已经默认了这份重要文件的真实性？是还是不是？”

葵花回答：“是。”

审判长再问:“你明明知道,可以通过对有关人员的法律诉讼来达到推翻原告方的物证的目的,但你并没有采用。是还是不是?”

葵花仍然回答:“是。”

洪律师听了失望至极,低声对吴展鹏道:“我们输定了!”

就在这时,满月从旁听席上站了起来,并大声对审判长说:“代葵花签字的动机其实是很自私的。我愿意作为被告,重新认定这份离婚申请书的有效性。希望葵花,也希望法庭给我一个改正错误的机会。”

第 29 章

葵花知道满月的脾气，说得出就做得出。

从法院出来，她就对洪律师说："想个办法拖几天再审行不行？我不能告满月，死也不成。"

"其实民事案件当个被告没有什么。"不过洪律师马上又说，"现在不少人还是老观念，满月毕竟在这儿当了这么多年的县委书记。我和法院说说看，最好有其他办法。"

审判长本来对苗萍萍就没有好感，过去也曾是满月的部下，见洪律师来找，便有心不走那道程序，把那离婚申请书的有效性给否了。不料原告律师坚决不同意，甚至要告法庭不公。

就在法庭和双方律师交涉的时候，葵花和吴展鹏就去了苗萍萍生活的城市并找到她的单位。果然不出所料，很多人都知道苗萍萍从青海回来后结过一次婚，男的是个药厂的推销员，离婚的原因是对方骗了她的钱，还同时和别的女人乱搞。葵花到婚姻登记处了解办证的事，可办事员显然已经有所准备，在详细问了葵花的身份后一口拒绝。理由很充分："婚姻属于隐私，我们有权保密。"接着，葵花和吴展鹏又去了公证处，结果人家口气更硬："我们出具的任何公证书都经过反复调查和核实。无端怀疑并造成后果的，还要承担法律责任！"最后，葵花决定来找那个推销员。那是个油头粉面的中年男人，老是笑着说话。"你们的来意我明白。"推销员露着黄牙说，"但我和苗萍萍确实没有经过登记。我们都不是头一次结婚，想共同生活一段时间试试看。如果办了手续岂不麻烦？我说的完全是实话。如果还有什么疑问，可以打电话，我随时恭候。"

回到宾馆，葵花一个劲地叹气，觉得这回白来了。

吴展鹏却思忖了半天道："如果换了你，会给我们留电话？"

"不会。"

"那他为什么留了呢？"

"为什么？"葵花不解。

"说明还有余地。"吴展鹏当下打了电话，希望再谈谈，那个推销员居然立刻答应了。

"我们知道你的话没说透。"吴展鹏开门见山，"如果让你说实话，需要什么条件？"

推销员依然笑容满面问："可以看看你们的包吗？"

"看包？"葵花疑惑道。"看包做什么？"

"看看有没录音机。"推销员很老练道，"我是做药品的，生意可成可不成，但不想留下什么话柄，希望能谅解。"

于是葵花就把包打开。推销员仔细看了一遍才说："我知道你们一定会来找我。"

"为什么？"葵花问。

"因为苗萍萍走前来找过我，谈了一笔生意。说实话，我对她并没什么好印象。如果你们开的价相等，我宁可和你们合作。"

吴展鹏说:“能把话说得更明白一些吗?”

“可以。”推销员这才收起笑容道,“如果你们给一百万元,我就提供苗萍萍出狱后已经登记结婚的证据。但我事先申明,她不是和我。我确实没有和她办理任何手续。怎么样?”

“可她有公证处的文件。”吴展鹏故意问,“该不是假的吧?”

“这个我就不能再说了。”推销员又老奸巨猾地笑起来,“我知道对这起官司来说,一百万元对你们来说算不了什么。如果同意,就以借款的名义签个合同。在你们胜诉后的一周内付款。你们看,是不是很公平啊?”

吴展鹏立刻说:“可以。”

葵花却问:“不会骗我们吧?”

“怎么会骗你们呢?”推销员拿出早就打印好的一份合同道,“上面写得清清楚楚,在你们胜诉后付款。如果官司打不赢,甲方分文不收。”

葵花犹豫了一会儿,才下定决心:“好,我同意。”

吴展鹏却装着不经意地问:“可有一条,如果你提供的证据还是你和苗萍萍的事,那这份合同就不用签了。”

推销员一下愣住,在琢磨吴展鹏话里的意思。

葵花却老实说:“只要能证明苗萍萍结婚就行,到底跟谁并不重要。签吧。”

推销员立刻说:“是呀,只要能打赢官司,你管他是跟谁呢?”

“那可不行。”吴展鹏口气很坚决,“我们是诚心诚意来找你。可你刚才说,你确实没和她办理任何手续。如果你提供的证据还是你和她,那我就不知道到底哪句话是真的,哪句是假的?这样的证据值得花一百万元来买吗?”

“要这样就算了!”推销员气急败坏站起来,“不过下次再找我,价钱就会高一倍。恕不奉陪了。”

葵花忙说:“别走啊,我们可以谈。”

吴展鹏却对推销员说:“必须讲诚信。”

推销员也不打招呼，冷笑一声走开。

葵花不解地看着吴展鹏："你干什么呀，对我来说，这一百万到花得值！"

吴展鹏哈哈大笑："这官司我们赢定了。"

"为什么？我们一点儿证据都没找到啊？"

"怎么没有？"吴展鹏乐呵呵地说，"我们已经证实了两件事。一，这个人和苗萍萍曾经结过婚，而且办理过登记手续。他想把这个信息卖一百万元，心太黑了。"

"可他什么也没说啊？"

"说了。"

"他说什么了？"葵花更糊涂了。

"你想想，如果他手里真的有苗萍萍和别人结婚的证据，在我这么问的时候会怎么回答？他会愣住？想怎么回答吗？"

"可不是吗。"葵花想了想说，"还有件事是什么？"

"就是苗萍萍用一百万元收买了她的前夫，要他做伪证。如果法院采用伪证错判，可以由检察院指控苗萍萍犯妨害做证罪，提起公诉。"

"真的？"

吴展鹏开心道："我坐了这么多年的牢，说实话，都快成法律专家了。"

二人高高兴兴回到县城，跟洪律师说了经过。洪律师却告诉说：法院已经受理了诉邢满月冒充葵花签字一案。而且是被告坚决要求的。她作为葵花的授权律师，有权这么做。

葵花忙约了二丫来找满月，要她改变主意。

"你看，苗萍萍出狱后已经与他们结婚，足以推翻与吴大哥'事实婚姻'的说法。"葵花说，"你那个签字已经不重要了。真的没有关系。"

二丫也说："是呀。葵花已经胜券在握，为什么还要上法庭？是不是从来没当过被告，你想过过瘾啊？"

“我只是想澄清一个事实。”满月却说,“和那个官司有没关系并不重要,重要的是我想有个机会,给自己一个解脱。这是我自己的事,你们就别再阻拦了。”

那一天,满月站在被告席上,向法官陈述冒充葵花签名的动机:“我儿子邢小星和葵花的女儿赵大水谈恋爱,我不同意。不同意的原因是因为葵花和王亦宾是夫妻,将来在我孩子的档案中,社会关系中会有‘岳父在服刑’这一条。势必影响孩子的入党、提干,甚至会毁掉整个政治前途。所以,当我看到王亦宾的离婚申请时,就替葵花签了字。这是我滥用职权的自私行为,虽然葵花作为我的朋友没有责怪我,甚至坚决反对进行法律诉讼,但作为一个老干部,一个人民的公仆,我必须有一个机会澄清事实,并向葵花赔礼道歉。”

与此同时,法院已经到苗萍萍的居住地调取了有关档案,证明苗萍萍出狱后曾经有过法定婚姻,并在公证时有行贿和伪证行为,给予罚款处分。法院重新宣判:对原告苗萍萍的诉讼请求不予支持。

法院的工作人员私下告诉吴展鹏,苗萍萍结婚后,被丈夫骗取了几乎所有财产,这也是她打官司的主要原因之一。吴展鹏便与葵花商量,能不能在他继承的财产中,分一部分给苗萍萍。葵花立刻表示同意,并在饭店订了一桌菜,为苗萍萍送行。苗萍萍哭得像个泪人,千恩万谢地离去。葵花突然发现这起诉讼是件好事,从此再也看不到吴展鹏对苗萍萍的任何眷念之情了。

接下来是吴展鹏与妹妹见面,两人紧紧拥抱着放声大哭,后来又哈哈大笑。大家都向这对失散了半个多世纪的兄妹表示祝贺。妹妹用现金买下县城最好的一处房子,送给嫂嫂做见面礼。吴展鹏则说了当年葵花舍身相救的往事。美国客人感慨万千,不知说什么才好。葵花静静地坐着,享受着人生很少能有的幸福。

不过,吴展鹏与妹妹见面后又生出新的烦恼,在父亲的遗嘱中,不只是财产的分配,还有一个基本前提,就是要让他接替妹妹担任纪念医院的董事长。事实上,他妹妹的身体一直不好,已经有些支撑不下去了。葵花让吴展鹏先去美国看看,吴展鹏则表示三个月后一定回来，结果去了八个月也脱不开身，只好要求葵花一起到美国定居。这可是葵花无论如何不愿意的。

一天看电视剧，二丫发现曾当过一阵团长的春姐在里面扮演一个老太，不由得想起《四季常青》的旧事。本以为想想也就罢了，结果好几天挥之不去，倒生出一个主意来。二丫虽然早已退休，但名义上还是县剧团的艺术顾问，还经常参加老同事的聚会。

“能不能复排《四季常青》？”二丫专门找到团领导游说起来，“你们看，《红色娘子军》《红灯记》这些老戏现在都很受欢迎。因为不少观众喜欢怀旧，我们这部戏当年演过几百场，演到哪红到哪。如果再次公演，几十场肯定卖得出去。也可为单位增加创收。”

团领导表示大力支持，只是有个条件：排练费、服装、道具、场租及所有演职人员的开支必须自筹，团里不出一分钱，盈利时也只抽个百分之五十。其他怎么折腾都可以。

二丫一面咒骂现在的领导心太黑，一面自任“艺术总监”真的干起来。满以为不少企业都会赞助，结果谈一家黄一家。倒是有些个人愿意出钱，但都要求上台演个角色，群众也行。刘脚子不想让二丫扫兴，跟人借了几万元说是有人要做软性广告。二丫一看有了进账，便宣布启动。一方面找原来的编剧修改剧本，增加爱情戏。同时确定了导演，在报上刊登启事招募演员，因为原来演舞台剧的班子早就散了。另一方面凭借过去的老关系做服装、置布景，并且一律赊欠。镇大卢从刘脚子那儿听说二丫缺钱后，立刻表示所有投资都包在他身上，只需要一个名义。二丫虽然一千一万个不想让镇大卢参与，但为了搞到经费也就顾不得那么许多，同意他印了“总策划”的名片。果然不久，镇大卢就拉来了两家希望冠名的单位。一家是做卫生巾的，另一家则是新建的药厂，都要求在剧中出现与他们产品有关的情节和对话，另外就是在大幕上方拉条大横幅，说明是“某某品牌”独家赞助。二丫选了药厂，还亲自设计了写有产品名称的布景。厂领导看了很高兴，没几天就把头笔钱打到剧组的账号上。

彩排那天热闹非常。二丫请了五大班子的领导和中学生捧场，观众座无虚席，媒体争相报道。二丫还在电视上说了一大段。但正式演出时，票却卖不出去。首场只出了八张，其中四张是葵花买的，另外四张是刘脚子瞒着二丫买的。第二天的票也只卖了四张，一打听，买的还是葵花。二丫后悔彩排时的赠票太多，县城里大凡有些艺术细胞的人都享受了免费欣赏。导演问演不演，二丫一跺脚发誓说："没有观众也要演！不蒸馒头蒸口气！"话是这么说，却把演出日期做了推迟，内部决定是：观众过了半数才公演。

不料药厂出了事。他们在剧中宣传的针剂出了人命官司，卫生部下令追查，十几个省全部退货，老板一看情况不妙就卷款跑了。查账时又发现新问题。原来药厂赞助要拿百分之二十的回扣，可镇大卢和二丫谈的是百分之二十五。虽说药厂的钱没付全，但镇大卢贪污已是事实，一下就进了看守所。二丫也几乎天天去公安局接受询问，后来还是团领导出面打招呼，二丫才脱了干系。折腾了几个月，剧组欠了十几万元，还不包括演职员的劳务费。团领导问她怎么办？二丫却表示，就是演一场也要演。不然不负责还钱。团领导没办法，只好听从。

镇大卢为了找赞助花了不少本钱，加上摸牌又输了不少，连退休金都给人做了抵押。所以从看守所出来后已经不名一文。二丫已经发了毒誓，不准刘脚子再和镇大卢来往。镇大卢只好找了个准备拆迁的老房子暂时安身。每天晚上他会到酒楼的后门等候，这时会有以前的熟人递上几个快餐盒，装着客人吃剩的饭菜。早在半年前，镇大卢就发现肝区隐隐作痛，最近不仅痛得厉害，而且人也迅速消瘦。有人劝他去看医生，他只是笑笑说："人生七十古来稀，我到了这个年纪，活一天就赚一天，还看什么医生？"

这一天，他除了快餐盒，还得了一个塑料袋，里面装着半只龙虾，不由得高兴起来说："都说我现在不走运，可谁知道我镇大卢天天山珍海味，还不用自己烧煮？省部级干部都不如我活得这么逍遥自在……"话没说完，那只龙虾就被一只脚踢飞，抬头一看，一个富婆正在冷笑。

“你大概不认识我了吧？”那女人说。

“啊，原来是龚董事长，多日不见，你又漂亮多了。”

“这种屁还是少放。”龚洁云仍旧笑着道，“你镇大卢也有今天，龙虾是我的客人刚刚吃剩的，他可有口臭。”

镇大卢便把龙虾捡起来，拍拍上面的尘土，涎着脸道：“你不是也吃了吗？就算我也是个客人，带回家慢慢享用。”

龚洁云神经质地哈哈大笑，又道：“姓镇的，想知道谁给了你下身的那一刀？现在可以告诉你，就是老娘叫人干的。不过很可惜，现在已经过了追诉期，你也只好想想，动不得我一根指头了。”说罢便扬长而去。

这事传到二丫耳朵里，她便拍着手对刘脚子说：“真是恶有恶报，镇大卢作恶多端，也到了时候，该收拾了！”

刘脚子却叹息一声道：“可怜。”

仙水庵落成开光，佛教协会招聘住持，圆澄法师推荐伟伟见习一年，伟伟就用了早就取好的法名虚海，决定削发为尼，终生伺奉佛祖。小星知道后，连夜赶到观音山。但无论怎么劝，伟伟就是不听。于是只好来找大水，大水却说：“劝是没用的。”

“那怎么才有用？”

“对孩子影响最大的，其实是父母的所作所为。她不能认同你，但又无可奈何，所以才走到今天。”大水见小星不再说话，这才说，“要不，去找找你母亲，看她怎么说吧。”

小星忙给母亲打电话，却没有人接，便又打给葵花，葵花说：“我也不知道你妈在哪里。要不再打打看。”

满月在法庭上说的那番话，其实已经积压了许多年，现在只感到一阵轻松。本想立刻回观音山和大水一起去种草莓，不料在街上碰到苏莲，没完没了地唠叨起来，一定要陪她在新盖的五星级饭店住几天。

“这酒店啊是我老四开的，他做的是连锁店，北京、上海都有，明年准备在纽约、新加坡和泰国再盖一批。这儿因为是我的老根据地，每年都要回来几次，所以不能不给这个面子。你不知道，奠基的时候省委书记都来了，他一动，下面市里县里的头儿还不忙得四脚朝天？”

说完老四，又说老三老二老大，满月听起来，全是在做着大买卖。

“他们都是经济基础，老五可不想让他做生意，一定要从政。不然我们这些老革命可没了接班人，这可是万万不行的。你还不知道我家老五吧？前两年，我让他在大西北锻炼，当市委书记，现在到中央党校学习，博士毕业。你说，是先在中央做个局长过渡一下，还是直接到省里当组织部长？我想听听你的意见。”

满月和苏莲并不熟，也根本不知道老太太会有这么多的儿女，只是一味地应付，由她显摆。

“你知道，老江已经平反了。”苏莲放低了声音道，“军区开的追悼会，我也参加了。中央军委来了七八个上将，拿枪守灵的也是少将，场面可隆重了。对了，这事怎么不通知你？过去你们走得也很近啊？”

满月摇摇头：“我一点儿也不知道。”

“你知道，在追悼会上看到谁了？孙书记！还以为他早就死了，谁知道还活着。真是好人不长寿，祸害佬儿活千年。只是老得不行了，坐着轮椅，还掉了眼泪。我看是装出来的。当年他揭发得最凶，什么特务叛徒都是他说出来的。现在倒像个没事人一般。听说老江的子女没和他握手，出了大洋相，电视都拍了，我看是活该。这种人，就得给点脸色看看。哼！”

满月木然地听着，不知道该说什么。

苏莲笑了笑又说：“我还没问你呢，李真现在怎么样了？你们还有联系吗？”

满月点点头，随后又摇摇头：“他也在生病，不过没有联系了。”

“唉。”苏莲感叹起来，“你跟他是多好的一对啊！可惜啊可惜，人生就是这样，你喜欢的，人家不跟你。倒是一辈子在身边的，你并不喜欢。这就是女人。等来世吧。”

满月立刻问：“你也信来世？”

“随便说一句罢了。”苏莲摆摆手道，“我们都是党员，是无神论者，怎么可以相信来世呢？不过，要真有来世，我还是个女人的话，就不再这样过了。太累，你觉得呢？”

满月硬被留下来吃饭，原来是她儿子请开发区的领导。

“她可是我最好最好的朋友。”苏莲这样介绍满月，“也是你们的老县委书记，老革命啊。”

满月去卫生间回来时，没找到苏莲请客的包间，就回家了。这天晚上，她做了个奇怪的梦，梦里她是那个会唱山歌的刘三姐，而李真分明就是傻呵呵的阿牛，他们摇船来到一个孤岛上，唱着“世上都是藤缠树，哪有树缠藤”什么的。醒来后，她发现居然搂着一个枕头。要不是小星来电话说起伟伟的事，她可能会高兴一天呢。

来到观音山，老远就看到到处都插着彩旗，寺庵的山门已经改成类似天安门样的建筑，门洞前是铁栏杆做的入口，不少人挤在那儿买票。原来的小路都被封死，并装了锋利的栅栏。新建的仙水庵散发着浓烈的油漆味，大雄宝殿前站满了人，有名寺的高僧，也有佛学院的教授，善男信女们都在抢购圆澄法师用纯净水点过的物件。开光大典将在上午十点零三分二十一秒开始，据说这时的阳光正好照在仙水庵释迦牟尼塑像的顶部。开光的第一个内容就是给新任住持虚海举行剃度仪式。伟伟的日本籍身份引来好事的人们多个版本的猜测，甚至说她是释迦牟尼第八十八代嫡孙女。虽然只是传说，但令人们肃然起敬。

小星解释了半天，看门的才允许让满月与伟伟见面。此时，伟伟的禅房里正燃着高香，她正双膝跪在南海观音大士的莲座像前，双手合十，埋头念经。听到有人进来，头也没抬一下。

满月足足站了五分钟后才问：“你真的拿定主意了？”

伟伟却问:“还能有退路吗?”

满月沉默了一会儿又问:“削发后,头发怎么处理?”

伟伟似乎没想过这个问题,便说:“断不可以留在这里,也可能会烧了吧。”

“能不能给奶奶做个纪念呢?”

“没有必要吧?还是把我忘了吧。”

不一会儿,几个老尼姑进来说,时辰到了,请住持师父出去。伟伟从满月身边走过,目不斜视,就像没有人站在那里。

满月没有观看仪式,也没再理小星,直接回到家,就坐在那里发呆。到了傍晚,有个老尼找过来,丢下一个用红绸做的盒子。大水打开一看,原来是一绺乌黑的头发,便哭了起来。满月却笑着说:“这孩子还是肉心。”

仙水庵的开光典礼整整闹腾了一个月,附近几个县城无人不知,虚海的名字也走进了千家万户。一时来请作法事的排起了长龙。伟伟虽然经常出差,但伙食很好,车接车送,加上念经也不辛苦,大水也就渐渐放下心来。后代的事她想得很开,没有就没有,她奶奶都不急,还想什么呢?

李真去世的消息满月是一个月后才知道的。这是预料中的事,应该是解脱,所以并无伤感。有一天,二丫突然想给李真作个法事,让他的亲孙女超度一下。但遭到满月的坚决反对。不过,二丫还是去和伟伟说了,伟伟竟然答应下来。于是选了一个日子,伟伟禁了食,只是喝水,连续三天把所有悼念亡灵的经都念了一遍。听说是虚海的外公,庵里的尼姑都争相加入,整个大厅烛火通明,经声不断。二丫约了葵花进去看了看,被那虔诚肃穆的气氛所感染,不知不觉都流下泪来。

《四季常青》终于公演,二丫专门让人开车来请满月,并安排在“领导席”上就座。演出非常成功,许多老人都掉了泪,即便是那些激昂的革命歌曲,听着也叫人感慨万千。观众经常打断表演,在熟悉的演员上台时拼命鼓掌,倒也活跃了剧场的气氛。结束时,满月习惯地走上舞台，与演员一一握手。因为原来没有安排，许多演员都不知道满月是何方领导，因此也没有在一起合影。

二丫双喜临门，演出成功后的第二天，大宝的老婆就在痛苦的呻吟中生下一个八斤重的男孩。满月抢过来抱在怀中，眼睛闪着激动的泪花，不停地念叨着："宝宝啊宝宝，我看好你的前程哩。我没有儿子，也没有孙女，但有你也够了，我要把你教育成人，走你外婆外公的革命道路……"

二丫听听不对，连忙接过孩子，小声对葵花说："注意到没有，满月把他当成自己外孙了，眼神也有点不大对，会不会是得了什么病啊？"

于是葵花就陪着满月去看医生，医生含含糊糊道："可能是脑血管阻塞，也就是人们常说的老年痴呆。如果家中无人照顾，还是住在精神病院比较稳妥。"

二丫原来担心满月不肯，结果满月只问了一句"是不是单人房间"，得到肯定回答就同意了。小星按最高级的待遇付了费用，从此精神病院成了满月的家，葵花和二丫每月都会前去探望。不过没多久，满月就忘掉了她们的名字。

有一天，医生交给葵花和二丫一个信封，说是满月的遗嘱，是神智还清醒的时候写的。二丫忙拆开来看，只见字数不多，一共三条，便一条条小声念了起来：

第一：我邢满月这一辈子没有做过任何对不起国家、对不起党的事，我的信仰是共产主义一定会在全球实现，至死不渝。第二，我没有教育好自己的孩子，是我一生中最大的遗憾。第三，我的爱情是纯洁的，我的身体是干净的，我不后悔，相反，我很满足。

小松出狱后，二丫找关系让他享受县文工团退休职工的待遇。服刑时他学会了拉京胡，于是每天一大早就来到公园，给喜欢唱京戏的老人们伴奏，并立刻成了这帮人的主力。这天葵花自己做了一笼肉包儿，想起儿子经常不吃早饭，就找到公园。结果刚进门就看到一个蓬头垢面的人向她伸出手来。葵花看了不由得一愣，便把包子递了过去，那人就狼吞虎咽地吃了起来。后来葵花便对小松说："镇大卢毕竟是你的生父，现在这个样子，你有没有什么想法？"

小松想也不想就说："他为什么还不死？"

"听说得了肝癌，而且是晚期。"葵花过了会儿才说，"我想还是让他住院，估计时间也不会很长，你能不能去照顾几天？"

小松哼了一声："除非想让我死。"

葵花知道劝不动，也不再提起，便约了刘脚子把镇大卢送进医院，费用由她承担。

二丫知道后来找葵花："你脑子有病啊？他是你什么人？他是害我们一辈子的大恶人，你知道不知道啊？"

葵花却说："不管如何，他是小松的亲爹。只是替孩子尽份孝心。"

"我看不是。"

"那你说是什么？"

"女人都下贱，谁把她的肚子搞大了，都会有份情。不管是香的臭的善的恶的，反正是断不掉。"

"随你说吧。只当是路边看到一个苦人儿，做做好事罢了。"

"过去的仇，那些恨，你还真的忘了？"

"老记着有意思吗？再说，对自己的心情也不好。人还是要过得开心，往好处想。"

"哼，我可做不到。"二丫嘴上这么说，回来却骂刘脚子，"他是你老搭档，既然送到医院，也不能让葵花一个人操心，该帮忙的还是要帮一把。听到没有啊？"

刘脚子却笑笑道："你要一个人在家弄孩子就直说，没有必要用这事打发我走。医院不是我不去，是镇大卢不让。"

"为什么不让？"

"这个就难说了。也许镇大卢想在死前多见几次葵花吧。"

"这是你们男人的想法。半身都埋在土里了，还想这些破事。"

其实镇大卢心里还真是这么想的。住了院，至少可以减少一些疼痛。他没想到葵花会这么对待自己，想想过去的作为，心里还真不是滋味。“不过，人不为己，天诛地灭！”他又这样安慰自己。过不多久，病情开始恶化，知道日子不多，就拼命要吃要喝，结果大便出不来，肚子胀得像个番瓜。灌麻油，开塞露都没见效。镇大卢像只等杀的猪不停地号丧，弄得同病房的人都有意见。葵花便问护士长还有什么办法。

“办法倒有一个。”

“动手术？”

“不。可以用手指抠。”护士长知道镇大卢并没什么家属，便把葵花拉到一边小声说，“我看算了吧，反正也熬不过今天晚上了。”

葵花没答话，请人侧过镇大卢的身体，就照护士长说的办法，把手指小心伸进去，用指甲将已经坚硬的大便一点一点抠出来。等出来一半，麻油起了作用，随着一阵恶臭，污秽流出，肚子立马瘪了下去。葵花又用热水替他擦了身，换上干净内衣。见镇大卢精神好了不少，葵花正要回家，就听见他说：“请……请等一下。”

葵花以为他有什么话要说，便立在病房门口。

只见镇大卢使尽了全身力气从床上爬下来，当着众人的面，跪在葵花面前磕了三个响头，嘴里又念叨道：“来世我要变牛变马赎我的罪，报答您。”

葵花吓了一跳，忙将他扶上床，怕他再做出什么，就匆匆忙忙走了。

当天晚上，镇大卢死在医院。断气前一分钟，他跟护士长说：“有句话我不敢说，请您转告葵花，给我儿子找个老婆，生个镇家的孩子。”

二丫知道后破口大骂：“他还想有后？放她娘的狗屁！小松就是结婚生了儿子也是姓赵！”

其实葵花一直在为小松着急。那天看他拿着胡琴回来，便试探地道：“妈也不能伺候你一辈子，将来年纪大了总得有个伴不是？”

小松不似过去一声不吭,却应道:“那也得让我喜欢。”

葵花看有了转机,便要二丫留心。结果介绍了五六个,小松都摇头。问是什么原因,小松却不回答。

有天刘脚子突然想起一件事,问二丫:“小娅的坟朝哪个方向?”

“当然是朝南啊?”

“朝正南吗?”

“你叨叨什么呢?我买的是豪华墓地,哪有不朝正南的道理?”

“小松找不到老婆,就是因为小娅的坟太正,偏一些才好。”

二丫发脾气:“你想惊我女儿的魂灵?毁她在阴间的地位?”

“其实不用。”刘脚子忙解释,“只要在墓前种两棵树,但要稍微偏向东南,小松就好找对象了。”

二丫嘴上说是迷信,还是照这个办法做了。果然不到三天,就有一个女人找上门来,问了小松的生辰八字,惊呼道:“瞎子算得真准,那男人果然就在这里。”

葵花忙问仔细,对方便说:“是我舅舅的女儿,今年四十有二,长得天仙似的白净,屁股结实有力,生过一个女儿,命里还有个儿子,可丈夫去年劳务输出和人跑了,还带走了孩子。如果你儿子相得中,下个月就摆喜酒结婚。”

葵花看了照片,吃了一惊,那模样长的简直和小娅一模一样。于是立刻说:“确实不丑。”

“可有一样。”那女人忸怩了一下道,“舅老爹只有一个女儿,如果成亲,需要入赘。将来有了孩子,也要随娘家的姓,不知你可同意。”

葵花想,小松就是入赘的命。二丫都说过,和小娅生的孩子要跟她姓。所以觉得不是问题,关键是人要合适。当晚给小松看了照片,小松也是一愣,忙问人在何处?葵花便带了小松上门看人,结果小松就呆住了。因为那女的不但是脸庞,连说话走路也与小娅十分相似。对方也十分欢喜,说小松比她前夫要高半个头,这下可扬眉吐气了。

临走葵花才想起没有问姓名,对方说了姓,让葵花一夜没有睡着。

原来这女的竟然姓镇，叫镇小娣，还是镇大卢的远亲，但出了五服。

二丫也十分惊奇，只是刘脚子很坦然，道："这个是命，不信也得信。"

既然小松愿意，葵花也没有反对的理由。小松和镇小娣火速结了婚，每天关在房里不出来，胡琴早就不知丢到哪里去了。一个月后，女人就有了身孕，再过了三个月，女人成天喊着要喝醋，又说肚子上的那根线又细又直，和以前生女儿的时候完全相反。再过了几个月，找了个认识的医生做 B 超，基本上可以肯定是男孩。

"老狗日的居然有后。"二丫为此愤愤不平。后来看自己的嫡亲孙子又聪明又漂亮，气才渐渐消了下去。

小松的孩子都由女方带，葵花肯定插不上手，便把心思回到二水这边来。她很想到北京和孩子一起生活，但一想到二水和外国女人同居，就很犹豫。大水知道后，专门去了趟北京，责问弟弟："你要是结婚，光明正大地娶房老婆，这样妈就不会再有顾虑了。你现在偷偷摸摸的，算什么呀？妈想来也不敢啊！"

二水却不生气，打开电脑，让大水看他搜集的资料和写的小说。"我把所有的时间和精力都用来写作，哪有时间去过正常的家庭生活？如果再生个孩子，我就死定了。"

大水仔细地读着那些既陌生又熟悉的情节，明白二水不只是想成为作家，而是要把发生在他们家的事留在世上，告诉那些已经不再为生存而发愁的年轻一代。让人们知道，运动和战争同样可怕，而这样的悲剧离现在并不遥远……

回来后，大水对母亲说："由他去吧，他不需要家庭生活，他要的是文学，生的是小说。这样的人生也许更加精彩。"

葵花却说："我不知道你在说什么，我只要他找个老婆生孩子，趁现在我还有力气，带到六七岁不是问题。再晚了，我就难说了。"

不过，葵花以后再给二水打电话的时候，就会问："还在写吗？一定要注意休息，写写歇歇，不要太吃力了。"

二水便在电话里大声叫着："妈！妈！我知道啦！"

《命运》出版的消息是在电视里看到的，电视台的主持人请二水当嘉宾，二水对着镜头伸出那根短了一截的指头说："这个故事就是从这儿开始的。当时我被父亲抱在胸前，二丫阿姨端起枪，瞄准了父亲的心脏。我妈离那根崭新的三八大盖只有半条胳膊的距离，一抬手就眨眼的工夫。可就在那一瞬间，就决定了我妈十七岁以后的命运。如果她不推一下那支枪，我就不会活着，她就能像满月阿姨一样参加解放军，新中国成立后上学当干部都不是问题，接下来是嫁人生孩子过上幸福的生活。可我妈推了那支枪。以后出现的一系列连锁反应，已经不是她一个刚成年的普通女民兵所能左右。子弹打偏了，我活了下来，只打飞了一截手指。我妈不能眼看着一个婴儿受了伤不救，这才上前包扎。我父亲看见了，才会跟她磕头，拜托孩子的未来。接着我父亲自杀，我成了孤儿，我妈又产生了怜悯之心，将我带回家中。因为收了一个，满月阿姨才把另一个，也就是我姐姐送了过来。接下来是与孩子们的短促相处却激发了一个年轻女人做母亲的天性，她不能一边爱着这些孩子，一边却让他们的父亲暴尸示众，让野狗争食。于是，她这才犯下了大忌，把日本人的尸体偷偷埋了……为什么我妈要推那支枪呢？我不知道她当时是怎么想的，其实我现在也不知道……"

主持人和观众都拍起手来。

陪着葵花看电视的大水问："妈，你还记得，当时是怎么想的吗？"

"想什么呀？"葵花笑笑说，"我什么也没想。真的。就知道要救孩子。"

二水回来了，说这次要好好在家住些日子，报社已经同意他辞职，以后就靠码字儿吃饭了。没几天，吴展鹏也从美国回来。葵花问他什么时候再走。吴展鹏说，他这么迟回来，就是要安排好一切。纪念医院已经转给妹妹的孩子经营,他只是个名誉董事长,什么也不用管了。

在一个气候宜人的日子,葵花带着大水和二水回到保庄,找到那两棵白果树。发现附近又盖了庙,香火很旺。有人发现他们在看树,就介绍说:“这可是两棵神树,能保佑人们逢凶化吉,岁岁平安!你们想买香,我可以便宜点。”

葵花和孩子们都笑了。

后 记

这是写给我母亲的一本书，但主人公葵花的经历与我母亲大相径庭。我母亲与我父亲青梅竹马，原来是邻居，后来相爱、结婚，抚养孩子，一直到我父亲去世，他们相亲相爱地在一起生活了七十多年。应该说，他们是幸福的。我父亲比我母亲小两岁，用现在的话说，属于“姐弟恋”吧。我父亲一心扑在工作上，家务事是很少做的。记忆中，最喜欢的是擦东西，常常会把家里的坛坛罐罐和大家的皮鞋擦得锃亮，有时候似乎会洗洗袜子和手帕，其他的就记不大清了，反正到市场买菜、下厨房做饭是决不会的。也许我父亲从小就有一种“弟弟意识”，加上那个时代男人都不做事，我父亲可以说是享了一辈子清福。当然，政治运动带来的波折除外。我妈可能是认为比他大，所以做家务事，照顾“弟弟”就觉得是理所应当。在他们那个时代，女人都认为伺候男人是天经地义。可我母亲不是家庭妇女，她是个小学教师。她似乎没有什么“大志向”，只是想把学生教好，把丈夫照顾好，再就是我们兄妹三个，那是她绝对的生活中心。往往是下了课，我妈就匆匆奔回家来，做饭、洗衣服，记账，一直忙到天黑。幸好我奶奶（其实是我外婆，但老家都叫奶奶）那会儿还能帮她一把。

我们家是个极其普通的家庭。据说父亲的祖上是做官的，据我姑母说，她小时候看到大人的照片，都是戴着官帽的。但爷爷很早去世，我们这一代都没见过。外公是遗腹子，很聪明也很用功，曾在英国和日本留学。1946年被当时的教育部派去台湾创办大学，也就是后来的台北师范大学，他算是筹建时期的第一任校长。走的时候，我妈二十岁，还没结婚，想带她去台湾，但我妈看外公不带我外婆，却和他的一个女学生好上了，所以坚决拒绝。当然，我想当时肯定还有我爸这层关系。我父亲在银行当会计，业务上是强手，打算盘得过全市第一名，退休前是工商市行的营业部主任，政治身份一直是群众。母亲当了一辈子小学教师，因为家里有人在台湾，所以在政治上也不可能有所进步。长期以来，她的工资是五十元，比我父亲多一元，从这一点上，我母亲觉得并不比丈夫差。我们上中学时，可能是家里经济最困难的时期。妈妈常参加“打会”，要好的一些老师都让我妈第一个“拿会”，然后再逐月还钱。我记得父母有一次吵架吵得天翻地覆，原因就是因为我母亲没和我爸商量就给他做了件棉衣，为了这事，他们“离婚”两个字都说出来了。奇怪的是我们兄妹三个从小就没有受过苦，好像常能吃到肉，也从来没有饿过。衣服虽然也打补丁，但那时大家都一样，所以也不觉得有什么不幸。我们穿得都比父母好，他们的内衣都是破的。

我父亲除了抽烟喝茶，没有任何嗜好。他不擅长结交朋友，每天步行上班，不主动和人打招呼，回家后主要是看报纸。母亲在节假日偶尔会带着我去文化宫跳跳舞，还有就是学校组织看电影，除此以外也没有任何娱乐活动。我妈时常会拿些事来取笑父亲，父亲总是乐呵呵地笑，也不反驳。对他们来说，两人在一起就是最大的乐趣。现在我父亲不在了，我和哥哥又都在外地。每次回去时，看母亲常常把房间的门窗关好，拉上窗帘，一个人静静地待着。我不知道这时她的脑海里在想什么，我会非常心疼。

这本书是在二〇〇九年我父亲病重期间构思并写作的，有些章节是在病房里写的。不少四五十年代的事，还和父亲讨论过。写到前十五章时，父亲走了。接下来的两三个月，我的心情不好，写的速度很慢，情绪是不是影响到人物和情节我不知道，幸好内容都不是太轻松。书里写的虽然不是我父母的故事，但感情和心态却是他们的。还有一些小地方，如"观音山""小码头"这些地名，和"翟家奶奶"这些人，都是真实的。还有一个，我在写作的时候，始终用南通市区的方言来阅读。那是一种很奇怪的语言，不是南通人很难懂，有人劝我改成普通话，但我还是坚持下来。也算是对父母和老家的一种怀念吧。

原想在《后记》中写些与写作的动机和技巧有关的内容，却拉扯起自己的父母，大概是想让大家对那时的生活有个更真切的了解。我相信，中国绝大多数的家庭都与我家相似，那就是一代人的命运。